"十三五"国家重点图书、音像、电子出版物出版规划项目

外教社新编外国文学史丛书

◎ 张振辉 著

波兰文学史 下卷

HISTORIA LITERATURY POLSKIEJ *TOM II*

上海外语教育出版社
外教社 SHANGHAI FOREIGN LANGUAGE EDUCATION PRESS

图书在版编目(CIP)数据

波兰文学史.下卷/张振辉著.—上海：上海外语教育出版社，2018
（外教社新编外国文学史丛书）
ISBN 978 - 7 - 5446 - 5183 - 7

Ⅰ.①波… Ⅱ.①张… Ⅲ.①文学史－波兰 Ⅳ.①I513.09

中国版本图书馆 CIP 数据核字(2018)第 029530 号

出版发行：上海外语教育出版社
（上海外国语大学内） 邮编：200083
电　　话：021-65425300（总机）
电子邮箱：bookinfo@sflep.com.cn
网　　址：http://www.sflep.com
责任编辑：苗　杨

印　　刷：上海叶大印务发展有限公司
开　　本：700×1000　1/16　印张 27.5　字数 543千字
版　　次：2019 年 1 月第 1 版　2019 年 1 月第 1 次印刷
印　　数：1 100 册

书　　号：ISBN 978-7-5446-5183-7 / I
定　　价：80.00 元

本版图书如有印装质量问题，可向本社调换
质量服务热线：4008-213-263　电子邮箱：editorial@sflep.com

前言

波兰是位于欧洲东北部、一个在面积大小和人口数量上都属于中等的国家。这里风光旖旎，物产丰富，民情质朴，人民热情好客。波兰人民对待世界各民族都很友好，但是许多世纪以来却曾饱受异族的侵略和压迫，他们不仅为自己的独立自由和侵略者进行了长时期不屈不挠的斗争，也参加过欧洲许多别的民族争取自由的斗争，为他们自己也为和他们一样遭受异族奴役的世界各民族的解放，付出了极大的牺牲。波兰和我国自古就有长期的交往，建立了友谊。继马可·波罗13世纪来到中国后，更多的欧洲人从16世纪下半叶开始访问中国。那时候，为缔结中波友谊贡献最大的是在17世纪中叶来华的波兰耶稣会传教士卜弥格（1612—1659）。他来到中国时正值明朝末年，曾受到当时在广东肇庆的南明朝廷的友好接待，和他们结下了深厚的友谊。当时满清的军队已经占领了中国南方的许多地方，对南明造成了很大的威胁。南明朝廷成员当时都信基督教，因此他们想派他们非常信任的卜弥格，代表南明朝廷去罗马天主教廷，希望求得罗马教廷对他们的军事援助。卜弥格因此在17世纪中叶，曾代表南明王朝出使罗马，成为我国古代封建朝廷首次和西方进行外交活动的代表。除此之外，卜弥格来到中国后，对他在这里见到和了解到的一切产生了极大的兴趣，并以无比坚强的毅力和求实精神，对中国的历史、政治制度、语言文字、文化习俗、地理环境、著名物产、动植物和中医等都进行了深入的研究，撰写了一系列至今仍具有很高科学价值的著作，如《中国地图册》、《中国植物志》、《中国医药概说》、《中国诊脉秘法》等。他在这些方面的科学研究都具有开创性质，在他之前，没有一个西方人能够像他这样，在中国进行实地考察，写出这么多的全面介绍中国古代文明成就的著作。他的这些著作无论在当时还是对后世，都产生了深远的影响。卜弥格是中学西传的伟大先驱，他取得的这些成就源于他对中国的无限热爱，他曾经说："这整个中国的土地是多么美好，那里的大自然比任何地方都要慷慨和大方。"为了对中国的爱，为了向西方传播中国的古代文明，他付出了毕生的精力。

除了卜弥格，这时期还有一位波兰耶稣会的传教士穆尼阁（1609—1656）于1643年（亦说1646年）来到了中国，他在中国甚至住了十几年。穆尼阁是一位著名的数学家和天文学家，写过一部关于日食月食的著作《天步真原》。他在中国也曾结识一位中国学者薛凤祚。他的这部著作曾由薛凤祚翻译成中文，向中国介绍了欧洲计算日食发生时间的方法。穆尼阁死后，薛凤祚将他的遗著加以辑录而成为《天学会通》，并将《天步真原》和《天学会通》合编成《历学会通》，内容涉及天文、数学、医学、物理、水利等各个学科的知识，这是波兰西学东渐最早的见证。

这一时期,中国同欧洲的交往增多,也有大量中国的艺术品和介绍中国文化的著作通过荷兰、法国传到了波兰,这曾引起波兰一个很有作为的国王扬·索别斯基三世(1624—1696)极大的兴趣。他想进一步了解中国,曾经写过一封信给康熙皇帝,表示要和清朝政府建立联系,还附上自己的肖像。这封信由比利时耶稣会传教士南怀仁带给了康熙。1677年,索别斯基三世在华沙修建了一座夏天休闲的宫殿,叫维拉努夫宫,又叫夏宫,宫里当时收藏了许多有关中国的书籍和中国地图。索别斯基三世为了了解中国,还读过一些论述中国古代哲学思想的著作和中国诗歌,他很尊崇孔子,特别爱读晋代田园诗人陶渊明的诗。1686年,他的夏宫还专门设立了一个"中国厅",这个厅完全是按中国风格布置的,厅中放置了来自中国的家具和瓷器等。17世纪末,波兰从荷兰和法国进口了大量中国的工艺品,包括刺绣、瓷器、红木雕花家具等,夏宫中的中国艺术品都来源于此,它们有些甚至保存到了今天。据说这个中国厅的墙壁上,最初还覆盖了绣有彩色花鸟人物的中国锦缎,厅里放了紫檀木金丝镶嵌雕花的茶几、中国的木托盘、竹篮子和木刻佛像等。索别斯基三世后来在1688年11月6日又托一位波兰传教士带过一封信到北京去,信中写道:"我们还不知道有什么关于中国事物的书。但是我想,不管怎样,能寄给我们各种各样的资料,主要是关于中国风土人情和文化艺术的资料,我们会十分高兴的。"这也充分表现了他对中国的热爱。

1755年8月,法国著名启蒙运动思想家和作家伏尔泰(1694—1778)在巴黎、枫丹白露①以及法国王室里上演了他创作的歌剧《中国孤儿》。一般认为,该剧是根据中国元代杂剧作家纪君祥的《赵氏孤儿》改编的。实际上,它写的是发生在宋末元初的一个故事,和《赵氏孤儿》写的春秋时代发生在晋国的故事并不一样②,

---

① 地名,在法国。
② 伏尔泰的《中国孤儿》是根据中国元代剧作家纪君祥的《赵氏孤儿》改编而成的。他阅读了耶稣会法国(一说比利时)神父马若瑟(1666—1735)的法译本《赵氏孤儿》后,写了这个剧本。虽然这两个剧本写的都是托孤救孤的故事,但在内容上有很大的差别。《赵氏孤儿》讲的是春秋时期发生在晋国的一个故事。晋灵公时,权臣屠岸贾为报个人私仇,杀害了赵盾一家300余人。但是赵盾的儿子赵朔为晋灵公的驸马,有一个不到半岁的儿子为晋灵公的女儿所生。为了避免这个婴儿遇害,公主将他托付给了一位经常出入驸马府的民间医生程婴。程婴随后把赵氏孤儿藏在药箱里,企图带出宫外,但被守门将军韩厥搜出,没想到韩厥也深明大义,他在迟疑当中,决定让程婴把婴儿带了出去,为赵氏留下唯一的血脉。他放走了程婴和赵氏孤儿,然后拔剑自刎。屠岸贾得知赵氏孤儿逃出,竟下令杀光晋国境内所有一个月以上、半岁以下的婴儿,违抗者杀全家诛九族。程婴此时不仅要救出赵氏孤儿,而且"要救晋国小儿之命",于是他投奔了赵盾同僚、已经退休的晋国大臣公孙杵臼。两人商定,以程婴亲生儿子冒充赵氏孤儿,藏在公孙杵臼的家里,再由程婴出面告发。于是屠岸贾派兵捉拿公孙杵臼,杀死了假孤儿,公孙杵臼随后撞阶而死。为了拯救赵氏孤儿,程婴献出了自己的独子,此后他便承担了护孤抚孤的重任。他因"揭发"公孙杵臼收留"赵氏孤儿"有功,被屠氏留下做门客,其子(实为赵氏孤儿)也被屠氏收为义子。20年后,程婴将屠氏诛杀赵家族一事告知赵氏孤儿。此时已是晋悼公当朝,在上卿魏降的帮助下,赵氏孤儿杀了屠氏,诛其族。悼公赐赵氏孤儿姓赵名武,袭父祖爵位。程婴、公孙杵臼、韩厥等为拯救赵氏孤儿作出了牺牲的义士均受到朝廷嘉奖。伏尔泰的《中国孤儿》剧虚构了一个跟《赵氏孤儿》情节有些相仿的故事,但时间已改在宋末元初。南宋末年,成吉思汗攻陷北京。宋皇临死前向大臣张惕托孤。成吉思汗闻讯后四处搜捕大宋遗孤,以求斩草除根。张惕苦思救孤良策,最后决定以亲生儿子冒名顶替大宋遗孤。其妻伊达梅虽然支持丈夫,但强烈的母爱又使她拼死反对丈夫的决定,最后她竟向成吉思汗道出实情,以求保住儿子一命。早年成吉思汗流落北京时曾向伊氏求婚,遭拒绝,现在便以其夫、其子及大宋遗孤三人的性命为要挟,再次向伊氏求婚。(转下页)

但它赞扬了中华民族的文明和美德。该剧的演出曾经引起很大的反响,因而也进一步地引起了波兰人对中国的兴趣。此外,18世纪50—70年代,在法国还曾流行一个所谓重农主义的经济学派,这个学派提出一切都要遵循"自然秩序",认为农业生产乃社会财富和一切收入的唯一来源,这和我国古代重农抑商的政治理念有相似之处。在生产力发展水平比较低的条件下,农业是人们维持生存的物质基础,也是统治者剥削剩余价值的主要来源,所以中国古代帝王多以重农标榜自己的圣贤。儒家、道家和法家也都重农轻商。波兰当时是一个封建农奴制国家,因为受到法国重农主义学派的影响,也对中国传统的重农思想极为关注。这一时期出版的B.赫麦洛夫斯基的《新的雅典娜们或曰所有学科的研究院》[①]、W.扎哈利亚谢维奇的《世界所有的部分都确定了》(1740)和K.韦尔维奇《世界地理》(1773)中都有关于中华帝国各方面的介绍。1775年,波兰又出版了F.布尼茨基的《基督教信仰在中国普及的历史,还有关于这个国家的详细介绍》。实际上,从公元1623年在陕西出土的《大秦景教流行中国碑》中我们了解到,基督教早在唐朝初期就从波斯传入了中国。

在18世纪末,波兰启蒙运动时期著名作家伊格纳齐·克拉西茨基(1735—1801)对中国的历史和文化也很感兴趣。他虽然没有去过中国,但他除了反映波兰启蒙思想的文学创作外,也写过许多关于中国的历史和文化、诗歌和戏剧,甚至中国的果园种植的著作。1781年,他出版的两卷本百科全书还收进了许多介绍中国的条目。他在关于中国的总条目中写道:中国是世界上最古老的国家,它北与鞑靼交界,南与东京(指越南的北部)、老挝和交趾支那为邻。据可靠资料,它是世界上人口最多、物产最丰富和管理得最好的国家。中国的长城有四百英里长,它的西边是一个有许多山脉和没有人烟的沙漠地带,东边是大海。在克拉西茨基的另一部著作《最需要的信息集》中,他还介绍了孔子,说孔子是中国古代的一个哲学家。他在基督前550年出生于齐国,后来在鲁国当过地方官,但是他的治理国家的思想和策略在那里实行不了,因此他去了宋国,在那里开始讲学。他有三千弟子,其中有72个是最优秀的。他的教学思想一是要使学生具有优良的品德,二是培养学生的口才,三是教导学生如何治理国家和坚守公民的职责,四是使学生养成良好的习性。后来孔子又回到鲁国,73岁去世[②],死后葬在山东曲阜。后来中国各地为纪念他,建了许多孔子庙。克拉西茨基在遗作《死去了的人的对话》

(接上页)关键时刻,伊氏以国家和民族利益为重,大义凛然,毫不犹豫地拒绝了征服者的逼婚,并积极投入救孤活动。与此同时,已被捕入狱的张惕面对征服者的严刑拷打,始终不改初衷。伊氏在救孤失败后也被捕入狱,决定与丈夫一同自刎,以报宋皇,以谢天下。成吉思汗又震惊又羞愧,终于下令赦免张惕夫妇,并收大宋遗孤及张惕之子为义子。剧本以成吉思汗恳求张惕留在宫中以中华民族的高度文明教化元朝百官而结束。

① 这是波兰的第一部百科全书,第一卷出版于1745年,第二卷出版于1746年,第三和四卷出版于1754—1756年。这里说的雅典娜是希腊神话中的主要神祇之一,古代迈锡尼的神祇。

② 事实上孔子(公元前551—公元前479年)享年72岁。

(1804)中,甚至虚构了孔子和古希腊哲学家柏拉图的一段对话,说明孔子非常重视家庭成员之间的亲密关系,认为这是一座大厦的基础,如果这个基础不牢固,大厦就有倾倒的危险,这就说明了一个国家和这个国家每一个人的家庭之间的关系是多么密切。

克拉西茨基在他的著作中,还谈到了中国封建社会的政治制度,他说中国的政府是一个君主专制的政府,在那里,君主是世袭的。中国还有一种仪式,在举行这种仪式时,皇帝要亲自拜天和耕地,他耕地后,朝廷里的大臣们也要耕。他还说唐太宗这个皇帝很朴素,他的衣着和别人一样,他吃饭的时候,任何时候也不多于八个菜。他的朝廷里聚集了最有品格和最有学问的人,太宗根据他们的才能和专长,让他们参与政事,或者进行科学研究,他和他们的关系非常亲密。他还认为官吏要关心老百姓的福祉。一个国家如以武力去欺压它的百姓,会走向灭亡。克拉西茨基也说了唐太宗如何教育他的儿子高宗,他说:"孩子们,你们要知道,水可载舟,水亦可覆舟。你们要记住,人民像水一样,统治者和舟一样。"[①]此外,克拉西茨基在他的《作诗和诗人》一书(1802)中,还介绍了中国的诗歌。

浪漫主义著名诗人齐普里扬·诺尔维德也很尊崇孔子,对他的哲学很感兴趣,他说:"孔夫子是许多宗教、诗歌、哲学和历史文献的编纂者,他的这部著作是在基督前6世纪中叶完成的,他是一个立法的人。""我们的大师的主张是要有一颗正直的心,爱近亲像爱自己一样。"[②]斯坦尼斯瓦夫·科斯特卡·波托茨基1815年也发表了《中国人的年表、宗教和语言的概述》。

波兰于1795年被沙俄、普鲁士和奥地利三国瓜分后,一些波兰的爱国者和革命者因为参加了抗俄民族解放斗争,被沙皇政府流放到了西伯利亚或者俄罗斯东部和中国邻近的边远地区。他们中不少人到过中国,如波兰文学史上青年波兰时期的著名作家瓦茨瓦夫·先罗谢夫斯基,他父亲参加过1863年1月在华沙爆发的波兰民族抗俄起义,曾被捕入狱。他自己在上中学时就参加过秘密爱国组织,后来在华沙宣传革命思想,被沙俄占领者当局逮捕并流放到西伯利亚。这期间,他到过中国东北、朝鲜和日本。经过实地考察,他于1903年创作和出版了《中国小说集》,其中最著名的长篇小说《洋鬼子》以19世纪末在辽宁营口市爆发的义和团运动为题材,对中国人称为"洋鬼子"的西方殖民主义者进行了严厉的谴责,同时他也热情颂扬了中国人民反帝反封建的革命斗争,对中国人民表示了由衷的敬仰和热爱。

19世纪末和20世纪初,还有一些波兰的工程技术人员来到中国,参加中国

[①] 唐太宗"晚年立子李治(唐高宗)为太子,随事训诲,如见太子吃饭,说,'你知道耕种的艰难,你就常常有饭吃。'如见骑马,说,'你知道马的劳逸,不用尽它的力气,你就常常能骑它。'如见乘船,说,'水可以载舟,也可以覆舟,民众好比水,人君好比舟"。见范文澜,《中国通史简编》修订本,第三编,第一册,人民出版社,1965年,第94页。

[②] 尤利乌斯·戈穆利茨基编,《齐普里扬·诺尔维德作品全集》,第11卷,国家出版机关,华沙,1971—1976,第411页,第112号。

早期的铁路修建,在中国进行过长期的科学考察。如1896年,俄国以"共同防御"日本为名,于清光绪二十二年四月二十二日(1896年6月3日),诱迫清政府和俄国签订了一个《御敌互相援助条约》(通称"中俄密约"),声称为使俄国便于在中国东北运送部队,以防日本的入侵,"中国允许黑龙江、吉林地方接造铁路,以达海参崴,该事交华俄道胜银行承办经理。"[①]因此在同年9月8日,中国驻德国和俄国的公使便与华俄道胜银行代表签订了《中俄合办东省铁路合同章程》,并根据合同规定,成立了中国东省铁路公司。有个波兰人斯坦尼斯瓦夫·凯尔贝茨当时也是这个公司的负责人之一。经过他的介绍,有许多此前参加过俄国西伯利亚大铁道修建的波兰铁路工程师,被派遣来到了中国东北,参加了中东铁路的设计和修建。有的工程师这时期还研究过中国东北的地质结构,绘制黑龙江、吉林和辽宁省的地质地图。波兰建筑师康斯坦丁·约基什还为哈尔滨城的建立提出了第一个设计方案。波兰矿冶工程师卡齐米日·格罗霍夫斯基于1915年来到中国,在中国的东北和内蒙古进行过长期的地质考察,还对这些地方的历史和考古进行了深入的研究。1922年,为庆祝中东铁路修建25周年,一些俄国人在哈尔滨举办了一个纪念展览会,同时组建了一个中国东省文物研究会,设立的博物馆就是今天的黑龙江省博物馆,格罗霍夫斯基也是这个研究会和博物馆的创始人之一。他在1915、1924和1927年,通过发掘和研究一个叫"成吉思汗土城"的废墟,绘制了这个土城的草图,包括它的老城和新城。格罗霍夫斯基认为它的老城是在唐朝建立的,他在这里还发现了一个基督教景教的十字架,认为这座土城可能曾归《马可·波罗游记》中称为约翰或王罕神父的景教教主的家属或者他们的后代所有。格罗霍夫斯基在20世纪20和30年代,还对戈壁沙漠的东部、内蒙古的呼伦贝尔城的南部、大兴安岭山麓一些古代的城防工事以及嫩江畔的前木古城和后木古城进行过长时期的科学考察。波兰人不仅对中国东北的铁路和城市建设作出了巨大的贡献,对内蒙古和东北的历史、地理和风土人情进行了深入的研究,而且他们也到过关内,于1907—1908年参加过从京汉铁路郑州站东至开封西至洛阳的汴洛铁路的修建,为关内铁路建设作出贡献。

这期间,波兰人开始对中国的道教感兴趣,有人翻译出版了一部名为《道,天国之路》(1910)的著作,对道教作了介绍。有的波兰汉学家还撰写学术著作,对中国历史、文学、艺术、民族精神和习俗作了综合性的论述,如尤泽夫·塔尔戈夫斯基的《中华民族的精神》(1928)、萨瓦尔的《中国传说》(1931)、保罗·亚力桑德罗维奇的《龙的国度:中国人的性格和习俗》(1939)。此外,李白、杜甫和王维的诗也先后被译成了波兰文。其他著作和译作还有J. A. 希文奇茨基的《中国和日本文学史》(1901)、J. 扬科夫斯基的《中国诗之宝》(1902)、列米吉乌什·克维亚特科夫斯基的《中国文学》(1907)、R. 克维亚特科夫斯基的《中国诗选》(1914)、《竹叶》

[①] 张振辉、张西平译,《卜弥格文集》,华东师范大学出版社,2013年,第92页。

(1922)和 B. 利赫泰尔的《世界大文学》的第一卷等。在文学创作方面，布鲁诺·雅显斯基 1929 年发表的小说《焚烧巴黎》反映了中国人民 20 世纪反帝反封建的革命斗争。

1949 年以后，特别是改革开放后，我们跟波兰的交往更密切了。当代著名汉学家爱德华·卡伊丹斯基(1925—　)因其父亲早年来到中国而出生在哈尔滨，1951 年毕业于哈尔滨工业大学，后曾长期在波兰驻华使馆和波兰驻广州总领事馆工作。工作之余以及退休后至今，他对丝绸之路的历史、波兰人早期来到中国进行友好活动的状况，中华人民共和国成立以来至今的经济发展都进行了深入的研究，撰写和出版了一系列具有科学价值和现实意义的著作。特别是他曾长期研究卜弥格，和笔者以及北京外国语大学海外汉学研究中心主任张西平教授合作，翻译的《卜弥格文集》在 2013 年出版后，在读者中引起了很大的反响，为中波文化交流作出了很大的贡献。

此外，波兰的汉学家们在这期间，对我国古代哲学和文学的介绍也作出了很大的努力。从我国的《诗经》、《周易》，孔子、荀子、孟子、墨子和庄子的著作，《史记》，唐诗、宋词和《西游记》、《水浒》、《三国演义》、《金瓶梅》、《聊斋志异》到鲁迅、郭沫若、茅盾、巴金、老舍、叶圣陶、柔石、贺敬之、丁玲、周立波、赵树理、刘白羽的作品以及《红岩》、《青春之歌》等新时期的许多作家的作品，他们都进行了译介或部分的介绍。路德维加·罗杰维奇的《中国艺术史》(1953)、玛丽亚·古尔斯卡的《李氏五兄弟，中国民间童话和谚语》(1954)、J. 赫米耶列夫茨基、A. 登比茨基、维托尔德·雅布翁斯基和 O. 沃伊塔谢维奇的《中国文学作品选》(1956)等著作选译了从公元前 10 世纪到 1949 年一系列中国的散文和诗歌的精品。金思德的《中国的格言》(1977)、《孔子的事业》(1983)、《中国艺术》(1991)和《中国的语言》(2000)以及维托尔德·罗津斯基的《中国史》(1986)和泰奥多拉的《中国星相学》等都是这一时期介绍中国历史和文化具有代表性的学术成果，所有这一切都使波兰读者对我国的哲学、历史、文学、语言、艺术和民族习俗有了更多的了解。

波兰也是一个人才辈出并且在人类的历史转折中作过巨大贡献的民族。哥白尼(1473—1543)的日心说了推翻了古罗马托勒密(公元 2 世纪)因为教会的维护而统治了一千多年的"地心说"，不仅动摇了中世纪基督教会的封建统治，而且促进了科学的发展，使人类对宇宙有了崭新的认识。居里夫人(1867—1934)[①]不仅和她的丈夫比埃尔·居里一起于 1903 年获诺贝尔物理奖，她自己又在 1911 年获诺贝尔化学奖，成为至今唯一两次获诺贝尔奖的科学家。她的钋和镭两种元素的发现促进了人类对原子核科学的研究和利用。肖邦(1810—1849)和贝多芬、莫

[①] 居里夫人，即玛丽娅·斯克多夫斯卡·居里，波兰著名物理学家和化学家，1891 曾就读于巴黎大学，1895 年与法国物理学家皮埃尔·居里结婚，共同研究放射现象，并先后发现钋与镭两种天然放射性元素。1903 年，居里夫妇共同获得诺贝尔物理奖。1906 年丈夫去世后，居里夫人继续从事科学研究并担任巴黎大学教授，1911 年又获诺贝尔化学奖。

扎特一样，是享誉世界的最伟大的音乐家。波兰文学在世界文学中同样占有非常重要的地位，波兰最伟大的爱国诗人亚当·密茨凯维奇于1955年曾被联合国教科文组织认定为世界文化名人，受到各国人民的敬仰，此外波兰还拥有4位获诺贝尔文学奖的作家和西方20世纪文学现象学的主要代表，在世界文坛享有盛誉。

我国对波兰文学的介绍总的来说是从鲁迅开始的。鲁迅于1903年发表的《摩罗诗力说》根据丹麦文学批评家勃兰兑斯的《十九世纪波兰浪漫主义文学》中的有关论述，首次提到了波兰浪漫主义诗人密茨凯维奇、斯沃瓦茨基和克拉辛斯基，并且简要地介绍了密茨凯维奇和斯沃瓦茨基的生平和创作。1909年，由鲁迅和他弟弟周作人共同翻译出版的《域外小说集》(一、二卷)中，又收进了显克维奇的4篇小说《乐人扬科》、①《天使》、《灯塔守》②和《酋长》。鲁迅在"著者事略"中，还简单地介绍了显克维奇的生平和创作，认为"显克微支③所作短篇，多描写民间疾苦，用谐笑之笔，记悲惨之情，故甚是令人感动。"④周作人还翻译了显克维奇的短篇小说《炭画》⑤，由鲁迅修改译文，并帮助出版了单行本。

后来在1929年，鲁迅又曾明确地指出："A. Mickiewicz⑥是波兰在异族压迫之下的时代的诗人，所鼓吹的是复仇，所希求的是解放。"⑦他在1935年发表的《〈题未定〉草》一文中还说："绍介波兰诗人，还在三十年前，始于我的《摩罗诗力说》。那时满清宰华，汉民受制，中国境遇，颇类波兰，读其诗歌，即易心心相印，不但无事大之意，也不存献媚之心。"⑧

鲁迅后来在1933年发表的《我怎么做起小说来》中又说："因为所求的作品是叫喊和反抗，势必至于倾向了东欧，因此所看的俄国、波兰以及巴尔干诸小国作家的东西特别多……记得当时最爱看的作者，是俄国的果戈理(N. Gogol)和波兰的显克微支(H. Sienkiewitz)。"⑨他在这一年发表的《英译本〈短篇小说选集〉自序》中也说："后来我看到一些外国的小说，尤其是俄国，波兰和巴尔干诸小国的，才明白了世界上也有这许多和我们的劳苦大众同一运命的人，而有些作家正在为此而呼号，而战斗。"⑩在《中国新文学大系》小说二集序中他再一次提到了显克维奇，说："如波兰的显克微支(H. Sienkiewicz)的警拔，却又不以失望收场，有声有色，

---

① 今译《音乐迷扬科》。
② 今译《灯塔看守》。
③ 今译显克维奇。
④ 鲁迅，《域外小说集》，新星出版社，2006年，第175、176页。
⑤ 今译《炭笔素描》。
⑥ 即亚当·密茨凯维奇
⑦ 《鲁迅全集》，第七卷，人民文学出版社，2005年，第193页。
⑧ 《鲁迅全集》，第六卷，人民文学出版社，2005年，第368页。
⑨ 《鲁迅全集》，第四卷，人民文学出版社，2005年，第525页。
⑩ 《鲁迅全集》，第七卷，人民文学出版社，2005年，第411页。

总能使读者欣然终卷。"①在1935年致胡风的信中,他也说:"我看波兰的《火与剑》或《农民》,倒可以翻译的……"②可见鲁迅早年因为了解到波兰也和中国一样,是一个曾长期遭受异族侵略和压迫的民族,波兰人民多少年来不仅坚持反压迫的民族解放斗争,而且他们的文学"所鼓吹的是复仇,所希求的是解放。"这在鲁迅那个时代的半封建和半殖民地的中国,为了谋求民族的解放,和帝国主义的侵略者进行不懈的斗争,是很有必要的。像密茨凯维奇和显克维奇这些波兰文学史上最著名的经典作家表现了爱国主义和革命斗争精神的作品自然就成了鲁迅译介的首选。因此在20世纪30和40年代,以上作家的一些作品就已经有了中译。

中华人民共和国成立后,在20世纪50—60年代,因为和波兰同是社会主义阵营的国家,我国文艺界和出版界就开始比较系统地借助于别的西方文字的译本,间接地译介了许多波兰19世纪和20世纪的著名作家的作品,如密茨凯维奇、奥热什科娃、显克维奇、普鲁斯、科诺普尼茨卡、莱蒙特、热罗姆斯基、扎波尔斯卡、布罗涅夫斯基、克鲁奇科夫斯基等,此外也翻译出版了波兰战后一系列反映他们的社会主义建设的作品,使我国读者对波兰文学的发展,有了一个初步的认识。改革开放以后,一些在20世纪50年代曾在波兰华沙大学波兰语言文学系学习过的波兰文学翻译家和研究者和由我国自己培养的年轻一代的波兰文学翻译家,又从波兰文直接翻译和出版了大量的波兰文学经典名著和现代文学作品,因此波兰文学史上和波兰现代文学中几乎所有的经典作家的代表作和著名作品,现在都有了中译本。除了翻译,改革开放以来,由于以上专家们的努力,也出现了不少关于波兰文学颇有质量的研究论文和著作,波兰文学在我国的译介和研究呈现出了空前繁荣的局面。在这种情况下,为了向我国读者全面介绍波兰文学创作从古到今的发展状况,一部论述波兰文学通史的著作就很必要了。写这本书是笔者早在10年前的计划,为此长期以来,笔者不仅阅读了波兰最高文学研究机关波兰科学院文学研究所编写的波兰各个时期的文学史,而且也阅读了波兰当今许多著名的文学史家和文学评论家的波兰文学史著作以及波兰各个时期大量的文学作品,为这部著作的撰写作了充分的前期准备。在写作过程中,笔者也力图根据所掌握的材料对波兰开国至今一千多年的文学史作如实的分析和介绍,遇到疑难问题,笔者曾求教于波兰友人波兰罗兹大学波兰语言文学系波格丹·马赞教授和波兰科沙林市波中友协主席巴尔巴娜女士,并且得到了他们的许多帮助。此外北京外国语大学欧洲语言文化学院院长赵刚教授也提供过一些有关波兰现代作家的材料,谨此向他们表示衷心的感谢。另外,为了便于读者对于这部文学史进行研究和了解,笔者对其中所引的大量诗文都注明了它们的出处,有的引自中文图书,但大部分引自波兰出版的各类著作。这些诗文如果是中国译者翻译的,都注有译者的名

---

① 《鲁迅全集》,第六卷,人民文学出版社,2005年,第258页。
② 《鲁迅全集》,第十三卷,人民文学出版社,2005年,第458页。

字，没有注明译者的均为笔者自己翻译的。这部著作的出版还得到了上海外语教育出版社的热情支持和编辑梁晓莉女士的大力帮助。希望它能为繁荣我国的外国文学翻译和研究以及增进中外文化的交流，起到一定的促进作用，有不足之处，望读者批评指正。

张振辉

2017年11月22日

目 录

绪论 ·· 1

第一章 "青年波兰"时期的文学 ··· 25

第一节 概述 27

第二节 诗歌 34

第三节 戏剧 55

第四节 斯泰凡·热罗姆斯基 73

第五节 弗瓦迪斯瓦夫·莱蒙特 81

第六节 其他重要的作家 90

第二章 波兰独立后到第二次世界大战期间的文学 ······················ 101

第一节 概述 103

第二节 弗瓦迪斯瓦夫·布罗涅夫斯基 122

第三节 其他重要的诗人 130

第四节 戏剧 166

第五节 玛丽亚·东布罗夫斯卡 175

第六节 其他重要的作家 182

第七节 维托尔德·贡布罗维奇和荒诞派小说 195

第三章 第二次世界大战之后的文学 ······································· 207

第一节 战后初期及20世纪50年代和60年代的文学创作 209

第二节 20世纪70—80年代政局的变化和这一时期至21世纪初的小说创作 229

第三节 20世纪60年代以后的诗歌创作 272

第四节 雅罗斯瓦夫·伊瓦什凯维奇 285

第五节 雷沙尔德·卡普希钦斯基 295

第六节　其他重要的作家　*303*

第七节　切斯瓦夫·米沃什　*336*

第八节　维斯瓦娃·希姆博尔斯卡　*350*

第九节　其他重要的诗人　*357*

第十节　戏剧　*400*

第十一节　理论与批评　*414*

后　记 ·· 425

绪 论

为了便于读者了解这部《波兰文学史》(上、下卷)的详细内容,正文开始之前笔者先将波兰这个国家的一千多年的历史和她从古到今文学发展的概况作一个简要的介绍。

波兰位于欧洲的中部和东北部,北临波罗的海,东与立陶宛、白俄罗斯、乌克兰接壤,南和捷克、斯洛伐克为邻,西与德国搭界,面积312 683平方公里,人口3 860万。波兰人属于西斯拉夫民族,他们的语言属于印欧语系斯拉夫语族。波兰于10世纪中叶建国,国王梅什科一世在建国之初便接受了罗马天主教信仰,所以这个民族长期以来,都信仰罗马天主教。她早期的历史文献和文学作品也都是用拉丁文写的,而后来出现的用于书写的波兰文用的也是拉丁字母。波兰作为一个封建国家早期经历过繁荣的盛世,可是在12—14世纪出现了封建割据。在14世纪末和15世纪初,一个叫十字军骑士的日耳曼骑士团占领了波兰的北部沿海,它不仅残酷压迫它所占领地区的波兰百姓,而且不时侵扰波兰内地以及她的东邻立陶宛。因此波兰和立陶宛在1385年8月14日签订了两国王朝联合的协定,一起抵抗十字军骑士团的侵犯。1410年波兰和立陶宛联军在波兰北部奥尔斯丁省十字军骑士团大团长的住地玛尔堡城东南的格龙瓦尔德,和骑士团进行的决战,大败骑士团的军队,取得了波兰历史上反侵略战争最伟大的胜利。

15世纪中叶,在波兰农村,贵族的劳役制庄园也就是封建农奴制的形成,使得农民在人身、司法和土地的使用上都不得不依附于封建庄园主。随着封建庄园的扩大,农民拥有的土地越来越少,受到封建农奴制的残酷剥削和压迫。1569年,波兰和立陶宛为了防御沙皇俄国的入侵,在卢布林又签订了联盟条约,宣布两国合并。波兰和立陶宛两国合并后,有了共同的议会和国家机构,国王也由波兰和立陶宛的贵族共同选出,这个合并的国家便取名为波兰贵族共和国。国王虽由贵族自由选举,但选出来的国王却没有任何权力,国家政权完全由大贵族代表组成的议会所操纵。由于当时的白俄罗斯和乌克兰属于立陶宛,因此白俄罗斯和乌克兰的大片领土也划归了波兰,波兰成了中东欧一个地域空前广阔的国家。此后,波兰的大贵族和天主教僧侣也都纷纷来到乌克兰,在这里占领了大片土地,建立封建庄园,对乌克兰农民进行封建农奴制压迫,因而引起了乌克兰农民的反抗。在16世代末和17世纪中叶不论在波兰本土还是在乌克兰,都爆发了反封建的农奴起义。其中规模最大的是由乌克兰贵族波赫丹·赫麦尔尼茨基于1648年发动和领导的哥萨克起义。这次起义爆发后,很快就有许多乌克兰农民、市民、贵族和乌克兰人信仰的东正教的僧侣参加,使它变成了乌克兰的民族大起义。起义军最初在黄水滩和科尔桑城下连连大败波兰军队,取得了胜利的战果,但后来乌克兰农民军还是被波兰军队打败了,赫麦尔尼茨基因此去求助于沙皇俄国,并于1654年在彼列雅斯拉夫和沙皇签订条约,承认乌克兰接受沙皇俄国的保护,从此沙俄便侵入了乌克兰。赫麦尔尼茨基于1657年死后,波兰统治者1658年也和乌克兰在哈加契签订了合约,承认波兰、立陶宛和乌克兰三国组成联邦,但是沙皇俄国不承认这个合约。此后它和波兰打了九年仗,波兰战败,最后将原来属于波兰的乌克兰以第聂伯河为界,分成了两半,西部乌克兰仍属波兰,东部属沙皇俄国。与此同时,在1654年,瑞典封建主又从波兰北边入侵波兰,波兰军民在国王扬二世·卡齐米日领导下,经过一年多反侵略战争,才把瑞典侵略者赶出了自己的国土。

波兰经过连年战争,经济上遭到了极大的破坏,许多城市和乡村被焚毁,百姓流离失所。加之贵族共和国的议会又在1652年通过了一项名为"自由否决权"的议案,就是议会中提出的议案只要有一个议员反对,就不能通过。在很长一段时期,贵族议员为了个人的私利,使议会通不过任何有利于国计民生的决议,在国内从上到下造成无政府状态。此外这一时期文化教育事业的发展也停滞不前,波兰封建时代的教育都是由天主教会控制和掌握,大学里讲授经院哲学,拉丁语是必修课,学生能学到的只有宗教唯心主义的思想和理论,于波兰国家的建设和社会发展毫无用处。波兰从此在各方面都走向衰落。直到18世纪30年代,文化生活才开始出现活跃的局面,奥古斯特·波尼亚托夫斯基国王,由于朝廷里有一些贵族改革派的支持,便根据当时发展经济、现代科学、文化和教育的需要,进行资本主义改革。首先是各地办起了许多报刊,宣传大力发展波兰的经济和文化事业,有的刊物还介绍西欧各国工农业和商业发展的情况,以促进波兰经济的发展。在学校开始讲授波兰语文以及一些社会科学和自然科学的课程,国内也建立了新的科学研究机构。在1788—1792年波兰召开的所谓"四年议会"上,1791年5月3日还通过了著名的《五三宪法》,这部宪法规定"农民将受到法律和国家政府的保护"①,农民的人身自由将得到保证。废除议会中的自由否决权,废除自由选王制,实行王位世袭。这部宪法的实施可消除波兰国内封建无政府状态,加强中央集权,有利于国家的统一和独立。它也提高了市民的政治地位,使农民获得人身自由,为发展资本主义创造了条件,具有进步意义。此外议会在1792年4月还通过了"波兰领土不可分割"的议案,以抵御外敌的侵略。可是《五三宪法》引起了沙皇政府的仇恨和恐惧,沙皇叶卡捷琳娜二世马上宣布要发兵消灭华沙的"革命瘟疫",因为在这之前,沙俄、普鲁士和奥地利已于1772年对波兰进行了第一次瓜分,占领了波兰和原属波兰的白俄罗斯和拉脱维亚的部分领土。沙皇政府这次进攻波兰的目的当然是要进一步占领波兰,而这时波兰少数反对改革的贵族保守派又发动了反对波兰中央政府的叛乱,并且勾结沙皇,引狼入室,沙皇政府于是联合

---

① 转引自刘祖熙,《波兰通史》,商务印书馆,2006年,第159页。

早就想进一步侵占波兰土地的普鲁士,组成联军,大举进攻波兰,而波尼亚托夫斯基政府由于事先没有防备,军队连遭失败,波兰于1793年遭到了沙俄和普鲁士的第二次瓜分。随后在1794年又爆发了由塔杜施·科希秋什科领导的波兰抗俄民族起义。这次起义失败后,在1795年1月,俄国、普鲁士和奥地利对波兰进行了第三次瓜分。至此,波兰的全部领土被瓜分完毕,波兰开始长达100多年的国家沦亡和被异族奴役的惨痛历史。在这段时期,沙俄、普鲁士和奥地利用它们作为占领者的有利条件,对波兰进行经济和文化侵略,企图彻底消灭波兰人的民族性,而波兰人民反对民族压迫的斗争也从未间断。波兰被瓜分后的第二年,参加过科希秋什科起义的扬·亨利克·东布罗夫斯基将军来到意大利的米兰,成立"波兰自愿军团",为恢复波兰的独立,曾长期和奥地利占领者浴血奋战。波兰19世纪规模最大的民族解放斗争是1830年在华沙爆发的十一月抗俄民族起义、1863年也在华沙爆发的一月抗俄民族起义以及1846年2月在克拉科夫爆发的反奥地利民族起义,这些起义斗争曾给予占领者以沉重的打击,但是由于各种原因,都遭到了失败。一月起义后,1864年在沙俄占领区的波兰王国废除了曾在农村实行了数百年的封建农奴制,使农奴获得了解放;继而波兰资产阶级代表又提出了实证主义纲领,企图通过实行资本主义民主和发展工商业和教育来振兴波兰;19世纪70年代末和80年代初,由于波兰民族和阶级矛盾的尖锐化和马克思主义的传播,1882年,在路德维克·瓦伦斯基领导下,波兰第一个无产阶级革命政党"无产阶级"成立了,坚持民族解放和无产阶级革命斗争。但是以上抗争都未能使波兰获得国家的独立和民族的解放。直到1918年第一次世界大战结束,由于普鲁士和奥地利战败、俄国爆发了十月革命,波兰才重新获得独立。

独立后的波兰社会矛盾依然十分复杂,波兰著名军事统帅尤泽夫·毕苏茨基在第一次世界大战结束后,为恢复波兰的独立进行了战斗,立下了功勋,但他在1926年5月12日发动军事政变,成立了萨纳奇亚政府,实行独裁统治,镇压无产阶级革命运动。在20世纪20年代末和30年代初,资本主义世界性的经济危机袭击波兰,工厂大批倒闭,失业人数增加,各地相继发生大规模的罢工。毕苏茨基于1935年死后,德国法西斯又对波兰开始形成日益严重的威胁,萨纳奇亚政府却对法西斯丧失警惕。德国法西斯于1939年9月1日晨,向波兰发动大规模的武装进攻,苏联军队也于9月17日越过波苏边界,趁机占领了原属波兰的第聂伯河以西的乌克兰和西白俄罗斯这些当时属于波兰的领土。波兰军队奋起抵抗法西斯的侵略,但遭到失败,波兰再次灭亡。在德国法西斯占领期间,波兰战前政府流亡伦敦,波兰人民遭遇了空前的劫难,但是流亡政府领导的政府军和波兰工人党领导的人民军在国内坚持战斗,一些爱国的知识分子坚持秘密办学、办刊物和出版社,宣传爱国主义和反法西斯斗争思想,力图保持波兰的文化传统不至中断。经过五年多艰苦卓绝的战斗,最后在苏联红军的配合下,波兰于1945年初打败了德国法西斯,再次获得解放。

1945年6月，波兰人民共和国民族统一临时政府成立。波兰从此进入了一个新的历史时期。新的政府成立后，经过1946—1949年的"三年计划"，修复了战争造成的严重破坏。许多战时流亡国外的新老作家都怀着一颗炽热的爱国之心回到了波兰，参加祖国的建设，许多新的报刊也相继成立，波兰社会的发展呈现勃勃生机，但后来的社会主义建设过于依附于苏联。1956年波匈事件后，哥穆尔卡当选为波兰统一工人党的第一书记，提出了要实行"深刻的社会主义民主化"的口号，走"社会主义的波兰道路"，执行波兰社会主义建设的第一个五年计划，取得了丰硕的成果。但他后来依然没有摆脱苏联的控制，在国内外政策的制定上重蹈苏联的模式，在第二和第三个五年计划的执行中，单纯发展重工业而忽视轻工业和农业生产，造成消费市场供应不足，人民生活水平下降。1970年12月，政府不得不作出提高食品价格的决定，引起格但斯克等一些城市的工人罢工和群众性的示威游行，游行群众和警察发生冲突，造成了流血事件。波兰统一工人党于1970年12月20日举行五届七中全会，哥穆尔卡在会上辞去第一书记职务，由波兰统一工人党政治局委员盖莱克接替第一书记一职。但是盖莱克后来也因为片面发展重工业，造成国民经济各部门发展比例失调，高积累引起了国民收入增长率下降，市场上消费品和食品供应依然紧张，政府不得不于1976年6月又一次宣布提高食品和肉类的价格，这又引起了一些地方大规模的罢工，国内形势日益严峻。1980年，波兰政府又一次提高肉类价格，这次提价在华沙、罗兹等地引起的罢工很快就蔓延到了全国。这一年8月在格但斯克造船厂，工人举行罢工时，成立了波兰独立自治团结工会，简称团结工会。面对日益严重的社会矛盾，波兰政府决定于1981年12月13日开始在全国范围内实行军管，1983年取消。1989年6月举行议会和参议院的大选中，波兰统一工人党在选举中遭到失败，以团结工会为核心的反对派获胜，成立了团结工会领导的政府。原来的波兰人民共和国也改名为波兰共和国，波兰发生了剧变。2004年，波兰加入欧盟，成为西方资本主义国家之一。

波兰文学和她的国家一样，发展至今也有一千多年的历史。它在西方文学的发展中，占有重要地位。波兰早在10—12世纪，除了流传于民间的口头文学和神话故事外，就出现了各种有文字记载的编年史和墓志铭，它们大都用拉丁文诗体写成，有的叙说波兰一座古城建成的历史，带有神话色彩；有的歌颂为波兰的兴盛作过巨大贡献或者抗击来犯之敌而维护波兰独立的国王的历史功勋；有的揭露了贵族宫廷内部争权夺利的斗争。这些作品大都突出了善良战胜邪恶的主题。还有一些写基督教使徒的生平和功德，以及他们的殉难。到13世纪，由于基督教的传播，有的文献颂扬一些主教的功德，例如其中有一篇，写一个主教批评了一个国王的暴政，在他的残酷统治下，老百姓和骑士都流离失所，教堂被玷污，宗教信仰被亵渎，这个主教最后被杀害，他是为了人民不受压迫和国家的统一而牺牲的。这时波兰各地也建立了许多教堂，教徒们唱圣诗也就成了一种习惯。这些诗歌的内容大都是祈求上帝的恩赐、护佑和关怀,其中也有对耶稣和在传播基督的教义和促进国家的繁荣上有功绩的主教们的赞美。14世纪初,教会为在人民群众中普及基督教教义,将一些拉丁文经文翻成了波兰文,这也是早期见之于波兰文的历史文献。到15世纪和16世纪初,用波兰语创作的诗歌和散文也越来越多了,这些诗歌一部分有文字记载,另一部分则是口头传下来的,它们有的赞美上帝和圣母马利亚;有的描写耶稣的诞生;有的写耶稣被钉上十字架以自己遭受苦难来拯救世上有罪的人;有的也写他后来的复活和升天。还有一些诗歌写过去在古罗马帝国,出身下层的基督教徒遭受罗马奴隶主的压迫。但也有出身贵族的人信仰基督,安贫乐道,好施乐善,把自己的一切都献给了出身下层、被压迫的基督教徒。

此外也有一些作品对波兰的基督教会的贪污腐化、聚敛钱财、用圣物做买卖的行为,进行了严厉的批评,要求教会退还一切他们以各种不正当手段侵占的财物,恢复到基督教诞生时教徒们安贫乐道的局面,这些作品大都脱离不了宗教的内容。在15世纪,还产生了一部对话形式的波兰文作品,它虽具有宗教内容,但联系了波兰的社会现实,表达了惩恶扬善的主题。有的诗歌作品开始描写波兰人文明礼貌、尊敬长辈的习俗。15世纪末,也出现了反映波兰社会矛盾的作品,揭露了贵族统治者利用自己的特权欺压百姓,以及后者的反抗。但是也有讽刺和责骂农民的诗,这一类诗歌的作者大都是站在农奴主老爷的一边。还有一些作品歌颂格龙瓦尔德战役的伟大胜利和克拉科夫作为当时波兰的首都的繁荣景象,老百姓丰衣足食,人人懂得文明礼貌。这一时期的散文有对基督教《圣经》的翻译和基督教圣人的生平的记载。在16世纪初,也出现了反映世俗生活的作品,题材十分广泛,其中有许多描写了一些来自神话或民间故事的丑角的形象,具有广泛的影响。

文艺复兴是13—16世纪欧洲一场反对中世纪的封建专制和教会神权的伟大斗争,也是一次复兴希腊、罗马古典文艺的运动。因为此前一千多年,罗马天主教会曾长期控制或攫取了各国世俗政权,进行黑暗的统治,人民群众遭受压迫,社会处于贫困、愚昧和落后的状态。这期间,统治欧洲的也是基督教文化,它要求在尘世禁欲苦行,死后进入天堂,但希腊罗马的古典文化具有人道主义和现世主义特征,重视科学和哲学的探讨,追求现世的幸福生活,基督教因此对它进行了无情的摧残。但在13和14世纪,欧洲各国由于城市的发展和市民阶层的兴起,产生了新兴资产阶级,这个阶级要扩张它的势力,就得扫除封建主和基督教会的统治,这样便产生了文艺复兴运动。文艺复兴最早出现在意大利,波兰文艺复兴出现较晚,它开始于15世纪,经16世纪,一直延续到17世纪初。它不仅受意大利的文艺复兴的人文主义的思想影响,也受德国宗教改革家马丁·路德(1483—1546)创立的新教和法国宗教改革家约翰·加尔文(1509—1564)创立的加尔文教的影响。它是波兰千年文学发展中第一个创作高峰时期。这首先表现在这一时期不仅作家和诗人数量较之过去大为增加,而且他们的出身几乎代表了所有的社会阶层。

他们除了用拉丁文写作，更多情况下用波兰文进行创作，作品所反映的社会生活面也更加广泛。在这些作品中，首先出现的是政论文，这些文章内容丰富，作者大都是针对波兰一些重大的社会问题发表自己进步的观点，他们中的代表如扬·奥斯特罗洛格表示要削弱当时教会和大贵族拥有的特权，以加强王权，实现国家权力的集中。安捷伊·弗雷契·莫杰夫斯基认为全社会都要关心病人和残疾人，维护法律的公正，要大力发展教育，提高教学水平，重视学生的品德教育。因为波兰信罗马天主教，长期以来，对罗马教廷存在一种依从关系，莫杰夫斯基也认为，不论是波兰的教会还是国家，都要摆脱这种依从关系，维护波兰民族的独立。

波兰文艺复兴时期的代表诗人是扬·科哈诺夫斯基和米科瓦伊·雷伊。扬·科哈诺夫斯是波兰文艺复兴最具代表性的诗人，也是波兰文学史上最著名的诗人之一。他的诗歌反映世俗生活题材十分广泛，是波兰过去任何一个作家都不能比的。诗人热切希望波兰走向繁荣富强，人民生活幸福，他首先批评贵族无政府主义造成国内混乱的局面，期盼人民团结起来，创造一个消除了矛盾的美好世界。他不仅歌颂爱国主义英雄行为，而且颂扬美丽的大自然，他要像古罗马诗人维吉尔那样，引起田园诗兴。科哈诺夫斯基为了向他出生仅30个月就夭折的女儿寄托哀思而写的《哀歌》，是波兰文学史上的经典，作品无论在感情的表达还是艺术形式的运用上都有所创新，并且联系到古罗马的哲学和艺术，表现了文艺复兴的人文主义思想倾向。波兰这时期也出现了戏剧创作的雏形，科哈诺夫斯基还创作了波兰文学史上第一部具有完整的故事情节、反映了矛盾冲突而又流传至今的剧作。

雷伊也是波兰文艺复兴代表诗人，他的作品除了诗歌还有戏剧和对话。这些作品同样紧密联系波兰的社会现实，主要揭露一些基督教的主教和神甫借祈祷骗人钱财，政府官员贪污腐化，大贵族各自为政，利用自由否决权，使议会不能通过任何有利于波兰国计民生的决议。与此同时，雷伊还提出了如何做一个好的贵族和负责任的议员的标准，即为了国家的兴旺和发达。当然，雷伊是从波兰贵族的立场出发，描绘了他理想中的贵族。

17世纪出现的称之为巴洛克的艺术原是一种建筑艺术的形式，源于意大利。它在风格上极力追求豪华和标新立异，为的是炫耀财富，和贵族宫廷文化有密切的联系。在文学创作中，巴洛克文学也极力追求辞藻的雕琢和夸张的描写。这一时期在波兰文坛上，一些作家热衷于歌颂美好的生活，认为世界和人都是美的化身，但也有一些作家认为世界和人都毫无价值。这两种对立的思想观点在波兰巴洛克早期的文学界占主要地位，但是这些作家的作品并没有更多的社会内容。这时期，波兰的市民阶层开始分化，一部分上升为贵族，一部分依附于封建保守势力反对当时在波兰盛行的宗教改革，还有一部分则保持原状。因此也有一些作家在他们的作品中，反映了贵族阶层的思想观点和生活状况，认为波兰中世纪的贵族骑士在抵御外敌保卫祖国的战斗中十分勇敢，为了祖国不惜牺牲自己的一切，表现了崇高的爱国主义思想精神;而当今的贵族特别是那些宫廷贵族生活上奢侈浪费,崇洋媚外,由于他们掌握国家的统治权,又各自为政,造成社会混乱,使得经济得不到发展,民生凋敝,他们完全丧失了以往爱国贵族的光荣传统。市民文学作者中,除了出身于这个阶级的上层外,也有社会下层的小商贩、手工业者,甚至乞丐和犹太人,他们揭露了社会的贫富悬殊和法制不公。

此外这一时期还出现了一些日记体和回忆录形式的作品。其中以扬·赫雷佐斯托姆·帕塞克的《回忆录》最有名。这部作品主要写他在17世纪参加波兰反对瑞典和东方的鞑靼入侵的战争,是很珍贵的历史文献。后来一些作家写历史小说还常把它作为重要的资料来源。这一时期一些具有代表性的诗人和作家有的写爱情题材,反映贵族的日常生活,认为这一阶层的人们有道德修养,风度儒雅,言谈风趣,但也颂扬农民的勤劳和朴实。有的作家反映波兰社会下层的宗教派别兄弟会在天主教会反宗教改革中遭受的迫害。著名作家扬·波托茨基的长诗《霍奇姆之战》颂扬了波兰军队1621年在霍奇姆打败土耳其入侵者的战争,这是波兰历史上著名的以少胜多的反侵略战争战役之一。

启蒙运动是18世纪西方资产阶级在继文艺复兴之后,又一次反对教会神权和封建专制的文化运动,它追求政治和学术思想的自由,崇尚理性,提倡科学技术。波兰启蒙运动出现在18世纪下半叶,深受法国启蒙运动百科全书派的思想家伏尔泰、卢梭等理性主义和唯物主义的思想影响。18世纪末,在法国资产阶级革命的影响下,在科希秋什科的起义斗争中,甚至产生了代表平民阶级利益的革命思潮。早在1765年,为了正确引领波兰的文学创作,波兰第一个文学家协会成立;与此同时,一些贵族也相继开办文艺沙龙,介绍和讨论新的文艺思想,许多报刊发表文章,介绍法国和意大利的古典主义文艺。这些都对这一时期的文学创作产生了很大的影响。这一时期的政论文主要揭露政府立法机关和教会的腐败,反对宗教神秘主义的宣传;要求取消议会中的自由否决权,规定议案以参会议员的多数通过为准;同时要求废除拉丁语作为学生在校的必修课,教师在课堂上一律讲波兰语并增设历史、地理、法律和哲学等课程,以新兴资产阶级的科学和民主思想代替封建压迫和封建迷信。著名政论家斯坦尼斯瓦夫·斯塔希茨和胡果·科翁泰在他们的政论中,都提出了一系列救国、富国、利民和具有民主思想的主张。比如他们要求议会中除了贵族的代表外,也要有市民阶层的代表参加,要建立波兰的常备军,大力发展城市工商业,建立工厂,出口波兰的产品,减轻农民在庄园里的负担,让农奴获得人身自由,将他们在庄园里无偿劳动改为租赁庄园的土地而给庄园主交地租的制度。斯塔希茨和科翁泰为了争取小贵族和市民参与议论国事的权利和自身的发展,为了农奴的人身自由,为了波兰的经济、科学和教育的发展,为了拯救波兰于危亡,奋斗了一生。

波兰这一时期受法国古典主义文艺理论的影响,提出了戏剧的创作和表演要遵循三一律的原则。除此以外,一些作家和文艺理论家认为要模仿自然,如果写悲剧,要展示英雄主义的伟大创举。这一时期的代表诗人的作品形式多样,大都揭露政府官僚的贪污腐败、不尽职守,贵族违法乱纪、以强凌弱和他们的种种卖国行径,天主教神甫们的怠惰、愚昧、伪善、挥霍浪费,用为教民祝福骗取钱财,指出教会是封建阶级压迫人民的工具。有的诗人讲述神话或寓言和童话故事,揭露现实中的种种弊端。这些诗人力举改革,他们要求各社会阶层享受平等的权利,人人都要努力地工作,创造幸福美好的生活。有的作品告诫人们不要忘记波兰过去许多爱国志士为保卫祖国表现出的勇敢精神和作出的流血牺牲,并对那些为改革事业作出了贡献的人们表示崇高的敬意。尤利扬·乌尔森·涅姆采维奇在他的长诗《历史之歌》中甚至介绍了波兰开国以来到启蒙运动时期所有的国王和著名的历史人物,歌颂了其中为波兰的繁荣、抵抗异族侵略维护民族独立创建业绩的杰出代表。伊格纳齐·克拉西茨基还创作和出版了波兰文学史上第一部长篇小说《米科瓦伊·多希维亚德钦斯基的奇遇》(1776)。作家在小说中描写了他的理想世界,这里的农村每个人都享有土地,靠自己的劳动养活自己,邻里之间和睦相处,互助互爱,人与人无等级之分。贵族主人公在自己的庄园里取消了封建劳役,和农民一起劳动,庄园里不仅种植庄稼,而且发展多种副业。主人公的家里尊老爱幼,幸福美满。有的作品描写的地主庄园还建了学校、医院,开展各种文化活动,庄园里的农民也参加庄园生产的管理,几乎成了一个集体经济,呈现欣欣向荣的景象。所有这一切都是波兰启蒙思想的具体表现,也是波兰早期反封建的、资本主义民主倾向的表现。

　　18世纪末的法国大革命和欧洲的民主运动也促使了欧洲浪漫主义文学思潮的产生。这个思潮在政治上反对西欧各国封建阶级和基督教会的反动统治,要求资产阶级的个性解放,在文学创作上强调抒发个人的感情和理想,把表达感情和发挥想象提到了文学创作的首位,认为启蒙运动时期古典主义宣扬的理性主义束缚了文艺创作中感情的抒发和自由的想象。浪漫主义也很重视民间文学,因为民间文学不受古典主义清规戒律的束缚,情感真挚,想象丰富,表达方式自由活泼,语言通俗,反映了社会下层人民的心声。但是由于西欧各国的社会状况和历史背景不同,各国浪漫主义文学发展的情况也不一样。波兰自1795年被沙俄、普鲁士和奥地利瓜分亡国后,爱国志士们不论在波兰国内还是国外,都不断地以各种方式进行反抗占领者的压迫、恢复民族独立的斗争。所以波兰19世纪上半叶的浪漫主义文学也和这一时期的波兰民族解放运动有着密切的联系。首先是亨利克·东布罗夫斯基的"波兰自愿军团"成立后,军团诗人尤泽夫·维比茨基就创作了一首《军团之歌》,号召波兰人民参加起义战斗,表示了"波兰不会亡,只要我们还活着"的坚定信心。因为它影响深远,从1926年开始直到今天,都被认定为波兰的国歌。与此同时,波兰浪漫主义文学也是在和启蒙运动时期的古典主义(后来又发展为伪古典主义)的争论中发展起来的。浪漫主义文学的评论家马乌雷齐·莫赫纳茨基首先要求突破伪古典主义文学创作的一切清规戒律,他还指责波兰古典主义文学一味模仿外国的样板，没有反映波兰的现实。莫赫纳茨基要求创造波兰民族的文学，他认为文学和祖国密不可分，要参与为了恢复波兰国家独立的起义斗争。他也强调文学创作中的想象和灵感，认为波兰的民间文学乃浪漫主义文学的一部分。

波兰浪漫主义又分积极浪漫主义和消极浪漫主义。以亚当·密茨凯维奇和尤利乌斯·斯沃瓦茨基为代表的波兰积极浪漫主义文学流派始终表现了对祖国炽热的爱，他们关心贫苦农民的命运，反对封建农奴制压迫，主张发动广大人民群众，为恢复波兰民族独立而进行武装斗争，同时在波兰进行社会革命，推翻一切独裁统治，使被压迫者得到翻身和解放。积极浪漫主义者爱祖国、爱人民、爱大自然、爱全人类，他们要使世界各民族都像兄弟一样团结在一起，享有真正的民主权利和自由。消极浪漫主义作家也强调个人的意志，但他们在政治上极力维护大贵族的特权，反对波兰民族解放运动，美化波兰过去贵族的生活方式。其代表作家是齐格蒙特·克拉辛斯基。消极浪漫主义由于其思想保守，在波兰的社会影响不及积极浪漫主义。亚当·密茨凯维奇是波兰积极浪漫主义的杰出代表，也是波兰最伟大的爱国诗人。他不仅以充满了爱国主义战斗激情的诗歌鼓舞波兰人民去和占领者作坚决的斗争，而且他也亲自组织领导和参加了波兰民族解放斗争。他在最早发表的诗歌《青春颂》中指出，虽然人间一片黑暗，但那里已经升起了爱的火焰。诗人把为大众谋幸福当成他一生的奋斗目标。他的诗剧《先人祭》和长篇叙事诗《塔杜施先生》是波兰文学史上最重要的经典著作。前者再现了波兰民间古老的习俗，反映了对封建等级制度的不满，也充分地表现了波兰爱国者对占领者进行民族压迫的仇恨和反抗以及诗人对祖国的无限热爱。后者成功地刻画了为了祖国的独立自由和农奴的解放而战斗和献身的革命者的英雄形象，指出了要加强波兰民族内部的团结一致，只有这样，才能打败来犯之敌，维护国家的主权和独立。因为在波兰历史上，贵族豪强长期以来的无政府状态，曾使波兰经济遭到破坏，国力衰弱，在外敌入侵时无力抵抗而被瓜分灭亡。与此同时，贵族嗜于打斗的恶习也不利于人民的团结。此外，长诗还以广阔的画面，生动展示了波兰贵族的日常生活和风俗习惯，是一部史诗式的作品。

尤利乌斯·斯沃瓦茨基也是积极浪漫主义的代表诗人。他的作品题材多样，有的借写历史题材，揭露教会维护沙俄占领者在波兰的反动统治的卖国行径。他的诗剧《科尔迪安》写贵族革命者脱离人民群众，企图以暗杀沙皇来推翻沙俄占领者的统治，最终遭到失败。长诗《贝尼约夫斯基》指责在十一月起义失败后流亡巴黎的波兰贵族民主派虽然提出了革命的口号，却又没有一个统一的纲领，他们内部争吵不休，对占领者斗争无力。齐格蒙特·克拉辛斯基虽然思想保守，但他的诗剧《非神曲》却真实地反映了波兰封建贵族由于堕落腐化和对农民的残酷压迫而走向没落，最后失去统治地位的历史必然趋势。作品指出了下层劳动人民反封建和资本主义压迫和剥削的斗争的正义性，但又把他们写成一群只知道杀人放火的乌合之众。剧中人向往人类幸福的生活和平等的权利,但又暗示这一切都实现不了。作者看到了当时波兰社会问题全部的严重性和困难,虽然他找不到解决的办法,但他的《非神曲》仍不失为一部杰作。

除了亚当·密茨凯维奇、尤利乌斯·斯沃瓦茨基和齐格蒙特·克拉辛斯基这些具有代表性的浪漫主义诗人外,这一时期的重要诗人还有安东尼·马尔切夫斯基、塞韦伦·戈什钦斯基和齐普里扬·诺尔维德等。安东尼·马尔切夫斯基的《玛丽亚》发表于1825年,是波兰浪漫主义时期第一部长篇叙事诗。作品抨击了社会等级制度对爱情的扼杀,揭露了贵族统治者极端残暴的本性,具有强烈的反封建的倾向。塞韦伦·戈什钦斯基的长诗《卡尼约夫城堡》反映了在当时属于波兰的西乌克兰地区波兰人信仰的天主教和乌克兰人信仰的东正教以及波兰地主和哥萨克之间的矛盾和冲突,刻画了哥萨克人勇敢、爱自由但又粗鲁和暴躁的典型性格。在作者笔下,乌克兰反波兰地主的哥萨克人都是一群杀人不眨眼的刽子手,作品对于场景的描写使人感到,整个事变的发生好像被一种神秘的力量操纵,魔鬼决定了人的生死。齐普里扬·诺尔维德的《肖邦的钢琴》也是一首名诗。诗人原是肖邦的友人,他在作品中表达了对肖邦的真挚的友情,指出了肖邦在世界文化史上崇高地位。他为祖国波兰拥有享誉世界的波兰文化感到自豪。

波兰文学史上的小说创作始于启蒙运动时期,到浪漫主义时期出现了繁荣的局面,以伊格纳齐·克拉谢夫斯和尤泽夫·科热尼奥夫斯基等为代表的小说作家不仅作品数量很大,而且题材十分广泛,有的写历史题材,有的反映现实,这一时期也开始产生了小说创作的流派。伊格纳齐·克拉谢夫斯基是一位著名的历史小说作家,他的历史小说题材涉及从波兰国家的诞生到他所在的19世纪之前的几乎全部历史。其中最著名的小说《古老的传说》以公元9世纪,也就是波兰作为一个国家诞生以前的一段历史为背景,反映了当时在这片土地上的波兰①和列谢克,即日耳曼两个民族相互之间的争斗到后来和解,因而诞生了波兰第一个王朝彼雅斯特的历史。波兰浪漫主义时期最著名的戏剧作家是亚历山大·弗列德罗,但是他的作品大都是喜剧,描写贵族的日常生活,并不具有浪漫主义戏剧特征。如他最著名的喜剧《处女的誓言》写男女相爱,原先有矛盾,由第三者用计,使矛盾得到解决,相爱男女终成眷属。《复仇》中的侍臣和公证人因为要各占一个城堡的一部分发生了纠纷,要进行决斗,但公证人的儿子和侍臣的侄女相爱,要他们的长辈也消除纠纷,相互和解,最后形成皆大欢喜的结局,这些作品没有反映很深的社会内容,但作者通过一些喜剧场面的描写,充分显示了剧中人不同的个性。

19世纪的欧洲,继浪漫主义文学之后是现实主义文学流派的产生。现实主义作为文学创作的基本方法侧重于客观如实地的反映现实生活,按照生活的本来

---

① 这个"波兰"的波兰文是Polan,有别于现在的"波兰"。现在的"波兰"的波兰文是Polska,音译为"波尔斯卡",英文把她译为"波兰"。

面貌精确和细腻地加以描述,力求真实再现典型环境中的典型人物。实际上,世界各国的文艺自始就不同程度地具有现实主义的因素和特色。但在19世纪30年代以后,西欧各国资本主义制度已经确立和得到巩固,与此同时,资本主义的社会矛盾也日益加剧,各种弊病越来越明显地暴露出来,加之科学技术的发展和唯物主义反对宗教唯心主义的胜利以及空想社会主义学说的传播,促使人们以更加客观的立场去看待和研究资本主义的社会问题。在文学中便产生了现实主义流派,如果以批判的眼光去看待现实和进行创作,便产生了批判现实主义。波兰现实主义文学产生于19世纪70年代,实证主义纲领提出实行资本主义民主和发展经济在当时虽有一定的进步意义,但由于波兰社会民族和阶级的双重压迫,这个纲领根本无法实施,社会下层的劳动人民陷入极端的贫困,人们对黑暗现实表示不满。一些著名的作家如爱丽查·奥热什科娃、亨利克·显克维奇、波列斯瓦夫·普鲁斯和玛丽娅·科诺普尼茨卡等从他们早期对实证主义的颂扬到后来对黑暗现实的揭露和批判,形成了波兰批判现实主义文学流派。这个流派以小说创作为主,有的作家写历史题材,有的作家直面现实,但不管是前者还是后者,在自己的作品中,都深刻地揭露了社会中的贫富不均以及民族和阶级矛盾,表现了炙热的爱国主义和深厚的人道主义思想情怀,对下层劳动人民不幸遭遇的同情和对一个没有剥削和压迫、幸福和美好社会的向往。波兰批判现实主义文学无论在作品的数量,还是它所反映的社会的广度和深度以及它的艺术质量都是空前的,它在波兰文学史上是最重要的流派之一。

爱丽查·奥热什科娃的小说《马尔达》反映了在波兰社会中,由于旧的习惯势力,妇女没有受教育的权利,一旦她们失去了依靠,就无法生存。作者把女主人公的不幸写得真实感人,在社会上引起了很大的反响。长篇小说《涅曼河畔》写一个地主家庭和农民家庭因为父兄一起参加波兰民族解放斗争并在战斗中牺牲,他们之间消除了阶级偏见,能够平等相待,和睦相处,并且结成了儿女亲家。

亨利克·显克维奇主要写历史小说,他在这方面所取得的杰出成就使他于1905年获诺贝尔文学奖,他是波兰第一个获诺贝尔文学奖的作家。他的历史小说三部曲包括《火与剑》、《洪流》和《伏沃迪约夫斯基骑士》,是他的第一部伟大史诗式的作品。《火与剑》以17世纪乌克兰农民起义为题材,揭露了领导起义的乌克兰贵族波赫丹·赫麦尔尼茨基勾结沙俄肢解波兰的卖国行径,但对农民起义作了歪曲历史的描写。《洪流》的历史背景是继乌克兰农民战争之后瑞典封建主入侵波兰,波兰军民在国王扬二世·卡齐米日和著名爱国将领斯泰凡·查尔涅茨基领导下,以人民战争打败了侵略者,把他们赶出了波兰的国土。显克维奇以生动的笔触,描写了波兰人民团结一致、不畏强敌、英勇战斗、势不可挡的气势,颂扬了国王在极端困难的情况下,表现出了高度的爱国主义思想精神,因而赢得了全民的拥护和爱戴。爱国将领勇猛善战、身先士卒,使他指挥的军队威力无比,能够迅速战胜敌人。作者在整个三部曲中,善于构建生动曲折和引人入胜的故事情节,成功地刻画出一系列个性鲜明的爱国者的英雄形象。长篇小说《你往何处去》以古罗马尼禄皇帝统治时期为背景,描写了暴君尼禄焚烧罗马和对当时处于社会下层的基督徒的残酷迫害。作者以他的卓越的艺术才能真实和生动地再现了人类在数千年前的历史巨变,具有震撼人心的魅力,使这部作品在世界文坛享有崇高的声誉。《十字军骑士》描写 14 世纪初十字军骑士团压迫波兰人民以及波兰和立陶宛联军 1410 年在格龙瓦尔德打败骑士团的经过,也是一部弘扬爱国主义思想精神的优秀作品。总体来说,显然维奇的历史小说对当遭受深重民族压迫的波兰人民的爱国热情,起了很大的鼓舞作用,促使他们去和占领者作坚决的斗争。在艺术上,正如瑞典皇家学院授予他诺贝尔奖的授奖词中所说,"他的史诗风格更是达到了艺术上绝对完美的地步。"①

波列斯瓦夫·普鲁斯也是一位杰出的批判现实主义作家,他的长篇小说《前哨》反映了普鲁士占领者对波兰农民的经济侵略,是过去波兰作品没有接触过的题材。《玩偶》成功地塑造了波兰的爱国者、革命者和资产阶级人道主义者的典型形象,深刻揭露了 19 世纪 80 年代贵族阶级的腐朽没落和波兰民族解放运动处于低潮时期的社会面貌。这部小说自发表以来,一直被公认为波兰批判现实主义的代表作。小说《妇女解放的斗士们》中的女主人公为了妇女解放而办女子学校付出了极大的努力和代价,但她们的努力最终失败,作品控诉了男女不平等造成的恶果。《法老》以古埃及拉美西斯十二世国王统治时期为背景,描写了祭司集团和法老的矛盾,也是一部重要的历史小说。玛丽娅·科诺普尼茨卡既是一位著名的小说家,也是一位诗人。她的长篇叙事诗《巴尔采尔先生在巴西》写 19 世纪 80 年代和 20 世纪初,波兰农民由于缺少土地,在国内无法谋生,曾大批迁移到西欧、北美和南美,表现了波兰农民流浪巴西,在国外寻找生路的苦难经历。最后他们在一个港口城市参加了当地工人反资本家剥削的罢工,表明了诗人对被压迫的农民的同情和拥护革命的态度。19 世纪 80 年代,由于无产阶级革命斗争的继续和发展,也首次出现了无产阶级革命文学,其中最有名的是波列斯瓦夫·切尔文斯基的《红旗》、瓦茨瓦夫·希文切茨基的《华沙革命歌》和路德维克·瓦伦斯基的《镣铐玛祖卡歌》。它们的作者都是当时波兰无产阶级革命的领导者,这些作品号召全世界无产阶级和一切被压迫人民起来战斗,摧毁整个旧世界,创造新的生活。有的虽然在牢狱中,但表现了革命乐观主义精神,不仅自己而且要所有的波兰人都踏着波兰传统的玛祖卡舞的舞步走向街垒,参加战斗,打倒沙皇!这些诗歌配上乐谱后,在革命群众中广为流传,鼓舞了他们的斗志。

19 世纪末,除了批判现实主义文学和无产阶级革命诗歌外,文坛上又出现新的现代派文学,在波兰这一时期主要表现在诗歌和戏剧创作中的象征主义和表现

---

① 显克微奇,《第三个女人》,林洪亮译,漓江出版社,1987 年,第 552 页。显克微奇是林洪亮当时的译法,笔者现译为显克维奇。

主义的倾向。象征主义在19世纪80年代首先出现在法国,象征主义诗歌趋向于抒写难以捉摸的内心隐秘,侧重暗示和非明白的解释,使读者似懂非懂,以此体会其中的深意,同时力求展示半明半暗、明暗配合的色彩,强调音乐效果,即诗歌内在的节奏和旋律。法国诗人波德莱尔于1857年出版的诗集《恶之花》,揭露生活的阴暗面,歌唱丑恶事件,具有颓废派的思想倾向,有人认为这是"病态之花"。他的诗想象奇特,感觉过敏,被认为是法国象征主义的先驱。法国象征主义影响深远,除了法国象征派诗人外,还有比利时的象征派诗人和剧作家梅特林克等。在象征主义出现的同时,西欧的诗歌创作中也出现了颓废主义倾向,最早也见之于波德莱尔的诗中。19世纪80时代的颓废主义者主张"为艺术而艺术",认为文艺创作不应受生活目的和道德的约束,否定文学的社会作用,并且宣传悲观和颓废的情绪。波兰的颓废主义和象征主义产生于19世纪末和20世纪初,文艺理论家哲隆·普热斯梅茨基和斯坦尼斯瓦夫·普日贝谢夫斯基这时期都提出了一整套为艺术而艺术的思想观点。哲隆·普热斯梅茨基认为,艺术和伦理道德无关,不表现意识,只表现所谓的"超意识",它属于"纯美学",确认了现代派文学是超然于社会责任和伦理道德的。斯坦尼斯瓦夫·普日贝谢夫斯基也认为,

> 倾向性的艺术,教育的艺术,娱乐的艺术,爱国主义艺术,带有某种道德和社会目的的艺术都不是艺术……为人民的艺术,是把艺术家所采用的手段令人厌恶地庸俗化了,是把本质难以接受的东西作了平民化的通俗化处理。①

他不仅把艺术、艺术家置于和民主、爱国、道德责任、人民群众完全对立的地位,而且本末倒置地说什么艺术是"生活的泉源"。总之,不论哲隆·普热斯梅茨基,还是斯坦尼斯瓦夫·普日贝谢夫斯基提出的"为艺术而艺术"所表现的历史唯心主义及反人民、反民主的政治倾向比西欧的颓废派提出的"为艺术而艺术"甚至更加强烈。关于象征主义,也是哲隆·普热斯梅茨基首次提出的,他认为象征主义是一种"本质的艺术和不朽的艺术",它揭示的是一个"无边无际的非感观的天地",一个"非意识"的非理性天地②,这也是和包括波兰批判现实主义在内的一切理性主义文学完全对立的。

但在波兰当时依然存在尖锐的民族和阶级矛盾的社会环境中,哲隆·普热斯梅茨基和斯坦尼斯瓦夫·普日贝谢夫斯基的"为艺术而艺术"的理论在文学创作的实践中是贯彻不了的。如波兰象征主义代表诗人卡齐米日·泰特马耶尔在他早期的诗歌确实表现了颓废的情绪,他对现世的一切都表示怀疑,认为只有在宗教的神秘主义中才能使他得到净化,可他又脱离不了这个在他看来罪恶的尘世,

---

① 《波兰文学批评1800—1918》,第4卷,国家科学出版社,华沙,1959年,第155页。
② 同上,第55页。

这便给他带来了烦恼和痛苦。他要在象征主义的文学创作中摆脱这种痛苦,他的作品充分利用了象征主义艺术手法,如他对大自然风光的描写,通过变幻不定的光照和色彩的描绘,给读者展现出或明或暗的画面,采用了许多象征的描写,来揭示人的生存状态。可是他后期的创作歌颂纯真的爱情和山区人民质朴和富于正义感的性格,走上了现实主义的创作道路。他在1905年革命后发表的作品中,宣扬爱国主义思想,甚至对革命表示同情,完全摆脱了早期作品中悲观颓废的思想情绪,希望在革命中找到正确的人生和文学创作的道路。

以斯坦尼斯瓦夫·韦斯皮扬斯基为代表的象征派剧作大都以波兰民族解放斗争的历史和现实为题材,表现了爱国主义的精神面貌,和西方象征派剧作中颓废没落的倾向有很大的区别。如他的诗剧《婚礼》,表面上是写波兰加里西亚一部分文艺界对城市庸俗的道德风习不满,要到农村来安家落户,实际是为了讽刺克拉科夫那些保守派知识分子和政要卖国求荣的丑恶面貌和庸俗可鄙的思想情趣,指出了1846年2月在克拉科夫爆发的反奥地利的民族起义失败的原因。剧本既写现实中发生的一切,又用象征和比喻来说明某种情况的发生。剧中场景光线的调配和声色的处理具有象征主义特色。他的《华沙歌》和《十一月之夜》都以1830年十一月起义为题材,前者赞颂了十一月起义参加者为国献身的精神,但作者通过人物的心理描写,表现剧中所发生的一切都是命中注定,带有宿命论的色彩。《十一月之夜》写了两个世界,一个是神话世界,另一个是起义斗争,神话中的人物甚至操纵人间的斗争,舞台上既神秘又现实,也表现了波兰象征主义的艺术特色。

表现主义在西方盛行的20世纪初至30年代,一些中产阶级知识分子厌恶都市文明,要寻求精神上的解脱和意识自由,它首先表现于绘画,后来在音乐、文学和电影领域都有了发展。表现主义诗歌多为暴露大城市的喧嚣、混乱、堕落和罪恶,它不重视细节描写,只追求强有力的主观精神和激情的表现。波兰表现主义代表诗人扬·卡斯普罗维奇在1899年发表的长篇抒情诗《赞歌》就已表现了一个不论是当时还是以后的现代派文学中最普遍的主题:世界面临灾难,人类将要走向灭亡,诗人认为这是因为这个世界有贫困和罪恶,是上帝创造了一个罪恶的世界。这个主题所包含的内容比西方表现主义所要表现的内容范围更大。但和西方表现主义不同的是在卡斯普罗维奇看来,上帝创造的这个世界,不只有罪恶,也有美好的事物,它要让美好和丑恶、痛苦和欢乐并存,说明诗人经受了痛苦和失望之后,想在宗教人道主义中看到希望。他的《赞歌》充分暴露了他在思想上的矛盾,表现了由此而产生的变幻不定的感情,在手法上则采取夸张的描写,着意展现某种混乱和破坏性的场面,以显示这种感情的突发性,使读者强烈地感受到抒情主人公的存在,充分表现了表现主义的艺术特色。

这一时期以斯泰凡·热罗姆斯基和弗瓦迪斯瓦夫·莱蒙特为代表小说作家不仅继承了19世纪批判现实主义的传统,而且反映波兰城乡更广泛的现实题材,在他们的某些作品中也表现了革命的倾向。如斯泰凡·热罗姆斯基的长篇小说

《无家可归的人们》反映了城乡无产阶级的生活状况。小说塑造了一个全心全意为无产阶级谋福利、具有大公无私品德的人物形象,他认为被压迫者无家可归的时候,他自己也无家可归。但是他要改善一些工人和贫苦农民居住和劳动的卫生条件的努力,因为遭到了唯利是图的资产者的反对而归于失败。作者希望改变被压迫者的悲惨命运,但他又看不到一种能够改变现实的力量。历史小说《灰烬》取材于18世纪末19世纪初的波兰民族解放运动,通过塑造各种不同思想和政治立场的人物,对这一历史背景作了真实的反映,并且指出了波兰民族的解放斗争不应倚重于外援而必须立足于依靠自己力量,真实反映了当时波兰民族解放运动的复杂情况。小说《罪恶史》和《早春》都反映了空想社会主义的理想,但作者又认为在他所面临的波兰现实中无法实现,因为他看到了独立后的波兰和占领者统治时期没有两样,认为只有人民群众革命斗争的胜利,才能实现他的理想。热罗姆斯基的创作融合了现实主义和象征主义两者的艺术特色。他无论在人物的刻画、场景的设计和景物的描写,都采取了许多象征主义的手法,成为波兰第一个运用这两种手法进行创作的小说作家。

弗瓦迪斯瓦夫·莱蒙特也是波兰20世纪初最重要的作家。他的长篇小说《福地》以罗兹这个城市资本主义经济的发展为题材,反映了诸多社会问题,如波兰资产阶级是怎么发展起来的、他们与外国资本的激烈竞争、他们内部的尔虞我诈以及他们对工人残酷的剥削和压迫。罗兹是当时波兰资本主义经济高度发展的城市,莱蒙特所反映的社会面貌具有一定的典型意义。长篇小说四部曲《农民》是莱蒙特最重要的作品,也是波兰文学史上最重要的经典之一。莱蒙特正是"由于他伟大的民族史诗《农民》"于1924年获诺贝尔文学奖。他是继显克维奇之后,第二位获此殊荣的波兰作家。[①] 在这部史诗式的作品中,莱蒙特对农奴解放后的波兰农村的社会面貌,作了最广泛和深入的展示。波兰农奴虽然获得了人身自由,但是贵族地主依然占有大量土地,农民没有土地沦为赤贫。地主利用权势,盗伐农民公有的森林,引起了农民的反抗。德国移民要占领波兰农村更多的土地,地主为了一己之利,要把他的土地卖给德国人,农民为了维护波兰民族的利益,和德国移民作了坚决的斗争。后来沙俄占领者要在波兰农村办俄语学校,对波兰农民子弟进行奴化教育,也遭到了农民的反对。但是在这些斗争中,农民最后都遭到了失败,可以看出当时波兰贵族勾结占领者进行反动统治的势力仍很强大。小说也成功地塑造了一系列不同个性和经历的农民形象。

加布列娜·扎波尔斯卡是"青年波兰"时期著名的现实主义剧作家、导演和演员。她的剧作如《杜尔斯卡太太的道德》等主要取材于波兰城市上层社会的生活,揭露资产阶级和小市民的庸俗、虚伪、吝啬和贪婪的习性,塑造了一大批成功的典型,被认为是波兰20世纪现实主义的经典剧作。

---

① 张振辉,《莱蒙特——农民生活的杰出画师》,长春出版社,1995年,第2页。

波兰于1918年获得独立后到第二次世界大战期间的文学创作发展流派纷呈,情况较为复杂。1919年出现的斯卡曼德尔诗社聚集了尤利扬·杜维姆、雅罗斯瓦夫·伊瓦什凯维奇等这一时期最著名的诗人,他们提出了诗歌创作"民主化"、"日常生活化"和"大众化"的口号,要表现普通人的日常生活,语言应当"通俗化、具体化和形象化"①,有的诗人甚至坦诚地表示:

我并不要做你们的向导,
我只要深入到人群中去。②

波兰文学评论家都认为,波兰以往的诗歌创作都没有像斯卡曼德尔诗社这样,与人民大众有如此密切的联系,因此他们受到读者普遍的欢迎。几乎在斯卡曼德尔诗社诞生的同时,在克拉科夫和华沙也出现了一个新的诗歌流派——波兰未来派。这个流派的产生也曾受到20世纪初意大利未来主义的影响,主张同一切传统的文化决裂,面向未来。欧洲一些国家当时已经走上资本主义工业化的道路,科学技术的进步改变了社会的面貌,大都市的机器文明和竞争成了时代的主要特征,因此未来主义者认为,要歌颂"机器文明"和都市动乱的生活,显示"速度的美"和"力量"。③波兰未来主义流派的代表布鲁诺·雅显斯基认为资本主义工业和技术的发展"创造了新的伦理、新的美学和新的现实",要歌颂这个"新的现实",④但他后来也像俄国未来主义诗人马雅可夫斯基一样,走上了革命的道路。

除了未来派,在20世纪20和30年代,又相继产生了先锋派和第二先锋派。先锋派诗人提出了发展科学技术,创造一个他们认为理想的世界。第二先锋的诗人经受过20世纪30年代经济危机和法西斯主义的威胁,他们的作品热衷于反映阴森可怕的场景,预示灾祸的来临,因此被认为是20世纪30年代诗歌中的灾变派。

与此同时,以著名诗人弗瓦迪斯瓦夫·布罗涅夫斯基为代表的无产阶级革命诗歌继承了波兰积极浪漫主义诗歌和19世纪80年代革命文学的传统,它也是伴随着波兰20世纪20—30年代无产阶级革命斗争的发展而产生的。这些作品充满了革命斗争的激情和乐观主义精神,表现了崇高的理想,对当时波兰国内的工人运动起了很大的鼓舞和推动作用。尤其是布罗涅夫斯基,他在20世纪30年代西方资本主义经济危机和法西斯的威胁日益加剧的形势下,不仅真实反映了工人遭受残酷的剥削生活状况急剧的恶化,而且叫人们提高警惕,世界大战将会造成什么后果。他的诗歌也真实地反映许多波兰革命者的英雄业绩,描写了人类第一个无产阶级革命政权巴黎公社从诞生到失败的全过程。在波兰被德国法西斯占

---

① 张振辉,《20世纪波兰文学史》,青岛出版社,1998年,第92页。
② 耶日·克维亚特科夫斯基,《两次大战之间的20年》,国家科学出版社,华沙,2003年,第66页。
③ 《中国大百科全书·外国文学》,第2卷,中国大百科全书出版社,1982年,第1055页。
④ 张振辉,《20世纪波兰文学史》,青岛出版社,1998年,第94页。

领期间,他又和许多爱国诗人一起,以诗歌创作和宣传,投入了反法西斯战斗中。波兰解放后,人民当家做主,诗人深感祖国的解放和新生来之不易,他看到了人们在废墟上重建家园,到处都是热火朝天的劳动景象,过去一些革命作家的理想终于实现了,他为此感到无比的欣慰。布罗涅夫斯基不仅从事诗歌创作,而且亲身参加波兰无产阶革命斗争,为波兰的独立和人民的解放奋斗了一生。他所代表的无产阶级革命文学乃波兰20世纪20—30年代最重要的流派之一。

两次大战之间的戏剧以斯坦尼斯瓦夫·伊格纳齐·韦特凯维奇的荒诞派戏剧最有名。如果说西欧荒诞派戏剧直到20世纪50年代和60年代初才出现的话,那么韦特凯维奇就是西欧荒诞派戏剧的先驱了。西方荒诞派戏剧主要描写人生的荒诞,命运无常,人类面对荒诞的现实束手无策,在绝望中走向死亡,这些主题大都显得抽象和一般化。可韦特凯维奇在他的一系列文论中就明确地指出了社会生产水平的提高、科学技术的进步和物质财富的丰富会导致人类精神生活的空虚、社会矛盾的激化。他的这些观点虽不一定完全正确,但更具体地反映了资本主义社会现实的状况,可见他的思想观点并没有脱离现实主义的传统。他的戏剧创作表现的也大都是一些淫乱和仇杀的故事,揭露人们因为堕落而犯罪,很明确地提出了伦理道德的问题。在手法上,韦特凯维奇侧重于戏剧情节和人物塑造的荒诞构思,通过这种构思加深对戏剧思想主题的表现,给观众以视觉和听觉上的震撼,这一点和西方荒诞派戏剧完全没有戏剧所要表现的事件和剧情的转折不一样。

在两次大战之间的小说创作中,现实主义仍占主导地位。如玛丽亚·东布罗夫斯卡、卓菲亚·纳乌科夫斯卡、万达·华西列夫斯卡、列昂·克鲁奇科夫斯基、尤利乌斯·卡登—邦德罗夫斯基、波娜·戈雅维钦斯卡和"城郊文学社"的作家等接触的题材、表现的思想特点和艺术风格各不相同,但玛丽亚·东布罗夫斯卡和她的长篇小说《黑夜与白昼》是这一流派最具有代表性的作品。小说以1863年一月起义到第一次世界大战为背景,真实地反映了这段时期波兰城乡发生的社会巨变,成功地塑造了一系列曾经参与这些变革的个性鲜明的典型人物。小说通过主人公的经历,再一次指出在一月起义后的波兰农村既要发展农村经济而又企图回避当时存在残酷的阶级压迫和斗争的现实,是做不到的。同时小说也热情颂扬了波兰1905年革命中的工人、农民和学生反对民族和阶级压迫的正义斗争,指出了波兰各社会阶层对革命不同的态度。小说在描写第一次世界大战爆发时,以激动人心的笔触,描绘了世界大战给波兰人民带来的深重灾难,和下层劳动人民在大难临头时所表现的舍己为人的高尚品德。《黑夜与白昼》继承了波兰19世纪批判现实主义传统,但就其反映社会的广度和深度来说,又超过了前者。这是一部史诗式的作品,是继莱蒙特的《农民》之后波兰20世纪文学中又一史诗作品。

波兰解放后初期,作家们对法西斯占领时期记忆犹新,因此在他们的创作中,占主要地位的是反映战争和法西斯侵略罪行的题材。与此同时,一些左派的作家和评论家也进行了关于现实主义的讨论。1949年1月,波兰文学家协会在什切青召开作家代表大会,会上波兰党政领导向作家提出了社会主义现实主义为文学创作的基本原则,要求作家歌颂战后波兰的社会主义建设,把自己的创作和祖国人民走向共产主义的前景联系起来,担负起教育人民的使命,会后为此作了很多宣传。与此同时,在有关方面的推动下,在20世纪50年代初便产生了一大批以波兰社会主义建设和国内外阶级斗争为题材的小说,但是由于作者们没有深入到现实生活中去,这些作品的情节千篇一律,有明显的公式化倾向,对现实的描写也不够真实,因此受到许多作家和评论家的指责,被称为生产文学。但是在这前后,也产生了一些同样是反映波兰无产阶级革命斗争和社会主义建设的较为成功的作品。前者如卢奇扬·鲁德尼茨基的小说《旧的和新的》和伊戈尔·内维尔莱小说《纤维工厂回忆录》,写的是20世纪20—30年代波兰无产阶级翻身解放的斗争,因为作者亲身参加过这一系列的斗争,或者以他们了解的真人真事为背景,他们的作品因此成了真实记载20世纪波兰工人运动史的为数不多的杰作。卡齐米日·布兰迪斯的《公民们》虽然是一部遵循了社会主义现实主义创作原则的作品,但它深入揭露了波兰国内外各种社会矛盾和政府机构的官僚主义,真实反映了波兰社会主义建设的状况,成功刻画了具有鲜明个性的人物形象,从而摆脱了公式化的倾向,在同类作品中,也是写得较为成功的。

但因为社会主义现实主义的创作原则是波兰党政领导自上而下要求作家遵循和贯彻的,所以从一开始就有不少作家对它表示反对。他们认为,对各种不同创作方法都不能否定,对波兰和世界上古今一切有审美价值的艺术成果也不能一笔抹杀,作家要有创作的自由。实际上,在这一时期,除了"生产文学"外,也产生了不少其他各种题材的作品。在1956年波匈事变的前后,还出现了所谓清算文学,一味揭露波兰现实的黑暗,指责波兰社会主义的宣传都是骗局,也全盘否定了20世纪50年代前期歌颂波兰社会主义建设的文学,此后就没有人提社会主义现实主义了,作家们开始了自由创作的新时期。虽然哥穆尔卡1963年7月4日在统一工人党十三中全会的总结报告中说:"近年来,干预生活、热情奔放地反映我国现实的作品太少了,"并且指出"'清算文学'的作者们全盘否定50年代的文学是'极不正确的',我们不需要狭隘生产性的公式化的文学艺术,但是我们也反对在艺术作品中忽视对人的劳动的描写。我们需要的是反映劳动的真正的美、真正的伟大,是反映人与人之间的关系和与社会活动,与劳动有联系的道德冲突。"①但是波兰文艺界对这不感兴趣,一些作家在20世纪60年代也出版了各种题材包括历史和现实题材的作品,其中不乏成功之作,但是再也没有反映社会主义生产劳动的作品。在诗歌创作中,这一时期出现了一个当代派,也就是1956年开始发表作品的诗人一派。这一派诗人从一开始就表现出叛逆精神,要求反映社会生活

---

① 《外国文学动态》,1987年第4期,中国社会科学院外国文学研究所编,第33页。

中迄今没有反映或者不敢反映的问题,但他们的人生观、价值观和审美观都不一样。有的诗人一味揭露社会中的丑恶现象,形成了所谓"丑陋派";有的诗人力求创新,形成了自己独特的风格;有的诗人则仍以传统的表现手法,反映各种不同的现实题材。

　　后来在 20 世纪 60 年代末,诗坛上又出现了一个新浪潮派。新浪潮派诗人大都出生于战后,对 40 年代末和 50 年代的生活以及 1956 年事变没有亲身感受,但 1968 年以后的社会动荡使他们认清了各种矛盾和冲突产生的原因:国民经济发展停滞不前,社会上各种不实的宣传报道和人们精神生活的贫乏使他们感到苦闷以至愤懑。他们不仅写诗,还发表诗学理论著作,认为诗歌创作不能脱离现实,要反映个人和他们这一代人的生活体验,塑造具体的而不是抽象的抒情主人公;要打破清规戒律,进行独立思考,要说真话,以伦理道德的观点而不是政治观点看待事物。他们还认定马克思主义能够促使社会的变革,因为它揭露了社会异化的存在,并和它进行斗争,探索改造现实的途径。这一代诗人对 20 世纪波兰诗歌创作的发展曾经产生深远的影响。在 20 世纪末和 21 世纪初,波兰诗坛上又出现了所谓"地铁里的诗"。这是波兰文化和民族遗产部选定要在 2011 在我国首都北京和其他一些欧洲和亚洲的大城市举办的,命名为"地铁诗歌——来自波兰的诗展"的全部作品,其中包括波兰现代诗歌创作的老中青三代诗人的作品。"地铁诗歌"顾名思义,是反映世界在高科技统治时代的现代生活的诗歌。这些作品反映现实生活面之广泛、表现形式之多样,更是前所未有,尤其是青年诗人对现代生活中的各种新鲜事物非常敏感,如美国 NBA 的篮球赛、原子核物理,甚至核辐射、吸毒和不治之症的严重威胁,无不出现在他们的笔端。波兰现代诗歌创作进入了一个新的时代。

　　但在波兰战后诗歌创作中,影响最大的是两位曾先后获诺贝尔文学奖的诗人切斯瓦夫·米沃什和维斯瓦娃·希姆博尔斯卡。切斯瓦夫·米沃什因他"在自己的全部作品中,以毫不妥协的深刻性揭示了人在充满着剧烈矛盾的世界上所遇到的威胁",表现了"人道主义的态度和艺术特点",[①]于 1980 年获诺贝尔文学奖。他是继显克维奇和莱蒙特之后,波兰第三位获此殊荣的作家。切斯瓦夫·米沃什出生在立陶宛,他战前也是 20 世纪 30 年代第二先锋派即灾变派的代表诗人之一,把历史看成是一场大灾祸,世界将走向灭亡。德国法西斯占领波兰期间,他在华沙参加过地下文化活动,1942 年收集整理波兰各地反法西斯抵抗运动的诗歌,编了一本《独立之歌》,宣传波兰反法西斯斗争,有重要意义。战后他大部分诗歌是他在 1951 年留居法国后又去了美国时写的,有对他的童年和家乡立陶宛的美好回忆;有的反映德国法西斯占领波兰期间首都华沙严酷的现实,表现了他对法西斯的痛恨和复仇的心愿;有的揭露了世间的庸俗、虚伪、丑恶和极端腐败的表现;

---

① 《外国名作家大词典》,漓江出版社,1989 年,第 559,560 页。

也有对他敬仰的友人的赞美。诗人虽然认为现世黑暗，面临灾变，但他并不悲观，因为他也看到了美好事物的存在，他的诗歌继承了波兰浪漫主义和现实主义的传统，但在这个基础上大有发展，表现了新的"艺术特点"。

希姆博尔斯卡是一位富于哲理的诗人，她一生都把创作的着眼点投向了世界从古到今的发展和宇宙间所出现的各种自然现象，对大至宇宙的形成小至生活中的细节进行孜孜不倦的探讨。她认为大自然和人世间的各种事物纷纭复杂，但都是相对而存在的，比如天和地从整个宇宙宏观的角度来看就没有天地之分；事物之间虽有矛盾，但这种矛盾可以转化，或者以某种方式也可得到解决，所以她的哲理具有辩证的特点。此外诗人还认为宇宙和人类社会也是不断发展的，所以她遇到新的事物，都要谦虚地说一句"我不知道。"这样就使她不断地"开拓了新的生活领域"，认识了新的天地，寻找宇宙发展的规律。在这种思想精神指导下，她的诗歌创作也极富想象，时而赞颂，时而讽刺，但又充满了幽默和诙谐，在内容和形式上都丰富了波兰20世纪的诗歌创作。

波兰战后直至今天的小说创作题材之丰富、形式之多样、具有影响力作家之众多，都是波兰文学史上空前的。在这些方面，我们几乎无法列举，但是在他们中，最具有代表性和影响最大的当数雅罗斯瓦夫·伊瓦什凯维奇和维托尔德·贡布罗维奇。雅罗斯瓦夫·伊瓦什凯维奇无论从他一生文学创作品种、规模还是从他作品的艺术质量来看，在波兰战后的作家中都是首屈一指的。伊瓦什凯维奇战前是一位著名的诗人，是20世纪30年代斯卡曼德尔诗社的主要成员之一，后来他创作小说，战后出版了他的代表作：长篇小说《名望与光荣》。这部作品和弗瓦迪斯瓦夫·莱蒙特的《农民》、玛丽亚·东布罗夫斯卡的《黑夜与白昼》一样，也是一部史诗式的巨著。小说以第一次世界大战直到波兰二战后初期几乎半个世纪的历史为背景，通过各种人物和家庭不同的经历，以极为广阔的视野，真实再现了这个充满了各种矛盾和冲突、经历了社会巨变的时代的面貌，成功地刻画了一系列典型人物的不同个性和他们在社会巨变中表现的各种思想状态。小说对第二次世界大战爆发后，纳粹法西斯对波兰来势凶猛的袭击以及给波兰人民带来了空前灾难的描写，给读者以极大的震撼。波兰的战前政府虽然逃到了国外，但爱国军民在国内坚持反法西斯战斗，有的在战场上和敌人拼杀；有的在华沙开地下印刷厂，进行反法西斯和波兰民族解放斗争的宣传，他们不惜付出流血牺牲，为波兰民族解放事业作出了不朽的贡献。在艺术手法上，小说《名望与光荣》与《农民》、《黑夜与白昼》有所不同，后两部作品是从正面揭示那个时代错综复杂的阶级和民族矛盾，《名望与光荣》则更多的是通过人物坎坷的生活经历，从侧面反映他们所处的那个时代，并且以回忆、梦幻和意识流等手法展示他们在社会事变中的不同心态。这是一部综合了现实主义和现代主义各种表现手法的成功之作，使波兰长篇史诗创作在艺术上向前迈进了一大步。此外，伊瓦什凯维奇也写过剧本，他在战后曾长期担任波兰文学家协会主席，为波兰战后文学创作的发展，作出了很大的贡献。

维托尔德·贡布罗维奇是继韦特凯维奇为代表的荒诞派戏剧之后,在20世纪30年代和战后出现的荒诞派小说的代表作家。其作品的一个突出的特点是在故事情节的描写上超越时空的限制,以荒诞、怪异或变形的手法,表现主人公被压抑和异化的人性,具有强烈的讽刺意味,这种讽刺主要针对资本主义陈腐的教育制度、社会发展的不平衡和由于个性解放造成的道德败坏。作品也反映了他个人在国外因为受到欺骗、嘲弄和侮辱而产生的苦闷心情。波兰战后也产生了以斯瓦沃米尔·姆罗热克和塔杜施·鲁热维奇为代表的荒诞派戏剧。

塔杜施·鲁热维奇是战后一位影响很大的剧作家、诗人和小说家。他早期写诗,曾经受到战前先锋派的影响,认为大自然是混乱的,人类的科学技术可以驾驭和征服大自然,人类只有战胜了大自然的混乱,才能建立公正合理的社会秩序。有的作品以法西斯占领时期为背景,揭露了法西斯刽子手的暴行。20世纪50年代,鲁热维奇也写过一些歌颂劳动人民获得解放和新生以及波兰社会主义建设的作品。1956年以后,他的诗歌题材更广泛,有写他日常生活中的观感,有对现实中丑恶现象的讽刺,也有对友人的怀念。他的剧作和斯瓦沃米尔·姆罗热克的剧作的思想主题都联系到了战后的社会现实,如环境污染造成的危害,由于科学技术的发展引起人们的困惑等。有的剧作通过展示荒诞可笑的喜剧场面,讽刺社会中的虚伪、谬误、自相矛盾和因循守旧等等。在创作形式上他们的戏剧和战前韦特凯维奇的戏剧一样,一般不交代故事发生的时间和地点,出场的人物不报姓名也不说明身份,意在说明他们所揭露的某种类型的个人或现象的存在不是孤立或暂时的,他们或它们至少在一个时代存在于人类社会中,因此带有普遍意义。有的剧中荒诞的情节富有象征意义,有的甚至让观众上台和剧中的人物直接对话,一起表演,这样就使戏剧表演和观众融为一体了。总的说来,波兰20世纪荒诞派戏剧不论在创作构思还是人物和场景的设计方面,较之传统的浪漫主义和现实主义戏剧都有很大的突破,同时它也具有许多和西方的荒诞派戏剧不同的新的特点。波兰20世纪不论荒诞派戏剧还是小说都是这一时期波兰国内外影响最大的现代派文学。

波兰文艺理论的研究早在文艺复兴时期就已呈现,它在后来各个时期大都是在历史发展中根据社会或者文学流派产生和发展的需要而出现的。除了一个时期的文艺理论家外,许多作家和诗人也有参与。他们的文艺理论有的虽然受到同一时期西方各文学流派和思潮的影响,但他们联系波兰社会实际,创建了自己的理论体系,有效地指导了同一时期文学创作的方向。波兰20世纪文艺理论家罗曼·英加登创建了文学现象学,对文字作品的结构以及作者、作品和读者的关系等作了深入的和颇有新意的研究和论述,在西方文艺界产生了深远的影响,是西方文学现象学的主要代表。该流派的一些论著近年也介绍到了我国,引起了我国文艺界的高度重视。

第一章

"青年波兰"时期的文学

第一节
概 述

19世纪90年代初,波兰文学除了批判现实主义和无产阶级革命文学之外,又出现了一个新的现代主义流派。而且它的理论和创作实践在文坛上逐渐居于领导地位,因此波兰文学的发展便进入了一个新的历史时期。这一时期起于现代派的产生,一直延续到第一次世界大战结束,是波兰文学进入20世纪发展的第一个时期。

这个时期的历史背景较为复杂:波兰实证主义者于19世纪60年代末和70年代初提出了他们的社会发展纲领后,虽然主张乐观地看待现实的发展,可是波兰现实并不令人乐观。19世纪70年代末,在资本主义发展中出现的阶级矛盾迅速尖锐化,上层贵族资产阶级统治者穷奢极欲和被压迫劳动群众日益赤贫化形成了鲜明的对比,引起社会的强烈不满。这期间,沙俄和普鲁士占领者在他们各自的占领区也进一步加剧了民族压迫,但波兰人民坚持他们的民族传统,长期以来,和占领者进行了坚决的斗争。从70年代末开始的波兰无产阶级革命运动始终没有间断,经过几十年的战斗,给予沙俄和普鲁士占领者的反动统治以沉重的打击,并且迎来了整个沙俄帝国的1905年革命高潮。1905年革命后来虽然失败,但是波兰民族解放运动并没有终止。尤泽夫·毕苏茨基(1867—1935)在第一次世界大战期间,在克拉科夫成立了"波兰兵团",继续反抗沙俄占领者的压迫,为祖国的独立而战。最后,普鲁士和奥地利在战争中失败,俄国十月革命胜利,波兰人民经过一百多年反抗沙俄、普鲁士和奥地利三个占领者压迫的英勇战斗,终于赶走了敌人,赢得了国家的独立。

除了民族解放运动之外,波兰社会各界特别是知识界因为不满现实,也对实证主义者的乐观主义宣传和他们提出的社会发展纲领产生了怀疑。有的人认为实证主义纲领虽有一定的进步意义,但在当时波兰存在严重的阶级和民族压迫的社会条件下是实现不了的。在19世纪60年代或70年代诞生、80年代或90年代初登上文坛的一批年轻的诗人、作家、剧作家和文艺理论家因为受到尼采、叔本华的哲学思想和西方现代派文艺思潮的影响,不仅否定实证主义的乐观宣传和它倡导的歌颂波兰现实的"倾向性文学",而且对老一辈的批判现实主义作家和文艺理论家的美学观点和创作方法也表示怀疑或反对,企图在借鉴西方现代哲学思想、文艺思潮和创作方法的基础上,形成自己的美学体系,开始他们具有独创性的文学创作活动。他们的理论和创作都表现出了反对波兰传统的现实主义和实证主义文学的特点和刻意求新的精神,形成了波兰最早的现代主义文学。这批青年作家和文艺理论家当时模仿欧洲已经出现的"青年德意志"、"青年比利时"和"青年斯堪的纳维亚"①的名称,将他们自己从事文学创作的这个时期称为"青年波兰时期"。"青年波兰"的名称出现于 1896 年,在这之前叫"颓废派"或"现代派",是波兰现代主义的第一个时期。到后来,波兰文艺界就把从 19 世纪 90 年代开始到第一次世界大战结束,也就是波兰国家取得独立前这段时期统称"青年波兰时期"。

  关于现代主义文学的讨论最早出现在华沙。一批年轻的作家和文艺理论家在他们创办的刊物上发表文章,各抒己见,形成了十分活跃的气氛。他们之中影响最大的是哲隆·普热斯梅茨基(笔名米利汤姆,1861—1944)。他于 1887—1888 年间创办《生活》杂志,号召作家要走出实证主义文学狭隘的范围。实际上,他不仅否定实证主义文学,而且否定波兰过去一百年来,也就是 19 世纪积极浪漫主义和现实主义的一切文学成就,认为这都是"最愚蠢的谎言",是"进步的神话"②。他要读者放眼西方世界,并且这时期在他的《生活》上介绍和发表了许多过去不受重视的非现实主义流派的作品和其他斯拉夫民族及西方各国一些有艺术价值但为实证主义和现实主义作家所反对的现代派文学作品。"青年波兰"这个名称就是在这个刊物上第一次出现的,是文学评论家阿尔杜尔·古尔斯基在当时发表于这个刊物上的一篇文章中提到了它。1901 年,哲隆·普热斯梅茨基又创办了另一个刊物《喀迈拉③》月刊,并于这一年在该刊发表了两篇纲领性的文章——《天才们的命运》和《为艺术而斗争》。在文章中,他在研究比利时象征派剧作家梅特林克的基础上,提出了一整套"为艺术而艺术"的观点。他认为,

  艺术既不是反社会的,也不是道德或不道德的。它就像太阳一样,不是也不可能是不道德的,它在升起的时候,无所谓好坏。它就像雨点一样,不是也不可能是不道德的,它在落下的时候,无所谓正义或者不正义。④

  艺术的本质是

  天才、才能和灵感,整个创作的心理学是一个谜,只有对"非意识"或"超意识"进行形而上超验主义和神秘主义的研究,才能解开这个谜。⑤

---

① 阿利娜·布罗茨卡、密罗斯瓦娃·普哈尔斯卡、马乌戈扎塔·塞姆楚克、安娜·索博列夫斯卡、爱娃·莎雷—马迪维耶茨卡编,《波兰 20 世纪文学词典》,奥索林斯米民族出版机关,弗罗茨瓦夫,1992 年,第 651 页。
② 阿尔杜尔·胡特尼凯维奇,《青年波兰》,国家科学出版社,华沙,2001 年,第 84 页。
③ 希腊神话中一个怪异的精灵,有狮子的头和颈,山羊的身躯,巨蟒的尾巴。巴黎圣母院里幻想怪物的雕像也叫喀迈拉。喀迈拉转义为不切实际的幻想、胡思乱想。
④ 张振辉,《20 世纪波兰文学史》,青岛出版社,1998 年,第 3 页。
⑤ 同上,第 3 页。

在普热斯梅茨基看来,艺术是一个不解之谜,它和伦理道德无关,不表现意识,只表现所谓"超意识"。它是一种属于"纯美学"的东西,只有那些"懂得美的追求"、"能够和创造者在精神上合作的人"才能接受。因此,他在否定实证主义文学之后,确认了现代派文学超然于社会责任和伦理道德的非理性和"纯美学"的性质。可是另一方面,他又觉得今天能够接受这种文学的人是很少的,在这种情况下,一个"天才"的艺术家往往不被人理解,陷入孤独。普热斯梅茨基的"天才"文艺实际上是指高等文艺、只有精神贵族才能理解和接受的文艺,传统现实主义文艺在他看来是下等的。因此他在倡导"为艺术而艺术"的美学原则的同时,又将文艺和文艺的接受者划分了等级,而且把这种划分绝对化。

除了华沙这个宣传现代主义文艺思潮的中心外,克拉科夫当时也是一个重要据点。在19世纪80年代末和90年代初,这里也像华沙一样,有一大批年轻的诗人、作家、画家和文艺理论家在他们创办的各种刊物上发表文章,对包括新文艺在内的各种思想和理论问题进行探讨。如路德维克·斯切潘斯基和伊格纳齐·马切约夫斯基在1897年和1898年主办的也叫《生活》的杂志就是一个文艺和社会科学的综合性刊物。在它的编辑部里,既有老一辈的实证主义思想家,又有勇于探索的青年知识分子,他们能够接受各种不同的思想观点,在学术上展开百家争鸣,起到团结新老知识分子的作用。

在这些青年诗人、作家和文艺理论家中,最著名的是斯坦尼斯瓦夫·普日贝谢夫斯基(1868—1927)。他出生于一个乡村教师家庭,曾在柏林的大学里攻读建筑学、心理学和医学。1892年,他用德文发表了文艺论文集《创作个体心理学》。在这部著作中,他以肖邦、尼采为例,对文艺创作个性和社会环境之间的关系进行研究,提出了个性至上的观点。他认为,"今天的创作个性既高于人的一般感受,也高于群体的愿望。"一个高于群体的艺术家理当享有彻底的自由,就是说,他可以不遵守社会法规、道德和习俗的准则,根据自己的意志"改造或者创造新的群体和人类。他只有在享有充分自由的条件下,才能创造真正有价值的艺术"。普日贝谢夫斯基的这些观点显然是受了尼采的"生命本身就是权力意志"即"超人"哲学的影响①。后来他到过挪威和西班牙,他用德文写的作品在德国、捷克和斯堪的纳维亚国家都引起了很大的反响。1898年9月,普日贝谢夫斯基从柏林来到了克拉科夫,因为他在西方一些国家声誉很高,到这里后,受到了年轻一代作家和艺术家的拥戴,并且马上接管了路德维克·斯切潘斯基的《生活》杂志。这个杂志由他接管后,就完全改变了过去倡导百家争鸣、活跃学术空气的宗旨,而成了普日贝谢夫斯基宣传他的文艺观点的独家天下。1899年,他在《生活》上发表文章《我们的宣言》,甚至提出了一套比普热斯梅茨基更完整的"为艺术而艺术"的观点,他认为,

---

① 以上引文见张振辉,《20世纪波兰文学史》,青岛出版社,1998年,第4页。

倾向性的艺术,教育的艺术,娱乐的艺术,爱国主义艺术,带有某种道德或社会目的的艺术都不是艺术,只不过是为那些不会思想或者未受过多少教育的人而写的"穷人圣经"。……艺术家是高踞于生活之上、世界之上的,是主人们的主人,它不受任何规律的约束,也不受任何人类力量的限制。……通过艺术来对社会产生教育或道德的作用,激发广大民众的爱国主义和社会激情,就意味着贬低艺术,就是把艺术从绝对的高度拉到生活的可怜的偶然事件里。……民主的艺术,为人民的艺术,其地位更是等而下之。为人民的艺术,是把艺术家所采用的手段令人厌恶地庸俗化,把本质难以接受的东西作了平民化的通俗化处理。……艺术没有任何目的,目的就在它本身之中。艺术是绝对之物,因为它是绝对灵魂的表现。正因为它绝对,所以不能打上任何标记,不能为任何一种思想服务,艺术就是主宰,就是产生整个生活的源泉。①

普日贝谢夫斯基不仅把艺术、艺术家置于和民主、爱国、道德责任、人民群众完全对立的地位,而且本末倒置地说什么艺术是"生活的源泉"。他蔑视人民群众及为人民的艺术,把艺术家看成是生活的主宰、世界的主宰,这是一种典型的精神贵族的文艺观。普日贝谢夫斯基虽然也谈到了艺术的民族性,但却把它看成是一种绝对、永恒和"神秘的精神之王"②,否定它和波兰现实的联系。他的历史唯心主义的文艺观甚至比普热斯梅茨基表现得更突出。不管是普热斯梅茨基在《喀迈拉》上的言论,还是普日贝谢夫斯基的《我们的宣言》,都触及了新文艺的性质和目的这些根本性的问题,而且他们的观点都表现得十分极端,具有明显的挑衅性,对波兰传统的现实主义和爱国主义文学形成了很大的冲击。这些观点的出现一开始就在克拉科夫和华沙的文艺界和知识界引起了强烈的反响,持不同观点的不乏其人。应当看到,19世纪末和20世纪初的波兰依然处于被沙俄、普鲁士和奥地利瓜分而失去民族独立的历史条件下,波兰社会各阶层人民最关心的是从残酷的民族压迫下获得解放,而当时由一些革命政党领导的声势浩大的民族独立运动对每一个艺术家和波兰人都不可能不引起强烈的震动。此外,波兰现实主义和爱国主义的民族文学毕竟具有几个世纪的悠久历史传统,在广大爱国知识分子和读者心中,已经扎下了根,要动摇它的传统地位也不容易,这就为反对普日贝谢夫斯基和普热斯梅茨基的观点的人提供了可靠的依据。这些反对者虽然世界观不尽相同,但他们的主张有一点是一致的,就是波兰现代文学不能脱离波兰社会现实,不能无视民族的前途和命运。

路德维克·克日维茨基(1859—1941)在1899年发表的《论艺术和非艺术》一文中,提出艺术的本质是真诚,一个艺术家不管对人、对社会、对民族都应当真诚,

---

① 以上引文均见《波兰文学批评 1800—1918》,第 4 卷,国家科学出版社,华沙,1959 年,第 155—156 页。

② 同上,第 157 页。

主张为艺术而艺术的人并不懂得真诚。他们攻击别人有倾向,可他们自己却在鼓吹反社会的倾向;他们要求创作自由,却不允许别的艺术流派自由发展。①

著名无产阶级革命家尤利扬·马尔赫列夫斯基(1866—1925)在1901年发表的《"喀迈拉"关于社会和艺术关系的观点》一文中认为:

文艺和物质社会有着密切的关系,如果面包师不生产面包,鞋匠不做皮鞋,裁缝不做衣服,艺术家就不能生存。所有最现实的文化现象,所有的"思想",所有社会生活现象最高级的表现都和社会的物质生活有最密切的联系。因此一个唯物主义者就是社会现象存在的理论的最忠实信奉者。②

斯坦尼斯瓦夫·布若佐夫斯基(1878—1911)认为艺术来源于生活,它必须在生活中不断吸取新的营养,它的价值在于它是不是最真实和深入地反映了社会生活。艺术是一种社会意识,是集体和个人意识的集中表现。生活中的第一要素是劳动,因为只有劳动才能创造美好的生活。劳动应当是快乐的,而不是痛苦的,人们在劳动中能够战胜大自然和利用大自然,掌握自己的命运。布若佐夫斯基在1904年发表的《对抗议的回答》和1910年发表的《青年波兰的神话》中还明确指出,在斗争和革命时期的波兰,文艺也不能脱离现实的政治斗争,

波兰无产阶级不仅是争取波兰民族独立的主力军,也是波兰物质文明和精神文明的创造者,只有无产阶级创造的艺术才是真正的艺术。③

可见当时在文坛上,除了普日贝谢夫斯基等人的"为艺术而艺术"的文艺观外,在波兰无产阶级革命和民族解放运动的影响下,也形成了以马克思主义为指导的左派艺术思潮。这种思潮一开始就对"为艺术而艺术"的观点进行了反驳,而且是在和后者的斗争中产生和发展起来的,对20世纪初的革命倾向作家的创作,起了一定的指导作用。

这一时期,除了"为艺术而艺术"和马克思主义文艺观形成对立外,还出现过以下观点:如阿尔杜尔·古尔斯基在1898年发表的文章《青年波兰》中,要求新文艺继承波兰浪漫主义诗人亚当·密茨凯维奇的爱国主义思想传统。他认为波兰面临精神危机,继承密茨凯维奇富于民族特色的艺术,推崇他的道德理想是创造新的文艺和复兴波兰的前提。安东尼·波托茨基(1867—1939)在他的《现代波兰文学》(1911—1912)中,也明确指出了要继承传统,他认为文学创作的发展是一

---

① 转引自张振辉,《20世纪波兰文学史》,青岛出版社,1998年,第6页。
② 原文见《波兰文学批评1800—1918》,第4卷,国家科学出版社,华沙,1959年,第169、170页。
③ 转引自张振辉,《20世纪波兰文学史》,青岛出版社,1998年,第6页。

个进化的过程,在这一过程中,会出现新的思想,创造新的形式,但这一切都不能脱离传统。塔杜施·东布罗夫斯基(1887—1919)指出:文学作品应当同时具有认识价值、社会学价值和美学价值,表现它对社会秩序和等级的认识。路德维克·谢罗尼姆提出创造新古典主义文艺,他认为古典主义文艺把世界描写成为一个有秩序、有规律的和谐统一的整体,让人们生活在一个平静而又安稳的生活环境之中,这就是它所追求的美。古典主义虽不主张文艺参与现实斗争,但不否认文艺来源于生活。

普日贝谢夫斯基和普热斯梅茨基的"为艺术而艺术"的观点虽然遭到左派文艺理论家的反对,但它却得到了一部分青年诗人、作家和文艺评论家的拥护和支持,他们把它看成是对传统艺术观念的重大突破。正因为如此,这种观点对于这一时期现代主义创作流派的形成和发展起了很大的作用。普日贝谢夫斯基一度成为波兰19世纪末新文艺论坛的领袖人物。一些青年诗人和作家也很赞同普热斯梅茨基关于波兰文学应当走向西方的看法,他们大量翻译并介绍了尼采、叔本华[①]和柏格森[②]的哲学著作和当时西方现代流派的作品,在借鉴西方流派创作技巧的基础上独辟蹊径,形成了富于个性的创作风格。他们在艺术上的探索对波兰传统的浪漫主义和现实主义文学来说,无疑是前进了一大步。在青年波兰时期现代主义的文学创作中,以象征主义、印象主义和表现主义流派为主的创作方法,不仅表现在诗歌中,而且也表现在戏剧和小说创作中。关于象征主义,普热斯梅茨基在他的理论文章中就已经提到,而普日贝谢夫斯基当时还是一位著名的象征派剧作家。普热斯梅茨基在他编的《梅特林克剧作选》一书的序言中,首先提出了"象征艺术"这个概念。他说:

> 伟大的艺术、富于本质的艺术、不朽的艺术过去和现在都是象征的,是在直观类比后面隐藏着的永恒的因素,它要揭示一个没有边际的非直观的天地,因为在我们的意识这个狭小的岛的周围还有无边无际的神秘的大海。……神秘主义完全脱离了外部世界,它不可能说明一个整体,包括所有的方面,但它可以抽象地或者借助于象征说明事物的本质……象征能够再现现实,它所表现的形式也很普通,但它的内部却有一个无底深渊,隐藏着毫无穷尽、永远不变和不可理解的事物的本质。只有那些不满足于事物的表面,而要去寻找,隐藏在那个无底深渊中的事物的本质的人才能接受。[③]

象征主义作为一个流派主要表现在诗歌中,这一时期的诗歌以抒情诗为主。它强调主观性,热衷于表现内心深处隐秘的感情。诗人大都采用自由联想的手

[①] 叔本华(1788—1860),德国唯心主义哲学家,唯意志论者。
[②] 柏格森(1859—1941),法国唯心主义哲学家,创立直观主义哲学,极力贬低理性和科学的作用。
[③] 以上见《波兰文学批评1800—1918》第4卷,国家科学出版社,华沙,1959年出版,第55、56、57页。

法,着力于潜意识的挖掘,捕捉瞬息即逝或者断续的心理感应,运用拟人化和拟物化的象征和比喻,这和传统诗歌限于表现一个完整和连贯的感情流程大不相同。象征主义诗歌所描写的世界好像总是带着一种幻想的色彩和感伤的情调,并且注重音乐性的表达,音乐性产生了诗歌的音韵和节奏,诗人选择不同声调和语词,建构和谐的节奏,能够创造更加生动的形象和意境。波兰新诗的艺术创新借鉴于西方现代派诗歌,但主要还是诗人在创作中刻意求新、勇于探索的结果。

象征主义诗歌虽然在艺术上有所创新,但却比较突出地反映了颓废没落的思想情绪。这是19世纪末和20世纪初现代派诗歌的总倾向,它主要表现于对现实的怀疑、悲观、绝望和对死亡与涅槃的向往。普日贝谢夫斯基宣扬的"绝对灵魂"[①]和"精神之王"[②]就是如此。但有的诗人崇拜艺术,认为在这个濒于绝望、走向死亡的世界中,只有艺术才放射着光芒;有的诗人歌颂大自然,把大自然看成美的象征。

这一时期的小说也发生了变革。除了传统现实主义小说仍占主导地位外,有的作家在小说中融进了自然主义和象征主义的描写方法,丰富了现实主义的表现。普日贝谢夫斯基认为自然主义旨在揭露人的"赤裸的灵魂"[③],

灵魂既存在于整个世界,存在于人类,也存在于个人……它不具有个性,没有好或者坏、丑或者美之分……它没有任何原则,不论是道德原则还是社会原则,对一个艺术家来说,在我们看来,所有心灵的显示都是一样的。[④]

人在生理上有缺陷,灵魂是病态的,这是他堕落和犯罪的根源。普日贝谢夫斯基以生理学观点阐述人的天性,否认社会环境对它的影响,这是他在《我们的宣言》中提出的反社会文艺观点的又一表现。他的"赤裸的灵魂"也是一个"绝对灵魂",一个罪恶的灵魂。这时期的作家和诗人几乎都写剧本,其中有的具有象征主义特色,注重象征的描写和气氛的烘托;有的反映波兰民族解放运动,有的表现善与恶的矛盾。在这里,性爱成了一种破坏性的力量,剧中人的面貌往往模糊不清,可是剧中所表现的善与恶却被赋予了人的理智和感情。从象征主义等流派的这些特点可以看到,普热斯梅茨基和普日贝谢夫斯基的"天才艺术"和"绝对灵魂"可以从多方面来理解,一是追求手法上的革新,二是表现了颓废没落抑或崇尚自然的情调,但它们在任何情况下,都没有脱离社会环境的影响,现代派的创作也并不是没有目的的。

[①]《波兰文学批评1800—1918》,第4卷,国家科学出版社,华沙,1959年,第155页。
[②] 同上,第157页。
[③] 尤利扬·克日让诺夫斯基主编,《波兰文学百科向导》,第2卷,国家科学出版社,华沙,1985年,第255页。
[④]《波兰文学批评1800—1918》,第4卷,国家科学出版社,华沙,1959年,第154页。

第二节
诗 歌

"青年波兰"时期诗歌中的主要流派是象征主义和表现主义。波兰的象征主义和浪漫主义诗歌不同。波兰浪漫主义诗歌虽也抒发诗人心灵的感受,但是这种感情是突发式的,格调高昂,色彩明朗,表现了爱国主义和革命战斗精神,来自诗人崇高的思想境界。象征主义诗歌所描写的心灵感受则比较隐晦,呈灰暗的色调,表现为精神崩溃。在这里,象征是指一个抽象世界或者一个意识的整体,和具体事物的象征或比喻不同。象征主义诗歌的心理描写和象征都是超时空的,诗人把抒发的感情和描写的事物看成是永恒的,可是它们并没有脱离他们生活的那个时代,他们的诗歌同样反映他们对那个时代的看法。波兰象征主义诗歌的表现手法和印象主义绘画一样,往往以多种色调和光线的搭配,勾画出多层次的变幻画面,这种手法常常用于景物的描写,通过写景表达某种情感。在象征派诗人中,影响最大的是卡齐米日·泰特马耶尔,他的诗歌在题材取舍、思想表达和艺术处理上,都最充分地表现了波兰象征主义的特色。他于1894年出版的《诗歌第二卷》被看成是波兰象征主义诗歌的第一部代表作,标志着这一流派的产生。

波兰表现主义诗歌和象征主义诗歌产生于同一背景,一部分诗人怀疑实证主义社会纲领的实用性,厌恶都市走向没落的文明,有的把资本主义看成是一个罪恶的世界,认定它将使人类走向灭亡。他们要求表现强有力的主观精神,他们的感情是突发式的,对人和事物进行极度夸张的描写,造成紧张的气氛,向罪恶的旧世界发动猛烈的攻击,和象征派的悲观主义大不相同。这种倾向最充分地表现在扬·卡斯普罗维奇的诗歌中。除了作为波兰现代主义流派的主要代表泰特马耶尔和卡斯普罗维奇之外,这一时期影响较大的诗人还有安托尼·朗格、安杰伊·涅姆耶夫斯基、瓦茨瓦夫·罗利奇—列德尔和扬·列曼斯基等。

在全国各地蓬勃发展的民族解放运动和无产阶级革命斗争的影响下,这时期也出现了一大批革命诗歌作品。波兰无产阶级革命诗歌早在19世纪80年代就已产生,90年代后,特别在1905年革命中,这种诗歌创作出现了繁荣的局面。它们的作者也像19世纪80年代的革命诗人一样,都是波兰无产阶级革命运动的参加者或参加罢工的工人。长时期的斗争生活使他们深深了解下层劳动人民的疾苦及其翻身解放的强烈要求。

这些诗人在作品中首先对不合理的社会现实提出了质问:为什么裁缝终日缝衣,而自己却一身破烂?为什么泥瓦匠盖了房子,自己却无处栖身?为什么面

包师烤制面包,自己却要饿死?他们高喊消灭剥削制度,打倒沙皇的战斗口号:

> 工人们,拿起武器,上街垒去,进行流血的战斗。沙皇把刺刀对准我们,刽子手对革命者施加酷刑,可是我们不怕流血,不怕牺牲,把红旗高高举起,胜利属于我们!我们要在人间创造天国,消灭奴役和贫困,消灭骗子和吸血鬼,让世界充满幸福和爱。①

这些作品产生于群众性的革命斗争中,真实地表现了人民群众坚强的战斗意志、争取胜利的信心和决心,以及他们对美好未来的向往。

有的诗歌还以波兰无产阶级革命家的生平为题材,热情讴歌他们的伟大业绩,如《纪念卡斯普夏克》这首诗,是无名氏诗人创作的,把马尔青·卡斯普夏克②这位波兰著名的无产阶级革命家在牺牲前的英雄气概表现得生动感人:

> 他像天空燃烧的一团火焰,
> 虽然绞索套在他的脖子上,
> 可他没有丧失意志和力量,
> 为了革命的胜利,他高呼万岁。
>
> 刽子手们围在他的身边,
> 为了人民的事业他献出了生命,
> 这是一群杀人不眨眼的盗匪,
> 可对他的英勇献身也暗自赞叹。③

这些革命诗歌虽然形式比较简单,但在当时残酷的民族斗争和阶级斗争中,对波兰被压迫和谋求解放的人民群众来说,是迫切需要的。它们赋予人民以革命的乐观主义精神,永远鼓舞着人民去英勇战斗,实现理想。"青年波兰"时期的诗歌创作是波兰诗歌史上最繁荣的时期之一。它流派纷呈,风格各异,为20世纪诗歌创作的发展开辟了一条新的道路。

卡齐米日·普热尔瓦·泰特马耶尔(1865—1940)出生于加里西亚波德哈莱山区卢治米日乡一个爱国贵族家庭,曾在克拉科夫雅盖沃大学攻读哲学,并在那儿开始写诗,后来又去海德堡的大学继续深造。毕业回国后,他居住在克拉科夫和附近著名的旅游胜地扎科潘内。第一次世界大战期间,泰特马耶尔拥护毕苏茨

---

① 转引自张振辉,《20世纪波兰文学史》,青岛出版社,1998年,第10、11页。
② 马尔青·卡斯普夏克(1860—1905),波兰"第二无产阶级"政党的建立者之一,后又参加过波兰王国和立陶宛社会民主党的革命活动,一次因保卫党的出版机关免遭敌人的攻击而被捕牺牲。
③ 转引自张振辉,《20世纪波兰文学史》,青岛出版社,1998年,第11页。

基领导的"波兰兵团"争取民族独立斗争,还组织过一个"保卫斯比什、奥拉维和波德哈莱委员会"。战后他定居华沙,不久患心脏病,双目失明,十几年未能从事创作。1939年纳粹法西斯入侵波兰后,他贫穷潦倒,在生活上得不到照顾,被赶出他居住的一家旅馆,病死在医院里。

泰特马耶尔的创作以诗歌为主,1891年发表第一部作品《诗歌》,1894年发表《诗歌第二卷》,接着又发表了《诗歌第三卷》(1898)、《诗歌第四卷》(1900)、《诗歌第五卷》(1905)、《诗歌第六卷》(1910)、《诗歌第七卷》(1912)、《诗歌第八卷》(1924)。其中第一、二、三卷集中地表现了他的创作倾向和艺术风格,它们的主题是对过去的信念和现实世界表示怀疑,对一切都产生厌恶:

我什么都不相信,我没有任何要求,
我厌恶所有的行动,我嘲笑所有的禁令,
我幻想的偶像已从神坛上掉下,
我要把它抛进垃圾堆,让万人践踏。①

——《我什么都不相信》

然后他对上帝也产生了怀疑,可是怀疑给诗人带来了痛苦,"这就像在路面上见到一个黑暗深渊,永远陷入绝望,遭受痛苦。在所有的一切中,怀疑最可怕。"②如果达不到彼岸,就是说命运让他选择了死,给他的民族也选择了死。他和他的民族一样,在这个罪恶的尘世里都在遭受痛苦和折磨,只有死和涅槃才能使他从痛苦中解脱出来:

我在失败和痛苦中对你说话,涅槃!
请把你的天国赐予人间,涅槃!
请把我从魔鬼的手中解救出来,
因为我非常痛苦,涅槃!
我要永远抛掉这血的枷锁,
因为它套在我的脖子上,我不能走,涅槃!③

——《涅槃的颂歌》

诗人不堪尘世之苦,呼唤涅槃,认为涅槃能够使他得到净化,可是他又无法脱离这个尘世。在这种情况下,他不得不到艺术中去寻找精神上的寄托。他认为,在这个罪恶的世界里,只有艺术才是最高贵的,决不能让艺术和罪恶"同流合污"。

---

① 《文学——青年波兰》,学校和教育出版社,华沙,1989年,第205页。
② 同上,第204页。
③ 同上,第207页。

他宁愿贫困饿死,也不让艺术成为商品。

> 我们,艺术家们,
> 我们干瘦的身躯有如秋天的黄叶。
> 我们得不到一片面包,我们会饿死,
> 可是我们高呼,
> 当一切都变得毫无价值的时候,
> 艺术万岁![1]

泰特马耶尔的诗歌在艺术上充分表现了象征主义和印象主义的特色。他在扎科潘内居住时,以塔特雷山区绮丽多姿的大自然风光为背景,写过许多景物诗,通过变幻不定的光照和色彩的描绘,给读者展现出时而明亮时而暗淡的画面。诗人善于将它们之间最微小的差别也准确地勾画出来。通过这种诗歌的创作,他摆脱了他那失望和痛苦的烦恼,在大自然的景物中找到了新的灵感。例如在《从希维尼查到维尔霍奇哈谷地的风景》中诗人写道:

> 那里是多么宁静……在山坡上,
> 阳光透过一层层薄雾,
> 映照着在绿色睡梦中的群山。
>
> 溪水潺潺,从远处的石级上流过,
> 它在阳光的照射下闪闪发亮,
> 变成了一条银色的缎带。
>
> 一片深绿色的云杉林
> 庄严肃穆地沉睡在一团
> 静寂的金色云雾中。
>
> 在一片阳光照射下而显得明亮
> 和丰茂的草地上,时而显露着
> 一块白色的岩石。
>
> 岩层垒成的岩壁都裸露在外,
> 呈灰白色,十分陡峭,

---

[1] 转引自张振辉,《20世纪波兰文学史》,青岛出版社,1998年,第13页。

笼罩在闪亮的云雾中。

火热的骄阳高挂在天上，
下面的谷地在延伸，
像矿石一样，永无声息。

我从山顶往下看，
那深渊向我张开了血盆大口，
我看着峡谷，看着远方。

突然有一种莫名的牵挂，
这牵挂无边无际，原来
它是一种难以言状的哀怨。①

在《黄昏》中，诗人采用了另一种手法：首先以浓墨重彩描绘变幻中的黄昏景色，然后写出他此时此刻的直观感受，一些不很清晰的形象可引发读者的想象，从另一个角度表现出象征主义的艺术特色：

山坡上黑色的树林沙沙作响
远处有一道溪水淙淙流过，
黄昏宁静的大雾从天而降，
缓缓地、无声无息地把大地掩藏，
还给塔斯基德戴上了一个白色的光圈。
一个神秘的夜晚，
你把面孔紧贴着大地，
紧贴着沉睡的云杉，
你向四处放射着夜的光芒，
你的光芒在幽暗、奇巧的岩石丛中
愈显静谧，愈显神秘。
我的心沉睡在森林中的沙沙声中，
它无言地沉思，
它从云雾笼罩的山岗流到岩石下面，
流过山口和幽暗的峡谷，

---

① 张振辉编译，《波兰现代诗歌选》，中国社会科学出版社，2015年，第7、8、9页。

流到了无尽的远方……①

诗人的自由联想主要表现在景物诗中,有时通过他所珍爱的某种东西,引出许多美妙的联想。如《贝壳》中,他看见书桌上摆着一块他所喜爱的古旧贝壳,便拿起来放在耳边,听见它发出美妙的声音,他的心马上飞到辽阔的原野,飞到美丽的花园。他看见了黑黝黝的枞树林和玫瑰色的花草,潺潺的流水和阴暗的黄昏,他听到了草木的沙沙声和远处的脚步声。他想起了美洲大陆上的原始森林和印第安野人。他来到了无人居住的荒岛上,发现这里有狮子,猴群在梧桐树上欢跳。他要去遥远的异国,那里见不到太阳,可天上有月亮,他在那里会迷失方向,只有这只贝壳能告诉他在什么地方。这些美妙的幻想表明诗人想要离弃他所厌恶的社会现实,去寻找一块没有被尘世污染的净土。可是他又脱离不了现实。他的悲观主义情绪在景物诗中也是有所反映的。《召唤主的天使》是一首具有代表性的象征主义诗作,诗人用许多景物描写来象征人的生存环境和命运:晚钟的响声、幽暗的黄昏、灰蒙蒙的雾、泥泞的沼泽地、悲伤的河、漆黑的坟地、坐在坟上的少女等等。这些形象不仅用来比喻某种或某些具体的事物,而且具有客观把握历史和现实的意义。诗人认为,人类赖以生存的是一个黑暗悲惨的世界,他在这里像一个孤独的灵魂,无家可归,终生流浪:

流水中有人悲叹,有人哭泣,
有人呻吟,有人诉怨,
可它仍在不停地流呀!流呀!
直到消失在山间,消失在云中。②

泰特马耶尔也写过优美的爱情诗,他的爱情诗也离不开景物描写,因为真挚的爱情给他带来了温馨和欢乐,所以他的景物描写是那么动人,就好像周围的一切都在对这一对幸福的恋人表示亲昵和赞美。如在《如果你是》中诗人写道:

如果你是我的妻子,
在热恋中喜结良缘的妻子,
那么我的花园的大门将为你敞开,
那是一座阳光明媚彩霞满天的花园。

似锦的繁花为我们绽放,

---

① 转引自张振辉,《20世纪波兰文学史》,青岛出版社,1998年,第14页。
② 《波兰诗歌选集——中世纪到当代》,沙拉出版社,华沙,2001年,第292页。

鲜嫩的葡萄是那么甜蜜,
玫瑰花和白牡丹
会亲吻你的发丝。

让我们穿行在金色的云雾中,
沉思默想,了无声息,
让我们走在花间的小道上,
这里静寂无声,只有我们自己。

树上的枝叶向我们频频点头
水仙花在银色的苗床上开放,
椴树上的白花
都落在我们相亲相爱的头上。

我让你头戴蓝色的花朵,
有勿忘我花,有矢车菊花,
我让你穿上用幼蕨编织的衣裳,
让全世界都知道你的美丽。

沉思默想,了无声息,
我们走在彩霞满天的花园里,
我们穿行于迷漫的云雾中,
在那边,爱的大门正在向我们敞开。①

　　泰特马耶尔的诗歌在形式上较之传统浪漫主义和古典诗歌更趋于自由,有时为了创造某种诗的意境,他所采用的格律是完全自由的,这就为波兰20世纪自由体诗歌的创作开了先河。泰特马耶尔不仅写抒情诗,他也写叙事诗和小说。他的叙事诗大都取材于塔特雷和波德哈莱山区的民间传说,每一首都讲述一个完整的故事,有的涉及爱情和仇杀,有的反映波兰历史上的民族解放运动。泰特马耶尔很重视反映下层劳动人民特别是农民的生活习惯和他们的思想情趣,在《泰奥菲尔·莱纳尔托维奇的葬礼》中,他因为知道诗人莱纳尔托维奇的作品大多取材于波兰民间文学,描写波兰农村的美景,所以在莱纳尔托维奇死后,他十分感叹地说:

---

① 张振辉编译,《波兰现代诗歌选》,中国社会科学出版社,2015年,第9、10页。

波兰啊！你又失去了
一个最优秀的儿子，
他在外国的门槛上，
也歌唱过我们的田园，
他把一颗爱心献给了波兰的农舍，
他最想知道的，是月桂是否已经开花。

他将在维斯瓦河的轻波上
做一个甜蜜的梦。
他的坟上虽然没有月桂的花环，
但有他最爱的白杨树的枝叶，
野地里的铃兰花、波兰农民的麻布衣
和田里的庄稼。①

在 1903—1910 年间创作的短篇小说集《重岩叠嶂的波德哈莱》是泰特马耶尔的主要作品之一。这部以波德哈莱山区的阶级矛盾和人民生活状况为题材的小说集是用山民的方言写成的，书中展现的各种生活场景给读者以突出的真实感。在《没有土地的什切潘》这个短篇中，主人公什切潘·格沃姆比克和雅库布·格沃姆比克既是亲戚又是邻居。什切潘没有土地，家里很穷，雅库布则是山里的大户。什切潘为了养家，不得不去雅库布的庄园里干活，可是雅库布常常讽刺他，因而激起什切潘对他的仇恨。但什切潘又不能得罪雅库布，便企图以阴谋手段对他进行报复。一次，雅库布家的马圈起火，什切潘假装帮他救火，骗取了雅库布对他的好感。后来什切潘乘雅库布不备，放火烧了他的庄园。他对妻子说，要为自己的屈辱和贫困进行报复。他用雅库布称呼过他的"乞丐"去称呼雅库布，不无讽刺地叫他和自己一起去求人施舍。作者把山民个性的形成和他们在阶级矛盾中所处的地位和生活状况联系起来，具有典型意义。

这部短篇小说集还描写了许多劫富济贫的山区豪杰。如《主耶稣和强盗们》描写耶稣和他的使徒保罗在路上遇到了三个强盗，发现他们把从富人家劫来的财物全都分送给了路遇的穷苦老人和孩子，感到十分高兴。晚上，耶稣便和三个强盗在一家酒店里投宿，酒店老板让村长派来警察把他们抓走，要把三个强盗处以绞刑。这时耶稣和保罗在法庭的地上写了几句话，指控法官曾经毒打一个无辜的孩子，还把自己的生母从家里赶走，不尽孝道。村里的人知道法官的胡作非为之后，捣毁了法庭，赶走了法官，从此村里再也没有强盗。作者通过这个生动的故事，真实地反映了山区人民质朴、粗犷的性格和对正义的向往。

---

① 张振辉编译，《波兰现代诗歌选》，中国社会科学出版社，2015 年，第 10、11 页。

泰特马耶尔的文学创作经历了曲折的道路，他的前期诗歌反映了波兰早期象征主义的创作倾向，后来他和塔特雷和波德哈莱山区居民接触，学习当地的民间语言和文学，走上了现实主义的创作道路。进入 20 世纪以后，他的思想趋于激进，在 1905 年革命后发表的一系列散文作品中，他宣扬爱国主义思想，对革命表示同情，1906 年出版的诗集《现代诗》和剧本《革命》更说明了他不仅摆脱了早期作品中悲观颓废的思想情绪，而且希望在革命中找到正确的人生和创作道路。

　　泰特马耶尔也写过历史小说，在小说《一个时代的结束》(1913—1914)中，他赞颂了波兰著名爱国将领尤泽夫·波尼亚托夫斯基公爵所统率的波兰军队在 1793 年波兰第二次被沙俄和普鲁士瓜分后，和拿破仑并肩作战，为恢复国家的独立和自由而战。

　　扬·卡斯普罗维奇(1860—1926)是"青年波兰"时期代表诗人之一。他出生于比得哥煦省伊诺夫罗茨瓦夫县希姆博日乡一个农民家庭。他 1884 年在莱比锡大学学习期间，参加过大学里的社会主义革命组织，年底回国后，在弗罗茨瓦夫大学继续深造，又参加了大学生的社会革命组织的活动，1887 年曾两次被捕入狱。1888—1899 年间，他在《利沃夫信使报》当编辑，开始发表文艺评论、政论，甚至有关民事诉讼方面的文章，还参加了利沃夫的一些文艺团体和旨在谋求波兰民族独立的波兰国民联盟的活动。1924 年以后他定居波罗尼拉。卡斯普罗维奇因为出身农民阶层，从小对下层劳动人民，特别是对农民深有了解，他在 19 世纪 80 年代以农民及手工劳动者生活为题材创作了一系列叙事诗，如《诗集》(1889)以及 1878—1891 年发表的一些单篇作品及长诗《基督》(1890)等。在这些作品中，诗人首先要问世界为什么是现在这个样子，他着力探讨的是上帝、大自然和人的存在的关系，他的作品甚至带有宗教色彩。如在《我的灵魂在黑暗中行走》一诗中，他对他心中的上帝，提出了这样的问题：

　　为什么今天，
　　那嗖嗖作响的林中
　　隐藏着你的灵魂？
　　虽然人的躯体称之为一团火焰，
　　但人的语言唱出了你的歌。①

　　以上作品大都在波兰 19 世纪末社会背景下，揭示了波兰各种复杂的民族和阶级矛盾，是他早期的成功之作。如《洼地》这一首诗写一个波兹南乡下农民，在地主家干活，所得酬劳原可勉强维持全家生活，但因农村资本主义经济的发展，那个地主不善于以新的方式经营土地，最终破产，只好把土地卖给当地普鲁士移民。

---

① 阿尔杜尔·胡特尼凯维奇著，《青年波兰》，国家科学出版社，华沙，2001 年，第 110 页。

普鲁士移民占有这块土地后,便把波兰农民通通赶走,招来德国雇工。这个农民和他的全家从此失去生计,父母也相继死去。为了安葬双亲,他不得不当掉身上唯一的一件寒衣,陷入了绝境。这时他听人说外国比波兰富裕,那里可以找到很好的工作,于是丢下妻儿去了外国。他在外国虽然找到了工作,但因收入太低,依然不得温饱。后来他收到家乡来信,说他的儿子死了,妻子也害了重病,他不得不辞去工作,身无分文地踏上了归途。

卡斯普罗维奇写的这个故事具有普遍意义。当时在普鲁士占领区,占领者为了巩固统治,对波兰实行了一系列殖民主义和德意志化政策,其中最重要的两项是增加普鲁士移民和尽量多占波兰的土地,他们以为这样便可扩大普鲁士的地盘,增加普鲁士的民族因素,最后把占领区全部并入德意志帝国的版图。许多波兰农民为了保卫祖国的土地,和殖民主义者进行了坚持不懈的斗争,但是他们遭到占领当局的驱赶。有的地主由于各种原因,又把土地卖给了德国人,这在当时被看成是一种卖国行为。被驱赶的农民不得不离乡背井,远走异国他乡,饱尝人间的辛酸和痛苦,这是波兰一代农民的悲惨命运。这在波列斯瓦夫·普鲁斯的小说《前哨》中,有过深刻的揭示,卡斯普罗维奇同样真实地反映了这一重大主题。

在《来自农舍》中,诗人写波兰农民的贫穷和痛苦,因为他自己也出身农民阶层,有同样的感受:

> 沙丘上有一排农舍,
> 农舍后面有一个樱桃果园,
> 灰色的柳树倒垂着它的枝桠,
> 在牲口圈旁,在牛棚旁。
> 灰蒙蒙的农舍,贫穷的农舍,
> 我是怎么和你们生活在一起的,
> 我和你们一样,没有欢乐……
> 今天,你们给我
> 带来了那么多宝贵的回忆,
> 可这都是带泪水的回忆。①

除写农民之外,卡斯普罗维奇早期的叙事诗也取材于城市无产阶级的生活。如《女缝工》写一个年轻姑娘原有一个幸福家庭,父亲是个搬运工人,终日劳累,但回家后总是给她带来面包和奶酪。后来父亲病死,丢下了她,母亲一个人出外谋生,长年杳无音信,她成了孤儿,不得不去一家缝纫工厂干活,每天工作20小时以上,而劳动所得却不能养活自己。诗人衷心希望这个姑娘的处境能够得到改善,

---

① 《青年波兰课文》,华沙大学语言文学系选编,华沙,1993年,第25页。

"也许她能等到美好的时刻,也许她会挣得一块面包",可是这种希望能否实现?诗人自己也未作出明确的回答。但他号召穷苦的一群"真诚地团结起来,走向广阔的原野,为消灭人类的痛苦而战斗"。他相信"平等、自由和爱的王国一定会降临人间"。① 他在《我嘴里很少说出来的东西》中说:

> 我嘴里很少说出来的东西,
> 今天我要说出来,
> 它就是我最爱说的一个词:祖国。
> 祖国啊!你浸透了同胞的鲜血。
>
> 我看见市场上,
> 有那么多的商客,
> 都在大声地叫卖,
> 比什么声音都叫得更响。
>
> 我看见,谁的东西卖得最便宜,
> 他就会赢得人们的掌声,
> 就会获得一个皇后苹果的赏赐,
> 因此有人高喊,我活着就是为了这个苹果。
>
> 我看见一些人,
> 他们阴暗的心理,怠惰的性习,
> 即使听到了节日欢乐的演奏,
> 也唤不醒他们幽昧的良心。
>
> 大大小小的旗帜,
> 演讲和示威游行,
> 才真的显示了伟大和神圣,
> 可只有少数人懂得。
>
> 因此你们不要感到奇怪,
> 我说"祖国"是我嘴里
> 很少说出的一个词,
> 是有原因的。

---

① 转引自张振辉,《20世纪波兰文学史》,青岛出版社,1998年,第18页。

我亲爱的弟兄和姐妹们,
那些参加葬礼的人走了,
但他们知道:我把这个伟大和神圣,
已埋藏在自己的心底里。

土地啊!我是你的基石和光照,
你是那么肥沃,那么丰产,
你是祖国的土地,亲爱的祖国!
我永远属于你!①

诗人还说:

我的歌既是富人的歌,也是穷人的歌,
有人承认,也有人不承认,
但它是我的歌,虽然它不常在我的嘴边,
它是我最亲爱的祖国的歌。②

　　这里不仅表现了他对因为沦亡而遭受苦难的祖国的热爱,而且在他看来,一个被压迫的民族不论它的哪一个阶层,都遭受过占领者的民族压迫,这里没有什么不同。要战斗、流血牺牲,去赢得国家的独立。
　　如上所述,卡斯普罗维奇早期的叙事诗并未脱离传统的批判现实主义倾向,有的作品甚至表现了人道主义理想,这和诗人当时参加革命和波兰民族解放斗争不无关系。19世纪90年代中期后,卡斯普罗维奇开始写抒情诗,他的抒情诗和叙事诗在内容和形式上都不相同,这些作品给读者展示的是一个堕落腐化的罪恶世界,诗人痛恨这个世界,但他找不到出路,往往陷入苦闷,有时还流露出悲观厌世的情绪,因此他就从现实主义转向了富于现代主义特色的创作。他的第一首抒情长诗《爱情》(1895)以他年轻时一次不很幸福的婚恋为背景,作品所表现的主题却超出了一般爱情诗的范围,诗中有时还直接表白他对现实的看法。在他看来,世间一切被认为是神圣的东西都是欺骗,除了欺骗,就是堕落、犯罪:

我见到的是荒淫无耻,
在奥波伊的裸体舞会上

---

① 张振辉编译,《波兰现代诗歌选》,中国社会科学出版社,2015年,第2、3、4、5页。
② 同上,第6页。

有一群荡妇和酒徒,
他们的脸上浮着痛苦的表情,
因为他们将死于毒草
或者死于蛇毒。①

这是一个小小的社会缩影,诗人由此想起了他的过去和现在,要把他过去和现在的决心向读者作坦诚的表白:

你们知道,我曾有过一种愿望,
就是改变这个世界的秩序,
我要把一切都砸得粉碎,
把神圣的殿堂踩在脚下。②

他要否定过去和现在被认为是神圣的一切,把"我的幻觉"也看成是欺骗。诗人表露出悲观厌世,而且心情也很矛盾,他虽想"改变这个世界的秩序"③,但他深深感到无法做到这一点。他1898年发表的诗集《野玫瑰荆棘》虽然大都是描写塔特雷山区自然风光的景物诗,诗人通过写景表现了忧郁感伤的情怀,这和他当时矛盾苦闷的心境是分不开的。如在《黑岩中的野玫瑰》中,诗人写一朵长在悬崖上的野玫瑰,害怕暴风雨的袭击,害怕悬崖坍塌会摔死在崖下;它旁边有一棵干枯的雪松,它又觉得自己会像雪松一样枯死,因此它无时无刻不感到孤独和恐惧。

长篇抒情诗《赞歌》包括八首长诗,分为两册,出版于1901年和1902年,直到1922年才定名为《赞歌》,这是卡斯普罗维奇最著名的作品。它表现了一个不论是当时还是以后的现代派文学中最普遍的主题:罪恶统治世界,世界面临灾难,人类将要走向灭亡。西方表现主义作为一个艺术流派盛行于20世纪初至30年代,它首先出现在绘画中,后来才在音乐、文学、戏剧和电影中得到发展,但卡斯普罗维奇的《赞歌》不论在思想上还是在艺术上,都已突出地表现出了这一流派的特点,所以一位意大利文学史家认为:卡斯普罗维奇的《赞歌》是"欧洲表现主义诗学的第一个例证"④。

他在作品中首先指出,当灾祸来临之际,全世界的

---

① 转引自张振辉,《20世纪波兰文学史》,青岛出版社,1998年,第19页。
② 同上,第19页。
③ 同上,第19页。
④ 《波兰文学史》,第285、286页。这是一本从意大利文译过来的《波兰文学史》,由弗罗茨瓦夫的奥索林斯基民族出版机关于2009年出版。

火山爆发，
在大地的胸上燃烧。
大地在流血，在吼叫，
所有的城市都毁灭了，
希望和爱都死去了。①

因为在这个世界上，

到处都是贫困，
爱的贫困，
痛苦的贫困，
贫困在你的心中。

诗人自己这时也产生了恐惧心理，他要问：

罪恶用乌黑的血污染了灵魂，
我们毫无防卫，
谁来怜惜我们？

他还一度产生了极度悲观的情绪，说：

由于罪恶，在我面前
出现了一道鸿沟，
我要死了，我要死了！

因此他要祈求上帝宽恕人们，对人们大发慈悲，但人也要认识到自己的罪过：

上帝啊！
你不要惩治我们的罪恶，
但世界要认罪，从罪恶中醒来，
不能死亡。
你有强大的力量，
你的慈悲在哪里？

---

① 本节扬·卡斯普罗维奇的诗歌原文除非另外加注，均引自《赞歌、穷人的书、我的世界》，PAX 出版社，华沙，1956 年。

怎样才能得到你的慈悲?

他要上帝

给我们的脑袋,
给我们被泪水浸湿的眼睛
发发慈悲!

让我们不受那污浊的空气、饥饿、
大火、战争的煎熬,不受
那突然和预料不到的死亡的威胁,
让我们避开那找上门来的魔鬼,
不受那幽灵的诱惑。

诗人还对月亮、星星他最亲爱的兄弟姐妹说:

月亮,我的兄弟!
星星,我的姐妹!
快快照亮我的这个黑暗的大地吧!

诗人也对土地虔诚地表示:

土地,我的姐妹,血和耻辱的土地,
我光着头,赤着脚向你走来,
我要和你一起扛起你身上的枷锁
和你一起承担你的罪恶和
你遭受着威胁,
和你一起歌唱,
唱那新奇的爱的赞歌。

诗人最后对那一切罪恶的审判官说:

啊! 审判官,
当人们高唱:
"主啊! 给这个罪恶的灵魂
永久的安宁吧"的时候,

你要宽恕它的罪恶!

在长诗的末了,诗人表现了他最美好的心愿,他对人们说:

你们都和我一起唱吧!
唱一首比太阳还要明亮的赞歌,
当它唱响了牧场,唱响了古老的城堡,
唱响了我们故乡的城市,
唱响了被云雾笼罩的高山的时候,
它就会给了你们长上翅膀,
让你们沐浴在蓝天上。

到那个时候,

爱的天使就在我们的身边,
他的一双眼睛看见了爱的诞生,
在全世界的土地上,
开遍了花朵,
长满了绿草。

诗人在《赞歌》中表现的两种思想情绪在他以后的作品中仍有不同程度的反映。如在1906年出版的《英雄的马和坍塌的房屋》这个集子中,诗人写的依然是世界末日和价值危机的主题,但他把这归咎于堕落腐化的城市生活,认为资产阶级市侩、庸俗自私的小市民都是资本主义工商业文明的产物,这种文明不仅毁灭了自己,也将毁灭人类。

卡斯普罗维奇的晚年,特别是定居波罗尼拉乡下之后,他几乎完全脱离了城市生活,和波德哈莱山区的农民有了更多交往。他出身农民,对他们本来就有一种天生的亲密感。如果说他在早期发表的诗歌中,主要反映被压迫者的悲惨命运的话,那么现在他把农民和大自然联系在一起,在他们的身上看到了美德和智慧。这种美德和智慧产生于他们和大自然的接触,是大自然赋予他们的。诗人把一切纯洁和美好的东西都归之于自然,并以此和城市的堕落腐化进行对比。在他看来,农民心灵美好是因为他们生活在大自然中,城市堕落腐化是因为它脱离了大自然。一个农民虽然没有受过城里的教育,但他比城里人更懂得生活的意义和世界的真谛,也更懂得上帝的含义。诗人热爱这些普通人,爱他们朴素的生活,他在描写他和他们的接触以及自己在农村的生活状况时,总是带着无比的喜悦。在《清晨》中,他写道:

我爱和家禽一同栖息，
和百灵鸟一道从睡梦中醒来，
让我的两只眼睛
沐浴着金色的阳光。

我身穿一件农家的衬衫
在衬裤上系着一条长长的腰带，
我赤着脚来到村门外，
目睹这清晨的霞光。①

诗人一生经历坎坷，思想上有过重大的转变，但在晚年终于领略了生活的欢愉。他保持了对一切真善美的东西的追求，认为这种真善美存在于勤劳、质朴的劳动人民身上。他晚年的诗歌正因为是在这样一个生活环境中写的，所以透出了清新自然的艺术特色。

安托尼·朗格(1861—1929)出生于华沙一个波兰籍犹太人家庭，年轻时曾在华沙大学学习自然科学，1886—1890年又在巴黎大学学过东方语言、哲学和文学。这时他和巴黎宣传社会主义革命思想的《起床号》杂志建立联系，开始发表诗作。1890年回波兰后，他在华沙主编《生活》周刊，此后一直在波兰报刊保卫部工作。朗格早期的诗歌有的写人的孤独，在生活和大自然中迷失了方向：

人的心灵永远孤独，
就像漫游的行星，
每一颗星都在走自己的路。
但在银河中迷失了方向，

孤独的人和漫游的星一样，
他们看着蔚蓝的天空
走他们自己的路，
从不离开他们的视线。②

有的作品还带有东西方和拉丁美洲的神话色彩，但他的诗歌大部分都反映社会革命题材。他认为被压迫者在"可怕的岁月"中要奋起反抗，改变这岁月的面貌：

---

① 转引自张振辉，《20世纪波兰文学史》，青岛出版社，1998年，第22、23页。
② 阿尔杜尔·胡特尼凯维奇，《青年波兰》，国家科学出版社，华沙，2001年，第146页。

> 你要捣毁这监狱的高墙，
> 要砸碎这罪恶的枷锁，
> 要消灭这人间的地狱。①
>
> ——《苦艾酒》(1918)

"你会见到他们脱下褴褛的衣衫，换上华贵的衣裳。"②诗人要展开翅膀飞向远方，去远方寻找真理。在长篇抒情诗《沉思》(1906)中，他用"死神"象征他的这种愿望，"死神领我去作一次长途旅行"③，但他又离不开他的祖国波兰。波兰正在遭受暴君的奴役，波兰已经开始战斗，作为一个爱国者，他要《告诉我的同代人》，他

> 看见了白鹰在红云中飞翔，
> 听到了它复活的叫声。④

这是先辈的梦想，这种梦想已经实现，他要行动起来，要用剑和笔把暴君刺死。朗格一生的诗歌创作始终没有离开对祖国和被压迫者的解放。

安杰伊·涅姆耶夫斯基(1864—1921)出生于比得哥煦省布罗德尼察县罗基特尼扎乡一个爱国贵族家庭，早年曾在多尔帕特的大学里攻读法律。1890—1891年他在克拉科夫参加加里西亚的无产阶级革命运动，1892—1897年在索斯诺维茨的矿工和钢铁协会工作，后迁居华沙，参加波兰社会党，1899年被沙俄宪警逮捕入狱。1904—1905年他在利沃夫主编《熔炉》月刊，继续宣传为祖国独立和社会主义胜利而斗争的思想，参加了1905年的革命斗争，1906年以后一直担任《独立思想》杂志的主编，主张思想解放，反对教条主义，坚持为波兰民族独立而斗争。

涅姆耶夫斯基是这一时期唯一公开表示反对普日贝谢夫斯基等人的"为艺术而艺术"观点的诗人。他在19世纪90年代末发表的《一个狂人的信》中，对"为艺术而艺术"的理论和颓废艺术进行了尖锐的讽刺。由于多年参加革命活动，他的诗歌创作也和他所热衷的社会解放事业有着密切的联系，有关民族独立的主题在他的许多诗歌作品中都有生动的反映。例如《征兵》这首诗描写一个村子里征兵上前线的热烈场面，鼓乐齐鸣，士兵和亲人告别。应征入伍的农民士兵把上战场看成是上天堂，那里没有眼泪，没有悲伤，只有冲锋杀敌的勇敢：

---

① 《文学——青年波兰》，学校和教育出版社，华沙，1989年，第242页。
② 同上，第242页。
③ 同上，第243页。
④ 塔杜施·热伦斯基—博伊选编，《青年波兰诗选》，奥索林斯基民族出版机关，弗罗茨瓦夫，1947年，第79页。

这是彼雅斯特的子孙，
这是腊茨瓦维采①的民众，
他们全副武装，开赴前线，
要和德国人决一死战。②

这些农民脑门上都有一只黑鹰，
他们要和压迫我们的德国人战斗，
这是流血的战斗，
残酷和可怕的战斗。③

在当时此起彼伏的民族解放运动中，这种场面也许就是诗人亲眼所见。可是波兰农村的民族和阶级矛盾十分复杂，作为革命者的涅姆耶夫斯基对此深有了解。如在波兰王国，沙俄当局1864年宣布农奴解放时，曾规定村社的森林归农民集体所有，外人不得侵犯，但一些地主和犹太人常常勾结地方当局，来森林里盗伐木材。农民为了保卫自己的利益，和这些盗伐者进行斗争，有时甚至发生流血事件。涅姆耶夫斯基在《公民代表会》中叙说了这么一个故事：某村庄粮食歉收，一个富有的犹太人打算购买村里的林地，遭到村民拒绝后，便派人来盗伐森林。一些村民去村政府告状，但村政府被地主控制，村民败诉，他们迫不得已和犹太人进行搏斗，结果被政府当局逮捕入狱。这种事件在当时波兰农村屡见不鲜，作品的价值在于它通过事件的发生，真实地揭露了民族矛盾和阶级压迫交织在一起的社会状况。涅姆耶夫斯基在索斯诺维茨矿工和钢铁工人协会工作期间，和产业工人有过广泛的接触，对他们的生活和工作状况十分了解。由于劳动条件差，这里经常发生工伤事故，给工人的生命安全造成了极大的威胁。《长年的大火》(1895)这首诗写的正是煤矿工人由于井下起火被大量烧死的惨剧。诗人描写事故之后，问道：

我们又来到了那个地方，
要寻找那些已经死去的人们的遗体，
现在不是为死者流泪的时候，
因为我们要寻找那里的宝藏，
和那些遭罪的灵魂，

---

① 腊茨瓦维采，波兰地名。1794年，也就是波兰被沙俄、普鲁士和奥地利瓜分的前一年，爆发了由科希秋什科领导的抗俄民族起义，起义军是一支由农民组成的镰刀队，曾在腊茨瓦维采大败俄军。
② 塔杜施·热仑斯基—博伊选编，《青年波兰诗选》，奥索林斯基民族出版机关，弗罗茨瓦夫，1947年，第30页。
③ 同上，第28页。

是不是又要燃起一阵大火，
把我们驱赶？①

诗人希望社会各阶层对工人表示更多的关心，努力改善他们的劳动条件，他认为只有他们才是社会财富的真正创造者。他的诗在革命者和工人群众中广为传诵，产生了很大的影响。

瓦茨瓦夫·罗利奇—列德尔(1866—1912)出生于华沙一个职员家庭。他年轻时在克拉科夫雅盖沃大学攻读法律，1888—1897年间到过巴黎和维也纳，在巴黎学习阿拉伯语和波斯语，参加了法国诗人马拉美(1842—1898)领导的诗社，后又结识德国诗人斯·格奥尔格(1868—1933)，一生发表的诗集有《诗歌第一卷》(1889)、《诗歌第二卷》、《诗歌第三卷》、《我的缪斯》、《诗歌第四卷》(1891—1897)等。

列德尔的诗大都以波兰民族解放斗争为题材，表现了爱国主义思想。在《学校》一诗中，他回忆儿时父母送他上学，要把他培养成一个有用的人才，可这所学校被沙俄占领者控制，实行俄罗斯化民族压迫政策，对爱国的波兰少年儿童进行残酷的迫害，诗人怀着对敌人的仇恨把学校比作监狱，视学校当局为暴君。他感到自己在这里没有亲人，没有伙伴，只有仇恨，但他心目中却有一个崇拜的对象，这就是波兰文艺复兴时期的爱国诗人扬·科哈诺夫斯基。他觉得这位伟大诗人能够给他无穷的力量，他不害怕学校当局的拘审和拷打，他要反抗，让全校学生和他们的家长都起来反抗，相信有一天反抗的吼声会响遍整个学校。

列德尔在国外学习期间，很想念他的祖国，"他在祈祷时总是举着祖国的旗帜"，因为这是代表"民族尊严和骄傲的旗帜"，②维护民族尊严是每一个波兰公民的应尽之责。他更想念他的故乡，他要像他所崇拜的科哈诺夫斯基那样，晚年在故乡黑林村亲手耕种，和妻子一起养育儿女，也不忘记他的

共和国和国王，
他们的庄严和品德，
他们的骄傲和信心。③

这种田园牧歌式的生活梦想虽然不一定能够实现，但表现了诗人对故乡、祖国和波兰民族传统的深深依恋。

---

① 塔杜施·热仑斯基—博伊选编，《青年波兰诗选》，奥索林斯基民族出版机关，弗罗茨瓦夫，1947年，第18页。
② 转引自张振辉，《20世纪波兰文学史》，青岛出版社，1998年，第26页。
③ 同上，第26页。

扬·列曼斯基(1866—1933)是这时期不多见的一位讽刺诗人。他年轻时在华沙大学学过法律,在普热斯梅茨基的《喀迈拉》月刊当过编辑,第一次世界大战期间在波兰内务部工作。列曼斯基一生发表的作品很多,主要有《童话》(1902)、《讽刺散文》(1904)、《99首赞颂幸福的歌》(1906)、《所有权》(1909)、《黑夜和白天》(1910)、《行动》(1911)等。

列曼斯基的诗歌大都讽刺一些资产阶级和市民阶层的庸俗和市侩的作风、虚伪和见利忘义。有的作品取材于童话:如《少年和蛙》写一只青蛙居心险恶地唆使无知的少年去铁路上置放砖头,企图造成车祸;《狐狸和鹅》写一只狡猾的狐狸骗取了鹅的信任之后,便钻进鹅的翅膀下面,善良的鹅把它当成最好的朋友,用羽毛温暖和保护它,哪知狐狸趁鹅不备,一口就咬断了鹅的脖子。狐狸在吃鹅肉时,终于良心发现,后悔莫及,于是对天问道:

当我挨饿的时候,
你为什么叫我抛弃德行,
走上犯罪的道路?
这就是我的存在,
一个血的谜。①

诗人对社会上的罪恶深恶痛绝,把这一切的产生归结为伦理道德的问题。在《星期五宴会》中,他还不无讽刺地展现了一个家庭星期五举行宴会时的疯狂场面,青年男女都喝得酩酊大醉,狂呼乱跳。在这些人看来,"这个躯体今天虽然活着,明天就会腐烂,不如抛弃禁欲主义,及时行乐。"②

人死了,
就不会复生。
亚里士多德,
柏拉图有什么用?
活着,然后去见魔鬼。③

诗人蔑视这种醉生梦死的人生观,甚至把这些男女比做猪狗。《尖锐的指责》写的正是他和猪的一次对话,猪对他说:"谁不会生活,他才写诗。"他回答说:"你在什么地方都可以活,可以摇着你的尾巴,可是我不能像牲畜那样地活。"当猪再

---

① 转引自张振辉,《20世纪波兰文学史》,青岛出版社,1998年,第27页。
② 同上,第27页。
③ 同上,第27页。

要和他搭话时,他就把它杀了,可见他对这种人间的猪狗是多么厌恶。①

第三节
戏 剧

　　这一时期的戏剧也和诗歌一样,内容和形式都曾受到西方现代派戏剧的影响,但仍植根于民族压迫的社会环境中。以斯坦尼斯瓦夫·韦斯皮扬斯基为代表的象征派剧作家大都以波兰民族解放斗争的历史和现实为题材,表现了爱国主义的精神面貌,和象征派诗歌中颓废没落的倾向有所不同。此外,塔杜施·密钦斯基的剧作为代表的表现主义戏剧和卢奇扬·雷德尔、加布列娜·扎波尔斯卡以及塔杜施·利特内尔的现实主义戏剧也占有重要的地位。

　　斯坦尼斯瓦夫·韦斯皮扬斯基(1869—1907)是这一时期最著名的剧作家和戏剧改革家。他生于克拉科夫,从小受雕塑家父亲的影响,对艺术产生了浓厚的兴趣,1887年在克拉科夫美术学院学习绘画,1887—1890年在雅盖沃大学攻读波兰和世界艺术史及文学史,后长期出国,到过意大利、瑞士、法国和德国,又在巴黎深造。他很喜爱法国古典戏剧和古希腊悲剧,尤其崇拜莎士比亚,注意了解这些戏剧在巴黎的上演情况。他一生发表的剧本数量很多,其中以波兰民族解放斗争为题材的剧作如《华沙歌》(1898)、《列列维尔》(1899)、《军团》(1900)、《婚礼》(1901)、《解放》(1903)和《十一月之夜》(1904)等占有重要的地位。此外他还创作了一系列取材于波兰历史、古希腊神话和《圣经》故事的戏剧,如《神话》(1898)、《但以理》(1893)、《诅咒》(1899)、《伟大的卡齐米日》(1900)、《彼雅斯特》(1903)、《勇敢的波列斯瓦夫》(1903)、《阿喀琉斯》(1903)、《卫城》(1904)和《奥德修斯返回》(1907)等。他在克拉科夫导演这些题材和风格各异的波兰古典和现代戏剧时,吸取了在巴黎了解到的古希腊戏剧和西方现代戏剧演出的经验,在舞台布景、化妆、音响效果等方面做了大胆的改革,取得了很大的成功,并首次让波兰观众在舞台上欣赏到了具有波兰民族特色的象征主义戏剧。他是波兰第一个创作并亲自导演波兰现代派戏剧的剧作家,他对波兰浪漫主义和现实主义戏剧演出的改革具有划时代的意义,至今仍受到波兰戏剧界的高度评价。

　　韦斯皮扬斯基的戏剧改革获得成功,一方面是因为他借鉴了西方戏剧演出的成功经验,但更重要的是因为他没有脱离波兰的文化传统。他不论在创作上还是在戏剧的改革上都继承了波兰文化和浪漫主义文学的优秀传统。韦斯皮扬斯基

---

① 转引自张振辉,《20世纪波兰文学史》,青岛出版社,1998年,第28页。

影响最大的剧本是三幕话剧《婚礼》。当时在加里西亚,一部分文艺界人士在现代文艺思潮影响下,产生了忧郁感伤的情绪,对充满虚伪和庸俗的道德风尚的城市生活十分厌恶,这在以上分析的一些诗人的作品中已经谈到,他们希望在农村找到一块乐土安身,以避免城市的污染。一部分诗人、作家和艺术家因此来到农村,有的干脆和农家女结婚,在农村安家落户,当时称之为"农民热"。《婚礼》写的就是一个诗人在"农民热"的影响下,和克拉科夫近郊布罗诺维策村一个农家女举行婚礼的经过。参加者来自波兰各阶层,其中大部分确有其人,他们在言谈中表现自己的政治立场和处世态度,剧本通过矛盾冲突的展开,揭示了有关波兰民族命运的重大主题。在作者的笔下,这是一些庸俗可鄙的小人,有的不一定符合他们原来的思想面貌,但作者对人物的塑造有更深一层的讽刺意义。在婚礼的进行中,记者对克拉科夫保守派知识分子斯坦奇克说,他对政治斗争感到厌恶,他的血中有毒素,要在农村找到一个僻静的地方,从此不再参与人世的纷争。一个诗人还对农村姑娘玛雷娜大谈什么"为艺术而艺术"的理论和女人的秘密,但玛雷娜却听不懂,不感兴趣。这时来了一个骑士,对诗人讲述波兰反抗异族侵略的历史,要他去参加民族解放斗争,这个诗人听后不明白这是什么道理,他认为世界上根本没有什么波兰,也没有祖国。还有一位前来参加婚礼的元帅,甚至把沙皇赐给他的金币拿出来炫耀,还高喊沙皇万岁。这是一个民族的叛徒,连婚礼上的合唱队都说他把祖国出卖给了魔鬼。对这些人,韦斯皮扬斯基显然深恶痛绝,在他看来,他们并非厌恶城市的市侩和虚伪,希望在农村的大自然中找到纯洁美好的东西,而是要利用参加朋友婚礼这个机会,来表露自己庸俗可鄙的思想情趣。

然而韦斯皮扬斯基的作品内涵还不仅仅是对加里西亚"农民热"的讽刺,更重要的是它深刻揭露了加里西亚农民和封建贵族以及一部分保守派知识分子之间的矛盾。这种矛盾由来已久,因为19世纪下半叶的加里西亚是个经济十分落后的地区,长时期的封建农奴制压迫,导致了农民和贵族矛盾的激化。早在1846年就爆发了雅库布·谢拉领导的农民起义,起义的农民群众捣毁了贵族庄园,杀死了许多地主,给封建农奴制以沉重的打击。可是这次起义又被奥地利占领者利用,起义农民参与了镇压参加波兰民族解放斗争的爱国贵族,使加里西亚的爱国力量遭到很大的损失,起义最后也被占领者镇压下去了。这幕历史悲剧在加里西亚社会曾经引起很大的震动。在《婚礼》中,剧作者为了表现这个背景,特意引进传说中的18世纪扎波罗热的哥萨克韦尔内霍拉,让他出现在婚礼上。韦尔内霍拉告诉屋主人和所有在场的人说,他要在波兰组织人民义勇军,发动武装起义。他还当场授予勇敢善战的农民雅谢克一个金号角,说将这个号角挂在脖子上就不怕魔鬼,战斗中把它吹响可以鼓舞士气,一百多年没有这样的号角了,决不能丢失,它是一切行动的指挥。剧中这些带神话色彩的虚构是为了突出民族解放斗争的重大意义。可是当婚礼上的另一个农民向大家报告起义的农民已经来了,要求参加婚礼的人站在农民一边时,这些知识阶层的代表却退缩不前,新郎对他狠狠地说了一句"你是要喝我们的血"①，暴露了他们对爱国农民的敌对态度。在场的人最后等待韦尔内霍拉再次出现，但韦尔内霍拉并没有来，相反的是新郎领来了一个象征凶兆的草把。同时，雅谢克帽子上象征胜利的羽毛和脖子上挂着的金号角也突然不见了。所有这一切都象征着波兰民族解放斗争的失败。②《婚礼》实际上是一出政治剧，表明了剧作者对加里西亚民族和阶级矛盾所造成的危机局面的忧虑和不满，为民族解放斗争的失败而感到惋惜。

《婚礼》在艺术上很有特色，韦斯皮扬斯基构想了两个世界，一个是现实世界，另一个是象征世界。作者用韦尔内霍拉、金号角和帽子上的羽毛这些颇有波兰民族特色的人物和物件来象征波兰民族起义，使波兰观众或者了解波兰历史的观众在感情上产生共鸣。此外，作者将故事发生的时间选在一个深秋的夜晚，舞台上的布景只有一栋简陋的农舍，里面点着一盏昏暗的油灯，周围一片漆黑。人们在婚礼中，不断哼着民间小调，跳着舞，那些草把就摆在外面黑咕隆咚的院子里，形成了一种令人忧郁的气氛。农舍里参加婚礼的人的对话时而急促，时而缓慢，时而中断，和农舍外面死一般的寂静形成了鲜明的对比。光线的调配和声色的处理突出了戏剧的主题思想，表现了波兰象征主义戏剧的艺术特色。

三幕话剧《解放》是韦斯皮扬斯基的又一部重要作品。他以密茨凯维奇的诗剧《先人祭》第三部的主角康拉德作为主要人物。该剧的康拉德和密茨凯维奇的康拉德都是为波兰民族解放而战斗的爱国者，但他们的思想性格有所不同。密茨凯维奇的康拉德热爱祖国和人民，是一位对压迫富于反抗精神的革命者。韦斯皮扬斯基的康拉德则受到19世纪上半叶波兰爱国者中流行的"民族救世论"这种宗教唯心主义历史观的影响，认为波兰民族只有走向瓦维乌城堡③的教堂下面波兰历代国王的坟墓，走向死亡，才能得到拯救。他在和其他人物的对话中，甚至把死亡的来临看成是全民族的盛大节日。但他后来改变了这种观点和处世态度，在第二幕和一些戴面具的人物的对话中，公开表示反对民族救世论，说"通过死亡来获得解放就只有自杀"④。这是对人民的欺骗，我们不能相信这种欺骗，要珍惜人民流的血，不能让它白流了。

康拉德的转变是个积极的转变，但他对波兰民族解放问题的思考仅仅根据在波兰浪漫主义文学中所了解的情况是很不够的。他并不了解波兰的现实状况，他对伟大爱国诗人密茨凯维奇的指责也是不对的。因此，当他面对波兰充满危机和矛盾的现实时，便感到束手无策。而且他在和剧中代表波兰无产阶级的合唱队的对话中，说他们即使取得革命胜利，也得听从基督的意旨，因此他又回到宗教那里

---

① 斯坦尼斯瓦夫·韦斯皮扬斯基，《婚礼》，奥索林斯基民族出版机关，弗罗茨瓦夫，1984年，第223页。
② 传说韦尔内霍拉曾预言波兰的命运。韦尔内霍拉没有来，说明波兰民族解放运动已遭失败。
③ 即瓦维乌王宫，波兰以克拉科夫为首都时期历代国王的王宫。
④ 斯坦尼斯瓦夫·韦斯皮扬斯基，《解放》，国家出版机关，华沙，1947年，第121页。

去了。在主人公的塑造中,可以看到剧作者的心情十分矛盾,他衷心盼望被压迫的祖国和人民获得解放,但找不到解放的道路;他反对宗教唯心主义,又脱离不了宗教的局限。

尽管如此,韦斯皮扬斯基对黑暗的现实依然作了深刻的批判。在《解放》的第二幕中,主人公康拉德和各种戴面具的人物对话时,说波兰到处都是强盗、卖国贼、骗子和妓女。一些贵族吻着侵略者的手,把他们看成是波兰合法的国王。国内各党派为了一己之利争吵不休,并不懂得国难当头应当精诚团结。《解放》和《婚礼》一样,也是政治剧,作者难言的苦闷使剧中充满了悲观失望的情绪。

独幕剧《华沙歌》和《十一月之夜》都取材于1830年十一月起义。《华沙歌》的故事发生在1831年2月25日,起义已到最后阶段,波兰义军正在奥尔申卡—格罗霍夫斯卡和俄军决战。幕启后,台上布景是华沙城郊一个庄园的客厅。庄园主的女儿玛丽亚因为情人尤泽夫·鲁茨基在一个受到敌人威胁的地方站岗放哨,感到十分不安,等着前方战事的消息。和她在一起的还有起义军的总指挥尤泽夫·赫沃比茨基和几个军官。为了鼓舞大家的情绪,玛丽亚和妹妹安娜开始弹唱一首激动人心的《华沙歌》:

> 今天是流血的日子,
> 是复兴的日子,
> 望着白色的鹰和波兰的星,
> 我们飞上了天空,
> 为了美好的希望,
> 四面八方在召唤着我们,
> 起来吧,波兰!①

可是赫沃比茨基却在这里宣扬死亡的到来,散布悲观情绪。他想起了是他同意鲁茨基去最危险的地方站岗放哨。鲁茨基走之前,请赫沃比茨基摘下他胸前军衣的饰带,如果他死了,就把它交给他的情人玛丽亚。赫沃比茨基赞扬鲁茨基的勇敢精神,但预感到他将死去。不久,一个从前方来的老兵交给赫沃比茨基一封信和一个小包,统帅知道鲁茨基已经牺牲,义军打了败仗,感到十分悲痛。这时所有在场的人都要求他领导义军进行再战,但他一再退缩,没有接受大家的请求。最后,一个从前方来的青年军官把鲁茨基的死和前方失败的经过告诉了玛丽亚,玛丽亚悲伤地高呼:"我们的民族在流血,我们的土地浸泡在鲜血中。"②

韦斯皮扬斯基在剧中把起义失败的原因归咎于赫沃比茨基不履行指挥战斗

---

① 斯坦尼斯瓦夫·韦斯皮扬斯基,《戏剧》,第三卷,"波兰图书馆"出版机关,华沙,第9页。
② 同上,第46页。

的职责,这是符合史实的,因为赫沃比茨基这个历史人物在十一月起义爆发时是个投降派。剧中侧重于气氛的描写。在一个阴暗的早晨,人们等着前方的消息,尽管玛丽亚弹奏钢琴,安娜唱着《华沙歌》来鼓舞士气,但在场的人依然感到心神不安。尤其是赫沃比茨基,他早就意识到起义会失败,鲁茨基会牺牲,因此他的悲观失望又似乎不无道理。后来他从前方来的那个军官那里得到了不幸的消息,又长时间地没有把它告诉玛丽亚。玛丽亚从赫沃比茨基忧伤的面部表情和他的一些反常的举动中,已经猜到了是怎么回事,她对此难以接受,一方面她责怪赫沃比茨基不该对她隐瞒事实真相,另一方面又要求赫沃比茨基向她发誓,说鲁茨基"会回来的"。在那个青年军官将鲁茨基的死讯告诉她之前,她始终未能摆脱这种矛盾心情,有时这种心情从她演奏的钢琴声中也表现出来。这两个人物复杂心理的种种表现,使所有的人都强烈地感受到他们所遇到和将要遇到的一切都是命中注定,任何一个都摆脱不了这个走向灭亡的命运,只有坐以待毙。剧作者虽然赞颂十一月起义参加者为国献身的无私精神,揭露了起义失败的原因,但也宣扬了宿命论思想,在构思和手法上,可以看到比利时象征派剧作家梅特林克的影响。

《十一月之夜》描写1830年11月的一个晚上,彼得·维索茨基、路德维克·纳别拉克和塞维伦·戈什钦斯基等为首的华沙步兵士官学校的学生发动起义,计划突袭沙俄占领者的总督康斯坦丁的官邸华沙贝尔维德尔宫。他们原定派一部分官兵去捉拿康斯坦丁,另一部分去占领沙俄军队的军火库,但他们打进贝尔维德尔宫后,康斯坦丁已经逃跑。剧中除了反映这个历史事件外,还引进了几个希腊神话中的人物:战神阿瑞斯,智慧女神帕拉斯,胜利女神尼刻,土地、农业和丰收女神得墨忒耳和她的女儿科瑞,让他们参加战斗的指挥,使这出戏剧带有神话色彩。阿瑞斯在剧中表现得十分狂热,他一个劲儿地驱使起义官兵去攻打贝尔维德尔宫,帕拉斯的态度比较谨慎,她叫部分官兵先去占领沙俄的军火库,可是参加起义的大部分官兵和华沙的居民都拥护阿瑞斯,战斗打得十分激烈。帕拉斯看到这种情况,便使出迷魂法,让阿瑞斯坠入沙俄总督女儿约安娜的情网,然后叫当时著名的贵族革命家约阿西姆·列列维尔和赫沃比茨基领导起义。可是她这样做并未达到预期的目的。首先,列列维尔以他母亲有病不能离开为由,没有听从她的召唤,赫沃比茨基也不愿来。阿瑞斯虽然坠入了她所布下的情网,但帕拉斯自己这时却被宙斯召唤,不得不离开人间。剧中最后以科瑞告别她母亲进入地狱而结束,象征帕拉斯的一切努力都失败了。

在这幕半现实半神话的剧中,韦斯皮扬斯基把希腊神话中诸神放在起义过程中的主要地位上,赋予他们操纵起义斗争的神权。观众看到起义官兵在和俄军英勇战斗的同时,智慧女神帕拉斯和战神阿瑞斯也在互相争斗,后者的斗争甚至是主要的,超人即神决定人间事物。剧作者让人神同台表演,既表现剧中人物的个性,又突出了神的特点。神是剧作者想象出来的,他们除了具有人的思想个性之外,还有超人的威力,舞台上的现实包容着神秘,神秘中又多少反映了现实,这种既神秘而又现实的场景表现了波兰象征主义的艺术特色。面对黑暗现实和波兰民族解放斗争的失败，韦斯皮扬斯基曾长时期抱有悲观失望的情绪，为民族的命运和前途担忧。由于这种失望和担忧在现实中无法摆脱，他就借助于神话故事，其中包括希腊神话、《圣经》故事和波兰古代神话故事，这一切又丰富和扩展了他的戏剧创作。

独幕剧《但以理》就是根据《圣经·旧约》中关于但以理和迦勒底王伯沙撒的故事写成的。《圣经》中的伯沙撒王一次在王宫设宴招待 1 000 个大臣，席间命人将他父亲尼布甲尼撒从耶路撒冷上帝殿库房中抢来的金银酒器拿来，分给大臣和皇后、妃嫔使用。这时席间突然出现一个手指，在宫里灯台对面的粉墙上写了几个字，伯沙撒王发现后十分恐慌，忙叫巴比伦的哲士来解释它们的意思，但谁都没有看懂。太后知道后来到王宫，向伯沙撒王推荐聪明的但以理。但以理本是伯沙撒王的父亲征服犹太时抓获的一个俘虏。他被召进宫后，对国王说，上帝将王位、大权、荣耀赐给了你的父亲，可是你父亲心高气傲，刚愎自用，结果被革去了王位。这段历史你是知道的，你不仅没有吸取你父亲的教训，好自为之，反而盗窃上帝殿中的器皿，对上帝不敬，上帝伸出了手指，在你的宫中写下了"弥尼、提客勒、乌珐珥斯"三个词。"弥尼"是说上帝算定你的国家气数已尽，"提客勒"是说你的天平里有亏欠，"乌珐珥斯"是说你国内会出现分裂局面。这天晚上，玛代人大利乌征服了迦勒底国，伯沙撒王果然被杀。韦斯皮扬斯基把这个故事进行了改造，他把伯沙撒王宴请群臣改成国王取胜后举行庆功宴，为了显示自己的威风，他还请来了邻国的国王和被他征服的一些国家的臣民，席间甚至举杯向因渎神而死去的父亲致敬。这时宫外雷电交加，暴风雨骤然而至，周围一片漆黑，暴风雨中出现了一只手，在墙上写下了以上三个词。希伯来人都不愿说出它们的意思，后来一个从监狱里释放出来的年轻的希伯来俘虏但以理来到席间，向国王说明了这些词的意思，预示着他的灭亡。韦斯皮扬斯基以伯沙撒王和他父亲比喻波兰的三个占领者，以但以理比喻他自己，通过这个富于神话色彩的激动人心的故事，向观众说明凡是奴役其他民族的暴君，必将自取灭亡，正义不可战胜，而剧作者自己就是正义的伸张者。

两幕话剧《神话》取材于波兰古代关于国王克拉克和女儿万达的神话故事，叙述克拉克所统治的克拉科夫国被德国人入侵，侵略者见国王的女儿万达貌美，便攻入瓦维乌城堡，要把她抢走，国王气得患了重病，将要死去。万达在危急中接受了一个守在父亲床边的古丝里琴弹奏者希莱什赫的计策，向维斯瓦河女神表示，愿将自己的生命献给她，请求女神拯救自己的国家。克拉克死后，女神便把他的遗体藏在维斯瓦河的河底，然后唤来一阵暴风雨，赶走了德国人。克拉克的遗体不久变成一块岩石，女神把他放在浅蓝色的水晶宫里，然后又把他唤醒，让他回到瓦维乌城堡，重登国王宝座。万达为了履行自己的誓言，不得不告别父亲和克拉科夫的人民，和女神一道沉入了维斯瓦河的河底。剧作者以这个动人的故事，成功地塑造了一个为祖国不受敌人侵犯而甘愿牺牲家庭和个人幸福的英雄形象。

《卫城》将克拉科夫比做古希腊雅典的卫城,说的是在复活节前夕,耶稣被钉死在十字架上之后将要复活,这意味着波兰就会从占领者的奴役下获得解放,开始新的生活。《奥德修斯返回》写古希腊荷马史诗《奥德赛》中的主人公奥德修斯在特洛伊战争结束后,多年流浪在外,想要回到自己的祖国,过上和平宁静的生活。但是战争使他失去了一切,他再也见不到他想见到的祖国,他永远是一个无家可归的流浪者。

韦斯皮扬斯基的戏剧从整体上看,不管是现实或历史题材的剧,还是神话剧,都表现了强烈的爱国主义思想。在艺术上他曾受西方象征派戏剧的影响,但他善于从波兰浪漫主义文学、斯拉夫和波兰民间文学以及古代神话中吸取精华,通过丰富的想象和演出上的改革,成功地创造了富于个性和民族性的象征主义戏剧体系,成为波兰最早出现的现代派戏剧。

斯坦尼斯瓦夫·普日贝谢夫斯基也是一位颇有影响的象征派剧作家。他在戏剧方面既有理论,又有创作。他的戏剧理论和"为艺术而艺术"的文艺观点既有联系又有不同。他在1905年发表的《论戏剧和舞台》一文中说:

> 一个艺术家如果要把象征用于舞台,只能采用一种原始人的办法,即表现他的心灵。……如果要揭示一出悲剧以及世世代代人们的全部生活和这出悲剧的秘密联系的深层形而上意义,并指出在这个悲剧中,整个天空是如何扩展的,象征是不可少的。①

普日贝谢夫斯基"否定理性,从而也否定了人性可以理性地表达,于是他建议把舞台表演变成象征性的积极系列行动,让人意识到人生是不可避免的悲剧,在潜意识的'黑暗的大海'和把个体变成罪人和囚徒的社会关系的严厉制度之间展开。"②在普日贝谢夫斯基看来,象征要表现的是人类在他的全部历史和生活中所共有的心灵和形而上意义。整个形而上的意义是非理性的,来自对人类和历史的宏观和深层的把握,它和传统现实主义戏剧描写一般表层的理性生活是不同的,但他并不否定戏剧创作和社会及人类历史的联系。从这个观点出发,普日贝谢夫斯基的象征剧在内容和形式上和现实主义戏剧以及韦斯皮扬斯基的象征主义戏剧有很大的不同。

例如在独幕剧《为了幸福》(1898)中,剧作者没有交待所有出场人物的身份和故事发生的时间和地点,说明他在剧中叙说的一切是超越时空的普遍存在,是一种"永恒的因素",具有宏观把握的深层内涵。姆利茨基和海仑娜结婚两年,海仑

---

① 《青年波兰,中学三年级文学课本》,学校和教育出版社,华沙,1989年,第181页。
② 达里乌什·考钦斯基,《波兰戏剧史》,仲仁译,中国戏剧出版社,2016年,第264页。

娜很爱她的丈夫,为了他甚至抛弃了父母,受到旁人的责备。但姆利茨基却爱上了另一个女人奥尔加,要抛弃海仑娜,这给海仑娜带来很大的痛苦。他们的朋友兹加尔斯基告诉她,说奥尔加有情夫,她欺骗了姆利茨基,他和她在一起会毁掉了自己;海仑娜于是把这件事告诉姆利茨基,但姆利茨基被奥尔加迷住了,不听海仑娜劝告。后来海仑娜在绝望中自杀,姆利茨基这才有所悔悟,感到自己有罪,对奥尔加说:"海仑娜死了,为了你,我把她杀了,为了幸福,为了我们的幸福。"[1]剧作者把爱情、背叛和由背叛导致的悲剧看成是永恒的主题,他笔下的奥尔加象征一种罪恶的诱惑,被诱惑者直到落入陷阱之后,才明白过来,但悲剧已经发生。不管是海仑娜还是姆利茨基,都是这种诱惑的牺牲品。

四幕话剧《雪》(1903)反映的是同一主题,但作了深化的处理。主人公塔杜施一生周游世界,感到身心疲劳,回到家里对妻子布龙卡说:"我在你的身旁才得到了幸福和安宁,因为你消除了我的思念。"[2]这时布龙卡的女友爱娃来了,她的到来使塔杜施心神不安,因为爱娃是他早先的情妇,不免引起他对过去的回忆。塔杜施爱自己的妻子,珍惜他在妻子身边获得的幸福和安宁,但又感到爱娃对他有一种无法抵抗的诱惑力,使他永远摆脱不了对过去的怀念。剧本的结局是,塔杜施和爱娃一同出走,布龙卡和另一个爱上她的男人一起自杀。她像白雪一样纯洁,真诚地爱着丈夫,可是她却成了罪恶的牺牲品。爱娃是个玩弄男性的庸俗女子,她对塔杜施的诱惑甚至显得十分神秘,正如布龙卡对她说的,

你可以把一个人锁在你的身边,尽管你不知道这个跟在你身边的人是谁。他也不知道你的狐媚会把他引到哪里去。但他总是盲目地跟着你。[3]

这种神秘的诱惑在作者看来是一种现实的存在,不仅给布龙卡带来了痛苦和绝望,而且使塔杜施始终未能领悟到他对妻子应负的责任,这是发人深思的。

在独幕剧《报复》(1927年首演)中,剧作者讲述了另一个故事。主人公兹比格涅夫品德高尚,一生追求美好事物。他的高尚品德甚至影响了他的朋友亨利克的妹妹,以至她为了表现美德,要跑到海边的悬崖上自尽。这激起了亨利克对兹比格涅夫的怨恨,但兹比格涅夫对亨利克说:"我对你和你妹妹没有罪,你的世界是一个罪恶的世界。"[4]他要举行宴会,告别罪恶世界,然后乘他另一个朋友耶日的船到大西洋去。兹比格涅夫让他的妹妹伊扎也上了耶日的船,耶日要娶伊扎为妻,可是亨利克也爱上了伊扎。耶日知道后,不顾亨利克曾救过他的命,将这位过去的恩人、现在的情敌残忍地杀害。这个剧本虽然展示了一种美德,可是这个美

---

[1] 转引自张振辉,《20世纪波兰文学史》,青岛出版社,1998年,第37、38页。
[2] 斯坦尼斯瓦夫·普日贝谢夫斯基,《雪》,读者出版社,华沙,1987年,第97页。
[3] 同上,第87页。
[4] 转引自张振辉,《20世纪波兰文学史》,青岛出版社,1998年,第38页。

德却造成了悲剧,它要离弃罪恶的世界,但它依然被罪恶扼杀了。

塔杜施·密钦斯基(1873—1918)生于罗兹,年轻时在克拉科夫、莱比锡和柏林的大学攻读哲学和历史,参加过激进的青年运动,后来在斯坦尼斯瓦夫·普日贝谢夫斯基的帮助下去西班牙深造,对西班牙的绘画和戏剧艺术有深入的了解。第一次世界大战和俄国十月革命期间,他去过莫斯科、彼得格勒和白俄罗斯,参加过当地波兰侨民文艺组织的活动,先后担任过莫斯科的《波兰报》、《俄罗斯言论》和《俄罗斯新闻》等的编辑工作。后来密钦斯基在回国途中,遇到了暴乱的农民,不幸被害。

密钦斯基是这一时期表现主义的代表剧作家,一生发表的剧作并不很多,但在当时剧坛和文艺界产生了很大的影响。五幕话剧《波将金公爵号》(1906)描写俄国黑海舰队"波将金公爵号"士兵在1905年革命爆发期间举行起义的经过。该剧场景凌乱,但表现了起义的恢弘气势,以两个士兵的争论,揭示起义爆发的政治和历史背景。最后军舰弹尽援绝,漂流在海上,水兵们慌乱绝望,起义遭到了失败。剧作者肯定了士兵们的革命行动,但他认为革命造成了社会的混乱和破坏。剧本还描写了一些幻想中的场面,着意突出善与恶的斗争。一部分战士不明确自己参加起义的目的,投入战斗好像是出于好斗的本性,因此有一定的盲目性。作者虽然指出了起义爆发的政治背景,但把它和伦理道德,甚至人的天性联系起来,说明他对起义的认识不很清楚。剧本发表后,曾经受到一些革命和爱国文艺工作者的批评。

四幕话剧《在金宫里的黑暗中,即巴齐丽莎·泰奥法努》(1909)是以10世纪拜占庭帝国统治时期为背景。剧情开始于拜占庭皇帝巴西尔·康斯坦丁七世统治时期。公元959年康斯坦丁死后,儿子罗曼二世继承皇位,娶了酒店老板的女儿泰奥法努为妻。泰奥法努是个漂亮而又权势欲很强的女人,她当上皇后后,让罗曼事事都听从于她。罗曼死后,泰奥法努嫁给了拜占庭东方军队的统帅尼克弗尔,但她又背着尼克弗尔和他的朋友齐米斯切斯私通。尼克弗尔长期征战在外,没有注意她和齐米斯切斯的关系。后来泰奥法努竟然指使齐米斯切斯将尼克弗尔杀害。该剧情节零乱,不时出现梦幻场面,在剧中人的独白或对话中,作者着意突出他们的下意识或潜意识的表现,有表现主义的特色。例如在第二幕中,尼克弗尔来到一座燃烧的城市,在一栋小屋里有一群被士兵的喊杀声吓疯了的女人,她们有的吃自己的孩子,有的吃石头。和尼克弗尔在一起的友人阿塔纳齐还说他看见了海上有一座魔山,全副武装的士兵都在死海中浮游,一个个沉入了海底。这一切都是为了表现战争的可怕。在第三幕中,泰奥法努和她的巫婆母亲维丽亚带着一些士兵乘坐小船来到海上,海上突然出现一个陌生骑士,这位骑士对她们说:"我是幽灵的国王。"①这个骑士说完又不见了,泰奥法努大为惊恐,忙问这是怎么回事,她的巫婆母亲也不知道这个骑士是从哪里来的。在第四幕中,泰奥法

---

① 转引自张振辉,《20世纪波兰文学史》,青岛出版社,1998年,第40页。

努又说罗斯①人围攻她所在的城市，是因为他们把她看成是魔鬼，会给世界带来灾祸。可是尼克弗尔却表示要坚决保卫他的祖国拜占庭。

剧中的尼克弗尔象征善，泰奥法努象征恶。泰奥法努阴谋杀害尼克弗尔之后感到自己有罪，知道人们把她看成是罪恶的化身，她心里充满了矛盾和恐惧，这种矛盾和恐惧正是通过各种梦幻的场面表现出来的。此外，拜占庭帝国的文明水平当时高于欧洲各国，所以一些剧中人称其他民族为野蛮人，把他们比作巫人、鬼怪和蛇，但是这些野蛮人却要消灭这个国家，尤其是10世纪兴起的罗斯国家对它是一个很大的威胁，而它的统治阶级内部互相仇杀又削弱了对外来敌人的防卫。剧作者以此暗示当今世界充满了矛盾，必然走向灭亡，反映了表现主义的思想主题。

密钦斯基也是一位著名诗人。他的诗歌作品主要有诗集《阴暗的星空》（1902）、散文诗《未完成的》（写于1907年，1930年出版）和长诗《新生活》（1907）等。这些作品也未摆脱诗坛上的现代主义倾向。作品对传统价值观念产生怀疑，认为世界上的一切存在，包括个人的存在都毫无意义，也没有必要。因此他在作品中，为自己迷失了方向而痛苦和绝望：

在阴暗的大海上
绝望的旋风撕破了一张流浪的白帆，
我没有舵，失去了桨，
暴风雨要把我抛向何方？②

诗人善于运用各种比喻和象征来表示他的创作意图，他把灵魂的失落比做星光的熄灭，以不同的颜色象征人的不同的思想、道德、习性和情绪，如黑色表示阴暗，红色象征激情和火热。有时他还采用对比的描写，如光线和黑暗的对比，完整和散乱的对比，表示他对世界和人的心灵二元论的看法，他认为善和恶的斗争在世上是永远存在的。有时他又把读者带到遥远想象的天际：

我忧郁悲伤，就像草原上的坟墓，
我无依无靠，就像大海上的旋风，
我是迷途的羔羊，就像十字道口的一片落叶，
我蜷缩着身子，就像扣在头骨中的一条蛇。③

——《我忧郁悲伤》

---

① 古代东斯拉夫的统称，后从这里分出了俄罗斯、白俄罗斯和乌克兰三大民族。
② 转引自张振辉，《20世纪波兰文学史》，青岛出版社，1998年，第41页。
③ 同上，第41页。

诗人的想象有时近于梦幻,有的像是巧合:

我的灵魂萦回在喜马拉雅山峰之间,
它走进了那里的寺庙和宝塔,
在梦中的庙里,我见到了大海,
金色和蓝色的涅槃中的大海,
黑色的、无底的花岗岩上的大地。①

这灵魂乃"云中飞翔的一只黑鸟/在它的翅膀上托着血的果子"②。它犯了罪,要受到惩罚,它会死去,一个罪恶的灵魂将要死去,它只有进入涅槃才能得救,可见他的诗歌又具有象征的特色。

卢奇扬·雷德尔(1870—1918)出生于克拉科夫一个知识分子家庭,父亲是克拉科夫雅盖沃大学教授,祖父是哲学家,参加过1830年十一月起义,在1863年一月起义爆发期间,给起义战士提供过物质上的援助,因此这是一个具有波兰民族解放斗争革命传统的家庭。雷德尔从小就受到了家庭爱国主义的思想教育,年少时对文学产生兴趣,在雅盖沃大学学习期间,开始在克拉科夫的报刊上发表小品文。他1894年去柏林深造,翌年回国后迁居华沙,在华沙和克拉科夫的报刊上发表了许多文学和戏剧评论文章。1896年他再次出国考察,到过巴黎、威尼斯、费拉拉、罗马和阿西西等地,1897年回国后仍住在克拉科夫,对这里的戏剧表演十分关心,还在许多文艺机关讲授世界和波兰文化艺术史,成为克拉科夫的著名学者。他1907年去过希腊,后又在克拉科夫美术学院讲授希腊艺术史。第一次世界大战期间,他在克拉科夫十分艰难的条件下,担任以斯沃瓦茨基命名的大剧院的院长和《波兰周刊》主编,为宣传和普及波兰优秀的文学艺术遗产作出了贡献。

雷德尔一生除领导和参加华沙和克拉科夫的文艺活动之外,还创作和发表了许多戏剧、诗歌和散文作品,其中以剧作为主。早期发表的剧本《母亲》(1893)和《白天和愤怒》(1893)受现代主义文艺思潮影响,反映了否定传统价值和世界面临灾变的主题。但雷德尔是一位关心下层劳动人民特别是农民生活的作家,平日和克拉科夫郊区的农民接触很多,了解他们的思想、感情、语言和习性,熟悉加里西亚的民间文艺,这决定了他能够迅速摆脱现代主义思潮,走上现实主义的创作道路。在雷德尔一生发表的剧作中,最著名的是《着魔的圈子》(1900)和《波兰的伯利恒》(1906)。

五幕话剧《着魔的圈子》取材于波兰古代童话,由两个故事组成,相互之间有

---

① 转引自张振辉,《20世纪波兰文学史》,青岛出版社,1998年,第41、42页。
② 同上,第42页。

一定联系。第一个故事说的是放牛娃马丘希带着磨坊老板娘玛蕾娜给他的奶酪和面包来到森林里,将这些东西送给他遇到的一位老者,请老者给他一件珍贵物品。他不要黄金、珠宝,只要一根笛子。老者告诉他,从白桦树上砍下的树枝就可以做成笛子,如果你能找到一株没有听见过公鸡叫声和流水声的白桦树做成笛子,还可以使你避免魔鬼的诱惑,不致被溺者拖进水里。你把笛子做成后,要经常吹奏,如果你听见池塘里的溺者唱歌,你还要用它去伴奏。马丘希到处寻找这种白桦树,一次在路上遇到了魔鬼库赛,库赛要和他作各种比赛,想阻拦他找白桦树,可是马丘希战胜了魔鬼,终于找到了白桦树,做成了笛子。

第二个故事说的是磨坊老板娘爱上了家里的长工雅谢克,她问林中老者怎样才能赢得雅谢克对她的爱,老者告诉她和雅谢克只能举行"血的婚礼"①。磨坊老板娘听后马上去找魔鬼库赛,问这是什么意思,库赛要她把她的丈夫杀掉,以解除和他的婚姻关系。后来她让雅谢克把她的丈夫砍死。案发后他们被告到省里去了,省长想让国王封他元帅,为此愿把他的灵魂献给另一个魔鬼波鲁塔。他在审讯磨坊老板娘谋杀丈夫的案子时,将一个伐木工误判为凶手,波鲁塔要惩罚他,他后来有所悔悟,把手伸给波鲁塔,愿和它一起去受地狱之苦。魔鬼波鲁塔这时跳进一个陷阱,随后舞台上燃起大火,省长发出一声惨叫死去。磨坊老板娘和雅谢克突然看见了磨坊老板的幻影,雅谢克受到良心的谴责而自杀,磨坊老板娘也吓疯了。

这是一出震撼人心的道德剧,它不仅成功地塑造了一系列个性鲜明的人物,突出了惩恶扬善的主题,在舞台和场景的设计中,也表现了许多新颖的构思。第一幕的背景是一片大森林,林前是老者居住的草房,远处有一个池塘,池塘里的溺者在日落黄昏的时候随着沉落于塘中的一口钟的响声唱起歌来,因此人们不敢到这里来。这个池塘是魔怪的池塘,一切都显得诡谲神奇,像童话一样。但剧作者的意图不单是为了构建童话的意境,他要以此象征原始的大自然,即人类的文明尚未涉足的地方。第二幕的场景和第一幕完全不同,这里是一座省长的官邸,中间是豪华的客厅,后面通向花园。省长举行宴会,许多贵族前来赴宴,开怀畅饮,热闹非常。这是一幅波兰贵族生活的场景,观众从童话世界来到了现实中。结果一边是原始的大自然,另一边是贵族的文明生活,形成强烈的反差。

雷德尔的戏剧和韦斯皮扬斯基的象征剧都是虚幻和现实场景交替出现,但两者的构思有所不同,韦斯皮扬斯基将虚幻和现实融为一体,而雷德尔剧中两个场面的出现则完全是独立的,它们之间并没有联系,作者的意图在于通过不同的环境塑造不同的人物。如林中老者虽是个隐士,却无所不知,他"知道大自然的秘密,掌握所有的自然现象",这个"狂暴世界上的一切造物都要受到他的监督"②。

---

① 卢奇扬·雷德尔,《剧作选》,奥索林斯基民族出版机关,弗罗茨瓦夫,1983年,第86页。
② 同上,第165页。

他谴责人类文明对大自然的破坏,他喜爱和关心马丘希是因为马丘希保持了大自然的纯洁。这个放牛娃在剧中叫"傻瓜",实际上很聪明,傻瓜是说他的性格单纯。他在和魔鬼库赛的比赛中库赛给他出了一道难题:谁能最先找到一块质地柔软的石头,就是胜者。马丘希灵机一动,趁库赛去找石头没有注意,便将他随身带的奶酪揪出一块,揉成一团,对库赛说,他不仅找到了柔软的石头,还能将石头捏出水来,于是他成了胜者。马丘希和老者不同的是,他虽然没有离开尘世,却未被尘世污染,保持了美德。他是一位民间艺人,他的演奏从来不要报酬,像阳光雨露一样,永远给人类作无私奉献。而他的成功又是由于老者的指点,所以老者对库赛说:"我给他的是歌,它比世界上所有的宝物还多。"①马丘希的歌为人们驱除邪恶,陶冶美好的情操,使他们回到大自然的怀抱。正像当时许多热爱乡土的诗人那样,雷德尔把一切和谐、美好和高尚的东西都归于大自然,在剧中以出身于社会下层的民间艺人和隐士作为它们的体现,说明他在和农民的接触中,对他们的思想品德和艺术都深有了解;他热爱纯朴善良的农民,以美丽的童话把他们理想化和神圣化,就是为了表达他的这种感情。

剧中的省长、磨坊老板娘是和林中老者、马丘希对立的人物。在剧作者看来,作为统治者代表的省长在政治斗争中玩弄权术,磨坊老板娘自私残忍,这是他们的本性,所以容易受到魔鬼的引诱,犯罪后遭到严惩是罪有应得。省长的女儿是个两重性的人物,她对贵族宫廷生活感到厌烦,幻想田园牧歌式的美,爱听马丘希的民间乐调,她对马丘希说:"把你的笛子吹起来吧,就像大雁歌唱一样!"②但她看到马丘希破旧的衣着,却又产生轻蔑,"他是那样乡俗、平凡和粗野,那件农民的破衫是那么脏。"③剧本用了《着魔的圈子》这个使人产生神秘感的名字,构建了童话的场景,透过这层神秘的帷幕,可以看到作者对现实的洞察细致入微。

三幕话剧《波兰的伯利恒》具有鲜明的宗教色彩,根据波兰民间在圣诞节晚上唱圣歌欢庆耶稣诞生的风俗写成。圣歌种类很多,大都为了赞美耶稣和祈求上帝赐福于人间。有的古已有之,传下来了,有的产生并不久远,不论前者还是后者,都普遍地流传于民间,其中一部分被人文学者和民间文艺爱好者收编成书出版。雷德尔热衷于民间文艺的整理,不仅在克拉科夫郊区农民那里熟悉了许多圣歌的内容,而且收藏了一系列克拉科夫出版的圣歌集子。他对这些圣歌作了深入研究,在创作《波兰的伯利恒》时,从中吸取了艺术精华,并且赋予它们以新的现实内容,这使他作品的时空结构大为扩张,剧中一方面展现耶稣诞生于草房和与耶稣同时代的赫罗德④残酷统治的场面,另一方面又生动地再现了波兰自公元966年

---

① 卢奇扬·雷德尔,《剧作选》,奥索林斯基民族出版机关,弗罗茨瓦夫,1983年,第66页。
② 同上,第172页。
③ 同上,第209页。
④ 赫罗德(公元前37—公元4年)是古犹太王国一个残暴的统治者,他曾公布法令,杀害了许多伯利恒的儿童,他还杀死了自己的三个儿子,因此被犹太人视为仇敌。

开国以来各朝代的杰出国王以及社会各阶层人们去伯利恒庆贺耶稣诞生的情景。作者通过对不同时代、不同民族和地点的随意编排,以突出剧本的主题,颇有新意。

第二幕中出现的赫罗德是一个凶恶的侵略者和残暴的统治者,他对他的文武大臣说:

> 我把所有的手都带上了锁链,把所有的灵魂都拴上绳索……我要用鲜血,用铁和黄金去占领外国的土地,推翻那些国王的王位,把他们都变成奴隶,把所有的城镇都化为灰烬。我的法令统治世界,我不怕上帝。①

可是他怕年轻一代夺取王位,他杀害了许多新生婴儿,连自己的儿子都不放过,因此他遭到王后在内的许多母亲的诅咒。剧作者刻画这个暴君形象,意在揭露普鲁士和沙俄占领者对波兰的压迫,如赫罗德在自己的独白中说,他惩罚过那些在神庙和教堂里用本民族语言做祷告的人们,他要血洗教堂,封闭神庙,让所有的人都接受他的信仰。他还公布了法令,规定在他的统治区的学校和行政机关里不准使用其他民族的语言,对那些企图反抗的教员和学生要进行惩罚。这些都暗示了沙俄和普鲁士占领者对波兰长期实施俄罗斯化和德意志化的民族压迫政策。此外在赫罗德的话中,还用了几个俄语单词:如法令、皮鞭等,这个国王还把那些敢于反抗的人发配到了一个可怕的国度,"那里没有水,连面包都要冻成冰"②,显然是指把波兰爱国者流放到西伯利亚。在作者笔下,耶稣诞生时期的犹太暴君就代表统治波兰的普鲁士和沙俄占领者,就在这个暴君利令智昏的时候,死神跑过来用镰刀砍下了他的头。对一个有宗教信仰的民族来说,耶稣的诞生象征着至善至美,就在这个神圣的时刻,波兰要把凶恶的压迫者消灭,以伸张正义。雷德尔剧中这个生动的比喻,表现了波兰被压迫者对敌人的深仇大恨和要求正义的心声。

第三幕中有一个幻想的场面,前台是耶稣诞生的草房,背景是克拉科夫的塔楼和瓦维乌城堡的城墙,象征着波兰历史和耶稣诞生的密切关系。幕启后,鞋匠、木匠、铁匠、皮革匠、面包师、农民和学生全都来到这里,和天使合唱队一起高唱圣歌。随后进来的是国王,有波兰的开国国王,有在波兰各民族统一和抵抗异族侵略斗争中建立了伟大功勋的国王,还有波兰历代著名的爱国者和民族英雄,他们唱着波兰最早的宗教歌曲,对圣母马利亚讲述波兰历史上的光辉业绩,祈求上帝、圣母和圣婴赐福于波兰民族,这是一次代表全民族精英的朝圣,尤其神圣和伟大。在被奴役的波兰,人民从他们值得骄傲的光辉历史中,在他们传统的宗教信仰中获得了强大的精神力量,去反抗占领者的压迫,《波兰的伯利恒》证实了这种力量

---

① 卢奇扬·雷德尔,《剧作选》,奥索林斯基民族出版机关,弗罗茨瓦夫,1983年,第314、315页。
② 同上,第317页。

的强大。

雷德尔不仅是一位有卓越成就的剧作家,也是一位著名诗人。他的诗歌和剧作一样,富有民间文学特色,1899年出版的《诗集》中,有的作品反映阶级对立所造成的爱情悲剧,有的赞美农民的劳动丰收。这些作品从内容到形式都深受读者的喜爱,如《卡霞和王子的童话》描写一个无父无母的村姑卡霞,在王宫里当奴仆,爱上了年轻的王子;一次王子出外打猎,她要去找他,王宫里的厨子问她:

你去森林里干什么?
那里的野果不是你的。
你去牧场上干什么?
那里的草莓不是你的。①

卡霞不听厨子的话,跑到了林子里,王子误把她当成一只鹿,用猎枪打死了。卡霞死后,王子悲痛欲绝。

《我的心跳出来了》是一首田园诗,表现了丰收和农民的喜悦,诗人以激动的心情倾听着他们劳动之余的动人歌声:

我的心跳到了我的遥远的那方,
跳到了那片可爱的土地上,
它总是那么跳,在那里,
我们的乡村现在获得了丰收,
到处可见金色的麦穗,
割麦人在欢乐地歌唱。
这歌声响遍了田野,
这歌声响彻了天空,
它伴合着麦穗的舞姿,
就像一把金色的竖琴。②

诗人的心要跳出来了,他在梦中也忘不了这丰收的盛景,忘不了翩翩起舞的麦穗,忘不了这片他所热爱的土地。雷德尔无论在戏剧还是诗歌中,都倾注了对祖国、故乡和土地的热爱。

加布列娜·扎波尔斯卡(1857—1921)原名玛丽亚·加布列娜·科尔文·彼奥特罗夫斯卡,是"青年波兰"时期著名剧作家和演员。她出生于现今白俄罗斯乌

---

① 塔杜施·热伦斯基—博伊选编,《青年波兰诗选》,奥索林斯基民族出版机关,弗罗茨瓦夫,1947年,第132页。
② 同上,第135页。

茨克县波德哈伊策乡一个地主家庭,年轻时就对文学和戏剧产生兴趣,在一次不幸的婚变后离开家庭,独自出外谋生。她从1882年开始多用加布列娜·扎波尔斯卡这个名字当了职业演员,此后几年,一直在克拉科夫的剧院演戏,曾在莎士比亚、博马舍、席勒、易卜生、小仲马和斯沃瓦茨基剧作的演出中担任主要角色,成功地塑造了20多个不同的人物形象。19世纪80年代末,她在友人鼓励下去巴黎考察。这期间,她对法国剧坛的创作情况作了深入了解,和波兰侨民中的社会主义组织有过联系,这对她以后的思想和戏剧创作产生了很大影响。

1895年回国后,扎波尔斯卡曾先后在华沙、克拉科夫、罗兹、琴斯托霍瓦、拉多姆、基埃尔策、卢布林、利沃夫和彼得堡等地的剧院和巡回剧团中组织、领导和参加了许多波兰和西欧戏剧的演出活动,成了波兰当时最著名的话剧演员。后来她和一些剧团老板发生矛盾,于1900年退出了这些剧团。1902年,她在克拉科夫办了一所戏剧学校,培养了一大批戏剧表演人才。1904年,她住在利沃夫,又和她的第二个丈夫画家斯·扬诺夫斯基建立了一个巡回演出剧团。这个剧团的剧目大都是她自己的作品,这些作品内容生动活泼,富于生活情趣,加之编导新颖,受到观众的喜爱。

扎波尔斯卡创作的剧本很多,重要的有《杜尔斯卡太太的道德》(1906)和《玛丽切夫斯卡小姐》(1910)等,这些剧本大都取材于波兰城市上层社会的生活,揭露资产阶级和小市民的庸俗、虚伪、吝啬和贪婪的习性,塑造了一大批成功的典型。有些作品由于在思想艺术上取得的成就,被认为是波兰20世纪现实主义的经典剧作。

三幕话剧《杜尔斯卡太太的道德》是扎波尔斯卡最著名的作品。女主人公杜尔斯卡太太出身名门,爱面子,讲门第。家中有个女房客因为丈夫和别的女人私通,一气之下,要服毒自杀。她知道后,认为这败坏了她家的声誉,一定要把这个女人撵走。可是她家还有一个房客是个妓女,因为付给她的房租较多,她就愿意把妓女房客留下。可见她的面子观是虚伪的,在对钱财和名声的选择中,她要的是钱财。她儿子兹贝什科终日游手好闲,寻欢作乐,有时彻夜不归,在家里又和女佣人咸卡发生不正当关系。杜尔斯卡太太的小姑尤莉雅谢维乔娃知道后,要她辞去咸卡,可她要把儿子关在家里,以免在外面生事,想利用咸卡把他锁住,因此不同意辞退咸卡。后来尤莉雅谢维乔娃告诉杜尔斯卡:兹贝什科和咸卡有了私生子。杜尔斯卡本来知道这事,表面上假装镇静,硬说尤莉雅谢维乔娃造谣,但她心里明白丑事已经外扬,只好把咸卡辞掉,对儿子进行责备。兹贝什科这时提出要娶咸卡,杜尔斯卡又认为儿子娶了一个女佣人是"彻底地毁了他,我以后怎么去见人!"[1]这是他给"父母带来的耻辱"[2]因此不同意儿子的要求。她要辞退咸卡,又

---

[1] 加布列娜·扎波尔斯卡,《杜尔斯卡太太的道德》,奥索林斯基民族出版机关,弗罗茨瓦夫,1986年,第122页。

[2] 同上,第106页。

怕咸卡在外面说她的坏话,于是叫尤莉雅谢维乔娃给咸卡物色个未婚夫,给她1 000克朗,叫她保证以后不再来找麻烦。

剧中突出了杜尔斯卡和兹贝什科的矛盾,这是剧情发展的主线,从这里分出几条支线,如杜尔斯卡和房客、咸卡、尤莉雅谢维乔娃以及尤莉雅谢维乔娃和兹贝什科、咸卡的矛盾等等,主次分明,条理清晰。剧作者通过不断提出矛盾和解决矛盾,把剧情一次又一次地推向高潮。在这一过程中,作者充分揭示了人物所处的不同地位和性格特点,像杜尔斯卡这样的典型人物在波兰是家喻户晓,成了市民阶层庸俗自私的代称。

三幕话剧《玛丽切夫斯卡小姐》写一个艺人的不幸遭遇。玛丽切夫斯卡小姐是剧团演员,很有表演才能,因出身卑微,在剧团不受重用,收入很微薄,生活上遇到了困难。有一次,一个慈善事业家达乌姆娃太太自称是提高妇女地位协会的会员,对她表示关心,可是这位太太说协会只关心妇女的道德行为,在生活上却不能给予帮助。后来一个年轻人费洛带着几个朋友来找玛丽切夫斯卡一起喝酒、跳舞和弹唱,并且称赞她的美貌,表示在她演戏时一定为她捧场。后又来了一个青年叫博古茨基,对玛丽切夫斯卡一见钟情。玛丽切夫斯卡见他态度诚恳,表示信任,说她现在正在学演莎士比亚的戏,请他向剧院经理转达她的心意。博古茨基不仅满口答应,还表示要永远保护她,永远爱她。可是这些人都是伪君子,来找玛丽切夫斯卡都有不可告人的目的,有的为了显示慈善事业的"高贵",有的要找她寻欢作乐,有的为了骗取她的感情。剧中所反映的情况显然和扎波尔斯卡年轻时的舞台生活经历有关,她在长期和社会、观众的接触中,不仅看清了庸俗小人的可耻面目,而且深感艺人生活和事业的艰辛。

此外扎波尔斯卡还创作过小说作品,如她在1913年出版的长篇小说《没有缺陷的女人》就很有名。这部作品要说的就是女人到底有没有缺陷。小说描写了一个三角恋爱的故事。女主人公雷娜是一个资产阶级阔太太,两个男主人公一个叫卡斯汶,是个浪荡公子,终日游手好闲,无所事事;另一个叫哈尔斯基,是一位教授。雷娜背着丈夫和哈尔斯基私通,表示要嫁给他,可她同时又背着哈尔斯基和卡斯汶调情,哈尔斯基发现后,一气之下和她断绝了关系。在作者笔下,雷娜是个一味玩弄男性的庸俗女人,虽有丈夫,可从来不承认丈夫和妻子之间应负的道义责任。她以她的狐媚吸引男人,表面上又装得道貌岸然,有时她又当众炫耀玩弄男人的本领,不以为耻。哈尔斯基虽然是个教授,却把恋爱看成一桩买卖,用他的话说,唐璜本来就是推销员,要推销商品,也要得到商品。因此他想把雷娜当成美丽的商品,结果上了当。卡斯汶既好色,又愚蠢,只知道和雷娜一起寻欢作乐,结果成了雷娜的玩物。剧中不论是有社会地位的知识阶层,还是愚昧无知的凡俗小人,都成了作者的讽刺对象。

塔杜施·利特内尔(1873—1921)是一位长于心理描写的剧作家。他不同于扎波尔斯卡:扎波尔斯卡有过长时期的演出实践,接触的生活面广,是以对生活的实际考察进行创作的；而利特内尔则有一套完整的理论作为他创作的指南。他出生于利沃夫一个德裔波兰籍家庭，1884年随父母迁居维也纳，在维也纳大学获法学博士学位，后在一个机关里任高级职员。由于他领导工作的才能，曾两次出任奥匈帝国教育部长，从1887年开始，先后游历了意大利、德国和法国，1920年定居华沙。他一生接受过波兰和德意志民族双重文化的熏陶，早年用德语创作剧本，在奥地利和德国上演，20世纪初始用波兰语发表剧本，作品有《小屋》（1904）、《傻瓜雅库布》（1910）、《夏天》（1913）、《唐璜》（1913）和《夜里的狼》（1916）等，其中影响最大的是《小屋》、《傻瓜雅库布》和《夜里的狼》。

利特内尔的戏剧理论是在1911年发表的文章《喜剧》中提出来的。他认为在20世纪的现实中，一些看来神圣和高雅的事物往往十分可笑，神圣只是表面，笑才是实质，剧作家只有由表及里地观察，才能发现实质。他说："市民悲剧有时可以引起我笑，这是健康的笑，如果一幕剧中有五个人在哭，我就听到了有500万人在笑。"[①]他还认为，悲剧是为了表现某种神圣、悲壮的事物和感情，既然20世纪的事物甚至那些所谓神圣的事物都是那么可笑，那么就不可能产生悲剧。没有悲剧不等于没有可悲，可悲和悲剧是两个不同的概念，它和可笑是一个事物的两种表现，可笑往往可悲，可悲却不一定可笑，这就是生活的逻辑。利特内尔提倡喜剧，认为只有喜剧才能反映真实，所以他的剧作大都揭露生活中既可笑又可悲的事物，在他看来，20世纪的现实就是如此。利特内尔的理论和扎波尔斯卡戏剧的思想倾向有某些相同之处。

三幕话剧《傻瓜雅库布》的故事发生在一个地主庄园里。卡罗尔是一个精明能干的庄园主，经过努力把一个濒临破产的庄园发展起来。他的一个朋友是医生，家境贫寒，把儿子雅库布送到庄园里当管家。雅库布干得不错，卡罗尔感到满意，可他这时却爱上了卡罗尔所爱的村姑哈尼娅。卡罗尔的朋友伊齐亚将这个情况告诉他后，他还以为是伊齐亚造谣，损害了他的名誉，要和伊齐亚决斗。后来哈尼娅又对雅库布说，卡罗尔是他的父亲，雅库布便去问母亲卡塔任娜，才知道他原来是卡塔任娜和卡罗尔的私生子。雅库布认为卡罗尔欺骗了他，要离开庄园。卡罗尔的妹妹马尔达和妹夫费奥菲尔一直在庄园里干活，但因为受不了卡罗尔的歧视，也要离开庄园。哈尼娅本来也爱雅库布，但后来为卡罗尔的财产所诱惑，舍弃了雅库布。卡罗尔赢得哈尼娅后，马上赶走了马尔达夫妇，最后庄园里只剩下他和哈尼娅两人。剧作者以细致的心理描写反映了卡罗尔复杂的个性，这个地主善于经营土地，但富了之后感到精神空虚，需要一个年轻姑娘的爱，希望她能够继承他的产业。他在和雅库布对哈尼娅的争夺中，充分表现出他的自私本质，为了哈尼娅，他不惜把他的亲属赶走。像雅库布这样幼稚的年轻人，没有识破他的伪善，才吃亏上当。

在《夜里的狼》中，作者提出了道德和法律的问题。他早年学过法律，后来又

---

① 转引自张振辉，《20世纪波兰文学史》，青岛出版社，1998年，第51页。

在政府机关担任过很高的职务,对司法机关中的黑暗了解得很清楚。主人公扬·莫尔维奇是个性情豪爽但又十分莽撞的年轻人,爱上一个贫困出身的女人扎内塔。扎内塔年龄比他大,过去因和一个检察长私通,有一个私生女儿阿达。莫尔维奇不仅不以为嫌,而且愿认阿达为自己的女儿。后来莫尔维奇认识了一个富商狄尔斯基,为使他所爱恋的扎内塔摆脱贫困的处境,他甚至愿在感情上作出最大的牺牲,介绍她和狄尔斯基结婚。可是他发现扎内塔和狄尔斯基结婚之后,常常遭到丈夫的打骂,为了保护他心爱的人,他将狄尔斯基杀死,结果被送上了法庭。审理案件的检察长一时找不到证据,准备将他释放,但检察长的妻子尤莉娅却意外地接到莫尔维奇写给她的信,他向她承认了杀死狄尔斯基的事实,并对她表白自己的爱慕之情。检察长知道后,怪罪妻子行为不轨,决定改变当初释放莫尔维奇的打算,要给他判刑。然而这时又出现了一个检察长未曾料到的情况:扎内塔因为感恩于莫尔维奇,要拯救他,突然跑来找检察长。她在检察长面前一方面说莫尔维奇是一个善良慷慨的男子,不可能犯罪;另一方面,又提起检察长和她有过的不光彩的往事:一个夜晚,一群狼从她的背后追来,她便跑到检察长家躲避,结果就和检察长发生了不正当的关系。她威胁说如果检察长不释放莫尔维奇,她就要在法庭上将这件事公之于众。检察长迫不得已,终于答应了她的要求。莫尔维奇被释放后,扎内塔便将阿达交给了她的亲生父亲检察长,和莫尔维奇一同去了国外。作者通过揭示一系列的矛盾冲突,反映了人物的不同面貌以及法庭中营私舞弊的现象,并且通过设置许多悬念,使剧情的发展引人入胜。

第四节
斯泰凡·热罗姆斯基

19世纪下半叶,波兰批判现实主义小说创作发展到了高峰,形成了传统现实主义小说完整的美学体系。"青年波兰"时期的小说创作一方面继承了19世纪现实主义小说的艺术传统;另一方面,由于时代的变迁和新文艺潮流的影响,又在创作模式上有了重大的突破。这表现在它不仅扩展了传统现实主义小说的题材,以新的角度和新的观点观察、思考历史和现实,而且大量引进了过去未曾有过的象征主义和自然主义等表现手法,从而在思想和艺术上开辟了一条新的道路。这一时期小说创作中最杰出的代表是斯泰凡·热罗姆斯基和弗瓦迪斯瓦夫·莱蒙特。热罗姆斯基在他于1887年9月30日写的一篇日记中曾说:

不知道生活的人就不能成为短篇小说作家。对于小说作家来说,生活的课堂就是实际教育的课堂。旅行以及不断地和那津津有味的能够刺激人们爱美天性的艺术接触,这都是实际教育的课堂。生动的特写创造生活,幽默创造生活,形象描绘创造生活。当我把这三种东西和一个短篇小说在自己的脑子里联系起来回味一下的时候,这个短篇小说的模型就形成了。①

说明他的文学创作和波兰的现实生活有紧密的联系,表现出了深邃的思想内涵和对祖国人民的高度责任感,长期以来他被誉为波兰"现代人的精神领袖"、"波兰人民的良心"②。

斯泰凡·热罗姆斯基(1864—1925)出生于基埃尔策省城附近斯特拉夫琴村一个小贵族家庭,父亲因在1863年一月起义中给起义战士输送过粮食,曾被沙皇囚禁,三个堂兄也参加过起义,其中一个还献出了生命。起义失败后,热罗姆斯基的家庭破产了。1878年,他在基埃尔策进了一所被沙皇占领者控制、对波兰青少年实行奴化教育的学校。因此,他不仅从小受到过家庭爱国主义的思想教育,而且对被压迫民族所遭受的深重苦难也有深切的感受。父母死后,热罗姆斯基为了谋生,在地主家当过家庭教师,目睹长工遭受压迫的痛苦,同情他们的命运。1886年,他进了一所兽医学校,因参加青年秘密组织的爱国活动,被沙俄当局逮捕入狱。后来他去农村进行调查,对农村的社会状况有了进一步了解,他正是在这种情况下开始了他的文学创作。他一生的创作可分为四个阶段:第一阶段包括19世纪90年代末发表的作品,其中有《短篇小说集》(1895)、《乌鸦麻雀在啄食我们》(1895)、长篇小说《徒劳无功》(1898)和《无家可归的人们》(1898—1899)等;第二阶段从20世纪初到1905年革命爆发前,他发表了长篇历史小说《灰烬》(1902—1904);第三阶段从1905年到第一次世界大战期间,热罗姆斯基经历了无产阶级革命,思想上有很大的转变,这期间的作品是他这种转变的见证;最后一个阶段从1918年波兰获得国家独立到他逝世以前,长篇小说《早春》(1924)表现了他对祖国独立后的社会现实的深刻认识。热罗姆斯基一生坚持现实主义创作道路。

他的初期创作主要揭露国内的阶级压迫和民族压迫,反映被压迫者的苦难命运和反抗斗争。如短篇小说《忘却》描写波兰王国一个贫农奥巴略,儿子饿死之后无钱安葬,他便在地主的锯木厂里拿了四块板子,打算给儿子做棺材,为此遭到了地主和欺下媚上的守林人的毒打。这说明1864年农奴解放后,贫苦农民依然遭受深重的封建压迫。

小说《徒劳无功》描写沙俄占领者在一所他们控制的学校里对波兰青少年施行俄罗斯化民族压迫政策。这是一部自传体小说,根据作者在基埃尔策的中学读书时的耳闻目睹和亲身经历写成,具有很强的真实性。由沙俄当局派来的正副校

---

① 斯泰凡·热罗姆斯基,《日记》,第二卷(1886—1887),华沙,读者出版社,1954年,第424页。
② 《外国文学研究集刊》,第七集,中国社会科学出版社,1983年,第363页。

长的办学方针是让波兰孩子从小接受俄罗斯"正教、语言和风俗习惯,准备战时为俄罗斯战死,在和平的日子里为俄罗斯效劳"①。为了达此目的,他们一是对那些顺从的孩子进行拉拢和利诱,将他们培养成奴才;二是让俄国教员在课堂上宣扬大俄罗斯沙文主义,对波兰学生进行奴化教育;三是禁止学生在学校里讲波兰话,在全校布下特务网,严密监视学生的言行,谁有不轨就会遭到监禁、毒打乃至开除,学校完全变成了一座对波兰学生进行残酷迫害的监狱。可是学校里的青少年不愿当奴才,一部分富于反抗精神的学生组织起来,在爱国的波兰教师的掩护下,在课堂里讲述爱国诗人亚当·密茨凯维奇战斗的一生,或者秘密聚在一起,阅读波兰19世纪抗俄民族起义的历史。主人公博罗维奇来到这所学校,最初感到孤独,想家,后来接近爱国师生,参加了他们的活动,终于有了深切的感受:"我没有见过革命,也没有见过起义,但这并不说明我没有感受过压迫或者没有想到过它,我要尽全力地反对它。"②这些话真实地道出了作者自己的心愿,不管当局对波兰学生进行多么残酷的迫害都消灭不了他们的爱国精神,敌人所做的一切都是徒劳无功的。

在长篇小说《无家可归的人们》中,热罗姆斯基从写波兰民族解放斗争和农民题材转到了反映城乡无产阶级的生活状况。主要人物尤蒂姆是一个鞋匠出身的医生,又是一个慈善事业家。他在华沙扎格文比亚煤矿区和契塞等地对工人和贫苦农民作了广泛的调查,了解到工人全都在被污染的环境中生活和劳动,肺部都感染了疾病。在地主家干活的长工和牲口住在一起,卫生条件差,常常患疟疾。尤蒂姆决心动员社会力量,以改善他们的生活和劳动条件,因此他在华沙医疗界的会议上宣布了一个改善华沙工人居住卫生条件的计划,可是遭到了许多医生的反对。有人甚至公开宣称给富人做事有钱赚,谁都干,为穷人做事得不到好处,谁都不干。后来,他打算去契塞一家医疗公司的医院给农民治病,又遭到公司经理和行政管理员的阻挠未能实现。这些人不仅反对尤蒂姆给附近农民治病,而且还在附近的公园里挖了一个水池养鱼,做投机买卖,造成腐草堆积,细菌滋生,使农民染上各种疾病,给他们带来了更大的灾难。作者是把主人公作为一个全心全意为无产阶级谋福利、具有大公无私品德的人物来塑造的,只要世界上的"人们还受到过分劳动的榨取、工厂毒气的毒害"、"住在像野兽洞穴似的房子里",③他就要忘我地工作,直到自己停止呼吸。他把劳动人民的幸福看成是自己的幸福,认为被压迫者无家可归的时候,他自己也无家可归。因此他和那些唯利是图的资产者和依附于他们的知识分子形成了鲜明的对比。可是尤蒂姆在这些人面前又表现得很软弱,面对他们的强大阻力束手无策,这就决定了他的一切努力必然失败,说明热罗姆斯基这时期虽然目睹了波兰社会中贫富悬殊和阶级对立,热切希望改变

---

① 《外国文学研究集刊》,第七集,中国社会科学出版社,1983年,第370页。
② 转引自张振辉,《20世纪波兰文学史》,青岛出版社,1998年,第55页。
③ 见《外国文学研究集刊》,第七集,中国社会科学出版社,1983年,第373页。

被压迫者的悲惨命运，但在现实中又看不到一种力量能够改变现实面貌和建设一个美好的未来。

进入20世纪之后，热罗姆斯基开始脱离现实，转入历史小说的创作。他这一阶段创作的长篇小说《灰烬》以其对历史事件的深刻认识而占有十分重要的地位。小说取材于18世纪末和19世纪初的波兰民族解放运动，其中包括1794年科希秋什科领导的抗俄民族起义和扬·亨利克·东布罗夫斯基1797年在意大利成立"波兰志愿军团"的历史。热罗姆斯基通过具有各种不同思想和政治立场的人物的经历和表现，对这一历史背景作了真实的反映。小说主要人物之一彼得是波兰民族解放运动初期有爱国和民主主义思想的先进分子的代表，他虽出身贵族，但年少时就和家庭决裂，参加了科希秋什科起义，在战斗中负伤后，幸得一个农奴出身的战士密赫奇克的救护才免于牺牲。战后他和密赫奇克住在一起，靠种地放牧为生。彼得年少时是密赫奇克的农奴主金杜尔特的朋友，现在要求金杜尔特解放自己庄园的农奴，恢复密赫奇克的人身自由。可金杜尔特却对彼得十分仇视，等彼得死后，就命令奴仆毒打密赫奇克，然后强迫他去当兵。小说另一个主要人物拉尔泽夫斯基是当时贵族巴尔同盟的盟员，他拥护波兰民族解放斗争，但又反对在国内进行资产阶级民主改革。与他相反的是，当时普鲁士占领者虽对波兰进行民族压迫，却主张农奴解放，因此拉尔泽夫斯基既反对普鲁士占领者，又和被压迫的农奴有着不可调和的矛盾。

像彼得这样的人，在18世纪末和19世纪初的波兰是为数不多的。由于当时封建农奴制在三个占领区的统治地位还很牢固，就是在爱国志士的阵营中，还有像拉尔泽夫斯基这样坚决反对农奴解放的人，所以农奴即使参加波兰民族解放运动，也得不到自身的解放。普鲁士占领者较早在波兰提出农奴解放，但他们并不是为了波兰农民的解放，而是希望通过资本主义的发展，从波兰掠夺更多的物质财富。

按照热罗姆斯基的观点，在19世纪末和20世纪初的波兰民族和民主革命中，革命的领导者是具有爱国和民主主义思想的贵族，他们有责任带领包括爱国贵族和农奴在内的社会各阶层的人去和沙俄、普鲁士以及国内的封建势力作坚决的斗争，推翻他们在波兰的反动统治，为所有被压迫的人谋求解放。可是这个任务无论在科希秋什科领导的起义中还是在1830年十一月起义中，都没有实现或至少没有完全实现。热罗姆斯基在创作这部小说时，对那个时期的波兰民族解放运动有深入的研究和了解，他再现的历史十分真实和典型。

小说提出的另一个问题是，波兰民族的解放斗争主要依靠外援还是必须立足于依靠自己力量的基础上？在当时的历史背景下，这个问题的提出和拿破仑有密切关系，也涉及对拿破仑这个历史人物的评价。1795年波兰被瓜分后，东布罗夫斯基在意大利成立"波兰志愿军团"时，参加者有流亡国外的波兰农民和小贵族，后来许多人都参加了拿破仑的军队，把祖国独立的希望寄托在拿破仑身上。可是他们不仅没有实现自己的愿望,而且还成了拿破仑战争的牺牲品。事实证明,靠外援不能使波兰民族获得解放。例如,小说的主人公车德罗,出身破落贵族,有爱国和民主思想,他违背父亲要他继承祖业的意愿,参加了东布罗夫斯基的"波兰志愿军团"。他是一个拿破仑的崇拜者,以为只要跟随拿破仑打仗,就能救波兰于危亡,结果他和其他"军团"战士一样,充当了拿破仑1808年和1809年镇压西班牙人民的刽子手,到最后也没有醒悟。像车德罗这样的拿破仑崇拜者在"波兰志愿军团"士官中是不少的。在热罗姆斯基笔下,就连东布罗夫斯基也不例外,1807年,拿破仑在波兰建立"华沙大公国"时,东布罗夫斯基曾向部下宣布,这是他们每个人新生活开始的一年。

热罗姆斯基的小说不仅真实反映了当时波兰民族解放运动的复杂状况,而且正确地揭示了拿破仑战争的历史作用。在小说中,拿破仑支持维也纳人民反抗奥地利封建统治斗争的胜利,显示了他的军事才能。但1809年侵略西班牙时,他在萨拉戈萨进行疯狂的屠杀,给这个国家带来了极大的灾难,西班牙人民奋起反抗侵略者,表现了威武不屈的精神。一部分过去崇拜拿破仑的"波兰志愿军团"战士也开始觉悟,他们对车德罗说,他们参加军队不是为了把西班牙人活活烧死,不是为了消灭城市和乡村。在小说中,侵略者的面貌和被压迫者的觉悟和反抗都表现得十分清楚,作者对18世纪末和19世纪初的波兰民族解放运动和它所处的历史条件作了深刻的剖析。

从1905年到波兰获得国家独立前的一段较长的时期,热罗姆斯基在思想上经历了一个重大的转变。如果说他在19世纪90年代看到了社会上的民族和阶级压迫却没有找到改变社会面貌的途径的话,那么在1905—1906年间,他终于迎来了波兰无产阶级革命的高潮,他对革命表示热烈拥护,认为它将引导波兰民族和人民走上自由解放的道路。他在给一个朋友的信中写道:

我有真正的意图,要在5月初去波兰王国,那里诞生了新的世界,出现了新的人,伟大的神圣的思想苏醒了,到处可以感到新生活的脉搏在跳动。①

他还参加了卢布林省纳文切夫城的工人集会和示威,并在各地人民群众中积极组织爱国和革命的宣传活动。此外他还发表了许多散文,描写群众革命斗争的场面:

在这个场景中,歌声冲破障碍发出来了,它是从伟大人民的灵魂深处爆发出来的自由的吼声。人群迈着坚定和自豪的步伐前进,他们虽然沉默不语,可是用

---

① 《斯泰凡·热罗姆斯基选集》,第3卷,苏联国家艺术文学出版社,莫斯科,1958年,第34、35页。

子弹开辟了自由的道路。①

热罗姆斯基认为,只有群众性的斗争,只有武装斗争,才能推翻沙俄和波兰地主资产阶级的反动统治,使人民获得自由。他不仅拥护革命,而且对革命的性质、任务和手段都认识得更清楚了。他这时期的重要作品如短篇小说《林中回声》(1905)、剧本《玫瑰》(1908)和长篇小说《罪恶史》(1908)等都是在无产阶级革命高潮的影响下写成的,有的生动再现了革命斗争的场面,成功地塑造了许多革命者的英雄形象,有的反映了他在革命失败后的矛盾心情,这标志着他从19世纪90年代的批判现实主义进入了革命现实主义。

《林中回声》的主人公里姆维特原在卖国贼伯父罗兹乌茨基领导的沙皇军队里服役,伯父要把他训练成沙皇的走狗,可他是一个革命者,坚定的爱国主义信念不许他卖国。因此他毅然和伯父决裂,参加了起义军游击队,领导这支军队把敌人打得丧魂落魄。后来里姆维特不幸被捕,面对敌人的威胁和审讯表现出坚贞不屈的意志和乐观主义精神,

面对着死神,我命令,我那六岁的彼得,好好地被培养成一个波兰人,为他的祖国服务,在必要的时候,要为祖国牺牲,不眨一下眼,不叹一口气,就像我一样。②

在剧本《玫瑰》中,作者写一群工人在一个工厂的厂房里集会,揭露厂主把从他们身上榨取的利润献给莫斯科警察,控诉资本家卖国贼勾结沙皇镇压工人和革命者的罪行。剧中主要人物博日什切、扎戈兹达、恰罗维茨也和《林中回声》中的里姆维特一样,都是爱国者和坚定的革命者。博日什切在序幕的独白中颂扬了波兰爱国者不怕牺牲的精神,预示在民族起义中殉难的战士的坟上,会开出象征荣誉的玫瑰花。扎戈兹达表示在监狱中决不向沙皇妥协,不和资产阶级叛徒站在一起,因为他看到了波兰农民"在痛苦中,在猪狗一样的生活中呻吟","工人死在自己的机床——断头台旁。"③恰罗维茨说他像爱父母一样地热爱祖国,要把波兰建设成一个天堂世界,没有贫困和盗贼。与之相反的是,叛徒安哲尔姆虽然早先参加过革命,可是他叛变后,用恶毒的语言咒骂波兰,还出卖同志,充当沙皇的奸细,企图从监狱里的革命者那里探听情报,向沙皇邀功请赏。《玫瑰》是对波兰民族和民主革命的写照,是热罗姆斯基的作品中和这一时期波兰文学作品中最深刻和最大胆的。

然而波兰1905年革命对他的影响还不止这些。在革命失败后很长一段时

---

① 转引自张振辉,《20世纪波兰文学史》,青岛出版社,1998年,第59页。
② 《外国文学研究集刊》,第七集,中国社会科学出版社,1983年,第379页。
③ 斯泰凡·热罗姆斯基,《作品集:玫瑰》,读者出版社,华沙,1956年,第47页。

期,他没有忘记劳动人民的解放事业,依然憧憬着一个没有剥削和压迫、人人享有自由平等的美好世界,这在他以后的许多作品中都有充分的表现。如在《罪恶史》中,他描写了一个出身社会下层、秉性善良的少女爱娃,被流氓、骗子和强盗欺骗、利用和玩弄,坠入了犯罪的深渊,可后来在一个思想激进的庄园主博增塔那里得到了拯救。博增塔把自己的庄园和财产全部献给了贫苦农民,组织他们参加集体化和机械化劳动,建立了工厂、住宅、公园,开设了图书馆、游艺室、医院、疗养所和学校等。他们不再受剥削,而享有自己的劳动成果,获得了科学知识,生活变得美好。博增塔说,他所做的一切就是革命战争和无数流放到西伯利亚的爱国志士所要求实现的一切。爱娃在那里不仅被改造成为一个自食其力的劳动者,还培养了良好的品德。

以上可以看到,1905年革命和波兰无产阶级政党传播的马克思主义和社会主义思想对热罗姆斯基这一时期的思想和创作,无疑起了很大的作用。可是革命的失败也曾使他陷入矛盾和痛苦,甚至感到茫然和悲观,这在《罪恶史》中也有明显的反映。女主人公爱娃后来离开了农场,两年后她再来时,农场已被卖掉,博增塔也死了,他的墓碑上刻写了许多咒骂他和他生前所做的一切的文字。善良正直的爱娃觉得自己有责任保护恩人博增塔,她猛然地踢打墓碑,直到精疲力尽也未能把它踢倒。她感到"活在这个世上毫无价值,到处都是欺凌、堕落和强暴,到处。任何地方都没有公正的审判和保护。"①后来她在强盗面前护卫她爱过的男人,死于强盗之手。人们看到的是,革命者死去,革命被人诅咒,理想已经破灭,正直的人无法生存,社会充满了罪恶和黑暗,无可挽救。但热罗姆斯基的矛盾和悲观是出自对占领者统治下的波兰黑暗现实的痛恨,出自对劳动人民获得解放的美好未来的向往和为失去这种未来而产生的惋惜,出自急切想要看到光明而又看不到光明的痛苦,所以高尔基说,《罪恶史》是一部"悲观主义的书,但也是一部诚恳的书"。②

热罗姆斯基在1905年革命失败后虽然产生了悲观失望的情绪,但他作为一位伟大的爱国者并未终止对波兰民族解放运动历史的关心,这在他1912年发表的长篇小说《忠实的河流》中可以看出来。这部小说以一月起义为背景,故事发生在基埃尔策省塞奥托夫县,贵族出身的奥德罗冯施所在的起义部队在玛洛戈附近战场上打了败仗,死里逃生,来到了涅兹杜雷庄园养伤。在庄园主的女儿莎洛梅阿的精心照料下,奥德罗冯施伤势有所好转,他们之间产生了爱情。不久后,奥德罗冯施的母亲公爵夫人到这个庄园里来找儿子,不愿儿子娶出身微贱的莎洛梅阿,也不愿他回到起义部队,便强行将他带走。可是庄园和它周围却是起义者常和沙俄军队打仗的地方,奥尔布罗姆斯基领导的一支起义军也在这里战斗过。这里的农民原是支持和拥护起义斗争的,以为这样可以获得土地,免除封建徭役,但

---

① 斯泰凡·热罗姆斯基,《罪恶史》,第1卷,读者出版社,华沙,1957年,第293页。
② 转引自《斯泰凡·热罗姆斯基选集》序言,见《斯泰凡·热罗姆斯基选集》,第1卷,苏联国家艺术文学出版社,莫斯科,1957年,第36页。

是他们提出这些要求后,却遭到了起义右翼领导的镇压,因此不得不视起义者为敌,站到沙俄占领者一边去了,"波兰农民们在密耶赫失败后,都把那些受伤的人送到政府机关,交给了刽子手。"①在爱国阵容内部,从奥德罗冯施的母亲公爵夫人对莎洛梅阿的态度,也可看出大贵族和小贵族之间阶级矛盾的复杂性,热罗姆斯基对此深有了解。

小说不仅真实再现了一月起义中民族斗争和阶级矛盾交织在一起的复杂情况,还成功地塑造了莎洛梅阿和奥尔布罗姆斯基这两个爱国者的英雄形象。莎洛梅阿为奥德罗冯施包扎伤口时,"懂得并领会这些伤口所展示的全部惊人的和崇高的生活内容。"②当俄国士兵来搜捕伤员时,她没有泄露秘密,并且"想到藏在干草堆里的起义者可能窒息而死,或者流血过多,心里便十分难过"③。这是一位品德高尚、富于自我牺牲精神的女性,她对奥德罗冯施的爱也是出自对一个爱国者的崇敬。奥尔布罗姆斯基因为遭到沙俄军队的追捕,也来到了莎洛梅阿的庄园。他在和沙俄士兵的战斗中,打死打伤了许多敌人,最后为了维护革命利益慷慨地献出了生命。

1918年波兰独立后,热罗姆斯基的思想发展就像前一阶段一样,又经历了许多矛盾和失望。他最初对祖国社会面貌的改变曾寄予很大的希望,可是后来看到,波兰虽然独立,但无产阶级和农民却没有改变被压迫的命运,他的希望落空了:"我对事情的理解经常是错的,一切和我所想的、预料的和估计的都不一样。"④他最后一部长篇小说《早春》就是在这种矛盾和失望的心情中创作的。

小说描写的是一个出身于小官僚家庭的知识分子崔扎莱,他祖辈参加过波兰民族解放运动,全家在十月革命前住在俄国的巴库。母亲死后,父亲色维莱要把他领回波兰,他告诉儿子:有个表哥巴雷卡在波兰设计建造了一座玻璃炼钢厂,厂房是玻璃的,那里没有罢工,工人住在比美国富人的别墅更加豪华的玻璃宫殿里。巴雷卡还要在农村给农民盖玻璃房子,玻璃学校、玻璃牲口圈、温室;在维斯瓦河安装一个大的玻璃水槽,用来蓄水、灌溉和发电,保持环境卫生,实现农村现代化。色维莱不久逝世,崔扎莱回到波兰,可是他在任何地方都没有找到玻璃房子。相反的是,在纳弗沃希附近的农村,他看见农民由于没有土地,夏天出外逃荒,冬天冻死饿死,还有许多革命者被关在监狱里,遭受酷刑,被迫害致死,波兰独立后的现实状况和占领者统治时期没有两样。因此他感到失望,后来在革命的影响下,崔扎莱参加了工人群众的集会和华沙五一游行,但他并不是一个革命者,官僚家庭的许多恶习在他回波兰后也没有改变。热罗姆斯基塑造这个人物是为了

---

① 斯泰凡·热罗姆斯基,《忠实的河流》,读者出版社,华沙,1957年,第65页。这里说的"政府机关"当然是指沙俄占领者在波兰的政府机关,热罗姆斯基在小说中不能明说。
② 斯泰凡·热罗姆斯基,《忠实的河流》,读者出版社,华沙,1957年,第57页。
③ 同上,第55页。
④ 《斯泰凡·热罗姆斯基选集》,第1卷,苏联国家艺术文学出版社,莫斯科,1957年,第44页。

表露他对独立后的现实不满和悲观失望的情绪。热罗姆斯基是波兰民族和人民的歌手,他以创作为人民的解放和祖国的未来奋斗了一生,他把革命的理想看成是自己的理想,虽然他最终也没有看到理想的实现,但他相信人民的力量,认为只有人民群众革命斗争的胜利,才能实现这种理想。

热罗姆斯基的创作融合了现实主义和象征主义两者的艺术特色。在人物刻画上,他常把主人公放在革命斗争的高潮中,放在矛盾冲突十分尖锐的环境中,以表现他们的典型性格。但是他的小说也像这时期的许多诗歌和戏剧作品一样常运用象征的描写,如《早春》中的玻璃房子就包含着某种象征意义。《无家可归的人们》中的尤蒂姆在一事无成后,独自立于郊外,发现一棵松树从根部裂开,似乎听到它在低声饮泣,因而感到悲伤、失望。《玫瑰》中一位爱国者在监狱中发明了一种神秘的火,可以烧光沙皇的军队和碉堡。恰罗维茨单枪匹马和沙皇军队战斗,用这种神秘的火烧死了许多敌人,也烧死了自己。他临死时,头上隐约出现博日什切的幻影,胸前绽开了一朵玫瑰花。作者把革命者为民族自由而牺牲看成是最高荣誉,但也表现出在革命失败后找不到出路的矛盾心情。象征和比喻在文学作品中的作用是不同的,在热罗姆斯基那里,象征包含着深层的意蕴,较为含蓄,比喻则是直截了当。他把爱人比作音乐,把波兰比作一棵长在贫瘠土地上的白杨,枝叶已经枯萎,后来由于人们辛勤的浇灌,又焕发出了青春。

热罗姆斯基作品中的景物描写也具有波兰象征主义和印象主义的艺术特色。他笔下的画面瑰丽多姿,有声有色,同时吸引着读者的视觉、听觉、触觉和嗅觉。有时他把景物和典型环境的描写结合起来丰富了场面的色调,衬托出周围的气氛。他在描写战争的小说中还有自然主义的倾向,表现在有意突现战争场面的阴森可怕和畸形怪诞的景象,以反衬英雄人物的坚毅勇敢、不怕牺牲的精神。他的创作在继承传统现实主义艺术的基础上,吸取了其他流派的表现手法,在形式上丰富了现实主义的小说创作。

第五节
弗瓦迪斯瓦夫·莱蒙特

弗瓦迪斯瓦夫·莱蒙特(1867—1925)是和热罗姆斯基齐名的现实主义代表作家,他的小说成就使他荣获 1924 年诺贝尔文学奖,成为继显克维奇之后又一位享有世界声誉的著名波兰作家。莱蒙特生于罗兹附近的大科别拉村。他的父亲当过乡村教堂的琴师,后来又靠租佃地主农场的收入维持全家生活,他的母亲和几个舅舅都参加过一月起义。他自己在读书时也因坚持讲波兰话、不肯讲俄语而被官办学校开除。莱蒙特18岁就离开家庭，独自出外谋生，当过裁缝、铁路工人、土地测量员、商店店员、贮木场的推销员和流浪艺人，生活十分艰苦，收入微薄，常常吃不饱，受到富人的歧视。但这种处境也使他能够更多地接触社会下层，对资本主义的罪恶和劳动人民的生活状况有较多的了解，他的文学创作也正是在饱尝辛酸的处境中开始的。

19世纪80年代末，莱蒙特开始创作短篇小说，早期发表的短篇小说主要有《汤美克·巴朗》(1893)、《正义》(1899)、《母狗》(1892)等，写的是城乡劳动人民的悲惨命运。作者对险恶的工头、凶残的地主婆、仗势欺人的管家、伪善狡诈的村长、神甫等作了无情的揭露。这些小说中的被压迫者都是富于反抗精神的人物，如《汤美克·巴朗》中的铁路工人汤美克接连遭到工头的欺压，被人陷害，他对吃人的社会发出了控诉："老爷们写出来的章程都是给自己用的，他们哪里会给穷人公道。"①《正义》中的贫农雅西克因未婚妻遭到地主管家的调戏，便用草叉刺了管家，管家依仗政府的支持，将他关进监牢。雅西克逃出监牢后，把管家痛打了一顿，但他后来又遭到了被村长欺骗和煽动的一群农民的攻击，被抛入村里谷仓燃起的大火中烧死。莱蒙特深刻地认识到那些资产者和统治者勾结在一起压迫农民，因此他始终把批判的矛头指向资产阶级国家政权、监狱和法律。

在另一些短篇中，作家揭露了这个社会在财产继承和生存竞争中所出现的道德败坏。《死》(1891)中的安蒂科娃因为父亲没有让她继承财产，竟在冬天将老人赶到猪圈里活活冻死。《工作》(1891)中的失业工人扬对解救他生活危难的朋友尤泽夫不仅不知恩图报，而且为了夺取尤泽夫的职业，反将他害死。但扬最后还是没有找到工作，他无法改变自己的命运，因此走上了绝路。

19世纪90年代末，莱蒙特发表了长篇小说《女喜剧演员》(1895)及其续篇《发酵》(1896)和《福地》(1897—1898)。前者的主人公奥尔沃夫斯卡是一个有表演才华且富于理想抱负的青年女性。她父亲奥尔沃夫斯基是布科维耶茨火车站站长兼发货员，要把她嫁给一个新发迹的农业资本家格热西凯维奇的儿子安杰伊。奥尔沃夫斯卡不爱这个暴发户的儿子，违抗父命，离开家乡，去华沙参加了查宾斯基的剧团，当了一名演员。后来她在剧团的一次演出中，因领导对她不公，想要自杀，但被人救出。奥尔沃夫斯卡回家后，认识和接触的都是一些庸俗可鄙或者性情古怪的人：车站管理员希维耶尔科夫斯基是个骗子，把骗来的钱拿去做投机买卖，大发横财；站长助理扎莱斯基从来不去上班，爱骑自行车，想在比赛中博得人们的赞赏，有时他还当众露出那双骑自行车的腿来自我夸耀，说他像爱老婆一样爱这双腿。奥尔沃夫斯卡很讨厌这些人，但又离不开他们。后来剧团团长查宾斯基又请她重返剧团，并且许诺她演莎士比亚的戏，可这时奥尔沃夫斯卡觉得丢不下患精神病的父亲，她没有再回剧团。她的意志变得消沉了，后来仍嫁给了

---

① 转引自张振辉，《莱蒙特——农民生活的杰出画师》，长春出版社，1995年，第41页。

暴发户格热西凯维奇的儿子,同父亲一起,住在丈夫的领地里。作者通过女主人公的生活道路,塑造了一个从有才华、要求个性解放的强者走向平庸凡俗的典型,对她既有同情又有批判。

《福地》是莱蒙特的主要作品之一。这部小说以罗兹 19 世纪 80—90 年代的工业发展为题材,故事中波兰资本家博罗维耶茨基和犹太资本家莫雷茨合股开印染厂,博罗维耶茨基对工人进行残酷的压迫,但表面上道貌岸然,有时假惺惺地关心工人,为乡里来的穷苦农民排忧解难,还提出了生产"高尚化"①的口号,所以在商品生产和市场竞争中占了优势,使棉纺厂犹太老板莎亚感到威胁很大。站在莎亚一边的犹太银行家格罗斯吕克想联合所有的犹太资本家来对付博罗维耶茨基。他看中了莫雷茨,打算让他成为他们在博罗维耶茨基内部的代理人,声言博罗维耶茨基搞生产"高尚化"是"要损害莎亚、楚克尔、克诺尔……整个罗兹棉纱业的利益"②。可是莫雷茨比博罗维耶茨基和格罗斯吕克更加阴险狡猾,他表面上和老朋友博罗维耶茨基"合作",但又向银行借贷三万马克长期不还,作为他在博罗维耶茨基厂里的投资,企图利用博罗维耶茨基缺乏资金的困境,把他挤掉,以夺取工厂的所有权。格罗斯吕克开始没有看出莫雷茨对博罗维耶茨基的计谋,要他还钱,可是当他明白这一切后,便马上赞叹莫雷茨手段高明,于是两人即刻订好了合同和未来的行动计划。

博罗维耶茨基不知道莫雷茨背后的阴谋,一直很信任他。后来他去柏林,他的新建厂房突然被大火烧毁,保险公司的赔偿抵不了严重损失,莫雷茨幸灾乐祸,马上向博罗维耶茨基提出退股和要买他遭灾后的厂房的地皮,博罗维耶茨基这才看出莫雷茨的野心,一气之下和他断交。后来他有幸得到一个德国资本家米勒的帮助,重建工厂,并和米勒的女儿结婚。博罗维耶茨基虽重新获得了这块土地,但金钱和利益给他带来的不是幸福,而是烦恼和苦闷,他感到失去了朋友,他有罪。小说围绕着这些情节,广泛地展现了当时罗兹整个工业社会的面貌,成功地塑造了一系列典型人物。19 世纪 90 年代的罗兹,是波兰和外国资本主义高度集中和发展的地方。从罗兹和以它为代表的波兰王国资本主义发展的过程中,可以看出如下几个特点:

一、一些资本巨头大都是新兴资产阶级的代表人物,他们出身社会下层,由于能够适时看准资本主义经济发展的规律,以各种投机取巧的手段谋取暴利,很快就发迹了。如小说中的莎亚,起初不过是一个小商店的掌柜,后来做了陈货贱卖的生意,便开工厂,放高利贷,大发横财,成了罗兹的巨富之一。卡奇马利克本是贫苦农民,可是他和那些去城里做工的破产农民不同,他看到罗兹已"扩展到了

---

① 莱蒙特,《福地》,张振辉、杨德友译,漓江出版社,1984 年,第 506 页。
② 同上,第 507 页。

乡下"①,城里老板要建厂,就得"大兴土木"②,他没有去城里,而是在乡下建起了砖厂,引进现代化设备,提高生产率,很快就成了暴发户。

二、资产者为了自己的生存和发展,对竞争的对手不惜采取最狡猾、最卑鄙和最残酷的手段。莫雷茨和博罗维耶茨基的关系就是这样,他和别人的关系也是这样。围巾厂老板格林斯潘要把女儿梅拉嫁给一个阔老板,他看中了莫雷茨,认定莫雷茨会霸占博罗维耶茨基的工厂,而莫雷茨通过索取嫁妆,又从格林斯潘那里捞了一大笔。在资本家眼里,金钱就是一切,连自己的女儿都可以投入交易。

三、资本积累的主要手段是榨取工人的血汗,这在它的最初阶段表现得尤为突出。19世纪末的波兰王国,大批农民流入城市,曾出现劳动力过剩的现象,资本家把他们雇佣的工人完全不当人看。布霍尔茨是罗兹的头号资本巨头,可是他的印染厂劳动条件极差,工人的安全生产得不到保障。一个工人被机器砸死,厂主不负法律责任,不给死者家属抚恤金,他豢养的工头还强迫其他工人立即在这台机器上干活,穷凶极恶地要扣除全车间工人的工资,以赔偿被死者的血污染了的布料。布霍尔茨厂里的医生维索茨基曾经路遇的一个工人,他的四个孩子有的被机器砸死,有的死于疟疾,没有一个活下来,他自己也因事故折断了腿,老伴无依无靠,孤苦伶仃。别的工厂的情况也是这样。

资本家正是在对雇佣工人进行惨无人道的压迫和剥削的基础上获得大量财富,过着奢华无度的寄生生活。老爷太太、少爷小姐整天无所事事,头脑空虚,作风庸俗。男的一味勾结有夫之妇,女的则以逗狗为乐,凑在一起就酗酒,开下流舞会,人们对金钱顶礼膜拜,金钱又导致犯罪。莱蒙特以敏锐的洞察力分析和揭露了这个社会的阶级压迫、贫富不均、道德沦丧以及其他畸形现象产生的原因。

1902—1908年间发表的长篇小说《农民》是莱蒙特最重要的作品。它分《秋》、《冬》、《春》、《夏》四卷,表面上是写波兰农村的一年四季,实际上它们象征着整整一个时代。小说的故事发生于波兰列普采村,以富裕农民波利那一家的生活经历为线索,在广阔的背景上,深刻反映了20世纪初沙俄占领者统治下波兰农村的社会面貌。这是作者对那个动乱时代生活的艺术概括,又是一部展现农村日常生活、风俗习惯和自然景物的史诗式作品。莱蒙特正是"由于他伟大的民族史诗《农民》"于1924年获诺贝尔文学奖。他是继显克维奇之后,第二位获此殊荣的波兰作家③。

小说展示的社会矛盾和斗争主要表现在土地争夺和农民反对沙俄占领者对波兰实行民族压迫的政策上。列普采村以及和它毗邻的伏拉村虽然经过农奴解放,可旧的封建势力依仗沙俄占领者的支持,仍占有大量土地。资本主义发展所造成的阶级分化,使许多农民"祖父时代可以养三个人的田地,现在就不能不养

---

① 莱蒙特,《福地》,张振辉、杨德友译,漓江出版社,1984年,第483页。
② 同上,第482页。
③ 莱蒙特,《农民》,第一卷"秋",吴岩译,上海译文出版社,1981年,第II页。

10 个人了"。① 他们不仅沦为赤贫,而且遭受政治压迫,因而被迫起来反抗,但资产阶级和地主为了维护自身的利益,对农民的反抗采取了不同的态度。

《农民》第二卷《冬》的后半部,写伏拉村的大地主盗伐列普采村农民公有森林的木材,激起了村民和工匠的愤怒,他们决定去森林里和地主进行搏斗。但磨坊老板等人和地主勾结,要把盗伐的木材运到城里卖钱私分。作者着重揭示了列普采村贫苦农民的这场反封建斗争的正义性,热情歌颂了他们在斗争中表现的英雄气概和勇敢精神。

柯勃司、柯兹洛瓦和村里许多长工及工匠马泰乌斯愤怒地控诉道:"我们村里的农民,四面受围,就像落在网里的鱼一样,四面八方都是大地主的田地,排挤得我们活也活不成了。"地主除占有大量土地外,还受到沙皇法律的保护。在法院对农民所有权的范围尚未作出规定之前,农民不许地主触动森林,但地主根本不加理睬,反而派骑兵来保护伐木工。农民因此明白了一个道理:"绝不能受人宰割,绝不能受人欺压",要"把压迫我们的人杀掉"。他们揭露富豪人家"只关心自己的利益","不会作出什么对老百姓有好处的决定"。② 虽然他们的手中只有镰刀、连枷、木棍、斧头,但凭借勇敢,终于在一场短兵相接的肉搏战中打败了地主武装。

在沙俄占领区的波兰农村,普鲁士占领者也常往这里移民,企图扩大地盘。在这些地区,农民又遭受普鲁士占领者的经济侵略。在第三卷《春》中,大地主借了德国人的钱,还不起债,不得不把波德尔赛农场的大片土地折价卖给德国人,这也遭到了列普采村农民的坚决反对。他们深知占领者的法律和监狱的威胁,却毫不畏惧地和德国人作面对面的斗争,愤怒地喊道:"带着你们的长裤子滚吧,见你妈的鬼去吧!"③ 由于农民的斗争,德国人企图占领波兰土地的阴谋未能得逞。作者的意图在于突出农民保卫自己权益不受侵犯的决心和对土地的热爱。

在第四卷《夏》中,作者还用很大的篇幅描绘了列普采村农民为保卫祖国语言、维护波兰民族文化和沙俄占领者进行的斗争。沙俄当局决定在列普采村办一所用俄语教学的学校,遭到了农民的反对,而乡长、磨坊老板等却叫农民拥护当局。当区公署的文书出来宣读有关文件时,农民马上回答说:"创办一所波兰语学校,哪怕一英亩要交半卢布的附加税,我们也投票赞成,创办其他学校,那就一个小钱也不出。"有的农民还说:"沙俄统治者绝不会在学校里教波兰语,然而,尽管如此,他们也永远不能把我们都变成俄国人。我们每一个人,都将像现在那样,甚至像我们的母亲当年教我们的一样,始终只用波兰语对天主祈祷,跟自己的人说话。"④ 表现了农民誓与压迫者斗争到底的决心。

作者在描写农民反对占领者和封建压迫的斗争的同时,也揭示了斗争的曲折

---

① 莱蒙特,《农民》,第三卷"春",吴岩译,上海译文出版社,1981 年,第 317 页。
② 本段引文均引自莱蒙特,《农民》,第二卷"冬",吴岩译,上海译文出版社,1981 年,第 295、297 页。
③ 莱蒙特,《农民》,第三卷"春",吴岩译,上海译文出版社,1981 年,第 348 页。
④ 本段引文均引自莱蒙特,《农民》,第四卷"夏",吴岩译,上海译文出版社,1981 年,第 205、213 页。

性和复杂性。在《冬》中，列普采村农民虽然打败了地主武装，但只过四天，沙俄当局就派来了法官和宪兵，将所有参加森林械斗的青年农民逮捕入狱，农民的斗争最后遭到失败。在《春》中，大地主因为农民赶走了企图占领波德尔赛农场的德国移民，表示愿与列普采村和解，提出将一部分庄园土地卖给列普采村，可是这个条件只有列普采村的富裕农民才能接受，贫苦农民没有钱买土地，只能向不合理的社会提出控诉："有人大腹便便，胖得路也走不动；别人却饿得要死，这像话吗？土地必须平分给我们大家。"①但他们最终也无法改变自己贫困的命运。在《夏》中，农民反对当局下达的关于创办俄罗斯学校的文件时，区长马上出来叫村民"照命令办事"，结果这个决议反以多数在大会上通过。这说明农民中也有不少人屈服于当局的淫威。《夏》写于1905年革命后，它从一个侧面反映了波兰民族解放斗争曲折的过程。

《农民》不仅真实反映了20世纪初波兰农村的民族解放和反封建斗争的复杂性，还揭示了这一时期农村资产阶级和官僚统治者对贫困农民的残酷剥削和压迫。

小说主角波利那是列普采村仅次于磨坊老板的第二号大户，但因为他参加过1863年一月起义，受到爱国和民主思想的影响，在村里的表现和其他的资产阶级统治者大不相同。首先他对待长工不像磨坊老板和教堂琴师那么凶恶。他有一头母牛，一次在列普采村公有的森林里吃草，被大地主派来的守林人无理地赶了出来，这头母牛吓得生了病，难以救活，波利那一气之下便把它杀了。为这件事他曾诉诸法庭，但法庭由大地主控制，他败诉了，这促使他参加了农民斗争。在森林的搏斗中，他受了重伤，后来还付出了生命的代价。从这一点来看，他的这次行动不仅是出于对大地主的个人私怨，而且是为维护农民集体利益的责任感的表现。但波利那作为一月起义后出现的农村新兴的资产阶级代表人物，还持有许多陈旧落后的习俗和观念，他对古巴说："长工并不是农民，每个人都有他的身份地位……你要安分守己。"②他还是一个典型的守财奴，甚至不让子女继承他的土地和财产。为此，波利那在妻子死后，决定续娶，虽年近六旬，却看中了一个出身于富裕农民家庭的19岁姑娘雅格娜。他娶雅格娜，除了她年轻漂亮，能够替他掌管家业之外，还因为她还可以从她母亲那里继承15英亩田地，这样他就可以增加土地。为了达到这个目的，他在婚前就答应把自己前妻陪嫁的六亩好地记在雅格娜的名下，可这马上遭到了儿子安蒂克、儿媳汉卡和铁匠女婿的一致反对。但波利那断然宣布一切由他决定，结果父子之间发生激烈冲突，直到后来两人都参加了森林里的斗争，他们之间的矛盾才得以和解。另外，在安蒂克、汉卡和铁匠以及雅格娜之间也存在着尖锐的利害冲突，尤其是在波利那死后，他们在争夺波利那的土地

---

① 莱蒙特，《农民》，第四卷"夏"，吴岩译，上海译文出版社，1981年，第62页。
② 同上，第95页。

和财产继承权的冲突表现得更加激烈。这场斗争也充分地暴露了他们不同的品德和个性。

安蒂克生活道路曲折,他在和父亲的冲突中最后失败,被赶出了家门,不得不和汉卡一起搬到岳父家去住,生活上遇到了很大的困难。可是他却整天游手好闲,无所事事,有时外出不知去向,还背着父亲、妻子,和年轻的继母雅格娜热恋。这不仅使汉卡十分痛苦,而且也加深了他和波利那的矛盾。后来,汉卡让他在磨坊老板那里当了雇工。从此他和贫苦农民接触很多,亲身体验到他们被压迫的痛苦,和他们一起参加了维护森林的斗争,在斗争中表现得很勇敢,后来被关进了沙皇的监狱。出狱后他终于改变了对汉卡和家庭不负责任的态度,向妻子表示亲热,可他这时又抛弃了雅格娜。后来他继承了父业,下定决心要迎接新的生活,和祖辈一样,弯着腰肩负起艰辛劳动的车辕,直到小彼得来接替他为止。他没有脱离他的家庭出身和历史条件的限制,离不开和他以及他的家庭有着千丝万缕联系的土地。

汉卡是波利那家一个顶梁柱式的重要人物,是小说中最突出的女性形象。她禀性刚强而又富于忍耐性,勤劳朴实而又聪明能干,对丈夫忠贞不贰而又宽宏大度,孝顺长辈而又富于正义感,心地善良而又机敏过人。她不仅具有传统美德,而且被作者赋予了新时代妇女的许多优点,显得十分光彩照人。她和丈夫安蒂克一起被波利那赶出家门来到娘家居住,是她生活中最艰难的一段时期。由于安蒂克没有工作,她一个人挑起全家生活的重担,虽终日劳累仍入不敷出。后来她只好将她陪嫁的一头心爱的奶牛卖了,并设法给安蒂克找到了工作。她认为他只要有了工作,就会打消搞女人的念头。可是安蒂克虽在磨坊老板那里有活儿干,却依然和雅格娜来往频繁,使她深感丈夫不忠的可怕,但她依然真心实意地爱着他。

森林搏斗事件发生后,波利那受重伤躺在家里,不能管事,汉卡因此掌握了管理全部家务的大权。她知道波利那活不了多久,便十分警惕地守护着波利那的财产,铁匠夫妇因此视她为敌。可是汉卡根本不把他们放在眼里。首先,她作为家庭主妇,为波利那一家做出了最大的贡献,理所当然地受到家人的尊敬。再者,波利那这时已和安蒂克和解,也形成了对她有利的局面。所以她取得了波利那的信任之后,一切方面都占了主动。在波利那的土地和财产的分配和继承问题上,汉卡坚持要等安蒂克回来才能作出决定,在这之前,谁都不能动父亲的财产。此后她一次又一次地识破了铁匠的阴谋,挫败了他的进攻。

铁匠米哈尔是个极端狡猾、两面三刀的人,是作者无情鞭挞的对象。他在村里每次重大的斗争中,都站在上层阶级一边,甚至表现得比他们更恶劣。例如在森林的搏斗中,他和磨坊老板都被大地主收买,力图阻挡农民的革命行动,可表面上又装出关心农民安危的样子,等到事变已经无法阻止,他又去向地主告密,做出了背叛列普采村民的大坏事,给农民造成了严重的损失。在波利那家争夺土地和财产继承权的斗争中,作者更是有意丑化这个人物,他尽管十分狡猾,却总是陷于被动出丑的地位。

雅格娜是一个命运十分悲惨的女性。她本来心地善良,同情穷苦的老百姓,对他们施舍从不吝惜,和她那爱财如命的母亲形成了鲜明的对比。她和汉卡的矛盾主要是为了争夺波利那家里主妇的地位,而不是为了财产。从她个人来说,并没有想要继承波利那的财产。可是她生性放荡,因此在婚恋上就容易受骗上当,成了各种势力的牺牲品。她不仅是波利那父子争夺的对象,还曾被乡长和工匠马泰乌斯玩弄,最后落得身败名裂,遭到了村民们严厉的惩罚。

《农民》在揭露波兰农村的民族和阶级压迫的同时,也充分地反映了贫苦农民的悲惨命运。在列普采村,农民除受地主、资产阶级剥削压迫外,沙俄当局名目繁多的捐税、兵役以及高利贷者的敲诈勒索也层层压在他们头上,使他们几乎无法生存。他们有的被迫出外流浪,其中如古巴、阿伽沙等遭遇最惨。古巴出身贫苦,父亲在地主家当过马车夫,自己参加过一月起义,母亲在起义爆发时被沙俄刽子手杀害。这是一个以鲜血和生命为波兰民族解放作出了很大贡献的家庭,可是这一家人却祖祖辈辈当牛做马。古巴在波利那家干了一辈子活,最后因为给波利那在森林里打野兔,被地主的守林人打伤了腿,流血过多,没有医治,死得很惨。阿伽沙年迈,身边没有亲人,终年行乞度日,死后的埋葬费也得靠自己生前积攒。巡礼乞丐罗赫平日为村民排忧解难,调解纠纷,讲述波兰的光辉历史,带头反对沙俄当局和德国移民,做过许多好事。当他由于沙俄当局的追捕而被迫逃离列普采村时,他还要求贫苦农民"每一个人都准备为事业而牺牲",并且充满信心地表示:"时机到了,便会有成千上万的人,从城市和乡村,从茅屋和庄园揭竿而起,一个接一个,不断地牺牲生命","给全国带来复活,带来正义和真理"。① 他的这些言行对要求自由解放的列普采村农民来说,无疑是很大的鼓舞。

1905年革命失败后,沙俄占领者加剧了对波兰的民族压迫,莱蒙特不满现实,但又找不到出路,陷入了悲观失望。他在晚年,即1909—1925年间,仍创作了不少长篇和短篇小说。其中重要的有短篇小说《在普鲁士的学校里》(1909),作品描写一群波兰小学生如何反抗普鲁士教师强迫他们在课堂上用德语念祈祷文的斗争,表现了莱蒙特的爱国主义思想。长篇三部曲《一七九四年》(1911—1918)取材于1793年波兰在立陶宛格罗德诺召开的最后一次议会和科希秋什科起义。1793年初,沙皇俄国和普鲁士在彼得堡签订了第二次瓜分波兰的条约,定于在这一年6月17日召开的波兰议会上通过。开会期间,这个条约虽然遭到爱国议员的反对,但俄国驻立陶宛大使以武力威逼,终于使该条约得以通过。波兰第二次被瓜分后,爱国志士投入了祖国的救亡运动,翌年爆发了著名的科什秋希科起义。小说《一七九四年》以纪实的手法,再现了这一系列重大的历史事件,充分反映了波兰被侵略和瓜分灭亡的悲惨命运和波兰人民武力恢复民族独立所进行的艰苦

---

① 莱蒙特,《农民》,第四卷"夏",吴岩译,上海译文出版社,1981年,第267页。

卓绝的斗争。

　　总的来说,莱蒙特的创作艺术和热罗姆斯基一样,在继承传统现实主义创作方法的基础上,融进了现代派手法。他的长篇小说《农民》更趋向于传统现实主义,这是一部波兰农民生活的百科全书。它不仅以广阔的历史背景深刻揭露了列普采的民族矛盾和阶级矛盾,而且广泛地再现了农民的日常生活、传统文化和风俗习惯。有关这方面的描写涉及面很广,内容极为丰富,如农民的劳动、婚丧大事、万灵节祭亡人、圣诞节的家庭娱乐、集市、酒店,以及作者通过主人公罗赫所讲述的许多优美动人的民间故事,等等,凡是农村生活中的一切,几乎无所不包。像这样百科全书式的作品,在热罗姆斯基的创作中是没有的。《福地》对城市的描写也是如此,在这里人们的工作、娱乐、社交、礼拜,和罗兹的市场、工厂、房屋建筑等等形成了一幅又一幅的城市风俗画。作者以宏观和微观的视角,将波兰城乡的繁华盛景清晰、逼真而又全面地展现在读者面前,从许多富于真实感的细节描写中,透出了浓郁的乡土气息。

　　莱蒙特尤其长于写景,在《农民》中,关于一年四季变幻的景色描写,既表现了大自然雄浑磅礴的气势,又反映了各个季节不同的特色。而这一切又和农民的生活和劳动有着密切的联系。春天充满生机,"草木欣欣向荣,洋溢着温暖的芳香;众鸟悦耳动听地啼啭,条条沟渠里充满了蒲公英的金黄色,条条田塍变成了绣着雏菊的翡翠带子,而辽阔的田野上,星星点点地洒满了万紫千红。"①在宁静的秋天,"阳光照彻的尘埃蔚为金雾,弥漫在刚收割过的田野上,而在上面蔚蓝的天空里,大朵大朵的白云零零落落地飘浮着"②,把读者带到一片富于抒情诗意的天地里。夏季气候变幻莫测,有时一切都是那么"美丽得惊人!……温暖的微风,饱含着无数鲜艳花朵的芳香",但在酷热久旱之后,"马铃薯干瘪得像榛子那么大"。顷刻之间,"便卷起了狂风,尘灰密集成团,涡卷盘旋着上升天空","霹雳一个紧接一个打将下来","雨水像瀑布似的倾泻而下。"③冬天,"成千次的旋风不断地跳着妖魔之舞,成千个雪球给风从平原上卷起来,一路上翻滚而去,像是旋转着又大又白的纺锤,成千个雪堆遍地移动,成千个绵延雪脊向前汹涌前进,愈积愈大,仿佛要上接天空……接着却突然崩落,发出纷乱的轰然巨响。"④《农民》是一面时代的大镜,它包罗万象地照出了这个时代人们的生活、斗争思想、情趣和所处的环境,并且赋予它们以浓郁的诗情画意。

　　《福地》则主要以象征表现它的主题。作者对所痛恨的人物和社会现象总是在外形上以象征和夸张来进行讽刺,如布霍尔茨这个罗兹的首富表面上十分凶恶,实际上只不过是一个病入膏肓、行将就木的人。莱蒙特的意图显然不是单指

---

① 莱蒙特,《农民》,第三卷"春",吴岩译,上海译文出版社,1981年,第181页。
② 莱蒙特,《农民》,第一卷"秋",吴岩译,上海译文出版社,1981年,第3页。
③ 莱蒙特,《农民》,第四卷"夏",吴岩译,上海译文出版社,1981年,第9、186、187页。
④ 莱蒙特,《农民》,第二卷"冬",吴岩译,上海译文出版社,1981年,第204页。

这个阔老板生病,而是象征整个靠榨取千百万工人血汗起家的资产阶级已经腐朽没落,必将走向灭亡。特别是布霍尔茨的私人医生用砒霜疗法给他治病,说什么"类似的病用类似的方法治疗对人的体质来说是最合适的"[1],这就暗示了对社会邪恶只有一个解决办法,就是以毒攻毒,把它消灭。有的象征是和人物的动作和思想感情的变化联系在一起的,如小说对罗兹上流社会人士看戏那个场面的描写:有人报告经济行情恶化,在资本家中间引起了不安,可这对那些坐在戏院廉价座位上的普通市民却威胁不大,他们仍在聚精会神地看戏,欢笑喝彩。这就狠狠地刺激了那些忧心忡忡的百万富翁。莱蒙特写道:

这笑声宛如从二楼泻下的一片水浪,像瀑布一样轰隆隆地响着,洒泼在池座和包厢里,洒泼在所有这些突然感到心绪不安的人的头上,洒泼在这些躺在天鹅绒座位上,身上戴满了钻石首饰,自以为有权力,自以为伟大而藐视一切的百万富翁的身上。[2]

这些风趣、形象和富于讽刺意味的描写透出了作家对资产者的蔑视。

第六节
其他重要的作家

除了斯泰凡·热罗姆斯基和弗瓦迪斯瓦夫·莱蒙特,这一时期在文坛上享有盛誉的作家还有瓦茨瓦夫·贝伦特、弗瓦迪斯瓦夫·奥尔康、安杰伊·斯特鲁格、瓦茨瓦夫·先罗谢夫斯基等。

瓦茨瓦夫·贝伦特(1873—1940)是一位塑造了众多有悲观颓废情绪但又有反抗精神的知识分子形象的作家。贝伦特出生于华沙一个市民家庭,1890年在慕尼黑大学学习期间,和当地文学界接触甚多。19世纪90年代末,他定居华沙,有时去克拉科夫、扎科潘内,或短期出国访问,到过奥地利、意大利和德国。早期发表的短篇小说如《教师》(1894)、《星期天》(1894)和《在丛林里》(1896)大都描写主人公和他们所处环境的矛盾以及他们悲观主义的处世态度。

长篇小说《朽木》(1903)塑造了三个崇尚非理性主义艺术的艺术家形象:演员波洛夫斯基、记者耶尔斯基和画家帕夫卢克。他们厌恶都市居民和都市文化,

---

[1] 莱蒙特,《福地》,张振辉、杨德友译,漓江出版社,1984年,第130页。
[2] 同上,第58页。

认为这种文化庸俗和千篇一律,已经形成一个固定不变的模式。他们虽都住在西欧某个城市,但与周围环境隔绝,孤独地生活。他们认为只有在孤独中才能创造非理性的艺术,只有创造这种艺术,才能脱离毫无意义的现实。可是他们又不具备创造这种艺术的才能:波洛夫斯基只会演丑角,不会演正剧;耶尔斯基只会搞消息报道,做广告宣传,最多也不过报道一些耸人听闻的消息迎合都市居民的趣味;帕夫卢克有创作热情,但在创作中又摆脱不了来自外部世界的生活模式或道德规范的束缚,总觉得无法按照自己的意图去完成一个作品。因此他们只能在孤独中承受最大的痛苦,最后一个个在绝望中自杀。小说真实地反映了普日贝谢夫斯基等所宣扬的非理性主义艺术和群众以及群众文化之间的对立。作者认为,这些崇尚非理性主义的新潮艺术家既轻视群众和群众文化,又创造不出高贵的文艺作品,因此对他们进行了嘲讽。

长篇小说《秋播》(1911)的故事发生在一个晚上,涅曼男爵在华沙的府邸里聚集了许多不同身份的人,除主人和妻子海仑娜(列拉)之外,有海仑娜的祖父科米耶罗夫斯基和叔祖父米哈乌,有波列斯瓦夫和年轻的女友尼娜,有女画家奥娜,有女教师万达,还有从克拉科夫来的教授和神父、立陶宛和乌克兰大庄园主的代表、波兰王国工矿企业的代表、大学生、诗人、音乐家和歌剧明星等等,几乎包括波兰社会所有阶层的代表。他们自由地活动在府邸的客厅、办公室、图书馆、台球室和其他房间里,叙说个人的经历。所有在场的人都对波兰现实表示不满,认为在这个社会中,人们只知道享乐,对民族命运毫不关心。可他们自己也与现实隔绝,处于一个封闭的圈子里,这样的空谈当然不会有什么结果。

后来他们听到了日俄战争爆发①的消息,才离此而去。第二天,万达、尼娜、米哈乌、波列斯瓦夫和克拉科夫来的教授一起来到华沙克拉科夫城郊街,遇到了游行示威的队伍。游行队伍遭到哥萨克军警的镇压,许多人被逮捕和枪杀。万达、米哈乌和尼娜参加了游行,也被抓走了。教授随身携带了护照才得以脱身,这次事件使他认识到只有斗争才能拯救社会。他看见万达走在被逮捕者的前面,就像希腊神话中的丰收女神一样,象征着民族的复兴。有的波兰评论家认为,小说这里描写的是俄国 1905 年革命,因为这次革命在沙俄统治下的波兰王国也有强烈的反应。作者在革命中,在西伯利亚流放者的反抗斗争中,看到了社会走向光明和恢复民族独立的希望。

贝仑特的最后一部小说《活石》(1918)以中世纪某城市为背景,展示两种生活和文化形式的对比。在贝仑特看来,一个中世纪城市,居民干什么都循规蹈矩,对新鲜事物缺乏敏感,社会发展处于停滞状态。后来一群流浪艺人来到这里,有杂技演员和舞蹈演员、说书人、诗人和画家等,他们代表文艺复兴早期的艺术形式。由于他们过的是流浪生活,行动自由,见多识广,思想开放,能够经常获得新的创

---

① 日俄战争爆发于 1904 年 2 月。

作和表演灵感。女人在普日贝谢夫斯基的戏剧中是罪恶的诱惑,可是这里的诗人却把她们看成是诗的化身,画家看了圣母像后,才画出了最好最美的图画。杂技和舞蹈演员及说书人的演出在居民中引起了轰动,给这座城市注入了新的活力。这说明文艺复兴无论在人们的思想状态上、生活方式上,还是在艺术上都胜过了中世纪。总的来看,贝仑特的世界观和文艺观同波兰现代主义文学思潮大相径庭,他认为一个人不论什么出身和职业,都不能把自己关在一个封闭的小圈子里,不与外界接触,而应当到广阔的世界里去,到群众中去,参加群众性的革命斗争,才能增长自己的知识和才干,为民族的复兴和民族文化的繁荣做出贡献。

此外贝仑特还写过一系列的历史小说,反映从启蒙运动到1830年十一月起义这段时期的历史面貌。波兰被沙俄、普鲁士和奥地利瓜分后,在沙俄占领区,由于占领者对波兰实行俄罗斯化的民族压迫政策,波兰爱国的知识分子为维护波兰古老的文化传统,和占领者进行了不懈的斗争。

弗瓦迪斯瓦夫·奥尔康(1875—1930)出生于克拉科夫省利马诺瓦县大波仑巴村一个山民的家庭。他少年时期由于家境贫寒,在克拉科夫中学毕业后就辍学了,后来一直务农,从小对加里西亚农村的社会状况就深有了解。奥尔康年轻时酷爱文学,虽住在农村,但和克拉科夫的文艺界和新闻界联系密切,经常参加他们有关新文艺问题的讨论,有时还和他们一道出国访问,到过意大利和瑞士,和加里西亚一些工人和农民运动的领导人也有接触,受到他们革命思想的影响。

奥尔康不同意普日贝谢夫斯基等人的"为艺术而艺术"的观点,他说:

我根本不愿意去攀那令人眩晕的"绝对高峰",那里表面上看有广阔的思想天地,但实际上很狭窄,我有我的整个农民的世界和辽阔空旷、灰色的处女地。①

可见他一开始就选择了他所熟悉的农村生活为创作题材,这表现在他早期发表的两部短篇小说集——《短篇小说集》(1898)和《在悬崖上》中。如其中的《外出谋生》和《命运》等短篇描写农民不堪饥饿和贫苦的折磨去外地或国外挣钱谋生,但他们无论到什么地方,也摆脱不了贫苦。《来自戈热茨人的国度》写农民和贵族的一场争夺森林的斗争。戈热茨人的村子里有个伯爵要盗伐农民公有的森林,农民去报告村长,村长主持公道,不准伯爵盗伐。伯爵便写信请求奥地利占领者当局的支持,当局马上派来了军队,把村长打死。这和安杰伊·涅姆耶夫斯基的作品以及莱蒙特的小说《农民》中所反映的情况是一样的,但在奥尔康的小说中表现得更严重,因为伯爵勾结占领者甚至可以将农民选出来的一村之长活活打死。这说明不管是沙俄占领者还是普鲁士和奥地利占领者,虽然表面上也作出了一些维

---

① 列吉娜·盖尔列茨卡,《弗瓦迪斯瓦夫·奥尔康的早期作品:1879—1902》,奥索林斯基民族出版机关,弗罗茨瓦夫,1985年,第106页。

护农民利益的法律规定,但为了巩固在波兰的殖民统治,必然依靠投降并支持他们的波兰封建势力,因此在封建贵族和农民争夺土地和森林的斗争中,他们总是站在前者一边,对农民进行政治压迫。

长篇小说《雇农们》(1900)是奥尔康最重要的作品。故事发生在加里西亚农村一个叫科尼内克的村庄,雇农玛尔戈希卡和她丈夫在地主黑巴家干了六年活。丈夫死后,儿子尤泽克出外谋生,长期没有音讯。等儿子挣钱回来见母亲时,母亲已悲惨地死去。小说刻画了两个凶恶的地主形象:一个是黑巴,另一个是女地主萨特洛娃。黑巴是个地主兼资本家,不仅有大量土地,还经营磨坊,并在村里一条小河边开了一个锯木厂,雇了不少工人。玛尔戈希卡和丈夫因为在他的地里盖了一间房,他便以此为由,叫他们长期无偿地干活,而且对他们十分凶恶。一个冬天,玛尔戈希卡去黑巴的锯木厂,打算搞点锯木屑回家取暖,被他痛骂一顿。另一次,玛尔戈希卡生病,女儿卓霞想在黑巴的磨坊里拿点面粉给母亲吃,又被他打伤。这对农民夫妇因为劳累过度,长期不得温饱而死在他的地里。

黑巴是一个非常自私的地主,他在任何情况下都不让别人超过他,即使对亲生儿子也是这样。儿子雅谢克是个心灵手巧的工匠,会修磨,做车轮子,打铁,还会修表和手风琴,在科尼内克很出名,许多村民都来求助于他,因此他挣了很多钱,这便引起了黑巴的妒忌。后来,雅谢克也开了一个锯木厂,它所处的位置正好在黑巴的锯木厂下边。黑巴为了不让儿子抢他的生意,便在上边设置闸门,将河水堵住,使雅谢克的锯木厂的机器没有水力带动,无法开工。可是雅谢克在村民的支持和帮助下,还是开工了。黑巴知道后,便趁雅谢克不备,突然开闸,让河水冲进了他的锯木厂,不仅毁了所有的机器,而且还把他压死了,父子间的冲突造成了悲剧。

萨特洛娃没有黑巴那么凶恶,但比黑巴更狡猾,她表面上对长工十分"和善",可常以宗教信仰欺骗农民。贫农阿格涅什卡在她那里长年干活,安分守己,后来萨特洛娃不需要她了,严冬季节就把她扫地出门,还说这是天主对她怠惰的惩罚。萨特洛娃还是个典型的守财奴,就像《农民》中的波利那一样,为了不让儿子继承财产,竟然不准他结婚。奥尔康描写的这些农村统治者的形象,无论在思想上还是作风上都表现得十分野蛮和落后,他们为了巩固自己在经济和政治上的统治地位,对包括亲人在内的任何人都不惜采取最凶恶的手段。

此外,在科尼内克村,由于阶级压迫而产生的等级观念,长期以来,不仅在统治阶级中,而且在所有的农民中,都是根深蒂固的。一次,村民在酒店里唱歌跳舞,玛尔戈希卡的儿子尤泽克偶然进来,遇见地主黑巴和他另一个儿子索贝克,他们对他说:"酒店不是农民娱乐的地方","我们不和乞丐跳舞。"[①]在场的人跟着黑巴一起嘲笑尤泽克,把他气走了。尤泽克不甘心于自己所处的社会地位,决心

---

① 列吉娜·盖尔列茨卡,《弗瓦迪斯瓦夫·奥尔康的早期作品:1879—1902》,奥索林斯基民族出版机关,弗罗茨瓦夫,1985年,第88页。

离开母亲,去外面挣钱,他以为这样,就可以使他和母亲不再受到欺侮和压迫,可是他和母亲却落得更加悲惨的结局。这说明在封建势力仍占统治地位的农村,封建阶级有特权保证他们的社会地位,农民单靠参与经济地位的竞争,是不能求得翻身解放的。小说《雇农们》深刻揭露了波兰农村封建压迫产生的历史根源,这在当时的文学作品中是不多见的。可是小说的结尾,黑巴看到人们在埋葬玛尔戈希卡时,感到自己应当受到良心的责备,他走到小河边,看见雅谢克仍在他的锯木厂里,不敢进去。他还看见河那边有一栋房子,全村的农民都聚集在那里,便自言自语道:"这是一个雇农的世界。富人和穷人一样,谁都免不了死,只是不知道下一个轮到谁?"这种写法似乎不符合主人公性格发展的逻辑,说明作者虽然看到了加里西亚农村严重的封建压迫,但找不到改变这种状况的办法。

长篇小说《在岔道上》(1903)的主人公弗兰内克·拉科奇是一个农民的儿子。他在城里读书时接受了新思想,回到家乡后,对波兰农村的状况进行了认真的调查研究,认为农村贫困的根源在于小农经济生产率太低。资本主义的土地兼并使富者更富,穷者更穷,富者拥有一切,穷者一无所有,只有走农业集体化的道路,才能改变农村落后和两极分化状况。农业集体化要求所有的农民都参加集体劳动,土地归集体所有,劳动果实平均分配。这不仅可以消灭人剥削人的现象而且可以有计划地使用劳动力,让一部分人从事农业劳动,另一部分人开办工厂,通过发展工业,形成强大的技术力量,来提高农业劳动生产率。生产率提高了,就可以积累资金,用于普及教育,培养和造就农民自己的农艺师、教师和医生,提高农民的物质和文化生活水平。只有这样,才能使农民摆脱贫困,走上幸福的康庄大道。

拉科奇的设想比热罗姆斯基的小说《罪恶史》中的博增塔所提出的设想更加完美,但是这种设想在当时加里西亚农村封建势力还十分强大的情况下是实现不了的。当他在村会上把计划提出来后,不仅贵族地主强烈反对,而且农民也没有任何反应。拉科奇一人孤军奋斗,只能以失败而告终。从奥尔康的这些作品可以看到,他作为一个出身农民的作家对封建压迫有切身的体会,热切希望改变波兰农村落后的面貌和农民被压迫的命运。在当时的革命思想的影响下,他曾有过美好的理想,但是他又深感这种理想实现不了,所以在思想上产生了矛盾,感到痛苦和茫然。实际上,他的理想只不过是一种美好的幻想,不仅在当时而且在今天也是实现不了的,它也不可能引导农民走上幸福的康庄大道。

奥尔康因为对波兰农村的社会生活深有了解,他的作品善于通过典型环境的描写,塑造富于典型性格的人物。他笔下的人物无论出身、性格、外貌和语言都具有很大的真实性。他还善于运用加里西亚农民的方言,使作品富有浓郁的乡土气息。

安杰伊·斯特鲁格(1871—1937)原名塔杜施·加维茨基。他出生于卢布林一个爱国贵族家庭,曾就读于普瓦维的一所农业专科学校,由于参加爱国组织,在农民中宣传爱国主义思想,于1895年被沙俄当局逮捕入狱,后来又被流放到俄国的阿尔汉格尔斯克。回国后,斯特鲁格参加了波兰社会党,1905年革命期间,负责主办该党的机关刊物《人民报》和《农业工人》，领导该党农村工作部的工作。革命失败后，他去巴黎旅居了七年，第一次世界大战期间，曾参加毕苏茨基领导的"波兰兵团"，为波兰的民族独立而战。波兰独立后，斯特鲁格继续参加波兰社会党的政治活动，1934年当选为波兰保卫人和公民的权利联盟中央执行委员会委员，成为国际左派运动的著名活动家。

　　斯特鲁格不仅是一位爱国者和无产阶级革命活动家，也是一位革命作家。他的早期作品如短篇小说集《地下活动的人们》（1908—1909）、长篇小说《明天》（1908）、《一颗炮弹的历史》（1910）、《我们的父辈》（1911）和《相片》（1912）等都以波兰民族解放运动和无产阶级革命斗争为题材。这些作品不是按照某种创作的公式单纯地歌颂英雄的美德和暴露敌人的残暴，而是力求真实地反映波兰民族解放运动和世纪初革命斗争的艰难曲折，以及参加者的复杂心态。作者生动展现了他们所处的十分残酷的斗争环境和各种行动的表现，对他们的精神状态以及导致这种状态产生的潜在心理活动作了深入细致的刻画，赋予波兰革命文学和小说创作以更丰富的内涵。例如《地下活动的人们》中的小说《除夕》是一篇富于象征性的作品，主人公汤斯基是波兰社会党党员，在华沙除夕的夜晚，被沙俄间谍跟踪。作者侧重写他在逃跑过程中的各种心理状态：有时他感到这个间谍就从身边走过而十分害怕，但又觉得这不过是一个沙俄机关的公职人员，对自己没有威胁；有时又感到这个间谍离自己一定很远，但又听到他好像追上来了，而在西伯利亚流放时脚上患的风湿病正在发作，他逃脱不掉了。他心中的失望、退缩和希望、奋进的情绪交替出现。每当失望和退缩的情绪涌上心头，他就觉得自己好像处于昏迷不醒或者梦幻的状态，而当他醒过来时，又看到了希望。经受了一夜的逃亡之苦后，汤斯基终于迎来了翌日的黎明，他在一条小巷子里突然发现一个人睡在一栋半倒塌的破房和一栋盖起了一半的新房之间的平地上，便对他说："你的孙子不会像你这样，像一只没有窝的狗似的躺在街上。"小说以意识流手法虚构情节，表现了很深的内涵。"除夕"这个词的拉丁文意思是"夜晚的感受"或"失眠"。主人公汤斯基的"除夕"就是"沉重的痛苦的梦"或者"失眠和生病"。他只有在醒悟的时候，才感到有了希望而勇于奋进。他经常见到的是社会上的那些"市侩"、"剥削者"和"盗贼"，那些"可怕的虚假"和"已经存在了千百年的骇人听闻的欺骗"。①但他终于醒悟了，看到了祖国的未来。为了给祖国和人民谋福利，要永远不停地工作和战斗。他认定这栋旧社会的破房会倒塌，将有一栋新房来代替它。他自己虽不一定能够看到新房的建成，但他相信孙辈一定能够住在这栋新房里。

　　长篇小说《一颗炮弹的历史》以1905年革命失败为背景。波兰社会党人为了将民族解放斗争继续进行下去，决定在波兰王国进行恐怖活动。他们成功地暗杀了几个沙俄警官，引起了沙俄占领当局极大的恐慌，也招致占领者对革命党人更

---

① 本段引文均引自安杰伊·斯特鲁格，《地下活动的人们》，读者出版社，华沙，1957年，第45—90页。

加残酷的镇压。但社会党人并不害怕,他们继续在人群中散发革命传单,组织游行示威。与此同时,波兰社会党作战部的领导人之一列昂在罗兹和华沙又策划了一次暗杀沙俄总督的行动。他将一颗炸弹秘密交给他所领导的罗兹和华沙城乡的社会党人,让他们不断地转运藏匿,希望找到机会炸死总督。参加这次活动的社会党人很多,但各自的表现不同,有的成功地完成了传递炸弹的任务,而且在示威游行中发表激昂慷慨的演说,表现了一个革命者的英雄本色;有的在转运炸弹的过程中被沙俄宪警发现,遭到拘捕和审讯,但在敌人面前始终没有暴露炸弹的秘密,临刑前还写信告诉妻子炸弹藏匿的地方,叫她交给可靠的人;也有人经不起残酷斗争的考验,对恐怖活动感到害怕,以至患癫病死去。炸弹最后传到裁缝托马什·巴奇卡手中,他参加过罢工斗争,但他把阶级仇恨记在他的老板身上,他将炸弹向老板扔去,炸弹没有爆炸,反被敌人发现,他最后在绝望中自杀,一场社会党人暗杀沙俄总督的计划就此失败。小说的情节紧张、曲折、引人入胜,比较典型地反映了20世纪初波兰社会党人进行民族解放斗争和革命活动的方式。作者是波兰社会党党员,深知他们的活动方式脱离人民群众,即使成功地暗杀几个沙俄占领者的首脑人物,也不可能推翻沙俄在波兰的殖民统治。

  波兰独立后,斯特鲁格像热罗姆斯基一样,原寄希望于民族的复兴和劳动人民处境的改善,但很快就对现实感到失望。他在20世纪20—30年代,除了继续参加波兰社会党的政治活动外,还发表了不少有价值的作品,其中影响最大的是长篇小说《马列克·希维达的一代》(1925)。这是一部自传体小说,主人公普热茨瓦夫·波尔索夫斯基就像作者本人一样,出身于贵族家庭,年轻时参加波兰社会党,到过克拉科夫、扎科潘内和巴黎。他对占领者统治下的黑暗现实不满。革命失败后,他看不到民族解放的未来,有时陷入幻想,在幻想中所看到的人都是那么滑稽可笑,那么疯狂,对周围的一切感到厌恶。第一次世界大战爆发后,他参加了毕苏茨基的"波兰兵团",他一生除从事革命工作外,也创作小说。波兰独立后,他原以为可以马上建立一个美好的社会,可是后来看到独立后的现实并不是想象的那么美好,因此他要写一部真实反映波兰独立后社会状况的小说。小说中有几个是他的同代人。一个是他学生时代的好友,现在成了大土地所有者的波特维德。波特维德要把土地分给农民,却被看成是疯子,人们要把他送进疯人院。另一个是改革家斯库尔尼克,曾对如何发展国民经济作过深入的调查研究,可是他的这种研究反被认为损害了国家利益,为此遭到迫害,不得不逃亡国外。军官希尼亚特要为波特维德和斯库尔尼克的遭遇鸣不平,又被资产阶级法庭指控在军队里进行"布尔什维克宣传"和"带有民族共产主义色彩的反国家活动"[①],被当做政治犯逮捕入狱。在斯特鲁格看来,独立后的波兰在对待革命者、爱国者以及一切有正义感的人和占领者统治下的波兰没有两样。阶级压迫依然存在,旧的社会秩序并

---

① 亨利克·密哈尔斯基,《安杰伊·斯特鲁格》,普及知识出版社,华沙,1988年,第350页。

没有改变,任何企图改变的尝试都会遭到残酷的镇压。斯特鲁格为一个自由、民主和正义的波兰奋斗了一生,但他最终也没有看到这个目标的实现。他的创作不仅反映了波兰革命者为了这个目标进行的艰苦卓绝的斗争,而且深刻揭示了他们失败的原因。在波兰20世纪的革命文学中,斯特鲁格的创作占有重要的地位。

瓦茨瓦夫·先罗谢夫斯基(1858—1945)是一位无论在个人经历还是创作上都与众不同的作家。他生于华沙,父亲由于参加1863年一月起义被捕入狱,他是在母亲抚养下长大的。早在中学读书时他就参加了秘密爱国组织,被学校开除,此后开始走向社会,独自谋生,并且较早地接受了无产阶级革命家宣传的社会主义思想。1879年,才满20岁的先罗谢夫斯基因为参加革命思想的宣传工作被沙俄当局逮捕入狱,翌年又被流放到西伯利亚,几经易地,于1887年定居在雅库特民族地区。流放刑满后,他于1892年来到伊尔库茨克,创作了长篇小说《林边》,1897年去克里米亚和高加索旅游,发表了短篇小说集《陷阱》。第二年他回到华沙,结识了斯泰凡·热罗姆斯基等许多知名作家和波兰社会党人。1900年,因参加华沙为密茨凯维奇纪念碑落成而举行的示威游行,先罗谢夫斯基再次被沙俄当局逮捕入狱,后来被遣送到伊尔库茨克,不久在那里得到了地理考察协会的资助,以科学考察的名义,去日本、朝鲜和中国访问,后经暹罗、埃及和意大利,于1904年回到华沙。这期间,他创作了一系列反映中国、朝鲜、日本等国人民生活状况的小说和报告文学作品,其中主要的有《中国小说集》(1903)和《去远东》(1904)等。1905年革命爆发后,他在加里西亚参加民族解放斗争。第一次世界大战期间他参加了一个爱国组织,为波兰民族独立而战斗。波兰独立后,他曾先后担任参议员和波兰科学院院长等职。

先罗谢夫斯基的早期作品主要反映西伯利亚流放期间当地人民的生活状况,以及包括他自己在内的波兰流放者们的处境。有的作品具有自传性质。如长篇小说《林边》,主人公是一个贵族出身的俄国人巴维尔,当过沙皇的侍从,一次因酗酒过多而激怒了沙皇,被流放到西伯利亚雅库特族人居住地安第。这里有个富人安杰伊对同族邻居十分友好,每当安第年成不好,闹饥荒,他都尽力给予帮助。巴维尔来到这里后,安杰伊热情地把他接到自己家里居住。巴维尔是个慷慨大方不计小利的人,他把从彼得堡带来的茶叶、糖、面粉等全都分送给周围的穷人,使人们对他产生了好感。他原以为,人类总是不断进步,人的道德总是不断完善,可是他因为不适应安杰伊家的饮食起居和生活习惯,加之自己不通雅库特族的语言,平日感到孤独和烦闷,有时一个人在房间里看书或者外出打猎,让安杰伊一家到处寻找。后来他向当地政府提出返城的要求,但遭到了拒绝。这部小说是先罗谢夫斯基在他被流放西伯利亚最艰苦的年代里写的,迫于沙俄书刊检查制度的干涉,不能直接反映波兰流放者的生活实况,但在对主人公的描写中,可以看到他当时思想很苦闷,周围的雅库特族人不管是富人还是穷人都关心和帮助他,而他却要离开这里。先罗谢夫斯基的苦闷当然不是因为对这些善良的雅库特族人有什么不满，而是因为他在这里脱离了他曾为之奋斗的波兰民族解放事业。他急需回到祖国去，重新投入火热的战斗，但却没有这种可能。除主要人物巴维尔外，小说还刻画了一系列性格各异的雅库特人，对他们的风俗习惯作了生动的描写。在一些篇章中，作者以广阔的背景展现了西伯利亚险恶的自然环境和它给雅库特族人的生存带来的威胁。但他同时也看到了雅库特人战胜大自然的决心，坚信美好光景必将来到。

短篇小说集《陷阱》是描写西伯利亚雅库特族人风土人情的另一部重要作品，其中有几个短篇反映了波兰流亡者的情况。他们都有过一段痛苦的经历，在艰苦的环境中坚持和沙俄压迫者进行斗争，但其中也有少数人和当地居民发生了尖锐的矛盾，先罗谢夫斯基对这深有了解。他在作品中，对人对事大都采取客观描写。如在《哈伊拉赫》中，主人公科斯迪亚自称是一个来自"南部斯拉夫国家的人"，但人们不知他是怎么来到西伯利亚雅库特人中的。当地政府让他住在一家贫困的雅库特人家里，这家主人哈得奇并不欢迎他，明确表示要他到富人家里去住。科斯迪亚不但没有走，而且爱上了哈得奇的妻子凯列梅斯，哈得奇知道后，一气之下，和他进行决斗。后来科斯迪亚因为没有得到凯列梅斯，竟将她杀害。科斯迪亚平日爱唱一首"只有监狱里才唱的歌"，这说明他是一名被流放到西伯利亚的政治犯，小说没有说明他堕落犯罪的原因，但从这个人物的描写中可以看出，在当时流放西伯利亚的政治犯中，情况是很复杂的。《诸神的祭品》的故事发生在西伯利亚一个多民族的村庄，富有的塞尔迪倩是顿古兹族人，对村里雅库特族的穷苦人十分友好，经常给予各种救济和帮助，因而受到他们的尊敬。有一次，塞尔迪倩家举行酒宴，请了村里的许多人。正当他们尽兴吃喝，欢乐歌舞的时候，突然来了一个巫人，散布迷信，指责塞尔迪倩长期没有向雅库特族人说明自己的出身，塞尔迪倩即刻向众人表示道歉，然后自杀。这时一位老者奥尔顿加巴突然挖出死者的心，把它放在自己手上，对天说道："诸位神明，保佑我们吧！如果我们长的是这么一颗心，我们就不会堕落，这是一位斗士的心。"①小说以象征的手法暗示在西伯利亚一些少数民族中存在着尖锐的矛盾，但塞尔迪倩却有一颗善良的心，而且他以牺牲这颗心的代价，感化了不同民族的弟兄，使他们从此互助互爱，和睦相处。

在先罗谢夫斯基的《中国小说集》中，最著名的是长篇小说《洋鬼子》。作者到过中国，对19世纪末半封建半殖民地的中国国情深有了解，他把中国当时发生的一些事以极大的热情和鲜明的立场反映在作品中。主人公布热斯基出生于波兰一个爱国贵族的家庭，他舅父、大富商希涅特茨基介绍他参加了一个去中国的所谓科学和贸易考察团，在营口参加希涅特茨基开设的一家茶叶公司的经营管理。布热斯基到北京后，结交了中国举人王西陵，并把他的全家带到营口，安插在公司所属茶叶农场里当监工。公司经理对中国人进行残酷的剥削，王西陵也成了帮

---

① 瓦茨瓦夫·先罗谢夫斯基，《陷阱》，读者出版社，华沙，1958年，第121、122页。

凶,激起了工人的反抗,反抗发展到暴动,并且得到市民的支持。这样,由公司工人和营口市民参加的反对外国殖民主义者及其走狗压迫的革命运动爆发了。营口的义和团战士也参加了斗争,并且站在前列,外国资本家在满清卖国政府的支持和配合下,对中国人民进行镇压,可是义和团战士和营口的工人阶级没有屈服,经过一场浴血战斗,终于把殖民主义者赶出了国门。

小说对殖民主义者进行了批判和谴责,热情讴歌了义和团和中国工人反帝反封建的革命斗争。这个科学和贸易考察团就是由一些欧洲殖民主义者组成的,早在去北京的途中,他们就勾结沿途中国城市的封建官僚,强迫平民给他们当保镖,对保镖任意打骂,曾激起他们的强烈反抗。在营口的茶叶公司里,经理宣称没有比中国工人更驯良的工人,他们什么也不要求,把劳动看成祷告一样,对他们不能让步。在公司所属的茶山里,外国资本家收买汉奸充当走狗,强迫工人进行超负荷的劳动,把中国人当成他们的奴隶。中国工人和义和团对殖民主义者表现了极大的仇恨,他们责问洋鬼子,你们为什么跑到我们美丽的国家来杀人?你们的知识和文明就是掠夺和杀人!他们充分意识到自己斗争的正义性,面对西方的洋枪洋炮,没有表现出丝毫的畏惧。与此相反的是,满清卖国政府在斗争中完全站在外国资本家一边,一方面镇压工人和义和团的反抗,疯狂屠杀革命者,另一方面又把他们从劳动人民身上榨取的血汗奉献给洋人,邀功请赏。在这里,先罗谢夫斯基虽把肇事者写成是来华的波兰资本家,但实际上,他指的是西方殖民主义者,因为波兰和中国一样,当时也是遭受异族压迫的国家,他用中国人民称呼西方殖民主义者的洋鬼子作为小说的题目,就清楚地说明了他是从中国当时遭受西方殖民主义者的侵略和压迫的实际情况出发的。

先罗谢夫斯基不仅了解半封建半殖民地中国的国情和中国人民反帝反封建的革命斗争的性质,而且作为一个遭受沙俄民族压迫、亲自参加过波兰民族解放斗争的作家,他在创作这部小说时,不能不想到作家被迫流亡的不幸命运和早已沦亡的祖国,在思想上产生共鸣,因此他对殖民主义者的痛恨和对被压迫的中国人民的同情是很自然的。他的这种思想感情几乎反映在整个作品中,尤其突出地表现在对主人公的刻画上。布热斯基来到中国后,对中国人处处表示友好和尊敬,赞扬中国人是有教养的民族;在北京,他努力学习汉语,决心进一步了解中国;在营口的茶叶公司里,他反对资本家压迫工人,反对殖民主义者镇压义和团运动,他说:

我没有看见欧洲给中国带来什么繁荣,他们在这里唯一干的,就是千方百计地攫取利润,我们有什么权利杀他们?就因为他们不让我们来到他们的国家吗?①

---

① 先罗谢夫斯基,《洋鬼子》,人民出版合作社,华沙,1967年,第188页。

此外，先罗谢夫斯基出于对中国的热爱，对中国的风俗习惯也观察得很仔细。如小说中布热斯基在王西陵家过春节的一段描写，把节日前打扫房间和院子、除夕守岁、放鞭炮、大年初一拜年、正月十五耍龙灯等都写得栩栩如生，使读者感到这段描写好像出自一个中国作家的手笔。

第二章

波兰独立后到第二次世界大战期间的文学

第一节
概 述

波兰1918年恢复国家独立后,波兰人民包括许多爱国作家为自己的民族获得自由解放而欢欣鼓舞。但是随着时间的推移,国内各种矛盾又暴露出来,并且日趋尖锐。1926年5月12日,尤泽夫·毕苏茨基发动军事政变,成立了萨纳奇亚政府,实行独裁统治,镇压无产阶级革命运动。在20世纪20年代末和30年代初,资本主义世界性的经济危机袭击波兰,使工厂大批倒闭,失业人数增加,各地相继爆发大规模的罢工。毕苏茨基于1935年死后,德国法西斯又对波兰开始形成日益严重的威胁,萨纳奇亚政府却对法西斯丧失警惕。德国法西斯军队于1939年9月1日晨,从北西南三个方向向波兰发动大规模的武装进攻,苏联军队也于9月17日越过苏波边界,趁机占领西乌克兰和白俄罗斯这些当时属于波兰的领土。波兰军队奋起抵抗,但和法西斯德军相比,毕竟力量悬殊,经过36天的战斗,终于失败,波兰再一次亡国。

在德国法西斯侵占波兰期间,侵略者肆无忌惮地焚烧城市和乡村,屠杀了数百万波兰人。波兰政府领导人被迫流亡国外,首先是法国,后来到了伦敦,但波兰的国家军和农民营留在国内,坚持反法西斯抵抗运动。波兰流亡政府奉行"两个敌人"的政策,宣布波兰不仅同德国作战,而且不承认苏联对西乌克兰和西白俄罗斯的占领。1942年,波兰工人党宣告成立,在它的领导下,波兰人民自卫军建立了,并在国内开展游击战,以各种方式有力地打击敌人。一部分爱国志士主要是作家和人文科学教授在华沙等地秘密开办波兰学校、地下出版机关和文艺刊物,进行反法西斯和爱国主义思想的宣传教育活动。一部分共产党人和爱国者流亡到苏联,在那里成立了"波兰爱国者联盟",随后又建立了波兰第一军和第二军。这两支军队同苏联红军并肩作战,从正面打击法西斯力量。1944年7月21日,波兰首次召开全国人民代表会议,成立波兰民族解放委员会,但这引起了流亡政府的不安。8月,流亡政府领导的国家军马上发动了一次大规模的起义,其军事目的在于打击德国法西斯,而政治目的则是要在战胜法西斯后在波兰建立资产阶级政权,以取代波兰民族解放委员会。起义爆发后,除国家军外,华沙的人民近卫军战士和数十万居民都投入了战斗。不管发动起义的人的意图怎样,这次起义实际上成了波兰全民族一场反法西斯的武装斗争。但是由于波兰军队装备太差,赤手空拳的华沙居民难以抗击强大的法西斯武装力量,最后遭到失败。希特勒把华沙起义镇压下去后,立即下令将华沙彻底毁灭。1945 年 1 月 17 日波兰军队和苏军一起打到华沙,使这座被法西斯匪徒变成废墟的城市终于获得了解放。

两次大战之间,由于社会矛盾和斗争尖锐复杂,在文学领域内出现了较之过去更为复杂的情况。在诗歌方面,莱奥波尔德·斯塔夫(1878—1957)早在青年波兰时期就开始创作,经两次世界大战一直到战后,他的创作延续了三个时期,是波兰 20 世纪创作时间最长的诗人。波列斯瓦夫·列希米扬(1877—1937)的诗歌创作开始于前一时期,是一位风格十分独特的诗人,这时期占有很重要的地位。除老一辈诗人外,这时期还出现了一大批青年诗人,形成了各种新的流派,他们的创作不仅给诗坛带来了活跃的气氛,而且对波兰 20 世纪诗歌的发展产生了深远的影响。早在 1916 年,华沙大学的几位青年诗人尤利扬·杜维姆(1894—1953)、雅罗斯瓦夫·伊瓦什凯维奇(1894—1980)和扬·莱洪(1899—1956)等就创办了一个文学月刊《为了艺术和科学》,开始发表他们的诗歌作品和文学评论文章,提出了既不同于 19 世纪浪漫主义诗人也不同于"青年波兰"时期一些具有代表性的诗人的文艺观点。他们认为诗歌创作应当"通俗化"和"日常生活化"①,摆脱国家民族让它承担的责任。所谓"通俗化"和"日常生活化"就是要求诗歌用通俗的、不经雕琢的口语反映人们的日常生活,而不带任何的政治内容。波兰独立后,他们经常聚集在华沙一家名为"斗牛士"的咖啡店里,讨论新时期的文艺问题,参加讨论的还有诗人安东尼·斯沃尼姆斯基(1895—1976)和卡齐米日·维耶任斯基(1894—1969)。于是他们把原先主办的《为了艺术和科学》月刊改名为《斯卡曼德尔》,这五位诗人于 1919 年 12 月 6 日宣布成立斯卡曼德尔诗社。诗社成立后,它的五个成员积极参加华沙各种文学和社交活动,除主办《斯卡曼德尔》月刊外,还和许多别的刊物如《文学新闻》、《华沙理发师》、《国民日报》和《波兰信使》等建立了经常性的联系,宣传他们的诗学观点,并对"通俗化"和"日常生活化"的口号作了进一步阐释。他们认为,新时期的诗歌不同于过去的诗歌,主要表现在它已脱离爱国主义和社会功利主义的传统,成为"通俗化"、"和人民群众有共同感受"②的诗歌。大众化诗歌应当反映普通人的日常生活,语言应当"通俗化、具体化和形象化"。诗人在创作中可以采用酒吧间的语言,甚至市井流氓的语言。这样,"每一个创作者都可自由发挥他的才能"。③

这个诗社的影响愈来愈大,1922 年 2 月,又有两位年轻的女诗人加入了该社,她们是玛丽亚·帕芙利科夫斯卡—雅斯诺热夫斯卡(1891—1945)和卡齐米拉·伊瓦科维丘芙娜(1892—1983)。在 20 世纪 20 年代,斯卡曼德尔诗社的诗人

---

① 阿利娜·布罗茨卡、密罗斯瓦娃·普哈尔斯卡、马乌戈扎塔·塞姆楚克、安娜·索博列夫斯卡、爱娃·莎雷—马迪维耶茨卡编,《20 世纪波兰文学词典》,奥索林斯基民族出版机关,弗罗茨瓦夫,1992 年,第 1006 页。
② 同上,第 1006 页。
③ 同上,第 1007 页。

发表了大量诗歌、讽刺和政论作品,还翻译出版了许多外国文学作品,主要是法国和俄国 20 世纪初的诗歌。他们的诗学观点和大众化的作品易于为广大读者接受,所以在当时成了诗坛影响最大的诗社。毕苏茨基 1926 年发动政变上台后,波兰社会的阶级矛盾和政治斗争日益尖锐化,这个诗社几个主要成员之间也产生了不同的政治观点:杜维姆、斯沃尼姆斯基和伊瓦什凯维奇逐渐趋向于社会上的左派,他们的诗歌创作从他们前期反对爱国主义和功利主义的观点转向了对波兰民族命运的关心;莱洪和维耶任斯基在政治上则向萨纳奇亚靠拢。因此他们之间便逐渐疏远,到 20 世纪 30 年代末,这个诗社就解散了。

几乎在斯卡曼德尔诗社诞生的同时,在克拉科夫和华沙也出现了一个新的流派——波兰未来派。这个流派的形成有过一段复杂的过程。早在 1918 年,诗人阿纳托尔·斯泰尔翁(1899—1968)和亚历山大·瓦特(1900—1967)就在华沙成立了一个未来主义诗歌中心。1919 年,布鲁诺·雅显斯基(1901—1939)和斯坦尼斯瓦夫·姆沃多热涅茨(1895—1959)等诗人在克拉科夫又成立了一个叫"手摇风琴"的未来派俱乐部。这两个团体不久便合并了。1920—1923 年间,未来主义作为一个文学运动迅速普及到波兰各地,新的诗人和文学评论家举行诗歌朗诵会,发表宣言,出版诗集,宣扬他们的诗学观点。首先,他们提出了告别过去,面向未来的口号。有的诗人甚至把当前也看成是过去,例如像泰特马耶尔和斯塔夫这样老一辈的诗人,尽管当时还活跃于诗坛,年轻的未来主义者也把他们看成是过去的。在他们看来,只有他们自己才属于未来。未来主义者重视物的研究,认为19 世纪诗人对于物的认识是错误的,只有他们的认识才具有永恒价值。

由于这种认识,未来主义者对生理学和解剖学也产生了兴趣。有的诗人看了医院里的人体器官解剖图后,写下了诗歌《赞美我全身的器官》。诗人阿纳托尔·斯泰尔翁笔下的主人公只关心自己肠胃的功能:

我的肠子绷得很紧,
像七弦琴一样奏起了美丽的乐曲。①

未来主义者除了研究人与物的关系和人的生理机能之外,更关心 20 世纪物质文明的进步和科学技术的发展。在他们看来,自然造物和科技成果并没有什么矛盾。人是自然的造物,而科技成果又是人的造物,但科技成果又反过来对人的发展产生很大的影响。雅显斯基在《波兰未来主义》一书中写道:

技术和工业的大规模的迅速发展无疑是当代最重要的基础和栋梁。它创造了新的伦理、新的美学和新的现实。让机器进入人的生活是对生活的一个必要的

---

① 转引自张振辉,《20 世纪波兰文学史》,青岛出版社,1998 年,第 93 页。

补充，它将根本改变人的心理。①

未来主义诗人提出在作品中描写"机器的轰鸣"和车辆的行驶，认为这是现代文明的主要标志。现代文明是伟大的，它可以藐视落后的传统文明；但它又很可怕，因为它会给人类带来灾祸，如工伤事故和车祸等。他们颂扬现代文明进步的一面，又和它给人类带来的灾祸作斗争，所以他们自称是革命的宣传者，有的一开始就和波兰的无产阶级革命运动有联系，有的后来也参加了无产阶级革命。

波兰未来主义流派的产生曾受意大利和俄国的未来主义的影响，但它没有脱离波兰独立后新的社会环境。首先，他们的未来是对波兰的传统而言的，他们反对在他们之前出现的一切艺术流派，认为所有属于波兰传统的文化特别是浪漫主义文化都是陈腐和过时的，没有用的木乃伊，应当予以抛弃，但他们崇尚在群众中普及欢乐的文化。再者，他们对20世纪物质文明的颂扬和恐惧与波兰独立后最初年代一些进步知识分子所表现的从欢乐到失望的转变也是分不开的。未来主义诗歌无论在思想上还是形式上都和它以前的一切诗歌流派大不相同。这一派诗人出于他们反传统的美学观点，要求抛弃以往一切诗歌的形式和大众语言的语法形式。他们的作品为了表现物质文明，有时甚至直接采用电报或者广告语言，不用标点符号，如诗人扬科夫斯基在《裸身》一诗中写道：

　　许多颜色　各种色彩
　　雪茄　卷烟　啤酒
　　咖啡　茶　火腿
　　从烤箱里拿出来的甜食。②

有的作品还创造了大量的新词、新的句法和新的诗歌语言，极力提倡"自由地玩弄词汇"。可是这种"创新"在语言的运用上势必造成混乱，使读者无法理解和难以接受，这样也使他们的作品在广大群众中无法普及和传诵。由于这个原因，这一流派在1917—1918年兴起之后，到20世纪20年代中期便销声匿迹了。

1922年，在克拉科夫又出现了一个新的诗歌流派，即先锋派。它的理论代表——著名美学家和诗人塔杜施·佩伊佩尔(1891—1969)在两部论文集《新的喉舌》(1925)和《这里》(1930)中，对这个流派的产生和它的性质作过详细的论述。佩伊佩尔也和未来派诗人一样，赞颂20世纪科学技术的进步，他认为，人类的文明主要表现在城市的发展和机器的使用，这就是科技的进步，科技的进步要用来驾驭和征服大自然。大自然是混乱的，人类只有战胜了大自然混乱才能建立一个

---

① 布鲁诺·雅显斯基，《诗歌作品，宣言和随笔》，奥索林斯基民族出版机关，弗罗茨瓦夫，1972年，第225页。
② 转引自张振辉，《20世纪波兰文学史》，青岛出版社，1998年，第94页。

新的社会秩序、一个"生产资料社会化和消灭了阶级差别"的社会秩序。在他看来,人类只要发展科技,就可以使社会逐步消灭阶级差别,过渡到生产资料公有制。社会秩序的改变,又会引起人类心理结构的改变,这种心理结构的改变有利于世界各民族的互助和团结,人类从此便可走上团结和富裕的道路。佩伊佩尔的社会和文艺观点既从现实出发,又包含着理想成分,是名副其实的先锋派观点。他对新诗的形式有独到的见解,他反对浪漫主义诗歌对即兴灵感的崇拜,反对在诗歌中把感情直接表达出来。他认为诗歌不同于散文,它要表达的是"和谐、方法和纪律","使混乱变成秩序",[1]它只能间接地或者近似地表达感情,因此"比喻在诗中起重要作用",用比喻所表现的爱憎比较隐晦和含蓄,因此诗歌应当采用含蓄和简短的语言,[2]但不是像未来派那样,去着意破坏大众语言的语法形式或者随意创造在群众中未经认可的新词。

佩伊佩尔在20世纪20年代创办《指针》杂志,宣扬他的社会观点和美学观点,还团结了一些观点和他相同的青年诗人,如扬·布任科夫斯基(1903—1983)、尤利扬·普日博希(1901—1970)、雅卢·库列克(1904—1983)和亚当·瓦日克(1905—1982)等。可是到了30年代初,国内发生经济危机,先锋派诗人对文明的进步和社会的变革逐渐失去了信心,于是转向致力于诗歌形式的研究。普日博希认为诗歌应当描绘出"激动人心的景观",把"现实世界提高到超现实的神治世界"[3],以"最简略的语言作最引发想象的暗示"[4]。就是说新诗要含蓄,要有激动人心的幻想,这是对佩伊佩尔的诗学观点的发展。布任科夫斯基还遵循佩伊佩尔关于诗歌要创造一个不依赖于客观世界的想象中的世界的观点,在他的诗集《负极》(1929)中,描写了许多现实世界中的混乱的场景,将它们和他的一系列不合逻辑也不可信的联想和梦境混在一起,构建了一幅又一幅荒诞的幻想的图景,具有超现实主义的特点。他的这部诗集被认为是波兰第一部超现实主义的作品。

除了以《指针》为创作和宣传阵地的先锋派诗人之外,在20世纪20年代下半叶和30年代初,又出现了另一个先锋派。这一派的人数较多,其中包括在维尔诺主办《扎加内》杂志的一些诗人,如亨利克·德姆宾斯基(1908—1941)、斯泰凡·英德雷霍夫斯基(1910—1996)、耶日·扎古尔斯基(1907—1984)、泰奥多尔·布伊尼茨基(1907—1944)、切斯瓦夫·米沃什(1911—2004)、马利扬·丘赫诺夫斯基(1909—1991)、斯坦尼斯瓦夫·卞塔克(1909—1964)等。此外还有卢布林的尤泽夫·切霍维奇(1903—1939)以及华沙和克拉科夫的S俱乐部的诗人,文坛称为第二先锋派。这一派诗人中的亨利克·德姆宾斯基和斯泰凡·英德雷霍夫斯基等属于无产阶级革命左派,他们还出版过《你们读书吧》、《直言》和《卡片》等杂志,

---

[1] 耶日·克维亚特科夫斯基,《两次大战之间的20年》,波兰科学出版社,华沙,2003年,第36页。
[2] 同上,第36页。
[3] 转引自张振辉,《20世纪波兰文学史》,青岛出版社,1998年,第96页。
[4] 耶日·克维亚特科夫斯基,《20年的文学》,国家科学出版社,华沙,第112页。

宣传波兰20世纪30年代的无产阶级革命运动。还有一些诗人推崇普日博希关于诗歌应当富于想象和描写激动人心的景观的观点，但他们自己并没有提出超出《指针》派的新观点。他们大都于20世纪30年代初开始创作，由于经济危机和法西斯的威胁，他们的作品经常反映阴森可怕的场景，预示灾祸的来临，展示他们想象中的世界末日的景象，所以被认为是30年代诗歌中的灾变派。例如切霍维奇在1939年出版的诗集《人的音符》中的《悲哀》一诗中，在描写战争来临的同时，将抒情主人公在战争中经受的痛苦看成是全人类的痛苦，感到自己在这场战争中，会像一只狗，被炸弹炸死。因此《悲哀》也被认为最具特色的灾变派作品。第二先锋派的诗人在创作中大都讲究形式的雕琢，主张自由联想，构建富于幻想的童话世界。但有的诗人指责《指针》派诗人后期一味追求形式，忽略表现社会内容，说他们由于滥用省略符号和简化的形式，使他们的作品难以卒读。可实际上，他们和《指针》派诗人一样，到后来也出现了单纯追求形式的倾向，并一直延续到了战后。

革命诗人弗瓦迪斯瓦夫·布罗涅夫斯基(1897—1962)、斯坦尼斯瓦夫·雷沙尔德·斯坦德(1897—1939)和维多尔德·万杜尔斯基(1891—1837)于1925年联合发表关于无产阶级革命诗歌的宣言《三声排炮》，标志着两次大战之间革命诗歌流派的产生。稍后参加这一流派的还有爱德华·希曼斯基(1907—1943)、卢齐扬·辛瓦尔德(1909—1944)和未来派诗人布鲁诺·雅显斯基。他们在20世纪20年代一起创办了文学杂志《杠杆》(1926—1929)和《文学月刊》(1929—1931)，开始就波兰无产阶级革命诗歌的产生、性质和任务等问题进行讨论。他们认为，波兰20世纪无产阶级革命诗歌既继承了波兰19世纪浪漫主义诗歌的爱国主义和民族解放斗争的思想传统，也继承了19世纪80年代无产阶级革命诗歌的传统，这两个传统是不可分的。波兰无产阶级革命诗歌是伴随着工人运动和无产阶级革命斗争而产生的。以布罗涅夫斯基为首的这些革命诗人在他们主办的刊物上，不仅宣扬无产阶级革命文学，而且发表了大量反映波兰20世纪20—30年代无产阶级革命斗争的诗歌。这些诗歌充满了革命斗争的激情和乐观主义精神，表现了崇高的理想，对当时国内的工人运动起了很大的鼓舞和推动作用，同时也有许多趋向于进步的作家和社会各界的读者团结在这一流派的周围，使它成了两次世界大战之间影响最大的流派之一。

两次世界大战之间的戏剧创作也出现了一片繁荣的景象。卡罗尔·呼贝尔特·罗斯特沃罗夫斯基(1877—1938)早在"青年波兰"时期就创作剧本，他这时期发表的剧本如《加略人犹大》和《卡尤斯·凯撒·卡利古拉》等塑造了一些有远大志向但又缺乏实际能力的人物。还有像路德维克·希叶罗尼姆·莫尔什丁(1886—1966)和耶日·沙尼亚夫斯基(1886—1970)等都是这一时期有代表性的现实主义剧作家。莫尔什丁的喜剧《诗人们的共和国》(1933)讽刺一些文人有治理国家、造福人类的美好理想，但他们只知道高谈阔论，没有实现理想的办法。剧中参加这种议论的,除了一些诗人外,还有教授、出版家、省长、年轻人、农民、流浪者,甚至还有妓女,代表这个社会几乎所有的阶层。在剧作者看来,在他创作这个作品时的波兰,要实现这种理想,也是不可能的。此外,在 20 世纪 20 年代还产生了荒诞派戏剧,其代表作家斯坦尼斯瓦夫·伊格纳齐·韦特凯维奇(1885—1939)是一位享有世界声誉的剧作家。他是西方荒诞派戏剧的先驱,他的剧作对波兰 20 世纪 30 年代和战后荒诞派戏剧的产生和发展有很大的影响。

在两次大战之间的小说创作中,现实主义仍占主导地位。除老一辈作家斯泰凡·热罗姆斯基、安杰伊·斯特鲁格和瓦茨瓦夫·先罗谢夫斯基继续发表作品外,又出现了一大批有才华的青年作家,如玛丽亚·东布罗夫斯卡(1889—1965)、卓菲亚·纳乌科夫斯卡(1884—1954)、列昂·克鲁奇科夫斯基(1900—1962)、尤利乌斯·卡登—邦德罗夫斯基(1885—1944)和波娜·戈雅维钦斯卡(1896—1963)等。由于这些作家接触的题材、表现的思想特点和艺术风格各不相同,便形成了百花争艳的景象。

除他们外,还有不少作家的创作也取得了很大的成就。如万达·华西列夫斯卡(1905—1964)在 20 世纪 30 年代是波兰社会党左派的进步作家,组织过工人罢工运动,1939 年去了苏联,1943 年在苏联参与组织了波兰爱国者联盟,建立了波兰第一步兵师,和德国法西斯进行战斗。她的作品主要以 30 年代工农革命斗争为题材进行创作。长篇小说《一天的面貌》写的是工人和失业者由于生活所迫,走上了犯罪的道路。作者怀着深厚的同情,反映了他们被侮辱和被压迫的命运,同时写出了他们的阶级觉醒和反抗斗争。长篇小说《祖国》取材于 20 世纪初至 30 年代的农村生活,主要写 1905 年革命和第一次世界大战期间,贫苦工农反抗沙俄、奥地利占领者以及和他们勾结的波兰地主、资产阶级的斗争。主人公日夏克是个农业工人,由于长年遭受封建压迫,他深深懂得地主的祖国和农民的祖国是两个完全不同的世界,他要为一个美好、富裕和自由的农民的祖国而斗争。在革命高潮来到的时候,他和他的同志领导农业工人罢工,同沙皇的军队进行搏斗,他的许多同志都牺牲了。可是大战以后,日夏克看到自己的理想并没有实现,家乡农民的境遇和革命前没有什么两样。小说《枪下的土地》(1937)的故事发生在布洛河畔一个落后的农村,地主奥斯特辛斯基伯爵在这里对农民进行封建家长式的统治,并且强夺他们的土地,农民被迫起来反抗,焚烧了地主的庄园,可是由于他们的这种反抗仍然是出于自发的,他们的斗争最后遭到了失败。华西列夫斯卡的作品深刻地揭露了 20 世纪 20—30 年代的黑暗现实,反映了劳动人民为获得自由解放所进行的革命斗争,在波兰无产阶级和人民中有广泛的影响。扬·帕兰多夫斯基(1895—1978)的作品大都取材于古希腊神话和古代历史。他所编撰的《神话集》(1924)和根据希腊神话创作的短篇小说集《奥林匹斯山上的爱神》(1924)至今被认为是了解希腊神话传说不可缺少的读物。他的长篇小说《奥林匹克的铁饼》(1933)写古希腊奥林匹克的竞技比赛,小说《天空燃起了大火》(1936)以第一次世界大战前的利沃夫为背景,写这里一些中学生不相信老师的权威,他们遇到难以解决的问题,要在反映19世纪实证主义的理性主义思想的著作中去寻找答案。帕兰多夫斯基的作品文笔优美,通俗易懂,很受读者的喜爱。卓菲亚·科萨克—什丘茨卡(1890—1968)热衷于写历史小说,她的长篇小说《黄金般的自由》(1928)以波兰17世纪天主教耶稣会和阿里安教徒的斗争为背景。小说《十字军》(1935)、《患麻风病的国王》(1936)都取材于欧洲中世纪十字军东征的历史。玛丽亚·昆采维乔娃(1899—1989)是一位著名的心理小说家。她的长篇小说《外国女人》(1935)塑造了一个个性很强的老年妇女,她在爱情和婚姻上有过不幸的遭遇,年轻时想成为一个优秀的提琴演奏家的愿望没有实现,年老之后,虽然在事业上仍有进取心,但因为生理机能衰退,一切对她来说都可望而不可即了,这使她在思想上产生了矛盾和苦闷。作者对女主人公的这种矛盾心态作了细致入微的描写,是一部著名的心理小说。爱娃·谢尔布格—扎列比娜(1899—1986)从20世纪30年代开始发表自传体系列小说,直到战后仍在继续,其中主要的有《约安娜流浪记》(1935)和《蜡人》(1936)等。作者通过女主人公约安娜和女儿莎洛梅阿多年生活的经历,表达了对爱情和友谊的看法。

1933年6月18日,由海仑娜·博古谢夫斯卡(1886—1978)和耶日·科尔纳茨基(1908—1981)倡导,"城郊文学社"在华沙成立了。参加的作家有古斯塔夫·莫尔钦内克(1891—1963)、弗瓦迪斯瓦夫·科瓦尔斯基(1894—1958)等。与此同时,在利沃夫也成立了一个"利沃夫城郊文学分社",参加者有海仑娜·古尔斯卡(1898—1942)、安娜·科瓦尔斯卡(1903—1969)和扬·布若扎(1900—1971)等。两个文学社之间联系密切,其成员虽然社会观点和创作个性不尽相同,但是有共同的创作和活动纲领,这就是关心劳动人民的疾苦,反映现实中的阶级斗争,尤其要把"创作才能集中于反映波兰无产阶级的生活","关心失业无产者的悲惨处境","团结出身于无产阶级的青年作家","和波兰少数民族的文学家建立经常性的联系","更直接地了解波兰少数民族无产阶级的生活状况。"注意"了解国外出现的各种文学流派,和它们进行交流。"① 这些作家经常去工厂和华沙的工人住宅区,了解他们的劳动和生活,并且建立了"工人剧团"和"保卫人和公民权利联盟"等组织,为维护工人和劳动人民的民主权利而斗争。1934—1937年,"城郊文学社"以《城郊文学集成》的名称发表了一系列小说作品。其中包括他们集体创作的报告文学集《城郊》(1934)、《五一》(1934)、博古谢夫斯卡和科尔纳茨基合写的小说《运砖的车子来了》(1934)和《维斯瓦河》(1935)以及博古谢夫斯卡的《绿色围墙的后面》(1934)、科尔纳茨基的《眼和手》(1934)、弗瓦迪斯瓦夫·科瓦尔斯基的《轰隆声响》(1936)、布若扎的《孩子们》(1936)和古尔斯卡的《茅屋起火了》(1939)

---

① 阿利娜·布罗茨卡、密罗斯瓦娃·普哈尔斯卡、马乌戈扎塔·塞姆楚克、安娜·索博列夫斯卡、爱娃·莎雷—马迪维耶茨卡编,《20世纪波兰文学词典》,奥索林斯基民族出版机关,弗罗茨瓦夫,1992年,第1223页。

等。这些作品大都以波兰和利沃夫社会下层的工人、小商贩、市民、街头乐师、乞丐等为主人公,有的通过人物的不同命运真实地展现了20世纪30年代的社会面貌,写得比较成功;有的对某些生活细节写得过于繁琐,流于自然主义。古斯塔夫·莫尔钦内克的作品则大都以西里西亚的矿工生活为题材,他的主要作品《被破坏的人行道》(1931—1932)写西里西亚人第一次世界大战前反对普鲁斯占领者的民族压迫的斗争。1937年以后,这个社团的作家在政治立场和文艺观点上出现了分歧,便逐渐解体。

继韦特凯维奇为代表的荒诞派戏剧之后,20世纪30年代又出现了荒诞派小说。这一流派的代表维托尔德·贡布罗维奇(1904—1969)和布鲁诺·舒尔茨(1892—1942)也是两个在西方颇为知名的作家。他们小说的思想内容、艺术形式和传统现实主义小说的不同主要表现在以下两个方面:第一,它们所描写的故事情节超越时空的限制,从宏观历史的角度出发,而不像传统现实主义小说那样,紧密而又具体地联系和反映现实,因此它们对历史和社会的特征有更大的概括力。第二,在细节描写中,往往采用荒诞、怪异或变形的手法,以表现主人公被压抑和被异化的人性。表面上看,这种细节描写似乎失真,但实际上充分且形象地反映了人性异化的特点和它产生的社会历史背景。贡布罗维奇不仅是一位荒诞派小说家,而且也是一位荒诞派戏剧作家,他的荒诞派戏剧继承和发展了韦特凯维奇的戏剧传统。因此,不论是荒诞派戏剧还是荒诞派小说,在思想和艺术上都取得了享誉世界的巨大成就,成了两次大战之间影响最大的现代主义文学流派。

在德国法西斯占领时期,波兰包括华沙大学和克拉科夫的雅盖沃大学在内的大部分学校和战前的宣传机构和出版社都被迫关闭了,只留下了由占领者控制的宣传机构,宣传德国法西斯侵略和扩张政策。尽管法西斯势力猖獗,还有许多爱国者在国内坚持反法西斯抵抗运动。这中间涌现出了一大批青年诗人,他们不仅参加游击队打击敌人,而且建立地下出版社,创办一系列秘密刊物,如《战斗的文学》、《转变》、《道路》、《文学月刊》、《起重机》、《艺术和民族》和《明天的文化》等。他们在这些刊物上写文章,发表作品,在地下出版社出版了一系列诗集,宣传反法西斯和争取波兰民族独立的思想。

这些作品大都取材于诗人们这一时期的战斗生活和在现实中耳闻目睹的一切,涉及面广,内容丰富。有的描写他们被囚禁在奥斯威辛集中营和法西斯监牢里的感受,例如斯·奥斯特罗夫斯基在狱中写《信》给他母亲,表露了他对亲人的深切思念:

我知道我回不了家,见不到你。
我长久地祈祷着,
盼的是得到拯救的一天,
我在说这些话时,嘴里吐出了鲜血。

我的心，我的痴愚的心悄悄地说：
这里既寒冷，又寂寞。①

诗人扬·特瓦尔多夫斯基(1915—2006)这期间参加过波兰流亡伦敦的政府领导的国家军的反法西斯战斗，他在《尤泽夫·维特林的赞美诗》一诗中，写一个波兰爱国者被法西斯绞死，这不仅给他的母亲带来极大的痛苦，法西斯匪徒还穿着被他们杀害的这个波兰爱国者的鞋，去践踏和蹂躏波兰的国土。作品的描写具有象征意义，表现了不仅爱国者而且整个波兰在法西斯压迫下遭受的苦难：

市场上有一个悲哀的母亲，
站在她被吊死的儿子的跟前，
这个世界是那么空虚和可怕。
一个波兰的母亲带着一个女仆的头巾，
她没有哭，也没有说话，
她的冷漠的眼光只是盯着这冷冰冰的尸体，
这具吊在空中的尸体被剥夺了他的一切，
德国人早就脱下了他的鞋，
他们要穿着她儿子的这双鞋，
走遍这遭受屈辱的土地，
走遍这历尽苦难的土地，
可是这片土地也和这个母亲一样，
只是看着面前发生的一切，没有说话。

这期间，还有一些作品对法西斯匪徒屠杀波兰人民、烧毁波兰城市、侵占波兰土地的滔天罪恶，进行了真实的揭露和愤怒的控诉，以激起人民对敌人的仇恨：

战火从波兰的边疆烧到了中心，
三千万人被活活地埋葬，
我们脚下的土地被夺走，
我们头上的太阳已经熄灭。②

但是英雄的民族并没有倒下，他们决心投入反法西斯战斗，英勇杀敌，要把侵略者埋葬在波兰的土地上。万达·杰伦奇克在为人民近卫军写的进行曲中唱道：

---

① 扬·什恰维伊编，《1939—1945年波兰地下斗争诗歌选集》，"共同的事业"——教育出版社，华沙，1957年，第219页。
② 转引自张振辉，《20世纪波兰文学史》，青岛出版社，1998年，第101、102页。

我们来自被焚烧的乡村，
我们来自饥饿的城市，
为了饥饿和流血，为了我们撒下的泪水，
复仇的今天已经来到
……
前进，近卫军！
我们周围的世界在燃烧，
让敌人发抖吧！
人民定将他们彻底埋葬！①

游击队的战斗生活，如他们怎样埋伏在树林里向德国坦克发动突然袭击，怎样在牛奶店、酒店、街道和被烧毁的墙边向法西斯匪徒扔手榴弹，把他们消灭；怎样在地下印刷厂的艰难条件下坚持反法西斯宣传工作等，都是经常出现在诗歌中的题材。艾米尔·杰齐茨（1914—1943）的《游击队员之歌》更是唱出了成千上万在敌人统治区的波兰战士的心声：

广阔的国土是我们的家乡，
钢铁的机关枪是我们的母亲
兄弟，让我们站在一起，
目标对准法西斯强盗的心脏！
勇敢地站出来吧，加入我们的队伍！
我们的歌声是反抗的歌声，
当战士倒在血泊里的时候，
这歌声将冲破法西斯的牢笼。②

华沙的人民更是站在反法西斯斗争的前列，扬·什恰维伊（1906—1983）在他的《保卫华沙之歌》中写道：

敌人虽然逼近了首都的大门，
但是骄傲、美丽的华沙已经武装起来，
人民在每条街上筑起了街垒。③

---

① 扬·什恰维伊编，《1939—1945 年波兰地下斗争诗歌选集》，"共同的事业"——教育出版社，华沙，1957 年，第 469、470 页。
② 张振辉编译，《波兰现代诗歌选》，中国社会科学出版社，2015 年，第 140、141 页。
③ 同上，第 100 页。

有的作品虽然不是正面歌颂波兰人民反法西斯斗争,但对法西斯匪徒进行了无情的讽刺。一位不知名的作者在《好主意》中,以荒诞的手法打破旧的时空观念,描写拿破仑和希特勒这两个不同历史时代的人物的一段对话,把讽刺的矛头直指法西斯头子,写得颇有新意:希特勒在莫斯科遇见拿破仑,对他诉说侵略战争失败的痛苦:"我攻不下,也去不了巴库",在大后方的首都,还有波兰飞行员在掐着他的脖子。由于悲观失望,他不得不求救于拿破仑,请拿破仑皇帝预测他的命运。皇帝对他说:"你将和我一样,在圣海仑那天寿终正寝。"[1]这段讽刺反映了人民对法西斯匪帮的藐视,他们有信心和决心打败敌人,不仅要消灭法西斯侵略者,而且要在波兰建立一个幸福美好的天堂:

起来,被压迫的人们!
用我们的流血牺牲,
消灭旧世界的暴力,
新的生活就要来到,
人民的波兰已经诞生。
谁都不再受压迫,
平等和博爱之光将普照大地,
让我们齐心协力,创造幸福的天堂。
全人类从此精诚团结,兄弟一样。[2]

这些作品由于同人民群众的战斗生活和民族的命运紧密相连,使广大读者感到十分亲切,而且它们运用通俗易懂的语言,节奏感强,读起来朗朗上口,有的被作曲家谱上曲调,在群众中流传很广,对人民群众的反法西斯战斗起了很大的鼓舞作用。

除了直接反映反法西斯战斗的革命和爱国主义诗歌外,青年诗人克日什托夫·卡米尔·巴钦斯基和塔杜施·加伊齐直接反映占领时期波兰现实的作品不仅在当时而且战后都曾产生很大的影响。克日什托夫·卡米尔·巴钦斯基(1921—1944)战前在华沙读完中学,占领时期毕业于一所秘密开办的军官学校,1944年参加华沙起义,不幸牺牲。他在中学读书时就开始写诗,诗集《两种爱》(1940)、《诗歌选》(1942)和《一页诗》(1944)以华沙被占领的周围环境为背景,真实地描绘了现实残酷、可怕的面貌,认为历史的本质是混乱和绝望的,它的发展充满了灾祸、痛苦和死亡,但是有的作品也反映了诗人对光明、幸福和新生活的向往。这些作品没有直接描写革命战士和人民群众同法西斯英勇战斗的经过,在内

---

[1] 本段引文转引自张振辉,《20世纪波兰文学史》,青岛出版社,1998年,第103页。
[2] 同上,第103页。

容和形式上更接近于 20 世纪 30 年代第二先锋派也就是灾变派的诗歌,只是比后者更富于激进的乐观主义精神:

> 请把眼中的一块痛苦的玻璃抠出来,
> 它是岁月的见证,
> 它的白色的脑袋壳,
> 在燃烧着鲜血的草地上翻滚。
> 我要医治这个残废的时代,
> 用一件河流的大衣把坟墓遮盖。
> 阵阵微风就像从天使屋顶上吹来的烟雾,
> 我要把它变成一条长街,
> 变成响遍白桦树林的歌声,
> 这歌声就像大提琴演奏一样的美妙,
> 攀援植物玫瑰色的亮光,
> 唱着一首展开翅膀的颂歌。①

塔杜施·加伊齐(1922—1944)中学毕业于战前,1941 年曾在秘密开办的华沙大学攻读哲学,1944 年,作为一名国家军战士在华沙起义中战死。他的诗集《幽灵》(1943)和《每日的雷声》(1944)主要写占领时期人们内心的感受,他和巴钦斯基一样,认为蓝天、星星、宇宙和大自然是有秩序和美丽的,但是人类创造的历史无比残酷,充满了恐怖,只是他比巴钦斯基更富于幻想。他的作品有时还写梦幻,有超现实主义诗歌的特色,如在《幽灵》一诗中诗人写道:

> 我做了一个黄色的梦,
> 它的面孔就像鞑靼人一样可怕,
> 未来的鞑靼人。
> 大片云层挨近了像光一样迅速奔跑的大地,
> 于是铁和战斗的机器像树枝一样地燃烧起来,
> 大桥倒塌宛如绵羊从天上掉落在维斯瓦河,
> 石头姑娘的嘴里全都是她们爱吃的菜肴,
> 火焰和大理石像牛奶一样流进公园的水壶里。②

波兰这时期的戏剧创作和演出较之过去都大为减少,因为各个地方的剧院也

---

① 《从斯塔夫到沃亚切克,1939—1985 年的波兰诗歌选集》,第 1 册,罗兹出版社,罗兹,1988 年,第 595 页。
② 转引自张振辉,《20 世纪波兰文学史》,青岛出版社,1998 年,第 105 页。

和学校及其他宣传机构一样,都被迫关闭,一部分作家和戏剧家虽然创作了不少剧本,但是这些剧本在国内无法上演,有的只好拿到国外去演出,其中大部分都没有保存下来。尽管如此,仍有一部分有责任心的戏剧工作者在华沙和克拉科夫成立了"秘密戏剧委员会"和"独立剧院",秘密上演一些传统的经典诗歌和戏剧作品,如浪漫主义时期诗人亚当·密茨凯维奇的长诗《塔杜施先生》和诗剧《先人祭》、尤利乌斯·斯沃瓦茨基的诗剧《巴尔拉迪娜》和长诗《贝尼约夫斯基》、齐格蒙特·克拉辛斯基的诗剧《伊雷迪翁》、剧作家亚历山大·弗列德罗的剧本《处女们的誓言》《复仇》和"青年波兰"时期诗人扬·卡斯普罗维奇的长诗《赞歌》、象征派剧作家斯坦尼斯瓦夫·韦斯皮扬斯基的剧本《奥德修斯返回》等,或者朗诵其中的片段。由于条件限制,这些剧本的演出质量当然不如战前正规剧院的演出,有时甚至只能上演其中某些场景,而不能把整个剧本演完,观众或听众也很有限,但是这个时期成立的许多秘密的剧团依然坚持了它们的演出,为的是在法西斯占领时期,波兰的文化传统不致中断或者被人遗忘。此外在德国法西斯进攻苏联以前没有被法西斯占领的立陶宛的维尔诺还成立了"波兰国家剧院",公开上演了波兰启蒙运动时期的喜剧作家沃伊切赫·博古斯瓦夫斯基、实证主义时期的喜剧作家米哈乌·巴乌茨基、"青年波兰"时期的剧作家加布列娜·扎波尔斯卡的戏剧和万达·华西列夫斯卡这时创作的剧本《巴尔托什·格沃瓦茨基的故事》等。

塔杜施·热仑斯基—博伊(1874—1941)是两次世界大战之间一位颇有影响的文学评论家,生于利沃夫,早年在克拉科夫雅盖沃大学攻读医学,1895年开始发表诗歌作品。1905年,克拉科夫成立了一个艺术名士派组织"绿气球",它的成员都是一些年轻诗人、画家、雕塑家和政论家,他们常在酒吧间吟诗作画。翌年,博伊也参加了这个组织,他在这里创作了许多富于幽默和讽刺情调的诗歌,后编成集子《语词》,于1913年出版。20世纪20年代,博伊翻译出版了许多法国古典作家的文学作品,如维庸、拉伯雷、莫里哀、博马舍、巴尔扎克、斯丹达尔、伏尔泰和狄德罗等,他几乎把巴尔扎克《人间喜剧》的全部作品都翻译成了波兰文。他还发表了关于这些作家的文章,一部分收集在《脑与皮肤》的集子中,于1928年出版。战后他又出版了两卷集《法国文学随笔》(1956),收集了他评论法国文学的全部文章。此外他还出版过一系列法国作家的研究著作如《莫里哀》(1924)和《巴尔扎克》(1934)等。他认为文学作品是时代精神和思想的反映,也是社会生活和习惯的再现,所以他研究法国文学和作家总是以它和他们所处的那个时代和社会为背景。他是波兰20世纪研究法国文学的权威,他的法国文学的翻译也是波兰外国文学翻译上的最高成就。

此外他对戏剧也很感兴趣,最初为克拉科夫《时代》报写戏剧评论,1922年来到华沙后,相继发表了《和梅尔波美娜调情》(1922)、《生活的窗口》(1933)、《人们和牲畜》(1933)和《心中的反光镜》(1934)等集子,全面介绍和分析了克拉科夫和华沙这两个文化中心当时戏剧创作和演出的情况。这时期他还出版了两部学术专著，一部是论浪漫主义诗人亚当·密茨凯维奇的《铸工们》(1934)，另一部是论 19 世纪戏剧家亚历山大·弗列德罗的《弗列德罗的清算》(1934)。博伊的文艺思想受法国理性主义影响，肯定文艺作品的社会意义，崇尚人类的进步事业，反对僧侣主义和一切愚昧落后的现象，他还写过许多小品文，收集在《谣言，谣言》(1928)、《幻想和颜面》(1930)、《你知道这个国家吗？》(1931)、《感觉，感觉》(1931)等集子中。他的论文和散文都写得生动幽默，翻译作品不仅数量很多，而且许多都被公认为精品。他是波兰 20 世纪影响最大的翻译家。

除了塔杜施·热仑斯基—博伊，这一时期有影响的文学评论家还有斯坦尼斯瓦夫·巴钦斯基(1890—1939)、列昂·波密罗夫斯基(1891—1943)和康斯坦丁·特罗钦斯基(1906—1942)等。斯坦尼斯瓦夫·巴钦斯基是一位左派评论家，他主要研究苏联这时期的社会主义现实主义文学。列昂·波密罗夫斯基则认为艺术对人们的影响不是它所反映的生活，而是美学，波兰既已恢复国家的独立，波兰文学就无需再"拘泥于过去民族的责任感"。他更反对给作家"套上新的社会的枷锁"，他认为一个作品用什么形式反映主题比主题本身更重要，文学要用"理想的形式"代替"理想的内容"。① 要创造新的文学。康斯坦丁·特罗钦斯基在他的《论文学评论》(1931)中把文学评论分为四类，即社会评论、心理评论、理性评论和形式评论（即审美评论），他认为前三种评论都属于政论的范围，只有形式评论才是真正的文学评论。

在第二次世界大战期间，由于波兰本土被德国法西斯占领，许多波兰人包括波兰作家和诗人都曾流亡国外，他们到过世界许多国家，如罗马尼亚、匈牙利、法国、英国、意大利、苏联、伊拉克、叙利亚、黎巴嫩、埃及、利比亚和美国等。他们在一些国家的首都创办了许多包括文艺报刊在内的各种报刊，发表了大量的作品，题材十分广泛，这期间，最初有一部分作家在国外对法西斯侵占波兰的形势有不同的看法，如诗人马利扬·海马尔曾经是一个波兰军队的士兵，参加过 1939 年 9 月 1 日抵抗德国法西斯进攻波兰的战斗。战斗失败后，他流亡到了罗马尼亚，在 1940 年出版诗集《四首诗》，表示了对波兰抗击法西斯强盗失败和他被迫流亡的悲哀和痛苦。在《斯泰尔普拉特②的士兵之歌》中，他虽然赞颂波兰士兵和法西斯侵略者进行了英勇的战斗，但也指出了波兰战前的政府对德国法西斯的入侵事先毫无防备，军队的指挥官也不关心他们的士兵，在战斗中指挥不力，才使波兰遭到了失败：

将军！我们都战死了，而你还活着，
你闭上了你的眼睛和耳朵，

---

① 本段引文均引自耶日·克维亚特科夫斯基，《两次大战之间的 20 年》，国家科学出版社，华沙，2003 年，第 465 页。
② 地名，格但斯克海湾上的一个小镇。1939 年 9 月 1 日清晨，德国法西斯在这里发动了对波兰的进攻，波兰守军曾奋勇抵抗，但最后失败。

又用窗帘遮住了你的窗子，
可是你没有看见,你的士兵没有武器，
却要去阻挡德国人的坦克。

战前曾是斯卡曼德尔诗社的代表诗人尤利扬·杜维姆这时期流亡国外,他于1940—1944年创作了以1905年革命和第一次世界大战为背景的长诗《波兰之花》。诗人斯坦尼斯瓦夫·巴林斯基(1898—1984)也参加过斯卡曼德尔诗社。二战期间他到过巴黎和伦敦,1945年在伦敦发表了《三首关于华沙的长诗》,回忆了他美好的童年生活,诗中也描写了波兰在二战初期的失败,反映了波兰被法西斯占领后残酷的现实,但他认为波兰爱国者们意志坚强,面对法西斯的暴力永远不会屈服,相信波兰一定取得最后的胜利。如在其中《致波兰诗歌》一诗中,诗人写道：

思想,你欺骗了躯体、机器和弹簧,
有多少心灵被撕碎,有多少林木被砍伐,
有多少房屋被烧毁,有多少田地被践踏,
可你却得救了,你没有死去,
你无论何时也不会屈服,你胜利了。①

卡齐米日·维耶任斯基这时期也流亡国外,他认为法西斯不仅要奴役被它侵占的国家的人民,而且要毁灭全人类的文明。他在《阿皮尤斯大道》②一诗中,表示要为保卫人类几千年的文明而战斗：

我们在为全世界而战斗。
波兰的兵团在战斗,
要保卫萨摩色雷西亚的尼刻神像③
保卫雅典的小街小巷,
保卫卫城④和卡庇托林⑤,

---

① 耶日·希文赫,《第二次世界大战年代的波兰文学》,国家科学出版社,华沙,2002年,第348页。
② 原文是拉丁文 Via Appia,这里说的是古罗马早期杰出的政治家、法学家和作家克劳狄·阿皮尤斯(活动时期为公元前4世纪末—公元前3世纪初),罗马历史著名人物之一,出身贵族,在其任监察官期间,从公元前312年开始,着手实行政治改革计划,其中包括把罗马没有土地的人口分配到当时作为基层政治单位的各个部落中去。他还允许被解放的奴隶的子孙进入元老院。这些改革的目的是给予城市工匠和从商者以充分的政治权利,从而在政府里有更大的发言权。他的建设计划更具久远的意义。他完成了阿庇亚水道的兴建,这是罗马的第一条引水渠。他开辟的阿庇亚大道是意大利的罗马和卡普亚之间的军商两用公路。这两项工程均以他的名字命名,在古罗马获得这样的荣誉他还是第一人。见《不列颠百科全书》国际中文版修订版,第4卷,中国大百科全书出版社,2007年,第272页。
③ 尼刻是希腊神话中的胜利女神,萨摩色雷西亚的尼刻神像是一座大理石像,公元4世纪雕塑的。
④ 即古希腊卫城,古希腊城市设防的部分,多筑在高丘上。
⑤ 古罗马城建于其上的七个山丘之一。

保卫希腊和罗马,
不让骑兵把它们践踏,
不让炮火将它们焚毁。①

安东尼·斯沃尼姆斯基也曾流亡国外,这期间创作了长诗《警报》和《诅咒》。1942年他在苏联创作的《对一个俄国人说》中,表示在保卫列宁格勒的战斗中"我全身心都和你们站在一起"②,但在1944年发表的《对俄国人说》中,他对苏联的执政者又表示怀疑:

你们的旗帜要给予什么,
是人民和人的自由,
还是新沙皇的政令?③

诗人耶日·帕奇科夫斯基(1909—1945)二战期间,在法国参加过反法西斯抵抗运动。他虽身在异国,但他没有忘记他的故乡华沙,在《塞利耶尔④移民营来的波兰士兵的歌》中他说:

我们是肩负着神圣使命的士兵,
要回到华沙去。
这里是一个陌生的国家,
是一块陌生的土地,
这里的一切和我们祖辈的习俗
一点也不相容。⑤

诗人波列斯瓦夫·列齐什(1913—2010)这期间流亡到了苏联的西伯利亚,他在一首《北方的十四行诗》中,说他在那里见到的也是一个严酷的现实:

从生命的种子中长出了梦魇,
这片土地多少世纪在等待自由的到来,
可它却未曾见到一个自由的人,
因为它等来的是奴役和疾病。⑥

---

① 耶日·希文赫,《第二次世界大战年代的波兰文学》,国家科学出版社,华沙,2002年,第350页。
② 安东尼·斯沃尼姆斯基,《诗歌集》,国家出版机关,华沙,1964年,第472页。
③ 耶日·希文赫,《第二次世界大战年代的波兰文学》,国家科学出版社,华沙,2002年,第353页。
④ 是法国的一座古城,在法国的阿尔省,第二次世界大战时这里驻扎了德国军队。
⑤ 耶日·希文赫,《第二次世界大战年代的波兰文学》,国家科学出版社,华沙,2002年,第366页。
⑥ 同上,第373页。

他的《北方的士兵》则反映了他在西伯利亚极端困难的生活状况:

睡在破烂的板床上,
到处都在把我们撕咬,
那些湿透了的衣衫既破旧又肮脏,
我的手冻得像冰溜一样。①

克萨韦勒·格林卡(1890—1957)在意大利写的一首《一句话》中,也表现了诗人流亡在外对故土的思念和急切想要回到祖国波兰去的心愿:

到维斯瓦河边去,到华沙去,
到维尔诺去,到利沃夫去,
我们每个人都想看到
我们的波兰。②

雅努什·韦多夫(1920—1982)在乌克兰写的一首诗中,描写他在那里见到的美丽的自然风光,由此他又想到了他那"已逝的年华":

你闭上眼,注意听这条河的流水声,
这是古楚人③在哼着他们的小调。
这是普鲁特河④,两岸绿荫如盖,
带着哗啦啦的响声,流向远方,
就像童年,就像梦幻,就像已逝的年华。⑤

亚当·瓦日克(1905—1982)二战期间,曾参加波兰共产党人领导的反法西斯斗争,在苏联建立的波兰第一军中担任过上尉军官。他的一首诗歌《那里有一株大松树,看得很清楚》虽然是在乌克兰的利沃夫写的,却展现了波兰维斯瓦河畔的自然风光:

那里有一株大松树和一株白色的杨树,
蟋蟀在耳边嗡嗡地鸣叫,

---

① 耶日·希文赫,《第二次世界大战年代的波兰文学》,国家科学出版社,华沙,2002年,第373页。
② 同上,第376页。
③ 居住在喀尔巴阡山的乌克兰人。
④ 一条流经乌克兰和罗马尼亚边境的河。
⑤ 耶日·希文赫,《第二次世界大战年代的波兰文学》,国家科学出版社,华沙,2002年,第377页。

维斯瓦河上吹来了一阵阵轻风,
青春掉进了旋涡里。①

著名革命诗人弗瓦迪斯瓦卡·布罗涅夫斯基在占领时期也流亡国外,他在国外创作的诗歌都收集在《枪上插刺刀》(1943)和《绝望树》(1945)这两个集子中。它们写出了诗人的亡国之痛和他对被法西斯践踏的故土的思念,表示"我要拯救我儿时就深深爱着的这片土地,我要在这个国家,在马佐夫舍放羊。"他对他的波兰同胞坚决地表示,如果敌人"打破了你的家门,你从睡梦中醒来,抬起头! 要勇敢地站在你的家门前,把刺刀插在枪上,血债要用血来还!"②

二战期间,一些流亡国外的作家,也创作和出版了许多小说和散文作品,有的写历史题材,有的取材于波兰人民反法西斯斗争,如泰奥多尔·帕尔尼茨基(1908—1988)1944—1945年在耶路撒冷发表的小说《银鹰》,写的是11世纪波兰国王勇敢的波利斯瓦夫拒绝出席1014年在罗马举行的德国籍教皇亨利二世的登基典礼,因而引发了德波战争,两国之间的矛盾冲突最后在德国的包岑这个地方得到和解的故事。此外还有一些作家在国外写过许多报告文学作品,有的作家根据他在国外了解到的法西斯德国1939年9月1日进攻波兰和波兰军队进行抵抗的有关情况,反映了这场侵略和反侵略战争的全过程。作者写了波兰军队的统帅,也写了普通的士兵,指出了波兰对德国法西斯的侵略事先没有防备,当时军队的武器装备和粮食都供应不足,波兰面对强大的侵略者,必败无疑:"这是波兰人打的一次最坏的战争,也是一场处于绝望境地的战争。"③还有一些报告文学作品写波兰人在法国参加的一次抗德战争,也遭到了失败,死了数千个波兰人,但作品颂扬了波兰士兵的奋勇杀敌不怕牺牲的精神。还有一些作品描写波兰喀尔巴阡山的突击队在非洲北部的一些地方的战斗。另外一些报告文学则以波兰战前农村为题材,具有回忆录的性质。

二战期间,在波兰国内的戏剧演出虽然遇到了许多困难,但是在国外,一些波兰的戏剧家仍在努力进行波兰传统剧目的演出活动。如1940年,在巴黎就成立了波兰士兵剧院宣传和教育部,组织上演了一系列波兰的古典戏剧。1940年在意大利上演过浪漫主义时期剧作家亚历大山·弗列德罗和实证主义时期剧作家米哈乌·巴乌茨基的喜剧。1942年11月在美国纽约成立了波兰舞台艺术家集团,这个艺术家集团建立了一个艺术家剧院,也演过亚历大山·弗列德罗的喜剧,此外它还上演过"青年波兰"时期象征派剧作家斯坦尼斯瓦夫·韦斯皮扬斯基的《华沙歌》和亚当·密茨凯维奇的诗剧《先人祭》第三部和斯卡曼德尔诗社的代表诗人雅罗斯瓦夫·伊瓦什凯维奇的剧本《诺兰之夏》和两次世界大战之间的剧作

---

① 耶日·希文赫,《第二次世界大战年代的波兰文学》,国家科学出版社,华沙,2002年,第391页。
② 本段引文均引自张振辉,《波兰现代诗歌选》,中国社会科学出版社,2015年,第59、65页。
③ 耶日·希文赫,《第二次世界大战年代的波兰文学》,国家科学出版社,华沙,2002年,第399页。

家耶日·沙尼亚茨基的戏剧。在这一时期波兰作家在国外创作的剧本中虽然涉及现实题材,但主要讲述一些爱情故事,反映他们的生活习惯,很少涉及法西斯的侵略和压迫以及人民的反抗斗争。

第二节
弗瓦迪斯瓦夫·布罗涅夫斯基

　　两次世界大战之间从事诗歌创作的,有老诗人莱奥波尔德·斯塔夫和波列斯瓦夫·列希米扬,有新出现的各种诗社、流派的代表,他们不同的艺术风格和成果构成了一幅繁花似锦的景观,使这一时期成了波兰20世纪诗歌创作最繁荣的时期。这一时期最重要的代表是著名革命诗人弗瓦迪斯瓦夫·布罗涅夫斯基。

　　弗瓦迪斯瓦夫·布罗涅夫斯基(1897—1962)出生于华沙省普茨沃克县一个知识分子家庭,年幼时就失去父亲,由母亲抚养长大。他在中学读书时参加了秘密的爱国组织,1915年又参加了毕苏茨基创立的"波兰兵团",为波兰民族的独立而战。1921年他在华沙大学攻读人文科学,1924年担任左派刊物《新文化》编辑部的书记,发表了他翻译的马雅可夫斯基的诗篇《工人诗人》。翌年他出版了第一部诗集《风车》,并且和革命诗人斯坦尼斯瓦夫·雷沙尔德·斯坦德、维多尔德·万杜尔斯基联名发表了《三声排炮》。1925—1936年间,布罗涅夫斯基担任《文学新闻》杂志主编,继续发表文章,宣传波兰无产阶级革命文学。在1927—1928和1929—1931年间,他曾先后担任左派刊物《杠杆》和《文学月刊》的编辑工作,参加一系列由波兰共产党①领导的革命活动,曾被当局逮捕入狱。在德国法西斯侵占波兰期间,他于1941年去苏联,在古比雪夫创办《波兰》杂志,后又参加在苏联组织的波兰军队,去近东一些国家作战,直到1945年才回到波兰,定居在华沙。

　　布罗涅夫斯基这时期发表的诗集还有《城上的烟雾》(1926)、《关怀和歌》(1932)、《最后的呐喊》(1938)和长诗《巴黎公社》(1929)等。他早期的诗歌大都写军旅生活的见闻,当时正值第一次世界大战爆发,在行军经过的地方到处都是战火硝烟。他在回忆这段经历时,说他当时还是个不懂事的孩子,不知道自己为什么要从军,但是经过艰苦的军旅生活和残酷斗争的考验,他练就了一个军人的坚强意志和百折不挠的精神,懂得了帝国主义战争给全人类带来了灾难,因而他的诗中流露出反战的情绪,指出世界大战是欧洲资本主义各国为了争夺利益和地盘而打起来的。

---

① 波兰共产党成立于1918年,刚成立时叫波兰共产主义工人党,1926年召开党的第三次代表大会,改名为波兰共产党。

在《三声排炮》这篇革命文学的宣言中,布罗涅夫斯基作为一个革命文艺工作者,声明他永远站在战斗的无产阶级一边,明确指出了波兰无产阶级文学创作的性质和任务:

在无产阶级和资产阶级的残酷斗争中,我们坚决站在左派街垒的一边,愤怒、胜利的信心和战斗中的乐观精神驱使我们去写作。让我们的话声就像排炮一样响遍城市的大街小巷,传到工人的住宅里。我们要为一个新的社会制度而斗争,这种斗争就是我们创作的最主要的内容。①

这篇宣言说明布罗涅夫斯基已经成为自觉的无产阶级革命文艺战士,也标志着20世纪无产阶级革命文学的开始。显然,波兰20世纪革命文学不是凭空产生的,它的产生一是20年代和30年代波兰无产阶级革命斗争的需要,二是对波兰19世纪积极浪漫主义文学和无产阶级革命诗歌的继承和发展。布罗涅夫斯基从小就很崇拜波兰19世纪积极浪漫主义诗人,他对波兰早期无产阶级革命家和革命诗人的献身精神也十分敬仰。他在载于《文学新闻》上的著名论文《昨天和明天的波兰诗歌》中说:

我怀着崇敬和激动的心情想起了无产阶级的第一首颂歌,这就是瓦茨瓦夫·希文奇茨基的《华沙革命歌》,它是波兰的无产者和这些国际革命神话般的英雄们唱的第一首歌,现在已经唱了半个世纪了。……天才的路德维克·瓦伦斯基被宪警逮捕时,身边还带着这首诗歌的复印稿,从此他就再也没有走出监狱的大门,他在鬼蜮的瑟尔堡监狱中死于肺病,他为这首歌献出了他光辉的一生。当他在狱中遭受酷刑的时候,还写了《镣铐马祖卡歌》,这是一首充满了欢乐、幽默和勇敢精神的诗,它实际上是在坟墓里写的。无产阶级诗歌要赞颂这座坟墓,从墓中吸取普罗米修斯的力量,争取胜利的明天。②

布罗涅夫斯基对文学传统的继承主要表现在三个方面:一是继承积极浪漫主义和波兰早期革命诗歌对旧制度的批判;二是歌颂爱国者和革命者百折不挠的精神;三是反映千百万人民群众推动历史发展的伟大力量。20世纪30年代初,西方各国的统治者为了摆脱面临的经济危机,加剧了对工人的剥削和压迫。波兰由于受到危机的影响,无产阶级的生活状况也急剧恶化。对这种情况布罗涅夫斯基深有了解,他在诗集《关怀和歌》的《东布罗沃矿区》这一首诗中写道:

---

① 转引自张振辉,《20世纪波兰文学史》,青岛出版社,1998年,第143页。
② 《波兰文学批评1919—1939》,国家科学出版社,华沙,1956年,第150页。这里说的"无产阶级"当然是指路德维克·瓦伦斯基于1882年建立的波兰第一个无产阶级政党——国际社会革命党("无产阶级党")。

矿区挖出了煤块,
把它送往东方和西方,
可它变成了黑色的魔鬼,
变成了贫困、饥饿和疫病。

你告诉我,严峻的土地,
你是谁的祖国?
东布罗沃在饥饿、危机和法西斯主义的夜里,
却可怕的沉默着,她不说话。①

人们在饥饿、失业和疫病的威胁下奋起反抗,刽子手们疯狂地屠杀,被压迫者要坚持斗争下去:

鲜血在流淌,五月的鲜血,
在大街上,在宪兵的刺刀下,
听吧,被践踏、被鞭打的人们在呼唤着你!
鼓起勇气,冲向监狱的大门!
华沙在呼唤自由,
华沙在战火中燃烧。②

——《失业者》

20世纪30年代末,西欧一些国家的法西斯统治者不仅残酷镇压人民的反抗,而且极力准备发动世界大战,给全世界以极大的威胁。布罗涅夫斯基面对这种形势,感到心焦和义愤,他揭露了法西斯的凶恶面貌,给人们预示了战争将会造成什么样的后果,叫人们提高警惕:

夜尽之后,来了一个可怕的白天,
饥饿、大火和瘟疫,
新的地狱降临人间。
女人穿上了血衣,
城市被烧成了灰烬,
实验室成了废墟,
文明的双目不见天日,

---

① 布罗涅夫斯基,《诗歌和长诗》,国家出版机关,华沙,1962年,第83页。
② 同上,第41页。

历史在愤怒中前进。①

布罗涅夫斯基的诗歌由于表现了革命战斗的精神,受到爱国者、革命者和人民群众的喜爱,在工人和人民群众举行的游行和集会上,经常被朗诵,对提高群众的政治思想觉悟和鼓舞人民去和反动统治者进行斗争,起了很大的积极作用。布罗涅夫斯基不仅以诗歌作武器,揭露了资产阶级和法西斯主义的真实面目,而且还真实地再现了许多革命者的生平事迹和斗争经历。他在塑造这些革命者形象的时候,注意反映他们所处的时代和走过的艰难曲折的道路,突出他们的思想个性和在斗争中成长的过程。他笔下的英雄形象血肉丰满、栩栩如生,而且大都具有一定的典型性。例如《孔雀街的月亮》写一个少年裁缝伊扎克·古金德,他父亲也是一个裁缝,由于家里很穷,父亲在他年仅 11 岁的时候,就叫他去缝衣厂当徒工,挣钱养活自己。后来父亲劳累过度,死在缝纫机旁。伊扎克不明白人生为什么有这么多的苦难,为什么在他童年的时候,就得出来做工。后来他阅读了马克思、列宁和卢森堡的著作,参加了服装厂的工会组织,一些年长的工人给他讲述无产阶级的血泪史,他才懂得在波兰和世界上还存在阶级压迫,自己也是无产阶级中的一员,只有和压迫者进行坚决的斗争,才能改变自己被压迫的命运。有一次,工厂老板要降低工人的工资,工会组织全厂工人罢工,伊扎克也参加了,但他不幸被捕入狱,在狱中呆了四年。他在狱中写信给布罗涅夫斯基,以朴素的语言真实地反映了苦难的童年。这首诗是根据真人真事写成的。

诗人除了以革命者的经历和献身精神去教育群众,使他们认识自己奋斗的目标外,他还给身陷囹圄的同志写诗,鼓舞他们的斗志:

狱中同志,坚持下去,
只要意志坚强,就能盼到希望,
工人群众,党和你站在一起,
整个战斗的国家和你站在一起。②

1925 年 7 月 25 日,共产党员波特文·纳弗塔里被反动当局杀害,布罗涅夫斯基为了悼念他,写了一首《革命者之死》。诗中主人公只活了 20 岁,但他在残酷的斗争中表现出坚强不屈的精神。他对敌人不是害怕,而是极端的藐视,他的英雄气概和乐观主义精神表现了一个革命者的高风亮节。

作为一个无产阶级革命诗人和战士,布罗涅夫斯基在长期的创作生涯和革命活动中,看到许多波兰革命者为了劳苦大众的翻身解放而战斗和牺牲,也看到了

---

① 布罗涅夫斯基,《诗歌和长诗》,国家出版机关,华沙,1962 年,第 127 页。
② 同上,第 103 页。

世界各国的无产阶级和人民大众在和法西斯反动统治进行坚持不懈的斗争,因此深感波兰无产阶级的革命事业是同世界各国的反法西斯斗争和无产阶级革命分不开的。他在充分反映波兰无产阶级20世纪20年代和30年代革命斗争状况的同时,也没有忘记世界各国无产阶级革命的历史。早在1929年发表的长诗《巴黎公社》就生动地展现了人类历史上无产阶级首次夺取政权的战斗和最后遭到失败的经过:

鼓声,彻夜震响,
直到灰暗的黎明。
枪弹,首次落到城里,
到处都筑起了街垒。

城门被打开,工事被占领,
死亡在迫近,
巴黎每一条街巷,
都是血流殷殷。①

刽子手们疯狂地屠杀公社的社员激起了诗人无比的义愤,他不无讽刺地说:

加利菲将军,因为这次屠杀,
法兰西感谢你,勋章在等着你!
加利菲将军!你的皮鞋上沾满了鲜血,
你的身上散发着杀人的膻腥!②

不管刽子手多么凶恶,公社杰出的指挥者和勇敢的战士决不投降。他们的"街垒不可战胜","巴黎的人们今天要回到解放了的首都",拥有自己的"权利、秩序和工作"③无产阶级和被压迫人民的解放事业终将取得胜利。

布罗涅夫斯基长年在各地参加革命宣传活动,他的诗歌在工人和人民群众中广为流传,推动了无产阶级革命斗争和20世纪革命文学的发展。与此同时,作为一个爱国者,他也没有忘记生他和养育他的故土,尤其是当法西斯侵略的威胁日益严重的时候,他更忘不了他的故乡。诗集《最后的呐喊》的发表,正处于德国法西斯对波兰发动侵略战争的前夕,布罗涅夫斯基一方面号召人民提高警惕,做好战斗准备:

---

① 布罗涅夫斯基,《诗歌和长诗》,国家出版机关,华沙,1962年,第418页。
② 同上,第420页。
③ 同上,第424页。

饥饿、大火、热气和战争的一天，
这个历史的夜晚终于来到。
我像过去的预言家那样,在呐喊，
诗人的心是自由的。①

另一方面,他在一些作品中也流露出了对故乡的深切思念。如在《故乡的城市》中,诗人首先想到的是儿时居住的地方：

当我还是一个孩子的时候，
就有一栋带果园的古旧房屋，
坐落在维斯瓦河马佐夫舍的高山上。
……
我从这里走向了战场，
后来我再没有回到这个城市，
但我一想到这片土地，
就感到非常亲切，
因为我在这里学会的语言，
使我懂得了怎么去爱，
怎么去忍受折磨，
怎么去进行战斗。②

诗人在占领时期流亡国外,在国外创作的诗歌都收集在《枪上插刺刀》(1943)和《绝望树》(1945)这两个集子中,反映了诗人的亡国之痛,但他没有因此悲观失望,为了他所热爱的波兰,他愿付出自己的一切。如在《我在那里有什么牵挂》一诗中,他写道：

只要有一挺机枪,它百发百中，
怕什么西伯利亚的风雪和利比亚的大沙漠。

怕什么集中营和牢狱、饥饿、痛苦和流行病，
面包和子弹会给我、一个士兵带来无穷的乐趣。

我不要任何赏赐,也无需荣誉和花环，

---

① 布罗涅夫斯基,《诗歌和长诗》,国家出版机关,华沙,1962年,第127页。
② 同上,第138、139页。

我只要一双厚实的军鞋,穿着它到华沙去。

穿着它精神抖擞地走在华沙圣洁的马路上,
我在纳尔维克①修补过它的后跟,我在图卜鲁格②配上了鞋带。

我走遍了天涯海角,我到过许多国家,
可是在每一个战士的脚下,都只有波兰的土地!

钱财对我有什么用,除了诗歌我一无所有,
德国人九月用七个手榴弹毁了我的家③,
可我家附近有一个菜园,那里种了蔬菜和鲜花,
我要在那里挖出德国人扔下的手榴弹。

我要拯救我儿时就深深爱着的这片土地,
我要在这个国家,在马佐夫舍放羊。

我在那里有什么牵挂?我们的空军,
我们的舰艇,走遍了五湖四海。

我们要向世界宣布,只有波兰值得我为之付出,
只要我有一双坚实的军鞋,只要我有一挺机枪。④

同时他也号召全体波兰人民

如果敌人来焚烧
你住过的这栋房子——波兰,
又给你扔下了炸弹,
如果敌人的铁骑,
来到了你的门前,夜晚用枪托
打破了你的家门,
你从睡梦中醒来,抬起头!

---

① 挪威港口城市,1940年波兰波德哈尔独立旅参加的英国和法国的军队曾经攻占了这座城市。
② 利比亚一个港口城市,1941年4—12月,遭到德国和意大利法西斯军队围困,城里有一个波兰喀尔巴阡独立旅坚守了一年多。直到1942年6月,图卜鲁格才被德国法西斯攻下,但在这一年11月,又被英国军队占领。
③ 指德国法西斯1939年9月开始向波兰发动进攻。
④ 张振辉编译,《波兰现代诗歌选》,中国社会科学出版社,2015年,第64、65页。

要勇敢地站在你的家门前，
把刺刀插在枪上，
血债要用血来还！①

——《枪上插刺刀》

而他自己也要重返家乡，和人民一起战斗，拯救这片被法西斯蹂躏的土地：

一个被征服的民族的儿子，一首争取独立的歌，
当我的家乡变成废墟的时候，我要唱一首什么歌？
我要重返我的家乡，我要拯救这片土地，
我的心在燃烧，我的歌像大火一样，
只盼着在华沙的废墟上建立起钢铁的社会主义，
只盼着在玛丽亚教堂顶上的号声中飘扬着红旗。②

——《歌》

战后布罗涅夫斯基回到了波兰，看到祖国从法西斯奴役下获得了自由，感到无比激动，真有千言万语要向亲友诉说，这一切使他在20世纪40年代和50年代又创作了一批优秀作品，其中主要有诗集《希望》(1951)、《安卡》(1956)，长诗《马佐夫舍》(1951)和《维斯瓦河》(1953)等。在《希望》中，诗人以真挚的感情谈到波兰今天的解放和新生来之不易，他过去到过华沙不知多少次，但每次看到马路上都是鲜血；现在又来到华沙，看见这里不再是鲜血，而是春天。人们在废墟上开始重建家园，工人在华沙盖起了玻璃房子，热罗姆斯基的梦想实现了。不论在什切青，在格丁尼亚，还是在格但斯克，到处都是热火朝天的劳动景象，一座座工厂的烟囱拔地而起。诗人坚信，波兰民族在凶恶的敌人面前没有屈服，也一定有决心和能力建成一个繁荣、富强的国家。诗集《安卡》是为他死去的女儿写的。布罗涅夫斯基虽然为民族的解放感到欣慰，但他的家庭却遭遇了很大的不幸。他的妻子被纳粹囚禁在奥斯威辛集中营中，战后虽然回到了华沙，但由于长时期的身心折磨，患了重病；他的女儿又于1954年死去。这双重打击给他带来了极大的痛苦，因此他在诗中经常流露出和女儿难分难舍的感情：

你不是鬼魂，你是回忆，
用你的头发把我带到了过去。
我不相信地狱的鬼魂，

---

① 张振辉编译，《波兰现代诗歌选》，中国社会科学出版社，2015年，第58、59页。
② 扬·什恰维伊编，《1939—1945年波兰地下斗争诗歌选集》，"共同的事业"——教育出版社，华沙，1957年，第504、505页。

但我相信人间痛苦的眼泪。

它伴我度过了多少不眠之夜，
我只有和它一同分享这个世界的苦乐，
我失去了你，又和你在一起。①

——《白蜡木棺材》

可是作为一个革命诗人，不管自己失去了什么，他都不会忘记要以诗歌"给人们带来和平和光明，带来爱、希望和快乐"②，这也是他早就对女儿许下的诺言，表现了他永远视人民幸福为自己奋斗目标的广阔胸怀。

长诗《马佐夫舍》和《维斯瓦河》是诗人对他过去生活的回忆。他儿时就心系马佐夫舍的土地，曾经不知多少次地在美丽的维斯瓦河上荡舟，从家乡普沃茨克来到华沙，又从华沙返回普沃茨克。后来他接受了革命思想，懂得了要和人民永远站在一起，把一切献给人民。布罗涅夫斯基正像他晚年创作的这两首诗所说的那样，把他的创作和他的一生全都献给了波兰人民和全世界被压迫人民的解放事业。

第三节
其他重要的诗人

这一时期除了弗瓦迪斯瓦夫·布罗涅夫斯基，其他重要的诗人还有莱奥波尔德·斯塔夫和波列斯瓦夫·列希米扬以及各诗社和流派的代表尤利扬·杜维姆、安东尼·斯沃尼姆斯基、扬·莱洪、卡齐米日·维耶任斯基、玛丽亚·帕芙利科夫斯卡—雅斯诺热夫斯卡、布鲁诺·雅显斯基和尤利扬·普日博希等。

莱奥波尔德·斯塔夫（1878—1957）生于利沃夫。他1897—1901年在利沃夫大学学习法律和哲学，同时担任文学杂志《青春》的编辑，对西方现代文学和尼采哲学有广泛了解。1902—1903年他多次出国旅游，到过意大利和法国，1918年迁居华沙，1920—1921年和作家瓦茨瓦夫·贝伦特合办《文艺新评论》月刊，1934—1939年任波兰文学科学院副院长，二战期间参加过地下抵抗运动，战后一直住在华沙。

斯塔夫早在青年波兰时期就发表作品，是一位象征派诗人。他早年发表的诗

---

① 布罗涅夫斯基，《诗歌和长诗》，国家出版机关，华沙，1962年，第351页。
② 同上，第362页。

集《威力梦》(1901)、《灵魂的一天》(1903)和《献给天堂的鸟》(1905)是这方面的代表作。其中有的作品也像青年波兰时期其他象征派诗人一样，充满了孤独和感伤的情调，如《威力梦》中的《秋雨》，采用以景物暗示感情的手法，诗中的"无穷的哀怨"、"身陷绝境的泪水"、"脸上挂着凄楚的倩影"、"将要熄灭的火"、"黑夜"、"葬礼"、"死"、"我的花园里来了一个魔鬼，外貌是那么凶恶"、"花园变成了可怕的荒原"，还有多次重复的"雨点敲响了窗玻璃"①的叠句等，给读者展示了一片凄凉的景象，抒情主人公的自白充分反映出了他那孤独和悲戚的心境。

与其他诗人不同的是，斯塔夫没有使自己永远陷入感伤，这时期他的许多诗歌都热情讴歌了劳动的创造力。他早年研究尼采，认为尼采的"超人"并不是什么超凡的天才，而是在艰苦的劳动中锻炼出来的意志坚强的人。劳动不仅创造了物质财富，也锻炼了人。通过对劳动的歌颂，斯塔夫逐渐转向写普通人的生活，主要是农民的劳动生活。在他的笔下，农村到处都是宁静和安乐，一片美好的风光：

> 清早我下田劳动，
> 黄昏时收工回来，
> 夜晚我躺下入睡，
> 不感到周身劳累。
> 节日我来到田间漫步，
> 麦田像果园一样喜获丰收，
> 葡萄流出了甜汁，
> 鸟儿在欢乐地歌唱。②

这首田园诗表现了波兰农村劳动丰收与和平生活的景象。由于诗人看到劳动创造了美好的生活，他才脱离了笼罩着诗坛的悲观主义思想情绪。这种转变不仅使他乐观地看待生活，而且对罪恶也采取了宽容的态度，他认为，尽管世界存在罪恶，他也能独善其身。在《十字架下》中，他以耶稣象征世上的苦难，以古希腊神话中的酒神狄俄尼索斯象征快乐，说明世界既有痛苦也有欢乐，人与人应当和睦相处，团结互助，狄俄尼索斯对耶稣说：

> 我的悲伤的兄弟，
> 把你那双痛苦的手伸过来吧！
> 让我们两人携起手来，
> 一同走在乡间的小道上。③

---

① 张振辉编译，《波兰现代诗歌选》，中国社会科学出版社，2015年，第18、19页。
② 列奥波尔德·斯塔夫，《诗选》，奥索林斯基民族出版机关，弗罗茨瓦夫，1985年，第18页。
③ 转引自张振辉，《20世纪波兰文学史》，青岛出版社，1998年，第108页。

如果说斯塔夫在青年波兰时期创作的诗歌最初表现了象征主义思想倾向的话，那么他后来很快就转入崇尚古典主义的诗风，这就是对生活的赞美，他认为大自然和人世间的一切：天和地、城市和乡村、人和动物、日常生活和梦想、劳动和休闲、欢乐和痛苦、爱情、幸福和悲哀，所有的一切都含着真理，都应得到诗歌的赞美，他有时把上帝看成是大自然，大自然能给予人们需要的一切：

过去就像一座魔幻的果园，
未来就像装满了果品的碗碟。
黄昏和童年一样，永远创造奇迹，
城市美妙的音乐是思想的细沙，
还里没有幻想，无需铭记，
所有的一切都是真理，
所有的地方都有真理。①

——《晚秋》

在《一个快乐的朝圣者的旅游》一诗中，他还认为生活就是一次快乐的旅游，作为一个朝圣者，能够掌握自己的命运，"我每天都要跑一个我不熟悉的国家。"他还坦诚地说"我知道有痛苦也有失望，但我还是要对你们歌颂和赞美生活。"诗人尤其讴歌和谐、宁静的农村劳动生活，一方面他看到了劳动创造了美好的生活，另一方面他认为人应当而且能够很好地适应这个善恶并存的社会环境，相互之间团结友爱。他的诗也是他对生活的一种态度。

两次世界大战之间，斯塔夫的诗歌依然热衷于反映农村的劳动生活，诗中常常出现伐木、播种、挖土豆和挤牛奶等常见的劳动场景，但他这时候并不认为劳动永远那么轻松愉快，他不再像过去那样把农村描绘得像田园诗那般美好，而更多的是揭示劳动的艰苦和恶劣的自然环境。如他在《土豆》中写道：

深秋下着毛毛细雨，
树梢的乌鸦发出一阵阵哀鸣，
张开它们的翅膀好似一把大伞，
高高盘旋在一群村妇的头上。
村妇身着洁白的毛衫，
把赤着的双腿插进了污浊的烂泥，
用锄头挖掘着田里的土豆，
一整天，从清早干到傍晚，

---

① 《莱奥波尔德·斯塔夫诗选》，奥索林斯基民族出版机关，弗罗茨瓦夫，1985年，第183页。

累得浑身酸痛,精疲力尽。①

在另外一些诗中,斯塔夫采取一种对比的手法,以表示对生活、对周围世界的态度:

我走得很远,但我要从远处回来;
我离开这里,也一定要回到这里;
我失去了一切,也会得到一切;
我获得了无限,却一无所得。②

——《诗人》

这里可以看到,诗人对生活并没有像他早期诗歌中那样充满了乐观,但他不论对成功或失败,对欢乐或痛苦都能够处之泰然。他认为有得必有失,一个人事事都要听其自然,才能保持生活的平衡。生活中有美好,也有艰难,不论遇到什么艰难和挫折,都应当积极地对待生活。

斯塔夫还写过许多景物诗,表现了他对大自然的热爱:

啊,有什么比高高的大树更加华美,
残阳夕照中闪着耀眼的光辉,
给清潭罩上葱茏的华盖,
向水上倾泻孔雀开屏的异彩。

水里馨香,荫处碧绿,太阳金黄,
枝叶婆娑摇曳着无风的梦境,
在八月的酷暑中蚱蜢嬉戏在牧场,
用千百把银剪刀剪断大自然的寂静。③

——《高高的大树》

诗人首先以"残阳夕照"、"葱茏的华盖"、"孔雀开屏"和"太阳金黄"这些绚丽无比和令人神往的画面来表现大自然的美和自己的激动心情。然后又把读者带到了一个静寂美妙的天地里,"枝叶婆娑"、"蚱蜢嬉戏",表现了他那富于诗意的想象,令人回味无穷。由于对大自然的热爱,斯塔夫的创作灵感和波兰文艺复兴时期的诗人扬·科哈诺夫斯基产生过共鸣。科哈诺夫斯基晚年闲居在故乡黑林村

---

① 《莱奥波尔德·斯塔夫诗选》,奥索林斯基民族出版机关,弗罗茨瓦夫,1985年,第134页。
② 转引自张振辉,《20世纪波兰文学史》,青岛出版社,1998年,第109页。
③ 译文引自易丽君,《波兰20世纪诗选》,上海译文出版社,1992年,第16页。

时,写过不少反映波兰古老农村习俗和自然风光的诗,为后世所推崇。斯塔夫为了表示对科哈诺夫斯基的崇敬,写过一首叫《椴树》的诗:

在黑林村椴树的阴影下,
作为缪斯和神圣的玩偶
高唱你的美妙的歌,
国王的韵律,谐和的情趣。

永恒的光荣,四个美好的世纪,
在这把诗壶中,有你的金色的甜蜜。
整个波兰都生长着香馥馥的椴树,
喷洒着你的清香的名字:扬·科哈诺夫斯基。①

在"国王的韵律"和"谐和的情趣"中,斯塔夫似乎看到了科哈诺夫斯基的古典主义诗风,简洁明了的语言和严格的韵律,把世界和人看成是一个和谐的整体。

战后,斯塔夫一共发表了三部诗集:《死寂的天气》(1946)、《紫柳》(1954)和《诗九首》(1958)。《死寂的天气》写于占领时期,在德国法西斯的残酷统治下,成千上万的同胞被杀害,无数居民流离失所,无家可归。诗人对此表示了极大的愤慨,但他相信人民一定能够战胜法西斯强盗,赢得美好的明天。

波列斯瓦夫·列希米扬(1877—1937)出生于一个波兰化的犹太知识分子家庭,童年和青少年时代都是在乌克兰度过的,曾在基辅大学攻读法律,20世纪初来到华沙。1911年他和朋友一同创建了华沙艺术剧院,第一次世界大战期间迁居罗兹,曾任罗兹波兰剧院文学部主任。1918年以后,他在赫鲁别索夫和扎莫希奇等地的公证局里当过公证员,1935年又回到华沙,度过晚年。

列希米扬和斯塔夫一样,也是一位跨越"青年波兰"和两次世界大战之间两个文学时期的诗人。他于1895年发表处女作《六行诗》后,和哲隆·普热斯梅茨基交往密切,还担任过他的《喀迈拉》月刊的编辑。早年列希米扬用俄文写诗,1912年用波兰文发表第一部诗集《人来人往的花园》,后来又发表了一系列散文,如《芝麻故事》(1913)和《波兰传说》(1913)等。他的第二部诗集《牧场》(1920)在评论界曾经获得高度评价。此后诗人很长一段时期保持沉默,直到20世纪30年代才出版了最后两部诗集《清凉饮料》(1936)和《林中捷伊巴》(1938)。

列希米扬一生发表的诗歌虽然不多,但这些作品却表现了十分复杂的思想内涵和艺术特色。他早期的世界观和文艺观都深受法国哲学家柏格森直观主义的影响,认为直观是认识现实和寻求真理的唯一途径。因此,诗人反对青年波兰时

---

① 《莱奥波尔德·斯塔夫诗选》,奥索林斯基民族出版机关,弗罗茨瓦夫,1985年,第164、165页。

期诗坛上盛行的侧重气氛渲染而不直接表达感情的象征主义诗风。他早期的诗歌不论对人还是对物的描写都很鲜明清晰，这是他对直观的理解和运用。此外，列希米扬认为古代童话和民间文学是一种直观文学，对它们有很大的兴趣。他的散文集《芝麻故事》和《波兰传说》都取材于童话和民间故事。在诗集《牧场》和《清凉饮料》中，也可看到许多童话和民间传说的描写。但是这些童话和传说，就像波兰前期象征主义诗歌一样，充满了悲观主义的情调。如诗歌《杜休维克》写的是一个炎热的夏天，有个叫巴伊达拉的流浪者带着自己的瘦马和牛来到森林边。他在青苔上躺下，打算休息一下。这时从他旁边的一条坑道里突然跳出了一头怪兽杜休维克，嘴巴像青蛙，屁股像母鸡，还长着一条尾巴。它见到巴伊达拉后，便在他的身边大叫起来。巴伊达拉被惊醒后十分恼怒，他责问瘦马，杜休维克搅乱了他的睡梦，瘦马为什么不用蹄子去踢它；他责问牛，杜休维克用它卑鄙的灵魂来侮辱他，牛为什么不用角去把它赶走。他又责问上帝，既然上帝创造了他和他的瘦马和牛，为什么要教杜休维克做坏事。又如《两个马切伊》，写两个叫马切伊的兄弟希望长生不老，他们打听到在深山老林的巫士奇莫尔有一种长生不老的草药，但不愿给别人。马切伊兄弟于是去找他，被巫士拒之门外。兄弟俩一气之下，便和巫士打斗起来，把巫士打败后，从他那里夺得草药。可是在回家的途中，他们遇见一个友人普瓦奇布格有危难，便毫不犹豫地把草药送给他，并对他说，你服了这种草药，将永保平安，将来你进了天国可不要忘了我们。马切伊兄弟失去长生不老药后便死去了。这两首诗是根据民间故事写成的，都生动地反映了劳动人民朴素的爱憎以及他们美好的幻想和追求。

列希米扬不仅喜爱民间文学，他平常和城乡劳动人民也接触很多，对他们的生活状况深有了解。在《鞋匠》中，他写一个鞋匠从早到晚忙于做鞋，可自己却没有鞋穿。诗人出于同情，赠给他一双鞋，说：

请收下我这份薄礼！
你在天上就不会赤脚行走，
就不会把脚掌磨坏。
天上的精灵把星星点燃，
云山雾海在对你说话：
"凡是你到过的地方，
上帝不怕没有鞋穿。"①

诗中充满了美丽的幻想，既表现了对鞋匠劳动的肯定，又指出了制鞋者没有鞋穿是多么不公正。《马》这首诗说的是，诗人一次在外面见到一匹瘦骨嶙峋的老

---

① 波列斯瓦夫·列希米扬，《诗选》，奥索林斯基民族出版机关，弗罗茨瓦夫，1983年，第97、98页。

马,想起它劳累一生,现在老了,孤苦伶仃,无依无靠,于是对它产生同情,把它牵到自己家里,对它亲切地说:

> 到我的农舍来吧!
> 让我们一同坐在桌旁,
> 我把壶里的水都倒给你喝,
> 我给你砂糖,给你草料,
> 还要给你新鲜的面包和洁白的盐。
> 我打开窗子,让你见到碧蓝的天,
> 我要把所有的一切都告诉你!
> 到了晚上,我就把门关上,
> 我们一起来做晚祷。①

在饱尝了人生的甘苦之后,他不仅对这匹象征受苦受难的劳动人民的老马表示同情,而且在它那里似乎还找到了知音。

这一类感世之作在列希米扬两次世界大战之间的诗歌中占主要地位,其中有的充满了悲观主义情调,说明他虽然反对波兰象征主义热衷于渲染气氛而不直接表达感情的描写,但是他的人生观和波兰前期象征派诗人依然有着千丝万缕的联系,只是他的诗歌和象征派诗歌所采用的艺术手法大不相同。前期象征派诗人大都写抒情诗和景物诗,有的表现了他们对现实的看法,有的通过写景抒发他们的情怀;而列希米扬则主要写叙事诗,通过讲述一些感人的故事来揭示人生的悲苦,这是他直观艺术的体现。

在《士兵》这首诗中,他写一个在战争中受伤致残的士兵从前方回来,朋友们看见他跛着的脚,都不理睬他,过去的情人也嘲笑他,要离他而去。可是有一次,他在路上正好遇到了一个断了手的女人,两个人于是相爱,决心一同踏上艰难的人生道路,永不分离。在《哑巴》中,一个哑巴姑娘站在一条小河旁,可是谁都不知道她的名字,从何方来,也不知道这条小河有多长,流向何方。《布维什钦斯基先生》中布维什钦斯基爱上了一个并不存在的姑娘,他在梦中请她到他的花园里来,要给她戴上"地狱里的花朵和蝴蝶"②。他的花园也在做梦,橡树的枝叶变得枯黄、凋谢。他和姑娘一起漫步在这梦中的花园里,姑娘的身影在他的眼前一闪一灭。他仿佛看见了她那金色的睫毛映照着园里的水池,看见了她的嘴唇、颜面和胸脯,但又觉得什么也没有看见。他不知道她是谁、她是怎么到这里来的,也不知道是谁创造了她。他愈是什么都不知道,就愈是爱她。即使世界灭亡,他也深深

---

① 波列斯瓦夫·列希米扬,《诗选》,奥索林斯基民族出版机关,弗罗茨瓦夫,1983年,第53页。
② 同上,第230页。

爱着这个并不存在的姑娘,永远,永远!在《致大姐》中,诗人写他的姐姐死了,寂寞地睡在棺材里,痛惜她没有穿上好衣裳,因此给她做了新的裙衣;他怕她挨饿,

> 我很担忧,因为你总是在挨饿,总是在生病,
> 我还得到了一个不好的消息,
> 说你每个晚上总是从坟墓里出来,
> 在细声地哀求:"给我吃的!"①

可是他也没有办法,因为这世界上到处都是饥荒:

> 我怎么回答呢?我不用回答。
> 让上帝回答吧!
> 大姐啊!世上已经没有面包,
> 谁能给你吃的?②

送葬的车走了,

> 我的感受只有悲哀,但它是那么微弱,
> 就像一丝蛛网一样,
> 我想,这个世界除了你,我没有第二个亲人,
> 没有你我真的活不下去。③

《姑娘》这首诗的故事尤其感人,12个兄弟每人拿着一个锤子敲打着一堵墙,忽然听见墙那边有少女的哭声,他们为哭声所感动,便使劲地敲墙,希望早日把墙敲倒,找到墙那边的姑娘。后来他们敲呀,敲呀!终于精疲力竭,在一个晚上全都累死了。他们的影子便继续敲,"影子乏力"④之后,锤子又自动地敲,可是墙被敲倒后,那边却什么也没有。诗人因此感慨地说:

> 一切皆空,只有悲戚和遗憾,黄昏和失落。
> 这是什么世界?一个坏透了的世界,
> 为何没有别的世界?⑤

---

① 张振辉编译,《波兰现代诗歌选》,中国社会科学出版社,2015年,第13页。
② 同上,第13页。
③ 同上,第14页。
④ 《波兰诗歌选集——中世纪到当代》,沙拉出版社,华沙,2001年,第315页。
⑤ 同上,第315页。

《两个人》写一对相爱的情侣最后双双病死的悲剧,他们想在坟墓里相爱,但爱情已死亡。于是他们祈祷上帝,可是他们发现上帝也不存在了,等到他们再回到这个世界上,这个世界也不存在了。

这些作品的一个显著特点是,既着眼于现实世界和现实的人,又把他们写得那么虚幻:有的主人公不明身份,有的没有生命,有的甚至根本就不存在。诗人笔下的人都有一颗善良的心,有美好的追求,而他们的遭遇却很不幸。士兵在前方立了战功,受伤致残回到家乡后却被人歧视,诗人以辛酸的笔调调侃人生:"上帝跛脚,人也跛脚,谁都不知道为什么跛脚?跳吧!跳吧!跳到天国里去!"[1]一些小人物的感情是那么美好,对爱情是那么忠贞不贰,甚至为它付出了生命的代价,到头来却一无所获。在这个世界上,正义永远得不到伸张,人的追求永远达不到目的。一切都是那么辛酸和悲哀,那么虚幻,那么可怕。最后就连这个世界本身,就连作为人的最高精神境界的上帝都不存在了。诗人以形象的比喻暗示,这个世界既然没有丝毫的光明,它就必然走向灭亡。

在手法上,诗人善于将心灵的描写和大自然合二为一,在他的诗中,人既是绿草,绿草也有人的灵性,诗人既写实,又写虚,既描写现实的图景,又创造象征的意境。他笔下的形象和意境既明白又朦胧,既飘忽又确定。这里没有突发的感情冲动,诗人通过各种奇特的构思,善于把他那深邃而又丰富的感情表现得引而不发,令人回味无穷,他作品中那富于浓重象征意味的深刻内涵更是发人深思。

列希米扬很讲究语言的运用,为了刻画不同的形象,有时采用日常生活的语言,有时又运用古语或者方言,甚至创造新的词汇,这可能是由于他受到两次大战之间一些别的诗歌流派的影响。在诗歌中运用古语、方言或者创造新词在某些情况下能够取得一定的艺术效果,但有时候又使作品晦涩难懂,一般读者难以接受。列希米扬的诗歌所表现的思想情绪和艺术追求曾经在很长一个时期不被人理解,直到1956年以后,波兰开始重视对20世纪国内外现代主义流派的研究,这位诗人终于被"发现"而得到波兰文坛高度的评价,被认为是两次世界大战之间最富于个性的诗人。

尤利扬·杜维姆(1894—1953)是斯卡曼德尔诗社的代表诗人。他生于罗兹,早在中学读书时就酷爱文学,1913年在《华沙信使》报上发表处女作《请求》,后便开始诗歌创作生涯,1916—1918年在弗罗茨瓦夫大学攻读哲学和法律,这期间和诗友莱洪等一同创办大学生杂志《为了艺术和科学》,1918年又建立了斗牛士文学咖啡馆。1919年底,斯卡曼德尔诗社成立后,他不仅主编《斯卡曼德尔》月刊,而且在很长一段时期和《文学新闻》(1924)、《华沙理发师》(1926—1933)、《针》(1936—1939)等杂志保持着密切的联系,在这些刊物上发表诗作,积极参加华沙文艺界的社交活动。在法西斯占领波兰时期,杜维姆流亡国外,到过罗马尼亚、法

---

[1] 波列斯瓦夫·列希米扬,《诗选》,奥索林斯基民族出版机关,弗罗茨瓦夫,1983年,第104页。

国、葡萄牙、巴西和纽约,战后于1946年回到波兰,1947—1950年曾任华沙新艺术剧院院长。

杜维姆的诗歌创作主要在两次世界大战之间,他这时期发表的诗集有《窥伺上帝》(1918)、《跳舞的苏格拉底》(1920)、《第七个秋天》(1922)、《第四卷诗》(1923)、《血语》(1926)、《黑林村纪事》(1929)、《吉卜赛的圣经》(1933)、《热情的内容》(1936)和《歌剧中的舞会》(1936)等。

他早期出版的诗集如《窥伺上帝》、《跳舞的苏格拉底》和《第七个秋天》都充满了欢乐的情感,年轻的诗人就像当时许多爱国知识分子一样,为祖国沦亡一百多年后重新获得独立自由而欢欣鼓舞:

我要展开双臂,
呼吸这清晨新鲜的空气,
我站立在祖国的大地上,
向蔚蓝的天空行鞠躬礼。①

在收入《黑林村纪事》中的《十周年》中,为了纪念波兰恢复独立十周年,杜维姆仍然保持了这种乐观主义的情调:

青春啊,给予我们翅膀吧!
上帝啊,给予我们话语吧!
祖国啊! 在你的荣誉的腾飞中,
在你的历史中,
把我们也带上吧!②

诗人不仅为祖国的独立而感到欣喜,他也十分关心从长年的民族压迫下获得解放的人民群众的劳动和生活。他这时期的诗歌生动地描写了许多普通劳动者的形象。如《失去的希望》一诗写一个年老的邮差整天守候在街角上的一个邮箱边,等装满后,便拿到邮局里去送发。他整天忙忙碌碌,从来没有休息,当他得到报酬后,脸上便露出了微笑。《白房子之歌》写的是建筑工人盖房子时的欢乐情景:

他是一位年轻的泥瓦匠,
他有一双蔚蓝的眼睛,
站立在十四层楼上,

---

① 转引自张振辉,《20世纪波兰文学史》,青岛出版社,1998年,第116页。
② 尤利扬·杜维姆,《作品集》第2卷,读者出版社,华沙,1955年,第50页。

正在高声地歌唱,
如果房子盖成了,
一百层白色的楼房,
我的梦就实现了。
但我还要继续前进,
向着远方,向着高处,
当太阳升起的时候,
我要百倍地努力,
盖起一栋十万层的楼房。①

诗人把自己也看成和这些城市的邮差和泥瓦匠一样的普通劳动者,要和他们同享这民族独立后自由生活的喜悦,看到他们以自己的双手重建这个长期遭到战争破坏的国家,便对他们产生了由衷的敬仰,认为在波兰独立后,更需要这种为祖国繁荣、为他人幸福而献身的精神。

这些作品由于反映了人民群众在国家独立后要建立一个正义美好社会的心愿,受到了广大读者的喜爱。斯卡曼德尔诗社也因为杜维姆赢得了良好的声誉。在杜维姆早期的诗歌中,还有一些是他怀念少年时代学生生活而作的。有的作品甚至很具体地描写了他学过的各门课程,如在《功课》中,他说:

大家都在说"大自然的奇迹",
我发现了各种各样的秘密,
每滴水中都有一个生命,
月亮上有一道道河流。

我的知识包罗万象,
$2r$ 和 H_2SO_4
苹果、电灯、克鲁克斯②和牛顿,
氮气、氢气和气候的变化。③

他希望获得第二个学生时代,让他"在这个班里再读一年"④。杜维姆在少年时代接触的都是一些普通人,因此不管是在祖国独立前还是独立后,他最关心的都是普通人:普通劳动者、失业者、穷人、外省的居民,甚至不幸的残疾人。

---

① 尤利扬·杜维姆,《作品集》,第1卷,读者出版社,华沙,1955年,第178页。
② 威廉·克鲁克斯(1832—1919),英国著名物理学家和化学家。
③ 《波兰诗歌选集——中世纪到当代》,沙拉出版社,华沙,2001年,第340、341页。
④ 同上,第341页。

后来由于社会矛盾的日益尖锐和诗人对社会认识的加深,他的诗歌中开始出现了一些被残害的人和精神失常的人的形象,这说明他已经看到了社会的病症。20世纪20年代中期以后,杜维姆更深入地了解到现实中贫富不均和阶级对立的存在,穷人永远挣扎在饥饿和死亡线上,如在《贫困》一诗中,他写道:

地窖里有人叫苦连天,
黑皮肤的人,瘦弱的人和他们的妻子,
他们瘦小的家犬也叫苦连天,
这些人出来就是一大群。

这就是,就是我们的贫困,
他们的孩子生下来,就像做了一场噩梦。
这是他们居住的阁楼,
地窖和洞窟。

那些气喘吁吁的病人的血
都流在了一个木桶里。
仓库里长满了绿色的霉菌,
除了脏臭的气味,还储存着酸白菜!

没有煮熟的土豆,
房里不停地咳嗽声,
冰冷的炉灶,硬板床,
这是对穷人的赞美。

饥寒交迫,折磨和死亡,
泡在水里的一根骨头
黑面包里有沙子,
恶心和打喷嚏。

这就是贫困,破烂的饭桌摆不稳,
窗子上只有一块抹布,衣着破旧不堪,
夜晚孩子们大喊大叫:
"爸爸,这是我亲爱的爸爸!"①

---

① 张振辉编译,《波兰现代诗歌选》,中国社会科学出版社,2015年,第30、31页。

可是那些银行家和交易所的经纪人靠敲诈勒索、投机取巧却大发横财。这时期他诗歌中的普通人和前一时期就不同了。当他把他常见的小公务员、电报员、消防队员、泥瓦匠、裁缝、女工、流浪者等作为主人公写在诗中时,更多的是反映他们的不幸遭遇,对他们表示深切的同情:

上帝啊!我热诚地祈祷,
上帝啊,我衷心地祈祷,
为了贱民遭受的屈辱,
为了永远流浪在外的孤魂野鬼,
为了奄奄一息将要死去的人们,
为了对什么都不理解的悲哀,
为了那些永远求而不得的人们。①

——《祈祷》

与此同时,他对那些资产阶级的阔老板、政客市侩和流氓进行了无情的讽刺。在他看来,政府官僚和富人都是一些长着"肥大的嘴巴"、"粗壮的脖子"、"身穿珍贵皮袄和盖缎面被褥的坏蛋"、"穿漂亮皮鞋的强盗"。他们大张旗鼓地庆祝法国大革命周年,举拳高呼什么"法兰西!我的第二祖国!"实际上,他们早已背叛了自己祖先在法国大革命中表现的革命民主精神,他们都是一些凶恶的压迫者、贪得无厌的吸血鬼。还有那些到处"施暴、纵火和杀人"的将军,作恶多端,却夸耀自己是"百兽之王"。诗人抑制不住对这些统治者的愤恨,"要将死者的鲜血,喷洒在权势者和暴君身上"②。20世纪30年代中期,德国和西方一些法西斯统治者的战争叫嚣越来越疯狂。他们说发动战争"有历史原因",要把他们的文明普及到全世界。杜维姆看到这种叫嚣严重地威胁着世界和人类的安全,感到十分忧虑和愤慨,在《致普通人》中,他深刻地揭露法西斯分子发动战争的目的是要榨取人民更多的血汗,告诫人们认清他们的凶恶面目,不要去充当他们的炮灰:

当他们呼喊"拿起武器"的时候,
他们从地里可以得到石油,
用这些石油又能换取金币。
……
那钱庄的老板对这早有打算,
那肥胖的下流汉也垂涎欲滴,

---

① 张振辉编译,《波兰现代诗歌选》,中国社会科学出版社,2015年,第28、29页。
② 以上转引自张振辉,《20世纪波兰文学史》,青岛出版社,1998年,第118页。

用你的枪杆把地面撬开吧！
他们的石油就是你们的鲜血。①

1936年创作的长诗《歌剧中的舞会》是杜维姆20世纪30年代一首很重要的政治讽刺诗。它以对比的手法展示了一幅30年代波兰现实的图景，一方面是上层阶级挥霍无度，享乐腐化，政府的大官和他们的侍从、军官、大财主、银行家和妓女们在豪华的别墅里举行通宵舞会，还有士兵保护着他们；另一方面是大多数人饥寒交迫，无家可归。在这个世界里，金钱统治一切，有了钱就有了一切，没有钱什么也没有。长诗写成后，由于它那明显的针对性，曾遭到当局的查禁，直到战后才得以发表。

除了政治讽刺诗外，杜维姆还写过不少抒情诗和景物诗，这些抒情诗和他早期表达祖国独立后快乐心情的抒情诗不同，它们写的大都是作者或者诗中的抒情主人公遇到某种事物引起思想感情的变化，并无明显的倾向性。如《谐谑曲》这首著名的抒情诗，它以幽默，甚至怪诞的描写，反映一个姑娘难以捉摸的感情变化，手法颇为新颖：

她尽情地歌唱，大声地欢笑，
可是这首歌却笑她唱得不好。
笑声把歌声像雪似的撒到四面八方，
笑啊！笑啊！她放声大笑。
笑过之后，又突然哭了。
这笑声使她哭，使她浑身发抖，
她哭着叫了起来，她流出了幸福的眼泪。
她恢复了平静，把手放在胸前，
就像把一束百合花放在坟头上，
她望着远方，她看见了死神，
脸色苍白，神情呆滞……②

这样的诗在词句上虽然像散文一样明白易懂，但却没有说明女主人公情绪变化的缘由。也许这就是她一时的喜怒哀乐，也许是她对人生的一种态度。诗人用谐谑曲这个名称不仅是指女主人公以这种喜怒无常的态度面对人生，而且也暗示了他自己在经历了人生的坎坷之后，也以同样的态度戏谑人生，和他早期诗歌中的乐观主义情调明显不同。

---

① 米哈乌·格沃文斯基、雅努什·斯瓦维斯基选编，《两次大战之间时期的波兰诗歌》，第一部分，奥索林斯基民族出版机关，弗罗茨瓦夫，1987年，第121页。
② 同上，第118、119页。

杜维姆虽然对30年代的现实不满,可也脱离不了这片曾经养育他的土地,他热爱祖国的土地和世世代代生活在这片土地上的人民,更热爱使他和人民群众联系在一起的语言,在《绿荫》中,他写道:

一些人听到祖国的语言——美丽的波兰语,
便以为是春天里听到了夜莺在歌唱,
我以为这夜莺的歌声是少女的歌声,
夜莺在嫩绿的枝叶上歌唱,
给枯木披上了绿装。
从春天到春天,永远鲜嫩,永远年轻。
这就是我的家,
在我的美丽的波兰语的祖国,
用诗歌筑成了它的围墙。①

杜维姆的诗歌从早期的乐观主义到20世纪30年代对波兰现实的批判,走了一条现实主义的创作道路。他的诗歌始终把普通劳动者放在中心地位,同情他们的命运,颂扬他们的美德,他对资产阶级统治者和法西斯的批判也是从维护劳动人民利益出发的。为了真实反映普通劳动者的生活,他在诗歌中采用了最通俗的语言,充分体现了斯卡曼德尔诗社提出的"民主化"和"大众化"的诗学观点。但是他的"民主化"和"大众化"不是反爱国主义和反功利主义的;相反,和爱国主义、功利主义有着密切的联系,只不过他爱的是普通劳动者的祖国,要为劳动者谋福利。就这一点说,他不仅没有违背19世纪积极浪漫主义和批判现实主义的优秀传统,反而继承并将其发扬光大,使波兰现实主义的诗歌创作前进了一大步。

德国法西斯侵占波兰时期,杜维姆长期流亡国外,在1940—1944年他创作了长诗《波兰之花》。由于种种原因,这首长诗直到1949年才发表。作品叙说的故事很简单:女主人公阿涅娜的父亲伊尔加诺夫是个俄国军官,母亲是波兰人。1905年革命期间,她父母参加了革命,在领导工人群众和沙俄宪警的一次武装冲突中被打死。阿涅娜由外祖父伊格纳齐·杰维尔斯基抚养长大,第一次世界大战爆发后,杰维尔斯基带着外孙女来到华沙,在一个工业资本家的大公司里供职。故事本身并无深刻内涵,可是作者在一些章节中脱离故事情节,作了许多即兴和随意的发挥,其中包括对他童年的回忆,在革命爆发时的见闻和在第一次世界大战中的经历,还有他对两次世界大战之间社会压迫的揭露和讽刺,以及他流亡国外时对祖国的思念等。这首长诗实际上是作者一生经历的概括。

---

① 尤利扬·杜维姆,《作品集》,第2卷,读者出版社,华沙,1955年,第142页。

诗人热情歌颂 1905 年革命,认为只有革命才能把波兰这栋房子里的垃圾清扫干净。他希望在革命后能够建立一个"聪明和善良人的政府",由工人和其他劳动人民共同管理的政府,建立一个没有压迫、人民当家做主的国家。20 世纪 50 年代初,杜维姆还写过一系列抒情诗,表达了他看到国家在战胜了法西斯的破坏和压迫之后的重建和波兰民族的复兴,人民当家做主,开始了新的生活,感到无比的喜悦,如在《呼唤》、《写给住在扎科潘内的女儿》、《1952 年的相遇》和《旗》等,都有这种思想情绪的表现。诗人在《旗》中,以对波兰文艺复兴最著名的人文主义诗人扬·科哈诺夫斯基说话的口气写道:

是的,是的,黑林村的扬!
敞开你的胸怀,看看我们这个时代
这里热血沸腾,染红了那面旗帜,
城市也像森林一样的喧嚣,
除了这个战斗的、歌唱的灵魂,
诗神还能给我什么?
在这片废墟的土地上,
除了长出鲜艳的红花,
还能看见什么?

我和首都一起长大,
攀援在它的楼层上。
我的祖国来到了
一个美好无比的春天,
我要高举旗帜,
让它在所有的世纪
都能高高地举起,永远飘扬。
它的旗杆插在哪里,
那里就是大地的轴心。①

诗人在《有着共同的命运的同志们》一诗中还说:

有着共同的命运的同志们,
有着美好愿望的工人们,
五月里我们在一起,

---

① 安娜·密尔斯卡,《波兰作家》,CRZZ 联盟出版社,华沙,1963 年,第 313、314 页。

来建造我们共同的家园。

我们的工人有无数勤劳的双手,
有千百万颗美好的心,
它们都连在一起,
要在华沙的废墟上
建起无数的碉堡,
建起豪华的宫殿,
让新生的波兰迎来美好的春天。①

安东尼·斯沃尼姆斯基(1895—1976)出生于华沙一个知识分子的家庭,父亲是医生,和波兰19世纪著名作家波列斯瓦夫·普鲁斯交往密切。他在家庭的影响下,从小就热爱文艺,曾就读于华沙美术学校,学过素描和绘画。他1913—1919年担任华沙《幽默》周刊编辑,这期间开始发表诗歌和幽默作品,1917—1919年,和杜维姆等一起主办大学生杂志《为了艺术和科学》,1920年加入斯卡曼德尔诗社,成为该社主要成员之一。从1924年到德国法西斯侵占波兰之前,他一直担任华沙《文学新闻》周刊的编辑,负责该刊戏剧评论栏目的组稿和编辑工作。德国法西斯侵占波兰之后,他先后旅居巴黎和伦敦,在伦敦主办《新波兰》月刊,宣扬建设一个新波兰的思想。1946—1948年,他担任联合国教科文组织文学部的领导工作,参加了1948年在弗罗茨瓦夫举行的世界知识分子保卫和平大会,1956—1959年任波兰作家协会主席。

斯沃尼姆斯基发表的诗集有《十四行诗集》(1918)、《阅兵式》(1920)、《诗的时刻》(1923)、《通往东方的路》(1924)、《远方旅行归来》(1926)、《没有格子的窗》(1935)和长诗《黑色的春天》(1919)等。他早期的作品也表现了为祖国获得独立自由而欢欣鼓舞的思想情绪。诗人曾经梦想,在独立后的波兰,社会各阶层人民将团结一致,为建设一个正义和美好的国家而奋斗。到那个时候,人民不仅享有自由平等的权利,而且将永远摆脱贫困,走向富裕的道路。可是独立后的现实不久就打破了他的这种梦想,随着20年代末和30年代初国内阶级矛盾的尖锐化,诗人看到了社会上普遍存在的贫困和失业。当局对民主爱国人士的疯狂镇压,引起了他的不满和反抗。

在20世纪30年代初的经济危机中,一些西方国家生产过剩,资本家把粮食和棉花烧掉或抛入海中,而劳动人民和失业者却大批地饿死和冻死。诗人看到这种情况,在1931年发表的《焚烧粮食》一诗中,曾经大声疾呼:

---

① 尤利扬·杜维姆,《作品集》,第2卷,读者出版社,华沙,1955年,第280页。

这位巴西朋友！你在桑托斯港
为何把一袋袋香馥馥的种子抛入海中？
告诉你的农场主、工厂主和阔老板，
我们这里需要黑咖啡，

这位内华达朋友和福摩萨的兄弟！
你为何把一袋袋棉花放火烧掉？
难道你不知道，在寒冬来到的时候，
我们这里没有棉袄？①

诗人看到这种情况，预料到世界大战一旦爆发，成千上万的居民将死于战火，人类文明的一切伟大成果也将遭到毁灭。他在《德国人》中，借用古罗马执政官马利克·克劳迪乌斯在公元前212年远征西西里的锡拉库萨城并杀害著名数学家和物理学家阿基米德的故事，来比喻希特勒分子如何毁灭文化。

他和许多激进诗人和作家一样，对伟大爱国诗人密茨凯维奇十分崇拜，如《密茨凯维奇》一诗就充分表现了这种感情：

亚当，你是第一个人，
把我从地狱里救出来，
让我长上了诗歌的翅膀；
我很荣幸地听到了你的声音，
我要牢牢记住你的教导。
……
你长年遭受苦难，你热爱众生，
你的仁爱之光也普照着我们，
我知道，我要把我的爱献给谁？
献给大地上的芸芸众生。
我知道，大众的幸福乃是我们的目的，
年轻的朋友，让我们走在一起。②

诗人在密茨凯维奇的诗中看到了一种伟大的精神，这就是对人民大众的爱。他的诗中甚至直接引用密茨凯维奇的诗篇《青春颂》中的诗句，如"年轻的朋友，让我们走在一起，大众的幸福乃是我们的目的"。他无论什么时候都相信劳苦大众

---

① 安东尼·斯沃尼姆斯基，《诗集》，国家出版机关，华沙，1964年，第280页。
② 同上，第345页。

定将走向幸福美好的未来。这一点,在他的另一首赞颂先辈作家斯泰凡·热罗姆斯基的诗《致作家的女儿》中也有充分的表现。热罗姆斯基在最后一部长篇小说《早春》中,曾经设想为穷人建造玻璃房子,使他们有个干净舒适的生活环境,斯沃尼姆斯基在《致作家的女儿》中,认为这种理想一定会实现:

多少年后你会长大成人,
你生活的这个世界会得到改变,
一个秋天的早晨打开了城堡的大门,
人们走进城堡,评说过去的行动。

他们公布新的法律,撤掉旧的房子,
要在这里砌一道玻璃墙,
盖上明亮的屋顶,
但你父亲的住宅将永远保存。①

斯沃尼姆斯基和杜维姆都是斯卡曼德尔诗社中的激进派诗人,他们继承了波兰文学爱国主义和民主主义思想的优秀传统,对20世纪30年代黑暗的社会现实特别是西方法西斯主义进行了有力的批判,但他们在政治上和30年代的革命左派并没有直接的联系,因此他们的批判是出于知识分子的正义感和对被压迫者的同情。

在波兰被占领时期,斯沃尼姆斯基流亡国外,祖国的沦亡激起了他对法西斯侵略者的深仇大恨,这在他在国外发表的诗歌中表现得很清楚,其中有两首曾经产生广泛的影响,即《警报》和《诅咒》。《警报》写德国法西斯1939年9月1日武装侵略华沙时的情景,敌人飞机的狂轰滥炸使这座城市笼罩着恐怖的气氛:

我听到那里有空袭,
城市上空盘旋的不是飞机,
是被毁的教堂。
花园变成了坟地,
变成了瓦砾和废墟。②

诗人为首都的毁灭感到无比的悲痛,他在《诅咒》中,历数法西斯侵略者焚烧他的故乡、迫害他的亲友的种种罪行,指出他们必将遭到报应:

---

① 安东尼·斯沃尼姆斯基,《诗集》,国家出版机关,华沙,1964年,第258页。
② 张振辉编译,《波兰现代诗歌选》,中国社会科学出版社,2015年,第45页。

为了我的故乡华沙
已变得不再是过去的华沙,
为了我再看不到华沙的大剧院和城堡,
看不到我儿时熟悉的街道,
为了这一切在战火中变成了废墟,
为了我朋友的堕落和背叛,
为了我兄弟饥寒交迫的处境,
为了塔杜施遭受奴役,
为了伊列娜的孩子的贫困,
为了扬不得不到处躲藏,
为了15岁的孩子,
被迫参加超重的劳动,死于鞭打。
……
德国人的一切必将遭到万世的诅咒。①

诗人在诅咒法西斯侵略者罪恶的同时,坚信人民一定能够打败侵略者,在废墟上重建自己的家园。在战后发表的《致读者》中,他向读者推心置腹地陈述了他一生的坎坷经历。半个世纪以来,他一直在黑暗中摸索,但对未来却总是充满了美好的幻想。今天,在整个社会出现了大变革的时候,他的幻想终于实现了,工农大众成了国家的主人,诗人也和当时许多流亡国外的诗人一样,对于这种变革表示衷心的拥护。

扬·莱洪(1899—1956)生于华沙,1916年进华沙大学波兰语言文学系,在大学学习期间任大学生杂志《为了艺术和科学》的编辑,1918年后参加斗牛士咖啡馆活动,1919年和杜维姆等一起创立斯卡曼德尔诗社,1926—1929年负责编辑讽刺周刊《华沙理发师》,1930—1939年任波兰驻法国大使馆文化专员,1940年迁居美国,1943—1946年在纽约和卡齐米日·维耶任斯基一起编辑出版《波兰周刊》,1956年在纽约自杀身亡。

莱洪早在中学读书时就开始写诗,14岁发表第一部诗集《在金色的田野上》(1913),随后又出版诗集《沿着不同的小路》(1914)。两次世界大战之间他发表的诗集有《共和制的滑稽故事》(1919)、《巴宾斯基共和国》(1920)、《历史之歌》(1920)和《银色的和黑色的》(1924)等。莱洪早期不少诗歌写历史题材,有的反映历史上的真人真事,有的再现过去文学作品中的虚构人物。马乌雷采·莫赫纳茨基是波兰19世纪的一位爱国者,波兰浪漫主义文学理论的奠基人,也是一位钢琴

---

① 扬·什恰维耶伊编,《1939—1945年波兰地下斗争诗歌选集》,"共同的事业"——教育出版社,华沙,1957年,第329页。

演奏家,1832年在梅斯①举行过钢琴独奏音乐会。莱洪以这个不大为人注意的题材写了一首诗《莫赫纳茨基》。这首诗描写了演奏者以钢琴的曲调表现1830年十一月起义从发动到失败的全过程,而听众又是当时流亡国外的波兰爱国者和起义战士。这些爱国志士怀着激动的心情,从钢琴声中听到了起义战士高举大旗,骑上骏马,奔向战场,和敌人拼杀。可是不一会儿,演奏者突然停了下来,脸色煞白,钢琴键盘也变成了红色,随后他颤抖地叫了一声,在场的人听到后都站了起来,他大声喊道:"逃走吧!逃走吧!"②大厅里有血腥味,说明起义遭到了失败。听众们有的窃窃私语,有的沉思,有的东张西望,有的激动得嚎啕大哭起来,表现了对起义的不同态度。作者虽然没有具体写出他们的言谈,但通过他们的各种表情和动作,含蓄地表现了十一月起义的失败在流亡国外的波兰侨民中引起的不同反应。

诗人侨居国外期间,很想念自己的祖国,觉得他无论在什么地方,只要想起波兰,就好像在祖国波兰一样:

你说我远离了家乡?可是阵阵春风
给我送来了花园和田野的芳香。
马佐夫舍的沙土,立陶宛的湖泊,
维斯瓦河和塔特雷山③都在我身边。④

——《和天使谈话》

可是20世纪30年代波兰国内的问题在他的诗中几乎没有什么反映。这和杜维姆、斯沃尼姆斯基有所不同。在《银色和黑色的》这个集子中,他有时甚至离开他生活的时代,开始对生、死和爱情等这些人类永恒的问题进行思考:

你问我,我的生活中
什么事情最重要?
我告诉你,死和爱情,两者都一样。⑤

——《你问我,我的生活中什么事情最重要?》

诗人一想起生与死和个人密切相关,就不免伤感:"当最后一道帷幕掀开之后,这人间贫困的喜剧原来是一出神的喜剧。"⑥人的喜剧既然是一出神的喜剧,人就必然被死神支配,无法掌握自己的命运:

---

① 地名,在法国。
② 扬·莱洪,《诗歌》,奥索林斯基民族出版机关,弗罗茨瓦夫,1990年,第21页。
③ 在波兰南部。
④ 张振辉编译,《波兰现代诗歌选》,中国社会科学出版社,2015年,第50页。
⑤ 同上,第48页。
⑥ 转引自张振辉,《20世纪波兰文学史》,青岛出版社,1998年,第127页。

我本是上帝创造的凡人,
死神在我的近旁窥视着我,
这可恶的土地要吞噬我的骸骨,
可我不知道何处才是灵魂的归宿?
如果上帝并不存在,我去何方把他寻找?①

——《高傲》

既然对人生、命运、灵魂甚至上帝都产生了怀疑,那么爱情在他看来也是不可信的。诗人渴望人间的爱,也渴望爱情,但他觉得爱情和他永远隔着一道不可逾越的鸿沟:

窗外的天空高挂着一张灰布
就像一道深深的鸿沟,
隔着我们两颗坚贞的心。
这疯狂的爱情把我们联系在一起,
又让我们永远分离。②

——《妒忌》

莱洪是斯卡曼德尔诗社的主要成员,可是他的创作道路和杜维姆、斯沃尼姆斯基完全不同。如果说他前期诗歌表现了爱国主义思想的话,那么他的后期作品却反映了悲观主义的人生态度。

卡齐米日·维耶任斯基(1894—1969)生于乌克兰的德罗霍贝奇,曾在克拉科夫和维也纳的大学里学过哲学、文学和历史。第一次世界大战爆发后他参加波兰军队,1915 年被俄军俘虏,被囚禁在梁赞的俘虏营里两年,后从俘虏营里逃出来,又在基辅参加秘密爱国活动。1918 年维耶任斯基回到华沙,和杜维姆、莱洪等诗人取得联系,在《为了艺术和科学》杂志任编辑工作,成为斗牛士咖啡馆和斯卡曼德尔诗社的主要成员。他在 20 年代和 30 年代曾先后担任《文学新闻》和《文化》周刊的编辑。德国法西斯占领波兰后,他流亡国外,到过法国、葡萄牙、巴西和美国,1945 年以后在美国长岛的一个渔村隐居了 20 年,晚年回到欧洲,先后居住在罗马和伦敦等地。

维耶任斯基早期发表的诗集有《春天和葡萄酒》(1919)、《屋顶上的麻雀》(1921)、《大熊星座》(1923)、《爱情日记》(1925)、《奥林匹克的桂冠》(1927)、《和森林交谈》(1929)、《荒诞的歌》(1929)、《苦味的丰收》(1933)、《悲惨的自由》(1936)、

---

① 扬·莱洪,《诗歌》,奥索林斯基民族出版机关,弗罗茨瓦夫,1990 年,第 41 页。
② 同上,第 42 页。

《古墓》(1938)、《土地——母狼》(1941)、《十字架和剑》(1946)、《背在背上的箱子》(1964)和《梦中的幻觉》(1969)等。他早期的诗歌也像斯卡曼德尔诗社其他诗人一样，充满了青春活力和欢乐情调：

我向人们露出了笑脸，
把一簇簇鲜花撒在他们的身边，
一个诗人的幸福和激动，
这不是诗人，这是春天。①

——《我的脑子里有一片绿荫》

诗人总是认为自己是最幸福的：

世界是这么美，
我真的非常激动，
没有一天，我不要问问别人，
还有比我更幸福的人吗？

我是最漂亮的男人，
像五月明媚的阳光，
我是最机灵的男人，
我的聪明说什么"最"都不够。②

——《全都一样》

维耶任斯基的诗歌创作题材十分广泛，表现了和别的诗人完全不同的情趣和风格。他对体育比赛很感兴趣，写过不少有关体育比赛的作品，例如在诗集《奥林匹克的桂冠》中的《百米》一诗中，他写运动场上百米赛跑的紧张时刻，十分激动人心：

每块肌肉都像弹簧一样缩成了一团，
全身上下紧张过度不停地颤抖，
剧烈的心跳在耳中响起了一阵阵回音，
各就各位，预备，一，二，三！

---

① 卡齐米日·维耶任斯基，《诗歌和散文》，第1卷，文学出版社，克拉科夫，1981年，第13页。
② 张振辉编译，《波兰现代诗歌选》，中国社会科学出版社，2015年，第40、41页。

啊！脚板飞出了响板，
迎面扑来的大风刺痛了赛者的喉咙，
我兴高采烈，浑身是劲，
我气喘吁吁，热血沸腾。①

诗人不仅形象地展现了运动员们从起跑到比赛过程中激动人心的场面，也生动地反映出他自己在见到这种场面时的心理状态。他在这里并没有对赛者和比赛作出评价，通过他自己的投入和感情，说明了他当时和运动员一样地紧张和兴奋。

维耶任斯基除看体育比赛外，他对世界各国的地理知识、城市居民的生活状况也很感兴趣。例如在一首叫《地图》的诗中诗人写道：

我用手指着旅行的线路，
黑线公路，红线是铁路，
弯弯曲曲的河道有梦幻中的海豚，
大西洋、克孜勒河②、孟买、比利牛斯山③。④

诗人要去非洲旅行，他想象中的非洲是：

苏伊士运河蜿蜒曲折，
沙漠中有一片绿洲，
凶恶的鳄鱼张开了大嘴，
勤劳的骆驼隆着高高的脊背，
鸵鸟把它的长嘴藏在了沙土里，
道路两旁绿树成荫。⑤

——《去非洲旅行》

他对城市的描写并不具体指出某个地方，在他的视野中，似乎所有城市繁忙的景象都是一样：

人们急急忙忙地奔跑，
好像一群失魂落魄的幽灵，

---

① 卡齐米日·维耶任斯基，《诗歌和散文》，第1卷，文学出版社，克拉科夫，1981年，第118页。
② 在土耳其。
③ 在欧洲。
④ 米哈乌·格沃文斯基、雅努什·斯瓦维文斯基选编，《两次大战之间时期的波兰诗歌》，第一部分，奥索林斯基民族出版机关，弗罗茨瓦夫，1987年，第128页。
⑤ 转引自张振辉，《20世纪波兰文学史》，青岛出版社，1998年，第129页。

有的乘车去交易所,
有的去报社或者看体育比赛。
到处都是嘈杂的人声,
行人止步,
红灯绿灯！这里可以自由通行。①

——《城市和人们》

除了这些口语化的反映日常生活场景的作品外,维耶任斯基也写过一些富于感伤情调的诗。他认为,人类生活的世界会给人带来痛苦,人生会有不幸的遭遇,因此他在《月亮的历史和死亡》一诗中,用比喻的手法写道：

就像罗曼蒂克的大鸟,
千百个世纪品尝着仙果和琼浆,
女王塞密拉米斯来这里游玩,
遇到了百花盛开,扑鼻芳香。
今天,月亮又用她的纤手扣着我的门窗,
在墙上留下了烦恼的刀痕,
还用她的乳汁写下了两句话,
世界唱出的不是歌声,而是苦痛。②

这个比喻说明世界本来是很美好的,可现在却变了。维耶任斯基的早期诗歌表现了乐观主义情调,但后来也和莱洪、列希米扬一样,陷入了痛苦的沉思。

玛丽亚·帕芙利科夫斯卡—雅斯诺热夫斯卡(1891—1945)是两次大战之间最有成就的女诗人。她生于克拉科夫,父亲沃伊切赫·科萨克是著名的画家,从小就培养了她对艺术的浓厚兴趣。她主要靠家庭教育和自学成才,中学和大学都没有上完,在克拉科夫美术学院只当过短期旁听生。后来她结交斯卡曼德尔诗社的诗人和著名剧作家斯坦尼斯瓦夫·韦特凯维奇,开始写诗。她曾多次出国旅游,到过法国、意大利、土耳其、南非和希腊,1939年9月离开波兰,先去巴黎,后定居英国。她在20世纪20年代和30年代发表的诗集很多,如《仙桃》(1922)、《玫瑰的魔法》(1924)、《吻》(1926)、《跳舞》(1927)、《扇子》(1927)、《林中的寂静》(1928)、《巴黎》(1929)、《白夫人侧影》(1930)、《生丝》(1932)、《大门的芭蕾舞》(1935)、《结晶》(1937)和《诗稿》(1939)等。

帕芙利科夫斯卡—雅斯诺热夫斯卡早期的诗歌主要反映对大自然的热爱和

---

① 卡齐米日·维耶任斯基,《诗歌和散文》,第1卷,文学出版社,克拉科夫,1981年,第197页。
② 转引自张振辉,《20世纪波兰文学史》,青岛出版社,1998年,第130页。

她在欣赏自然美景时的欢乐心情。诗人善于用简洁明了的语言描绘出清新的景象,近于斯卡曼德尔的诗风。

在蓝盈盈的牧场上
有一群白兔在吃草,
有一群白色的绵羊在吃草,
这牧场一望无边,
它不属于谁,
只属于这群白色的兔子
和这群白色的绵羊。①

——《在蓝盈盈的牧场上》

有时一只欢乐的小鸟也会引起她浓郁的诗兴,她对这种可爱的小动物往往观察得很仔细,它的动作在诗人笔下形成了一幅生动的画面:

它飞向栗子树丛,
叫一声"太阳",又叫一声"升起"。
它在树枝上摇晃着身子,
就像乘坐一只绿色的小舟。
它用小嘴刺着清晨的寂静,
它让天空降下了一丝丝小雨,
它在大火的烟雾中看见了一株杏树,
它从栗子树上飞到了窗前的草地上,
它高声地叫着,高兴地唱着
"太阳的升起"。②

——《清晨的小鸟》

有的诗歌还以戏谑的笔触描写动物世界,充满了诙谐的情趣:

小鸟是个傻瓜,
比表面看来还傻,
穿着漂亮的彩衣,
小脑袋像朵罂粟花,

---

① 米哈乌·格沃文斯基、雅努什·斯瓦维文斯基选编,《两次大战之间时期的波兰诗歌》,第一部分,奥索林斯基民族出版机关,弗罗茨瓦夫,1987年,第215页。

② 同上,第224页。

猫儿见了也害怕,
它是五只鸟蛋的爸爸,
只只鸟蛋都像它,
孵出的雏儿都呆傻,
红蓝两色的羽毛
紧贴着一个树杈,
跟另一个同样的傻瓜
扯开嗓子争吵,
后来又叫又唱,喊喊喳喳
尽是些蠢得出奇的傻话。①

——《小鸟》

在诗人看来,像兔子、绵羊和小鸟这些性情活泼、温顺的动物能够欢乐和自由地生活在大自然中,成为大自然的主人,这才体现了大自然的美,一种自然祥和的美。但有时候,诗人又从大自然回到了现实世界,在为保卫祖国而流血牺牲的英雄身上,看到了人性的美,她甚至以十分简练或者省略的语言符号来表达她的这种感情:

白色和血红,
血红和白色的麻布,
包扎了你的伤口。
大风把你高高吹起,
展示了这负伤的凭证,
这是纪念,
这是债务,
这是道德。②

英雄在保卫祖国的战争中流了血,要向敌人讨还血债,但他是人民的骄傲,人民将永远记住他。此外有的作品也颂扬了普通人勤劳朴实的品德,例如在《姑娘》一首中,诗人说

她们和她们的丈夫并不常在一起,也不爱梳妆打扮,
而只是一心一意地养育儿女,种植花果。

---

① 译文引自易丽君,《波兰20世纪诗选》,上海译文出版社,1992年,第29页。
② 转引自张振辉,《20世纪波兰文学史》,青岛出版社,1998年,第133页。

她们最爱静悄悄地躺睡在一个月色满天的夜里,
满面尘土,浑身无力,疲惫不堪。

只有约娜姑妈心性柔弱,但她的身上总是散发着扑鼻的芳香,
就像一个算命的巫婆和巴黎玩具店里的洋娃娃。
她的发上最爱饰着一些鸟羽,披着带花的光亮的纱巾,
她每次揭开绣着星星的面纱,都要吻它一下。①

如果说帕芙利科夫斯卡—雅斯诺热夫斯卡前期的诗歌像斯卡曼德尔派诗人一样,充满了欢乐、谐趣,甚至对英雄的崇拜,那么她 20 年代末和 30 年代发表的作品,主要是《林中的寂静》发表以后的作品,就变得深沉和凝重了。有的还反映了也对宗教魔法和招魂术的兴趣,以宗教轮回运转的观念作为作品的思想基础,但大部分作品侧重于对人生意义的探讨,流露出怀疑、痛苦和死亡的情调,迥异于她的前期作品。在《飞行员的情人》中,她以一个女人的口气,对她的心上人说:

你就像一匹飞马,
乘风展翅在太空的荒漠中飞翔,
如果你突然来到我的身边,
不知从何方来到我的身边?
把你的翅膀覆盖在我的身上,
我不知道会不会变得十分可怕?
我不知道你对我会怎么样?②

诗人不仅对爱情表示担心和怀疑,有时也为生活中某些小事没有做到而感到烦恼,如《岁月,瘸腿的裁缝》写她遇到的一个裁缝,裁缝把一块面料给她看,她对裁缝说:"我要用它做件衣衫!"③裁缝说:

这件面料我已全部卖给了上天,
谁能见到这样品已是福分不浅,
想用它做衣裳纯属枉然!④

---

① 张振辉编译,《波兰现代诗歌选》,中国社会科学出版社,2015 年,第 25 页。
② 米哈乌·格沃文斯基、雅努什·斯瓦维文斯基选编,《两次大战之间时期的波兰诗歌》,第一部分,奥索林斯基民族出版机关,弗罗茨瓦夫,1987 年,第 228 页。
③ 译文引自易丽君,《波兰 20 世纪诗选》,上海译文出版社,1992 年,第 30 页。
④ 同上,第 30、31 页。

作者用"瘸腿的裁缝"这个词表明了对这个使她的愿望实现不了的裁缝的怨恨。由于生活中的疑虑，诗人的愿望不能实现，便感到悲哀，想到死亡：

> 我醒来后，以为我曾经死去，
> 我感到幸福，也感到骄傲
> 可是我很担心，
> 是否又要躺在棺材里？①
>
> ——《做梦和醒来》

帕芙利科夫斯卡—雅斯诺热夫斯卡的诗歌创作从20世纪20年代的欢乐情趣到30年代的悲观转向和上述一部分斯卡曼德尔诗人的情况很相似，但她对日常生活的感受，却表现了一个女诗人所特有的风格。

布鲁诺·雅显斯基(1901—1939)是波兰未来派的代表诗人，也是一位革命诗人和作家。他出生于桑多梅日省克利门托夫县一个医生家庭，第一次世界大战期间随父母侨居莫斯科，在那里读完了中学，接触了俄国革命先锋派文学。1918年回国后，他曾就读于克拉科夫雅盖沃大学，1919年在故乡克利门托夫组织剧团，上演韦斯皮扬斯基的《婚礼》等剧作，并和一些诗友创议成立了未来派诗社"手摇风琴"俱乐部，1921年发表了波兰未来派纲领性的文章《关于生活立即未来化和诗歌未来化问题致波兰人民的宣言》，后来他常在佩伊佩尔主办的《指针》上发表诗作。从1923年起，雅显斯基和波兰共产党人及左派力量取得了经常性的联系，在利沃夫的《工人论坛》文学部和《新文化》周刊担任编辑。由于宪警的监视，他不得不于1925年去法国，加入了法国共产党，1927年在巴黎成立"波兰工人舞台"剧团，组织上演革命戏剧，后来又被法国政府驱逐出境。他1929年到苏联定居，参加苏联共产党，加入苏联国籍，开始用俄语写作，并先后担任苏联出版的波兰杂志《群众文化》和用四种文字出版的《国际文学》杂志的编辑，1934年当选为苏联作家协会中央执行委员会委员，1939年在苏联被无辜杀害。

雅显斯基一生发表的作品有诗集《纽扣孔里的皮鞋》(1921)、《饥饿之歌》(1922)、长诗《话说雅库布·谢拉》(1926)和长篇小说《焚烧巴黎》(1929)等。前两部诗集反映了他否定传统和对未来主义的追求，以及他的未来主义诗歌的特点。雅显斯基早期除崇尚未来主义诗歌外，对波兰20世纪所有别的流派几乎都持否定态度，表现了虚无主义的观点。

在《纽扣孔里的皮鞋》这个集子的同名诗歌中，他写道：

---

① 米哈乌·格沃文斯基、雅努什·斯瓦维文斯基选编，《两次大战之间时期的波兰诗歌》，第一部分，奥索林斯基民族出版机关，弗罗茨瓦夫，1987年，第231页。

我要迈开脚步,毫无拘束地走向大千世界,
在十字路口也不停留,任何地方都不停留,
因为我总是背负着某种使命,要不断前行。
我身着得体的行装,也不用飞鸟的指引,
我对路遇者都以礼相待,要改变他们对我的看法。
公园里有人踢球,还有一些少女聚在一起,
饶有兴味地谈论着新的艺术,表示对它的看法,
她们并不知道,如果雅显斯基来了,
泰特马耶尔和斯塔夫都会死去。
她们不知道,也不会相信,
这是诗,是未来主义——一个未知数:X。①

《致未来主义者》是雅显斯基一首具有代表性的作品,不仅表现了未来主义诗学观点,也充分反映了这种诗歌的艺术特色。

柏拉图、普洛提诺②和卓别林真叫我烦恼,
我不愿听那绞刑架的嚓嚓声响,
要在这里写下新的篇章。
城市里到处五彩缤纷,
公园里有新雕石像,
女人们在枕边朗读诗歌,
出外时面无血色,却呈碧蓝。
每个人都长着四个脑袋,
城市上空笼罩着无声的恐怖,
诗歌就像煤气从管道里流出,
要把我们统统毒死。
电话、电报也大声地喊叫:
冬天我们没有粮食,
谁都活不到冬天。③

诗人描写了许多城市里的怪异现象,"每个人都长着四个脑袋、城市上空笼罩着无声的恐怖"④,说明他对城市文明的畸形发展感到恐惧和不安,同时他也看到

---

① 张振辉编译,《波兰现代诗歌选》,中国社会科学出版社,2015 年,第 72、73 页。
② 普洛提诺(约 204—约 269),希腊哲学家,新柏拉图主义的创始人。
③ 布鲁诺·雅显斯基,《纽扣孔里的皮鞋》,火星出版社,华沙,2006 年,第 9 页。
④ 布鲁诺·雅显斯基,《诗歌作品、宣言、随笔》,奥索林斯基民族出版机关,弗罗茨瓦夫,1972 年,第 51 页。

了资本主义的经济危机,"冬天我们没有粮食,谁都活不到冬天。"①作品既写实,又采用象征手法,在一些省略的语句中表现了深刻的内涵。

在另一些作品中,诗人为了追求未来派的新奇,似乎有意制造文字游戏,还创造了一些新词,使作品晦涩难懂。如《前进》就是突出的一例:

特那、那、那里,特那、那、那里,这里、这、这,那里,
一、七、四百零四,
先生们,你们的头上有鹭鸶毛,
女士们,女士们,这么多女士。
那个女士,这、这里,这,那里,
别墅里,海上,哭泣,
鞋跟,机关枪,鞋跟,机关枪。②

像这种极端的例子在雅显斯基和其他一些未来派诗人的作品中还有不少,这里可以看到意大利未来派诗歌形式对他们的影响。一些作家和评论家当时就指出,这种诗歌中的文字游戏是对外国诗歌的模仿,并无新颖独特的艺术价值。可是包括雅显斯基在内的波兰未来派诗人早期追求的就是这种形式,他们说:"生活的逻辑是可怕的,是不合逻辑的,我们未来主义者就是要给你们指出怎样从逻辑的犹太区的大门里走出来。"③可见他们热衷这种形式也出自于认定这个世界充满混乱、恐怖和危机的看法。

不平常事件的发生,
自杀、遗弃、灾难,
罢工、射杀、攻击,
你们那里隐藏了这么多,
不可解的秘密。
秘密在城市隐藏,
秘密在街道上叫喊。④

但雅显斯基并没有长时期地陷入这种非理性和非逻辑性的混乱之中,参加革命后,他很快就走上了革命现实主义的道路,使他后期的作品闪耀着历史唯物主

---

① 布鲁诺·雅显斯基,《诗歌作品、宣言、随笔》,奥索林斯基民族出版机关,弗罗茨瓦夫,1972年,第52页。
② 布鲁诺·雅显斯基,《纽扣孔里的皮鞋》,火星出版社,华沙,2006年,第49页。
③ 转引自张振辉,《20世纪波兰文学史》,青岛出版社,1998年,第137页。
④ 布鲁诺·雅显斯基,《诗歌作品、宣言、随笔》,奥索林斯基民族出版机关,弗罗茨瓦夫,1972年,第77页。

义的光辉。长诗《饥饿之歌》、《话说雅库布·谢拉》和长篇小说《焚烧巴黎》是这方面的突出成果。

在《饥饿之歌》中，诗人揭示了波兰无产阶级痛苦的命运：

这里聚集了一群人，无产阶级的西蒙风①
将帽子铺在大路上，踏着革命的舞步。
墙底下有一个世界，
一个个子矮小脸色苍白的可怜人，
当我们把枪扛在肩上的时候，
他只是绝望地眯缝着眼睛。
炮声隆隆地响起来，雪地上沾满了血迹，
基督为自己的羔羊的灵魂伤心地哭了。②

长诗《话说雅库布·谢拉》以1846年雅库布·谢拉在加里西亚领导农民起义为背景。这次起义爆发的情况十分复杂，起义的目的是要推翻奥地利占领区的封建农奴制压迫，可是与此同时，在克拉科夫也爆发了有爱国贵族地主参加的反抗奥地利占领者压迫的民族起义。占领者当局当时以欺骗和诱惑的手段引导参加起义的农民去反对波兰民族起义者，一部分受骗上当的起义农民在袭击地主庄园的同时，也杀害了许多参加民族起义的爱国贵族。可是奥地利当局把克拉科夫民族起义镇压下去后，又转过身来把枪口对准起义的农民，使他们遭到了和克拉科夫民族起义者同样的命运。波兰过去的一些文学作品常常把这次起义的领导者谢拉写成一个和奥地利占领者勾结在一起、镇压波兰民族起义的刽子手。雅显斯基在长诗《话说雅库布·谢拉》中，第一次从当时农民起义的实际出发，既肯定了谢拉为波兰农奴的翻身解放而战斗的一生，又指出了他所领导的农民起义被奥地利占领者利用和镇压的悲惨结局。此外他在创作过程中，也从波兰民间文学中吸取了有益的东西，形成了一种民间文学的风格。

长诗一开头，就展现了谢拉和农村姑娘玛蕾娜举行婚礼的场面，但是有人在婚礼上当众说他是一个鳏夫，甚至污蔑他曾杀害三个妻子，因而使玛蕾娜很害怕。这时一个青年农民谢林·雅库斯来了，玛蕾娜便要和他一起逃走，谢林也企图取代谢拉。谢拉看到这种情况，一气之下把谢林打死，但玛蕾娜还是逃走了。

诗人叙说这个民间文学中常见的情杀故事当然不是指谢拉真有这么一段经历，而是以此暗示一场和他有关的农村两个阶级的搏斗即将开始。谢拉接着对农

---

① 北非和阿拉伯沙漠上的一种又干又热的风。
② 布鲁诺·雅显斯基，《纽扣孔里的皮鞋》，火星出版社，华沙，2006年，第115页。

民讲述加里西亚农村封建剥削的情况：这里年年丰收，粮食归地主，糠草归农民。他表示不再给地主放牲口，要到利沃夫政府那里去诉说农民被压迫的痛苦。可是他在那里却一无所获，回来后还遭到地主的鞭打，被关进了监狱。村长把他释放后，他便开始在斯玛索夫和塔尔诺夫一带的农民中宣传起义的道理。他的行动还得到了奥地利皇帝的支持，奥国皇帝说："我不会去和波兰的老爷打仗，让农民去报复他们吧！他们在乡下够多的了。"①这就暴露了占领者的险恶用心。

  长诗的后一部分虚构了一段谢拉在路上遇到耶稣的情节。谢拉对耶稣陈述了农民反压迫的斗争，要求耶稣把他们带到天国里去，但耶稣对他却没有任何表示，后来谢拉终于被塔尔诺夫的警察当局逮捕并绞死。作品成功地塑造了一个农民革命者的英雄形象，也深刻地揭露了奥地利统治者的凶恶面貌，他们利用农民去反对包括爱国贵族在内的波兰贵族地主，最后又把谢拉处死。作者在长诗中，采用了大量的波德哈莱一带山民的方言，增添了作品的民间文学色彩。

  除诗歌外，长篇小说《焚烧巴黎》是雅显斯基的主要作品。小说描写了一个荒诞故事，但其中又揭示了某些真实的历史情况。在中国某个城市，有个饭店老板的儿子叫潘天葵，他年纪很小的时候，一些穷苦人就告诉他，白人到中国来，强迫中国人替他们干活，结果白人富了，我们穷了，我们要把他们赶出去。潘天葵上学后，在一些书本中，终于了解到中国有剥削和压迫，世界上许多国家也是这样。长大后他在一家英国纱厂里干活，看到工人进行超负荷劳动，工资收入很低，还常常遭到白人监工的鞭打。后来报纸上报道俄国爆发革命的消息，纱厂工人受到鼓舞，派代表向厂方提出提高工资和不准鞭打工人的要求，厂方不仅没有同意，反而开除了工人代表，其中几个主要人物被警察逮捕、监禁、严刑拷打。潘天葵是工人代表，也进了监狱，但他不久就逃了出来，参加了孙中山领导的中国国民党。为了寻求救国的真理，潘天葵远离中国，来到欧洲，在伦敦对一位教授表示他要学习西方的科学技术，他认为中国人掌握了西方的科技文明，就能建设一个强大的中国。他看见英国工人也反对殖民主义者对中国的侵略，可是又听说中国国民党出现了分裂，右派势力在上海和广州屠杀工人。

  后来他来到巴黎，时逢饥荒，鼠疫流行，穷苦人有的病死，有的饿死。巴黎各派势力斗争激烈，巴黎职工统一联盟中央委员会号召全市工人举行总罢工，要求政府发放食品，赈济饥民。在拉丁区甚至发生了谋杀政府首脑的事件，许多罢工工人和参与谋杀案的政治犯被关进了监狱。潘天葵和一些教授开始研究防治鼠疫的办法，要拯救巴黎无产者的生命，但没有取得成果。后来死于流行病的人越来越多，华人居住的社区又突然发生火灾，蔓延到其他城区。不少居民包括大量的犹太人想去美国避难，但美国政府怕疫病流行，封锁了港口，不让外国人进来，

---

  ① 布鲁诺·雅显斯基，《诗歌作品、宣言、随笔》，奥索林斯基民族出版机关，弗罗茨瓦夫，1972年，第135页。

欧洲其他国家也表示不给巴黎提供援助。后来巴黎工人成立了公社和临时政府。临时政府号召巴黎工人拿起武器,打倒资产阶级,建立法兰西苏维埃社会主义共和国。作者通过这些描写,说明资产阶级的统治给人类带来了巨大的灾难,它不仅使国内发生瘟疫和大火,而且对殖民地人民进行残酷的压迫和剥削,所以无产阶级必须起来发动一场大革命,把他们推翻。这就是当时欧洲和中国的社会状况。小说中的荒诞情节富于象征意味,具有震撼人心的艺术魅力。

尤利扬·普日博希(1901—1970)出生于热索夫省斯特日若夫县格沃什尼查村一个农民家庭,少年时参加过巴黎民族解放运动,20世纪20年代初就读于克拉科夫雅盖沃大学波兰语言文学系,毕业后一直在索卡尔、赫查诺夫和切辛等地的中学任教,1937—1939年去法国深造,对欧洲文艺有广泛的了解。德国法西斯占领波兰期间,他在利沃夫的《新视野》杂志担任过编辑。波兰解放后,他先后担任《复兴》周刊编辑、波兰民族解放委员会委员和波兰作家协会第一任主席,1955年以后定居华沙,参加《文化评论》、《诗歌》和《文学月刊》等一系列刊物的主编和编辑工作。

普日博希1926—1933年参加克拉科夫先锋派诗歌运动,在《指针》和《线路》杂志上发表了许多宣传这一流派诗学观点的文章,出版了许多诗集,成为克拉科夫先锋派诗歌的主要代表之一。他早期出版的诗集《螺丝》(1925)和《两只手》(1926)大都歌颂现代生活和现代文明,反映现代文明的创造者如工人、飞行员的劳动生活。20世纪30年代初,由于国内爆发经济危机和社会矛盾尖锐化,普日博希在思想上也产生了很多变化。他这时期发表的诗集如《从上面来》(1930)、《在森林深处》(1932)和《心灵的等式》(1938)等,转向揭露现实的黑暗面,对都市现代文明产生了厌恶情绪。他在40年代以后发表的诗集还有《我们还活着的时候》(1944)、《地球上的一个地方》(1945)、《建立整体的尝试》(1961)、《记号》(1965)和《不认识的花朵》(1968)等。

普日博希因出身于热索夫的农民家庭,从小就了解农民的疾苦,对他们的生活和斗争也一直很关心。30年代热索夫不断爆发农民反压迫的斗争,但都遭到当局的镇压,这在他的诗中也得到了反映,如在《度假归来》中诗人写道:

请看,在热索夫的土地上,
那许多胸膛被枪弹洞穿,
五十个人被活活打死,
我心中燃起了反抗的怒火,
我浑身在仇恨中战栗。①

---

① 《波兰诗歌选集——中世纪到当代》,沙拉出版社,华沙,2001年,第428页。

不管怎样，普日博希作为先锋派的代表诗人，一直在作艺术形式的探索。他的诗歌表现手法比较含蓄，以某些省略和暗喻激发读者的想象。例如在《塔特雷山，悼念一个死在冷冻的山岩上的女登山者》中诗人写道：

山岩尚未爆发的轰响，
就像石头一样地坚固，
这是溪流被撕碎的瀑布，
突然一阵雷鸣打破了永恒的寂静，
那咄咄逼人的视线激怒了整个世界，
我向往宁静，
但我不愿把你的遗体埋葬在塔特雷山的石棺中。①

诗中展示了一幅可怕的景象，如"溪流被撕碎的瀑布"、"咄咄逼人的视线激怒了整个世界"、"山岩尚未爆发的轰响"②。作者描写这个背景，意在暗示女登山者一定死得很惨，他对死者十分怜惜。《七月》写作者在农村担任中学教师时，和学生在暑假中的一次娱乐活动：一个学期紧张的教学活动之后大家都很疲劳，需要休息，就像一件弄脏了的皮袄，要拿到室外去抖落干净一样，他们都很高兴，要找到一个娱乐的去处，于是坐着一辆小车来到一片柳荫下，作者"我"发现：

一个赤脚的牧童跑到泉边，
饮过泉水又倏然不见，
仿佛是他跑出了一条
清冽的溪涧。
……

远方苍翠的山峦
重重叠叠，绵延不断，
仿佛是在互相摇曳
彼此絮絮交谈。

怎样的妙笔才能披露这
景色里蕴藏的激情、

---

① 《波兰诗歌选集——中世纪到当代》，沙拉出版社，华沙，2001年，第429页。
② 同上，第429页。

喧声中隐蔽的幽静、
这山水间的细语低吟？①

作者触景生情，苍翠的群山和幽静的溪涧激起了他的诗兴。作品的用词虽经雕琢，却显得自然流畅，诗人的创作态度是很认真的。

1944年春天，波兰即将从纳粹法西斯压迫下获得解放，当时这里爆发了著名的华沙起义，虽然敌机轰炸，但华沙人民和敌人进行了殊死战斗。诗人同样以激动的心情，真实再现了这个场面：

夜空笼罩在我的头上
可是这把保护伞已经被撕毁了，
那摩托车的突突声响使我浑身发抖，
我的脉搏也跳得更快了，
这里没有暴风雨，
这里是一片真空。

战斗机飞过之后，
它的螺旋桨变成了
挂在天上的半个月亮。

山岚不再是过去那么明亮，
大风吹在被云层覆盖的庄稼上，
可这里却变成了战场。

半夜盛开着的丁香花散发着扑鼻的芳香，
可是我的鼻孔在流血。

东方的屏障被打破了。
敌机在空中盘旋，发出黄鹂一样呜呜的鸣叫，
投下了炸弹。
起义战士正高唱战歌向敌人开枪。②

——《44年的春天》

---

① 译文引自易丽君，《波兰20世纪诗选》，上海译文出版社，1992年，第100、101页。
② 张振辉编译，《波兰现代诗歌选》，中国社会科学出版社，2015年，第76页。

第四节
戏　剧

在两次世界大战之间的戏剧创作中,最著名的代表是耶日·沙尼亚夫斯基和斯坦尼斯瓦夫·伊格纳齐·韦特凯维奇。

耶日·沙尼亚夫斯基(1886—1970)是这一时期现实主义戏剧的代表作家。他出生于华沙省普乌杜斯基县哲格任克乡一个知识分子家庭,在父母的影响下,从小就喜爱戏剧文学,后去瑞士上大学,回国后便开始戏剧创作。他的重要剧作有《黑人》(1917)、《鸟》(1923)、《海员》(1925)、《律师和玫瑰花》(1928)和《桥》(1933)等。这些作品富于哲理性,常常提出一些相互对立的社会和道德问题,如历史和现实、英雄和犯罪、恪尽职守和玩忽值守以及道德和法律等。这些问题既富有哲理性,又具有永恒性,不管是以正剧、悲剧或者喜剧的形式表现,都给读者或者观众留下了思考的余地。

三幕话剧《律师和玫瑰花》写一位律师兼玫瑰种植专家维尔切尔种植的玫瑰花在布鲁塞尔国际玫瑰展览会上获得了头奖,因而一些玫瑰种植者都来向他拜师求教,他也无私地将自己知道的一切都传授给他们,他们对他感激不尽,在离别时,总要将自己种植的玫瑰送一束给他,以示敬意。后来,一个年轻人在维尔切尔的花园里偷他的玫瑰花被警察抓走,要坐几年牢,小偷的母亲请维尔切尔宽恕他的儿子。维尔切尔是个律师,明知她儿子犯法,应当受到惩罚,但出于对母子俩的同情,表示愿意救他,而且还采取了一个违法的办法:请警察再到他的花园里来搜捕一次。警察来后,遇见了律师的妻子,她对警察说根本没有人偷她家的玫瑰,最后把小偷放了。维尔切尔是个心地善良和无私奉献的人,但他作为一个律师却知法犯法,作者在这里向人们提出了一个问题:一个有道德的人如果出于善意,是否可以违法?

三幕话剧《桥》写一个老渡手,他在河边开了一家旅店,并兼顾这条河的摆渡。平日由于来往住店和渡河的旅客很多,他赚了很多钱。后来河上建了桥,人们有了方便的通道,就不再来找他了。老渡手全家从此生活无着,儿子托马斯不得不独自出外谋生,这给他带来了极大的痛苦,从而使他对桥产生了仇恨心理,最后他决定设法把桥毁掉。托马斯出外后,在学业和事业上奋发有为,成了一位著名的建筑师。一次他得知父亲患病,便回来探望。这时首都友谊联盟组织要盖一座大厦,向全国征求设计方案,消息传到托马斯家后,他高兴极了,便在一天之内赶制了一张大厦设计图,要马上寄到首都去。但天色已晚,附近邮局都关门了,这份图纸非得走到河那边去投寄不可,可是桥已被老渡手毁掉。托马斯不知道怎么办,他的情人海仑娜突然想到请老渡手亲自渡河送去。老渡手接过设计图,去河边看了看,发现风浪很大,渡河有一定危险,但他出于对儿子深深的爱,毅然决定驾船渡河,终于将设计图寄走了。可是在他渡河时,家里却来了一个警察,对海仑娜说老渡手破坏大桥犯了罪,要抓他。老渡手回家后,全家十分高兴,但他又得马上去坐大牢。剧本把主人公放在两重人格的矛盾中,破坏大桥是因为他的个人利益被损害,这是公与私的问题,也是落后与先进的问题。在作者看来,不管是私对公的报复,还是以落后去反对先进都是犯罪。老渡手对儿子托马斯的爱是真挚的,当初他对儿子被迫独自出外谋生感到内疚,认为这是自己没有尽到一个父亲应尽的责任。后来海仑娜请他把托马斯的设计图送过河去,他马上意识到这是为儿子尽责的好机会,宁愿冒生命危险,也要把这件事做好。因此在老渡手身上,可以同时看到人性的堕落和闪光两个方面,这两个方面看似矛盾,但又真实地统一在一个人身上。这比一般黑白分明的性格刻画显得更有深度。

战后,沙尼亚夫斯基还发表了一系列的剧作,其中最著名的是三幕话剧《两个剧院》(1946)。当时波兰文艺界正在开展关于现实主义问题的讨论,剧本中反映的主题思想和这次讨论有关,可是他的形式却很独特:主要人物一个是"小镜子剧院"的经理,另一个是"梦剧院"的经理,他们在讨论戏剧创作的形式和内容。"小镜子剧院"经理倡导现实主义戏剧,认为戏剧必须反映、描写现实生活中存在或者可能存在的事物,他的剧院经常上演现实主义戏剧。"梦剧院"经理认为戏剧应当反映梦幻,以暗示和象征表现人的下意识和潜意识,他很欣赏象征主义戏剧。在剧本的第一幕中,一个年轻人给"小镜子剧院"经理送来一个剧本,要在他的剧院上演,经理认为这个剧本的人物思想性格都不鲜明,像纸扎的人一样,不能上演。年轻人见经理不同意,便把剧本拿走了。随后经理又和另外一个走上台来的剧中人纳乌娜谈话,发现她对绘画很感兴趣,问她想不想上美术学校。纳乌娜说,她父亲在革命爆发时被杀害了,没有心思想这个。作者通过这两个场景,说明现实主义戏剧应当塑造具有鲜明的政治立场和思想个性的人物。

剧本的第二幕中,作者又设计了两个独幕剧,即《母亲》和《水灾》的演出,实际上是戏中演戏。前者写一个母亲为自己的女儿招了一个林区管理员入赘。小两口婚后生活美满,管理员后因工作离去,双方都思念对方。后者写某地发生水灾,一条救生船上已人满为患,但还有一家三口要上船,而船上顶多再容纳两个人,结果母亲带着儿子上船,父亲被淹死。这两出戏反映的都是伦理道德的问题,在"小镜子剧院"经理和"梦剧院"经理的争论中,后者承认前者演的戏在艺术上占优势,说明作者赞成现实主义戏剧,但他认为,这种戏剧应当接触更加广泛的题材,其中包括政治、道德、感情和个性等。

斯坦尼斯瓦夫·伊格纳齐·韦特凯维奇(1885—1939)是波兰20世纪荒诞派戏剧的创始人,也是一位享有世界声誉的剧作家和戏剧理论家。他出生于华沙一个高级知识分子家庭,父亲斯坦尼斯瓦夫·韦特凯维奇是波兰著名的文艺理论家和画家,母亲是一位音乐教师。他童年的时候,一些社会名流,包括文学家、艺术家和科学家经常来他家里聚会。韦特凯维奇在这样一个具有浓郁的文化氛围的优越环境中,从小就受到良好的教育。后来他随父亲来到波兰南部旅游胜地扎科潘内,在这个风景优美的大自然环境中,对绘画产生了兴趣,在父亲的指导下,开始习画。1903 年中学毕业后,他还去克拉科夫美术学院进修了两年。这期间,他在绘画中显露了才华,取得了成就。

韦特凯维奇年轻时曾有过一次失恋经历,后来虽和一个热情爽朗的姑娘结了婚,但婚后不久,妻子不知什么原因又自杀了,因此他成年后的恋爱和家庭生活都很不幸。第一次世界大战爆发后,韦特凯维奇去彼得堡的一所军事学校读书,毕业后曾获中尉军衔。俄国十月革命期间,他参加一支沙皇军队和红军作战,把这看成是保卫他的祖国波兰。1918 年回国后,他在一段时间主要从事绘画,是波兰表现主义画派的代表之一。可是他的画作当时在波兰不受欢迎,他对自己的作品也不很满意,终于在 1925 年放弃绘画而专门从事戏剧创作。韦特凯维奇创作的剧本很多,其中一部分已经散失,现在保存下来的还有 38 部。在这些剧本中,国内外经常上演的有《实用主义者》(1920)、《杜莫尔·姆兹戈维奇》(1921)、《水鸭》(1922)、《菲兹德伊科的女儿雅努尔卡》(1923)、《小庄院》(1923)、《乌贼》(1923)、《新解放》(1922—1923)、《巫人扬·马切伊·卡罗尔》(1925)、《疯子和修女》(1925)、《双头牛犊的形而上学》(1928)、《鞋匠们》(1957 年首演)、《他们》(1963 年首演)、《母亲》(1964 年首演)和《疯狂的火车头》(1965 年首演)等。此外他还发表过一系列有关绘画和戏剧理论以及哲学方面的著作,重要的有《绘画中的新形式和由此产生的误会》(1919)、《美学随笔》(1922)、《戏剧中的纯形式概论》(1923)和《未洗净的灵魂》(1923)等。

韦特凯维奇是一位富于才华、勤奋多产的作家,可是他的个人经历却很坎坷。他年轻时饱尝了失恋和丧妻的痛苦,进入中年后也一直生活在贫困中,因此他对黑暗现实不满,产生过悲观厌世的情绪。1939 年 9 月,法西斯德国侵占波兰后,他随波兰难民逃往苏联,终于对人生彻底绝望而服毒自杀。

韦特凯维奇的剧作题材广泛,形式独特,它们的思想内涵和艺术形式都以他的戏剧理论为指导,而他的戏剧理论又和他的哲学思想有着密不可分的联系。他认为,艺术和哲学要探讨的是所谓"生存的秘密"。"生存的秘密"的表现是多样的,它可以表现为"始终不变"和"多变",也可以表现为"连续"或"中断","有局限"或"无穷尽","每一个个体的存在"和"整体的存在"、"众多的存在"或"无限存在"之间都有矛盾和对抗,这是一种"形而上的存在",韦特凯维奇希望这种"个体的存在"能够找到和众多或者整体存在之间的联系,和"整体的存在"达到和谐的统一,这样才能把握自己的命运。① 但这种"个体存在"在寻求和"整体存在"统一的过

---

① 耶日·克维亚特科夫斯基,《两次大战之间的 20 年》,国家科学出版社,华沙,2003 年。第 28、29、30 页。

程中，会产生所谓"形而上的烦恼"，艺术作品的目的，就是要为个体的存在即艺术的鉴赏者消除这种"形而上的烦恼"，给予他"形而上的满足"。艺术作品要达到这个目的只能依靠它的美，而艺术的美寓于形式，因此只有完美的形式，即所谓"纯形式"才能使艺术的鉴赏者获得形而上的满足，懂得生存的秘密。在艺术作品中，诗歌也优于绘画和音乐，绘画只有图像，诗歌则包括音乐、韵律、由词意所表达的概念和画面。

韦特凯维奇认为，生产水平的提高、科学技术的进步和物质财富的不断丰富，就会导致人类精神生活的空虚、社会矛盾的激化、社会秩序的混乱和罪恶灾变的产生。人在寻求个人存在和众多以及无限存在的统一时，必将遇到这种混乱和灾变的产生，从而体验到所谓"异常的超感觉"。因此，戏剧的任务在于使观众进入一种特殊状态，这种状态不像每天通过单纯的形式那么容易获得，它表现在情感上对生存秘密的认识。剧作家为了创造一个整体，可以完全自由地改变生活和世界。这个整体的意义是由舞台内部的结构所决定的，而不是出自某种生活条件所形成的纯粹心理学行动的要求。韦特凯维奇的观点从表面上看，是自相矛盾的，他一方面指出，由于个人总是希望求得感情和认识的和谐统一，艺术家就应当使艺术的鉴赏者获得形而上的满足；可另一方面，他又认为这个统一后的整体"不是出自某种生活条件所形成的纯粹心理学行动的要求"，也就是说和感情、认识无关。他一方面提出艺术的美表现在"纯形式"中，另一方面又说个人所能体验到的"异常的超感觉""不像每天通过单纯的形式那么容易获得"。① 实际上，他所说的"纯形式"并不是纯粹的形式，它不仅和个人的感情、认识密切相关，而且能够为艺术的鉴赏者解除形而上的烦恼，给予形而上的满足。既然世界充满了罪恶和灾变，剧作家为使观众获得形而上的满足，便可通过各种艺术手段自由地创造一个荒诞的世界。在这个世界中，剧中人既改变自己，又改变世界，但同时又被别人、被世界所改变，这种改变往往是灾难性的。因此，韦特凯维奇的荒诞派戏剧理论是以他的哲学思想中的灾变论为基础。关于世界面临灾变的思想，早在扬·卡斯普罗维奇的表现主义诗歌中已有充分表现，但一直到韦特凯维奇那里才形成一种哲学和美学理论，指导着他的荒诞派戏剧的创作。

韦特凯维奇的荒诞派戏剧主要是侧重于戏剧情节的荒诞构思，表现作者对世界的独特观察，从中得出哲理思考。他的不少作品都提出了伦理道德问题。如他早期发表的《菲兹德伊科的女儿雅努尔卡》说的也是一个十字军骑士团和立陶宛人的故事。但这里说的十字军骑士团不是14世纪曾经占领了波兰北部沿海一带的那个十字军骑士团，而是剧作者虚构的一个20世纪的"新的十字军骑士团"。我们知道，14世纪的那个十字军骑士团要奴役立陶宛，而立陶宛人则要把他们赶到海上去，最后他们和波兰结成同盟，由波兰和立陶宛两国的联军1410年在格龙

---

① 转引自张振辉，《20世纪波兰文学史》，青岛出版社，1998年，第154、155页。

瓦尔德彻底打败了十字军骑士团。可是剧作者笔下这个新的十字军骑士团的大团长却要把立陶宛大公菲兹德伊科赶到森林里去,然后再把他召回来,让他当上立陶宛的国王。菲兹德伊科并不以此为怪,他还把他的女儿雅努尔卡嫁给了这个大团长。后来菲兹德伊科大公被召了回来,当上了立陶宛的国王,但他对朝政一点也不感兴趣,他的王宫里还经常有一些茨冈的艺术家来表演,和宫女们一起喝咖啡,使这里成了一个戏院和咖啡馆。最后,菲兹德伊科让别人替他当了这个国王,而他自己情愿去做那个十字军骑士团大团长的庄园里的守林人,要在这种普通人的生活中寻找他真实的感受,在梦中去寻求生活的乐趣。他的女儿虽然嫁给了大团长,但她并不爱他。她甚至非常古怪地说:"我是一个名副其实的女人化身的怪物,我要保持圣洁,不让任何人接触,但我又要让几百万我不认识的丑陋的男人来拥抱,把我撕得粉碎。"[①]照剧作者的意思,这个世界上的生活逻辑是,女人不要爱情、君王不要政权、学者不要知识、革命活动家不要革命,这些都表现了某种不寻常的变态,因为我们所处的这个时代就是一个充满了各种怪异的时代。他笔下的这个十字军骑士团的大团长也说:在这个时代只有虚幻,只有永远睡不够的睡眠,整个人类都处于睡眠状态。他既要拥有全世界,一个人获得所有的知识,要成为精通各种艺术的艺术家,也要成为一个乞丐,饥饿难忍的时候,连自己的内脏和骨头都吃。菲兹德伊科也认为:国家就是奇异的政治和奇异的文化的混合体。世界是不可知的,职业、地位、哲学和宗教在他看来都是欺骗。剧作者通过人物的刻画,似乎着意要表现这个世界的怪诞和他对现实的悲观情绪。

三幕话剧《水鸭》写的是一个淫乱和仇杀的故事。瓦乌波尔因为妻子水鸭和他的朋友内韦尔莫尔私通,将她杀死。可是若干年后,内韦尔莫尔一次遭遇不幸,被老虎咬死,他妻子蕾迪又爱上了瓦乌波尔,瓦乌波尔的父亲也同意儿子和蕾迪结婚。这时水鸭突然出现,原来她没有死,瓦乌波尔也不承认杀了她。但水鸭过去和内韦尔莫尔私通生下的儿子塔杜施已经长大,因不明真相,竟爱上了水鸭,要和她结婚。水鸭也愿意接受她的这个私生子的爱,做他的妻子,和他一起离家出走。瓦乌波尔知道后,鉴于前妻灭绝人伦的罪恶表现,再次将她杀死,然后在绝望中自杀。

《小庄院》写的也是淫乱和仇杀的题材。租赁地主尼贝克的妻子阿纳斯塔齐亚早先和他的表哥私通,后又爱上了一个机关职员科兹德罗尼亚。尼贝克发现后,将她杀死,可是她的幽灵却常常来到尼贝克的小庄院里,伺机报仇。为使她的丈夫尼贝克对她不致产生怀疑,她对丈夫说她是患肝癌死的,她生前活得太苦,甘愿死去,没有人害她。这样一来,她的丈夫以为她不会因为他杀了她而记恨。后来,她在和家人进餐时,诱使她的两个女儿喝下她的毒酒,将她们害死,丈夫知道后,也自杀身亡。

[①] 伊格纳齐·韦特凯维奇,《戏剧集》,第二册,国家出版机关,华沙,1962年,第316页。

这两个剧本写的都是道德败坏造成的悲剧,同时也可反映了韦特凯维奇对女人的偏见。他由于年轻时有过失恋的不幸,便把女人看成是淫荡的化身。他曾经说:"爱情就是欺骗,是艺术最可怕的敌人。""性的冲动使人丧失理智。"①实际上,韦特凯维奇的剧作从来就没有颂扬过美,他总把性爱写成是一种丑恶淫秽的东西。在世界充满罪恶和灾变的思想指导下,韦特凯维奇对人的罪恶的揭露是多方面的,如他在两幕话剧《母亲》中就刻画了一个恶贯满盈的典型。主人公列昂是个骗子、吸血鬼、外国间谍、刽子手。他把自己装扮成一个哲学家,说什么共产主义不好,可资产阶级的虚无主义比这更坏。他仇恨全人类,狂呼要创造新的人类。他的母亲含辛茹苦,把他抚养成人,可他长大后就开始吸毒,还让他的母亲和妻子卓霞也染上了毒瘾,后来母亲死了。当一个朋友指出他母亲是他害死的时,他就掏出枪来把朋友打死了。他的妻子要和他离婚,他也丧心病狂地杀害了妻子的几个男友。他还骗人钱财,和外敌勾结,干了许多危害祖国人民利益的勾当。列昂一生犯下的罪孽罄竹难书,激起了公愤,最后被工人掐死。像列昂这样突出的形象在韦特凯维奇的戏剧中不多见,说明了一个人的堕落不只是他个人的事,他将危害他周围的人,危害整个社会,危害他的祖国和全民族。

韦特凯维奇在揭露这些病态社会的丑恶和犯罪现象的同时,常常把它们和整个社会文明走向没落和灭亡的趋势联系在一起,如果社会文明走向灭亡,整个社会也将走向灭亡,他的灾变论思想在《疯狂的火车头》这出两幕话剧中表现得最突出。剧中主人公是两个罪犯滕盖尔和特拉瓦拉茨,为了争夺一个女人,原打算决斗,后来他们潜入一辆火车,决定由滕盖尔当司机,特拉瓦拉茨当司炉,要不顾一切地将火车开得飞快,直到把车头碰坏,如果谁没有死就可得到那个女人。车祸发生后,死了很多人,但司机、司炉和那个女人没有死。她对他们说,既然一切都是那么卑鄙无耻,你们杀了我吧!结果司炉被送进了疯人院,司机感到自己罪孽深重而自杀。全剧具有强烈的讽刺意味,作者把文明世界比做这列火车,正是由于人们所犯下的罪孽,才使这个世界遭到了毁灭。

三幕话剧《鞋匠们》是韦特凯维奇的代表作,也是波兰战前荒诞派戏剧中影响最大的一部作品。剧作者在这里提出了政权和革命的问题,所以这也是一出政治剧。它描写一群鞋匠在工头萨耶坦的带领下劳动。他们受到检察官罗伯特·斯库尔韦的残酷压迫,常为自己无法摆脱厄运而感到绝望。斯库尔韦害怕鞋匠起来造反,便和格嫩博·帕奇莫尔达领导的一个法西斯组织"勇敢的农民"联合起来,发动了一场政变。斯库尔韦掌握国家政权后,把鞋匠全都关进了监狱。但他们终于起来造反,并得到了监狱看守的支持,推翻了斯库尔韦的统治。斯库尔韦于是成了阶下囚,可是帕奇莫尔达却混进了鞋匠的队伍,甚至负责监督宣传的工作。这时在鞋匠队伍内部也产生了矛盾。他们因对过去的工头萨坦耶不满,把他杀

---

① 转引自张振辉,《20世纪波兰文学史》,青岛出版社,1998年,第156页。

了。后来，他们夺得的政权又被一个超级机器人护卫下的真正政权的代表所推翻。这个真正政权的代表不懂得文明，仍然实行独裁统治。剧中的检察官是贵族资产阶级的统治者，鞋匠代表革命人民，可是他们并不懂得什么叫革命，在取得革命胜利后，就你争我夺，享乐腐化。加之在他们的队伍中混进了异己分子，这就必然导致他们的失败。

照韦特凯维奇的看法，这个世界上除了统治者的反动腐朽外，革命也不过是一个改朝换代的把戏，不管是谁，只要当上统治者，就一定要变坏，因此这个世界已经无法拯救。但他又不愿看到它的灭亡，他的这种矛盾心理在独幕剧《乌贼》中表现得更突出。

这个剧本也写政变，可是政变的目的在于拯救和创造世界文明。剧中主要人物黑尔卡尼亚国国王黑尔坎四世是一个专横的统治者，视他的臣民为社会渣滓，不承认人类的一切宗教、艺术和科学文明，把他以及他统治集团中的少数人看成是超人。一次，他把画家贝兹德卡和教皇尤利乌斯二世召进宫来，和他们就文明问题进行争论，由于他说出了超人的观点，结果被贝兹德卡杀死。贝兹德卡当上了黑尔卡尼亚的国王，他表示要在这里创造一个人间天堂，让他的臣民沐浴在爱的阳光里，让哲学、科学和艺术成为他们精神世界不可缺少的一部分。可见韦特凯维奇的荒诞派戏剧在一些方面既不同于传统现实主义戏剧，又有别于波兰象征派戏剧。他提出"纯形式"的目的在于发现"生存秘密"，以求得"异常的超感觉"。这种"生存秘密"实际上是一种超常、反常、荒诞和怪异的东西，在生活中是不可能存在的。如《水鸭》中的水鸭本来已被丈夫杀死，但她后来重又出现，最后又被丈夫杀死；《小庄院》的阿纳斯塔齐亚被丈夫尼贝克杀死后，她的幽灵常常来到丈夫家里，和丈夫、女儿以及她的情夫谈话，一起吃烤面包、喝咖啡和烧酒，并且毒死她的女儿；《疯狂的火车头》中两个罪犯驾驶着火车不顾旅客死活疯狂地向前冲去，竟没有人阻拦；《鞋匠们》中出现了一个超级机器人护卫下的真正政权的代表；《乌贼》中的画家那么轻而易举地杀死暴君，当上国王等等。正因为这些超常和反常现象的出现，给读者和观众带来了一种强烈的感受，这就是所谓的"异常的超感觉"。这种感受可以使他们得到满足或者产生厌恶，可以使他们兴高采烈或者感到悲伤，或者陷入深思，总之他们看完之后，是不会平静的，这就是这些作品的魅力所在。

韦特凯维奇是波兰荒诞派戏剧的开创者，也是西方荒诞派戏剧的先驱。西方荒诞派戏剧产生于20世纪50年代末和60年代初，韦特凯维奇的戏剧在20世纪20年代就已问世，比前者早了30多年。他的荒诞派戏剧所表现的主题思想和艺术手法与西方荒诞派戏剧也有共同之处：像《水鸭》中的水鸭死而复活，《小庄院》的阿纳斯塔齐亚死后成了有生命和理智的幽灵等，都是西方现代派文学中那些常见的异化现象。西方荒诞派戏剧中的人物常常是没有个性的木偶似的人物，剧作者将人物象征化或抽象化，意在表现人类社会中某种普遍和永远存在的东西。韦特凯维奇的戏剧大都没有交待故事发生的时间和地点,也是为了说明剧中描写的压迫、反抗、夺取政权、道德败坏和犯罪都是长期或者永远存在于人类社会中的现象。和西方荒诞派不同的是,他的戏剧大都具有贯穿始末的故事情节,虽然有的情节不合常情,但仍具有一定的完整性,表现了明确的主题思想,刻画了个性鲜明的人物,说明它们又没有完全脱离传统现实主义的美学原则。

韦特凯维奇的戏剧理论和作品最早曾经不被人理解。他的剧本在20世纪20年代虽已上演,但是观众和社会舆论反应冷淡,没有受到普遍重视。30年代,产生了像维托尔德·贡布罗维奇和布鲁诺·舒尔茨这样新一代的荒诞派戏剧家和小说家,韦特凯维奇的理论和作品对他们曾经产生很大的影响,这才逐渐引起人们的注意。20世纪50年代西方荒诞派戏剧兴起后,波兰又产生了新一代的荒诞派戏剧。韦特凯维奇不仅在波兰而且在世界各国戏剧界都受到了广泛的重视。波兰于1964年出版了他的第一部戏剧集,并且大量上演他的戏剧。世界各国也大量翻译出版他的戏剧理论和作品,上演他的剧作。1985年,为庆祝他诞辰100周年,联合国教科文组织把这一年定为韦特凯维奇年,并在波兰召开国际纪念会,研究他的生平、作品和理论。

韦特凯维奇早期也发表过小说作品,如《告别秋天》(1927)和《贪得无厌》(1930)等,这些作品的构思同样具有荒诞色彩,不同的是,它们更具强烈的政治色彩,和波兰20世纪20—30年代的社会现实有密切的联系。小说《告别秋天》写一个见习律师阿塔纳齐·巴扎克巴尔和一个叫卓霞·奥斯瓦本茨卡的贵族小姐订了婚,可是他要改变他认为平庸凡俗的普通生活方式,便开始淫乱和酗酒,后来卓霞·奥斯瓦本茨卡因为巴扎克巴尔背叛了她而自杀了。这时他遇见了一个性情古怪的女人海娜·贝尔茨,在她的诱惑下,和她一起去了国外。后来国内爆发了革命战争,以沙耶坦·泰姆佩为首的共产党人推翻了过去的统治集团,改变了波兰旧的社会秩序。巴扎克巴尔在国外对他所见到的贝尔茨的一些愚蠢的举动感到不满,而他此时又得知波兰国内发生了很大的变化,泰姆佩原先也是巴扎克巴尔的朋友,因此他又回到了波兰。但是共产党人在这里掌握了政权,波兰又处于专制主义的统治下,人们甚至被强迫去干极为沉重的苦活,巴扎克巴尔忍受不了这个依然十分黑暗的现实的折磨,又要到国外去,但是他正要偷越国境时被枪杀了。小说是作者虚构的,但也反映了维特凯维奇既对30年代波兰黑暗的现实产生了悲观情绪又反对并且有意歪曲无产阶级革命的政治立场。

此外这一时期,在波兰的思想界和文艺界,也对当时的中国作了广泛的宣传。他们认为中国过去是闭关自守的,他们仇视外国人,可是现在这个民族已经觉醒,它会给我们这个世界造成一个什么样的局面?有的人说:"至今毫无动静和处于睡眠状态的中国生活的这片无边无际的大海由于一些突发的事变,就像遇到了暴风雨的袭击,掀起了一阵阵的狂浪。今天,任何人都猜想不到这片大海的觉醒会给世界带来什么?"有人认为中国人就像洪水猛兽一样,会吞食整个欧洲大陆,毁灭这里的一切,因而感到十分忧虑和恐惧。伊格纳齐·菲克(1904—1942)在他的《辩护律师的影子》中写道:"洪水淹没了这片惊慌失措的大陆。暴风雨在一些首都人来人往的大街上呼啸。欧洲在不停地颤抖。挣脱了绳索的魔鬼钻进了人们的喉咙里大喊大叫起来。千百万钢盔里的红色的机械手是那么疯狂,要践踏一切。上海黄色的火星人找到了通往我们的港口的道路。他们如果来到这里,这里就会是一片黑暗,两个不同的民族将互相撕咬,像野兽一样。一个阶级反对另一个阶级,白人和红人自相残杀,被鲜血浸透和浇灌了的欧洲土地上夜降临了。"①

但是也有人认为要使古老的欧洲大陆出现一种新的精神状态,就一定要走革命道路。中国人的革命道路,是"毁灭旧的文明,使它成为废墟,然后创建新的文明"。"真正的中国人是具有健康的理智和儿童的感情的人,他的思想已经成熟,却保持了一颗孩子的心。中国人的心永远是年轻的,永远不会死亡。"著名政论家和文学评说家瓦茨瓦夫·纳乌科夫斯基(1851—1911)甚至认为,由于中国的进步,一些欧洲国家想要从它那里得到好处,他说:"中国,这个国家过去对于它仇恨的外国人是紧闭着它的大门的,可是最近一些时候,它要和欧洲的大国赛跑,这些国家每一个都想把它拉到自己身边,以便获得最大的物质利益。"②

维特凯维奇当时无疑也受到过这些思潮的影响,这在他的《贪得无厌》这部小说中有充分的反映。作品写一个酿造啤酒的工人的儿子盖内齐普,他热爱自由,甚至反对把家犬用铁链锁起来,但他父亲认为他要给动物以行动的自由是违背了他要他的儿子遵守的纪律。盖内齐普有时觉得他在自己的家里,也失去了行动的自由。他梦见自己就像一只猴子一样,被关在一个笼子里,认为他要到死后才能获得自由,因此他变得精神失常了,看到周围的世界都变了样。这时他听说,在俄国,布尔什维克政府被推翻,沙皇又上台了,可西方却在宣传共产主义,只有波兰是一个由购销联营的财团统治的资本主义国家,这个财团的经营是为了挽救波兰于危亡,它主要由西方的共产主义者为它提供资金。波兰军队的一个军需官科茨以铁腕统治着这个处于危亡的国家,使人们联想到20世纪20—30年代波兰的统治者尤泽夫·毕苏茨基。在他统治的这个社会里,艺术、宗教和哲学都不存在了,谁都没有自己的信仰和精神上的寄托。盖内齐普在这里见到的只有乱淫、同性恋、酗酒、凶杀、精神病患者和凶恶的女人,一些人在绝望中自杀。他认为这个世界注定要走向灭亡。因此他自己也开始了淫乱的生活,还有人教他同性恋,在这种情况下,他甚至丧心病狂地杀害了自己的妻子。后来他参了军,在军队里又无缘无故地杀害了一个上校军官。

---

① 本段引文引自博赫丹·马赞主编,《没有对抗,文化的亲近和对比》,罗兹图书馆出版社,罗兹,2008年,第129、141页。

② 本段引文出处同上,第127,129,130页。

在这个时候，盖内齐普还看到了所谓"中国的共产主义者"对他所见到的这个世界造成了威胁，"中国的共产主义者"全都军事化了，是一些专制主义者，他们如果统治这个世界，能够使它变成一个非常好的世界吗？小说中有人还说："中国人作为一个民族是可怕的，也是无法理解的，他们不怕死，也不怕痛苦，他们可以整天不吃不喝，打起人来像魔鬼一样凶恶。""他们虽然创造了新的宗教、艺术和哲学，但是他们的文明让群众遭受了更大的苦难。"著名文学评论家扬·科特在谈到维特凯维奇的这部小说时说："维特凯维奇恐怕是第一个了解到了我们的世界的灭亡将是一出滑稽剧，大概还要等一些时候就会证明，这出滑稽剧是可悲的。"①在这里，维特凯维奇以波兰为例，联系到整个世界，他认为旧的世界必将灭亡，表现了他对现实的悲观，但他对中国和"中国的共产主义者"作了歪曲事实的描写。

第五节
玛丽亚·东布罗夫斯卡

两次世界大战之间，除老一辈的著名作家如热罗姆斯基、莱蒙特、斯特鲁格、先罗谢夫斯基等依然保持了旺盛的创作精力之外，一大批年轻作家迅速崛起，成为这一时期小说创作的主要力量。玛丽亚·东布罗夫斯卡是其中最著名的现实主义作家。她的小说以广阔的社会背景反映了波兰一个历史时代的全貌，被认为是史诗式的作品。

玛丽亚·东布罗夫斯卡（1889—1965）生于波兹南省卡利什城附近的鲁索夫村。她父亲是个破落贵族，年轻时参加过一月起义。她童年是在农村度过的，在卡利什和华沙的中学毕业后，曾在洛桑和布鲁塞尔的大学里攻读自然科学、社会学和哲学。她毕业后回到波兰，参加过当时由波兰社会党领导的社会合作化运动。这个运动旨在通过宣传教育提高人们的思想道德水平，消灭国家政权机构，代之以自由结合的经济组织，但这是一种空想。1915—1916 年，东布罗夫斯卡曾编辑出版《农民的事物》和《人民波兰》等刊物，1918—1924 年在国家农业部工作。20 世纪 30 年代，她参加过一系列社会活动，反对政府当局限制公民行动自由和虐待政治犯。法西斯占领波兰期间，她在华沙秘密从事文化宣传和普及教育的工作，战后定居华沙。

东布罗夫斯卡在波兰独立初期开始创作，早期的短篇小说集有《祖国的孩子

---

① 扬·科特，《维特凯维奇，或者没有料到的现实主义》，阿内克斯出版社，伦敦，1986 年，第 107 页。

们》(1918)、《樱桃枝》(1922)、《童年的微笑》(1923)等,多以自己的童年生活为题材。短篇小说集《那里来的人们》(1926)主要写 20 世纪初的农村生活,反映农民遭受压迫的悲惨命运,赞颂他们的美好心灵。

《那里来的人们》中的《野草》描写农民坚贞的爱情。女主人公马蕾卡在地主庄园里当奴仆,爱上了雇工斯乌佩茨基。农忙季节两人有时出外约会,引起了地主和管家的不满。这时一个善良女人请求地主让他们结婚,地主不但不同意,还叫他们加倍地干活。马蕾卡打算和斯乌佩茨基一起离开庄园,去基埃尔策另谋生路,可是斯乌佩茨基背着马蕾卡突然出走,而且长时期没有回来。马蕾卡感到很悲伤,但一直在等他,后来她终于等到斯乌佩茨基的归来。在《世界上的一夜》中,年轻的雇农尼科德姆和一个年逾百岁的老牧羊人住在一起。牧人放了 60 年羊,无依无靠,只得靠尼科德姆供养。好心的尼科德姆虽然自己生活很苦,仍尽心竭力地照顾着他,在老人死后又给老人送葬。他的一颗善良的心终于感动了全村人。他们都来给老人送葬。此后,尼科德姆只有一条狗和他相依为命,闲时教它跳篱笆。有一次它没有跳过篱笆,卡住了脖子,死在篱笆上。尼科德姆又悲伤地埋葬了它,从此他孤独一人。在这些短篇中,作者写的都是社会下层的穷苦人,他们虽然生活贫困,但无论在婚恋中还是在人与人的相处中,都表现了美好的道德情操。

短篇小说集《生活的印记》(1938)写的大都是人们在日常生活中遇到的各种烦恼和在特殊情况下的某种感受,侧重于人物的心理描写,表现他们不同的个性。《菲利普牧师》中的主人公菲利普是一个心地善良和正直的人,他遵从父母的意愿当了牧师,常常给村民做些善事,但他并不认为自己有什么信仰,他并不是一个虔诚的信徒。他背着妻子爱上了一个姑娘维洛霞,维洛霞也是一个心地善良的女人,这便使他在思想上陷入了不可解脱的矛盾,一方面,认为他和维洛霞的爱情是纯洁的,无可指责;另一方面,又感到他这样做背叛了妻子,是不道德的,为此他还受到了主教的责备。作者通过主人公的这种矛盾心理的分析,提出了如何认识和对待道德和爱情的问题。《小玻璃片》中写一个波兰社会党党员马尔青·希尼亚德茨基在 1905 年革命失败后被捕入狱,宪警如何审问他和他在狱中的种种感受。小说和一般描写革命者的作品不同,它没有着力于刻画敌人的残暴和革命者的坚贞不屈,而是写主人公一些平常的事情,有的事情和他的革命活动毫无关系。审问者和被审问者之间始终没有紧张的气氛。宪警从马尔青口中什么也没有得到,反而对他表示友好,准许他离开监狱去警察局玩,警察局长也很关心他的健康,表示前一段审问只是为了履行职责。后来马尔青在牢房里发现了一块小小的玻璃片,以为这是在他之前政治犯留下的,这块透明的玻璃照亮了他的心灵,消除了他的烦恼,使他在监狱获得了平静。马尔青获释出狱时,仍舍不得抛弃监狱生活中的这个唯一伴侣。在东布罗夫斯卡看来,政治斗争和监狱生活并不永远是那么残酷无情,人性不管是在谁的身上,也不管是在什么情况下,都是不可战胜的。

1932—1934 年,东布罗夫斯卡发表了她最重要的长篇小说《黑夜与白昼》。小说共分四卷,即《波古米尔和芭尔芭拉》、《无尽的忧愁》、《爱情》和《逆风》,主要写一个破落地主波古米尔·涅赫奇茨和妻子芭尔芭拉·奥斯特辛斯卡一家三代的经历,反映这个家庭生活的变化和复杂的社会关系,深刻地揭示了从 1863 年一月起义经 1905 年革命到第一次世界大战爆发半个多世纪的历史生活。这部作品不论反映的深度和广度,还是它取得的艺术成就,都堪称是两次世界大战间小说创作的杰出代表。

主人公波古米尔出生于一个爱国贵族家庭,15 岁就和父亲米哈乌一起参加一月起义。起义失败后,米哈乌的祖产被沙皇查抄,他和妻子被流放到西伯利亚,后来死在那里。年少的波古米尔被他们的一个本家收养长大。芭尔芭拉出生于一个破落地主家庭,她的外祖父在拿破仑的军队里当过少校,曾经受到法国大革命的思想影响,她的哥哥也参加过一月起义。可是她家破产主要是因为她父亲在农奴解放后不适应新的社会环境,而又挥霍浪费。波古米尔和芭尔芭拉两家的祖辈破产后,他们的生活道路并不一样:芭尔芭拉的父亲当过县长,父亲死后,母亲在家乡办寄宿学校,姐姐泰蕾莎当过教师,哥哥丹尼尔后来也当过教师,还开了一家文具商店,嫂嫂米莎琳娜和她儿子安哲尔姆以经商为业。波古米尔和芭尔芭拉结婚后一直在他父母熟识的克拉帕农庄当管家。19 世纪后半叶,农奴解放后,像波古米尔和芭尔芭拉这样的贵族地主家庭所经历的生活道路很有普遍意义。

在一月起义后新的社会环境中,"贵族的波兰已经消失而让位给资本主义的波兰了。在这种条件下,波兰不能不失去其特殊的革命意义。"①波古米尔家正是这样,他虽然出生于一个对波兰民族解放事业作过重大贡献的家庭,但后来受实证主义思想的影响,一心务农,对父辈和自己的过去已经不很关心了。经过泰蕾莎介绍,波古米尔和妻子搬到卡利涅茨附近地主达列涅茨基的塞尔比诺夫大庄园,靠租佃地主土地经营谋生。他和妻子经过多年努力,使原来一片荒芜的塞尔比诺夫迅速发展起来,可是他每年又不得不把经营收入的大部分交给达列涅茨基,受到了庄园主的剥削。波古米尔并没有意识到这一点,他妻子和女儿阿格涅什卡曾经一再向他指出他是在为富人效劳,正如芭尔芭拉对他说的那样:"你在糟蹋自己,为的是什么呢? 还不是为了装满达列涅茨基的钱包,装满那个密奥杜斯卡太太的钱包。"②但是波古米尔说:"对我来说,在耕地上劳作是一件大事,我看得出,为什么值得为耕地服务,而且我也正在为它服务。"③当他的妻子指出他做的一切不是为土地服务,而是为达列涅茨基服务时,他也不同意她的看法。达列

---

① 列宁,《论民族自决权》,见《列宁全集》,第 2 卷,人民出版社,1960 年,第 473 页。
② 玛丽亚·东布罗夫斯卡,《黑夜与白昼》,第 1 卷,读者出版社,华沙,1962 年,第 250 页。
③ 同上,第 250 页。

涅茨基因为能够捞取巨额的收益，也百般地夸奖他，因此骗取了他的信任。波古米尔认为在这样一个世外桃源中，坚持循序渐进地发展农业经济，一定能给社会作出贡献。

可是资本主义社会阶级压迫的事实却不断地打破他的梦想：1905 年革命席卷卡利涅茨，农业工人举行罢工，波古米尔同情无产阶级的疾苦，但又害怕革命，担心在他经营管理的庄园里发生罢工会侵犯他要维护的庄园主的利益，毁灭他的这个安乐天地。波古米尔也曾想要解决庄园主和仆役在维护各自利益上的冲突，为此他曾设法改善长工的生活条件，主动招收一批失业者来工作；可是长工依然对他不满，那些来到塞尔比诺夫的失业者由于受革命风潮的影响，也唱起了革命歌曲。波古米尔对此感到十分苦恼，他第一次看到了他实业救国的幻想和企图调和阶级矛盾的做法都不切实际。

革命风暴过去后，波古米尔以为塞尔比诺夫又将平安无事了。他在庄园原来的发展基础上又设计了一个大型排水工程和提高产量的计划，甚至没有把这个宏伟的计划告诉庄园主达列涅茨基，就心甘情愿地把妻子的钱拿出来，给土壤改良公司作抵押。可是波古米尔这一次遭遇很惨，达列涅茨基这个自私狡猾的地主了解到波古米尔不能马上给他带来收益反而要他出钱，便不顾波古米尔过去为塞尔比诺夫的发展所作的巨大贡献，恩将仇报地背着他把庄园卖给了别人，并拒绝偿还他在庄园土壤改良工作上已经付出的资金。这时候，波古米尔为实现他的计划一切都已安排妥当，当他知道达列涅茨基的态度后，精神上受到了沉重打击，终于认识到世界"都是为了这些所有的人，而不是为了这些劳动的人。"[①]

波古米尔的生活道路表明，他是一个由爱国贵族转变成实证主义信徒的典型。作者通过对这个典型的刻画，深刻地指出了在存在着阶级压迫和斗争的波兰农村，既要发展农村经济而又企图回避压迫和斗争是做不到的，他那一套宏伟计划的失败是不可避免的。

东布罗夫斯卡对波兰 1905 年革命采取了同情和拥护的态度，她以雄浑有力的笔触，真实地反映了卡利涅茨、华沙以至整个波兰和俄国革命的磅礴气势，热情歌颂了华沙和卡利涅茨等地的工人、农民举行罢工，要求提高工资、改善生活条件、缩短工作时间以及学生罢课反对沙皇在学校推行俄罗斯化民族压迫政策的斗争，这些斗争引起了沙皇的恐慌，刽子手们将革命者成批地逮捕入狱，严刑拷打和残酷杀害，使波兰成了一座人间地狱。

面对革命形势的发展，一些地主和资产阶级终于暴露了他们反革命和卖国贼的面貌，如卡利涅茨钢铁厂厂长帕弗沃夫斯基咒骂罢工的群众是"盗贼"。[②] 他说他们"鼓动人们造反是为了浑水摸鱼"。他"要把这些煽动分子和挑衅分子都毫不

[①] 玛丽亚·东布罗夫斯卡，《黑夜与白昼》，第 5 卷，读者出版社，华沙，1962 年，第 262 页。
[②] 玛丽亚·东布罗夫斯卡，《黑夜与白昼》，第 4 卷，读者出版社，华沙，1962 年，第 17 页。

留情地砍死"。① 农业资本家奥斯特辛斯基说："我以为如果罢工发生,我们就必须联合起来对他们表示强硬的态度,如果我们怕他们,他们就会坐在我们的脑袋上。"② 有些地主和资本家甚至请求沙皇军队来"维护秩序和安全"。当爱国农民在村会上提出村会文件要用波兰文写时,他们认为目前最迫切的事是抓"盗贼",至于土地分配的事要有沙皇的命令才能作出决定,在他们看来,"盗贼"随时都会夺去他们的一切。

革命高潮中,地主资产阶级中也有少数同情革命的开明人士,如帕明托夫庄园主伊拉罗夫斯基,他认为革命是由于社会制度已经到了必须改变的程度才发生的,革命不仅破坏,也会建设。卡利涅茨某工厂主策格拉尔斯基平日就很关心工人生活,当他看见工人在他厂里举行游行示威时,不仅没有制止,而且还阻止沙皇军队开进他的工厂镇压工人,为此他甚至遭到占领者当局的拘捕。他认为革命的目的首先要改变社会伦理道德,如果道德不变,社会制度变了也没有用,他提出开展社会合作化运动,进行普及道德教育的工作。可是工人却对他的主张表示怀疑。有人对他说,没有政治制度的改变,就谈不上道德的改变。

波古米尔和芭尔芭拉的女儿阿格涅什卡和她的恋人马尔青是两个波兰社会党的革命活动家。他们年轻时都有一股革命热情,马尔青1905年以前在国外参加了波兰社会党的革命活动。阿格涅什卡在革命来到时,也参加了学校里的秘密爱国组织和学生的罢课和示威游行。可是马尔青和波兰社会党其他党员一样,只知道暗杀沙皇政府的个别首脑人物,而不懂得动员人民群众进行武装斗争,推翻沙皇的反动统治,结果反使自己脱离人民,陷入孤立境地。直到他和阿格涅什卡结婚后,他才改变了活动方式,开始相信策格拉尔斯基所倡导的合作化运动,认为这可以拯救波兰。

总的来说,东布罗夫斯卡的这些描写和分析都是符合实际的,尤其是波兰社会党领导的社会合作化运动,她自己还参加过,对这个运动的性质、目的和它在社会上的影响,当然了解得更清楚。所以波兰当代一位研究她的生平和创作的评论家曾指出:"从《黑夜与白昼》不难看出,她的观点,她评价社会的准则是植根于1905年革命运动中的。"③ 小说的最后几章还以激动人心的笔触,描绘了世界大战给波兰人民带来的深重灾难。战争开始时,德国军队占领了卡利涅茨,焚烧城市,屠杀居民,使成千上万的波兰百姓流离失所,家破人亡。作者对自己民族的落难感到极大的痛苦,可是她也高兴地看到了波兰人民在国难当头之际表现的不畏强暴、舍己为人的高尚品德。她的这种思想感情,在对芭尔芭拉和她的女仆尤尔卡、德国面包师密列尔和犹太马车夫希姆谢尔等的刻画中,表现得很突出。

---

① 玛丽亚·东布罗夫斯卡,《黑夜与白昼》,第4卷,读者出版社,华沙,1962年,第17页。
② 同上,第52页。
③ 引自爱娃·科热涅夫斯卡,《论玛丽亚·东布罗夫斯卡及其他》,波兰科学院出版社,华沙,1956年,第63页。

芭尔芭拉思想激进,常常自豪地对别人说她外祖父给农奴免除了劳役。她对波古米尔的感情本不很深,但她认为他为祖国献出了一切,才落得寄人篱下,所以她应当爱他。在她看来,只有那些参加起义而丧失了财产、落了魄的人才是真正的上等人,对那些在祖国遭到严重失败后仍然富有的人,就需再一次革命把他们消灭掉。①1905年革命爆发时,她揭露沙皇的一切许愿都是骗局,痛斥那些搜查她家的沙皇士兵。她和卡利涅茨钢铁厂厂长帕弗沃夫斯基辩论时也说:"我不认为罢工是犯罪。这是因为他们不幸。如果先生你像他们那样吃喝,像他们那样生活,像他们那样居住的话,你也会参加罢工。"②阿格涅什卡这时也听说:"莫斯科佬在拷打那些囚犯。"③第一次世界大战爆发后,她对德国侵略军没有丝毫的畏惧。一个曾经骗取波古米尔一块场地去做投机买卖的人请她一起去俄国避难,说什么波兰的未来要靠三个占领国家的和解,但是她对这个民族败类深恶痛绝,表示任何时候都也不去俄国,直到自己生命财产最后受到了严重威胁,她才在尤尔卡的催促下离开卡利涅茨,加入了难民队伍。芭尔芭拉单身在外,惦念着孩子,但又得不到他们的音讯,感到万分焦虑。然而她仍乐观地对给她赶马车的犹太马车夫希姆谢尔说:"也许这一切会给我们带来快乐,使我们产生对生活的热爱。"④

尤尔卡、密列尔、希姆谢尔这些劳动者形象,在作者笔下尤其显得纯朴、善良和富于正义感。尤尔卡在和芭尔芭拉离开卡利涅茨时,向大家说了芭尔芭拉的去向,她想到阿格涅什卡如果来到卡利涅茨便可找到母亲。芭尔芭拉深受感动,要给尤尔卡钱,但尤尔卡想到芭尔芭拉一人在外,孤苦伶仃,而她自己还可以回家,因此没有收,她在战乱中一心为她的女主人着想。德国人密列尔是芭尔芭拉在逃难中遇到的,他过去是卡利涅茨的面包师,他爱祖国,最初他对这么多难民来到这里很不理解,他认为德国军队是不烧城市、不杀百姓的。可是后来,他派到城里去的一个仆人回来告诉他,德国巡逻队杀了他骑的马,打伤了他的手。密列尔听后,为自己民族的盗匪行为感到耻辱,从此再也不在人群中露面。希姆谢尔是波古米尔和芭尔芭拉早在塞尔比诺夫就认识的马车夫,他很同情受难者和芭尔芭拉。战争爆发后,他本可以运载来自卡利涅茨的难民,赚很多钱,但他宁肯不要一个戈比,也不愿看到这一场惨绝人寰的不幸。他表示不要芭尔芭拉一文钱,把她送往她愿意去的地方。作品中还直接描写一些波兰的社会主义者开会,提到了《共产党宣言》,说使波兰获得独立和自由是实行社会主义国际主义纲领的基本要求之一。⑤马尔青·希尼亚德茨基还说:"社会主义承认一个民族有选择和决定它的命运权利。"⑥

---

① 玛丽亚·东布罗夫斯卡,《黑夜与白昼》,第1卷,读者出版社,华沙,1962年,第115、116页。
② 玛丽亚·东布罗夫斯卡,《黑夜与白昼》,第4卷,读者出版社,华沙,1962年,第19页。
③ 同上,第191页。
④ 玛丽亚·东布罗夫斯卡,《黑夜与白昼》,第5卷,读者出版社,华沙,1962年,第454页。
⑤ 玛丽亚·东布罗夫斯卡,《黑夜与白昼》,第4卷,读者出版社,华沙,1962年,第269页。
⑥ 同上,第270页。

长篇小说《黑夜与白昼》就像一面时代的镜子,真实地照出了一月起义以来波兰城乡发生的一系列重大的历史事件和社会变革,生动地再现了许多曾经参与这些变革的人物,作者善于高度概括而又细致入微地描绘广阔的社会生活,对像波古米尔和芭尔芭拉这样的典型人物,不仅揭示他们在各种情况下表现的各种不同政治态度,而且充分展示他们不同的个性。波古米尔阅历丰富,为人处世谨慎而自然,对什么事都很富于耐性。他没有读过多少书,可是他认为:"许多人大学毕业,书本知识一大堆,却在生活中连动一下手指头都不会,他们无论对社会、对人们都没有什么用处。""最重要的是要有专门技术,会处事做人。"[1]他自认为可以应付自如的生活态度是和他的社会观点和政治态度分不开的。芭尔芭拉对新的环境没有波古米尔那样的适应能力,平日容易激动,儿子托马舍克学习成绩很差,后来还堕落成流氓,她比波古米尔感到更加痛苦。她对儿子既恨又爱,希望儿子变好的心情溢于言表。可是她的愿望并没有实现,因此在亲友面前她总是为自己没有教育好儿子感到羞愧。东布罗夫斯卡总是把人物放在尖锐复杂的矛盾冲突中,以他们的行动来表现他们的政治立场、思想性格和处世态度。她对主要人物描写得很细腻,对次要人物有时着墨不多,但能在表现人物个性的关键地方画龙点睛,给读者以深刻印象。小说常常流露出对故乡的思念,她笔下的卡利涅茨就是她的故乡卡利什。在她的笔下,一个小小的卡利涅茨也就是卡利什城在19世纪末20世纪初就发生过那么多重大的历史事件;通过这些事件还可以看到整个波兰在革命和世界大战中的社会状况,可见她把它看得多么重要。从作者对华沙的描写中,还可以看到19世纪现实主义作家波列斯瓦夫·普鲁斯的长篇名著《玩偶》的影响。《玩偶》是一部反映华沙19世纪70年代末的社会状况的小说,其中不少细节描写都再现于《黑夜与白昼》中。《黑夜与白昼》继承了波兰19世纪批判现实主义传统,这是一部史诗式的作品,是继莱蒙特的《农民》之后波兰20世纪文学中又一史诗作品。

战后东布罗夫斯卡最重要的作品是她于1955年发表的中短篇小说集《晨星》,其中最具代表性的是中篇小说《第三个秋天》和《乡村婚礼》。《第三个秋天》中的主人公克莱门斯·沃霍伊斯基是一个园艺学专家。他心地善良,乐于助人,并且富于自我牺牲的精神,为别人做过许多好事,但他一生经历坎坷,屡遭不幸。战后他想得到一个自留园子,发挥自己的专业特长,为社会谋福利,但因为他战时丢失了出生证,战后长期报不上户口,没有固定的工作,处境十分艰难。沃霍伊斯基凭着自己对事业的执着追求,四处奔走,希望求得人们的帮助,后来他遇到了一个好心的木匠斯特罗伊内,通过木匠的介绍,终于得到了一个园子。他在这个园子里耕耘,经过几年的努力,取得了丰硕的成果,最后受到了人们的赞扬和政府的嘉奖。作者在沃霍伊斯基和斯特罗伊内等人物的塑造中,倾注了她对劳动人民的

---

[1] 玛丽亚·东布罗夫斯卡,《黑夜与白昼》第2卷,读者出版社,华沙,1962年,第157页。

热爱,但对政府部门一些陈腐不变的规章制度进行了讽刺。小说《乡村婚礼》以乐观的情调描写了战后波兰农村的变革。作者意在指出,国营和集体经济要能引导农民走上富裕道路,对他们才有吸引力,如果做不到这一点,还不如能够致富的个体经济。小说塑造的农民个性鲜明,思想开放,摆脱了概念化和公式化的描写,发表后曾经引起了很大的社会反响。

第六节
其他重要的作家

除了玛丽亚·东布罗夫斯卡,其他重要的现实主义作家还有卓菲亚·纳乌科夫斯卡、"城郊文学社"的代表作家海仑娜·博古谢夫斯卡和耶日·科尔纳茨基、波纳·戈雅维钦斯卡等。此外,还有尤利乌斯·卡登—邦德罗夫斯基和列昂·克鲁奇科夫斯基,前者的小说大都反映政治斗争,有表现主义的艺术特色;后者的作品力图以历史唯物主义的观点研究和分析波兰19世纪重大的历史事件,且有革命倾向。维托尔德·贡布罗维奇和布鲁诺·舒尔茨,是30年代荒诞派小说和戏剧的代表。

卓菲亚·纳乌科夫斯卡(1884—1954)出生于华沙一个高级知识分子家庭。父亲瓦茨瓦夫·纳乌科夫斯基是著名的教育学家、地理学家、政论家和文艺评论家。她早年在华沙一个私塾读书,毕业后上了一所秘密的"飞行大学"。1922—1926年间,她先后在维尔诺和格罗德诺安抚囚犯的协会工作。1928年起纳乌科夫斯卡任华沙笔会副主席,1933年当选为波兰文学院院士,曾参加海仑娜·博古谢夫斯卡领导的"城郊文学社"。在德国法西斯占领波兰期间,她和母亲住在华沙,参加过秘密的爱国主义文学宣传活动,解放后住在克拉科夫,参加了"德国法西斯罪行调查委员会"的工作,1945年在《熔炉》周刊担任编辑。1947年和1952年她先后当选波兰立法议会和波兰议会议员,并参加波兰保卫世界和平委员会的工作。纳乌科夫斯卡20世纪初开始文学创作,最初写诗,后创作小说。她的早期创作曾经受到象征主义流派的影响,20年代发表的作品有短篇小说集《血的秘密》(1917)和长篇小说《爱密尔伯爵》(1920)、《牧场上的房子》(1925)等。这些作品揭露了帝国主义战争给被压迫民族带来的深重灾难,反映了劳动人民在黑暗社会中的悲惨命运。作者着力于人物的心理描写,多层次地展示社会变革中的矛盾和冲突,以及这些矛盾与冲突在人们的生活与心理上引起的反应。

纳乌科夫斯卡两次世界大战期间的主要作品是长篇小说《泰雷莎·亨涅尔特的浪漫史》(1933)和《界线》(1935)。前者的女主人公泰雷莎是商店老板亨涅尔特的妻子,她待人谦和,有礼貌,聪明能干,长于社交,受到远亲近邻的爱戴。她和丈夫的生意做得很好。后来亨涅尔特把商店交给他弟弟管理,把大部分资金投入一家大工业股份公司,很快就成了远近闻名的暴发户。亨涅尔特还和一位将军赫瓦希奇科夫经常组织他们所认识的社会各阶层的朋友去外地郊游,或者邀请他们参加家宴,不同身份的参加者在一起互相交谈,表示他们对波兰独立后社会现实的看法。中尉军官林对教授拉泰尔纳说,在波兰被瓜分的年代,政治犯戴镣铐,现在国家独立了,监狱里关的还是政治犯;拉泰尔纳认为,波兰虽然获得了独立,但各党派争斗不休,为了争权夺利,把国家弄得四分五裂;他的女婿贡齐乌是个中尉军官,认为现在一切都靠走关系,关系走得好就能爬上去,社会上到处都是贿赂和欺骗,一部分人家财万贯,另一部分人不得温饱;一个上校军官奥姆斯基说他收到一封匿名信,揭露贡齐乌中尉在军队里贪污公款,做投机买卖。拉泰尔纳教授后来在报纸上又看到上校被捕的消息,说偷盗在他的国家司空见惯。小说情节比较零散,一些章节中还有许多议论性文字,但它真实地反映了作家对波兰独立后社会现实的看法,不满意社会上的贫富悬殊和各种堕落腐化的现象,反对当局对反对派进行政治迫害,指出资产阶级政党之间的争权夺利祸国殃民。

  长篇小说《界线》是纳乌科夫斯卡这时期的主要作品。主人公哲农·杰姆比叶维奇是贵族特切夫斯基庄园管家的儿子,从小聪慧,功课很好,长大后得到了庄园主的全权代表切赫林斯基的帮助,前往巴黎深造。他回国后又通过切赫林斯基的介绍,到《田地报》当编辑。哲农以工作之便结交了许多朋友。由于他在编辑工作和社交中所表现的突出才能,很快就赢得了社会各界的赞许。在他的朋友中,有一个两次丧夫的寡妇科利霍夫斯卡,她和外甥女埃尔日别塔·别茨卡为伴。哲农闲暇时常来她家做客,给别茨卡补习功课,后来他爱上了别茨卡。同时他又和家里女佣人尤斯蒂娜同居,使她有了身孕,因此他必须在别茨卡和尤斯蒂娜两者之间做出抉择。尤斯蒂娜待人热情、诚恳,干起活来十分卖力,是个好姑娘,可是哲农真正爱的却是别茨卡,他不能和尤斯蒂娜结婚,但又不忍心伤害她。因此他和别茨卡曾经给予她很多帮助,长时期没有把他们相爱的事实告诉她。后来尤斯蒂娜终于知道哲农并不爱她,感到十分悲哀,只好把腹中的孩子打掉,一人孤独地生活。哲农和别茨卡结婚后和母亲住在一起,生活幸福美满。后来他当上市长,提出许多有关城市发展的合理化建议,并且开始大量建设工人住宅和娱乐场所,工作上很尽职。可是他的政府内部对城市建设的意见很不一致,有的部门不愿出钱,使他的建议不能全面贯彻,引起了市民的不满。工人群众在一些激进分子的鼓动下举行罢工游行,却又遭到宪警镇压,许多人被打伤和逮捕。哲农知道后,认为这次流血事件的发生应归罪于自己,因而感到内疚。原来就恨哲农的尤斯蒂娜来到他的办公室,趁他不备,将一种有毒的药水喷在他的脸上,造成他双目失明,哲农痛苦至极而自杀。

  主人公哲农是一个善良、正直的人,当上市长后,一心为人民谋福利,是一个好市长。他之所以以悲剧收场,一是因为他的政府内部的情况和社会上的阶级斗争十分复杂,二是他自己陷入了爱情的纠纷而无法摆脱。作者在这里提出有关政治和道德的问题让读者思考。和那种一贯把资本主义国家的统治者写成投机家、吸血鬼和刽子手的陈旧的公式相比,这本书显得构思新颖,富有更深的内涵。

战后纳乌科夫斯基影响最大的作品是她在参加调查德国法西斯罪行的基础上创作的文学集《墓碑上的相框》(1946)。它以纪实的形式,揭露了德国法西斯屠杀无辜的滔天罪行:一些法西斯"专家"研究如何用人体脂肪做肥皂,用煤气毒死大量儿童,许多囚犯在运往集中营的途中被折磨致死等等,这一幅幅惨绝人寰的画面充分暴露了法西斯匪徒凶残暴虐的本性。如其中的一篇小说《施帕内尔教授》就描写了一个教授参加了纳粹党后,在集中营里研究如何用被害者尸体的脂肪做肥皂,办法是先把这样的尸体放在水里去煮,等尸体身上的脂肪熬煮出来,还要加上一些配方,才制成肥皂。作者还明确地指出:"我能料到,正是由于德国当时脂肪奇缺。考虑到国家的经济状况,国家利益而促使这位教授这么去干。"[①]作品中还有人质问那些法西斯分子:"难道就没有人告诉你们,用人的脂肪去做肥皂是犯罪?"[②]可见纳粹法西斯是如何灭绝人性。纳乌科夫斯卡也写过剧本,如《女子家庭》写祖孙三代六个寡居女人不幸的命运。

海仑娜·博古谢夫斯卡和耶日·科尔纳茨基夫妇是"城郊文学社"的组织者和代表作家。他们在20世纪30年代一起写过许多小说,主要反映社会下层劳动人民的生活,在艺术上自成一体。海仑娜·博古谢夫斯卡(1886—1978)生于华沙,年轻时在克拉科夫雅盖沃大学攻读自然科学,后曾主编《世界、家庭和学校》杂志。1933年她和丈夫科尔纳茨基一起创立"城郊文学社",开始小说创作。德国法西斯占领波兰期间,她没有离开华沙,1944年参加波兰民族解放委员会和德国法西斯罪行调查委员会,在克拉科夫和华沙等地对法西斯匪帮在波兰犯下的罪行作了大量的调查。耶日·科尔纳茨基(1908—1981)也生于华沙,20世纪30年代参加过左派组织"保卫人和公民权利联盟"和国际援助革命者组织的政治活动,成为当时著名的左派社会活动家。德国法西斯占领波兰期间,他在华沙秘密从事文化宣传工作,1944年参加波兰民族解放委员会,1945—1947年担任民族历史研究所所长。

博古谢夫斯卡在30年代初开始发表作品,第一部小说《盲人的世界》(1932)是关于盲童的生活,作者对他们的不幸表示深切的同情。在小说《红蛇》(1933)、《不知从哪里来的孩子们》(1934)和《绿围墙的那边》(1934)中,她生动地刻画了许多残疾儿童的形象,成为当时著名的儿童文学作家。她一生发表的作品很多,有些是她单独写的,有些和科尔纳茨基合写。在她单独创作的作品中,除了以上提

[①] 卓非亚·纳乌科夫斯卡,《作品选》,第2卷,读者出版社,华沙,1956年,第406页。
[②] 同上,第404页。

到的几部外,还有长篇小说《莎比娜的一生》(1934)、《黑球》(1952)、《维斯瓦河来的妹妹》(1956)、《玛丽亚·埃尔哲丽亚》(1958),短篇小说集《任何时候我也不忘》(1946)和回忆录《绿色的夏天》(1934)等。其中最著名的是《莎比娜的一生》。她和科尔纳茨基合写的小说有《运砖的车子来了》(1934)、《维斯瓦河》(1935)和《波洛内兹舞》(1936—1939)等。

小说《莎比娜的一生》写莎比娜患了不治之症,在病床上回忆自己的一生,这种回忆往往是梦幻和现实互相交替。在波兰恢复独立前后,莎比娜参加过革命活动,所以她的梦中经常出现波兰社会党人组织游行示威、和当局进行斗争的场面。有时她又梦见她曾有过一次幸福的休假,港口城市的人都穿得很漂亮,只有她和母亲的穿着不合时宜。她醒过来后,依然躺在阴暗的病房里,想到中学同学之间的友爱,想到她当时最爱读法国作家罗曼·罗兰和斯泰凡·热罗姆斯基的作品,可是她儿子卡齐米日却不好好读书,考试不及格,还要父亲给他买自行车。她对儿子不求上进十分焦虑,但又想不出把他教育好的办法。她记得她曾穿过妹妹结婚时穿过的裙子,母亲很喜欢她这一身打扮,但她认为裙子的式样已经过时,后来就不要了。女主人公在梦幻中和醒来后的各种回忆都显得零乱、毫无头绪,各种意识的流动完全是自由的,但这和她此时此刻的病态密切相关。疾病给她带来了痛苦,使她产生了悲观失望情绪。她总是穿着一件黑色衣裙,可是她身子瘦得只剩下皮包骨了,她没有钱去买新衣,母亲对她说,你一生就这么一件衣裙,莎比娜悲伤地流下了眼泪。她看到这个世界好像变成了一片长满红花绿草的牧场,可是她在这里却没有立足之地。家人要她去吃饭,她不让他们进房,她不用别人照顾,宁愿把自己关在这间阴暗的病房里悲伤和孤独的死去。女主人公出身贫困,倾向革命,一生经历坎坷,结局不幸,作者对她寄予同情。作品对女主人公的各种心理变化作了深入细致的描写,也是一部著名的心理小说。

《运砖的车子来了》是一部反映城市无产阶级革命斗争的作品。维特拉科夫斯基夫妇开了一个水果店,生意兴隆,日子过得不错,家里经常举行酒会,让亲友参加,一起跳舞。维特拉科夫斯基的叔叔参加过一月起义,在战斗中牺牲,所以他和亲友们爱讲波兰过去民族解放斗争的故事。他儿子雷沙尔德在砖瓦厂当工人,工人们每月收入不够养家糊口,常常举行罢工。一些革命分子在厂里印制散发宣传马克思主义的小册子,呼吁无产阶级要不屈不挠地进行反饥饿反压迫的斗争。他们的斗争影响到了邻近的钢铁厂和制革厂,这两个厂的工人也举行罢工游行,结果遭到警察镇压,许多工人被逮捕,一些领导罢工游行的革命者被关进监狱,他们便以绝食斗争对当局表示抗议,有的人死在狱中。小说具有报告文学性质,一些章节还充溢着繁琐的细节描写,有自然主义倾向。

《维斯瓦河》是一部带幻想性质的小说。维斯瓦河在古代曾经通航,是沟通沿海和内地的水运动脉,曾促进波兰国内外贸易的发展,但多年来已不通航。作品描写的是希尤多夫斯基一家在河上做客运和粮运买卖。一次他们驾着一艘满载乘客和粮食的船从波兰南方驶向北方,由于生意做得不错,船主一家便宴请旅客,和他们一起歌舞。有时船机出毛病,要进行修理;有时河水太浅,行驶困难,因此这艘船走得很慢。到了普沃茨克后,旅客们上岸购买食品,船主则去城里洽谈粮食运输生意。过了一会儿,他女儿尤丽亚突然病死在船上,全家都急着等他回来为女儿举行葬礼。小说的故事在现实中不可能发生,但作者通过这种富于幻想的构思,描写了这条数世纪来促进波兰民族生存和发展的母亲河,寄托了她的喜悦和悲愁。

《波洛内兹舞》是一部革命文学作品。小说分四卷,头两卷写一个革命家庭的经历。作家齐普里扬·赫里凯维奇出生于一个贵族家庭。他父亲早年受革命思想影响,离家投身革命,参加过巴黎公社的战斗。赫里凯维奇决心将他父亲战斗的一生写成小说,以教育人民。他妻子莎洛梅阿是一位哲学博士,负责领导华沙一个关心失业者委员会的工作。这项工作旨在了解波兰社会上失业状况和造成失业和犯罪的原因,并且帮助失业者尽快地就业。莎洛梅阿的女秘书维罗尼卡在调查中遇到一个靠盗窃为生的失业者恰尔涅茨基,此人原先是个面包师,失业后有五年没有找到工作。这期间,他因为盗窃坐过牢,释放后仍操旧业。他说不盗窃他和儿子就会饿死。他请求维罗尼卡介绍他儿子进孤儿院。维罗尼卡经过调查,发现波兰城乡像恰尔涅茨基这样的失业者大量存在,他们挣扎在饥饿和死亡线上。莎洛梅阿写信给她的女友,表示她们曾为国家的独立而战,现在则要为社会的正义而战。共产党员彼得主办杂志《巴黎对话》,宣传争取社会解放的思想,他对教授维达茨基说,世界上没有犯罪的孩子,只有饥饿和生病的儿童,失业者如果有了工作和面包,就不会去偷盗。在小说的第三和第四卷中,作者把故事发生的地点从华沙移到波兰北方波莫热沿海地区。这里有许多德国移民,都很富有,有的移民开办学校,可是在学校里,存在着秘密的法西斯组织,一些德国学生公然宣称,希特勒一定要到这里来,否则这里就没救了。这是一部纪实小说,意在说明经济危机所造成的大量失业和德国法西斯对波兰的威胁是造成波兰内忧外患的根本原因。

波纳·戈雅维钦斯卡(1896—1963)出生于华沙一个手工业者家庭。她中学时就爱参加各种社会活动,1905年革命爆发后,因参加群众性示威游行被学校开除,后来坚持自学,当过幼儿园教师和图书管理员。她1915年发表处女作——短篇小说《两个片段》,写得有文采,曾经得到华沙一家周报的嘉奖,后很长一段时期没有继续文学创作,直到1931年又重新开始写作。1931—1932年,她曾迁居西里西亚,回到华沙后在《波兰报》当了编辑,同时发表小说和散文。1943年她被德国法西斯分子逮捕,在帕维亚克囚禁了半年。波兰解放初期戈雅维钦斯卡住在罗兹,1949年以后定居华沙。

戈雅维钦斯卡没有参加"城郊文学社",但她的创作倾向和风格同"城郊文学社"的作家却是很相近的。她的主要作品有长篇小说《埃尔日别塔的土地》

(1934)、《诺沃里普基的姑娘们》(1935)、《栅栏》(1945)和短篇小说集《平常的一天》(1933)等,也大都以20世纪30年代城市居民生活为题材。《埃尔日别塔的土地》的故事发生在30年代西里西亚的一座小城。女主人公阿格涅什卡一家三口,丈夫尤里扬是个雕刻匠,经常失业,在家吃闲饭,女儿埃尔日别塔在学校读书,她一个人肩挑全家生活的重担。她有一个祖传的作坊,但设备陈旧,无法开工,后来经过很多努力,在亲友的帮助下,终于把那个旧作坊改造成了一个生产石膏和颜料的小工厂。工厂开工之后,她马上派人去各地为商品打开了销路,没有多久,工厂就盈利了。随后,她又开了一个日用品商店,生意做得不错。阿格涅什卡不仅挣得一笔财产,而且在商界还结交了一些有地位的朋友,为她丈夫找到了工作,把女儿也送到华沙去学美术。阿格涅什卡平日对工人和店员都很关心,为了解决他们的住宿问题,专门给他们盖了一栋宿舍。她还经常出钱接济那些生活有困难的街坊邻舍。因此她无论在工厂和商店里还是在社会上,都赢得了普遍的尊敬和爱戴。

可是在当时的情况下,像她这样通过自己的努力走上致富之路的人毕竟是少数。这个小城就有一大批失业者,他们经常举行示威游行,遭到军警的镇压。阿格涅什卡的女儿埃尔日别塔在华沙因为和一个积极参加社会活动的大学生交往,被怀疑是共产党员,一些警察便闯进阿格涅什卡的工厂里进行搜查。小说的结尾,失业者的游行队伍朝着波兰和德国的边境走去,说明他们在波兰找不到工作,要到法西斯德国去谋生,这实际上是去为希特勒发动世界大战效劳卖命。小说提出了一系列尖锐而又令人深思的问题:在经济危机来到的时候,就是像西里西亚这样资本主义工商业高度发展的地区也深受其害,一些波兰的失业者在饥饿的威胁下,不得不去为自己民族最凶恶的敌人效力,这真是一个极大的讽刺。像阿格涅什卡这样一个在艰难环境中崛起的有产者,面对30年代的大危机,也不可能永远维持兴旺发达的局面。

《诺沃里普基的姑娘们》也是一部写城市生活的作品。雕刻匠马沙科夫斯基一家八口,除妻子外还有五个女儿和一个儿子。他虽有一个作坊,凭自己的手艺制作各种工艺品,拿到市场上出售,但因挣钱不多,难以养家糊口。几个孩子不得不到外面去找工作。儿子米泰克在母亲帮助下,先后在木工厂和一个为退休人员服务的组织里找到一份工作,勉强养活自己。二女儿玛丽亚中学毕业后在一家服装厂当工人,收入也很微薄。大女儿弗兰尼亚从小就爱好文学创作,但是她的作品又总不被报刊采用,最后无以谋生,在绝望中自杀。最小的女儿赫娜曾在一所职业学校学习贴花艺术,毕业后找不到工作,不得不离家出走。这里的居民除了谋生困难外,还因德国军队的到来感到恐怖。马沙科夫斯基早就知道德国军队就要进城的消息,他害怕到时发生饥荒、抢劫或者其他更加严重的情况,事先买了面包和蔬菜,作为家里的物资储备。书中虽然没有更多地描写侵略者的到来引起的社会状况的变化,但它就像博古谢夫斯卡和科尔纳茨基的小说《波洛内兹舞》一样,已经暗示了德国法西斯要大规模地侵略和灭亡波兰的征兆。总的来说,不论"城郊文学社"的作家还是戈雅维钦斯卡,他们对20世纪30年代经济危机和德国法西斯威胁的全面深刻的描述,都是别的作家不可比拟的。

尤利乌斯·卡登—邦德罗夫斯基(1885—1944)出生于一个具有浓郁文化艺术氛围的知识分子家庭,父亲是医生和政论家,还当过利沃夫剧院院长,母亲是钢琴演奏家,叔叔是享有世界声誉的歌唱家。在他们的影响下,邦德罗夫斯基从小就喜欢艺术,中学毕业后他曾在利沃夫和克拉科夫音乐学院学习钢琴,后来又在布鲁塞尔的大学攻读哲学。1907年,他曾担任布鲁塞尔一家波兰报纸的记者,1913年回到克拉科夫,1914年8月参加毕苏茨基的"波兰兵团",当过毕苏茨基的参谋和随军记者。1918—1920年他主编《波兰士兵》杂志,后去美国旅游,回国后定居华沙,1926年担任《真理之声》日报文学部主任,1933年被选为波兰文学院总书记。德国法西斯占领波兰期间,他在华沙参加秘密的爱国活动,曾被德国秘密警察逮捕。1944年华沙起义爆发后,他在起义中身负重伤,后来去世。

邦德罗夫斯基的文学创作是从青年时代开始的。早期小说《笨拙的人》(1911)和《火药》(1913)取材于布鲁塞尔的学习生活和他在高加索担任钢琴教师时的见闻。参加毕苏茨基的"波兰兵团"后,他还写过许多散文和政论文。这些作品大都反映他随"波兰兵团"转战南北的军旅生活,表现了他对毕苏茨基的崇拜,后收在《毕苏茨基们》(1915)、《火花》(1915)和《坟墓》(1916)等集子中。

邦德罗夫斯基的主要作品都取材于波兰20世纪20—30年代的政治斗争,其中最有代表性的是长篇小说《巴尔奇将军》(1922—1923)和《黑色的翅膀》(1928—1929)。《巴尔奇将军》以波兰获得国家独立前后的政治斗争为背景。1918年9月和10月,德国和奥地利占领者被英美等协约国的军队连连挫败。由于俄国十月革命的影响,两国国内爆发了革命,这使它们的统治者面临内外交困的局面。以毕苏茨基的"波兰军事组织"和"波兰兵团"为主要力量的波兰军队利用这一大好形势,在人民群众的支持下,打败了德奥占领者,把他们赶出了波兰王国和西里西亚。波兰取得国家的独立后,毕苏茨基作为当时国内威望最高的人物曾被推举为国家元首。1918—1919年初,乌克兰民族主义者在利沃夫建立了一个西乌克兰共和国,可是一部分居住在那里的波兰人为了控制利沃夫,就借助毕苏茨基的波兰军事组织的力量,和乌克兰民族主义者进行了斗争。1919年春,毕苏茨基为了收回白俄罗斯和立陶宛,亲自指挥军队和苏联红军打过仗,这次战争曾经得到一部分波兰地主和大资产阶级的支持,但是他们的军队进入白俄罗斯和乌克兰后,却遭到当地居民的反抗,引起了尖锐复杂的民族矛盾。1920年4月,毕苏茨基又发动大规模的对苏战争,曾攻占基辅,希望收回过去属于波兰的西乌克兰,但遭到苏联红军的反击,不得不于6月30日撤离基辅,回到波兰。

小说以纪事体的形式再现了这一时期的历史事件,如波兰军队从奥地利占领者统治下解放克拉科夫;1919年5月3日,波兰军队攻占立陶宛首府维尔诺的战争取得了胜利，回国后受到华沙居民的热烈欢迎；毕苏茨基1920年5月18日从基辅回到华沙等等。作者通过这些事件的描写，表现了自己的爱国主义立场。小说中几个主要人物如巴尔奇将军、东布罗瓦将军、克雷瓦尔特将军和记者拉辛斯基等都以真实人物为依据。巴尔奇将军为波兰民族独立而奋斗了一生，他的经历和毕苏茨基有相似之处，例如他和毕苏茨基一样，在反对沙俄的斗争中曾被捕入狱，第一次世界大战期间是波兰爱国阵营的主要代表，在波兰获得国家独立后，1919—1920年，参加过指挥夺取立陶宛和白俄罗斯的战争。但他又不同于毕苏茨基，巴尔奇在谈到毕苏茨基时，认为他自己不仅受到反对波兰民族解放斗争的右翼政党国家民主党的攻击，而且左派力量也不相信他，就是在他领导的军队里，也存在各种势力的斗争，但毕苏茨基能团结一切力量去对付波兰民族的大敌，因此他对毕苏茨基十分敬仰。作者对毕苏茨基在1919—1920年为收回立陶宛和乌克兰的领土同苏联进行的战争采取了肯定态度。

东布罗瓦将军是解放克拉科夫的波兰军队总指挥。他没想到他的军队那么快就打败了奥地利军队，克拉科夫解放后，他曾高兴地对一个波兰公爵宣布，贵族老爷的政府垮台了。克雷瓦尔特是巴尔奇的政敌，其原型就是毕苏茨基的政敌尤泽夫·多夫波尔—莫希尼茨将军。克雷瓦尔特像莫希尼茨一样，本是波兰军队中一个俄国军官，由于他和普鲁士占领者打仗不积极，曾被毕苏茨基的拥护者逮捕。波兰独立后，莫希尼茨支持过反对毕苏茨基和莫拉切夫斯基的暴动，克雷瓦尔特也参加过阴谋推翻巴尔奇的秘密组织。记者拉辛斯基是作者自己，他既是记者又是作家和音乐家，是巴尔奇也就是毕苏茨基军中的宣传部长。波兰独立后，他和巴尔奇一样对现实不满，称波兰的独立不过是"收回了一个垃圾桶"。

一部小说能塑造如此众多参与政治斗争的高层人物，而且他们都有生活的原型，这种情况在波兰文学史上还从未有过。这固然和作家个人的生活经历有着密切关系，但也表现了他的政治胆识。在他看来，19世纪爱国志士都像密茨凯维奇那样，希望在波兰实现自由、平等、博爱，但是这种理想是实现不了的，即使波兰获得了国家独立也实现不了。密茨凯维奇的时代早已过去，取而代之的是现实中的各种政治派别争权夺利的斗争，这种争夺使国家难以形成统一的局面。为了国家的统一，就需要实行强权政治。小说虽然发表于1922—1923年，但它已经预料到波兰以后政局的发展。

《黑色的翅膀》取材于西里西亚东布罗沃的矿山工人和钢铁工人的生活。20世纪20年代，这里的矿山和工厂全都掌握在波兰和外国资本家手中，工人的境遇十分悲惨。作者对此深有了解，在小说中展示的场景是触目惊心的：不论矿工还是钢厂的工人全都知道，他们的工资水平是全欧洲最低的，他们的住房比猪圈还差，厂里设备陈旧落后，还经常发生事故，极大地威胁着工人的生命安全。由于经济萧条，社会上有一大批失业队伍，他们在饥饿的折磨下，不得不举行示威游行以示抗议，他们的组织者中有波兰社会党和共产党的代表。声势浩大的游行队伍遭到当地军警的残酷镇压,许多人被逮捕入狱,有 41 人被军警枪杀。这又激起了当地市民的愤慨,他们为了对政府表示抗议,特意为这 41 位死难的工人举行盛大葬礼,参加葬礼的有两万余人。小说真实地反映了当时工业发达的西里西亚极其严重的阶级压迫和阶级斗争的状况,但书中一些地方把起来反抗斗争的工人写成是一群乌合之众,到处进行破坏,给社会造成混乱。那些革命党派的代表人物没有能力领导工人运动,其中还有一些挑拨离间的坏人,可见在作者看来,西里西亚的工人运动带有一定的自发性和盲目性。

  小说的主要人物塔杜施·米耶涅夫斯基是毕苏茨基"波兰兵团"里的战士。他以为波兰独立后会建立一个正义的社会,面对东布罗沃煤矿区和钢厂劳资双方存在的尖锐矛盾,他曾希望能有一个对双方都有利的办法来解决矛盾。但是他的希望落空了,而且连他自己深深恋着的女工也在游行中被军警枪杀了,这个年轻的理想主义者陷入了绝境。小说反映了邦德罗夫斯基对现实悲观失望的态度,他在场景的描写中采用了一些自然主义和表现主义的手法。他的表现主义手法在别的作品中也有充分反映。他是两次世界大战之间表现主义小说的主要代表。他的小说由于大都反映资本主义社会激烈的矛盾和冲突,许多场景和人物往往带有强烈的感情色彩,有时作者着意描写大量可怕的场面,同时表现了他对他所反映的历史事件的政治立场,例如小说在描写矿工举行集会时说那些劳动者都从四面八方来到了一个广场上,他们中有钢厂的熔炼工、轧钢工,眼睛烧红了的煅烧工,有背部浮肿的装卸工,不停地咳嗽的锅炉工和嘴巴变黑了的矿工,"有人在大喊大叫,"作者认为:"这是工人的命运,他们的贫困和他们的盲目性所演出的一出可怕的喜剧。是有工作和已经失业的穷人演出的一出可怕的喜剧。"①罢工的群众还举起了共产党人的红旗,高喊要释放政治犯,警察开枪射击。有人说:"大概在杀人,有人开枪了。"②小说中一个慈善事业家德隆热克表示:"这个人民之家从现在开始,要用来存放尸体了。这死去的 41 个人本来是无家可归的,现在他们是不是有了藏身之处?"作品最后明确地指出:"这就是为资本付出的代价。"③

  列昂·克鲁奇科夫斯基(1900—1962)是两次世界大战之间著名的左派作家和剧作家。他的创作跨越两个时期,20 世纪 30 年代他以创作小说为主,战后他又发表了一系列戏剧作品。他出生于克拉科夫一个装订工人的家庭,早年曾就读于克拉科夫工业大学化学系,1926 年来到西里西亚东布罗沃矿区,了解工人的生活,也受到他们革命思想的影响。他 1933 年回到克拉科夫,先后在左派报刊《前进》、《欧洲》、《起重机》、《直言》和《信号》等担任记者或编辑。1939 年 9 月,德国法西斯向波兰发动侵略战争的时候,他作为一个军官,参加保卫祖国的战争,后来被德军俘虏,先后被囚禁在德国的阿恩斯瓦尔德俘虏营和盟军的格罗斯俘虏营。

---

① 尤利乌斯·卡登—邦德罗夫斯基,《黑色的翅膀》,文学出版社,克拉科夫,1961 年,第 56 页。
② 同上,第 56 页。
③ 同上,第 428 页。

在俘虏营他仍积极参加波兰古代文化的宣传工作,曾任俘虏营"象征剧团"的编辑和文化部主任,组织上演过波兰古典戏剧。1945 年获释回到波兰后,他又以极大的热情投入战后重建波兰的工作,曾多次当选波兰民族解放委员会中央委员,后又担任波兰议会议员、文化艺术部副部长和波兰国务委员会委员等重要职务,还积极参加了保卫世界和平运动和领导波兰作家协会的工作,1949 年和 1950 年克鲁奇科夫斯基先后当选波兰保卫世界和平委员会和世界保卫和平委员会主席团成员,1949—1956 年任波兰作家协会主席。他是波兰战后初期和 20 世纪 50 年代政治和文化生活中一个很有影响的人物。

克鲁奇科夫斯基早在 1919 年就开始发表作品,最初写诗,20 世纪 30 年代开始转入长篇小说创作。1932 年发表的历史小说《科尔迪安和乡下佬》是他战前最主要的作品。小说以 1830 年十一月起义前夕的波兰王国为背景,根据当时一个乡村教师德钦斯基的回忆录写成,也是作者根据真人真事按照自己的社会观点的再创作。小说首先提出了在 19 世纪 30 年代农民遭受残酷的封建压迫的问题,它一开始就描写了一个地主走狗毒打农民的惊心动魄的场面。小说主人公德钦斯基是布罗得尼亚村的小学教师,他也出身农民阶层,同情贫苦农民的悲惨命运,要为他们伸张正义。因此他带着为农奴写的一份揭发村里地主恰尔特科夫斯基欺压农民的控诉书,前往华沙请愿,要求沙俄占领者当局支持农民,但是沙俄占领者当局维护波兰封建地主的特权,所以德钦斯基的要求遭到了拒绝,这也反映了农民对占领者当局抱有不切实际的幻想,而德钦斯基却因维护农民的权益而被地主送去当了壮丁。

和德钦斯基不同的是,小说另外一个主人公铁匠出身的德尔卡奇在拿破仑军队里打过仗,曾受法国大革命和巴贝夫①的空想社会主义思想影响。但是他也曾跟随拿破仑的军队,去遥远的安的利斯群岛上镇压黑人起义,这才明白他上了拿破仑的大当。他对布罗得尼亚村的农民没有革命觉悟表示不满。他对德钦斯基也说过,沙皇政府不是农民的,不能依靠它,必须废除法律闹革命,砍下地主和沙皇的头。但是他也有致命的缺点,因为他不知道如何去号召农民进行斗争,他只是一个单枪匹马的反抗者,他的反抗同样不会获得成功。

小说对十一月起义的评价,和其他作家特别是 19 世纪浪漫主义诗人尤利乌斯·斯沃瓦茨基的评价有所不同。它的书名就是针对斯沃瓦茨基的诗剧《科尔迪安》起的。斯沃瓦茨基的作品指出了青年贵族革命者的软弱性,但还是把主人公作为秘密组织的领导人来写的,突出了他的爱国精神。而克鲁奇科夫斯基对贵族领导的 1830 年十一月起义则持否定态度,把起义领导者写成一群事到临头不知所措的盲动主义者。波兰著名的爱国者和革命家约阿希姆·列列韦尔(1786—1861)在作者的笔下,也成了一个犹豫不决的人,对起义持旁观态度,还预言它会

---

① 格拉古·巴贝夫(1760—1797),法国革命家,空想社会主义者。

失败。主人公德钦斯基被地主恰尔特科夫斯基送去参军后，他所在部队里有秘密组织"爱国协会"的成员，地主恰尔特科夫斯基的儿子菲力克斯也是其中之一，说明贵族地主中也有人参加波兰民族起义。1830年十一月起义爆发后，菲力克斯请求德钦斯基参加起义，可是德钦斯基一想到菲力克斯的父亲就是村里农奴的压迫者，便视菲力克斯为他的仇敌，拒绝参加起义。实际上，德钦斯基是参加了1830年的十一起义的，他还明确指出十一月起义的失败主要是因为领导不力，没有提出农奴解放的问题，失去了农民群众的支持。此外，小说中也描写了备受欺压的波兰农民和豪华的地主庄园之间的鲜明对照和贵族军官学校靠刑罚来维持纪律的场面，在20世纪30年代波兰社会阶级矛盾十分尖锐的情况下，克鲁奇科夫斯基在小说中把地主和农民之间的阶级矛盾放在突出的位置，这对于激发波兰农民的革命意识起了积极作用。可是克鲁奇科夫斯基没有看到十一月起义在波兰民族解放运动史上仍是一次有深远影响的民族革命，波兰社会各阶级都应当参加，他对起义的评价有一定片面性。

1935年，克鲁奇科夫斯基发表了另一部长篇小说《孔雀翎》。它以第一次世界大战前西里西亚的农村为背景，如果说《科尔迪安和乡下佬》所反映的是封建地主和农民的矛盾的话，那么《孔雀翎》中所描写的农村，地主庄园已经退出历史舞台，而富农和无地少地的贫农之间的冲突就提到了首位。当时富农依靠奥地利占领者对他们的支持，组织帮派，欺压农民，这些人头戴波兰四角形的小帽，帽顶上插着一小撮孔雀毛，作品也由此而得名。小说主要描写的是一个类似莱蒙特小说《农民》等作品中多次出现过的场面：一个富农企图强占村社公有牧场，遭到农民的反抗，他依靠奥地利占领者的支持，用武力把农民镇压下去。农民失去土地和牧场，打不出粮食，不得不挨饿，但他们由此也迅速提高了阶级觉悟，积极参与政治斗争。主人公恩德列克·卡尔奇出身农民，他来到城里后，进工厂当了学徒，他在工厂里认识的工人许多都参加了社会主义团体。卡尔奇受工人们革命思想的影响，回到农村后，也对农民进行社会主义宣传，他认为农民的利益和城市里工人的利益是一致的。在这种情况下，农民必须联合工人阶级进行武装斗争，推翻地主资产阶级和支持他们的占领者的反动统治，建立一个独立、自由和民主的波兰。

克鲁奇科夫斯基战前最后一部小说《陷阱》发表于1937年。这时波兰国内的阶级矛盾更趋尖锐化。小说主人公亨里克·博格达尔斯基是一个小官吏，崇拜法西斯主义，幻想世界大战爆发。他失业后，在生活上要依靠妻子，因此对妻子怀恨在心，将她杀害，然后自杀。主人公这种暴虐和变态的人性受到了法西斯的影响，这在20世纪30年代波兰国内外某些社会阶层中有一定的典型性。

克鲁奇科夫斯基战前的作品深刻揭露了波兰的社会黑暗，表现了对被压迫人民的热爱和同情，反映了劳动人民对民主、自由和幸福生活的向往，对提高劳动人民的思想觉悟，推动20世纪30年代革命运动的发展产生了积极影响。

战后克鲁奇科夫斯基转入剧本的创作，《复仇》(1948)、《德国人》(1949)、《朱利尤斯和埃塞尔》(1954)、《自由的第一天》(1959)和《总督之死》(1961)等是他这时期的重要成果,这些作品主要以战争期间和战后波兰国内外的现实为题材。

《复仇》以人民波兰诞生初期国内阶级斗争为题材,写的是在波兰一个小城,战争期间的国家军分子1946年在这里进行恐怖活动和破坏。剧中人奥库里奇原是一个国家军的头目,他要他的继子尤列克在进行破坏活动时,一切听从他的指挥,可是他所在的这个城市有一所中学来了一位新的校长亚格敏。亚格敏是共产党员,战前在西班牙和法西斯进行过斗争,而且他还是尤列克的亲生父亲。奥库里奇认为亚格敏既然是他的政敌,他和亚格敏也有家庭矛盾,便叫尤列克去暗杀亚格敏。但是尤列克的暗杀没有成功,在同亚格敏谈话后有了思想转变,不再听从他继父的命令。

《德国人》描写战争时期德国一位著名生物学家宗南布鲁赫教授,他仇恨德国法西斯主义,但不愿介入政治斗争。他全身心投入科学研究,认为献身科学是他唯一的理想,可是他不知道他的科研成果已被法西斯分子在集中营中用来屠杀无辜。德国法西斯当局因为教授对他们有用,决定为他举行科研30周年庆祝会。教授的子女为了参加庆典,都从国外赶了回来。小儿子维利是驻守在挪威某省城的一个纳粹少尉军官,凶恶狡诈,曾用酷刑处死一个被捕的革命者。死者的母亲因为不明真相,向他求情,他不仅欺骗她说犯人已经逃走,还趁机低价买了她的贵重项链,作为礼物送给自己的母亲。当他的上级让他杀害一个抓来的犹太孩子时,他想到了"我也有老婆,有孩子",可见他还没有完全失去人性。教授的妻子是个瘫痪病人,拥护法西斯主义,他们的大儿子死在战场上,她认为他死得光荣。当小儿子来到她身边时,她也感到骄傲。正当全家人准备去参加庆祝会时,教授过去的一个得意门生和助手、现在已经成了反法西斯战士和德国共产党党员的约奥希姆,突然跑了进来,使他感到十分惊奇。原来约奥希姆在集中营里已经被关了多年,现在逃出来后要求助于他。教授虽然同情约奥希姆的不幸,但不愿意帮忙,叫他马上出去。教授的女儿露特是个善良正直的人,她不满父亲的态度,当即把约奥希姆留了下来。大儿媳妇莉泽尔要为死去的丈夫报仇,看见露特把约奥希姆藏在家里,便打电话报告纳粹警官。当教授全家从庆祝会上回到家里时,恰遇警官到来。露特毫不畏惧,告诉警官她已经把约奥希姆放走,警官于是把她抓走。维利随后去追捕约奥希姆。教授的妻子看到女儿被抓走后,对莉泽尔表示不满,这种骨肉之情在这里又超越了她拥护法西斯主义的立场。作者通过对人物不同的经历、政治态度和思想个性的深入分析,企图说明一个真理:在纳粹法西斯统治的条件下,任何人都不可能脱离政治斗争,只是看他以什么样的政治态度、思想面貌和行动准则来对待他所面临的这场法西斯和反法西斯的斗争。作品打破了当时波兰国内外文艺领域经常出现的描写战争时期德国人的"恶魔式"的形象公式,通过对一个家庭的解剖,成功地塑造了具体环境中一系列活生生的艺术形象,以此教育当时的人们。剧本发表后,在波兰国内外引起了很大的反响,被译成多种外文。

《朱利尤斯和埃塞尔》(中译为《罗森堡夫妇》)以20世纪50年代社会主义阵营和以美国为首的帝国主义阵营敌对和冷战时期为背景,讲述了美国和平战士朱利尤斯和埃塞尔夫妇(即罗森堡夫妇)因为参加保卫世界和平的活动,被美国政府以所谓"原子间谍"的罪名,逮捕入狱并处死的故事。克鲁奇科夫斯基作为波兰保卫世界和平委员会和世界保卫和平委员会主席团成员,他写这个剧本也是为这两位受害的美国和平战士伸张正义。剧本主要写罗森堡夫妇在被执行死刑前的六个小时的经历,表现了他们虽然蒙冤受屈但决不向反动统治者屈服,相信真理一定取得胜利的革命精神。他们知道:世界各国都有许多人对他们表示声援,就连他们被关的监狱里的检察官也不得不承认:"罗森堡夫妇在美国同盟国家最高人物当中找到了辩护人。"①因此他们坚信:他们的死"给受威胁的人们带来了力量","正直、勇敢和骄傲总有一天要在这个国家获胜的!人民的自由和尊严要在我们的祖国获胜的!"②

《自由的第一天》和《总督之死》产生的背景和《德国人》、《朱利尤斯和埃塞尔》有所不同。20世纪50年代中期以后,西方现代派文学被大量介绍到波兰,对波兰现代文学的发展产生了很大的影响,从这两个剧本的主题思想中就可看到西方存在主义思潮的反映,它们是战后波兰文学中为数不多的表现了存在主义关于"自由选择"命题的作品。《自由的第一天》的故事发生在第二次世界大战末期,波兰军队和苏联红军一起,在进军柏林途中解放了一个德国战俘营,有五个波兰战俘获得自由后来到一个德国小镇上。这里的居民已经疏散,只剩下一个德国医生和他的三个女儿。五个波兰战俘中的扬出于好心,表示愿做这三个姑娘的保护人。可是其中的大姐茵加是个法西斯分子,把苏联红军解放战俘的消息报告了溃退的德军,于是在这个镇上引起了一场激战。茵加在战乱中夺得一支枪,向五个波兰战俘发动攻击,最后被扬打死。作者通过这个故事力图说明:波兰爱国志士在经历了几年的法西斯铁窗生活之后,应该如何对待自由。五个战俘中的扬是一个有正义感和责任感的青年,他认为在反法西斯战争中,应当将普通德国人和法西斯分子区别开来。他起初自愿出来保卫德国医生一家安全就是出于这个原因,后来他发现茵加是个法西斯分子,对她采取坚决行动,也是出于这个原因。一个爱国者从法西斯牢笼中获得自由后,应当继续战斗下去,为人民立新功,这才是一个真正自由的人。

《总督之死》和《自由的第一天》有所不同,它描写的不是懂得如何对待自由的人,而是一个陷入孤独、永远也得不到自由的人。剧本没有交代故事发生的时间和地点,只说在某个国家某座城市有一个总督,在一次市民举行的游行示威中,他下令枪杀了许多游行群众,还逮捕了游行的组织者。但他过后终于良心发现,深

---

① 列昂·克鲁奇科夫斯基,《罗森堡夫妇》,李健吾译,新文艺出版社,1954年,第85页。
② 同上,第105页。

感自己对死者有罪。为了赎罪,他一个人偷偷地来到监狱里,和一个被他囚禁的革命者换了衣服,叫这个革命者坐他的轿车逃跑,而他自己则留在监狱里。轿车开出后,愤怒的群众以为是他们所痛恨的总督坐在里面,袭击了他的那辆轿车,结果把坐在里面的那个革命者打死了。总督知道这个消息后,马上回到自己家里,可他的儿子以为父亲害怕市民的报复,要找一个替死鬼,想不到他这么做,是要放走那个革命者。因此他不仅为市民所痛恨,而且在家里也得不到理解,他已经彻底孤立了。剧本着力于主人公的心理描写,说明一个总督不管享有多么大的权力,只要他犯了罪,也会受到痛苦的折磨,将得不到自由。这是作者对一切镇压人民的反动统治者的警告。

第七节
维托尔德·贡布罗维奇和荒诞派小说

两次世界大战之间,除了以维特凯维奇为代表的荒诞派戏剧外,在小说创作中的荒诞派的代表作家是维托尔德·贡布罗维奇和布鲁诺·舒尔茨。

维托尔德·贡布罗维奇(1904—1969)是这一流派享誉世界的最著名的代表作家。他发表剧作,也创作小说,他的小说成就胜过了他的戏剧成就。贡布罗维奇出生于基埃尔策省奥帕托夫县马沃希策村一个地主兼资本家家庭。1911年他随父母亲迁居华沙,1927年进华沙大学法律系,同年去巴黎大学攻读哲学和经济学,后在法院担任过一段时期的见习律师。从1934年起,他和波兰华沙《早晨的信使》等刊物建立联系,发表了许多文学评论文章,受到文学界的重视。1939年,他离开波兰去阿根廷,一段时期由于找不到固定的工作,在生活上曾经遇到困境。直到1947年,他才在布宜诺斯艾利斯的一家波兰银行里找到一个固定职位,但他在这里的生活很孤独,一个人在家创作小说,很少与当地的波兰侨民接触。后来由于他的作品产生了广泛影响,他的名声才传到西方各国,并于1963年获得弗尔达基金提供的年度奖学金,在西柏林住了一年。翌年他从西柏林来到巴黎附近的洛亚蒙,后来又去尼斯,此后定居在尼斯近郊一个叫旺斯的地方。1967年,由于在文学创作中取得的成就,他获得了法尔蒙戴国际文学出版者奖。

贡布罗维奇的早期作品富于幻想,侧重各种荒诞离奇故事场景的描写。他最著名的作品是1937年发表的长篇小说《费尔迪杜凯》。这是一部自传性作品,主人公尤齐奥是一位30岁的青年作家,波兰评论界把他看成是作者本人的化身。他的作品最初因为在艺术上不够成熟,读者评价不高。后来平科教授让他去一所中学学习,可是这所中学从校长比约尔科夫斯基到老师制定的教学方针和计划都十分保守，不是引导学生对各种社会和自然界的事物进行独立思考，而是叫他们整天死背书中的引文和公式，对教师和书本中提出的一切观点都不准有不同的看法。这便禁锢了学生的思想，扼杀了他们的个性，使他们永远处于不成熟状态，因此遭到了学生的抵制和反对。可是他们的抵制又往往十分幼稚，比如他们拒绝做老师规定的作业，对老师感兴趣的问题故意表示回答不了或者干脆不回答；有时他们还在课堂上开玩笑，做鬼脸，扰乱课堂秩序，课后又进行打斗甚至发生不正当的男女关系。他们要以他们的不成熟去反抗学校企图让他们永远不成熟的做法。

主人公尤齐奥最初来到这所中学，因为他长相年轻，被当成只有十几岁的不成熟的孩子。他觉得这伤了他的自尊心，闷闷不乐，对学校里发生的一切最初理解不了，后来终于认识到学校实行的是一种陈腐的教育制度。他和学生一样，对这种教育制度很反感，由于以上原因，他在这里觉得再也无法忍受，几次想要逃走，但被平科阻拦。

后来，平科教授让他寄住在一个工程师姆沃齐亚克先生的家里。这是一个在思想和行动上都很自由的家庭。姆沃齐亚克太太是一个慈善事业委员会的成员，热心救济社会上的孤残儿童。她和姆沃齐亚克先生有一个独生女儿祖塔，她平日从不限制女儿的行动，有时甚至不把自己看成是孩子的母亲，愿意像朋友似的和她友好相处。她认为这是一种新时代的家庭生活方式，但她的这种生活方式又走向了极端，反而造成不良后果。她不仅容许而且鼓励女儿在男女交往中的不正当行为，就是有了私生子也不在乎。

祖塔是个教师，生得漂亮，有独立自主的个性，爱体育活动，跳高、游泳、体操、打网球都很擅长，平日爱穿运动服，是一个具有新时代特点的女性，曾经引起不少男性青年对她的爱慕和崇拜，但她都不屑一顾。平科教授把尤齐奥领到他们家后，希望他和祖塔相爱结婚，使他待人处事变得成熟起来。教授一见到祖塔，就向她介绍尤齐奥，说他虽然看起来大些，但只有17岁，尤齐奥在这里又被看成是个不成熟的孩子。后来尤齐奥发现祖塔是个新女性，想和她接近，可是生性高傲的祖塔根本不把他放在眼里。尤齐奥见她如此傲慢，也不肯退让，他觉得一定要战胜她的高傲，但他有时却采取一种恶作剧的办法，这又表现了他的幼稚。

不久后，他中学的一个同学敏透斯来找他，邀他一起去乡下走访一个他认识的地主家的长工瓦莱克。瓦莱克所在地主庄园的庄主就是尤齐奥的姨父母，这里主人和奴仆之间等级森严，尤齐奥的姨妈表面上装得非常和善，因此长工讽刺她说：

"不错，她非常善良，只要看看她是怎样吸全村人的血就知道她是多么善良！村子里的人在挨饿，饿得嗷嗷叫，可他们在吸村里人的血。村子里每个人都在给他们干活儿……吃苦卖命。"[①]

---

① 维·贡布罗维奇，《费尔迪杜凯》，易丽君、袁汉镕译，译林出版社，2003年，第240页。

尤齐奥的姨父康士坦丁则生性暴虐,他常打骂长工。敏透斯带尤齐奥一来到庄园后,就和瓦莱克交上了朋友,和他结为把兄弟,对他讲述人人平等的道理,还搬出法国革命的《人权宣言》,说人生来是平等的,他要长工扇他的耳光,说这样就可消除他们之间的隔阂。可这引起了康士坦丁的恐慌,他对敏透斯产生了怀疑,说他是个"波兰社会党人"、"是个煽动分子"、"布尔什维克分子"。因此康士坦丁要在庄园里"实行恐怖统治,用暴力制服,让小厮再不敢跟人拜把子"[①],这样敏透斯和庄园主便发生了尖锐的矛盾,可这时候,尤齐奥又爱上了他姨妈的女儿佐霞。敏透斯、瓦莱克还和康士坦丁打斗起来,这个时候,附近的农民也冲了进来,打碎了康士坦丁家的窗玻璃。在这一片混乱中,尤齐奥和佐霞一起,最后逃离了庄园。

这是一部富于强烈讽刺意味的小说,深刻揭示了波兰20世纪30年代三种典型的落后现象:一、陈腐的教育制度、循规蹈矩的教学方法及其危害。二、资本主义的个性解放走向极端,就会造成道德败坏。三、30年代的波兰资本主义已经高度发展,无产阶级革命运动在社会上产生了广泛的影响,但农村还保留着像康士坦丁这样的封建宗法制统治的残余,形成了社会发展的不平衡。主人公尤齐奥永远被人看成是个不成熟的孩子,他在他所处的环境中受到压抑,还有那些中学生幼稚可笑的反抗,都表现了作者的苦闷心情,这种苦闷出自他对落后社会现实的不满。他在讽刺这些社会现象的同时也进行自我嘲讽,有时甚至采取一种怪诞手法,这特别表现在对他所厌恶的人物的描写中。如尤齐奥来到学校的头一天,校长比约尔科夫斯基就对他说,这里的教学方法是无与伦比的,我们的"教师骨干"是经过慎重挑选的,说完就把他带到一间房里,让他看看那些"教师骨干"是什么人。尤齐奥一看就吓了一大跳,原来都是一些

> 令人失望的老头儿和老太婆。多数喝茶的声音都很响,头一个咂嘴有声,第二个吧唧吧唧地响,第三个呼噜噜地往嘴里吸,第四个大口大口地往喉咙里灌,第五个哭丧着脸,秃顶,而教法语的女教师则眼泪汪汪,一个劲儿地拿手帕一角去擦拭。[②]

尤齐奥走进教室,发现学生们都急着要去厕所小便,教师对他们说,你们上课时有行动自由,为什么我就不能自由自在呢?你们装病不做作业,不来上课,为什么我一定要来上课?如此等等。它的故事情节的铺展具有很大的随意性,作者似乎一开始并就没有整体的构思,有的地方变幻莫测,有的地方甚至故弄玄虚,令人费解。小说中人物的个性都表现得十分奇特和不合常情,许多场景的描写不仅荒诞不经,还着意展示一些扭曲、夸张、变形和漫画式的画面,以极端粗俗的语言和滑稽逗笑的方式娱乐读者,可是它所表现的主题却很明确:就是以这种方式,对

[①] 本段引文均引自维·贡布罗维奇,《费尔迪杜凯》,易丽君、袁汉镕译,译林出版社,2003年,第250、249、280页。

[②] 同上,第37页。

作者所遇到现实中的一切,都持否定的态度,这在主要人物的独白和对话以及小说场景描写或者作者直接抒发的感世之言中都有明确的表达,这就是贡布罗维奇荒诞小说的主要特点。

农村和城市是那么贫穷和落后,呈现一种令人忧愁的病态:说到农民,"毫不奇怪,疾病在啃噬他们,贫穷在窒息他们。""究竟是谁把这善良和可敬的无产者变成了臭气熏天的丑恶事物的制造者?"城里所见到的是"寄生虫、麻疹、浑浊的空气、发霉的气味、狭窄、尘土……流浪儿、广告、招牌,外表可笑的人、眼神、头发、眉毛、嘴唇、人行道、肚子、工具、器官、打嗝儿、膝盖、胳膊肘、玻璃、叫嚷、擤鼻涕、吐痰、咳嗽、谈话、儿童、敲击声和喧闹"。①

主人公尤齐奥因为所有的人都把他看成一个永远长不大的人,有一种压抑感,他有时也不知道自己是个大人还是孩子,觉得他永远是处在自我嘲讽中。他要写一本书,书名叫《成熟时期的回忆》,这本回忆就是以他自己为主要人物的小说《费尔迪杜凯》。他有时还产生一种奇幻的感觉:"我似乎觉得我的躯体不是统一的,觉得某些部分还是小男孩的,觉得我的头脑在挖苦和讥讽我的小腿,小腿也在挖苦和讥讽头脑;我觉得手指在嘲弄心脏,心脏在嘲弄大脑,鼻子在嘲弄眼睛,眼睛在嘲弄鼻子,在咯咯笑,在吼叫……""对一些人而言,我是个聪明人,对另一些人而言,我是个蠢货;对一些人而言,我是个知名人士,对另一些人而言,我几乎不引人注目;在一些人看来,我是个平头百姓,在另一些人看来,我是个豪门贵族。游离于高贵和卑贱之间……既受到敬重又受到轻蔑……"于是他便得出一个结论:"也许是因为我生活在这样一个时代,这个时代每五分钟便产生一批新口号和新鬼脸儿,而且是尽其所能变换着,把自己的面孔扭曲得怪模怪样。"②他认为,他被扭曲,是因为他生活在这个被扭曲的时代中。

教育制度的保守和落后以及教师的无能也不仅仅是教育的问题,因为这个世界在精神上就是这么贫乏,它的一切表现都是那么荒谬,那么笨拙和虚假,"学生们被人们虚假地对待,他们能不是虚假吗?既然是虚假,那么他们能以不丢脸的方式说话吗?"③

对于那些自命不凡、好表现但又无能的文艺家,作者的嘲讽更是毫不留情:

你们既不是肖邦也不是莎士比亚——你们还没有成为十足的艺术家和艺术祭司——在你们当前的发展阶段,你们充其量只是半个莎士比亚和四分之一个肖邦(啊,该诅咒的部分!)——有鉴于此,这种自命不凡的态度唯有暴露你们可怜的不足——而且这看起来,你们似乎想要强行跳上纪念碑的基座,不惜损伤你们躯

---

① 维·贡布罗维奇,《费尔迪杜凯》,易丽君、袁汉镕译,译林出版社,2003年,第210—212页。
② 本段引文出处同上,第2,7,8,11页。
③ 同上,第51页。

体的一些珍贵和敏感的部分。①

作者最后似乎得出了一个结论,人世间的一切积极的因素——理想、责任、宣言和自信——都是不可靠的,因为人的生命力就像小说的主人公一样,被认为永远是不成熟的,这里充分表现了贡布罗维奇的悲观主义世界观:

人似乎应被规定好了的,也就是说,在自己的理想上是不可动摇的,在自己的宣言上是有自信的,在自己的思想上是毫无疑虑的,在自己的审美力上是果断的,对于自己的言行是敢于负责的,在自己的整个生存方式上是被一劳永逸地确定了的。请你们进一步看清这种要求的不现实性。我们的生命力是一种永恒的不成熟性。今天我们想到的、感觉到的东西,对于我们的玄孙来说将必然是愚不可及的。②

小说《着魔》(1939)写人们生活中由于思想性格的差异和缺陷所造成的矛盾和冲突,从而导致各种魔幻和鬼魅现象的产生,不可理解。主人公霍尔桑斯基公爵在波韦卡附近有一座叫美斯沃奇的巨大的城堡,里面有许多无价之宝:如提香和其他名画家的古画;15世纪的"沙沃纳罗尔御座",这是世界上最早的圈椅之一;还有法国国王亨利四世送给公爵先辈的一把椅子和一个文艺复兴时期的大柜子等。但是这些古物因为无人照管,上面布满了尘土,有的已经腐烂发霉。霍尔桑斯基公爵有个秘书叫霍拉维茨基,还有一个仆人叫格热戈什。他的这座城堡里有一百几十间房,只住着他们三个人,他们终日游荡在这些空旷、黑暗又潮湿的房间里,感到寂寞和恐惧。但多年来,公爵不许扔掉任何东西,那个仆人又不愿收拾,因此这里到处脏乱不堪。霍拉维茨基想要获得公爵的这个城堡和城堡里的财产,他表面上对公爵十分亲密,但公爵却很讨厌他。公爵有时表现得疯疯癫癫,霍拉维茨基认为这个老人一定有过什么痛苦的经历,他的疯癫定有特别的原因。霍拉维茨基的未婚妻叫马雅·奥尔霍夫斯,她并不喜欢他,她只是以为他能够继承公爵的遗产,才和他订了婚。马雅会打网球,她的网球教练马里安·瓦尔查克是卢布林"网球"俱乐部的成员,和她来往密切,而且人们都认为,他们俩有某种神秘的共同之处。这又引起了霍拉维茨基的妒忌。这一切便使得这座城堡常常出现各种怪异的现象,有时房间里一块毛巾不自然的晃动也引起了人们的猜疑,说这座古老的城堡里有鬼怪。有人说它"是一座令人难以想象的充满迷幻般的中世纪巨大建筑物"③。

文物教授斯科林斯基得知这个情况后,来城堡进行考察,公爵却问他要什么"信物",还说是霍拉维茨基要他到这里来,要谋害自己。科林斯基也对公爵的仆

---

① 以上引文见维·贡布罗维奇,《费尔迪杜凯》,易丽君、袁汉镕译,译林出版社,2003年,第77页。
② 同上,第86页。
③ 维·贡布罗维奇,《着魔》,林洪亮译,上海文艺出版社,2014年,第59页。

人格热戈什说霍拉维茨基对公爵有很坏的意图,要把这个坏蛋从城堡里赶出去。后来公爵把教授留下,认为他能防避秘书对他的阴谋。有一次,公爵还想到40年前,有个没有父母的孤儿弗兰克·西科尔斯基来到城堡,他和公爵长得一模一样,公爵要照顾他,人们都以为他是公爵的儿子。但西科尔斯基后来变坏了,喝酒、嫖妓,他说:"既然父亲不让我去受教育,还以我为耻,那就让我成为这样的人好了。"①他说他要毁灭自己,要自杀,后来又说他病得很重,死了,但究竟怎样,也不得而知。

马雅这时也认识一个叫列什楚克的卢布林"网球"俱乐部的成员,并和他打过网球,但她知道列什楚克有偷窃行为,是个小偷还不以为耻。马雅后来离开波韦卡,来到了华沙,她要独立自主,和霍拉维茨基解除婚约。为了找工作,她认识了一个金融家马利尼亚克,他是从美国来的,要来波兰投资和组建汽车生产厂商。马利尼亚克还有个外甥女迪·米尔迪女侯爵。后来马雅当了马利尼亚克的私人秘书,这又引起他的外甥女的不满。可马利尼亚克却要作弄米尔迪,给了她一顶怪模怪样的帽子,女侯爵戴了这顶帽子变得十分丑陋和老相,这反使马雅显得更加漂亮。米尔迪认为马利尼亚克对马雅礼遇有加是为了刺激自己,为此她气得都快要疯了。可后来马利尼亚克被人用绳子勒死了。有人怀疑是马雅干的,因为只有她才能进入马利尼亚克的房间。她是不是要拿他的钱?她是不是疯了?他那么喜欢她,可她为什么那么可恶?但马雅并没有杀害马利尼亚克,她知道有一个通灵大师辛奇能看穿人的思想,便把以前就认识的列什楚克借给她的一支铅笔交给了辛奇,辛奇认为这支铅笔也展示着邪恶和凶险,他还说列什楚克中了魔,被魔鬼控制了,马雅也相信列什楚克真的着魔了。后来知道,杀死了马利尼亚克是他的外甥女米尔迪,她是照侦探小说《在吸血鬼的陷阱里》那么去做的。作者通过辛奇与马雅之口来表达自己对当今世界的认识。辛奇说:"一个人的命运都是自己给自己铸造的。起决定作用的是性格、意识和信念,而不是盲目的和无形的精神流质。人类的每种生命,每种经历都有一点不清楚的神秘因素。我们生活的这个世界上的确还有完全无法解释的东西。但是它的明朗面对于正常人说来已经足够了。""我们要试图去解释一切那是徒劳的。我们的生命都是处在半明半暗中,有许多谜团我们是能解开的,但总会留下一小部分是无法解开的。永远都是如此。"马雅说:"既然我们已经开始互相信任,那么,即使是任何最粗野的事情也不会再令我们互相怀疑了。任何的精神流质也不能侵入我们的体内了。我们已是武装全身了。"辛奇说:"在这个充满昏暗和谜团、黑暗和渣滓、怪事和误会的世界上,只有一个正确无误的真理——那就是品格的真理。"②这也是作者对当今世界的认识。

长篇小说《横渡大西洋》写于国外,1953年在巴黎出版。这也是一部自传体

---

① 维·贡布罗维奇,《着魔》,林洪亮译,上海文艺出版社,2014年,第166页。
② 本段引文出处同上,第449、454页。

和纪事体小说,通过主人公"我"的自述,反映作者在布宜诺斯艾利斯的见闻和经历,其中不乏虚构。它的手法和《费尔迪杜凯》一样,以各种怪诞的描写表现作者的讽刺意向,这是他一贯的富于独创的风格。小说开头,书中的"我"就说,"我感觉我必须向家人、亲戚和朋友叙述我在阿根廷首都这已经延续了10年的经历起初的情况。"① "我"于1939年8月21日乘"勇士"号客轮来到布宜诺斯艾利斯,初来乍到,一切都很陌生,加之长途旅行,花费甚多,经济拮据,在生活上陷于无法解脱的困境。后来"我"有幸遇到了一位故友切奇绍夫斯基先生,他在这里已经居住多年,介绍"我"认识了波兰驻阿根廷公使和参事。这位公使知道"我"是一个知名作家,为了他的宣传需要,他对我接待得很隆重,甚至把"我"说成是伟大的作家、天才的作家。可是他却连"我"最迫切需要解决的工作和生活问题都不给予解决,对这种虚伪的宣传,"我"一开始就很反感。后来切奇绍夫斯基又介绍"我"在一个男爵开的骏马家犬公司里当了秘书,"我"在这里收入很少且不说,而且因为"我"是个外国人,还受到公司同事的冷遇,有的人甚至对"我"故意表现一些古怪的癖性,这又给"我"带来了无限的烦恼。

这时候,那位公使先生又派人给"我"送来了一束鲜花。参事还请我去参加使馆为当地名人举行的宴会,尽管他当众夸"我"是波兰伟大的天才,但是参加宴会的人对这种赞美却不感兴趣。一些人甚至带来了衣服、领带、袜子、手帕和长柄眼镜,他们只顾欣赏这些东西的样式,谈论它们的价钱。尤其是这位参赞把话说完之后,竟然毫不礼貌地叫大家来咬"我"这个天才,使"我"感到十分惊慌,这是对"我"的不尊重,对"我"的侮辱,"我"受不了,"我"要逃走……

随后"我"和一个朋友贡萨洛又来到了一个公园里,在这里有人突然拉"我"的手,原来是我认识的一个男爵和他的一个公司的两个股东佩茨卡尔和丘穆卡尔。他们一定要拉"我"去喝酒,还把"我"看成是贡萨洛的情人。"我"真是气急了,心想如果手里有枪的话,非得崩了他们的脑袋不可。但"我"为了躲避他们的纠缠,却只能往附近的厕所里跑,没想到他们也跟来了,一定要把钱塞进"我"的衣兜里。"我"问他们这是为什么?他们没有回答,也去厕所里小便,回来还是争着要给"我"钱。"我"实在没有办法,只好收下他们的钱,又和他们一起来到一家酒馆里喝酒和跳舞。可这时贡萨洛却不断地给他们敬酒,还做滑稽动作,随后又来了一个叫托马斯的退役军官,他要送儿子去参军,大家都笑话他。事后"我"问自己:为什么要去酒店里喝酒呢?那些人都嘲笑和鄙视我,把我当成拉皮条的人,"我"贡布罗维奇的"伟大"在哪里呢? 这时候,托马斯突然来找"我",说贡萨洛在酒店里侮辱了他,要和他决斗,请我当公证人。我因不愿让他们在决斗中身亡,便和男爵、佩茨卡尔两人商定,在决斗时发给他们两支空枪。第二天早晨,托马斯和贡萨洛来到了决斗场上,可这时又来了一个陌生人,还带来了几只猎狗。猎狗见到托

---

① 维·贡布罗维奇,《横渡大西洋》,杨德友译,上海文艺出版社,2013年,第1页。

马斯的儿子，便马上把他围住，贡萨洛看到孩子遇到危险，一时忘了孩子的父亲是他决斗的对手，奋不顾身地上前驱散了猎狗，把孩子救了出来。托马斯看到贡萨洛救了他的儿子，立即上前和贡萨洛拥抱，"我"也告诉决斗的双方，说他们使用的枪里没有子弹，形成了皆大欢喜的结局。

小说以夸张的描写对某些人物进行丑化，和作者对阿根廷的波兰侨民的看法有关，贡布罗维奇住在这里的时间很长，认为波兰侨民思想保守，有的甚至作风庸俗，他之所以不愿和外界接触，除了生活困难外，也因为他很厌烦和轻蔑他所熟悉的那些人。小说中的一些怪诞和富于象征的描写就是为了表现他的这种感情。

此外，小说还提到了如何看待自己和祖国、父亲和儿子的关系问题。他的祖国波兰被德国法西斯占领，按照传统的爱国主义文学作品的写法，在这个时候，每个波兰人都应当牺牲自己的一切，去为祖国的独立和解放而战斗。可是贡布罗维奇却突破了这个主题，他在小说中主要写他个人不愉快的经历和感受。虽然他有时也想到了"在大洋彼岸，正在进行激烈的流血战斗，许多人，我的许多朋友和亲戚现在不知道在哪里，正在干什么，也许已经把灵魂交给了上帝。""眼下国内那边纳粹正在杀人、在屠杀。"在托马斯要和贡萨洛决斗的时候，他又想到了"在遥远的地方，在大洋彼岸，人们正在浴血奋战，而这儿也在流血，托马斯老先生是为我做的蠢事而流血。"作者把二战期间波兰人民反法西斯侵略的奋战和他在这里和一些人的酗酒和胡闹联系在一起，具有极大的讽刺意义。小说结尾，以托马斯的儿子在遇到危险时被贡萨罗救出，象征儿子在危险时还有人关心，而"我"作为祖国之子，只能被祖国用作宣传品，却得不到祖国切实的关照。他的这种写法，除反映他的思想状况之外，也是为了摆脱传统的束缚，引出新的创作构思。他在为《横渡大西洋》1957年在出版写的"前言"中说："最重要的是，要获得自由，脱离波兰传统，而且，身为波兰人却争取成为比波兰人身份具有更深广、更高一级意义的人！这就是《横渡大西洋》在思想方面的私货。"而且他还具体地声称："因为我很担心，国内的批评界还没有完全摆脱社会主义现实主义对于'主题艺术'的狂热"，他的"脱离波兰传统"就是在祖国被敌人侵犯，人民遭受法西斯蹂躏的时候，去追求所谓的个人自由，他要"摆脱社会主义现实主义对于'主题艺术'的狂热"，可是他在资本主义的异国他乡，并没有获得自由，或者成为"更高一级意义的人"，而是到处受到欺骗、嘲弄和侮辱，落入陷阱而不能自拔，"我像疯子一样赶快下楼，逃避这个丢人败兴的场面，就不足奇了。"而他自己在这种处境中，也不得不承认：他"远离波兰，脱离了以往的生活，处于非常困苦的境地。过去被完全摧毁。现实如黑夜。未来还不能看清。什么也不能倚凭"。①

1960年出版的小说《色》，写主人公维托尔德和他的一个友人弗雷德里克

---

① 本段引文均引自维·贡布罗维奇，《横渡大西洋》，杨德友译，上海文艺出版社，2013年，第3、4、36、37、38、52、77页。

1943 年从华沙城来到乡下希波利特家。希波利特是个地主,他的妻子叫玛丽亚,女儿海妞霞 16 岁。一天,维托尔德去教堂望弥撒,遇见一个 17 岁的男孩卡罗尔,他是希波利特的管家的儿子。他觉得海妞霞和卡罗尔是可爱的一对,他想看到他们真心相爱,并且促成他们的婚事。可是海妞霞和卡罗尔自己并没有感到他们之间有什么联系,而附近卢达镇的女地主阿梅丽却要让她的儿子瓦茨拉夫·帕什科斯基和海妞霞订婚。阿梅丽是个寡妇,她有一流的庄园,为人"正派,道德高尚,"是个"出类拔萃的母亲,具有深厚的信仰,几乎是神圣的、坚守天主教的原则。卢达是所有人的道德支柱。"她的儿子瓦茨拉夫也"是一个有责任心的男人,有本事,看书多,一流的人才。"①但阿梅丽不知为什么后来被暗杀了。维托尔德和弗雷德里克为了促成卡罗尔和海妞霞的婚事,也将瓦茨拉夫杀害了。作者虽然没有交代阿梅丽为什么被杀害,但这两次谋杀的行动是有联系的。小说质问德才兼备的人才为什么被无辜地杀害,而维托尔德和弗雷德里克希望这年少的一对终成眷属,就一定要采取罪恶的行动?

贡布罗维奇的剧本并不很多,但它们也像他的小说一样,在读者和观众中曾引起强烈反响,其中具有代表性的是《宣誓》(1953)、《轻歌剧》(1975 年首演于华沙)等。《宣誓》和韦特凯维奇的剧本《乌贼》一样,写一场政变。两者不同的是,《乌贼》中的画家贝兹德卡杀死国王黑尔坎四世是为了建立一个美好社会,而《宣誓》中的政变不过是父子间一场争权夺利的斗争。主人公亨利是个法国士兵,父母在波兰开了一个酒店。有一次他来到波兰探望父母,爱上了酒店的女招待玛尼娅,这时突然一群酒徒闯进店里要侮辱她,他父母上前阻拦,也遭到酒徒的打骂。亨利见此,马上尊父母为国王,当众宣布国王不可侵犯,并把酒徒赶了出去。他父亲表示让亨利的情人玛尼娅做一次宣誓,以恢复她失去的尊严。可那些酒徒在一个叛臣的支持下,又闯进店里打他,亨利上前怒斥酒徒,而酒徒却对他说:如果你能推翻这个无能的国王,我们就尊你为王,那时你就有权决定你的情人怎么宣誓。亨利本不想这么做,但看到他父亲对酒徒的阴谋很害怕,便决心夺取父亲的王位。

亨利当上国王后,实行独裁统治,要求臣民尊他为神,可是狡诈的酒徒又开始对他施展阴谋诡计,让他的朋友弗瓦久和玛尼娅私通,以引起他对弗瓦久的嫉恨,他父亲这时也准备对他进行报复。对亨利来说,只有杀死弗瓦久,才能使自己转危为安,因此他下令处死弗瓦久,随后为玛尼娅举行宣誓典礼。这时舞台上突然出现弗瓦久的尸体,原来弗瓦久得知亨利的命令后便自杀了。亨利觉得弗瓦久的死与他有关又无关,与他有关的是他下达了处死的命令,无关的是他没有亲手杀死弗瓦久。人们看到一群酒徒在这个世界上似乎可以操纵一切:可以任意玩弄和鞭打国王而不受到惩罚,而国王连酒徒都制服不了。作者通过这些荒诞的、不合常情的情节使人们看到,这个世界从最高统治者国王到最下等的流氓酒徒都在

---

① 本段引文均引自维·贡布罗维奇,《色》,杨德友译,人民文学出版社,2012 年,第 40、41 页。

争权夺利,玩弄阴谋,这是一个充满阴谋诡计的险恶世界。

在《轻歌剧》中,剧作者把20世纪人类的历史比作时装模特展览。各种稀奇古怪的时装模特的疯狂表演,显示了这个世界处在极大的混乱中。故事发生在1910年,游手好闲的沙尔姆伯爵要勾引漂亮的阿尔贝丁卡小姐,他叫一个小偷用烟雾将睡在板凳上的阿尔贝丁卡小姐熏得昏迷不醒。阿尔贝丁卡在梦中感到有一只手在接触她的裸体,因此激动万分。身着礼服的伯爵羞于目睹这位裸身女人,他要以高雅的仪表和华贵的衣着去吸引她,带她去豪华商店定购最新最美的时装。巴黎著名时装设计师奥菲尔来到沙尔姆城堡,为自己设计制作时装和举行时装表演,但他却不知道哪种时装最合时宜。一个叫胡弗纳盖尔的伯爵便叫他组织一次假面舞会,让那些参加舞会的客人穿上自己设计的时装,同时进行评奖。舞会开始后,沙尔姆和他的情敌菲鲁列特用绳子各自拴来一个小偷,可是阿尔贝丁卡因被小偷触身后昏迷不醒,在梦中呼唤着裸身,沙尔姆和菲鲁列特听后十分气恼。当人们沉醉在欢乐中时,他们突然给小偷解开绳索,小偷大耍流氓,使会场陷入一片混乱,人人都发了疯似地脱下自己的衣服,大喊大叫。原来胡弗纳盖尔伯爵是一个革命家,他给舞会带来了血色时装,他要借此鼓动人们造反。

时隔多年,已经是第二次世界大战后,胡弗纳盖尔在城堡里审讯法西斯分子,奥菲尔也在准备新的时装展览,这时两个殡葬工人抬着一副棺材进来,睡在里面的就是裸身的阿尔贝丁卡,她使人们大为惊奇。这两个工人就是那次假面舞会上的两个小偷,他们把着了魔的阿尔贝丁卡偷偷地藏在这副棺材里。几十年过去了,裸身的阿尔贝丁卡并没有死,而且保持了青春年华。全剧突出了穿衣和裸身的矛盾,说明这个世界已被套上奇装异服的枷锁,阿尔贝丁卡只有在梦中才看得见自己的裸身,只有裸身才能脱离尘世的污染,使她永葆青春。

贡布罗维奇从1953年开始写日记,他于1957—1966年间出版的《日记》更是总结了他对世间一切的看法,表现了他的人生观,这些日记有的反映了他某个生活的片段,有的写他读书或参加各种讨论、争论的感受,表示他反对一切传统的思想观点和当今一切固有的习俗。如浪漫主义时期大众把波兰看成一个被上帝选定的民族,要以自己遭受苦难,来拯救世上所有陷入罪恶深渊的人们。文学创作必须歌颂集体,为集体服务,还有各种不能改变的世俗和宗教的礼仪,要求处理人际关系、恋爱和创作艺术作品都按照某种固定的形式等等,所有这一切在贡布罗维奇看来,都妨碍了个人的自由,使个人的"我"得不到发展,因此应当废弃。如他在他的一篇日记中写道:

我对波兰的态度表现在我对形式的态度,我要远离波兰,就像我要不拘形式一样。我要高居于波兰之上,就像高居于风格之上一样。[①]

[①] 雷沙尔德·马杜谢夫斯基,《1939—1991年的波兰文学》,学校和教育出版社,华沙,1992年,第358页。

特别是他反对宗教把个人的"我"看成是不道德的,科学把"我"看成不符客观实际的,马克思主义和所有的哲学流派都鄙弃那个自私自利和反社会的"我"的态度和观点。由于他反对传统的思想观点、道德准则和价值观,他认为个人高于集体,不完美胜于完美,边缘比中心重要,青春和不成熟是人生最有价值的东西,这些都充分地反映在他的作品中。

贡布罗维奇也和韦特凯维奇一样,力图从宏观的角度把握世界,通过对政治、文化和历史的透视来展现这个世界,从表面的荒诞揭露它内在的丑恶,并且认定这些丑恶现象就是这个世界有代表性的特征,但他所表现的以个人为中心,从而否定一切和怀疑一切的观点使他走向了极端。

布鲁诺·舒尔茨(1892—1942)也是一位荒诞派小说的代表作家。他出生于乌克兰德罗霍贝奇城一个波兰籍的犹太商人家庭,1910—1913年在利沃夫工业大学攻读建筑学,1914—1915年在维也纳美术学院学绘画,后来一直住在故乡德罗霍贝奇。德国法西斯侵占乌克兰后,他于1941年被关进了这里的犹太隔离区,翌年被法西斯匪徒杀害。

舒尔茨从小喜爱文艺,大学毕业后曾以绘画为职业,20世纪20年代中开始创作小说,但直到1934年,他的一些作品才在卓菲亚·纳乌科夫斯卡的帮助下,收集成书出版,名为《肉桂商店》。舒尔茨一生只发表了两部作品,除了《肉桂商店》外,还有短篇小说集《用漏斗计时器作招牌的疗养院》(1936)。

这些作品都以他青少年时代的见闻和家庭生活为题材。作者生长在城市,看到了资本主义社会各种庸俗堕落的现象,如短篇《鳄鱼街》,它的名称本身就富有某种象征意义。街上商店的门面装饰得"花里胡哨"、"奇形怪状",店里出售的都是"以次充好"的"冒牌货"。"火车票的黑市买卖和普遍行贿是我们这个城市的主要祸害","女人个个都是婊子"。交通工具的陈旧落后简直令人难以置信:"电车要市内的搬运工人推着它才能行驶。最奇怪的是鳄鱼街上的火车",它小得"像一条蛇一样",但这条"街道被火车经过时撒下的煤灰弄得黑乎乎的"。作者对这一切感到十分厌恶,称"鳄鱼街是我们这个城市现代化和大都会腐败现象的大杂烩",它"只不过是在去年的一些报纸上登载的那些照片的复制品"。①

在舒尔茨的作品中,他的父亲占有重要的地位。他父亲是一个小商人,在资本主义的激烈竞争中经营不善,最终破产。这给他在精神上造成压抑,他对父亲的不幸遭遇十分同情,也深刻认识到了资本主义社会的吃人本质。如《肉桂商店》中的《鸟》和《蟑螂》以及《用漏斗计时器作招牌的疗养院》中的《父亲的最后一次逃走》这三个短篇,就充分地反映了他的这种认识和感情。这三个短篇的情节是连在一起的,表现手法十分独特,它们并不直接反映"父亲"由于经营不善而遭到破产的全过程,也不明确指出历史必然和人物命运的因果关系,而是写"父亲"由于个人的种种怪癖,无

---

① 本段引文均引自布鲁诺·舒尔茨,《散文》,文学出版社,克拉科夫,1964年,第129、130、132页。

法适应环境,才导致悲惨的结局。作品穿插着许多荒诞的描写,成功地塑造了资本主义社会中小人物的异化形象,从中可以看到奥地利著名现代派作家卡夫卡的影响。

如在《鸟》中,舒尔茨写"父亲"对鸟有一种特殊的爱好,他平日大量搜集各种珍禽异鸟,养在家里。他还经常阅读禽学课本,对鸟进行认真研究。鸟的繁殖占用了家里许多地方,引起家人不满。他不得不搬到顶楼上的两间贮藏室里去住,这两间贮藏室也成了鸟的栖居地。每天早晨鸟的叫声响遍全屋,使大家不得安宁。他爱鸟入迷,难得下楼和家人见面。一天他下楼来,家里人发现他的身子变小了,双手变得和秃鹰的爪子一样。他见到家人后,摆着两只像翅膀一样的胳膊,发出一声声像鸟一样的鸣叫,于是家里人断定他也变得像一只鸟了。这是"父亲"的第一次变形。后来女仆阿德拉来到贮藏室,发现地板和桌子上全是鸟粪,臭气熏天,便把鸟全部赶了出去,从此"父亲"成了"一个失去王位和王国的流亡国王"①。

"父亲"失去鸟的王国后,家里又遇到了蟑螂的袭击。大批蟑螂突然从墙壁和地板的裂缝里爬出来,发出一声声尖叫,一下子把他吓疯了。从此他连"行动都变了",好几天一个人躲在衣柜里和鸭绒被下面,查看他的皮肤和指甲的硬度,并且模仿蟑螂的爬行动作。家里人再也见不到他,因此断定他"正在变成一只蟑螂"。可是母亲却说他"出门去了,要去周游全世界,因为他现在担任的职务是商品推销员"。舒尔茨笔下主人公的变形和卡夫卡的格里高尔·萨姆沙的变形虽都象征着资本主义社会中人的异化,但两个主人公的人生经历不同:卡夫卡的格里高尔长年奔波在外,挣钱养家,当他变成甲虫后,家里人对他感到厌恶,他只有悄悄地死去,暴露了人际关系的冷漠,即使在一个家庭里也不例外。舒尔茨的"父亲"性情怪僻,意志薄弱,作为一个弱者,在资本主义的竞争中,不可避免地成了牺牲品。这一点,在《父亲的最后一次逃走》中看得更清楚。"父亲"由于买卖亏损,商店破产,不得不摘下招牌,由母亲一个人在店里做未经正式批准的买卖,出售剩下的货物。"父亲"多时不再出现,家里人以为他死了,"我和母亲后来在楼梯上发现了一个大蝎子,很像父亲。"这说明"父亲"又一次变形了。作者便着意描写"父亲"变成蝎子后的各种细小动作,把蝎子称为"我的父亲",字里行间透着无限的辛酸和悲哀:"我望着他沿着墙纸沙沙作响地往上爬,出于本能的厌恶,不由打了个冷战。""看到他拼命地摇动他那些腿,无可奈何地以他自己为中轴旋转,真叫人难受和悲哀。"面对这个悲惨的结局,"我"真是无可奈何,只好责备"我"的母亲。可实际上,"我"心里也很明白,只有这种办法才能使"父亲"从绝望的处境中解脱出来,因为"命运已经无所不用其极地彻头彻尾地毁掉了他"。② 关于异化的描写,我们在维特凯维奇的和贡布罗维奇的荒诞派戏剧中已经看到,但舒尔茨荒诞小说中塑造的悲剧性异化形象,更具震撼人心的艺术魅力。

---

① 布鲁诺·舒尔茨,《短篇小说、随笔和书信选》,奥索林斯基民族出版社机关,弗罗茨瓦夫,1995年,第26页。
② 本段引文出处同上,第89、90、329、332、333页。

第三章

第二次世界大战之后的文学

第一节
战后初期及 20 世纪 50 年代和 60 年代的文学创作

　　1945 年初,波兰人民经过整整五年半同法西斯德国艰苦卓绝的斗争,终于赢得了解放。新政府建立后,经过 1946—1949 年的"三年计划"恢复了战争造成的严重破坏。许多战时流亡国外的新老作家都怀着一颗炽热的爱国心回到了波兰,参加祖国的建设。各种文化和文学刊物如《复兴》、《熔炉》、《普世周刊》和《创作》等相继出现,使文化界呈现出一派繁荣的景象。《复兴》周刊 1944 年创办于卢布林,战后初期发表了许多不同社会、政治观点的作品和评论,起了团结新老作家的积极作用。《熔炉》周刊 1945 年创办于罗兹,是波兰工人党机关刊物,由战后著名文学评论家斯泰凡·茹尔凯夫斯基主编。《创作》月刊创办于 1945 年,以发表作品为主,一直出版到今天,由著名文学评论家卡齐米日·维卡和著名作家雅罗斯瓦夫·伊瓦什凯维奇等担任主编。几十年来,它团结了一代又一代的作家,发表了许多不同风格和流派的文学作品,成为文学创作的权威刊物。《普世周刊》1945 年创办于克拉科夫,是波兰天主教的刊物。

　　战后初期,新的社会制度刚刚建立,新文学创作性质和任务便首先成了作家和文学评论家关注的议题。1945—1949 年由斯泰凡·茹尔凯夫斯基发动、组织了一批作家和评论家就现实主义问题展开了讨论。持新观点的文学评论家扬·科特(1914—2001)、斯泰凡·茹尔凯夫斯基、梅拉娜·凯尔钦斯卡(1888—1962)和诗人亚当·瓦日克等首先在《熔炉》上发表文章,提出他们对新文学的看法。他们认为,战后新文学应当继承波兰启蒙运动和批判现实主义文学传统,面对阶级斗争的现实,明确自己的政治立场,干预社会生活,促进社会的进步,因此他们反对形式主义,反对战前的先锋派和西方现代派文学。他们认为,战争刚结束,作家们对过去记忆犹新,感受很多,现在最迫切的是要把这一切都反映出来,无需虚构。另外一些文学评论家如阿尔杜尔·桑达乌埃尔、兹比格涅夫·宾科夫斯基、瓦茨瓦夫·库巴茨基(1907—1992)和作家威廉·马赫(1917—1965)等则以《复兴》周刊和《创作》月刊为阵地,指出对现实主义应作广泛的理解。他们热衷于艺术形式的研究,认为战前先锋派文学应当包括在现实主义的范围之内。《普世周刊》的评论家们则主张各派自由发展,他们和《熔炉》的评论家进行过长期的争论。

　　在战后初期的文学创作中,占主要地位的是反映战争和法西斯侵略罪行的小说和散文。不论老一辈作家还是崭露头角的青年作家，都曾有过法西斯占领时期的苦难经历，也最热衷于创作这方面的题材。例如塞韦雷娜·什马格列夫斯卡（1916—1992）的《布热津卡集中营上的烟雾》（1945）就是其中的代表，它是作者根据自己在布热津卡集中营的耳闻目睹写的一部长篇报告文学，真实而又详细地记载了布热津卡集中营在法西斯战败投降以前发生的一切，囚犯们在这里受尽折磨，被残害致死，但他们终于盼到了解放的一天。作者说：布热津卡集中营在奥斯威辛集中营附近，和奥斯威辛相距三公里。1945 年 1 月 18 日以前，这两个集中营的焚尸炉里，一直焚烧着死人的尸体，那里死了近五百万人，其中有被盖世太保抓去的普通波兰人，有华沙起义的参加者，有南斯拉夫人、捷克人、英国人、荷兰人、法国人和比利时人。几百万人被关在集中营里，最后只剩下了几万人，他们中还有一部分人在 1945 年以前被运送到德国去了。作者从 1942 年布热津卡集中营的状况写起，被德国法西斯抓来的囚犯都住在一个个大木棚里，每个木棚里住 1 200 多人，都睡在一些统铺上，这种统铺有三层，许多人共盖一床被子，连脚都伸不直。这样的木棚里既潮湿，又阴冷，晚上还有耗子咬人。下雨的时候，水流进来，地面成了泥浆，又脏又臭。囚犯们很早就要起来，排队点名，然后每个人拿着一只铁碗去打一碗咖啡，这就是早餐。早餐后他们要排起长队，到很远的地方去干活，因为没有吃的，囚犯们又饿又累。如果遇到雨天，干活的人被淋得全身透湿，晚上穿着湿衣躺在床上，睡不了觉。有个 15 岁比利时籍的犹太女孩患疟疾，她睡在湿漉漉的床上，对她的妈妈说她要死了，可德国法西斯的监工却说她怠工，用鞭子抽打她，晚上她就死了。男人们在干活时累死和饿死的很多，比女人多。如果有谁患了传染病，集中营里的德国医生就给他打一针，让他死去。有的病人宁愿躺在泥泞的地里发抖，也不愿去找德国医生。一个女囚死了，谁都不知道她叫什么，也不知道她的号码，只知道她是波兰人。在 1941—1942 年间，在布热津卡还关了许多苏军战俘，他们中有的病死了，有的饿死了，有的冻死了，死了三万多人。谁也不说他们患的是什么病，只说是患了"俄罗斯的热病"。有的囚犯被盖世太保枪杀了，但人们听不到枪声，只知道他今天没有回来。如果是政治犯，就随时有可能被枪杀，这给他们造成了极大的恐惧。但有时候，囚犯们又可听到空袭警报的声音，说明盟军在和德国法西斯打仗。囚犯们都认为，没有被德国占领或者和法西斯敌对的国家会来救他们。女囚们这时爬到了木棚的顶上，看见盟军的飞机飞过来了，飞机上的灯在闪光，她们就向上面大声地喊叫起来："美国，救救孩子们吧！美国人，救救我们的孩子吧！美国的母亲们，救救小小的孩子吧！救救波兰的孩子吧！"①她的声音响遍了四方。警报解除后，还有人喊："美国，救救孩子吧！"木棚里破烂的被子这时被风吹到了泥泞的地面上。囚犯们中午吃的是芜菁汤和黑面包，掺有栗子树枝叶，吃下去就胃抽搐，头痛，头晕，全身发冷。

---

① 塞韦雷娜·什马格列夫斯卡，《布热津卡集中营上的烟雾》，书和知识出版社，华沙，1945 年，第 55 页。

1943年,一些女囚想要逃跑,但是没有成功,她们中有117人被枪杀了。如果有人逃跑了,盖世太保就把他家里所有的人都抓来集中营替他。谁都不愿以亲人受罪的代价,使自己获得自由。但大家知道,战争快要结束了,女囚们都相信,只要过了1943年的冬天,明年就会获得自由。有的还说几个礼拜后就会获得自由。一些女囚经过检疫可以获得自由。囚犯们饿的时候,就到集中营的厨房里去,想要弄到一块土豆或芜菁吃,有时他们从集中营附近的波兰农民那里也讨得了一些面包,但是从法国、比利时和荷兰运来的囚犯仍在不断地死去。一些波兰女人来到布热津卡的时候,因为唱了波兰歌而受到了法西斯看守严厉的惩罚。在1943年和1944年的秋天和冬天,这里每天都要死300多人,不是饿死就是病死,或者被法西斯看守打死。可这时候,德国人失败的消息也在不断地传来,法国和波兰的东边已获得解放。有些男囚偷偷地跑到女囚犯营里报告消息。但这时有个波兰人因为听了收音机广播,传播了盟军胜利的消息,被盖世太保绞死了。死亡吓不倒囚犯,他们也不相信德国报纸上的消息,总要将各方面来的消息加以比较。盟军的飞机越来越多了,奥斯威辛、布热津卡和西里西亚发出的警报说明德国法西斯分子都很害怕,但囚犯们却非常高兴。盖世太保听到警报声都往大门跑去,躲在土坑里,他们已无心去看守那些囚犯的木棚了。囚犯们包括那些患了传染病和挨了棍棒的囚犯现在要狂欢了,他们的激动心情是难以描述的。有的囚犯在盟军飞机空袭的时候,用铁饭碗护住头顶,也不去躲藏。集中营的管理者知道苏联红军越来越临近了,规定不许囚犯拿铁制的利器,怕他们剪断集中营周边铁丝网逃跑,但逃跑的人越来越多了。华沙起义的消息在德国的报纸上报道得很少,但是大家知道,华沙在战斗。有一天,有个八岁的女孩和一些华沙起义的参加者一起从华沙来到了布热津卡,她知道她的父亲在四年前就被关在奥斯威辛了。她的父亲知道后,要来布热津卡看他的女儿,但他这时却被盖世太保送到德国去了。像他这样的情况在集中营里是常见的。苏联红军的战俘和参加华沙起义的波兰农民为集中营囚犯的解放,也付出了牺牲,但是法西斯分子没有料到前来解救集中营囚犯的苏联红军来得这么快。

此外,青年作家耶日·安杰耶夫斯基、沃伊切赫·茹克罗夫斯基、卡齐米日·布兰迪斯和塔杜施·博罗夫斯基等人的作品影响很大,是战后初期文学创作的主要成果。还有一些作家在描写战争和占领时期,反映了多方面的内容,表现了不同的风格。如克沙韦雷·普鲁辛斯基(1907—1950)的《十三个故事》(1946)和《梅斯切德的马刀》(1948),主要反映波兰军人流亡西欧各国的生活经历;科尔内尔·菲利波维奇(1913—1990)的《撕不破的风景画》(1947)写一些集中营囚犯在战争结束前的心理状态;阿多尔夫·鲁德尼茨基(1912—1990)的短篇小说集《莎士比亚》(1948)和《逃出明亮的草地》(1949)揭露纳粹法西斯疯狂屠杀犹太人的罪行;扬·多布拉钦斯基(1910—1994)的《在倒塌的房子里》(1946)描写波兰少年先锋队在华沙起义时和纳粹法西斯英勇斗争的经过;斯坦尼斯瓦夫·狄加特(1914—

1978)的《波登湖》(1946)以纳粹法西斯在瑞士波登湖边设立的一个集中营为背景,写一个波兰囚犯想成为一个浪漫主义艺术家,企图逃出集中营去拯救沦亡的祖国。由于他生性胆小,始终未能逃走。这部作品被认为构思新颖,曾经获得高度的评价。

和以上作品有关的是所谓"知识分子清算文学",其中如布兰迪斯的《木马》(1946)和《两次大战之间》(1948—1951)、阿尔杜尔·桑达乌埃尔的《一个自由主义者之死》(1947)、斯泰凡·基谢列夫斯基(1911—1991)的《阴谋》(1949)、耶日·普特拉门特的《现实》(1947)、塔杜施·布列扎(1905—1970)的《耶利哥城墙》(1946)和耶日·安捷耶夫斯基的《灰烬与钻石》等,都有一定的代表性。这些作品具有鲜明的社会批判意识,首先把矛头指向 20 世纪 20—30 年代的波兰现实,揭露统治集团内部争权夺利的斗争,指出波兰 1939 年 9 月的失败正是由于他们执行了一系列错误的对内和对外政策。占领时期的一些市民知识分子虽有爱国心,但由于害怕残酷的斗争,对反法西斯抵抗运动采取旁观的态度,表现了他们的软弱性。"清算文学"不仅批判过去,还反映人们如何在黑暗中寻求光明,怎样适应新的社会环境,揭示了波兰战后初期在新生政权建立过程中所面临的尖锐复杂的矛盾和斗争。当人们经历长期法西斯奴役的痛苦而获得解放后,总结过去的历史经验,面对现实,这就是"清算文学"产生的背景。

这一时期的诗歌创作,除了老诗人莱奥波尔德·斯达夫和弗瓦迪斯瓦夫·布罗涅夫斯基依然保持着很高的创作热情外,著名诗人孔斯坦丁·高乌钦斯基、密奇斯瓦夫·雅斯特隆、切斯瓦夫·米沃什等都发表了许多优秀的诗篇,成为波兰战后第一代诗人的主要代表。在戏剧创作中,除了列昂·克鲁奇科夫斯基和耶日·沙尼亚夫斯基的戏剧获得了高度的评价外,斯泰凡·奥特维诺夫斯基(1910—1976)的《墓碑》(1946)、安娜·希维尔什钦斯卡(1909—1984)的《长街上的枪声》(1947)、万达·卡尔切夫斯卡(1913—1995)的《土地在控诉》(1945)和塔杜施·霍乌伊(1916—1985)的《奥斯威辛近旁的房子》(1948)等,都是反映战争和占领时期的佳作。耶日·扎维伊斯基(1902—1969)是一位天主教作家,早在战前就开始创作,他的作品题材广泛,在波兰国内外有很大影响。

这一时期侨居国外的波兰作家中,除作家贡布罗维奇、诗人莱洪·维耶任斯基之外,还有梅尔希奥尔·万科维奇(1892—1974)、泰奥多尔·帕尔尼茨基等,他们的散文和小说有的反映纳粹法西斯灭亡之后德国人在思想上发生的变化,有的写历史题材,有的转向作家的童年生活,它们是战后初期文学的重要组成部分。

20 世纪 40 年代末,波兰国内政局发生变化。1948 年 11 月,波兰工人党的总书记哥穆尔卡因所谓"右倾民族主义错误"被解除一切职务,后于 1951 年被捕入狱。1948 年 12 月,工人党和波兰社会党合并成波兰统一工人党,从 1950 年开始执行苏联模式的建设社会主义的六年计划,同时加强了对文艺界的控制。波兰文学家协会(即作家协会)于 1949 年 1 月在什切青召开作家代表大会,在波兰党政领导的授意下，文化和艺术部副部长弗沃齐米什·索科尔斯基和波兰统一工人党文化部部长兼《熔炉》周刊主编斯泰凡·茹尔凯夫斯基参加大会。他们在大会的报告中，首次向作家提出社会主义现实主义创作方法乃文学创作的基本原则，要求作家以马克思主义观点批判资产阶级文艺思想，在创作中及时反映现实中的阶级矛盾，揭露敌人的破坏活动，歌颂战后的社会主义建设，把自己的创作和祖国人民走向共产主义的前景联系起来，担负起教育人民的使命。1950年6月，作家协会又召开了第五次代表大会，会上提出"要使波兰作家协会成为一个从事思想教育工作的团体和思想战线的前哨，它的首要任务是指导它的会员的创作"[1]。通过这两次大会，有关方面不仅对社会主义现实主义的性质和任务作了清楚的说明，而且将波兰作家协会确定为宣传和促使作家运用这种方法进行创作的组织结构。此后，评论界为了宣传社会主义现实主义，还出版了一系列理论专著和论文集，如索科尔斯基的《为社会主义而斗争的艺术》(1950)、茹尔凯夫斯基的《关于现实主义的争论》(1951)和《波兰文学研究、成绩、状况和需要》(1951)、雷沙尔德·马杜谢夫斯基的《转变时期的文学》(1951)、耶日·安杰耶夫斯基的《党和作家的创作》和耶日·普特拉门特的《在文学战线上》(1953)等。《熔炉》和《复兴》这两个刊物于1950年也合并成《新文化》周刊，成为作家协会的机关刊物。作家协会通过《新文化》等宣传媒介，一方面大力宣传社会主义现实主义创作方法；另一方面对战后一些政治倾向表现得不很明确的作品进行批评，认为它们不符合波兰社会主义建设的需要，同时也对战前的先锋派和荒诞派文学以及西方现代派文学进行批判，禁止这类作品出版。有的评论甚至把一切没有遵循社会主义现实主义原则的作品都看成是"离经叛道"，而对社会主义现实主义的理解也显得愈来愈狭隘，愈来愈政治化，最后甚至认为只有反映劳动生产、保卫社会主义祖国和波苏友好等题材的作品，特别是歌颂斯大林的作品最为重要。总的来说，社会主义现实主义的创作方法从一开始就是波兰党政领导照搬苏联的产物，是以行政命令的方式强加给波兰作家的。

　　社会主义现实主义作为一种创作方法虽然在这两次大会上才被提出来，实际上这个概念早在20世纪30年代就在波兰出现了。苏联作家协会于1934年召开作家代表大会，日丹诺夫在会上的讲话发表后，波兰一些左派作家当时受到这次大会的影响，在他们的刊物上对这个概念做过介绍和说明，这是波兰首次对这种创作方法的表态。战后初期关于现实主义问题的讨论，虽然没有提出社会主义现实主义创作方法，但茹尔凯夫斯基等人提出的关于新文学要"明确自己的政治立场"、"面对阶级斗争的现实"[2]的观点实际上也包括在后来作协两次代表大会上提出的社会主义现实主义创作原则之内。到1948年，社会主义现实主义这个名

---

[1] 转引自张振辉，《20世纪波兰文学史》，青岛出版社，1998年，第201页。
[2] 同上，第202页。

词在报刊上就公开出现了。与此同时,在文学创作中也出现了为社会主义而奋斗的革命文学作品,例如,卢奇扬·鲁德尼茨基(1882—1968)的小说《旧的和新的》(1948)就很有代表性。作者是一个出身于农村手工业者家庭的革命者,他的小说描写他本人如何从一个农民成长为一个波兰社会党和波兰王国及立陶宛社会民主党党员、一个无产阶级革命活动家的过程。小说写的虽然是过去,但它和以上两次大会提出的社会主义现实主义创作原则有密切的联系,曾被认为是波兰社会主义现实主义的作品而受到重视。所以这个原则在以上两次大会上的提出,无论在理论上还是在创作中都是有所准备的,只不过这一次是波兰党政部门看到时机已经成熟,以行政命令的方式向作家们提出来罢了。

两次作协大会召开后,由于有关方面的极力推动,在 20 世纪 50 年代初便产生了一大批以波兰社会主义建设和国内外阶级斗争为题材的小说,其中写工业生产的有扬·维尔切克(1916—1987)的《十六号生产》(1949)、波·哈梅尔(1911—1974)的《以普列夫为例》(1950)、塔杜施·孔维茨基的《在建筑工地上》(1950)、阿·希·雷尔斯基(1928—1983)的《煤》(1950)、卡齐米日·布兰迪斯的《人是不死的》(1951)、马里扬·布兰迪斯(1912—1998)的《故事的开头》(1951)、阿·雅茨凯维奇(1915—1988)的《盘尼西林》(1951)、沃伊切赫·茹克罗夫斯基的《聪明的草药》(1951)和安·布朗(1923—2013)的《近东号》(1952)等。写农村生产和合作化的有维·扎莱夫斯基(1921—2009)的《拖拉机迎来了春天》(1950)、玛·雅罗霍夫斯卡(1918—1975)的《甜菜叶》(1950)、列·巴尔泰尔斯基(1920—2006)的《河那边的人们》(1951)和艾·尼久尔斯基(1925—2013)的《炎热的日子》(1951)等。这些作品反映了工农大众在社会主义建设中所表现的热情,但它们离不开一个固定的公式:生产积极分子提出合理化建议,工人群众忘我的劳动,阶级敌人的破坏,少数人消极怠工,给生产造成了损失,最后在党组织的领导下,全体职工团结起来,揭露敌人的阴谋,惩罚消极怠工者,推广了新的工作法,生产又上去了。写农村题材的作品总是围绕着农民参加合作社的小圈子,因此这些作品的情节几乎千篇一律,正面人物总是那些生产积极分子和党的领导,反面人物也总是那些外国的间谍和国内的破坏分子,正反两种人物黑白分明,没有鲜明的个性和复杂的心理,他们的活动也限定在那么一个始终不变的范围内。由于情节描写和人物刻画上的公式化和简单化,这些作品一般都没有深入到人民群众纷纭复杂的现实生活中去,有的对现实的描写甚至不真实,它们受到许多作家和评论家的指责,被称为"生产文学"。

如塔杜施·孔维茨基的《在建筑工地上》(中译为《新线路》),写的是 20 世纪 40 年代中期人民波兰经济建设六年计划初的一个铁路建筑工地上的故事。一批刚从农村来的建筑工人来参加这里的铁路修建,开始他们有些不良的习惯,如消极怠工,有的还在工地上玩牌,或者去消费合作社偷东西;还有一些工程师、工长和工作队长也不按时上工,工人学他们的样子。后来他们在波兰统一工人党党员、青年工人柏威尔的教育和正确领导下,参加劳动竞赛,发挥他们的积极性和创造性,提出合理化建议,依靠集体的力量,不仅如期完成了任务,还出现了先进人物。主人公柏威尔曾以他在战前的经历和战后对人民波兰的认识来教育工地上的工人,他说,战前工人受资本家的剥削,或者失业,现在工人居领导地位,是国家的主人,已经"变成人民波兰的自觉和勤劳的共同创造者"①。柏威尔谈到他自己时说:

大战前,我才16岁。我的父亲和我都在工业中心区工作,因为所有的工厂都设在那里,当时就叫它工业中心区。这些工厂都是资本家开办的。只要资本家拿我们的血汗去买一架新机器,那他就立刻把一些人抛到街头去,因为他不再需要他们了。现在呢,工厂已经属于咱们工人,属于你、我以及裴德鲁斯……属于全体劳动群众。假使咱们制造一架新机器,那它就会帮助咱们,因为咱们自己已成为主人,它不会抢走咱们的面包……(今天)咱们的国家遭受了破坏,经济十分落后,咱们的工厂、轮船、百货店、纺织品实在太少了,现在,咱们必须一起迎头赶上去……尽量快地把咱们的国家重建起来,工业化起来。计划经济就照顾到这一切,为所有的人着想,为使每人都有工作着想。假若以后咱们走进社会主义,这就是说,假若咱们消灭了所有资本家,假若咱们变成了富强的工业国家,那么咱们就要做更少的工作,要读更多的书籍,要看更多的报纸,要常常去看电影。每一架新的机器都使咱们更进一步地接近社会主义。②

联系到波兰战前和战后的社会实际,主人公的这些话并没有错,但是单用这些政治宣传去刻画人物就很不够了。

还有作家泰道叶支·鲍罗维斯基的小说《舞会》反映了战后初期的文化建设。作品写一些年轻人来华沙文化馆参加一次舞会,会上他们还讨论起了文艺如何为工人和农民服务的问题,有个作家甚至很诚恳地说:

我们并不是因为自己一时的冲动,而是出于一种责任感,才来这儿的。将来我们来的次数还要增多,直到永远住在这儿为止。我们的许多同志——有名的文学家,也有未闻名的年轻作家,每天在波兰各地跟几千个在工厂阅览室里和煤矿内的工人谈话,也跟当地的农民和学校里的教员谈话;他们每天问这些人,需要什么样的书籍,什么样的诗歌,什么样的音乐;每天他们读自己写的诗歌和故事,每天也教人家怎样去了解、爱好书籍,每天他们自己也学习——向工人、农民、知识分子学习。他们学习怎么去写使人易懂的书、受人欢迎的书。当然,有些人会在

---

① 见塔道乌施·康维茨基,《新线路》,黄贤俊译,作家出版社,1954年,第56页。
② 同上,第43、44、56页。

成千受感动的积极工作者面前,朗诵他们的诗歌,积极工作者们就得意地倾听着他们的朗诵。①

这里也反映了文艺创作植根于人民,为人民服务的思想,无疑是正确的,但是当时作家们是不是都做到了这一点,他们的作品是不是都受到了广大读者的欢迎?实际情况也并不是这样。

除小说作品外,20世纪50年代初在诗歌和戏剧创作中也出现了公式化和概念化的倾向。诗人维克多·沃罗希尔斯基(1927—1996)是一个社会主义现实主义口号的积极宣传者,也是"形式主义"文学的狂热批判者。他发表的诗集《没有死亡》(1951)、《和平第一线》(1951)和长诗《路德维克·瓦伦斯基》(1951)等虽然不乏政治热情,但有的也带有标语口号式的倾向。在戏剧创作中,由于公式化的影响,也出现了生产戏剧,如万·茹尔凯夫斯卡(1912—1989)的《晋升》、克·格鲁什钦斯基(1925—1992)的《好人》(1951)、莱·雷尔斯基的《在造船厂》、雅·瓦尔明斯基的《胜利》(1950)和塔·沃姆尼茨基的《莠草与小麦》(1951)等。这些作品有一个共同的特点,"就是与当局的庆典活动和政治纲领有着紧密的联系,这是符瓦迪斯瓦夫四世的皇家剧院和校园剧院的固有特点。诚然它不像那时的戏剧那样应景,但继承了其明显的宣传倾向"②,它们犯了和"生产小说"一样的毛病,不受读者的欢迎,很快就被人遗忘了。

社会主义现实主义创作方法的宣传因为是自上而下的,在作家中没有广泛基础,也没能够维持多久。首先在刊物方面,除了作为这种方法的主要宣传阵地的《新文化》外,1952年在克拉科夫和华沙又出现了另外两个文化刊物,即《文学生活》和《文化评论》。评论家卢·弗拉辛从《文学生活》第一期开始,就连续发表文章,指出"生产文学"的公式化和概念化。《文化评论》也表现了对文学和艺术多方面的理解,并且提出要在群众中普及波兰各种形式的民族文化,它在读者中的影响越来越大,打破了社会主义现实主义一统天下的局面。1953年3月斯大林逝世后,波兰文艺界开始对波兰统一工人党的文化政策提出了批评,指出给作家硬性规定某种原则只会扼杀作家的个性和才能。社会主义现实主义的创作方法提出来后,一部分作家依然继续清算文学的创作,有的作家既写生产文学又热衷清算文学,如塔·布列扎的小说《天和地》、普特拉门特的《九月》(1952)和茹克罗夫斯基的《失败的日子》(1952)等,揭露了战前萨纳齐亚政府统治下的社会黑暗,指出了1939年9月抵抗德国法西斯入侵失败的原因。博·切什科的《一代人》(1951)歌颂了波兰工人党领导的人民近卫军战士在反法西斯战争中表现的机智

---

① 卡·勃朗狄斯等著,《在新的道路上》,韩世钟等译,新文艺出版社,1956年,第37、38页。这里的卡·勃朗狄斯是过去的译法,笔者现根据这位作家姓名的波兰文原文Kazimierz Brandys的发音译为卡齐米日·布兰迪斯。

② 达里乌什·考钦斯基,《波兰戏剧史》,仲仁译,中国戏剧出版社,2016年,第255页。

和勇敢。内维尔莱的小说《纤维工厂回忆录》(1952)以共产党人20世纪30年代的战斗生活为题材,摆脱了公式化和概念化的倾向,成功地塑造了革命者的形象,受到了评论界的好评。

1954年3月,波兰统一工人党召开第二次代表大会,有关领导在关于当前文艺问题的发言中,开始承认过去用行政命令的方式指挥文艺创作的错误。同年6月,作协召开第六次作家代表大会,一部分作家在会上指出,不能把文学的教育作用理解为单纯的政治宣传,要提倡独立思考,要讲真话,不怕揭露矛盾。有的作家还重申了苏联作家爱伦堡提出的解冻文学,认为波兰现代文学创作也需要"解冻"。作协领导列昂·克鲁奇科夫斯基和卡齐米日·布兰迪斯在总结前一阶段情况的报告中,虽然肯定了社会主义现实主义的创作原则,但他们号召作家扩大创作题材,对各种文化现象进行自由讨论,同时也指出一切非马克思主义的言论和创作不应受到压制。1955年,一些报刊对文学问题又组织了广泛的讨论。在讨论中,不少作家开始对社会主义现实主义创作方法表示否定态度,其中包括一些过去积极宣传这种创作方法的作家和评论家。他们一致认为,应当肯定各种不同创作方法的作品的地位,对波兰和世界上古今一切有审美价值的艺术成果都不能一笔抹杀,这样便开辟了一条自由创作的道路,产生了一批观点新颖的作品。其中除了我们在本卷第二章中已经提到的玛丽亚·东布罗夫斯卡的小说《乡村婚礼》之外,耶日·斯泰凡·斯塔文斯基(1921—2009)的小说《下水道》(1955)和《战斗时刻》(1956)都以1944年华沙起义为题材。《下水道》不仅是最早反映华沙起义的作品之一,而且它对国家军首先提出了正确的看法,认为他们在占领时期坚持反法西斯战斗,作出了牺牲,功不可没。小说描写一部分国家军和波兰人民军在起义失败后,从华沙老城下水道中一同撤走,途中克服了艰难险阻,但最后全部落入在道口等着他们的法西斯匪徒之手。这说明在国难当头的时候,这两股政见不同的力量可以团结起来,共御外敌,并且为此作出牺牲。《战斗时刻》写一些华沙的年轻人暗藏了武器,在1944年8月1日17时整,也就是下午五点,准备起义,参加战斗,有的人表示:"新生活从今天开始!东躲西藏、假证件、盖世太保,就要结束了","我们要把德国鬼子赶出华沙!"他们了解到,"白俄罗斯第二战线部队抵达华沙近郊",有可能支援他们。但有的人认为,这只是"虚张声势",因为"夜里没有听见大炮声,多半是在拉多希奇",还有一个没有参加起义的人认为,他们这是去送死。这些准备参加起义的年轻人,对参加哪个党派的起义队伍都有争议,这一切都真实地反映了华沙当时的情况和参加起义的人或旁观者的心态。作品最后只交代了一句:"恰尔内看了表。'差三分五点'他喊道,'出发!'……刹那间,整条街道和整座城市都噼噼啪啪打了起来,到处弥漫着令人窒息的硝烟。"①作品并没有具体描写起义者参加战斗的经过,大概是作者不愿展示波兰人在敌强我弱

---

① 以上引文均见《世界反法西斯文学书系波兰卷》,重庆出版社,1992年,第212、208、238、239页。

的形势下,以牺牲几十万人的代价经历的这场惨绝人寰的悲剧。卡齐米日·布兰迪斯的小说集《现代回忆录》(1954—1955)涉及了现实中的政治题材,如收在其中的《罗马旅店》这一篇,写一个作家在战前写了一本献给一个萨纳奇亚政府官员的书,因怕他所在工作单位的领导发现,进行审查,便偷偷地跑到图书馆里,企图撕下这本书中献词的那一页,结果被发现和逮捕。作者意在指出这是 20 世纪 40 年代末和 50 年代初不正常的政治生活之故。

在诗歌创作中,亚当·瓦日克的《写给成年人的长诗》和《批评写给成年人的长诗》(1955)、维克多·沃罗希尔斯基的《谈话》(1955)和密奇斯瓦夫·雅斯特隆的《热灰烬》(1956)因为接触到现实中一些尖锐的问题而引人注目。这些诗人有的本来是社会主义现实主义创作方法最积极的宣传者,可是现在,他们反过来认定当局制定的政策对所有的人都抱怀疑和仇视的态度,要造成恐怖的局面,消灭一切不满的因素,尤其是在《写给成年人的长诗》中,作者对这些政策及其后果进行了尖锐的讽刺,在文艺界和思想界引起了很大的震动。

战前著名灾变派诗人切斯瓦夫·米沃什早在 1951—1952 年在巴黎撰写并于 1953 年在那里出版一部政论集《被禁锢的头脑》,甚至从当时提出的理论的高度,指出社会主义现实主义禁锢了作家的头脑:

在实践中如果能好好运用这一原则,那就意味着,作家在描写每种现象时,都应看到阶级斗争的因素。进一步推理,就得出文学教育功能的结果,也就是把艺术变成说教。因为只有斯大林分子有权代表无产阶级(先进的阶级),"新的"和值得赞扬的只是根据党的战略、战术所产生的东西。因此,文学的目的就是要为朝着党指明的方向前进的读者创造出先进典型。社会主义现实主义是建立在"新事物"与无产阶级等同、无产阶级与党等同的基础上的。社会主义现实主义展示的是模范公民,也就是共产主义者(党员或者非党员)和阶级敌人。在这两种人之间还会有一种骑墙派的中间分子,他们见风使舵,一下转到这个阵营,一下转到那个阵营。这些转变,要么很成功,要么很失败——这成了文学中用来塑造朋友和敌人形象的公式之外,唯一的另一个主题。以这种方式对待文学(以及一切艺术)其结果必是教会人绝对盲从。这种盲从是否有利于严肃的艺术工作呢?说得客气一点,很令人怀疑。①

这一时期发表的戏剧作品中有历史剧也有现实题材的剧作,前者大都以波兰著名历史人物的生平和事业为题材。重要的有阿·马利谢夫斯基(1901—1978)的诗剧《通往黑森林的路》(1953),写文艺复兴时期诗人扬·科哈诺夫斯基晚年如何脱离宫廷政治斗争,走向农村美好的大自然。卢·密·莫尔什丁(1896—1966)

---

① 切斯瓦夫·米沃什,《被禁锢的头脑》,乌兰、易丽君译,广西师范大学出版社,2013 年,第 245 页。

的剧本《波兰人不是鹅》取材于文艺复兴时期另一位诗人米科瓦伊·雷伊的生平，通过对主人公在农村辛勤劳动生活的描写，反映他的人文主义思想。卡·科尔内尔的《袭击》(1952)描写波兰17世纪爱国将领斯泰凡·查尔涅茨基反对异族侵略的战斗一生。罗·布兰德斯塔泰尔(1906—1987)的《自由的标志》(1953)写波兰18世纪末爱国将领尤·苏乌科夫斯基跟随拿破仑战斗的一段经过，阐明波兰民族解放运动和拿破仑的关系。其他的历史题材作品有哈·阿乌德尔斯卡(1904—2000)的《逃亡者》(1952)描写18世纪波兰农民反抗地主压迫的斗争；安娜·希维尔什钦斯卡(1909—1984)的《对着墙壁呼唤》(1951)写无产阶级革命领袖路德维克·瓦伦斯基被捕之后，工人运动如何加强团结，坚持罢工斗争。在现实题材的作品中，除了前文已经提到的列昂·克鲁奇科夫斯基的戏剧外，耶·卢托夫斯基(1923—1985)的剧本《急诊值班》(1955)接触了国家军的题材，引起了社会的注目。主人公奥辛斯基是个医生，战时参加过国家军，战后被指控伙同盗贼搞破坏，在监狱里关了两年。出狱后他在一家医院工作，他医术高超，工作认真负责，但依然被人歧视。有一次，一位党的高级干部患了重病，要来他所在的医院接受手术治疗，县里在让不让他给病人动手术的问题上产生了不同意见。奥辛斯基由于长期以来在精神上受到了很大的打击，最后对一切都灰心丧气。剧本没有对任何部门或者个人进行谴责，但指出在波兰社会主义建设中，应当团结一切可以团结的人，不应当以出身作为用人标准。

1956年，在波兰政治生活和文学生活中，发生了根本的变化。这一年6月首先发生了震惊国内外的波兹南事件，7月，波兰统一工人党召开第八届中央委员会，将一年前获释的哥穆尔卡重新选为中央第一书记，哥穆尔卡在会上的报告中提出实行"深刻的社会主义民主化"的口号，决心摆脱苏联控制，走"社会主义的波兰道路"①，在全国范围内形成了新的政治局面。波兰作协面对这个形势，于11月召开第七次代表大会，讨论如何维护作家的言论和创作自由，与会代表对政府的书刊检查制度表示不满。有的作家认为前一阶段的文学创作一味粉饰太平，把现实变成神话，但克鲁奇科夫斯基和普特拉门特等作协领导认为，对1946—1956这十年的社会主义文学成就不应全盘否定。全国各地对波兰政治、经济、文化和文学等方面的问题也在进行热烈的讨论。过去一直被看成是资产阶级颓废派而受到批评的西方现代派文学和波兰战前现代派文学得到了肯定的评价。波兰统一工人党因前一时期否定现代派文学的文化政策受到指责。此后，欧美各现代派的代表作家如卡夫卡、萨特、加缪、海明威、福克纳、贝克特、艾略特、尤内斯库等人的作品，以及波兰战前的荒诞派和至今侨居国外的一些作家如韦特凯维奇、贡布罗维奇、舒尔茨、莱洪和维耶任斯基等人的作品，很快得到了翻译和出版。

这一时期在文学创作中又出现了清算文学，但是这次清算文学和20世纪40

---

① 托马什·弗罗钦斯基，《1939年以后的波兰文学》，学校和教育出版社，华沙，1993年，第95页。

年代的清算文学有所不同,它针对的是战后的现实。实际上,这种清算从瓦日克的《给成年人的长诗》就已经开始。1956年以后,这类作品就大量出现了,其中主要的有塔杜施·孔维茨基的小说《被围困的城市》(1956)、阿·希·雷尔斯基的《萨尔加斯大海》(1956)、安杰耶夫斯基的《黑暗笼罩着大地》(1957)和《天堂大门》(1960)、布兰迪斯的《红小帽》(1956)和《克鲁尔兄弟的母亲》(1957)、布兰德斯塔泰尔的《沉默》(1957)以及安·布朗的《铺砖的地狱》(1957)等。这些作品或者直接揭露社会阴暗面,或者以历史的比喻影射现实,把过去的政体描写成个人迷信的专制政体,指出它不仅压制人们的独立思考和作家的创作自由,而且对一切正直的人们进行迫害,给他们的身心都带来了痛苦。

另外一大批年轻的作家,如马·赫瓦斯科(1934—1969)、弗·莱·泰尔莱茨基(1933—1999)、艾·卡巴茨(1930—   )、莫·科托夫斯卡(1942—2012)、亚·明科夫斯基(1933—2016)、马·莱阿(1935—   )、马·诺瓦科夫斯基(1935—2014)、伊·伊列登斯基(1939—1985)等,都是战后成长起来的作家,1956年以后开始写作。他们一开始就遇到对波兰前一阶段进行清算的问题,在这种情况下,便把创作的重点放在揭露社会黑暗面或者令人不满的社会现象上。在这些作家中,最引人注目的是马·赫瓦斯科和马·诺瓦科夫斯基。赫瓦斯科的短篇小说集《登云第一步》(1955)中有的作品讽刺了社会主义建设中欺骗性的宣传,揭露了有人长期失业,无家可归,靠行乞度日的现象。在官僚主义的统治下,工人从早到晚辛勤劳动,到头来却一无所获。还有一些作品也充分揭露了现实的黑暗,有的甚至指向整个黑暗世界,表现了浓郁的悲观情绪,如小说《工人们》写一些工人辛辛苦苦建了一座桥,却又见不到那座桥,大家都很悲哀,哭了。《信》的主人公说他一个人孤苦伶仃,身边没有一个亲人,也没有人给他写信。他看见别的人有家,有孩子,有信。他老了,却什么也没有,因此他对那些能够收到亲友的信的人非常嫉妒甚至仇恨。信是他唯一的希望,但他最后还是收到了朋友给他的一封信,使他没有失望。《已划定的国界》的主人公说,今天所有的人都在火山上跳舞,但是他们不知道这很危险。他认为世界是一个大的集中营,它也不用铁丝网围着,因为关在里面的人没有地方可逃,这个世界也是一个犯罪的世界,波兰没有出路,所有的努力都失败了。在《两个男人在路上》中,有个男人找不到工作,四处流浪,乞讨,挨饿,居无定所。他见到太阳也感到绝望,除了那该诅咒的火热的空气之外,他一无所有。有人问他为什么不说话,他说他口干舌燥,说不了话,只有躺在棺材里了才舒服一点,因为那里没有湿气也没有虫子咬。他认为,如果在地面上没有他的藏身之处,那就要到地底下去。另一个流浪者也同样在酷热和风雨中煎熬,挨饿,没有人给他一片面包,晚上他看见城里的大街上,到处都是妓院和酒鬼,没有人管他,也没有人来问他。《士兵》写一个士兵打仗回来,看见土地上长了庄稼,他本来认为土地并不是坟墓,是一个人的生命,但他觉得自己老了,一个人孤苦伶仃。《环扣》中写一座城市每到周末,城中心到处都是酒鬼,有的汽车司机喝醉了酒甚至滥杀无辜,对这种杀人犯要判死刑。主人公"我"说他自己也是酒鬼,他只记得他一辈子都在酗酒,母亲因为他酗酒而病死了。他的老婆因为不愿和一个酗酒的人生孩子,也走了,留下了他一个人,这就是他的命运。有作品的主人公甚至直截了当地针对波兰的社会秩序,问道:"这种电车里拥挤、到处排队买黄油、相爱的人没有住所和工人旷工的情况什么时候才能改变?"

赫瓦斯科的作品的发表,当时引起了波兰舆论界普通的关注,被认为这是对现实的贫困和黑暗的揭露,讲了真话,是1956年10月波匈事变的结果,也是对个人崇拜、斯大林主义和官方规定的社会主义现实主义的清算,代表了波兰的工人、青年知识分子、大学生和国家工作人员的心声。他的作品中既反映了美的、真实的东西,也揭露了虚伪和丑恶;既有爱、忠诚的表现,又有仇恨和绝望;既描写了厚颜无耻,又反映了人的尊严;既有欺骗,又有真心实意。1958年3月,赫瓦斯科去了法国,因为他对人民波兰的态度,曾在西方引起了很大震动,被认为是"从铁幕里走出来的客人。"

诺瓦科夫斯基的小说写一个由流氓、小偷、醉鬼和妓女主宰的黑社会,他们反对一切文明社会的法律和规章,肆无忌惮地进行犯罪活动。在这些作家的眼里,这个解放了的社会依然是一个存在着贫穷和压迫、堕落和犯罪的社会。这类作品曾经引起很大的争议,有的作家和评论家指责它们错误地否定了现实中的一切,宣扬虚无主义;有的则声称它们最真实地反映了现实状况。尤其是对赫瓦斯科的作品,1958年1月,一些著名作家甚至组成评审委员会,决定给他的作品授奖,但此时他的作品已被禁止出版,他本人也已去了国外,并在巴黎的波兰侨民刊物《文化》上继续发表揭露波兰现实黑暗的作品。

清算文学的不断发展,使越来越多的作家对前一阶段社会主义建设采取了全盘否定的态度,知识分子中出现了反社会主义思潮,这引起了波兰党政领导的不满。哥穆尔卡认为,党的八中全会提出的社会主义建设路线现在遭到两方面的攻击,一方面是教条主义和保守主义,另一方面是"修正主义和取消主义",后者诋毁马克思列宁主义的基本原则,煽动波兰脱离社会主义道路。这方面最具代表性的是波兰大学生联合会的《直言》周刊。当时任《新文化》周刊主编的诗人维克多·沃罗希尔斯基在《直言》上发表文章,提出马克思主义思想存在危机的观点,因而受到批判,被撤掉了主编职务,由斯泰凡·茹尔凯夫斯基接替他任《新文化》主编。《直言》则因为"反对实施党的机关所通过的决议……散布对社会主义建设的不信任",于1957年10月被党中央下令停刊。周刊被关闭后,引起了华沙大学生大规模的示威和抗议,大学生甚至和军警发生冲突。1958年4月,有关部门根据党中央的意旨,规定那些"对斯大林时期进行了过分的、片面的清算"的作品要限制出版或重版。这一规定不仅没有解决或缓和作家和当局之间的矛盾,而且使矛盾更加尖锐了。同年12月,作协召开第九次代表大会,许多作家表示反对政府部门的书刊检查制度,要求言论和创作自由,把前一阶段在社会主义现实主义原则指导下的一些文学作品说成是"行政机关需要的宫廷文学"而加以嘲讽。不久党中央书记处又作出关于波兰作协情况问题的决议,谴责一部分作家"宣扬反社会主义的反动观点","支持各种集团的资产阶级知识分子和政治团体进行反波兰的活动。"① 后来根据党中央的意旨,由比较顺从于领导的著名作家雅罗斯瓦夫·伊瓦什凯维奇接替1956年以后持反对派立场的老诗人安东尼·斯沃尼姆斯基的作协主席职务。

实际上,20世纪50年代末和60年代初,除了清算文学外,大部分反映当时政治局面的作品只有一个主题,就是个人和集体的对立,个人必须彻底摆脱集体的控制,才能得到充分的自由。一些作家包括清算文学的作家都普遍对法国作家萨特的存在主义哲学和文学思想产生了兴趣。他们对存在主义的理解和对祖国人民抱有责任感的作家克鲁奇科夫斯基的理解是不同的,因为他们要借用这种哲学批判波兰战后的现实,认为在波兰战后这个以集体为中心的社会环境中得不到自由。哥穆尔卡于1963年7月4日在统一工人党十三中全会的总结报告中说:

> 近年来,干预生活、热情奔放地反映我国现实的作品太少了,描写为我国经济的发展而斗争,描写工人阶级、知识分子、农民、妇女和青年的忘我劳动的作品太少了……某些作家彻底抛弃了马克思主义,开始在存在主义外衣的掩饰下宣扬虚无主义的思想和道德……有些"清算文学"的作者们全盘否定50年代的文学,带着讽刺的口吻称它为"甜菜文学",对于这一时期的电影的看法也是这样。这种评价是片面的,极不正确的,它一方面使许多作家遭受委屈,另一方面也促使作家回避现实题材逃避现实生活……我们不需要狭隘生产性的公式化的文学艺术,但是我们也反对在艺术作品中忽视对人的劳动的描写。我们需要的是反映劳动、与劳动有联系的道德冲突。②

1963年党政部门为了控制舆论的导向,将《新文化》和《文化评论》两个周刊合并为一个《文化》周刊。翌年3月14日,玛丽亚·东布罗夫斯卡和安东尼·斯沃尼姆斯基等34位作家和评论家联名上书党中央,要求言论和批评的自由,认为加强书刊检查不利于民族文化的繁荣和发展。这封信很快就被"自由欧洲"和西方其他新闻媒介播放。哥穆尔卡认为这是有人蓄意给西方敌对势力提供一份抹黑波兰人民的材料,使西方敌对势力有机会干涉波兰内政,因此也组织写了一份由一些人签名的抗议书,这份抗议书后来又遭到东布罗夫斯卡的指责。政府部门和持不同政见作家之间的矛盾变得更加尖锐,越来越多的作家和西方各国的报刊进行联系,在国外发表言论,出版在国内出版不了的书籍。

哥穆尔卡任党的第一书记后,执行波兰社会主义建设的第一个五年计划,探

---

① 本段引文均引自雷沙尔德·马杜谢夫斯基,《1939—1991年的波兰文学》,学校和教育出版社,华沙,1995年,第93、97、98页。

② 转引自张振辉,《20世纪波兰文学史》,青岛出版社,1998年,第210、211页。

索"社会主义的波兰道路",取得了丰硕的成果,但后来在苏联大国沙文主义的压力下,他退却了。因此波兰政府在国内外政策的制定上重蹈苏联模式,放弃了独立自主,在第二和第三个五年计划的执行中,单纯发展重工业而忽视轻工业和农业生产,造成消费市场供应不足,人民生活水平下降,引发了群众的不满和反对苏联控制的情绪。实际上,这种情绪早在20世纪40年代末波兰开始照搬苏联社会主义建设模式和向作家提出社会主义现实主义创作方法的时候就已经产生,不过现在表现得更加强烈。诗人切斯瓦夫·米沃什也说:

不能从根本上改变那些明显而重要的事实,亦即自己的国家变成了那个帝国的一个省份,受来自莫斯科中央的法令操纵,同时保持了自治权,可这种自治权却越来越少。也许,民族独立的时代已经结束,现在应该把这种思想放进博物馆。但是,要与各平等民族(拥有不同语言的文化但希望有统一法制的欧洲国家)联盟的幻想告别,是一件令人感到非常悲哀的事,而屈服于一个仍十分原始的霸权国家,同时承认这个国家的风俗、习惯、制度、科学技术以及文学艺术的绝对优势,也是一件令人不愉快的事。①

而且他还认为当时他称之为"帝国"和"霸权国家"的苏联"是一个物质匮乏、技术匮乏外加斯大林主义的国家。"②要听从于它,就更没有道理了,这也许代表了当时反对派知识分子对于苏联和波兰整个形势的看法。

1968年1月华沙民族剧院上演密茨凯维奇的反俄诗剧《先人祭》,引起了轰动。在演出的过程中,演员朗诵激烈的反俄台词,台下观众也跟着朗诵。苏联驻波兰大使看后,把这说成是"反苏的低劣的表演"③。哥穆尔卡下令禁演该剧。3月初,作协华沙分会对此提出抗议,一些大学生举行示威游行。事件发生之后,波兰党政领导并没有采取有力措施克服经济困难,缓和群众越来越强烈的不满情绪,由于长期以来执行苏联的管理体制,已难以改变已经形成的现状。1970年12月,政府做出提高食品价格的决定,格但斯克等一些城市工人罢工,举行群众性的示威游行,游行群众和警察发生冲突,造成了流血事件,这是继波兹南事件后波兰战后发生的第二次政治危机。波兰党于12月20日举行五届七中全会,哥穆尔卡在会上辞去第一书记职务,从而结束了他14年的当政生涯。

著名作家玛丽亚·东布罗夫斯卡不仅在战前和战后创作了一系列的小说精品,而且她早在第一次世界大战初期就开始记日记,一直记到她1965年逝世前,这些日记后来在1988年被整理出版,不仅具有高度的文学价值,而且也是波兰这段历史忠实的记载。1918年战争结束,波兰重新获得独立,东布罗夫斯卡当时和

---

① 切斯瓦夫·米沃什,《被禁锢的头脑》,乌兰、易丽君译,广西师范大学出版社,2013年,第25页。
② 同上,第43页。
③ 转引自张振辉,《20世纪波兰文学史》,青岛出版社,1998年,第212页。

波兰所有的爱国者一样，感到欢欣鼓舞，像她在《日记》中写的那样："让我们成为伟大和优秀的人，去迎接统一和独立的波兰。"她的《日记》也以欢乐的情调记录了独立后波兰人如何重建自己的国家。但在后来，她看到了独立后的波兰越来越不如她所想象的那么美好，因而对当时的执政者也失去了信任。在波兰被德国法西斯占领后，她的《日记》又记录了爱国者因参加反法西斯斗争而被捕和1944年8月爆发的华沙起义，许多波兰人惨遭杀害。战后人民波兰建立，她一方面赞成人民政权采取的一系列改革措施，如土地改革使"耕者有其田"，将原来居住在波兰西部土地上的德国人遣返德国；教会和国家政权分离，法律和教育的世俗化等。但是哥穆尔卡在1948年被解除职务，后来被捕遭到无理审判，她对此非常不满，认为这是一幕悲剧。此后，她的《日记》也真实地记载了从20世纪50年代初到1956年10月波匈事变期间发生的所有政治事件，如这一时期赫鲁晓夫上台，贝鲁特率领波兰统一工人党代表团参加苏共第二十次党代表大会，哥穆尔卡复出，东布罗夫斯卡认为这是"俄国在逐渐背离斯大林概念的社会主义"。她对哥穆尔卡的复出也表示欢迎，认为他的政治思维能允许"最大限度的独立"，"提出了以人为本的社会主义新概念。"同时她对中国支持哥穆尔卡的复出和着力缓解当时波苏冲突的立场也给予了高度的评价，她在《日记》中高兴地指出："在如此危急的历史关头我们竟能找到这样的盟友。"遗憾的是哥穆尔卡的"波兰道路"没有坚持多久，最后仍然使她失望了。东布罗夫斯卡的日记充分表现了她维护波兰的独立，坚持真理、人民民主和自由的立场。她反对当局的书刊检查制度，认为这有碍于作家的创作自由，但她并不反对社会主义的基本原则，她在1955年发表的小说《乡村婚礼》也是根据波兰农村当时的实际情况，表达了自己正确的观点。她1965年去世，没有见到波兰后来发生的巨变，她的日记和20世纪50、60年代清算文学的政治倾向是不一样的。

除以上外，在1956年至60年代末的波兰文坛上，还有许多新老作家在反映历史和现实生活方面创作了大量作品。这些作品题材广泛，不少具有很高的思想艺术价值，成为波兰当代文学的丰硕成果。

在小说创作中，1956年后有成就的首推雅罗斯瓦夫·伊瓦什凯维奇，他在1956—1962年创作的长篇小说《名望与光荣》是他的代表作，也是战后波兰现实主义文学最著名的代表作。罗曼·布拉特内的长篇小说《科仑布们，即20岁的一代》(1957)写国家军在法西斯占领时期的斗争和战后的遭遇，是战后这类题材最著名的作品。普特拉门特也出版了一系列政治题材的作品，如《前妻之子》(1963)和《博乌登》(1969)等，揭露波兰政治生活中的弊端，但他是从维护社会主义国家法制的立场出发的。沃·茹克罗夫斯基的小说《石板》(1966)反映1956年匈牙利事件的经过。斯坦尼斯瓦夫·莱姆是波兰战后科学幻想小说的代表作家，他的小说善于把宇宙奥秘的探讨和人们的思想、心理、道德以及人类社会的安危联系起来，同时告诉人们：人类在科学领域中，总是不断地探索、发现和创造，努力认识自己不曾认识的东西,但是随着科学技术的进步,人类也越来越受到它的威胁。尤·斯特雷伊科夫斯基(1905—1996)的小说《黑玫瑰》(1962)描写波兰共产党人20世纪30年代在利沃夫的斗争生活,他的其他作品主要反映犹太人的命运。斯·迪加特的小说《旅行》(1958)企图说明一个道理:夙愿和它的不能实现之间的矛盾在一个人身上是永远存在的,每个企图实现个人夙愿的尝试都会遭到失败。这一时期的纪实文学则以雷沙尔德·卡普希钦斯基为代表,他曾以记者的身份到亚非各国旅游,对这一时期包括中国、印度和埃及等国的社会现实作了相应的报道,影响很大。

农村题材的小说中,尤·卡瓦列茨(1916—2014)的《在太阳里》(1963)、《跳舞的雄鹰》(1964)和《召唤》(1968)描写波兰城市建设和工业的发展破坏了生态环境,使农民在思想上感到压抑,年轻的一代则宁愿舍弃土地,去城里找工作。塔·诺瓦克(1930—1991)的《这样一个盛大的婚礼》(1966)、《你将成为国王,还是成为刽子手》(1968)、《半个童话》(1970)和《魔鬼》(1971)等,主要描写农村的风俗习惯和宗教信仰,反映新时代的农民在思想上的深刻变化。

这一时期描写战争、法西斯占领时期和革命的作品也为数不少。塔杜施·霍乌伊的《我们世界的末日》(1958)描写奥斯威辛集中营中残酷地烧杀犹太人的暴行和囚徒们的反抗。《天堂》(1972)描写希特勒匪徒罪恶的杀人实验。《玫瑰和被焚烧的森林》(1973)描写路德维克·瓦伦斯基最后几天的监狱生活。他回忆过去从事革命工作的岁月,思念他的友人和同志。科·菲利波维奇的小说《尼茨克先生的果园》(1965)、《人心里装的是什么?》(1971)和《我们的敌手之死》(1972)等,反映集中营囚徒的各种感受,揭露那些至今逍遥法外的希特勒刽子手们的罪恶心理。尤·亨的《四月》(1960)写波兰第一军参加攻克柏林战斗的经过。扬·尤·什切潘斯基的《波兰之秋》(1955)、《皮鞋》(1956)和《蝴蝶》(1962)等反映了1939年9月波兰军队和法西斯侵略者的艰苦战斗及占领时期游击队进行抵抗运动的情况。

这一时期的历史小说创作也获得了丰收。泰奥多尔·帕尔尼茨基的作品主要描写古代地中海沿岸和近东国家同古罗马的文化交流和他们之间的相互影响。弗·莱·泰尔莱茨基的小说《阴谋》(1966)、《一只鸟的两个脑袋》(1970)和《从沙俄的村庄里回来》(1973)都取材于波兰19世纪下半叶的民族解放运动,侧重于人物的心理描写。保·雅谢尼扎(1909—1970)的小说取材于波兰古代历史,描写历代封建王朝和政治制度的变换,各集团之间的利害冲突,社会改革和文化的发展。安·库希涅维奇(1904—1993)的历史小说大都以20世纪初奥匈帝国及其统治下的波兰奥地利占领区加利西亚的社会为背景,但小说《第三王国》(1975)写的是西德的一场政治斗争,一个共产党员受过法西斯的迫害,战后却为德国战犯辩护,因而遭到年轻一代的指责。马·布兰迪斯的小说《人所不知的波尼亚托夫斯基公爵》(1960)、《被寄予最大希望的军官们》(1964)等再现了尤泽夫·波尼亚托夫斯基公爵等许多在波兰民族解放斗争中建立了伟大功绩的历史人物的形象。阿·克拉夫楚克(1922—)写过许多古罗马皇帝的传记,如《凯撒》(1962)、《奥古斯都大帝》(1964)和《尼禄》(1965)等。玛丽亚·昆采维乔娃的小说《林区管理员》(1957)力图说明现代人的爱国思想是在1863年一月起义的爱国主义思想精神的影响下形成的。她的另一部小说《揽林》(1961)写战争时期的儿童心理。斯·杰林斯基(1917—1995)是一位讽刺小说作家,他的小说《旧马刀》(1957)讽刺了军队里不合理的等级制度,短篇小说集《万花筒》(1955)、《斜眼人的船》(1959)、《长毛腿》(1962)和幻想小说《火山喷气下的梦》(1969)等,采用了幽默逗趣或者荒诞的描写手法,讽刺社会中的愚昧和不道德的行为,类似西方现代文学中的黑色幽默。

这一时期,由于西方现代文学思潮和流派的影响,许多作家在小说以及散文创作的思想和形式上都作了新的探索。在他们的作品中可以看到西方现代派文学的直接影响;有的作家独辟蹊径,其作品无论在思想或形式上都形成了具有波兰特色的现代派小说。前者的代表性作品有塔杜施·孔维茨基的《当代圆梦书》(1963)、塔·布列扎的长篇小说《机关》(1960)和《青铜大门》(1960)等。《当代圆梦书》在故事情节的叙说中采用随意变换时空的手法,颇有新意,曾经受到评论界的高度评价;《机关》和《青铜大门》反映了存在主义思想。《机关》的主题甚至和卡夫卡的《城堡》有相似之处,小说主人公是一个年轻的历史学家,父亲因为和波兰某教区主教政见不和,被剥夺了担任宗教律师的权利。因此他来到罗马教廷,为父申辩。虽然他得到了他父亲的一个担任罗马外交官的朋友的帮助,得以出入罗马教廷,但他从此陷入教廷层出不穷的机关迷宫,受尽了愚弄和欺骗,结果一无所获。作者把教廷象征为一个官僚主义机构,一切政治派别的矛盾都得不到解决,人们在那里找不到真理,也无法伸张正义。

这一时期兴起的波兰现代派小说的主要特点表现在结构形式上开始突破传统叙事方式,将故事情节的描写和随笔、报告文学、特写、报道甚至政论等散文形式拼凑在一起,形成一种包括多种散文形式的作品,评论家称之为"反小说"。在"反小说"中,作者一会儿写一大段故事,一会儿又穿插着许多和这些故事毫无联系的他个人的人生哲理,这些故事也往往十分简单,零散甚至有头无尾,作者认为采取这种形式便于直接和读者交流思想。如威廉·马赫的《黑海滨的群山》(1961)就是典型的一例。这部小说以日记体写成,说的是亚历山大和巴扎利这两个身份不明的人和几个同伴在一个陌生、僻静的地方散步,亚历山大对同伴说人与人要相亲相爱。巴扎利却认为人是一种惯于互相争斗和仇杀的动物,他在战争时期杀害了亚历山大的情人,但善心的亚历山大没有记恨于他。小说的特殊结构表现在作者在一些章节中干脆脱离故事情节,以叙述者和主人公对话的方式,发表他对当代文学、社会和人的看法。他认为人们所说的理想主义文学和非理性文学都有弊端:前者对现实的反映过于简单和肤浅,而且有公式化的弊病,后者内容艰深,读者难以理解,因此要探索一种新的散文形式。散文是反映生活的,由于生活中的各种现象纷纭复杂,不合逻辑,所以散文作品在描写故事情节时也可以将时空颠倒过来,使之不合逻辑,这才反映了生活的真实面貌。作者提出的这种观点并不新鲜,因为他说的这些情况在西方现代派小说中早已普遍存在,可是他在小说中所构建的形式对于波兰战后现代派文学的发展来说,却是很重要的。"反小说"除了《黑海滨的群山》之外,还有阿·鲁德尼茨基的《这些年的一面镜子》(1956)和《蓝色的卡片》(1956—1963)等,但《黑海滨的群山》是最有代表性的。作家在探索小说创作形式的过程中,开始淡化小说的故事情节,而加入了更多散文成分,以直接表达他对生活的理解和对现实的看法,因此这一时期除了"反小说"外,还有像卡齐米日·布兰迪斯的《致 Z 夫人的信》(1959)、《王牌》(1965)和《市场》(1968)等,都是其中的代表。

这一时期的诗歌创作题材丰富,风格各异,成果不少。战前先锋派的老诗人斯坦尼斯瓦夫·卞塔克依然保持很高的创作热情,他的诗歌主要描写农村生产劳动和大自然风光,常将现实和梦幻混在一起,富于神话色彩。但这时期影响最大的是从1956 年起,靠《当代》杂志登上诗坛的一批青年诗人,被称为"当代派",后来人们又将这一年开始创作的所有诗人都称为当代派或者 1956 年一代的诗人。这些诗人虽然都在同一时期开始发表作品,他们的人生观、价值观和审美观是不同的,有的甚至大相径庭,但他们从一开始就表现出叛逆精神,要求反映社会生活中迄今诗歌没有反映或者不敢反映的问题。有的诗人甚至一味描写社会中的丑恶现象,形成了所谓"丑陋派";有的诗人努力探索和创新,形成了自己独特的风格;另一部分诗人则仍以传统的表现手法,反映不同的生活题材。女诗人维斯瓦娃·希姆博尔斯卡,早在 50 年代初就发表诗集,1956 年以后主要写哲理诗,通过对宇宙世界和人类社会从古到今全方位的考察,揭示大自然和社会的发展规律,对落后现象进行尖锐的讽刺。

在丑陋派诗人中,最著名的代表是斯坦尼斯瓦夫·格罗霍维亚克。他的作品描写一个肮脏丑恶的世界,富于强烈的讽刺意味,但他认为这个世界虽然丑陋,但也存在美好的事物。米隆·比亚沃谢夫斯基也是一位丑陋派和先锋派诗人,他的诗歌主要反映城郊穷苦人的生活状况,把注意力集中在一些破旧物品和乞丐生活的描写上。兹比格涅夫·赫贝特的诗歌常常借用古希腊罗马的神话和历史典故,解释和回答当今的社会问题,被称为新古典派诗人。雅·马·雷姆凯维奇(1935—)也是一位新古典派诗人和诗学理论家,认为现代文化是对古代文化的继承和发展,现代诗歌应当有意识地继承古典诗歌的艺术风格,他的作品大都承袭中世纪和文艺复兴时期诗歌的艺术形式。其他影响较大的当代派诗人还有耶日·哈拉塞姆维奇、波·奥若格(1913—1991)、爱·布雷尔和博·德罗兹多夫斯基(1931—2013)等。哈拉塞姆维奇的诗歌大都取材于民间故事,富于想象,描写农村的自然美景。布雷尔对 19 世纪浪漫主义诗歌热衷于歌颂失败和牺牲进行了讽刺,认为评价历史事件要有清醒的头脑,要从实际出发。德罗兹多夫斯基写过许多革命和爱国主义题材的诗歌,表现了他热爱祖国的思想情怀。女诗人哈琳娜·波希维亚托夫斯卡(1935—1967)出生于克拉科夫,20 世纪 50 年代末开始写诗,但她的作品主要创作于 60 年代,有诗集《偶像崇拜的颂歌》(1958)、《今天》

(1963)、《手的赞歌》(1966)和《再一次回忆》(1968)等。她因身体不好,在短促的一生中,总是因病治疗或住在疗养院里,所以她的诗歌也总是带有浓郁的悲观情绪,但是她的诗歌语言清新自然,形象生动,在波兰20世纪60年代的诗坛上,也有一定的影响。由于她的悲观情绪,她认为这世间一切美好的东西对她来说,都是不存在或者是实现不了的:

  这是我的家,
  它的墙壁
  在我想象不到的温暖的睡梦中。
  我写最美的诗,
  写的是孩子的头发,
  可是这头发从来没有缠在我,
  一个女人的手中;
  我写嘴巴,它的悲哀的渴望
  也没有使我在夜里感到不安;
  我写爱情,它在伶俐的鸟语中,
  在玫瑰花的色彩中,
  在割下来的青草的芳香中,
  在迅疾落下的星星中,
  在苦涩中,
  也没有开出鲜艳的花朵。
  蝴蝶的翅膀被剪断了,
  在焰火中被烧掉了。
  爱情虽然美好,
  但在我的阴影中
  却没有实现。①

她在1966年发表的一首诗更是直接提到了她最关切的"生命"的问题:

  每当我想要活下去的时候,
  当生命将要离我而去的时候,
  我就高喊:
  生命,我就在你的身边,
  你不要离我而去。

---

① 张振辉编译,《波兰现代诗歌选》,中国社会科学出版社,2015年,第227、228页。

我的手紧握着它的温暖的手，
我的嘴巴正对着它的耳朵
说话。

生命，
生命就像是我的情人，
它要离我而去。

我抱着它的脖子叫道：
如果你要离我而去，
我只有死。①

在戏剧创作中，由于西方 50 年代初荒诞派戏剧的影响，这一时期又出现了以斯瓦沃米尔·姆罗热克和塔杜施·鲁热维奇为代表的荒诞派戏剧。波兰战后荒诞派戏剧继承了战前维特凯维奇和贡布罗维奇的荒诞派戏剧的艺术传统，但它们产生于一个新的社会环境，又开拓了一系列新的主题，运用了许多新的手法。有的作品通过展示荒诞可笑的喜剧场面，对社会中的虚伪、谬误、自相矛盾和因循守旧的现象作了无情的讽刺，有的剧作为了沟通演员和观众的思想感情，使观众更加接近演员，甚至让观众和演员一起参与戏剧的演出。总的说来，波兰 20 世纪荒诞派戏剧不论在创作构思，还是人物和场景的设计方面，较之传统的浪漫主义和现实主义戏剧都有许多突破，它和西方的荒诞派戏剧相比，也具有许多新的特点。它从 20 世纪 20 年代韦特凯维奇的戏剧创作开始直到 60 年代，延续了 40 多年，产生了一系列具有世界声誉的作家和剧作家，因此也就成了波兰 20 世纪在国内外影响最大的现代派文学。

第二节
20 世纪 70—80 年代政局的变化和
这一时期至 21 世纪初的小说创作

1970 年 12 月，波兰统一工人党政治局委员盖莱克接替哥穆尔卡当选为第一书记。他在经济建设中采取的所谓"高速发展的战略"，最初取得过一定的成效。

---

① 张振辉编译，《波兰现代诗歌选》，中国社会科学出版社，2015 年，第 226、227 页。

可是后来,又因为片面发展重工业,造成国民经济各部门发展比例失调,高积累引起了国民收入增长率下降,高消费引起了供求比例失调,国家外债也急剧增加,使波兰又陷入了经济危机。这首先表现在市场消费品和食品供应依然紧张,政府不得不于1976年6月宣布提高食品和肉类的价格。由于食品价格上涨,在腊多姆和华沙附近的乌尔苏斯和普沃茨克发生了大规模的罢工。此前不久政府公布的新宪法中关于波兰统一工人党在全国人民中的领导地位和波苏同盟条款的规定,又遭到许多作家、艺术家和科学家的反对,于是产生了一份由59人签名的备忘录,认为将这类条款写进宪法不合波兰的传统,尤其是面对苏联长期以来的大国沙文主义,把波苏同盟写进宪法不能保证波兰国家的独立。可是这份备忘录交上去后,盖莱克不仅没有接受它,反而撤了一部分在上面签名的作家和科学家的职务,禁止出版他们的著作,国内形势变得日益严峻。在1976年9月,终于出现了第一个反对派组织——保卫工人委员会,领导人都是多年来反对波兰统一工人党的知识分子。他们在作家、演员和科学家中进行募捐,据说是为了救济那些参加示威游行而遭受迫害的工人。反对派作家因为自己的作品在官方的出版社得不到出版,又开始他们的所谓第二出版事业,即地下出版。一些作家还将自己在国内出版不了的书籍拿到伦敦和巴黎出版,这种第二出版事业和官方的出版事业后来形成了激烈的竞争,在短短几年中,地下出版社不仅出版了国内许多公开发表不了的作品,也出版了一系列旅居国外的侨民作家的作品。

1980年,波兰政府又一次提高肉类价格,这次提价使在华沙、罗兹等地爆发的罢工很快就蔓延到了全国。8月格但斯克造船厂工人举行罢工时,成立了波兰独立自治团结工会,简称团结工会。面对日益严重的社会矛盾,波兰政府决定于1981年12月13日开始在全国范围内实行军管,但这并不能缓和政府和反对派之间的矛盾。在作家中,越来越多的人参加了团结工会的政治活动或者离开波兰到国外去。有几个反对派作家被点名批判,开除出作协。作家协会本身也发生了很大变化,前任作协主席雅罗斯瓦夫·伊瓦什凯维奇1980年逝世后,在当年年底召开的作协第二十一次全国代表大会上,经过激烈的斗争,团结工会派的天主教作家扬·尤·斯切潘斯基当选为中央理事会主席,许多支持团结工会和侨居国外的作家代表进入了理事会,作家协会也变成了一个反对派组织,不久就被政府解散。但地下出版社仍在不断地出版书籍和刊物,其中发行量最大的刊物有《笔记》、《召唤》、《独立文化》和《批评》等。与此同时,国外也产生了一系列侨民刊物,如巴黎的《巴黎文化》月刊、《文学笔记本》、《联络》月刊和伦敦的《附件》季刊等,这些刊物不受国内书刊检察机关的干涉,在国内外影响很大。

1983年波兰取消军管后,8月19日,在波兰统一党的支持下,全国作家代表大会在华沙举行,成立了新的作协组织,取名为波兰文学家联合会。1986年6月,波兰文学家联合会举行第二次代表大会,选举著名作家沃伊切赫·茹克罗夫斯基为联合会执行委员会主席。1988年8月团结工会继续发动罢工,1989年初,波兰政府和包括各党派、天主教会、团结工会以及其他反对派的代表举行圆桌会议,决定于1989年6月举行议会和参议院的大选,波兰统一工人党在选举中遭到失败,以团结工会为核心的反对派获胜,成立了团结工会领导的政府。1991年,团结工会领导人列赫·瓦文萨当选为波兰共和国第一任总统。与此同时,一批团结工会派的作家成立了"波兰独立作家协会",选举扬·尤·斯切潘斯基为主席。1995年11月,波兰议会选举1990年成立的波兰共和国社会民主党的最高委员会主席克瓦希涅夫斯基为波兰总统,成立联合政府,波兰从此走向了一个新的时代。

20世纪60年代末到80年代初,老作家哈·阿乌德尔斯卡的小说《晴和的夏天》(1973)写一个渔翁,在第二次世界大战期间在波兰和白俄罗斯边境上参加反法西斯斗争,虽然在异地历尽艰险,却不忘自己是波兰人。《鸟道》(1974)写战争时期旅居苏联的波兰农民参加在苏联组建的波兰军队,和红军并肩作战,返回波兰的艰苦旅程。

卡奇米日·特鲁哈诺夫斯基(1904—1994)出生于乌克兰沃文地区的罗曼诺夫村,曾在乌克兰的基辅和日托米尔学习和深造;1925年来到波兰,多年在林业部门工作;德国法西斯占领期间住在凯尔采省,战后迁居罗兹和华沙。他这一时期的作品也有荒诞的描写,表现了浓郁的悲观情绪。如小说《神磨》(1961)写一个天文学家,他热爱生活、热爱人类和世界。他不满意人与人之间的欺诈行为,希望人类能够克服自身的缺陷,创造新的生活。但他只有理想,却无实现理想的办法,因此他是个幻想家,后来这个幻想家竟然变成了一只白天鹅,离开地球,飞向了遥远的太空,这一切象征他的理想已经破灭。此外他还有个儿子叫亚当,是一个哲学家。亚当也认为一个人总是要不断地寻找真理,掌握自己的命运,可是他在寻找真理的途中,却遇到了一堵神秘的墙,他无法越过这堵墙,最后死在这堵墙下。作者要说明的是,人类没法改变他们所面临的罪恶的现实,但在他们中,也不缺少富于正义感的人,他们对真理的追求虽然失败了,但他们具有善良的品德。小说《地狱里不知道有梦》(1967)中的主人公亚当在一座象征主义城市中漫游,这里机关林立,到处都是狭窄而又漆黑的走道,走不到尽头的迷宫。而且他在这里遇到的每一个人都好像负有使命,要以各种不同的方式来辖制他,使他的一切行动都无法独立自主。小说《砰的一声关上了大门》(1973)说明人生就是在黑暗中漫游。地狱无处不在,任何地方都找不到天堂,天堂只是幻想。《地狱的钟声》(1977)是对未来的预测:地球上的人类将由于生存环境的破坏而灭亡,但因为人类的文化传统不会消失,在旧的废墟上会诞生新的人种。《托滕霍翁》(1977)写某个城市的一个植物世界防卫研究所的教授耶日·列赫来到一座叫托滕霍翁的城市进行考察,他首先来到一个酒店,酒店老板让他参观了一个教堂。他在教堂的地下室里却看见了一堆死尸,死者有老人、年轻人和小孩;有富人、穷人和乞丐。酒店老板对他说,你看这两个农民,是因为仇杀而死的,死后对对方仍然是那么咬牙切齿;

这是一个高利贷者，是吞金死的，他的尸体已经腐烂，但是嘴里仍然含着那块金币；这是一对情人，死后依然抱在一起，忠贞的爱情能否减轻死亡给他们带来的痛苦？但是人死之后并不能得到安息，因为他们还要过奈何桥，到地狱里去，在渡过冥河时，还得给卡戎付钱，钱不仅统治人间，也统治地狱。列赫也说，他所在的那座城市的人们也只知道追求利润，那里到处都是虚假和欺骗，充满了恐怖。作品对现实社会进行了极大的讽刺。

米哈乌·霍罗曼斯基(1904—1972)的长篇小说《玫瑰色的奶牛和灰色的丑闻》(1970)写的是20世纪中叶，在波兰一些小城市和乡村经济还不很富足、文化也不很普及的情况下，人们对这一切的无限向往：主人公波特坎斯基和他的妻子波特坎斯卡太太，女儿泰列尼娅一家住在比得哥什和韦布热日之间的一个叫捷日比沃维奇的小城里，他们是从乌克兰的基辅迁来的。泰列尼娅在华沙大学罗曼语系学习，她当时对一部叫《时间的魔鬼》的小说很感兴趣。小说写的是发生在俄国的事，她和她的同学一起讨论过小说中一个她认为很了不起的人物。他有一辆摩托车，在那个没有摩托的时代，以每小时七到十公里的速度在俄罗斯乡村的道路上飞驰，泰列尼娅认为它象征现代化已经来到了波兰的农村，她好像听到了摩托车的突突声，感到很高兴，像小说中的那个人物说的那样："时间飞逝，时间不等人。"她很希望波兰的农民也都骑上这样的摩托车。后来有一天，她听见她的母亲在弹钢琴，又想到了在捷日比沃维奇这个小城里连个图书馆都没有。她想看法文书，问她的一个朋友巴斯哈里斯有没有。巴斯哈里斯说他有一个朋友叫什钦斯内·捷日比沃维奇，他是个大夫，有很多书，只能到他那里去借了，真没有办法。

韦普沃索娃太太是捷日比沃维奇城里最富有的人，她年轻时叫马扎伊·奥布罗兹卡，现在五十多岁了。她在附近的韦泰布斯克有个庄园，这是她祖传的产业。她的祖父马扎伊曾是拿破仑军队里的一个上校军官，参加过拿破仑进攻莫斯科的战斗，在战斗中立了功，得到了赏赐，后来他在韦泰布斯克这个地方的战斗中负了伤，就用这笔补偿在这里买了这个庄园。他在这里长期经营土地，赚了很多钱，他还在附近开办过几个疗养院，救治过许多穷人，后来他患流行性感冒死了。但他家里的善事在捷日比沃维奇和韦泰布斯克都成了人们闲谈中的话题。此外，什钦斯内·捷日比沃维奇大夫经常给人们看病，也受到捷日比沃维奇的百姓的尊敬和爱戴。这说明，这座小城虽然各方面都很落后，但仍有善心的人在为百姓分忧。

米哈乌·霍罗曼斯基的另一部长篇小说《妒忌和医术》(作家去世后于1973年出版)说的是维德马尔的妻子列贝卡因为在医院里做过一次手术，他便怀疑他的妻子除了手术之外，还和那个给她动手术的大夫有过不正当的男女关系。这个医生也确实对她说过："我爱你。我们的爱要走出决定性的一步，你不会害怕吧？""你向我保证，你要离开他，今天你回去后，就对他表态。"列贝卡说："我一定按你的要求去做。"医生说："你不会骗我？""我从来不骗人。"列贝卡回到家里后，维德马尔就问她："你真的要背叛我，和医生好吗？"她回答说："你真傻，你要相信我，你不是看见我很讨厌那个医生吗?"这就叫"妒忌和医术",除了医术,还是妒忌和骗术,正如小说的作者所说,世上"只有欺骗才能保证人的机体的健康,真正的手术就是自己骗自己"①。

另有一部分作家迁居国外,在波兰国内,也出现了第二出版事业,因此在国外和国内地下出版社出版了不少在国内不能公开出版的作品。在国内地下出版的小说和散文有塔杜施·孔维茨基的《波兰的综合体》(1977)、卡齐米日·布兰迪斯的《非现实》(1977)、耶日·安杰耶夫斯基的《捣得稀巴烂》(1979)和《月亮的升起和落下》(1982)、古·赫尔特—格鲁金斯基的《另一个世界》(1980)、马·诺瓦科夫斯基的《关于军管的报告》(1982)和《一个艺术家成熟时期的照片》(1987)等。国外出版的作品有安杰耶夫斯基的《申诉》(1968)、斯·基谢列夫斯基的《窑洞里的影子》(1971)和《把脑袋往墙上碰一百次》(1972)、古·赫尔特—格鲁金斯基的《夜里写的日记》(1973)、弗·奥多耶夫斯基的《全都是暴风雪、暴风雪》(1973)和《水族馆里的人们》(1976)、尤·斯特雷伊科夫斯基的《伟大的恐怖》(1980)、马·赫瓦斯科的《从雅夫返回,猫头鹰、面包师的女儿》(作家去世后于1981年在巴黎出版)等。这些作品反映的都是政治题材,有的揭露波兰党政机关的官僚主义以及当局如何压制知识分子的言论自由、镇压人民的反抗等,从诺瓦科夫斯基的《关于军管的报告》这个题目就看得出来;有的反映波兰和苏联在战争时期及战后关系中的一些十分尖锐的问题,例如安杰耶夫斯基的《捣得稀巴烂》等等。

还有一些类似以上题材的作品,直到1989年后才得以公开发表,如卡·奥尔沃希的小说《第三个骗局》和《教养所》等。《第三个骗局》的故事发生在20世纪70年代,某城市一个水泥厂生产部主任拉德茨基平日工作认真负责,待人诚恳,受到领导的器重和群众的拥护,被选入厂工会委员会,成了发展入党的对象。有一次,市委领导毫无根据地说他发表敌对言论,并以他在占领时期参加过国家军为借口,说他现在仍秘密和法西斯组织有联系,是波兰的敌人。厂党委书记也被指责犯了认敌为友的错误,厂党委在强大压力下最后不得不开除拉德茨基的公职。《教养所》的故事也发生在70年代,某城市中学有一个叫波兰青年争取自由委员会的组织在该校散发传单,叫人们不要相信"兄弟般团结",要为自由和独立的波兰而斗争。这些传单被市警察局长发现,局长认为这是敌对分子企图破坏波苏友好同盟,于是派警察来校抓走几个嫌疑分子,关在教养所严刑审问。消息传出后,市公共事业服务局长卡米叶尼亚克立即成立了一个抵抗行动委员会,发表了声明,公开谴责警察对学生的迫害,要求警察局长立即释放学生。市党政领导看到这个声明后,认为这是破坏公共秩序,声明者和社会上的敌对势力有勾结,因此要对敌人采取坚决行动。过了几天,市委机关报登出了一条消息:"由于党领导

---

① 本段小说引文的原文均见米哈乌·霍罗曼斯基,《妒忌和医术》,波兹南出版社,波兹南,1973年,第115、192、214、233页。

坚决果断，使破坏分子遭到了失败。"几个被关押的学生虽然获释，但被开除了学籍。小说力图指出：苏联建立的社会主义大家庭实际上是让波兰事事都听其指挥，当人民起来为独立自主而斗争时，又遭到听从苏联意旨的波兰政府的镇压，这种镇压虽然能够暂时维持旧的秩序，但它必将导致大危机的爆发。

20世纪80年代团结工会兴起后，一部分作家参加了这一运动，也创作和发表了一系列反映这个运动的作品，被称为"军管文学"。如雅·格沃瓦茨基的《威力真可怕》以1980年8月在格但斯克造船厂发生的罢工事件为背景，写一个普通工人原来和厂领导关系不错，罢工发生后，他从工人群众中了解到厂领导是一个官僚主义的阶层，因此参加了反对厂领导的罢工。安·博雅尔斯卡的小说《宣传品》把团结工会运动写成是人民群众反抗专制压迫的斗争。尤泽夫·沃金斯基的长篇小说《氮气船》(1988)以白描的手法，写主人公"我"20世纪80年代初在华沙所看到的一切，对波兰社会主义的现实进行了尖锐的讽刺，充分表现了作者反社会主义的思想和政治立场。主人公"我"的父亲是一个锯木厂的工人，母亲在家里干农活，家里很穷，"我"的父亲脾气暴躁，一遇到不顺心的事，就打"我"的母亲。"我"从小就学会了干各种农活，也上过小学，那时"我"爱读凡尔纳、库柏①和显克维奇的小说，也读过关于苏联集体农庄的书。小学毕业后，"我"有幸在华沙找到了工作，但收入不多。那是20世纪50年代，华沙的中央车站十分破旧，政府官员走在街上，表情十分严肃，见到他们，就像见到了卡夫卡小说中的城堡那样，不可接近，就像见到了可怕的法庭，令人胆战心惊。当时有个口号，叫全民建设首都华沙，但20多年过去了，华沙一点也没有变。

"我"在这里看见那些社会主义的市民，整天奔走在商店里，男人们都喝得醉醺醺的，跌跌撞撞地走在马路边。"我"还认识一个妓女，她也是乡下来的，为了生计，她被迫从事这种使她蒙受耻辱的职业，已经多时了。"我"遇到过一个诗人，说自己痛恨俄罗斯，因为俄国作家陀思妥耶夫斯基与波兰为敌，他在他的小说中把波兰人描写得卑鄙无耻。"我"还见到过一个书商，爱谈论国事，他对"我"说，复辟资本主义需要资本，波兰的社会主义没有这样的资本，它就像马·赫瓦斯科的小说中描写的那样，都被贪污和浪费掉了。"我"看见这里的工业生产破坏了自然生态，造成环境污染。华沙因为副食品短缺，买白菜也要排队。华沙的大学生爱听"自由欧洲"的广播，被当局逮捕，他们感到愤怒，以罢课表示抗议，警察殴打学生，可学生是为了自由。有个文科女大学生对"我"说，兹比格涅夫·齐布尔斯基在电影《灰烬与钻石》中表现了国家军的命运②。1968年在华沙上演密茨凯维奇的《先人祭》，揭露了专制主义，指出当时的人们生活在一个罪恶的时代。今天团结工会诞生了，使人民看到了民族在道德上的新生，这对人民来说，是最大的喜庆。有人

---

① 凡尔纳(1828—1905)，法国著名小说家，剧作家及诗人；库柏(1789—1851)，美国作家。

② 这是根据耶日·安杰耶夫斯基的长篇小说《灰烬与钻石》的内容拍摄的一部电影，讲述一个战前的国家军分子在人民波兰因为受到审查，杀害了一个波兰工人党的省委书记。

说宗教是阶级矛盾的产物,是垂死的东西,"我"年轻时也不信上帝,可"我"现在看到真理在上帝那里。由于军管,人们失去了自由,只得求救于上帝。"我"坐在一条充了氮气的皮船上,飘游在波罗的海上,"我"要砸碎这个时代套在我身上的枷锁,去波罗的海上寻找真理和自由。总之,"军管文学",不论诗歌、小说还是散文,都把波兰现实描写得像法西斯统治时期一样的恐怖。有的作品以"灰色的鹰"和"狭小的王冠"象征波兰大地上笼罩着一片阴云,持不同政见者受到迫害。

耶日·茹列克(1946—)的《工作》(2000)所反映的情况有所不同,小说叙说的故事发生在1980年开始军管到2000年间,主人公亚采克·罗曼斯基是一个中年知识分子,他在人民波兰时期是一个政治上的反对派,然而波兰巨变后,他却无法适应新的环境。他的妻子和情人都弃他而去,他没有朋友,也找不到体面的工作,甚至被俄罗斯来的小商小贩偷盗和殴打。这是一个在波兰的制度改变后无法在生活中找到自己位置的典型。作品反映了他以及和他一样的一些知识分子面对20世纪最后20年中,波兰社会发生的巨变后所普遍存在的迷惘、失落和对环境的不适。茹列克的另一部小说《卡萨诺瓦》(1992)是一部历史小说,它以波兰启蒙运动时期为背景,主人公威尼斯人卡萨诺瓦是一个欧洲出了名的风流才子,他为人风趣又博学多才。他到过俄国,也到过波兰。但他曾被那些有权势的人所利用,后来又被沙俄女皇叶卡捷琳娜二世派到华沙当间谍,来刺探有关波兰国王斯坦尼斯瓦夫·奥古斯特·波尼亚托夫斯基的情报。小说中描写主人公一方面梦想自己辉煌的未来,另一方面又对女皇心怀恐惧,不得不听从她的命令。启蒙时代在作者笔下,一切都是为了权利的争夺,主人公有才能得不到发挥,反倒成了统治者用来搞阴谋诡计的工具。作者对波兰启蒙运动的看法和波兰传统的观点不一样。

但是除了反映波兰20世纪80年代现实生活题材的文学作品,这一时期还有一些作品又联系到19世纪和20世纪上半叶的历史,反映那些时期的社会背景。作家们在写19世纪的历史题材时,首先是对1863年一月起义的回顾,例如尤留什·丹科夫斯基的长篇小说《欧洲不允许》(1988)。小说以1861—1864年间的波兰主要是华沙为背景,小说通过各种历史人物和虚构人物的独白和对话,充分反映了一月起义前后,波兰爱国者和人民为恢复民族独立所进行的英勇斗争,以及欧洲各国的统治者对起义所持的态度。主人公特列波夫是波兰王国沙俄当局的一个宪兵,他说:1861年2月25日,也就是星期一晚六点,在华沙老城的市场上,一些挑衅分子纠集许多华沙的市民,为纪念格罗霍夫战役30周年[①]举行大会和游行示威。他要求沙俄驻波兰王国的总督派军队去镇压。游行开始

---

① 格罗霍夫是华沙维斯瓦河右岸的城区,1831年2月25日,波兰军队在尤泽夫·赫沃比茨基将军的指挥下在这里和沙俄占领军打过一仗,但遭到了失败。

后，一个参加者列昂·弗兰科夫斯基说：沙皇亚历山大二世说要在波兰进行改革，将波兰、立陶宛和沙俄帝国合并，但我们在意大利已经举起了革命的大旗，要动员全民族，为祖国的独立和自由而战斗。沙皇亚历山大这时对波兰王国的总督尼古拉·哥尔恰科夫说，法国和英国都跟我们为敌，但我们在争夺近东的势力范围的战争中遭到了失败，现在要有法国的帮助，我们才能收回近东。哥尔恰科夫认为华沙的事变要武力解决，波兰王国是我们内部的事，不管拿破仑怎么看。

当华沙市民的游行队伍来到城堡广场时，遇到了沙俄当局派来的哥萨克军警的阻拦。哥萨克殴打游行群众，还开枪打死了五个人，打伤和逮捕了一些人。后来领导游行的波兰爱国者在新世界大街的"迪沃利"餐厅开会，列昂·弗兰科夫斯基在会上说："华沙开始战斗了，布拉加区的屠夫，维斯瓦河边的冶金工人都拿起了武器，只等一声令下。"这时，游行的领导者扎姆伊斯基说："我向哥尔恰科夫当局提出了要严惩流血事件的肇事者，释放被捕的人。"有人还说："子弹和刺刀吓不倒我们……让全欧洲看看我们的不幸，看看刽子手们是如何向手无寸铁的我们开枪的吧！"有的人还提出为死难者举行葬礼，"如果不让我们为牺牲者举行隆重的葬礼，在我们举行葬礼的时候，军队和宪警不走，华沙不会平静。"最后，游行的另一个领导者皮尔·马伊哲列斯在会上宣布："五个牺牲者的葬礼将在1961年3月1日举行……号召华沙所有的居民都来参加，以表示对牺牲者的敬意。"

拿破仑第三这时读了他驻俄国的大使蒙泰贝洛的报告，他对一个俄国的外交官基谢列夫说："我不愿干预别国内部的事，但华沙的事变我不能坐视不管。"他的大臣爱诺赫说：亚历山大二世的"任何改革都不能满足波兰的人民群众的要求，他们的要求就是完全的独立，恢复波兰过去的边界。"弗兰科夫斯基也说："波兰只有进行革命，发动武装起义，才能获得解放……我们要使农民得到土地，将他们发动起来"，"如果脱离农民群众，我们什么也干不成。"与此同时，波兰王国沙俄当局的一些官员表示："波兰王国可以制定宪法，建立议会和参议院，发展教育和科学，但不需要大范围的改革，对他们不能让步。"沙皇亚历山大也表示："改良可以，但不能让步，"也就是不能恢复波兰的独立。尼古拉·哥尔恰科夫表示要和波兰的贵族和市民的代表进行谈判。有个贵族的代表安杰伊对扎姆伊斯基说："沙皇可以兼任波兰王国的国王，但要恢复波兰被瓜分前的国界，只要第聂伯河以西的整个波兰有自己的政府和法律，将来三个占领区就会合并成一个独立的国家，会得到欧洲的承认。"这时拿破仑第三又说，"几个礼拜前，沙皇亚历山大还对不幸的波兰人说要进行改革，他对华沙的镇压说明他在欺骗，他是暴君，人类的压迫者，欧洲每个文明的民族都要谴责这种野蛮的暴行，可英国对这却长期保持沉默，沙皇俄国以为他们再这么干也不会有人干涉。"这里充分表现沙皇政府、拿破仑第三、波兰贵族以及波兰的革命者对恢复波兰国家独立的不同的政治态度。

华沙的爱国者和一些居民为五位牺牲者举行葬礼后，在教堂里唱爱国的宗教歌曲。这时大波兰的农民也拒绝服劳役，要求废除封建农奴制。波兰爱国阵容各派的代表开会，革命派代表古尔斯基说："我们要恢复波兰第一次被瓜分前的国界，如果以和平的方式做不到，那就再次举行起义，但要看国际形势是不是对我们有利，首先要争取法国的援助。"另一个革命派代表瓦列夫斯基表示："俄国和奥地利有矛盾，奥地利和普鲁士也有矛盾，但是三国都在压迫我们。"这时普鲁士的首相俾斯麦的反动立场也表现得很鲜明，他说，"波兰人没有国家的概念，他们只知道要革命，他们总是要破坏和平的局面，搞无政府主义，把这种无政府主义传染给了邻国。英国要维护欧洲的和平，它不会向俄国宣战。"波兰爱国者深信，"只有民主的西方才是我们自然的盟友，会帮助我们。"①他们说，"整个民族对勃兰尼茨基、波托茨基和热乌斯基还有韦洛波尔斯基这些波兰的卖国贼都非常痛恨他们把波兰出卖给了莫斯科"②。可是1863年一月起义遭到了失败，起义的领导者罗穆阿尔德·特拉乌古特被捕，有三分之二的起义参加者逃到了国外，他们的财产被沙俄当局没收。但波兰的爱国者们表示："任何人也不能剥夺我们的自由，我们不要强加给我们的命运，我们要自由。"③

安娜·博雅尔斯卡(1946—　)的长篇小说《乐园里的自尊心》(1988)描写的故事发生在1884年8月的华沙。主人公卡齐克和加布列尔都蹲过沙俄的监狱，有一天，他们看见沙俄的宪警正在华沙的街上抓人。卡齐克对加布列尔说，我们这里什么事都可能发生，在21年前，就有人在一个旅馆里议论发动武装起义的事，说是为此要筹集款项，但有人不愿出钱，起义发动不起来。沙皇要来华沙，教堂会把门关上。有人在街上散发着小册子，在课堂上宣传，说要创造一个从来没有过的波兰，一个神圣和美丽的波兰，这一定能够实现。华沙的市民走上了街头，高呼"我们要自由"④的口号。

波兰恢复独立后，加布列尔写过两本小说，一本反映政府机关里的官吏贪污腐化，穷人要起来闹革命，但是一个叫斯特拉斯的记者看了后，说他的描写不真实，杜撰了一个穷人的世界。这位记者站在当局一边，说政府要大家遵守秩序，不准闹事。加布列尔的另一部小说叫《剑客》，它的一些抄本在华沙流传，有人说他写了波兰的不幸，这种不幸就是显克维奇和普鲁斯也没有写过。但他认为波兰人很愚蠢，他们自己骗自己，波兰就是获得了独立，也会失去独立。加布列尔还认识

---

① 以上引文均见尤留什·丹科夫斯基，《欧洲不允许》，国家出版机关，华沙，1988年，第52—310页。
② 尤留什·丹科夫斯基，《欧洲不允许》，国家出版机关，华沙，1988年，第446页。这里说的这三个卖国贼就是笔者在本文学史上卷第四章第一节中提到的波兰贵族保守派的代表克萨韦内·勃兰尼茨基、什钦斯内·波托茨基和塞维伦·热乌茨基，他们于1792年4月来到彼得堡，受到沙皇卡捷琳娜二世的接见。1792年4月27日，这些大贵族叛国分子在靠近俄国的东南小城塔尔果维策拼凑了一个同盟，叫塔尔果维策同盟，发表声明，反对《五三宪法》，并发动了反对中央政府的反革命叛乱，最后导致了波兰于1793年被沙俄、普鲁士和奥地利第二次瓜分。
③ 同上，第530页。
④ 安娜·博雅尔斯卡，《乐园里的自尊心》，文学出版社，克拉科夫，1988年，第71页。

了一个叫伊列娜的姑娘,伊列娜是一个悲观主义者,她说波兰是一具死尸,她对波兰完全失望了。她要改信东正教,到俄国去,永远不回来。可是加布列尔还有一个表妹法娜,她说她恨死了俄国人。有一天,她来到了华沙一个名为"阿尔汉德尔"的酒馆,看见那里有一些人在喝啤酒,有个小乐队在奏乐,还有人在表演魔术。她乘机在那里偷了一支手枪,跑到她认识的一个俄国上校军官那里,向他开了一枪,但没有打中。那个俄国上校对她进行了还击,把她打伤后,扔在了马路上。小说反映了各种人物不同的政治立场。

第二次世界大战结束后,波兰东边原属波兰的一部分乌克兰土地划归了苏联,世世代代曾经住在那里的波兰人被遣送回到了波兰的本土。他们因为不愿离开这块曾经养育他们的故土,在庆祝战争结束希特勒法西斯灭亡的同时,又咒骂俄国人抢夺了他们的土地。斯坦尼斯瓦夫·斯罗科夫斯基的小说《被遣送回国》(1989)描写的正是这些被遣送回国的波兰农民在一列火车中的这种感受。在上火车以前,主人公"我"说有个巫婆霍罗拉塔在"我"祖父的坟前痛哭,说他是被人杀害的。"我"的父亲沃伊切赫·德列普拉也告别了那片埋葬了他先人尸骨的墓地,他把离别家乡的农民队伍说成是一个送葬的队伍,他们在告别村里的树林、山和小溪时都哭了起来,树叶、昆虫、燕子和蜜蜂也和他们一起哭了起来。"我"的舅舅说:这是我们的土地,是我们祖先的土地。这里每一块石头、每一粒种子、每一根穗、每一根树枝、灌木和树根都是我们的。村里的铁匠说:俄国人烧毁了我们的房屋,杀害了我们的父母和儿子,或者把他们发配到西伯利亚,是我们不共戴天的仇敌。

别了家乡后,大家上了火车,这是一列运牲口的火车。车厢里有缝,进风,很冷。火车往西走去,车上的人说,我们有过自己的家和田地,现在却不知道命运要把我领到哪里去,也没有人关心我们和我们的孩子。希特勒杀害了我们的父兄,俄国人要把我们遣送到了西伯利亚去。火车经过的地方没有水,没有面包,我们没有衣被和鞋。车上的牲口得了传染病,威胁着我们,我们为饿死的孩子哭泣。"我"的舅父舅母也饿得快死了。波兰农民被迫离开了他们的故土,对故乡的思念,生活的艰难使他们又经历了苦难的历程。

亚历山大·明科夫斯基(1933—2016)的短篇小说集《镜中的女士》出版于1983年,收入了12个短篇,反映题材十分广泛。其中短篇小说《凯列翁斯基》的主人公凯列翁斯基出生在俄国的希姆比尔斯基,曾在当地他的父亲亚历山大·凯列翁斯基担任校长的一所中学里读书,当时他的一个同学弗沃基米日·乌里扬诺夫因为哥哥是个革命者,早年刺杀过沙皇,学校当局要将他开除,但校长亚历山大·凯列翁斯基不同意,后来他在这个学校毕业了。亚历山大·凯列翁斯基后来当过律师,在帝俄统治时期,他是俄国社会革命党的首领,在一个政治性案件诉讼中维护了革命者的权益。他所在的党派主张耕者有其田,消灭种族歧视,社会各阶层都有选举权,在俄国1917年二月革命后,亚历山大·凯列翁斯基在临时政府中相继当过公安部长和过国防部长。1917年7月他还当过政府总理。

许多年后,已经是十月革命后的苏联,有个美国记者问亚历山大的儿子凯列翁斯基,如果你父亲当年照校当局的意旨,开除了乌里扬诺夫,大概就不会有十月革命吧!凯列翁斯基说,他是否在那所中学毕业不能决定世界的命运,他那时学习不错,把他开除是没有道理的。

小说还有一个女主人公阿格涅什卡出生在中国满洲里,她在家里讲俄语,在学校讲中国话,她还会法语。这里说的是在苏联斯大林当政时期,有一天,她在希姆比尔斯基见到凯列翁斯基,凯列翁斯基对她说斯大林是个伟人,和彼得一世一样,他使俄国强大了。阿格涅什卡则认为斯大林是个专制主义者。凯列翁斯基说,要实行专制才能改变混乱的局面和贫穷落后的面貌,要有铁的纪律和强有力的统治。俄罗斯是头睡狮,现在苏醒了。阿格涅什卡说这付出了太大的代价。凯列翁斯基又说,要建立强大的工业,要有强大的军事力量,就得付出代价。1812年俄罗斯战胜了拿破仑,1914年战胜了德国人,1945年又打败了希特勒。可见凯列翁斯基既肯定俄国历史上反侵略战争取得的伟大胜利,也拥护苏联斯大林时期的统治。这种政治观点的出现在1983年苏联解体和东欧剧变后的波兰是罕见的。

《朋友们》中的主人公阿兰回忆三十多年前有个好友扬的父亲曾在华沙开了一个商店,生意做得不错。后来希特勒法西斯占领波兰,扬的父亲被德国警察抓去,被吊死在华沙的大街上,扬还见到了他父亲是怎么死的。阿兰自己也经历过战争,在欧洲和波兰方经历过这场战争。他有时想到战争年代,就怀念扬的父亲,以为他没有死,但他知道扬的父亲毕竟没有自己幸运,他诅咒这场残酷的战争。

《懂得自己》的主人公塔德和他的独生子多纳德住在纽约,多纳德的女友的父亲在当地有一家大的服饰用品商店,多纳德后来接受了这家商店,他还参加了高尔夫球俱乐部。后来他的服饰用品商店又发展成了一家大的百货商场。塔德老了后,多纳德对他说:"在美国,现在是黄金的世纪,商店里货物充足,大家都买得起,工人有高级轿车,买房子可以分期付款,自由没有限制,谁都可以当选为总统,也可以打扑克、赌钱。"这也可以说是当时波兰青年人对美国的普遍看法。

《镜中的女士》揭露了美国对黑人的歧视。主人公比尔是个黑人,一次,他被拘留在美国某个城市的一个警察哨所里,因为他被指控携带武器,抢劫了城里一家珠宝首饰商店,他们还说他有同伙。比尔说他没有抢劫这家珠宝店,他是冤枉的。比尔后来找到了一个也是黑人的律师弗雷德,请他为自己辩护。这个黑人律师因为是在白人詹森的律师事务所里工作,他没法为比尔辩护,因此他要比尔承认自己抢了首饰商店。他还问比尔:"你那时候为什么要逃跑?你翻越了一堵篱笆墙,跑到别人的庄园里去了。"比尔说:"我那一次不是逃跑,因为那个庄园的主人养了兔子,我喜欢兔子,我给它们准备了土豆,我要把土豆送到那里去,看兔子是怎么吃土豆的,你见过兔子就知道。"后来弗雷德回到律师事务所,对他的主人詹森说:"黑人比尔是去喂兔子,他没有抢珠宝店。"詹森问弗雷德,"你是不是同情黑人。"弗雷德说:"我谁都不同情,我要尽律师的职责。"后来他在黑人区见到了比尔的母亲,说他虽然相信比尔没有抢珠宝店,但他在白人詹森的律师事务所工作,他不得不承认,由于比尔不配合,他没法为他辩护。他叫比尔的母亲去找詹森。她说:"你们欺侮黑人,世界上没有公道。"弗雷德从黑人区回到詹森的律师事务所后,看见桌子上的一个公文包里有一份文件,上面写道:"那个年轻人是无辜的,我告诉了他的妈妈,我为他辩护,珠宝店老板的指控不属实,这份文件是那个养了兔子的庄园主留下的,他表示要到法庭来为比尔作证,说比尔每天都要去他的庄园喂兔子,他允许比尔翻越他家的篱笆墙。比尔没有抢什么珠宝首饰商店。"这份文件上没有署名,这说明美国虽然歧视黑人,但依然有好心的白人对他们的处境表示同情,为他们主持公道,伸张正义。

此外,这一时期出现的一些反映波兰被纳粹法西斯占领时期社会现实的作品,更主要的是揭露了法西斯对犹太人疯狂的迫害和残杀,反映了波兰的爱国者和人民为了营救和保卫犹太人、为了祖国的解放,和法西斯匪徒进行了英勇的战斗,表现了他们的机智、勇敢和不怕牺牲的精神。像波格丹·沃伊多夫斯基、亨利克·格伦贝格、雅德维加·马乌列尔和汉娜·克拉尔这样一些作家,都写过这样的题材。汉娜·克拉尔的长篇小说《终于来到了上帝跟前》(1989)以主人公"我"的自述,讲了一个发生在1942—1943年被德国法西斯占领的华沙犹太隔离区的故事。这里因为法西斯当局不给粮食,发生饥荒,许多犹太人都饿死了,活下来的也瘦得皮包骨头。在这种情况下,法西斯分子便以诱骗的方式,向那些饥饿的犹太人宣传,说他们去某个地方可以有工作,有面包和黄油,不会饿死。犹太人被骗上火车后,就马上被运到法西斯集中营里去毒杀。有成千上万的犹太人就是这样死在了集中营里。小说主人公"我"在华沙参加了一个波兰抵抗运动的组织,这个组织和在华沙战斗的波兰人民军和国家军都有联系,人民军和国家军给他们提供武器,便于他们参加战斗。

他们在华沙还建立了广播电台,办了报纸,一方面在犹太隔离区揭露法西斯分子的阴谋和罪行,要犹太人不要受骗上当,另一方面千方百计地营救他们,让他们逃离犹太隔离区。"我"在犹太区曾救过一对青年男女,他们后来都参加了"我"的抵抗运动的组织。男的原是一个印刷工人,负责给"我"的组织印报,女的当了联络员,把"我"的组织的报纸送到波兰各地,号召波兰人都投入战斗,消灭法西斯。但"我"的组织成员在营救犹太人的过程中,有时会被法西斯匪徒发现;一些犹太人刚一逃走,就被他们打死了。"我"和"我"的同志只好把他们就地埋葬。当时在华沙的龙基这个地方,埋葬了许多被法西斯匪徒杀害的犹太人。

有的犹太人虽然从犹太隔离区逃了出来,但在途中又遇到了乌克兰的法西斯匪徒①,被他们杀害了。这帮乌克兰的法西斯分子和德国法西斯一样的穷凶极恶。"我"的组织中有个叫托希的战士,说他有个外甥女和她的男友来到帕维亚这个地方,当地有个犹太教师要给他们举行婚礼,一些乌克兰的法西斯匪徒就在他们的婚礼上把他们抓走了。有个匪徒把枪对准了她的腹部,正要开枪,她的新婚丈夫马上扑上前去,和这个匪徒进行搏斗,她虽没被打死,但仍被这帮匪徒抓到集中营里去了。她的丈夫后来参加了1944年的华沙起义,在战斗中牺牲了。"我"的组织当时在莫兰诺夫斯卡、弗兰齐什坎斯卡和米拉等地,和法西斯匪徒进行过激烈的战斗,打死了许多德国人。后来"我"和"我"的同志们知道了德国法西斯要毁灭华沙的犹太隔离区,把那里的犹太人全部杀掉,把那里的房子全都烧光,便不断把消息发送给波兰在伦敦的流亡政府,说国家军要进行对犹太区的保卫战。有一次,德国盖世太保抓了组织的一个战士尤列克·维尔内尔,要他说出组织成员的联络地,对他严刑拷问,但他坚贞不屈,没有出卖同志,最后被敌人杀害了。在一年多的战斗中,组织中的大部分战士都战死了,"我"为"我"的同志,为波兰的每一个反法西斯战士的牺牲感到悲哀,也为他们感到骄傲,因为他们使波兰获得了自由。

亨利克·格林伯格(1936—2014)是一个犹太作家和诗人。第二次世界大战期间,他的家人大部分被害,只有他本人和母亲得以幸免。第二次世界大战后,他先就读于华沙大学,后成为华沙犹太剧院演员。1967年格林伯格随剧院赴美国演出,后定居美国。格林伯格的作品大都反映二战中犹太人特别是波兰籍犹太人遭受的苦难,同时对战后欧洲出现的反犹浪潮及其带来的后果进行了反思。他的小说《犹太祷告》发表于1987年,后在1993年和小说《遗产》合在一起重版,更名《加利福尼亚的犹太祷告》。作品描述了居住在美国的一个犹太家庭的生活和命运。他们逃脱了纳粹大屠杀,在加利福尼亚建了自己的新家。这一家人虽然都是一些未受过教育的普通人,但他们有强烈的生存欲望。他们先是在特拉维夫的奶酪工厂后来在布法罗的商店工作,以极大的努力,终于积攒下足够的资金,在加利福尼亚开了一个属于自己的酒类商店。可是他们的商店后来突然遭到打劫,年轻的主人公的父亲被打死。一个在大屠杀中侥幸逃生的人,却在阳光明媚的加利福尼亚死于劫匪之手,他的死亡破坏了这个曾经四处逃亡的家庭多年来共同构建的一切,这难道不是对命运的嘲讽?年轻主人公站在父亲的墓前,他终于明白:犹太人永远无法摆脱死于非命的魔咒,因为无论他们在哪里,取什么名字,信什么宗教,都摆脱不了家破人亡的厄运。

短篇小说集《德罗霍贝奇》(1997)中的"德罗霍贝奇"是乌克兰的一个小城,上

---

① 是指乌克兰的民族主义分子,他们信的是东正教或东仪天主教,即联合教派,其中有些人和德国法西斯勾结,和波兰人有民族矛盾。

面提到的波兰著名犹太籍荒诞派小说作家、画家布鲁诺·舒尔茨曾住在那里,他最后也悲惨地死在那里。作者以一个舒尔茨的学生的视角,讲述了这位著名作家生命的最后时刻。《德罗霍贝奇》中的作品除了写德罗霍贝奇发生的故事外,其他一些作品反映的是波兰的奥斯威辛集中营、犹太人隔离区在二战期间的残酷现实以及苏联、美国、匈牙利、斯洛伐克、德国和其他一些国家在二战期间和战后初期的社会状况。《记录册》(2000)记述了波兰现代出版业的创始人之一亚当·布隆伯格的一生。作者将他所描写的主人公一生中发生的各种事件置于一个宏大的历史背景之下,甚至将中世纪犹太人的生活境况与生活在波兰和西欧的当代的犹太人境况进行比较,利用历史资料,展示了在欧洲一些城市如卢布林、德罗霍贝奇、利沃夫、法兰克福和巴黎的犹太人所经历的坎坷命运,将一个人的经历与整个犹太群体的历史融合在一起。

格林伯格的诗集《我回来了》(1991)中的诗歌反映的则是波兰人与犹太人之间复杂的恩怨纠葛,其中《遗产》一诗反复出现这样的句子:"你没有弃我而去……""却为何又给我留下敌人",反映了抒情主人公的疑虑。但有的诗却反映更加宏大的主题,例如《恐惧》一诗,就涉及了人类力求摆脱各种恐怖——黑暗、火灾和饥饿的威胁,但诗人认为,人类要摆脱恐惧,却又强化了恐惧。

雅罗斯瓦夫·阿伯拉莫夫—内维尔莱(1933—)的《我家院子里的狮子们》(2000)的故事发生在华沙若利博日城区,这里当时是波兰知识分子聚居的地方。作品讲述了犹太人奥尔沃夫斯基一家和奈弗利一家原来是邻居,但二者的命运大不相同。奥尔沃夫斯基一家听从了德国人的命令,搬到了犹太人隔离区,他的母亲就死在那里,几个兄弟虽然侥幸逃生,也历尽了苦难。奈弗利一家因为坚决抵制搬往隔离区的命令,他给妻子和孩子搞到了假的身份证,证明他们不是犹太人,从而挽救了他们的生命。小说中,若利博日由于居住在这里的一些正直的波兰知识分子的努力,犹太人很多都被他们藏了起来,没有被法西斯分子杀害。

威廉·迪赫特尔(1935—2015)也是一个波兰籍的犹太作家。他的小说《上帝之马》(1996)也是一部关于犹太人的悲惨命运的作品,这里的主人公是个孩子,他的爷爷和奶奶原先住在维也纳,过着优雅宁静的生活,后来迁到了波兰。可是他的童年正值二战爆发,由于犹太人遭受迫害,他只能跟随着爸爸和妈妈到处躲藏,他目睹过那些不幸被搜捕的犹太人的悲惨结局。后来他的亲人一个个死去,先是爷爷,然后是爸爸,在他战后的生活中,只有他对逝去的亲人的回忆。小说《无神论者的学校》(1996)是《上帝之马》的续集。主人公也是个遭受过法西斯迫害的十几岁的犹太孩子,他的家人很多都在战争中死了,只有他和他的母亲活了下来。但在战后,由于他的犹太出身,他处处受到照顾和优待。他的母亲后又嫁给了一个犹太人米哈乌。米哈乌受过教育,因与波兰新的政权关系密切,很快成为了国家官员。主人公自己也曾就读于一所名为"无神论者学校"的中学,这是一所为国家官员培养子弟的学校,因此对人民波兰产生了极大的热情和好感。

玛丽亚·努罗夫斯卡(1944——)的长篇小说《后来写的东西》(1989)也写犹太人的题材,但这里的情况有所不同,小说写的一些犹太人战时也遭受过纳粹法西斯的迫害,在20世纪下半叶的波兰,他们虽然没有受到种族歧视,但却脱离不了当时的政治斗争。主人公"我"叫汉斯·贝内克,1976—1981年在华沙一家报社里当记者。有一次,"我"去德国,遇到科隆一家旅店的女店主,她告诉"我",说"我"认识的一个叫安娜·瓦扎尔斯卡的女人1981年12月13日要乘飞机去华沙,不被允许,她自杀了。"我"以前采访过她,她在她的自传中说自己是个犹太女人,德国法西斯占领时期,安娜还小,她和她的父母、小妹爱娃还有两个姑姑都住在华沙的犹太隔离区,他们那时的生活非常困难。她和爱娃经常挨饿,有时不得不沿街讨乞,全身浮肿,但没有人援助她们,当时犹太隔离区的许多人都是这样。她的父亲在1942年8月还得过伤寒病,有个医生来到他家里给他治病,不收钱,母亲说这个医生是这个地狱里唯一一个正直的人。这一年11月,法西斯当局下令,不准犹太人离开犹太区。安娜的小姑有很多朋友,但因为她是犹太人,她的朋友都不跟她们往来。犹太区有些人这时被火车运到法西斯集中营去了,安娜的母亲也被纳粹分子抓走,死在奥斯威辛集中营。后来德国人要消灭犹太区,把这里的许多犹太人都残酷地活埋了。安娜和她所剩的几个亲人有幸从犹太区里逃了出来,去各地逃难。有一次,他们遇到一个农民,他们给了这个农民一个金戒指,要他把他们藏起来,但是这个农民说:就在前一天,有两家人因为窝藏了犹太人,被德国人杀了,他们的房屋也被德国人烧了,因此他把安娜一家拒之门外。只有安娜的大姑米利亚姆去了白俄罗斯,参加了游击队。

战后,安娜的父亲因为是战前的知识分子,在波兰被逮捕,在监狱里关了六年。1953年斯大林去世的时候,安娜在中学读书,家里生活依然十分困难,她想,是不是共产党使他们这么穷困?她在学校里受过波兰青年联盟的教育,觉得不应当这么想。上了大学后,安娜又学过政治经济学,还学过马克思主义哲学和社会学,当时她认为这些都是真正的伦理学。后来她对心理学也很感兴趣。在大学读了两年后,安娜开始研究政治和社会主义理论,但她认为波兰的社会制度不合波兰的国情。1968年3月,波兰发生了工人罢工和学生罢课,她对他们虽然表示支持,但她一直是个旁观者,既没有参加他们的活动,也没有参加他们的组织。她想:1968年3月的事变是不是因为犹太人的问题引起的?安娜有许多犹太朋友,他们都说:波兰有许多共产党员是民族主义分子,在1968年3月事变中对犹太人进行了迫害。[①]

[①] 1967年6月,以色列在美国支持下,发动了对阿拉伯国家的侵略战争,在一部分波兰犹太人中引起强烈的反响。一部分犹太族军官暗地里举行集会,庆祝以色列军队的胜利,甚至想奔赴以色列参加战争。他们的行动受到舆论的谴责,在社会上掀起了反对"犹太复国主义"的斗争。这件事曾激起了犹太族波兰公民对政府的不满。1968年3月19日,哥穆尔卡在华沙文化科学宫同华沙党的积极分子的会见中,既谴责了"犹太复国主义",也抨击了排犹运动。他认为绝大多数犹太族波兰公民是把波兰当作唯一的祖国,是爱国的。见刘祖熙著,《波兰通史》,商务印书馆,2006年,第512、513页。

安娜还对"我"说,1980年的事变后,她更了解波兰人了,她参加过华沙团结工会的游行示威,还在华沙的胜利广场会见过罗马教皇。安娜后来去了西德,她要回来,不被允许,要"我"写信给波兰总统雅鲁泽尔斯基,我没有写,她就自杀了,于是我写了她的家事,要去美国发表。"我"请安娜当时在美国的妹妹爱娃给我找了一家出版社。爱娃对我说,"你为我的姐姐,为我的民族做了许多事。"我说:"就叫它《后来写的东西》吧!"①

此外还有一些作品又把犹太人写得很神秘,例如保罗·胡列(1957—)的长篇小说《韦伊塞尔·达韦德克》(1987),写一个来历不明的犹太家庭,他们平日的行动也显得十分诡秘。主人公"我"说他早就认识一个犹太人韦伊塞尔·达韦德克,是他在奥利瓦上中学时的同班同学。但达韦德克性情孤僻,"我"和同学们做游戏的时候,他总是站在一旁看,不愿成为我们中的一员。"我"在耶利特科夫海滩上要和他一起去游泳,他说他不会。他对什么都很害怕,怕有人告诉他什么坏消息。他和他的祖父住在一起,屋门前挂着一个写着他祖父的名字的招牌:"亚伯拉罕·韦伊塞尔,裁缝"。那时候,"我"的学校的全体同学在五一劳动节来到的时候,都要穿着白衬衫和黑裤子去参加游行,唱着:"前进,青年们,我们是兄弟!"②只有达韦德克不参加五一游行。

达韦德克当时在他的一个秘密的砖瓦厂里有一台不知是什么的机器,还藏了一罐罐的三硝基甲苯炸药和一些没有爆炸的炸弹,这个"我"和"我"的一个同学梅希克直到后来才知道。为了防止砖厂里发生爆炸,毁了周围的房屋,"我"的同学梅希克不得不随时侦察这个犹太人和他爱的一个姑娘爱尔卡的行动,"我"的一些同学们有时发现他们到飞机场去了,到一个大夫那里去了。我们也不知道达韦德克的生身父母是谁,现在在哪里。后来梅希克在市政府的档案中,查到了达韦德克一家的来历:他的祖父是一个波兰籍的犹太人,1879年出生在俄国的克日沃罗夫那,1946年来到了格但斯克。但这份档案中没有说他有子女,只说在1948年,他领养了一个波兰男孩,这个男孩1945年9月10日生于布罗迪,他就是韦伊塞尔·达韦德克,档案中也没有说这个男孩的父母是谁,亚伯拉罕·韦伊塞尔就把他当成他的孙子。梅希克说他感到疑惑的是,亚伯拉罕·韦伊塞尔为什么不说他有没有儿子和儿媳或者女儿和女婿呢?也许这个达韦德克并不是出生在布罗迪,也不是1945年9月10日出生的。战后有的人从东方迁到西方或者从西方迁到东方,有的人从北方迁到南方,或者从南方迁到北方,户籍都乱了,亚伯拉罕·韦伊塞尔也许以为犹太种族已灭绝,因此他就说他领养的达韦德克是波兰人。

有一次,达韦德克和爱尔卡闲聊:达韦德克说哲学家什么都知道,知道什么

---

① 玛丽亚·努罗夫斯卡,《后来写的东西》,文学出版社,克拉科夫,1989年,第149页。
② 保罗·胡列,《韦伊塞尔·达韦德克》,大海出版社,1987年,第15页。

是生命,有好的生命和坏的生命,也知道死亡,天上的星星为什么不掉下来?河水为什么从我们的面前流过?爱尔卡问他是不是哲学家,怎么知道这么多?达韦德克说他不是哲学家,这些都是他祖父告诉他的,他的祖父是世界上最伟大的哲学家,但他没有写过书。可是"我"不知道亚伯拉罕除了缝衣之外还能干什么。他从来不出门,有一次,"我"和"我"的同学去找他,他也不开门,后来我们知道他已经死了,是患心脏病死的。"我"还说:达韦德克还带"我"和"我"的同学梅希克去过邮政局,他说战时德国的装甲兵到过这里,邮局里的人打死了一个德国兵。达韦德克为什么对德国的事情这么感兴趣,他的砖瓦厂里为什么藏了武器和炸药?"我"不知道。爱尔卡后来告诉"我",达韦德克在飞机场放飞了一个风筝。"我"还记得有一天,达韦德克还参加过学校里的足球队,在比赛中战胜了奥利瓦驻军的足球队。他在他的砖瓦厂,在烛光下用笛子伴奏,还跳过舞,他跳得很快,扬起了那里的尘土,像有魔鬼驱使似的。达韦德克一定有很多想法,他是不是要教我们如何飞上天,变蝴蝶为青蛙,或者变青蛙为蝴蝶。他后来和爱尔卡和我们告别,他还要到那个砖瓦厂去,或者要到城外的森林里去,到高山上去看太阳的升起。最后,我们终于找不到他了,也找不到他藏在砖瓦厂里的火药了。

  这一时期的文学创作不仅反映犹太人以及被法西斯侵略的国家的人民遭受巨大灾难,有的作品也反映一些普通德国人因要远离政治斗争,也受到法西斯的迫害。例如塞韦雷娜·什马格莱夫斯卡(1916—1992)的短篇小说集《爱情的色调》(1985)中的《野石榴》,写主人公马尔青在各地旅游,一次他在一个海滩上,遇见了一个叫克莱尔的德国女人。她说她就住在这里,并且告诉马尔青,希特勒上台时,她才六岁,住在慕尼黑,那里很漂亮,远离政治斗争。她父亲是慕尼黑图书馆的管理员。她还记得她家的房屋、果园和父亲工作过的地方。她父亲有很多书,书上有彩色插图。德国和波兰发生战争后,她随父母亲离开了慕尼黑,他们一家来到了瑞士的日内瓦,父亲在那里找到了工作,但三年后,他却莫名其妙地被纳粹分子杀害了。父亲死后,母亲和她也曾遭到纳粹分子的追捕,不得不四处寻找藏身的地方。后来母亲带她来到了荷兰,住在她们的亲戚家里。战后她们才来到了这个海滩上。马尔青觉得这个女人很可爱,她要他常去她的家里。她说,你在我这里什么都能得到,衣服也不用买。

  《爱情的色调》中的其他作品有的表现了庄稼人对故土的热爱,就是在生活中遇到了困难,也不愿离开他们长年耕作过的土地。如《约纳坦伟大的爱情》这个短篇的主人公约纳坦是个农民,有一块祖传的土地,多年在这里干活,但是后来因为一些生活琐事和妻子、女儿发生了矛盾,她们不愿留在乡下,要到城里去,并且要他把家里的什么都卖掉。但是约纳坦说:"我的父亲在这块土地上干过活,我现在也要在这里干,我怎么舍得离开?"[①]《第一次钓鱼》写马祖雷乡村美好的风光,那

[①] 塞韦雷娜·什马格莱夫斯卡,《爱情的色调》,国家出版机关,华沙,1985年,第50页。

里的湖泊是那么美丽,那里的夜晚散发着谷粒的芳香,农舍的四周都围着玫瑰色的篱笆墙。乡村的小道上可以听到甲虫的唧唧叫声,还有穿梭于草丛中的小狐狸和松鼠。主人公"我"说:我们在这里什么都好,世界上没有一个地方有这么美好。但是有一天,"我"约"我"认识的一个副教授奥尔奇尼亚克去湖边钓鱼,看见有条鱼上钩后,挣扎了几下,又逃走了。这样好几次,我们连一条鱼也没有钓着。我想,生活就是这样,一个人是什么也得不到的。其实,在作者看来,生活中并不是一切都很美好的。

此外有的作家在他们的作品中还指出,波兰虽然战胜了德国法西斯,但波兰北部马祖雷和瓦尔米亚地区,因过去曾长期被普鲁士占领,那里许多居民都被普鲁士人同化了,他们讲的是德语,因此战后初期,要恢复这里的波兰文化传统,就是一个很重要的任务,许多爱国者为此付出了很大的努力。例如爱尔文·克鲁克(1941—)的长篇小说《马祖雷记事》(1988)就是作者对马祖雷和瓦尔米亚这段历史和现状的记述。1945年1月21日,苏联红军已经占领了东普鲁士的许多地方,如纳比沃达、乌纳、弗兰克诺沃、韦耶特齐霍沃、加尔迪内和多布任等。过去,在马祖雷土地上,人们讲的是德语,或者掺杂着德语的波兰语,到1945年还是这样,马祖雷在这里只剩下一个名称了。战后,卢布林政府为了保护马祖雷人的文化遗产,维护这个地区的波兰语的纯洁性,要成立一个马祖雷人联盟和马祖雷文化协会。有一家曾长期住在德国科隆的波兰人,回到了马祖雷,要去克拉科夫给他们的祖辈扫墓,还要到那里的教区的教堂里去做弥撒。教区以前有个叫耶日·沙莫列维奇的神父,他在1741年编过一本马祖雷的宗教歌曲集,他死后也葬在这里,但是这里的一些墓地现在已很荒凉。

战后出生的年轻人都不知道这片土地为什么叫瓦尔米亚和马祖雷。有个叫卡罗尔·马韦克的社会活动家主张开马祖雷人联盟大会,他问大家现在是否还感觉到马祖雷精神的存在。还有人建议要向住在瑞士的波兰人发出邀请,因为有过个叫阿道夫·希曼斯基的博士在战前写过一本关于马祖雷的书,他死在瑞士。书的作者说:大家一定还记得弗雷德里克·布尔斯基,他是波兰国家民族委员会的第一个代表马祖雷的委员。卡罗尔·马韦克在奥尔什丁对大家说过:我死之后,你们要在我的墓碑上写上:"我曾经和你们生活在一起,战斗在一起,也要和你们死在一起。"[①]在奥尔什丁的一个图书馆里,女管理员扎列斯卡还办了一个学习班,她对一些年轻人讲述了马祖雷人在德国法西斯占领期间是如何为了波兰语的生存和占领者进行斗争的。她说现在要维护波兰语的纯洁性,防止外来语的影响。有人在莫隆格的一所中学里找到了一本名为《天堂里的小果园》的书,是1844年在立陶宛的克鲁莱维茨用花体字印的,上面有刻了"切

---

① 爱尔文·克鲁克,《马祖雷记事》,国家出版机关,华沙,1988年,第105页。

辛市费金格书店"①字样的印章,它的作者叫扬·阿尔翁德特,书里收进了许多介绍马祖雷人的宗教信仰的文献。年长的人还记得他们过去在奥斯威辛的铁丝网里和后来在斯大林的监狱里的痛苦经历。中午时分,在奥尔什丁市政厅里总是传来优美的歌声,歌中唱道:"啊,我亲爱的瓦尔米亚,我亲爱的故土!"②但是长期以来,马祖雷和瓦尔米亚十分贫穷,一些居民难以维持生活,想要迁居到国外去。1956年12月4日,有一个马祖雷人和瓦尔米亚人的代表团曾经来到首都华沙,将一份有一些知名人士签名的备忘录交给了波兰统一工人党、农民党和波兰人民共和国政府的领导。备忘录上叙说了马祖雷和瓦尔米亚这两个地区的人民在历史上遭受的压迫和痛苦,那里的饥饿和贫困,老百姓缺少衣被、面包和住房,此外还有那里的土著居民遭受的歧视,1945—1948年的合作化运动是怎么剥夺了那里的农民的土地,把他们强行集中在一些叫国家土地不动产的劳动营里劳动,等等,这都是一些违法犯罪的现象。作者说,马祖雷和瓦尔米亚人要的是面包和自由,他们相信党和政府能够满足他们的这些要求。那里更需要发展教育,向年轻人讲马祖雷人和瓦尔米亚人的历史和文化传统。要改善他们的生活,恢复他们被剥夺的权利,这样才能阻止他们离开。所有这一切,都是为了消除仇恨,抚慰心灵。

斯泰凡·赫文(1949—)的小说《哈勒门》(1999)所反映的情况和以上有所不同,这部作品写一个叫做哈勒门的德国医生、解剖学教授,他于20世纪30年代在格但斯克解剖学研究所工作。在一次船难中他失去了自己的爱人,从此变得性情孤僻,对什么都很冷淡。战争结束后,格但斯克开始大规模地清除原来居住在这里的德国人,后来,他和别的德国人一起正要迁离,他已经上了船,然而在船离开港口之前,他下船去取自己的箱子时,眼前突然出现了自己爱人消失在沉船上的景象。这个痛苦的回忆使他瘫倒在地,失去了行动能力,船开走了,他只好留下。哈勒门从此便成了一个格但斯克人,但因为爱人的死去,他精神一蹶不振,成天把自己关在房里,阅读浪漫小说,或者哭泣,回想他的过去。但他是个好人,他救过别人的命,他帮助抚养过聋哑少年。他后来甚至感觉到格但斯克才是他唯一的家,他在这里生活,工作,这里有他的朋友。可是这个城市并不需要他,它现在是一个波兰人的城市,而不是德国人的,他们要他回到德国去。哈勒门最终离开了格但斯克,令人感叹的是,不是战争,不是波兰制度的改变,而是因为波兰人缺乏宽容,迫使哈勒门离开了自己的家。

雅罗斯瓦夫·阿布拉莫夫·内维尔莱的小说《盟友》(1990)写一个美国空军第393重型轰炸机联队的一架B29轰炸机的机组成员,他和这架飞机的机长受命

---

① 爱德华·费金格(1809—1868),德国书商,他1861年曾任波兰奥波莱省切辛市的议员,大概在19世纪中叶在切辛开了一个小小的书店。爱德华死后书店由他的儿子小爱德华(1851—1932)继续管理。书店一直开到了1945年,后来的店主叫亨利·费金格。

② 爱尔文·克鲁克,《马祖雷记事》,国家出版机关,华沙,1988年,第290页。

去日本投原子弹,为此先去日本进行模拟训练。但他们的飞机不幸在日本上空被防空炮火击中,而不得不紧急降落到当时的盟国苏联远东符拉迪沃斯托克附近。在这里他们接触了苏联的普通士兵,见到了苏联的监狱,但却被指控进行间谍活动,受到审讯,在身心上受到了打击。他的一个机组成员在飞机被炮火击中时受伤,也因在这里治疗不善而死去。但机组其他人员最后还是回到了美国,小说力图说明苏联这个盟国实际上和美国敌对。

亚努什·克拉斯内·克拉辛斯基(1928—2012)的小说《牺牲》(1992)的故事发生在第二次世界大战后的波茹莱克兰。18 岁的西蒙·波莱斯塔因没有户口登记被指控从事间谍活动,遭到逮捕,投入了监狱。他在这里见到的形形色色的囚犯,既有纳粹分子和普通的刑事犯,也有社会主义者、共产党人和农民党人。他了解到了监狱中发生的一切,也了解到一些人是如何被投入监狱的,他认为所有这一切都证明了专制的政治制度对人的扭曲。

科尔内尔·菲利波维奇的短篇小说集《楼梯上的谈话》(1989),共收入了 17 个短篇,也大都反映普通人的家庭生活,同样表现了爱国主义和儿女亲情。如小说《一个并不复杂的题材》写一个充满了亲情的温馨的家庭,主人公帕韦尔·希涅格战前在一所中学读了三年书,后又上过农业学校,1939 年参加了波兰反法西斯抵抗运动,在战争中负过伤,获得过英雄十字勋章。他认为自己并没有做过什么了不起的大事,他只是做了一个士兵应做的事。他信天主教,但只有在圣诞节这样的大节日才去教堂。战后他一直在家里干农活。他爱读文学作品,如密茨凯维奇的《塔杜施先生》和显克维奇的《三部曲》等,他知道是谁描绘了格龙瓦尔德大战[①]。他也爱毕加索的画,爱听交响乐广播,他还会拉小提琴。他有一儿一女,儿子是个电子学工程师和工业大学的副教授,这个儿子也有一儿一女。希涅格的女儿上过经济学院,她也结了婚,有一个女儿,她丈夫有一个锯木厂,但在很远的地方。希涅格的境遇不错,因为儿子和儿媳都很孝顺他,他们也常给家里的祖辈扫墓。希涅格总是用方言对儿子说话。他说这是祖传的语言,叫他们不要忘记。

小说《一个戴紫罗兰帽子的老妇人》写的则是一个不幸的老人。主人公索瓦伊斯卡太太已经 80 岁了,她得了一种奇怪的感冒,老治不好,前不久又从楼梯上摔下来,造成了手臂骨折。她的丈夫战前在市议会工作,是个社会主义者,参加过五一游行,喊过"打倒资本家和地主,工农政府万岁!"[②]的口号。但他在法西斯占领的头一年就患肺炎死了。索瓦伊斯卡太太的家里此后就没有收入了,为了生活,她卖光了家里所有她认为不需要的东西,连房子也卖了几间。她有过一个女儿,后来女儿也死了。丈夫生前的朋友、同事,还有她的亲戚和熟人以前

---

① 《格龙瓦尔德战役》是波兰著名画家扬·马泰伊科(1838—1893)的一幅油画,以 1410 年波兰立陶宛联军和十字军骑士团在格龙瓦尔德的战役为题材。

② 科尔内尔·菲利波维奇,《楼梯上的谈话》,文学出版社,克拉科夫,1989 年,第 125 页。

还来看她,后来这些人也死了。现在她一个人孤单单的,只是有时候去教堂里做祷告。丈夫死了40多年了,但她很少去他的墓地。她常想起她的女儿,女儿小时候在花园里跑来跑去,在溪边玩耍。有一次,她来到了丈夫和女儿的墓地,想到自己在这里也应有一小块墓地,她要和亲人永远在一起,但对她来说,死也不能解脱。

但这个集子中也有以法西斯占领时期为背景的作品,如小说《一个天才的孩子》。小说的主人公伊格纳希·费什曼十岁了,但看起来只有六岁,最多七岁。有一天,有两个盖世太保①和一个穿便服的人来到他的家里,伊格纳希问他们是不是要找他的爸爸,他们说是的。他说他爸爸不在家,和妈妈一起到霍多罗夫去了。那个穿便服的狠狠地扇了伊格纳希一耳光,伊格纳希倒在地上,穿便服的对他说:"你们家里藏了一个叫伊格纳希·费什曼的犹太人。"伊格纳希说:"我们这里没有犹太人,我看你像个犹太人。"穿便服的又说:"把你家里的那个犹太人交出来!"于是他和那两个穿军装的盖世太保在伊格纳希家里进行搜查,把柜子里的衣服都扔到了地上,结果什么也没有找到。盖世太保这时用手枪对准了伊格纳希说:"费什曼在哪里?""我不知道。""我要毙了你。""我确实不知道。"②盖世太保又去顶楼上找,顶楼上也没有,最后又去地下室找。趁这几个人去了地下室,伊格纳齐·费什曼便机灵地逃跑了,一个天才的孩子。

小说《楼梯上的谈话》通过两个人在楼梯上的对话,又涉及了政治题材。主人公"我"在这栋楼的三层楼上已经住了40多年了,在楼梯上,"我"爬上爬下了好几万次。起初,"我"每天都和妻子、母亲一起上下爬楼梯,后来"我"就一个人这么爬。有一次,"我"遇见了二楼的R先生,对他说:"我记得我问过你,散文和诗有什么区别?但我不记得你是怎么回答的。我当时说:散文描写人和事,诗只描写看到人和事后的感受。"R先生说:"那没有错。""我"这么爬上爬下,好像总是停留在一个地方,"我"不会变老,也不会死。后来"我"又遇到了R先生,问他:"你还记得30年前的事吗?斯大林是那时候死的,你知道斯大林是怎么死的吗?"R先生说:"我不知道,他死的时候。我不在他的身边。"后来有一次,R先生对我说:"你过去关于诗的说法不全面。""我"说:"诗的表达很简明和形象,它更直接地反映感情和想象。"R先生说:"诗更像绘画和奏乐。"③

兹比格涅夫·多米诺(1929—)的长篇小说《波兰的西伯利亚》写于1993—1997年间,到2001年才出版,是他最重要的作品。这部作品以第二次世界大战期间被流放到苏联西伯利亚的一些波兰人的经历为题材。我们在前面已提到,

---

① 德国法西斯秘密警察。
② 本段引文均引自科尔内尔·菲利波维奇,《楼梯上的谈话》,文学出版社,克拉科夫,1989年,第38、39页。
③ 同上,第177、183、190页。

1939年9月1日德国法西斯向波兰发动突然袭击后,苏联军队在这个月17日也占领了原来属于波兰的西白俄罗斯和西乌克兰。小说写苏军占领西白俄罗斯和西乌克兰后,在1940年2月10日晚上,苏联政府要将一批原来居住在西乌克兰一个叫红崖村的地方和它附近的一些波兰人遣送到西伯利亚去。一个当时专管苏联国内安全事务的苏维埃人民内务委员会①的书记宣称要他们去一个好地方,那里有医院和学校,什么都有,但他没有告诉他们要去什么地方。可这些波兰人不愿离开他们世世代代居住的这片故土,他们求苏联当局押送他们的人员不要让他们离开这里,有的女人说丈夫打仗去了,她和孩子不能没有自己的亲人;有的为此甚至自杀了;还有一个波兰人娶了一个乌克兰女人,押送他们的人员说这个乌克兰女人和她的儿子是苏联公民,可以留下,但是她的丈夫是波兰人,一定要走,因此他认为苏联政府要拆散他的家庭。

这些被迫迁徙的波兰人最后被押送上了一列火车,他们见到车厢里既没有水,没有灯,也没有窗子,一片漆黑,许多人都哭了,后来有的人生了病,得不到治疗,也死了。火车往东行驶,在一个小站上停了一会儿,有人因为不愿离开家乡,借机跳下了火车,跑到一个马厩里上吊死了。车厢里的波兰人不知道会被送到哪里去,他们的旅程何时结束,都感到十分焦虑。但他们发现沿途许多车站的建筑物上都有斯大林的巨幅画像,还书写了"我们一切胜利的创造者斯大林同志万岁!""苏联政权万岁!""苏维埃国家万岁!""苏联斯大林宪法万岁!"这些标语口号。火车经过乌拉尔山,来到了一个叫塔伊加的小站,有人说这里是西西伯利亚,还要经过新西伯利亚、伊尔库茨克、叶尼塞河、鄂毕河和勒拿河,去东西伯利亚。去东西伯利亚也没有完,还要去中国黑龙江、堪察加半岛,去日本,去太平洋。火车后来来到了东西伯利亚的坎斯克城站,有几个波兰人下车,看到这里都是木房子,当地人很穷。有个当地的老人问他们从哪里来,他们回答说是波兰人,这个老人用标准的波兰语喊了一句"波兰没有亡!"的口号,原来他也是早先被流放到这里的波兰人,但他没有忘记他的祖国波兰。其实从18世纪末波兰被瓜分后,巴尔同盟的参加者、科希秋什科起义、1830年十一月起义、1863年一月起义的参加者,都不断地有人被流放到了这里。

这些波兰人最后被遣送到了西伯利亚一个叫卡卢奇的地方,他们在这里也由苏维埃人民内务委员会管,这个委员会的一个叫伊万·沙文·伊万诺维奇的警官当即对他们宣布苏联政府的命令说:苏联红军解放了被波兰地主资产阶级老爷奴役的西乌克兰,使它回到了伟大的苏联母亲的怀抱,苏联政府不喜欢你们这些富农、民族主义者、警察和人民的敌人,要把你们迁到这里来进行再教育,使你们成为自由的公民;你们要知道苏联政府是宽宏大量的,你们中的任何人都不准离开卡卢奇,否则就会受到惩罚;14岁以上的人都要劳动,不参加劳动的要有医生

---

① 这个人民内务委员会战后就是苏联内务部。

证明,苏联政府是公正的;我们的西伯利亚十分富有和美丽,你们明天吃了早饭,就去卡卢奇的原始森林里伐木,组成劳动突击队,要完成一定的数额,八小时工作,午饭后可以休息;我们是社会主义国家,谁不劳动,就没有吃的,谁劳动,像斯达汉诺夫那样地劳动,不仅可以得到赏赐,而且有荣誉,在苏联,劳动是最高的荣誉。这些被遣送来的波兰人都住在一些木棚里,每个木棚要住近百人,1940年3月中来到波伊马河边的卡卢奇的有近千波兰人。他们都是一些波兰普通的老百姓,却被当成是富农、民族主义者、警察和人民的敌人,要在这里接受苏联政府的改造。可是这里的生活条件极其艰苦,首先是缺少粮食,这些波兰人都吃不饱饭,常常挨饿,可是他们每天必须完成劳动的定额。为了填饱肚子,他们星期天便去挖菌子,采蘑菇吃。或者去附近一个住了布里亚特人①的地方,想在那里买到牛奶和食品。尽管这样,还是有人饿死或病死了,许多人都为自己被流放的不幸命运而痛哭流泪。

这里有个犹太人因为犯了反苏维埃政府罪,在两年前也被流放到这里,被说成是人民的敌人。但是他对这里的波兰人说,在社会主义苏联,各民族平等,没有什么"坏透了的犹太人",不像你们那个贵族的反犹太的波兰那样。苏维埃人民内务委员会把这些被遣送到这里来的波兰人也当成是反苏联的反革命分子、资产阶级、地主、富农和剥削者,说他们中有反动军官和警察,根据贝利亚②和苏维埃人民内务委员会的命令,他们永远回不了波兰。一个委员会的警官问一个波兰女犹太人,你参加了什么反对苏联的组织?她回答说什么组织也没有参加。这个警官还说一些波兰人在木棚里教波兰孩子认字,看波兰地图和唱波兰歌是进行反苏宣传,因为现在已经没有地主老爷的波兰了。有的人因为教了波兰儿童识字而被判长时期地服劳役。

可这时在卡卢奇又流行疟疾,病死饿死的人越来越多。人民内务委员会的另一个警官对这些被遣送来的波兰人说:苏联政府会派来医生,运来大米和面粉。他还叫他们在这里种土豆,洋葱和胡萝卜,这样可以解决治病和粮食供应不足的问题。他还说苏联政府还要在这里开办学校,放苏联电影。这个委员会的一个政治委员还拿来了一份《真理》报,说这是列宁创办的报纸,上面登了斯大林给斯达汉诺夫工作者的贺信,还有乌克兰的集体农庄获得丰收的消息,说这都是斯大林同志领导的结果。可人们听说在世界大战中,巴黎被德国法西斯

---

① 住在贝加尔湖以南和以西地区的蒙古族人。
② 贝利亚(1899—1953),1917年加入俄国社会民主工党(布尔什维克);1921年起先后任阿塞拜疆肃反委员会副主席,格鲁吉亚、外高加索国家政治保卫局主席;1931年起任格鲁吉亚党中央第一书记,南高加索边区党委书记、第一书记;1934年当选联共(布)中央委员,1938年起任苏联内务人民委员;1941年起任苏联人民委员会副主席。卫国战争时期任国防委员会委员、副主席;1945年为苏联元帅。战后任联共(布)中央政治局委员、部长会议副主席;1953年3月斯大林逝世后任部长会议第一副主席兼内务部长。同年6月被开除出党,并被解除政府职务,12月被处决。见《世界历史词典》,上海辞书出版社,1985年,第77页。

侵占，法国投降了。这个政治委员还说：西乌克兰、白俄罗斯解放了，资产阶级的波兰不存在了，世界无产阶级必胜。可是这些波兰人认为自己永远回不了波兰，要把骨头埋在西伯利亚。有人要逃跑，又有人说逃跑是不可能的。但是有消息传来，说那些被判服劳役的人有两个逃走了，他们还杀死了看守的卫兵。还有人请求这个政治委员让他们离开这里，说苏联政府是公正的。政治委员说在卡卢奇要盖新的木棚，要教育孩子，如果有人在劳动中表现突出，成为斯达汉诺夫式的劳动者，就可以住到新的木棚里去，但要离开这里是不允许的。

1941年，德国法西斯向苏联发动了进攻，为了战争的需要，这里的波兰人要增加劳动时间，但面包的供给会减少，怠工要受到惩罚，苏维埃人民内务委员会提出的口号是"一切为了前线，一切为了胜利！"但是在波兰人看来，苏联和希特勒在1939年9月同时进攻波兰，他们是盟友，现在这两个盟友翻脸了，但他们都不会放过波兰。战争开始的第一个月，德国人就占领了立陶宛、拉脱维亚、白俄罗斯、莫尔达维亚和几乎整个乌克兰，苏联军队打了败仗。有的波兰人要上前线去打法西斯，人民内务委员会的一个警官却说他上前线，是要跑到德国人那里去。这个警官还说波兰共产党被解散是因为那里有间谍①。但是又传来消息，说波兰伦敦流亡政府的西科尔斯基将军和苏联政府签订了同盟条约，现在波兰人是我们的盟友，在苏联已经建立了波兰军队。1941年8月12日，苏联最高苏维埃发布了给这里的波兰人特赦令，即在苏联的波兰人不管是犯了罪的还是被遣送到这里来的人都自由了，现在享有和苏联人同等的公民权。1941年12月初，斯大林还接见了前来造访的西科尔斯基将军，并发表公报：在苏联的波兰军队由安德斯将军统领，波兰人将和苏联红军并肩战斗，直至取得最后的胜利。这里的波兰人听了，都唱起了"波兰不会亡"。但他们不相信伦敦有波兰政府，苏联有波兰军队，卡卢奇有特赦。昨天还是人民的敌人、民族主义者、富农、资产阶级，今天却成了苏维埃的盟友，这不可能，因为现在仍有一些进行了所谓的反苏宣传和间谍活动的波兰人被捕了，而且在卡卢奇，还制定了更加严厉的劳动纪律，比如怠工、逃跑都要枪毙。

更有甚者，莫斯科的电台和报社后来报道：西科尔斯基将军的伦敦政府在造谣，说苏联政府将它在1939年1月17日进攻西乌克兰时在斯摩棱斯克俘虏的波

---

① 早在1938年，波兰共产党被共产国际错误地指控为混进了反苏反共的毕苏茨基分子而解散了，但战后于1956年得到了平反。骆亦粟在他的《在风起云涌的年代里(1949—1989)》一书中提到：在苏联于1956年召开第二十次党代表大会期间，"参加会议的苏联、意大利、芬兰、波兰、保加利亚五国共产党作为战前共产国际执行委员会成员发表了一份联合公报，宣布1938年共产国际据以解散波兰共产党的材料是'捏造的'，为波共恢复了名誉。正是由于这个错案，波兰共产党当时领导人几乎全部被处死。"见新华出版社，2011年，第29页。

兰军官全都杀害了①，戈培尔②挑衅者们也造了这样的谣，波兰政府和希特勒法西斯沆瀣一气，对苏联进行挑衅，在这种情况下，安德斯在苏联统领的军队便到近东去了，苏联也和西科尔斯基政府断绝了外交关系。苏维埃人民内务委员会的领导人为此对卡卢奇的波兰人说，苏联政府原来是相信西科尔斯基③政府的，想和它结成联盟，给你们特赦，准许在苏联建立波兰军队，但波兰政府出卖了我们，你们的军队不上前线，不去斯大林格勒，却逃到伊朗和英国去了，并且和希特勒一唱一

---

① 这里是指卡廷事件：1939 年 9 月 1 日，德国法西斯进攻波兰后，很快就几乎占领了波兰的全境。17 日，苏联政府以保护当时属于波兰的西白俄罗斯和西乌克兰居民的生命财产为借口，派 60 万苏军越过波苏边境，进驻了西白俄罗斯和西乌克兰。波兰军队由于遭到突袭，溃不成军，约有 20 万人被俘。10 月 22 日和 24 日，西乌克兰国民议会和西白俄罗斯国民议会分别宣布同苏维埃乌克兰和苏维埃白俄罗斯合并，这样，苏联实际上侵占了原来属于波兰的西乌克兰和西白俄罗斯，在当时被苏军俘虏和逮捕的波兰人中有大量的波兰的政要和民族精英，卡廷事件就是当时苏联将近 22 000 波兰民族精英秘密杀害的事件。它发生的经过是这样：1940 年 3 月 5 日，苏联共产党中央委员会政治局（布尔什维克）作出了《关于枪杀波兰战俘的命令》的秘密决定，按照这个决定，同年 4 月至 5 月，苏联士兵便将早就被关押在卡廷（科杰尔斯克）、特维尔（奥斯塔什科夫）和查乔克瓦（斯塔罗别尔斯克）三个战俘营中的 15 000 名战俘用火车运往指定的地点，将他们全部杀害，同时他们还枪杀了 7 000 名被关押在其他战俘营中的俘虏。这些被关押的战俘中除了波兰国家政要外，还有波兰军队中的军官、警官和波兰知识分子，包括教师、医生、律师等。他们被杀害后，被分别掩埋在早已挖好的墓坑里。1941 年爆发了德苏战争，波兰与苏联恢复了正式外交关系，苏联政府虽然是波兰的同盟者，但一直拒绝向波兰说明有关波兰战俘的情况。在 1943 年 4 月，德国军队占领斯摩棱斯克地区，并在卡廷森林发现了被杀害的波兰人的墓坑，德国政府便利用这个事件抨击苏联，而苏联当局却倒打一把，声称是德国在 1941 年占领苏联之后，杀害了这些波兰人，还借机断绝了与当时流亡伦敦的波兰政府的关系。此后苏联当局一直坚持自己的卡廷谎言，声称苏联与杀害波兰人的事无关，纳粹要为此承担一切责任。在 1989—1991 年间，在俄罗斯有很多人要求澄清卡廷事件真相，1990—1992 年间，卡廷事件大部分档案被解密，其中包括上面提到的《关于枪杀波兰战俘的命令》，1993 年，俄罗斯历史学家小组阐明了卡廷事件发生的全过程。今天，纪念卡廷大屠杀死难者的公墓已建成，15 000 名波兰遇难者的名字均刻在墓碑上，但是还有数千牺牲者的名字至今尚未找到。见《卡廷惨案真相》，乌译，新星出版社，2012 年，第 1—5 页。

② 戈培尔（1898—1945）。纳粹德国宣传部长，战犯；1921 年在海德堡大学获哲学博士学位，次年参加纳粹党，成为希特勒的狂热信徒，1933 年希特勒上台后，控制一切国家宣传机器，疯狂鼓吹战争，宣扬种族主义，并以造谣说谎鼓舞士气；进行大规模的文化清洗，摧残文化和艺术。但如果戈培尔揭露了卡廷事件的话，他并没有造谣。

③ 西科尔斯基是波兰流亡政府中的温和派，他反对战前萨纳奇亚政府对苏联的反对态度，二战期间，他的政府于 1941 年 8 月 14 日和苏联签订了军事协定，在苏联建立了一支波兰军队，和红军并肩作战。当时德国法西斯军队正逼近莫斯科，苏联在军事和经济上遇到严重困难，安德斯将军便提出波兰军队由苏联转入伊朗，并由英国提供装备和补给的主张，后来斯大林同意撤走波军 25 000 人，其余的留在苏联，同苏联一起战斗。斯大林还表示苏联同意波兰在战后恢复奥得河以东的固有土地，如果波兰军队投入战斗，波兰边界可以在和平议会前由双方协商解决。这一年 12 月 4 日，波苏双方签署了友好互助宣言。但是在这个宣言发表后，西科尔斯基遭到他的流亡政府内的萨纳奇亚派的攻击。1942 年 4 月，有强烈反苏情绪的安德斯不愿与苏联红军一起作战，把 3 万多名波兰士兵和 1 万多名在苏联的波兰平民撤到伊朗，西科尔斯基随即要求把撤退后剩下的波兰军队留在苏联。但是安德斯在英国的帮助下，于 1942 年 8 月把留下的这支 45 000 人的波兰军队和 25 000 名波兰平民都撤出了苏联，这样就彻底破坏了 1941 年的波苏军事协定和苏宣言。撤到伊朗的波兰军队被编成波兰第二军团，波兰第二军团同英军一起，在近东、北非和欧洲各个战场奋勇作战，为击败德国法西斯作出了重要贡献。但是波兰军队从苏联全部撤走后，苏联政府认为同波兰流亡政府在领土问题上达成协议没有希望，同它继续合作已没有必要，便转而支持在苏联境内波兰的左派组织。纳粹德国利用日渐恶化的波苏关系宣传苏军制造的卡廷惨案。苏联政府否认这是苏方干的，但是卡廷事件在西方的波兰人中激起了极大的愤慨，西科尔斯基政府要求国际红十字会派调查团去当地调查，斯大林致函丘吉尔和罗斯福，指责波兰流亡政府与法西斯德国沆瀣一气，对苏联进行挑衅。1943 年 4 月 25 日，苏联政府由此断绝了和波兰流亡政府的外交关系。见刘祖熙，《波兰通史》，商务印书馆，2006 年，第 440—444 页。

和,说什么苏联杀死了波兰军官,还要占领我们的白俄罗斯和西乌克兰。他还叫波兰人领取苏联护照,说波兰人没有苏联护照就没有工作,没有面包,但是卡卢奇的波兰人拒绝领护照,认为领了苏联护照,就永远回不了波兰。

1943年5月9日《消息报》上又报道了一个消息:"苏联政府答应在苏联的波兰爱国者联盟①的请求,要在苏联的领土上建立以塔杜施·科希秋什科命名的波兰第一师,和苏联红军并肩战斗,要消灭德国法西斯。"实际上,在1943年春天,许多的波兰流亡者都拿起了武器,奔赴各地反法西斯战场,他们中一些人去了伊朗参加安德斯统领的波兰军队,另一部分人后来参加了齐格蒙特·贝林格将军统率的以塔杜施·科希秋什科命名的波兰第一师和后来的波兰第一军,不少人后来在列宁诺②等战役中牺牲了。但还有一些波兰的流亡者逃到了红崖以东和伊尔库茨克以西的塔伊谢特。他们要从这里到古比雪夫城去找波兰大使馆,后来他们在这里找到了一个波兰共和国的代表机关。这个代表机关的人对他们说,为了波兰的解放,在什么地方都可以参加战斗。可是这些波兰人饥寒交迫,什么地方都去不了啦! 这时《真理》报又传来消息,说苏联红军解放了波兰首都华沙,但有人说华沙已成了一片废墟,许多波兰人和犹太人在奥斯威辛集中营和特列布林卡死亡营③被瓦斯毒死了。苏联红军已经到了波德边境上,正要挺进柏林。这时苏维埃人民内务委员会也答应将波兰人遣送回波兰,但当初领了苏联护照的波兰人已经是苏联的公民,不能回去。这里的波兰人都说:这次战争后,他们失去了他们故乡,但他们最后还是回到了自己的祖国,他们坐火车回到波兰后,都高呼"向祖国问好!"《波兰的西伯利亚》正是根据当时发生的实际情况,忠实地报道了以上事件发生的经过。

20世纪70—90年代除了以上表现了鲜明政治观点的小说外,还有许多作品涉及社会甚至整个世界各方面的题材,反映了作家们丰富的想象和对现实的关注。如马列克·巴拉涅茨基(1954—)的短篇小说集《卡桑德拉的脑袋》(1985)中篇幅最长的同名小说写的是世界末日之后发生的故事。一般认为末日来临之

---

① 这是由当时在苏联的波兰共产党人成立的一个波兰侨民组织,著名作家万达·华西列夫斯卡和原波兰共产党中央政治局委员阿尔弗勒德·兰普在1943年1月4日,以他们当时在苏联的乌法创办的《新视野》双周刊编辑部的名义,写信给苏联人民委员会副主席莫洛托夫,要求在苏联建立一个波兰侨民的政治组织,经苏联政府同意,1943年2月在莫斯科便成立了波兰爱国者联盟。1943年4月底,华西列夫斯卡因为苏联政府已与波兰伦敦流亡政府断绝了外交关系,又以波兰爱国者联盟的名义,写信给斯大林,要求在苏联建立波兰的人民军队。斯大林派朱可夫参加波兰军队的组建工作。斯大林原打算让苏联军官担任波兰军队的最高领导,但华西列夫斯卡不同意,遂决定由齐格蒙特·贝林格担任这一职务。1943年5月,在梁赞附近的谢列齐(奥卡河畔)便建立了第一支波兰人民军队——以塔杜施·科希秋什科命名的波兰第一步兵师。从1943年底到1944年初,又建立了以亨利克·东布罗夫斯基和罗穆阿尔德·特拉乌古特命名的第二步兵师和第三步兵师,由这三个师25 000人组成波兰第一军。以上参阅《波兰通史》,刘祖熙著,商务印书馆,2006年,第446、447页。
② 在白俄罗斯,1943年10月12—13日,波兰第一步兵师在这里和德国法西斯打了第一仗。
③ 纳粹法西斯1940年在波兰华沙省的奥斯特鲁夫县上马乌基尼亚村南边布格河的一条支流特列布林卡河边设立的一个死亡营。

后的世界应该是空寂和灰暗的,然而这篇小说描写的末日之后的世界上仍然闪耀生命的火花,这火花将成为新的希望。主人公泰奥多尔·霍尔尼茨是一位在超级大国核战争中幸存的士兵,他到处寻找核弹的残片,想要消除污染。小说反映了20世纪80年代人们对爆发核战争的恐惧,并且通过对心理学、宗教、物理学、哲学、生态学的研究和思考,提出了一个问题:人类如果有了更加高级的意识形态,会是什么样子?小说集中的另外几个短篇如《卡尔戈罗,18点整》、《受雇的人》、《灵魂的婚礼》等情节更加复杂。

弗沃齐米日·科瓦列夫斯基(1956—)的长篇小说《上帝付款!》(2000)是一部科幻小说。故事发生在2047年,此时人类虽然有了最先进的通讯工具,但他们在精神上却越来越有了一种孤独感;高度发达的医学反使得安乐死被广为接受和使用,泛基督教主义的盛行使人们失去了宗教的感情,对生命的神秘感也彻底消失。一个出生于1956年的老人已年过九十、病入膏肓,只能送进医院,实施安乐死。他在死之前,还回忆起了他年轻时和他的父辈建设人民波兰的情景。

约安娜·赫米耶莱夫斯卡(1932—2013)的《被诅咒的障碍》(2000)是一部科幻小说。女主人公卡塔日娜是一个生活在19世纪末的25岁的年轻女人。她的丈夫去世不久,她带着仆人罗曼去法国旅行,路上在一家旅店留宿。第二天早晨,当她醒来的时候,发现这个世界已经是20世纪末了,她被这一变化搞懵了,无法理解周围发生的一切。而陪伴她旅行的罗曼却很清楚20世纪是怎么回事,他向女主人公讲述了这一切是怎么发生的,卡塔日娜因此很快就适应了新的生活环境。

维托尔德·扎列夫斯基(1921—2009)的短篇小说集《少校,死亡与魔鬼》(1993)中的人物大都经历过一些离奇古怪的事件。如其中的《在白天,在夜里》写一个年轻人有一个守护天使始终伴随着他,他在到处燃烧着革命烈火的俄罗斯大地上遇到危难时,这个守卫便伸出神秘之手来救助他。但年轻人回到波兰后,这个守护天使就不见了,而且也永远找不到他。

亨利克·巴尔迪耶夫斯基(1932—)是一个多产的作家和剧作家,他曾先后出版了六个短篇小说集,几部长篇小说、十几部戏剧作品和近一百部广播剧剧本。其中主要的有:《沙上的画》(1962)、《秘密世界》(1979)、《扔马掌》(1979)、《愤怒》(1984)、《等待符号》(1985)等,这些作品笔调轻松幽默,常用富于诗意的语言和近乎荒诞的构想反映社会现实。1992年出版的《光明世纪》写主人公埃米尔在一个小城开办了一个沙龙。聚集在他这里的人们都头戴假发,常就哲学论题进行讨论。有人说:在现代社会中,有人爱建造墙壁,建造墙壁可以用各种各样的材料,但它只有一个目的,就是将人们隔离开,使他们无法沟通和交流。但是也有一些爱拆墙的人,我们不要相信他们,因为他们拆了墙后,又在别的地方建造新墙。这个象征的描写说明了在社会大变革的时代,人们对这个社会产生了疑虑。主人公埃米尔想要逃离现实,回到法国启蒙运动那个时代,他认为那里有百科全书派的思想家,是人类最美好的时代,只有在那样一个时代,人们才能不被伤害,获得自由,作品富于哲理。

克日什托夫·博隆(1923—2000)是一个科学幻想小说作家,他曾任波兰的《宇宙科学》和《宇宙科学进步》双月刊的主编,一生主要从事科普宣传的工作,主要作品有宇宙三部曲《遗失的未来》、《宇宙兄弟》、《永生的门槛》和《沙莱克工程师的预见性》(1990)等。《沙莱克工程师的预见性》写一个发电站,一套新的发电机组将在这里投入使用,由于政府部门的重视,有一位部长还将会亲自参加它的启动仪式。这对于发电站的所有工作人员来说都是一件大事。因为这座新的发电机组非常先进,负责将它投入使用的沙莱克工程师很希望得到部长的赞许。但就在这个时候,这个机组的设备突出发生故障,一些部件甚至发生了爆炸,部长的视察很遗憾地不得不取消。然而事情并未就此结束。沙莱克工程师接下来还遇到了一系列奇怪的事件,他还看到了一些别人看不到的东西,他能够预见未来。小说在一系列科学幻想的描写中,侧重于主人公的心理描写。

爱娃·比亚沃文卡(1967—)的小说集《幻想织工》(1997)包含五个短篇:《幻想织工》、《魔法师的蓝色》、《疯人岛》、《蜥蜴》和《第二个圈》,它们彼此独立,但又有着共同的主人公,即小魔法师卡梅克、他的父亲普沃维和他的好朋友"吞云龙"、"午夜歌手"和卡梅克的老师幻想大师"山顶风"等。故事情节发生在三个地方,即普沃维的家里、龙群岛和魔法师城堡。这些魔法师按各自的天分和能力分等级:普通的魔法师佩戴黑圈,能力较高的魔法师佩戴蓝圈,此外还有能力超常的魔法大师。龙群岛上的龙"全身覆盖着皮毛,怕水,也不具备喷火的能力"。

米罗斯瓦夫·M·布伊科(1951—)的小说大都富于侦探的性质,他是波兰在21世纪新出现的一位侦探小说创作者。他的侦探小说涉及各方面的题材,如他的长篇小说《运载黄金的火车》(2007)写的是在1918年,苏联一些布尔什维克党人将被他们打倒的沙俄政府留下的五百二十六吨黄金,用火车运往西伯利亚。他们此举自有他们的目的,但在这些负责押运的布尔什维克中,却潜伏了西方的间谍,因为那些英国人、法国人、美国人、日本人,甚至犹太人都虎视眈眈地盯着这些无价之宝,想要分赃。《红牛》(2007)写在1944年,美国B—29超功率轰炸机要去炸日本的一个钢铁厂,但因途中出现技术故障,不得不降落在苏联的海参崴,那里的苏联人很热情地接待了美国的飞行员,让他们喝烧酒,甚至还找来了一些漂亮的妓女供他们玩乐,但是不放他们走。这时一个被苏联设计局关押工程师图密沃夫接到斯大林的命令,要他和他一起被关押的一些伙伴,一起去研究这架美国飞机的设计和性能,要发现其超功率的秘密,这样他们自己便可获得自由。小说《胡蜂岛》(2008)说的是第二次世界大战结束后,日本投降了,这时有很大一批日军最先进的武器装备,还有军舰和飞机成了反法西斯盟军的战利品。此时苏联情报部门探听到,在这些军舰中,有一艘航空母舰能够在水下作战,并能绕地球航行一周,无需添加燃料。如果能找到它,那么这艘舰上的飞机就可以用来携带苏联的炸弹。斯大林把这个任务交给了一个叫科切尔尼科夫的军官,这个军官找到了这艘航空母舰过去的舰长,当然最后也找到了这艘航空母舰,并让它归苏联红军所有。

这一时期,有的作家也对波兰农村十分关注,但这时期的农民小说和战前农村题材的小说有所不同,它在描写农民时,不是局限于农民和土地永远不可分割的生活方式的范围,而是写他们在和外界广泛的接触中扩大了视野,丰富了生活经验。有的作品也写农民的保守和落后,使农村的社会改革和现代化遇到了严重的障碍。这时期农民题材的小说中,最著名的是维斯瓦夫·梅希列夫斯基(1932—　)的《石上石》(1984),它的主人公西蒙的祖辈和19世纪许多波兰农民一样,曾经远渡重洋去美洲谋生,参加过波兰民族解放运动。他自己也参加过反法西斯抵抗运动,战后当过理发师、民警、乡政府的干部等。这一家人实际上已经脱离农民的生活环境。但西蒙长期在外,感到孤单,年老之后,他又回到了自己的家乡,要在家乡造坟,以表示他落叶归根的心愿,可是这座坟造价昂贵,始终没有造成,使他感到终生遗憾。在作者看来,新时代的波兰农民见多识广,从事过多种职业,但他们永远脱离不了和乡土的联系。

女作家金嘉·杜宁(1954—　)的作品则是对被社会忽视的小人物的关注,《南瓜马车》(2000)是她的一部自选集,收录了她此前发表在不同文学刊物上的作品。作者将这些短文通过一个"小厨娘"的叙事,构成一系列关于这个厨娘的童话故事。作者认为,"小厨娘"是一个被排除在社会现实之外的典型,在人类历史的发展中,总有一部分人被排除在社会、政治和文化领域之外,她要采取开放的态度,极力消除部分人处于社会秩序之外的现状。

此外还有关于伦理道德和揭露不良习惯的作品,如马利扬·潘可夫斯基(1919—2011)的小说《鲁道夫》,这是他1980年在伦敦发表的一部小说,四年后在波兰出版,讲述一位居住在布鲁塞尔的波兰教授和一个德国籍同性恋者鲁道夫之间的交往,但这种交往仅限于交谈和通信。一个波兰人,虔诚得像个神甫一样,他耐心倾听一个年近七旬的同性恋者的自白。那位鲁道夫则颇为兴奋地讲述他的那些丑恶的行为,他以生动的语言把这一切都说成是一种快乐和对爱情的体验。这部作品中描写的同性恋行为不仅不令人羞愧,反而是一种生命的愉悦。作者要表达的是不同的性取向可演化为两种人生态度的冲突。鲁道夫要表现的是一种自我放纵,他认为这是人在生理上的要求,无可非议;而他的对话者——那位波兰教授,因为从小受到父母、学校和神甫的教育,认为要遵从社会伦理道德的准则,他不同意鲁道夫的自我放纵。

耶日·皮勒赫(1952—　)的讽刺小说《目录》写一个瑞典人类学家在克拉科夫旅游。大学里派了一个工作人员古斯塔夫去陪伴他,希望古斯塔夫能够利用自己的聪明伶俐,把悲哀的克拉科夫在外国游客的眼里变成一个有光荣传统、受到人们尊敬的城市。古斯塔夫见到那个瑞典人后,马上编织出了一套很有感染力的谎言，说这座城市创造过无比的辉煌，骗过了那个瑞典人。然而瑞典人喝醉了后，提出还想了解一下波兰的女人。古斯塔夫这时又拿出了他的一个小笔记本，那里记载了许多他曾想要追求和拥有的女人，他很希望能找到一个合适的女人陪伴瑞典人类学家共度良宵。于是他给这些女人一个个打电话，在还没有得到对方同意时便向瑞典人保证一切都在他掌握之中。但这个瑞典人后来放弃了寻找女人的打算，在作者笔下，真正想要玩弄女人的是古斯塔夫而不是那个瑞典人。小说《在大天使的羽翼下》(2000)的主人公尤鲁西是个作家，他长期酗酒。他的生活总是从一个正常、理智的状态进入到醉酒状态，然后在一个封闭的治疗中心接受治疗，治疗结束后回到家又开始酗酒，尤鲁西就生活在这样一个不断循环的怪圈中。作者描写他酒醉后产生的各种幻想，试图找到他酗酒的原因。

约安娜·奥尔恰克—罗尼凯尔(1934—)的小说《记忆的花园》(2001)写她的家庭历史，表示了对她祖辈的怀念，她想知道她从祖辈们那里继承了什么，也就是说要到祖上那里去寻根。她也认为只有研究欧洲的历史，才会了解为什么会有今天。

安娜·波列茨卡(1951—)的小说《白色的石头》(1994)写波兰东部有个乡村，这里居住着波兰人、乌克兰人和犹太人，他们虽然生活习惯不同，也经历过战争的年代和历史的变迁，但他们互助互爱，使他们生活的这个世界和谐美好、秩序井然，大家都认为这是他们共同的家园。作者称羡这种虽然简单但充满了祥和宁静氛围的生活，还有这里的环境也十分优美，认为它最接近大自然。

20世纪80年代开始，一批年轻的作家登上文坛，如塔杜施·谢雅克、马列克·索乌迪希克、米洛斯瓦夫·索科沃夫斯基、扬·保罗·克拉斯诺登布斯基、斯瓦沃米尔·乌宾斯基、安杰伊·乌钦奇克、彼得·沃伊切霍夫斯基等，他们的社会观点和创作风格各不相同。谢雅克、索乌迪希克、克拉斯诺登布斯基的作品中描写的主人公几乎都是一些玩世不恭的年轻人。他们认为，人的物质和精神生活都面临极大的危机，而他们自己生活在这个危机的世界中也不免产生许多心理障碍，有的因为酗酒过多患了精神病。这些作家往往以怪诞和意识流的手法来描写主人公近乎疯人的心理状态，其中有的也和20世纪80年代的政治斗争有关。例如克拉斯诺登布斯基的小说《戒酒》，主人公亚当26岁时就因酗酒过多患了精神病，和妻子莫尼卡离婚后，在医院里治了七年不见好转。他有时想到妻子遇到了车祸，脑袋被轧得粉碎，向他伸出了一双血手。他很害怕自己什么时候就会死去，是不是已有征兆表明他在近期就会死去？他觉得自己已经死在病床上，牧师坐在床旁边给他的身子涂油，合上了他的眼皮，商店的广告牌上贴了他的讣告，可是他又觉得他没有死，在街上被流氓打得遍体鳞伤。他还发现自己身上长了毛发，像个猴子，他的体型也变了，本来骨瘦如柴，现在胖肚皮都打褶了。从主人公紊乱奇特的思维中，可以看出他是一个持不同政见者，他看到旧的"协会"被解散后，他的朋友又成立了新的协会，他却不能参加，而且他还有可能从这个他看成是疯人院的医院里被人抓走,关到监狱里去。他躺在病床上,常常听到外面的警车声,感到生命已经不属于他,他的整个机体充满了药物,把他抓去也没有用。小说中的荒诞描写寓于象征意义,表现了作者对现实不满。

索科沃夫斯基的小说《爬行动物》(1989)主要揭露吸毒现象的严重危害,它是以主人公米列克、一个年轻吸毒者的自白形式写出来的。米列克除了自己吸毒外,还进行毒品买卖,以后者挣来的钱来供自己吸毒的花销,但他后来越吸越多,钱不够花,就把自己和母亲的家当都变卖了。他还引诱一个女孩吸毒,这个女孩后来中毒死去。米列克受到良心的责备,决定去医院接受治疗,想戒掉毒瘾,可是他因长期吸毒过多,在医院里也治不好了。这个故事在他死前并没有说完。书出版后在社会上引起了很大的反响。一位评论家曾指出:

米洛斯瓦夫·索科沃夫斯基的《爬行动物》是一份关于波兰吸毒现象的记载,它是一个染上了这种嗜好的二十几岁的人写的。他最后一次治疗没有取得成效,终于死去,悲惨地搁下了他的笔,这份记载只写了他最后几个月的生活,但它却是对于吸毒这种普遍现象一个真实的见证。

可见随着20世纪80年代的社会动乱,波兰也出现了这种危害很大的社会弊端。

乌钦奇克和沃伊切霍夫斯基的作品主要反映善和恶、生和死的永恒斗争。他们认为,人类文明创造了专制和独裁,而专制和独裁又使文明陷入了深刻的危机。为了表现这个主题,他们有时采用荒诞和富于象征性的描写手法,这与20世纪30、40年代的荒诞派小说有相似之处,但反映的时代背景和内涵却有所不同。此外还有一批更为年轻的作家如安娜·博莱茨卡、马努埃娜·格列特科夫斯卡、马列克·宾奇克、托马斯·特雷兹拉、奇塔·鲁茨卡等,他们大都于20世纪80年代末开始创作,他们的作品题材广泛,有的描写爱情,具有神秘的色彩;有的揭露社会上的陈规陋习以及慈善事业的虚伪性;有的反映外国的风土人情;有的回忆先辈,表现了对先人的思念。

还有一些作家由于受到西方现代派文学的影响,他们的作品侧重于主人公各种变态心理细腻的描写,其中饱含着辛酸和痛苦,表现了人生的悲哀和不幸,如斯坦尼斯瓦夫·斯罗科夫斯基的长篇小说《甲虫》(1989),主要写主人公"我"的自白。"我"说:我的脸上有皱纹,两眼昏花,但我没有病。我长得和别人的不一样,人都笑话我,叫我大鼻子。我身上还有一种不知是什么的气味,因此我不愿见人,把自己关在家里。我发现我身上的汗味也很大,而且和妻子的汗味不一样,好像是别人的汗味附在了我的身上。我感到越来越不好受了,尤其是晚上,我汗流浃背。妻子问我是不是发烧了,我说我夜里做了个梦,梦见我是一只鸟,飞到了我住的这个村子的上空。但我不知道这是不是梦,因为谁也没有做过这样的梦。我出汗,我生活中的一切都是流汗,在我家的牲口棚里,田里和厕所里,在我和妻子共寝的床上，到处都在流汗。梦还是非梦说明我有病。我的汗有酸味，妻子说她没有闻见，实际上她是假装没有闻见。我要将我的汗和她的汗加以区别，可我又发现我的汗和她的汗混在一起了。我们都在舔我们身上的汗，舔我们的血。谁都要出汗，可谁也没有像我这样地出汗，我的出汗可以获奖。我对我的儿子说："儿啊！你将受到黑暗势力的惩罚，因为你违背了上帝的意旨，你在为沙皇效劳。"①我总觉得有个秘密组织在追踪我，全村的人都在诅咒我。我在做梦，醒来后我不知道我和我的妻子现在多大年纪了，我们还能活多久。谁都不知道我多大了。我的妻子又对全村的人说我没有背。村民们都看着我，说我没有背就没有眼睛，也没有鼻子。我也看着他们，发现那些年老的男人已经被沉重的背压得趴在地上了；那些老妇人因为驼背，都缩成了一团。背就像一个沉重的大石头，压在了我们的身上。整个村子都没有背。我对村里的人说我有眼睛，我比他们看得更远，我从来没有像现在看得这么远。我对村里一个女人说：我的脸和你的不一样，和所有男人的都不一样，也和这个地方所有女人的脸都不一样。我是一只鸟，猎人要射我，我是一只兔子，落入了陷阱。这是我的痛苦，我母亲的痛苦，是空气的痛苦、森林的痛苦，还有饥饿的痛苦、无眠的痛苦。一段时期我感到很空虚，周围的一切都好像变得僵硬了，空气也变得僵硬了。我的身上还套着一副硬邦邦的枷锁。我恳求一个政府的官员，给我卸下这副枷锁。那个政府官员只管用一块白手帕擦他的眼镜，他不理我，后来他又跑到了食堂里，要所有的人都去擦洗碗碟，难道我也要像他那样，去擦洗一个空的碗碟吗？我的母亲也驼背，她好像感到自己受了委屈，她的脸色蜡黄，两眼昏花，看起来像一朵萎谢了的花。我的父亲使我遭受了黑暗势力的迫害。他们都在责骂我、践踏我。我看见海面上有一个甲虫，它要淹死了，它的眼睛沉没了，颈子也沉下去了，就剩下了眉毛。它在呼救，有人救它，干吗要救它？它已经淹死了。我来到了森林里，遇见一个男人，他向我大声吼叫，我听不懂，这一点也不奇怪，这个村子里的人都是这么吼叫。我和村里的一些人发现有个甲虫在壁上爬，它的颜色由紫红色变成了玫瑰色，全身发出橘红色的光。一个医生还说他的注射器里也藏着一个甲虫。我的妹妹对我说：她的床底下有甲虫。医院里也有许多红颜色的小甲虫，它们都在病房的地板上和角落里爬，在病人的床上、被褥里爬。有些病人看见它们的肢体都碎了。有个病人在梦中惊醒，发现有一只红甲虫爬到了他的肚皮上，他被吓晕了。有一个病人觉得他的臀部发痒，原来甲虫也爬到了他的臀部上了。有个甲虫还说它要监视人的行动。一个叫东达尔的教授说他一生都在研究生物进化史，生物能够活动，是因为它们的身上有电荷。我们可以做一个激光实验，激光能操纵甲虫的行动，使它不断地繁殖。

此外还有一些作品大都写普通人生活中的琐事，表现了友情、爱情和亲情，但

---

① 斯坦尼斯瓦夫·斯罗科夫斯基，《甲虫》，人民出版合作社，华沙，1989年，第35页。

也充满了悲观的情调。如扬·波列斯瓦夫·奥若格的短篇小说集《子弹落在他身后》(1988)包括五个短篇,其中的短篇《久内克》中的叙事者"我"说他认识一对老年夫妇斯塔尔特·潘恰克和他的妻子,他们有一儿一女,儿子叫久内克,女儿叫斯塔霞,都住在乡下。老潘恰克生性懒惰,在家什么活都不干。他的儿子和女儿都上过学,但不好好学习,因违反校规,被学校开除了。久内克平日也和他父亲一样地懒惰,他有时甚至叫他学校的看门人来给他挑水和砍柴,他还要"我"去他家的地里给他刨土豆。斯塔霞爱唱歌,但久内克却看见她老是哭丧着脸,令人悲哀。《五月的最后一天》的主人公斯泰凡在父亲死后当了一个替死者掘墓的工人,乡下挣钱难,只有干这种活,才能养家糊口,但人们都不愿见他,见了他就害怕。他还认识一个姑娘叫汉卡,她家有八顷地,本来日子过得不错,但她父亲托梅克因为一场官司,赔了很多钱,自杀了。汉卡说她原先不知道父亲为什么自杀,如果她知道父亲的隐痛,她就不会让他自杀。斯泰凡要到汉卡家里去劝解她,但他走到她家门口时,她却不让他进去。《一双缎子鞋》说的是女主人公"我"的舅妈生了病,"我"来她的家里照顾她,一走到她家的小院子里,就听见外面传来的教堂里的歌声和管风琴声,舅妈对"我"说她认识教堂里的那个女管风琴手,她还告诉"我"她住在哪里,后来"我"带着"我"的小表弟斯泰凡来到了那个女管风琴手的家里,女管风琴手问"我"的舅妈好吗?还说斯泰凡很像我的舅舅。她还领我来到了教堂里,原来她的丈夫也在那里演奏管风琴,"我"爱教堂里的音乐。那个女管风琴手说她家里总有许多人来找她,有的是家里死了人,要举行葬礼;有的给刚出生的孩子受洗,都要在教堂里举行仪式,演奏管风琴。农民们常来教堂里诉说自己的不幸,总是表现出一种惶恐不安的神情,因为他们不知道他们的命运怎么样。舅妈病好后,仍忙于家务,"我"在她家里的窗子外面经常看见举行婚礼的队伍,乐手们拉着小提琴、吹着长笛和黑管,打着小鼓,一对新人走在后面,非常热闹。舅妈为表示对我的感谢,在我离开的时候,还送给了我一双缎子绣花鞋。《两个小犄角》中的主人公"我"是一个中学生,毕业后爱上了一个叫卓霞的姑娘。为了她,"我"逃离了我的家,相信她会给"我"幸福,"我"在我的父母兄弟那里也得不到那样的幸福,"我"要向她表示我的愿望和梦想。因此,"我"不断地给她写信,"我"在信中对她说:

> 你的眼睛永远不会失去光芒,你的秀发什么时候都是那么柔软和漂亮……你是世界上最漂亮的……我还记得我拿着你那纤细的小手放在唇边吻它的时候,就像吻着一朵香馥馥的苹果花。……我知道你每天都在你家的篱笆墙那边望着我,用你的眼睛召唤我。我只读了小学六年级,可我要给你写信,写什么呢?写我在雅盖沃图书馆里读书吗?我很少去那里了。我对克拉科夫也厌倦了……我知道你病了,医生说你患的是十二指肠病,你真的病得这么重吗?你为什么不告诉我呢?为什么不及早地医治呢?……希望上帝给你健康,你的健康就是我的幸

福。……等你好了后,出院的第三天,我们就结婚,我们的喜事要办得热热闹闹的,你和我的父母都会来参加,还有我们的亲戚。然后我们就离开克拉科夫,搬到新钢铁厂去……我还希望你能够带我到牧场上去,离开这个世界,也不要护士的照顾,就躺在这个明亮的天空下。

我的头上是不是长了两个小崎角?我成了魔鬼……我时时刻刻都有一种奇怪的恐惧感,就好像再过一小时,就有原子弹在我的头上爆炸……你决定要上手术台,因为打针没有用,你经受住了手术的折磨吗?我求你不要有自杀的想法!我昨天跑到城里,完全神志不清了。①

但是卓霞最后还是死了。主人公的自述想象丰富,优美动人,有浓郁的感伤情调。小说《子弹落在他身后》中的主人公瓦采克说,在这个世界上,人们都与他为敌,他对他常住的那个村庄的村长说,他要到远处去,随便去哪里都可以。他跟一个他认识的女人来到了村里的集市上,对她说:"世界上的一切都很坏,只有你是个好姑娘,人生的意义在哪里呢?在地狱的底层。"主人公把人生比作地狱一样可怕。

20世纪末和21世纪初,前面提到的玛丽亚·努罗夫斯卡、保罗·胡列和斯泰凡·赫文等作家依然保持了丰厚的创作灵感和旺盛的创作精力。此外文坛上又出现了一批有才华的青年作家,如安杰伊·斯塔休、奥尔嘉·朵卡荻、马列克·克拉耶夫斯基、什切潘·特瓦尔多赫、齐格蒙特·密沃谢夫斯基、约安娜·巴托尔、马利尤什·显涅维奇、米哈乌·维特科夫斯基、伊格纳齐·卡斯波维奇和卓希卡·帕普让卡等。由于时代的变迁,在他们的文学创作中,有的虽然仍以过去的政治斗争谈自己对现世的看法,但更多的是描写普通人的日常生活,反映他们的喜怒哀乐和不同的遭遇。

玛丽亚·努罗夫斯卡的小说《德国的秘密》(2003)写2000年除夕那天,德国慕尼黑的大街上,人们正在迎接新年的到来,小说女主人公爱莉查·冯·莎洛夫想起了她年轻时在波兰北部沿海的波姆热地区度过的岁月,她想到了那里至今还保留着她的祖辈的墓地,想到了她过去的家园以及她在那个时候对生活的热爱。可是小说的另一个女主人公玛莉安娜·温·莎洛夫的命运却很悲惨,她是个女传教士,曾去非洲传教,最后染上艾滋病,死在那里。这两个女人都远离家乡,虽然她们的遭遇不同,她们对于家乡的思念却有共同之处。努罗夫斯卡的《情书》(2008)写一个19岁的犹太少女爱尔日别塔·爱尔斯内尔在德国法西斯占领时期,因为得到了一个将自己改名为克利斯蒂娜·赫林斯卡的证件,从华沙犹太区逃了出来,在一个她不认识的女人家里找到了藏身之地。这个女主人不久后死

---

① 以上引文均见扬·波列斯瓦夫·奥若格,《子弹落在他身后》,文学出版社,克拉科夫,1988年出版,第94—127页。

了,她的儿子安杰伊·科热茨基是个大夫,他回到家里后,克利斯蒂娜并没有告诉他自己是犹太人,后来她甚至爱上了科热茨基,和他结婚生了孩子,有了幸福的家庭。

保罗·胡列这时期的作品有的以波兰北部沿海地区为背景,这是一个多民族居住的地区,有不同的生活习惯。作者要说明的是这些民族在他们的日常生活中,各方面都能够互相包容,长期以来和睦相处。有的写一些人离乡背井,去外地流浪,他们并不思念故土,认为无论在什么地方,都能找到自己的家。如小说《搬家》写一个小男孩"我"回忆生平唯一一次到邻居德国老太太格雷塔家中做客的故事。由于历史原因,波兰人总是视德国人为仇人,"我"一家也从不跟她来往。格雷塔女士平日爱弹琴,大家都抱怨她,但是"我"觉得她的琴声十分美妙,便偷偷地来到她家的玻璃窗边偷听。没想到她竟发现了"我",还和蔼可亲地问我饿不饿,随即把盛着茶、苹果派和蜜饯的托盘放在一张小桌上请"我"吃。"我"表示爱听她弹琴,她除了给"我"弹了德国19世纪著名音乐家瓦格纳(1813—1883)的歌剧《唐豪塞》中的乐曲外,还给"我"仔细地讲了这首名曲的内容,随后又弹了些别的曲子,同时拿出一些照片和图画给"我"看,讲了她家的过去。"我"真是如痴如醉,觉得所有这一切是"那么令人振奋","如此的美,就像旧照片上的公园",连"我"那从不理她的父亲也被吸引到这里来听琴了。但是我们回到家后,却受到了母亲的责备,她埋怨爸爸不该把她带来和这个德国女人在一个屋檐下住了五年。作品意在说明要将普通的德国人和德国法西斯区分开,德国人民不能对法西斯侵略波兰屠杀波兰人民的罪恶负责,像格雷塔女士这样善良的德国人就应当和她友好地相处,而不应当对她有什么成见。

胡列2008年出版的短篇小说集《冰凉的大海的故事》写一些人要寻找他们想要找到的真理,有的到书上去找,有的回忆过去。每个寻找真理的人虽然都显得孤单,但他们在人生的道路上留下了美好的记忆,因为他们感到真理离他们愈来愈近了。长篇小说《卡斯特罗普》(2009)写一个少年汉斯·卡斯特罗普来到了格但斯克,但他后来不听舅舅的劝阻,登上了一艘去汉堡的船,要去德国旅游。船上他遇到了三个好奇的旅客,要试探他的心灵是否纯洁,希望他能保持童贞,可是卡斯特罗普自己也不知道如何保持童贞。胡列的作品表现了他对生活的热爱和积极向上的进取精神。

斯泰凡·赫文于2002年发表的小说《金鹈鹕》的主人公雅库布的母亲第二次世界大战期间在格但斯克参加过反法西斯抵抗运动,在游击队里当过卫生员,救治过不少的伤员。战后雅库布全家生活安定富足,他认为,一个人的钱财应是自己的劳动所得,他如果有才能,又肯干,日子就会过得好些,但才能是天生的。后来在20世纪80年代军管时期,格但斯克当局出动坦克来镇压工人的罢工游行,雅库布的父亲也是罢工委员会成员,但雅库布对这一切都采取了否定的态度,他认为要把瓦文萨和统一工人党的雅鲁泽尔斯基都关在同一间房子里,让他们去下50年的跳棋,这是他们的事,和他这样的普通人无关。赫文还有一些作品写主人公由于各种历史原因,不得不离开自己居住过的城市和街道,去各地流浪,一直要到他们的下一代,因为要寻根,才回到父辈住过的地方。长篇报告文学《日记》(2004)以日记的形式写作者一生的经历,也是主人公"我"的自传。"我"的祖父在德国法西斯占领波兰时期被法西斯匪徒杀害了,母亲是个护士,护理过波兰游击队伤员。父亲战前住在维尔诺,战时这里被俄国人占领,他去了西方,战后"我"和父母住在格但斯克的奥利瓦城区。"我"从小就听牧师和父亲说:无论是战争、屠杀、盖世太保,还是集中营、焚尸炉,都是极大的罪恶,波兰人要团结起来,进行战斗,才能对付俄国的侵略和奴役,面对斯大林和希特勒的侵犯[1],上帝保卫了波兰。数百万犹太人死在奥斯威辛,两万多波兰国家精英在第二次世界期间在苏联被杀害[2]。在华沙起义中,斯大林要让波兰被德国的铁扫帚当成垃圾清除掉[3]。还有原子弹在广岛爆炸、癌症和自杀式的恐怖事件,这都是我们这个世界半个多世纪以来经历的苦难。1970年12月的罢工、1981年12月的事件以及此后的军管[4],都令我感受深刻。作家维托尔德·贡布罗维奇不喜欢这个世界,他在他的《日记》中对什么都表示不满意,他对世界感到失望。"我"对这一切也不理解,上帝能使"我"看到罪恶的消除吗?但"我"爱看马泰伊科的《格龙瓦尔德战役》[5],十分向往密茨凯维奇和显克维奇的克密奇茨[6]为之奋斗的自由、平等和博爱的波兰。《圣经》、《可兰经》、佛祖、黑格尔、马克思、美国的宪法都讲过什么是善,什么是恶。"我"认为:文学要和罪恶进行斗争,作家也不是为自己而写作,他写的东西要给读者看,写作是为了寻求真理、美好、正义和理智。

安杰伊·斯塔休(1960—　)的小说《前往巴巴达格》(2008)写作者乘小轿车、旅游车和火车去波兰、斯洛伐克、匈牙利、罗马尼亚、斯洛文尼亚、阿尔巴尼亚、马其顿和摩尔达维亚,了解这些在欧洲被认为十分落后、几乎被人遗忘的国家的民情,但作者认为这些国家有光荣的历史和独具特色的民俗,将它们和东西方相比

---

[1] 指1939年9月1日,德国法西斯进攻波兰,9月17日,苏联军队占领了原来属于波兰的西乌克兰和西白俄罗斯。

[2] 指1941年发生的卡廷事件。

[3] 1944年8月1日,流亡伦敦的波兰政府和它所领导的国家军要在苏联军队以及和苏军一起作战的波兰工人党领导的波兰人民军解放华沙前,在华沙建立一个资产阶级政权,便发动了一场反对德国法西斯的起义,有近100万的华沙民众也参加了这次起义的战斗。当时苏联白俄罗斯第一方面军的先头部队在维斯瓦河中游一带作战,但波兰流亡政府既没有把起义的计划告诉苏军统帅部,也没有让波兰工人党和人民军知道起义的内容,以取得他们的支持。当时临近华沙的苏军虽然开始进攻华沙东部,但在拉杰敏和伏沃敏等地受阻,起义军得不到外来的支援,由于敌我力量悬殊,最后遭到失败,有20万波兰军民阵亡。作者认为这是苏联军队有意不给华沙起义支援,想借德国法西斯的屠刀消灭波兰。

[4] 1970年12月,波兰因经济危机而抬高物价在格但斯克引起游行示威和工人罢工,当局对工人实行镇压,在这次冲突中,在格但斯克、格丁尼亚和索波特等地有44人死亡,一千多人受伤,还有许多公共建筑物被烧毁,商品遭哄抢。后来在1981年12月,团结工会领导人又决定在1970年十二月事件周年纪念日在格但斯克和华沙发动更大的示威游行,波兰国务委员会为此便在全国实行军管,派军队进驻了工厂、矿山和企业,以控制那里的局面。

[5] 扬·马泰伊科的这幅油画弘扬了波兰人民的爱国主义的思想精神。

[6] 本书前已提到,这是亨利克·显克维奇历史小说三部曲中的英雄人物。

是毫无意义的。《东方》(2014)是斯塔休在21世纪初旅游俄罗斯、中国和其他东方国家写的一部报告文学作品，作者对他在旅途中见到的一切都很感兴趣，为了作真实和全面的报道，他在这部作品中，一方面采取了夹叙夹议的方式，生动地叙说了他在旅途中的各种观感；另一方面，他还摘录了许多书报上的有关信息，刊登了他途中拍摄的照片和绘制的图画，使他的这部作品显得十分丰富多彩。另外，他在报道沿途见闻时，又回忆他从童年时起的成长过程。他年轻时当过清洁工、装修工、林务工、卫生员，信使，也在糖厂和建筑公司里干过活，总之，社会底层几乎所有的职业都从事过。他还谈到了和亲友的密切关系，波兰战后的贫穷。他说他年轻时最爱读的一本书就是1938年诺贝尔奖获得者美国作家赛珍珠(1892—1973)的小说《大地》，也因为这本书，他对中国产生了浓厚的兴趣。来到中国后，他接触的都是普通人，他参观过他们住宅的内部装饰，他对中国的服装、手推车、风景、大自然、动物、空气、煤烟、燃料、谷物、东方的风、东方的朝霞、东方的母亲河都感到十分新奇，因为它们和西方的不一样。他也了解到了中国过去闹过饥荒，四川人吃过泥土。但是今天中国迅速发展，他看到了在荒无人烟的地方出现了百万人的城市，他深感今天的中国人有这么坚强的意志和力量，他们会把世界变得让人们都认不出来。如果说俄罗斯多少年的发展停滞不前的话，那么中国人将来定会创造出一个崭新的世界。

马列克·克拉耶夫斯基(1966—)的作品都以第二次世界大战前和战时的弗罗茨瓦夫为背景，主要写这里发生的暗杀和恐怖事件。如小说《布列斯拉乌的死亡之谜》(2008)写第二次世界大战将要结束的时候，苏联红军包围了弗罗茨瓦夫，这座城市在战争中遭到了极大的破坏。一个62岁的波兰军官爱贝尔哈尔德·莫茨克奉上级的命令，要去查明一个著名的反法西斯女战士的外甥女是怎么被杀害的。但他的上级对他要做的这件事并不关心，而这时弗罗茨瓦夫又遭到了法西斯飞机的轰炸，因此他犹豫不决，是尽力去寻找这个凶手，还是将他现在也在弗罗茨瓦夫城里的妻子救出来。这个反法西斯女战士的外甥女是怎么死的，凶手是谁始终没有弄清楚。小说《布列斯拉乌的鼠疫》(2008)的故事也发生在20世纪20年代的弗罗茨瓦夫：两个妓女都签了卖身契约，但是过了不久，警方却发现了她们的尸体。在把这两个女人的所有客户拘捕和审讯之后，警方发现她们都是被一个叫莫茨克的骑兵司务长所杀，因为在对她们行凶的工具上有他的指纹。小说《布列斯拉乌的世界末日》(2005)写的是战前发生在弗罗茨瓦夫一些小街小巷里的暗杀事件，被杀的往往就是路过这里的行人，一个警方的参谋长爱贝尔哈尔德·莫茨克在追踪这些杀人凶手的时候，发现他们每次作案都很奇怪地在死者的身上留下一页日历，作品着意制造新奇和恐怖，以吸引读者的视线。

什切潘·特瓦尔多赫(1979—)的小说《吗啡》(2012)仍以波兰反法西斯斗争为题材，作品主人公是一个德国贵族出身但已经波兰化了的西里西亚上校军官康斯坦丁·维列曼，他原来在波兰军队里服役，并且娶了波兰女人为妻。1939年

9月,德国法西斯向波兰发动了全面的进攻,波兰的军队抵抗失败后,维列曼也退出了波兰军队,他躲藏在首都华沙。这时华沙也被德国法西斯占领,可他却终日寻欢作乐,淫荡好色,甚至染上了吸吗啡这样的恶习,成了一个"没有心也没有祖国"的人。后来,他认识了一个叫火枪手的波兰反法西斯秘密组织的负责人斯泰凡·维特凯维奇,在他的影响下,维列曼从此改变了过去那不正当的生活方式,并且改换姓名,投身到反法西斯斗争中去。作品要说明的是,当波兰面临德国法西斯这样凶恶的敌人的侵犯时,每一个波兰人都脱离不了这样的危局,他一定要投身到反侵略的斗争中去,才能救祖国于危亡,也才能使自己获得真正的自由。

齐格蒙特·密沃谢夫斯基(1976—)的小说《内部电话》(2005)具有侦探小说性质。作品写在华沙布鲁德诺区的一栋楼里,有一对年轻的夫妇偶然发现一个男人的尸体,他的头被电梯轧断了。他的头是怎么被轧断的,是他自己不小心,还是有人害了他?这始终是一个谜,这样就很容易令楼里的居民感到他们住的这个地方十分恐怖和可怕。以上这些小说作品虽然没有表现明确的思想倾向,但它们大都情节曲折,引人入胜,同样受到读者的欢迎,是新时期出现的娱乐性通俗小说。

约安娜·巴托尔(1968—)的小说《暗淡无光,几乎是夜晚》(2012)写主人公弗罗多多年流浪在外,后来他来到了一个城市,想在这里找到安身之地,但他发现这里已成为一片废墟,他感到他的流浪毫无意义,而且他此时也面临绝境。但是他的一个旅伴却真心诚意地对他说,在这个世界上,美好的事物是永远存在的,值得他去追寻。小说《沙石山》(2013)以20世纪下半叶的波兰社会为背景,它的主人公把波兰当时的党政领导盖莱克看成是天主教的教皇,他所掌管的天主教认为人人都要从属于一个共同体,但是这个共同体并没有要实现理想的目标,这里只有淫荡的女人和同性恋者,一切都是那么平庸凡俗,可是人们又害怕因为不属于这个共同体,而被打入了另册,那样就只能呆在荒无人烟的沙石山下了。这是一种极为荒诞的描写,表现了作者对20世纪70年代波兰统一工人党第一书记盖莱克执政时期波兰现实的不满。

马利尤什·显涅维奇(1972—)的短篇小说集《我们不为犹太女人服务》(2005)中有的写悲剧,有的写喜剧和滑稽剧,其中充满了讽刺和怪诞的描写。

米哈乌·维特科夫斯基(1975—)的短篇小说集《著作权》(2001)写的是同性恋,对这种作者认为"令人厌恶的、肮脏和丑恶的"社会现象进行了讽刺。小说《村社》(2006)中,主人公不以政治观点去看波兰20世纪50年代到2004年社会制度的改变,而是在随心所欲的想象中,把这看成是一千零一夜中的童话世界的变化。

伊格纳齐·卡斯波维奇(1976—)的小说《松卡》写波兰东部波德拉谢地区一个小村子里老农妇松卡,回忆她在德国法西斯占领时期的见闻和经历。她的父亲在她年幼时对她十分疼爱,但他在德国法西斯占领波兰时期被法西斯分子杀害了,她自己也曾遭到法西斯匪徒的追捕,险遭杀害。她战时还爱上了一个叫伊戈尔的青年,伊戈尔也很爱她,后来伊戈尔参军上战场去了,离开了她。虽然他们没有结婚,但她一直在思念他,虽然她现在老了,仍在不断地想着她曾有过的这么一段美好爱情。父亲在她幼小的时候被害,也给她带来了终生难忘的痛苦。小说采取了一种独特的叙事方法,即将女主人公的回忆和她的现实生活的描写混在一起,就好像她的父亲依然活着,而她的情人也在她的身过,现在和她的几个弟妹一起,过着幸福的田园生活,小说中有许多日常生活的描写,也不乏虚构,但十分生动感人。

卓希卡·帕普让卡(1978—)的《木偶戏》写一对夫妇平日除上教堂做祷告,就是吵架和做饭,没有别的,这一切虽然不是病态和庸俗的表现,但是这种性格的缺陷却使他们感到十分痛告,就好像整天关在牢笼里一样。

这一代的青年作家中,最有代表性的是女作家奥尔嘉·朵卡荻(1962—),她出生在波兰西部绿山省城附近的苏莱霍夫,1985 年毕业于华沙大学心理学系,后在波兰西南边城瓦乌布日赫一个心理健康咨询所工作,并兼任过一个心理学杂志《性格》的编辑,1987 年发表诗集《镜子里的城市》,后曾出版长篇小说《书中人物旅行记》(1993)、《E.E》(1995)、《太古和其他的时间》(1996)、《收集梦的剪贴簿》(1998)和《短篇小说集》(1997)等。小说《太古和其他的时间》以一个远离城市、地处森林边缘、名为太古的乡村为背景,在这里展示了几个家庭、几代人命运的变迁,通过农村日常生活和人物内心世界的真实描写,塑造出各种不同性格和不同家境的人物形象。小说中现实画面是和作者所描写宗教神话故事交织在一起的。太古同时具有空间和时间的概念,它包容了人和一切生物繁衍的空间和时间,也代表超时空的上帝,它是一个原始的村庄,但又是一个和大自然和谐相处具有神秘色彩的国度。如小说女主人公麦穗儿,她看到了"螳螂正以某种方式跟天空结合成一体","看到天空跟林间小道旁的榛树相连接","看到一种渗透万物的力量","看到铺陈在我们世界上方和下方的其他时代的轮廓"。因为上帝也有"上千种面孔,像试戴假面具那样出现的各种面孔,就如一个演员。顷刻之间,上帝也变成了戴假面具的人。祂用人的嘴巴向自己祈祷,同时也发现了自身的矛盾,因为镜子里出现的是真实的反映,而真实则变成了镜中的影子。""人诱惑着上帝,于是上帝偷偷溜上情人们的床铺,在那里祂找到了爱。上帝偷偷溜上老人们的卧榻,在那里祂找到了消逝。上帝偷偷溜上了弥留者的病床,在那里祂找到了死亡。"①。

上帝具有人的面孔,也有人的思想感情,他关心人的生老病死,于是作者又回到了现实世界,在 20 世纪 20 年代的波俄战争中。哥萨克洗劫了村里一个地主家的酒窖,地主心想:"世界上的恶是从哪里来的? 上帝既然是善良的,为什么允许

---

① 以上引文均见奥尔嘉·朵卡荻,《太古和其他的时间》,易丽君、袁汉镕译,台北大块文化出版股份有限公司,2006 年,第 33、34、119 页。

恶存在？莫非上帝不是善良的？"因为在这里，没有任何"值得他自豪、高兴，哪怕是能激起他一点点好感的东西。"在新的时代，虽然"不断产生新思想。政府更迭，层出不穷，股市动荡，有人一天就变成了百万富翁。有人一天就失去了万贯家财，变得一无所有。革命经常爆发，制度不断改变。人们想入非非，常将幻想与他们认为是现实的东西混淆在一起。"可是"生命正午的钟声已然敲响，现在正缓慢地、诡秘地、不知不觉地一步步逼近黄昏，走向黑暗。"[①]小说最终对人生得出了一个悲观主义结论。

《收集梦的剪贴簿》是由数十个短小的故事、特写、随笔结集成一部多情节的小说，它们所涉及的内容从远古到中世纪、18世纪直至现代，作者在现实生活的描写中同样穿插着离奇怪异的传说和神话故事以及梦境的展示，时而令人轻松愉快，时而使人感到忧伤，时而令人激愤和憎恶。女主人公玛尔塔是一个普通的农妇，虽然没有文化，却不乏天生的智慧，而且具有一种神秘的力量。她的知识来自大自然，她本人就代表了大自然季节周期的变化。每年秋末万圣节这一天，玛尔塔便进入她家的地下室，开始为期几个月的冬眠，这时大地上便是万物凋零，一片萧瑟；等到来年春天，她从酣睡中醒来，大地又开始百花盛开，万物生长。玛尔塔的一举一动意味着大自然的生死轮回。

小说中对于现实生活的各种印象的描写，往往择其重要的点提示一下，并不说明其发生的原因，如 1980 年冬天，波兰"掀起了罢工运动，而在弗罗茨瓦夫，罢工的有轨电车就排成了巨大的十字，大得覆盖了整个城市。"[②] 根据当时世界各地的谣传，"1993 年夏天将会发洪水。北方的冰将突然融化，大洋里的水将上涨，荷兰将会消失在水下……除了高原和山脉以外将没有任何东西留在水面。……然后近东将爆发战争，它在一年之内会变成世界大战"，只有"在新鲁达将什么事也不会发生"[③]。第二次世界大战结束后，波兰作为战胜国，收回了她东边过去曾长期被德国占领的一部分领土，原来居住在那里的德国人都迁居到德国去了，但这些普通的德国人对波兰人十分友好："随着时间的推移，那些德国人住过的房子越来越乐于将里面蕴藏的东西交给新的波兰主人。"[④]

小说中所叙说的宗教神话故事也大都来自民间，甚至不被正统教会认可。例如小说中描写的库梅尔尼斯的故事发生在中世纪的欧洲。女主人公库梅尔尼斯的母亲早逝，父亲参加了十字军东征，长年在外，而她又不是父亲所希望的可以继承封建领地的儿子，这就注定了她与父亲的关系淡薄。当她长大成了美丽的少女后，前来求婚的贵族子弟络绎不绝，她这时也不能选择自己的命运，曾被父亲用作

---

① 以上引文均见奥尔嘉·朵卡萩，《太古和其他的时间》，易丽君、袁汉镕译，台北大块文化出版股份有限公司，2006 年，第 49、250、251、258 页。
② 同上，第 248 页。
③ 奥尔嘉·朵卡萩，《收集梦的剪贴簿》，易丽君、袁汉镕译，台北大块文化出版股份有限公司，2007 年，第 248、249 页。
④ 同上，第 386 页。

政治联姻的工具。但库梅尔尼斯拒绝父亲的婚姻安排,要一辈子过守贞的宗教生活。父亲一气之下,将她囚禁。终于上帝显灵,将她的脸孔变得跟耶稣基督一模一样,只有身体仍是女性的。但她的父亲拒绝承认他的失败,遂下令将她钉死在十字架上。于是这个耶稣面孔、女性身休的圣徒,有了一个和耶稣一样的殉难死法。库梅尔尼斯成了圣女后,她能给人治病和驱魔。这个故事在民间流传很广,因为人们相信她会保护受封建家暴所苦的妇女,但它从来不被作为封建统治者的教会所承认。

这一时期还有一些小说作品,主要以在科学技术高度发展的今天,也就是处于信息时代的当今世界的社会生活的方方面面为题材,具有鲜明的现代性。例如亚努什·维希涅夫斯基(1954—)的作品写的就是这方面的题材。维希涅夫斯基原是一个化学家和信息工作者,曾获华沙科技大学信息工程博士学位,担任过罗兹科技大学的化学助理教授的职位,现定居在德国法兰克福,主要从事互联网设计与软件编程的工作。由于他研究过化学,也熟谙现代信息科技,所以他便充分利用他在这些方面的科学知识,于20世纪末创作了小说《寂寞联机》。该小说在2001年出版后,十分引人注目,在市场上很快就成了一本畅销书,发行量很大,曾被译成多种文字,并被改编为电视剧、电影和话剧等,深受波兰和世界各国读者的喜爱,造成了广泛的影响。

小说所描写的男主人公雅各布居住在德国,他同时在一所大学里教书和在一所技术学院里工作。他和居住在华沙的一个女人娜塔丽娅一次在互联网上相识后,因为平日感到寂寞,便开始不断地互发电子邮件谈心,从此结下了深厚的友谊。后来他们几次相约见面,但都错过了机会。他们在互联网上的交谈和用电子邮件通信都谈到了现代社会生活的各个方面,也表达了他们的看法,但这一对男女主人公都表现了一种颓废和悲观失望的情绪。在他们看来:"悲伤、惧怕、胸腔憋闷、沉重感有时转化为麻木、百无聊赖的感觉和为死者做弥撒的情绪。"[①]他们认为,这是这个世界普遍存在的一种症状。娜塔丽娅对雅各布说:"现在我还徘徊在毫无意义的爱情残渣之中,感到悲哀至极,想要找一个人诉说。希望是一个完全陌生的、不会刺伤我的人。最后在互联网上遇到了你。可以向你诉说吗?"雅各布说他平均一天24小时都要对付悲哀。今天他能给她最好劝告只有一个极端的办法:服毒。娜塔丽娅又说她已结婚五年,她的丈夫搞的一些项目赚来的钱不知怎么花,他们的新房子在富人区,她的丈夫"好像要被财富噎死了",他们家的用具超过半年,在她看来,就显得过时了,因而显示出现代科技的进步。男女主人公在网上是"无所不谈,谈上帝、金钱、华沙的天气、最好的雪花膏、互联网、基因和染色体,她头发的颜色,他声音的音色、非堕胎避孕法、音乐、哲学的衰落、数学、她上午和晚上用的香水的气味,无所不谈。几乎所有的话题都令她入迷。每个话题都泄

---

① 亚努什·维希涅夫斯基,《寂寞联机》,杨德友译,花城出版社,2012年,第39页。

露出一点她的隐私"。后来雅各布在纽约时,娜塔丽娅死了,因为她见到一个男孩有被一个铲斗砸伤的危险,便要去救他,自己反被铲斗砸死了。与此同时,雅各布在国外,有人指控他"放火焚烧公共机构房产未遂,袭击国家公务员,打砸,还有抢劫外汇未遂"①,因此被他所在的大学和技术学院开除了。只有善良的娜塔丽娅给他留下了深刻的印象,因此在她死后,他说他再也不会被人感动,任何一个女人也不会像娜塔丽娅那样感动他。雅各布和她一样,心地善良,后来有一次,他在纽约时,波兰华沙有一个女孩叫安妮娅,才八岁,不幸罹患白血病,在全波兰都得不到治疗,几个月后必定死亡。安妮娅的父母得知雅各布在美国,便打电话给他,希望他能向孩子伸出援助之手。雅各布马上和美国洛特航空公司联系,请它派了一架飞机从纽约飞到了华沙。他为这个女孩预订了这次航班的商务舱内的两个座位,安排她在美国驻华沙大使馆获得了签证,把她送到新奥尔良图兰大学医院做骨髓移植手术,因为这里有一个提供骨髓的人,安妮娅得救了。

此外,小说中还反映了当今世界各种引人注目的现象,例如恐龙化石在世界各地的大量发现,人们最关心的是恐龙在地球上是如何灭绝的?作品中有人说是因为彗星或者陨石撞击了地球而升起了巨大的尘埃,"恐龙也是在这样的彗星或者陨石撞击之后一段时间之内灭绝的,不是在顷刻之间。主要原因是降临在地球上的黑暗。撞击造成的后果是,地球被阳光无法穿透的尘埃乌云遮盖。尘埃阻止了植物的生长,因而造成吃植物的恐龙灭绝。以后,吃其他恐龙的全部恐龙又都灭绝了。"②还有"贝多芬的交响乐、埃及的金字塔、中国的万里长城、爱因斯坦的大脑、第一个半导体、DNA 的发现","一般容量的遗传实验室所产生的信息的数量,比天才的具有超常创造力的作曲家巴赫一生所创作的全部作品要大两万倍。"③所有这一切,都被认为是人类文明最伟大的成就。此外美国人还"建造了金字塔式的迪斯尼游乐园"。但是人类也受到海洛因、吗啡、安非他明、大麻、强效纯可卡因这些毒品的威胁。社会上的乱淫和空难事故的发生在作者看来,也是当今世界的一大特征。

除了小说,在 21 世纪初,还有一些报告文学作品也很值得注意,特别是一些年轻的作家来到他们感兴趣的东方,特别是中国旅游,他们中有的早先就住在中国,有的则是初次来到中国。但不管是前者还是后者,都写了不少关于中国的报告文学作品和游记。在作品中,他们生动地描写了他们参观中国各地名胜古迹的观感,表示了他们对中国人民的友好感情。波兰因为遭受过沙俄、普鲁士和奥地利的占领和压迫,在第二次世界大战中,又被德国法西斯侵占,他们的一些著名的

---

① 本段引文均引自亚努什·维希涅夫斯基,《寂寞联机》,杨德友译,花城出版社,2012年,第 43、53、62、92 页。
② 同上,第 163 页。
③ 同上,第 69 页。

作家了解到半封建半殖民地的中国"颇类波兰"①，便感到和中国人民心心相印，因此如亨利克·显克维奇的报告文学《旅美书简》、瓦茨瓦夫·先罗谢夫斯基的小说《洋鬼子》和布鲁诺·雅显斯基的《焚烧巴黎》等，都表现了对遭受西方帝国主义压迫的中国人民的同情，支持中国人民的革命斗争，反对帝国主义的侵略。1949年后特别是改革开放后的中国，已经进入一个走向繁荣富强的新时代，由于它的国际影响日益增强，一些年轻的波兰作家怀着极大的兴趣来到中国，想看看这里发生的巨大变化。他们来到这里后，首先看到的是这里的文明和友善，他们热爱中国和这里的普通人，因此一位评论家曾经指出，如果说到波兰当代的报告文学，它们对任何一个国家也没有像对中国那样，写得那么多。女作家马尔戈扎塔·布翁斯卡在她的《龙的国家的无花果》(2014)中写道：

> 我们在波兰，恐怕有数不清的关于中国人的真实的描绘。如果对他们有进一步的了解，那我可以大胆地说，他们是很友好的，经常是只要对他们表示一点微笑，他们就很愿意帮助……我在中国，和人们接近，总是感到很幸福的。

那些初次来到中国的作家对什么都感兴趣，在他们的报告文学作品中，对北京的颐和园、天安门广场、长城和夜市、中国的大自然、交通工具、美食、婚礼甚至大熊猫等，都作了生动的描写。有的作家还去过上海、杭州、普陀山、桂林、成都以及香港和内蒙古等地。他们不论到什么地方，都对那里秀丽的风景和名胜古迹感到惊喜和着迷，有的作家说他来到中国，不只是要认识这个迷人的国家，而且要了解她的居民，他们每走一步都有中国友人的陪同。他们说要了解像中国这样一个辽阔广大的国家，一个月的时间是不够的，但是可以去一些普通的中国人家里，了解他们的生活习惯，因为他们对世界和生活的看法和欧洲人不一样。

那些曾长期住在中国的波兰人则和初次来到中国的波兰人不一样，他们大都早已学会了汉语，有自己的中国朋友，熟悉中国人的日常生活，对中国的历史、文化和习俗也有更多的了解，因此他们在这些方面，都能进行更深入的分析和研究，表达自己的看法。此外，如中国独生子女的政策、户口、居民的住房和工作、年轻人的恋爱、高考、医疗卫生、交通事业的迅速发展、波兰人已经习惯了的居住条件，甚至对共产主义的认识等，都无不出现在他们这时期的作品中，说明他们感兴趣的题材是十分广泛的。这些波兰友人的努力，也大为促进了我国的对外宣传。

总的来说，这一时期，由于人类社会的进步、生活内容变得更加复杂，波兰小说和散文创作所表现的内容和形式的丰富多彩，以及这些作品的种类和出版的数量之多，都是过去任何时期都不能相比的，这也充分地说明了波兰这一时期已经迎来了文学创作的高潮。

---

① 《鲁迅全集》，第六卷，人民文学出版社，2005年，第368页。

第三节
20 世纪 60 年代以后的诗歌创作

20 世纪 60 年代末的波兰诗坛上,也出现了一股新的浪潮,统称新浪潮派,其中包括各地一些年轻诗人成立的各种诗社,有华沙的杂交方针诗社、弗罗茨瓦夫的阿果拉诗社和六六诗社、波兹南的考验诗社、克拉科夫的当前诗社和卡托维兹的上下文诗社等。其代表诗人有杂交方针诗社的博·乌尔邦科夫斯基,考验诗社的斯坦尼斯瓦夫·巴兰恰克、雷沙尔德·克雷尼茨基和当前诗社的亚当·扎加耶夫斯基、尤利扬·科恩豪赛尔和斯·斯塔布罗等。女诗人爱娃·李普斯卡没有参加任何诗社,但也是新浪潮的主要代表之一。

新浪潮派诗人大都出生于战后,对 20 世纪 40 年代末和 50 年代的生活以及 1956 年的事变没有亲身感受,但 1968 年以后的社会动荡使他们认清了各种矛盾和冲突产生的原因;国民经济发展停滞不前,社会上各种不实的宣传报道和人们精神生活的贫乏使他们感到苦闷以至愤懑。他们不仅写诗,还发表诗学理论著作,如科恩豪赛尔和扎加耶夫斯基合写的《未曾展示的世界》(1974) 和巴兰恰克的《可信和不可信的》(1971)。他们反对古典主义诗歌,认为古典主义诗歌要超脱现实,进入所谓的理想境界,其实诗歌不能脱离现实,应该揭露现实中那些尚未揭露的矛盾。为此必须打破一切清规戒律和陈旧的思想方法,进行独立思考,寻求浪漫主义创作的新天地。在他们看来,所有的欺骗都来自语言的运用,必须对过去那种矫揉造作的形式主义诗风和粉饰太平的语言进行改造,代之以他们的"吼叫诗学",即采用简洁明快又不加修饰的语言来反映现实的真情,新浪潮派又叫语言学派即缘于此。这派诗人的风格和战前先锋派以及前一时期的丑陋派都有相似之处,所不同的是,他们热衷于反映现实的重大问题,从哲理上分析其意义和危害,以探索改造现实的途径。这是新浪潮派诗人总的倾向,他们各自的社会观点、诗学观和创作风格并不相同。

爱娃·李普斯卡(1945——)十分关心她这一代人的命运,他们的过去、现在和未来,经常以伦理道德的观点评议现实。她的诗歌具有浓郁的抒情色彩。有时她还接触一些和革命有关的题材,语言通俗,读起来朗朗上口,给读者以亲切感,如在《我家的桌子》中写道:

我家的桌子
比普通的桌子要大得多,

可是这样的桌子越来越少了。
我们都坐在桌子旁,奶奶说:
她以前缝过一件连衣裙,
后来革命爆发了,
她上了前线,没有把它缝完,
就扔到了一边,她很悲哀,
就把它扔了。

甜菜汤太咸,大海是那么广阔,
家里的人不知道说什么,
每个人都有自己爱看的风景,
不管什么时候,都要到阳台上去看风景。
奶奶老这么想:革命爆发了,
她上了前线,没有把这件连衣裙缝好,
就把它扔了。
可是革命胜利了,
我给这件连衣裙拍过一张照片
现在受到了大家的喜爱和尊敬。①

斯坦尼斯瓦夫·巴兰恰克(1946—2014)是诗人也是文学评论家。他的诗歌主要描写专制压迫和人们对自由的渴求,以监狱、屠杀和"水泥地上的血迹"来表现现实世界的残酷性,反映了诗人强烈的危机感。当他听到收音机里播放民间音乐,"体育场上奏起了国歌,玛丽亚大教堂塔楼上的号角②也吹响了",见到"许多人在唱国际歌游行。/夜晚的电视上则播放着摇篮曲/有人在拉小琴,有人在弹电吉他"的时候,他也认为"这里弹出来的是恐怖的旋律,是矫揉造作的表演,这种表演使我们变得愚蠢了。"③

雷沙尔德·克雷尼茨基(1943—   )刻画了许多孤独者的形象,他们感到周围世界十分可怕和不可理解,不仅压制他们的个性,而且威胁他们的生存。他们和群体格格不入,准备反抗,但不是大喊大叫的反抗,而是无声的反抗、孤独的反抗。可是他也认为事物总是一分为二的,有一个对立和统一的辩证关系:

谁选择了孤独,他永远不会孤单;
谁选择了无家可归,他将以全世界为家;

---

① 张振辉编译,《波兰现代诗歌选》,中国社会科学出版社,2015年,第258、259页。
② 克拉科夫玛丽亚大教堂塔楼上每天中午12点都要吹号。
③ 本段引文均引自张振辉编译,《波兰现代诗歌选》,中国社会科学出版社,2015年,第265、266页。

谁选择了死亡,他的生命不会止息;
死亡选择了谁,
他就会死去。①

——《纪念塔杜施·佩伊佩尔》

尤利扬·科恩豪赛尔(1946—)常常描写"臃肿的双手"、"欺骗的帽子遮不住脑门"、"游击队员的尸体"等形象,就像丑陋派诗歌一样,讽刺空洞无物的宣传鼓动、僵化的思想方法和一成不变的社会秩序,他大声呼唤:"我们需要不带伤疤的男子汉",只有这种没有烙上旧世界伤疤的强者才能改造陈旧的世界。亚当·扎加耶夫斯基也对那些欺骗性的宣传鼓动进行了讽刺,有时还发出光阴易逝、人生短促的感叹。

新浪潮派诗歌虽不直接触及现实的政治问题,但它的思想倾向和20世纪50年代的清算文学是一脉相承的。新浪潮派的诗学观点和理论及其创作实践不同于前一时期散文和诗歌中的任何流派,这主要表现在它能从世界和历史的高度来审视和改变现实的弊端。20世纪80年代以后,一批更为年轻的诗人如安杰伊·舒巴、尤泽夫·巴兰、托马什·雅斯特隆、扬·波尔科夫斯基、安东尼·帕夫拉克和亚当·捷米扬宁等也加入了新浪潮派。此外,老诗人扬·特瓦尔多夫斯基(1915—2006)和安娜·卡明斯卡(1920—1986)在创作中也十分活跃,但他们和新浪潮派的创作风格大不相同,他们热衷于写日常生活的琐事,认为这可以脱离人世间的一切争斗,获得真正的自由。生活中有矛盾和痛苦,但应当去寻找欢乐,热爱生活就是热爱大自然,而大自然是上帝赐予的。这些诗人的思想情趣和丑恶派诗歌大相径庭,实际上又回到了莱奥波尔德·斯塔夫歌颂生活美的观点上去了。如安娜·卡明斯卡在她的《比较》这一首诗中,认为这个世界是那么"通明透亮",但是"物和物都不能分开"、"物和物都相亲相爱",才使我们有了一个美好的世界:

我描写大地,
我述说大海,
我要说,
因为我想到了你。

阳光把这个果子周身照得通明透亮,
世上的一切都互相渗透,
各种各样的物体被风都吹到了一起,

---

① 本段引文均引自张振辉编译,《波兰现代诗歌选》,中国社会科学出版社,2015年,第244页。

因为流向一致,抹掉了所有的界线,
只有一根血脉。

创造的意思是
突然
发现了整体。
这是上帝的创造。

物和物都不能分开,
它们的形状也很相似,
它们在寻找它们聚集的地方,
因为那里放射着意义之光。

物和物都相亲相爱,
把另一个看成和自己一样;
它们之间也有冲突,
这个消失了,
另一个就生出来。

在这个密织的蛛网里,
那些颤动的网丝你触摸不到;
一道道亮光就像银色的小球,
在不停地转动。

你,只有你一个人
住在我这里。
什么叫分开,
什么都分不开。
上帝来到了人间,
人间的一切
都在膝上。①

扬·特瓦尔多夫斯基这一时期的诗歌有的带有宗教色彩,但也是贬恶扬善,他在一首赞美造物主使世间呈现勃勃生机的景象的诗中写道:

---

① 张振辉编译,《波兰现代诗歌选》,中国社会科学出版社,2015年,第145、146页。

因为你的恩赐,夜晚的露珠滋润着小草,
因为你的恩赐,雨水使枯萎的植被又获得了生机,
因为你的恩赐,所有的动物都在迅速生长和繁殖。
你的慷慨大方激活了每一个生灵。

但世间也有罪恶,会使人感到悲哀:

我躲在一个教堂里,你们见不到我,
因为神父在哭泣,为罪恶感到羞耻。①

——《和村里的教区告别》

而且世事无常,有了亲近,就会疏远,有了相亲相爱,就又可能"得不到爱,或者根本就没有爱"。

你看这些人是多么相亲相爱,
他们要告别了,所以聚在一起,
原来亲近的和疏远的人都照着一面镜子,
他们给自己写热情洋溢的信,
但对别人表示冷漠,
他们都笑着分手告别,扔掉了手中的花,
为的是不让大家知道,为什么是这样。
……
亲近的人最怕亲近,因为亲近了就会疏远,
有些人死了,因为他们得不到爱,
或者根本就没有爱。

——《亲近的和疏远的》

世间出现的矛盾虽然是对立的,但也可以消除矛盾,达到统一,就看人们怎么对待和克服这些矛盾:

如果每个人都有四个苹果,
如果所有的人都有战马那么强壮,
如果所有的人都有一样的爱情,
如果所有的人都一个样,

---

① 《从斯塔夫到沃亚切克,1939—1985年诗歌选》,第1册,罗兹出版社,罗兹,1988年,第475页。

那就谁对谁都不需要了

谢谢你！因为你的正义不一样，
我有就是我没有，
我给不了的东西正是别人需要的东西。
夜里总是盼着黎明的到来，
天黑了就要星星的闪光，
最后一次会见也是第一次分离，
我们祈祷是因为别人不祈祷，
我们相信是因为别人不信，
我们要为那些不愿死去的人而死，
我们热爱是因为别的人心冷了。

——《正义》

特瓦尔多夫斯基这期间还出版了小说《白色的石头》(1994)，他的小说和诗歌表现的意境和倾向有所不同，写的是波兰东部的一个乡村，这里有波兰人、乌克兰人和犹太人，他们虽然生活习惯不同，也经历过战争的年代和历史的变迁，但他们互相关心和帮助。

除此以外，还有一些年轻的诗人如安杰伊·索克诺夫斯基、雅罗斯瓦夫·米科瓦耶夫斯基、雅采克·波德霞德沃、阿尔杜尔·什洛沙列克、卡塔任娜·苏赫齐茨卡、马尔钦·希维特利茨基、马尔青·森德茨基、斯坦塔尼斯瓦夫·贝莱希、安娜·扬科、克日什多夫·科埃赫列尔和马热娜·布罗达等，他们的作品对20世纪80年代和90年代的波兰文坛和读者也产生了不可忽视的影响。如斯坦尼斯瓦夫·贝莱希(1950—　)的诗集《已经只有梦》(1990)收录了诗人在波兰军管期间(1981—1986)期间创作的诗歌。诗集由三部分组成："从爱中唤醒"、"已经只有梦"和"致生者与死者的信"。第一部分的作品，大都展现抒情主体与掩藏在女性形象之下的魔鬼恋爱所产生的心理感受和由此陷入的悲惨的境地，实际上说明了抒情主体无法从波兰实行军管所带来的震惊中解脱出来，因而选择了逃避现实。诗集第二部分所包含的作品表现在对哲学、历史和道德问题的思考。第三部分的作品则触及人类对待死亡的态度这一永恒的主题。整部诗集中大都采取现实和梦幻描写相互交织的手法。

安娜·扬科(1957—　)的作品擅长描写人类细微的情感，坦率而不直白，细腻而不繁琐。其主要作品有《给实验用的兔子的信》(1977)、《老人出世》(1979)、《被杀者有时长久站立》(1995)和《爱情是个光芒四射的外国人》(2000)。《爱情是个光芒四射的外国人》这部诗集包含30首诗，以女性的视角，讲述了爱情的点点滴滴，从第一次见面时的怦然心动，到满怀激情的两人融为一体。诗人经常通过景物的描写，为情感的爆发营造合适的氛围。诗中描写了大量的生活细节，从一只坐在窗台上的猫，到桌子上的一个苹果，还有一些生活中的细小冲突与摩擦，都被诗人巧妙地安排在诗中，使人意识到构成爱情生活的全部内涵。

在20世纪末和21世纪初，波兰诗坛上又出现了所谓"地铁里的诗"这一流派。2011年上半年，笔者曾应波兰文化和民族遗产部所属的克拉科夫图书协会的邀请，负责翻译了波兰这一年将在我国首都北京和其他一些欧洲和亚洲的大城市举办的命名为"地铁诗歌——来自波兰的诗展"的全部作品。这类诗歌的展出在波兰已经是第四届了，但它们在我国的展出还是第一次。我此次收到波兰方面发来参展的共有34位诗人的作品，都是举办者从波兰现代诗歌创作的老中青三代诗人和他们的作品中精选出来的，其中除了老一辈的诗人切斯瓦夫·米沃什、维斯瓦娃·希姆博尔斯卡、兹比格涅夫·赫贝特、塔杜施·鲁热维奇和新浪潮派的亚当·扎加耶夫斯基等的诗歌外，更多的是中青年诗人的作品，正如这届诗展的举办者所说的那样："在这次普及诗歌的运动中，城市范围内的诗人有好几代都参加了。波兰的青年诗人能够这么广泛地展示他们的作品，还是第一次。"①"地铁诗歌"顾名思义，是反映世界在高科技统治时代的现代生活的诗歌，因此也可以说，它就是一部波兰当代诗歌的精选集。在波兰方面选定的"地铁诗歌"的作者中，像切斯瓦夫·米沃什等老一辈的诗人在波兰国内外早已享有盛名。他们的作品题材丰富，是战后波兰诗坛各种流派的主要代表，无论在思想上还是艺术上，都达到了很高的水平，堪称波兰现代文学的经典。青年诗人的作品反映现实生活面之广泛、表现形式之多样，更是前所未有，其中有的抒发个人美好的情愫，有的夹叙夹议，富于哲理，有的回忆过去，有的则是极力追求新颖独特的格律和形式。例如诗人格热戈日·布鲁舍夫斯基（1981—　）爱看美国职业篮球联赛（NBA），把他和朋友在赛场上的见闻和感受生动地反映在作品中。此外他对西方爵士音乐也有明确的看法："在人们的想象中，未来音乐的发展好像改变了方向"②，"'爵士'是一种生活方式，你以家庭——老婆——孩子的概念对它是无法理解的。"③可诗人又讥讽地说，在这种生活方式中，

当一次又一次的碰杯，一根又一根的线条
都在消磨你的天才的时候，
你反而以为，你变得越来越伟大了。④

诗人博赫丹·皮亚塞茨基（1980—　）把当今物理学中原子结构的变化和其

---

① 张振辉编译，《波兰现代诗歌选》，中国社会科学出版社，2015年，第1页。
② 同上，第336页。
③ 同上，第338页。
④ 同上，第337页。

中电子的活动比做机器人打球,形象地展示了原子核活动的秘密。他在《几乎可以肯定,这是一首哀诗》中写道:

> 要在爆炸的轰隆声中去寻找音乐,是找不到的,
> 要对它的美去进行评价,也是不可能的,
> 因为这种轰隆声就叫人受不了。
> 但我却最爱想到它:就像机器人在大厅里踢球一样,
> 单个的原子被猛地向前推去后,
> 它马上会像发了疯似的横冲直撞,
> 它会失去它身上的电子,它在通过一些洞穴时会掉进一个洞里。
> 我们看见它整个儿掉进去了,因为它是一个不可分割的整体,
> 就像一粒尘土一样。马上又有很多这样的小球都在急忙地往前滚去,
> 呈现出五颜六色,闪闪发光。还有一些小球也不示弱,
> 所有这些小球都在沿着一些看不见的缝隙急急忙忙地滚跑,
> 留下了闪光的足迹和突然闪现的花朵。①

诗人耶日·雅尔涅维奇(1958—)想到信息时代的知识爆炸,说"一部词典虽然无所不包,但却有好几百个新的单词没有收进去。"②他还揭露了现代社会中的吸毒、核辐射和各种不治之症的严重危害,如他在《1986年》这首诗中写道:

> 在这个不体面的传记中有很多不体面的东西:
> 我比母亲活得长些,我曾来到雷特金③唯一的
> 一家药店给她买吗啡,在这里买吗啡是合法的。
> 哥白尼医院的医生们写明了它的剂量,要使她"不依赖它"。
> 后来她还活了两个月,就再也不依赖它了。④

诗中还提到了切尔诺贝利在这一年发生的核泄漏事故,诗人当时曾好心地给孩子们发送了卢戈尔这种能防治核辐射的药。在另一首诗中,他又心酸地指出了"你在吻她那布满了肝病创伤的手掌时,你得让她抓住你被风湿病腐蚀的骨头。"这是多么可怕的景象。诗人沃伊泰克·奇洪(1983—)在《生命在继续》中,触及了这次诗展的主题:

---

① 张振辉编译,《波兰现代诗歌选》,中国社会科学出版社,2015年,第317、318页。
② 同上,第272页。
③ 波兰罗兹的一个城区。
④ 张振辉编译,《波兰现代诗歌选》,中国社会科学出版社,2015年,第277页。

他最认可的是
只有一条地铁通过城里。
地铁里的电车一列又一列地驶过许多成年的大门,
门上总是张贴着许多广告,缀饰着许多鲜花;
还有诉说了缘由的各种申明:要怎么去进行战斗?
跟随专制主义的足迹,怎样才能得到人们的赞许和尊敬?[①]

这大概是诗人在华沙地铁里经常看到的场景,但他又说:

我在一个陌生的城市里,
我在这里只是一个过路的人。
和我亲近的人谁都找不到我,
我去任何一家医院都不知道怎么走,
如果我要自杀,
对那形成我的信仰的基础的各种现象作最后的区分,
那么我遇到的将是在世纪阴暗的寂静中
响起钟声时产生的无可挽回的悲剧。[②]

面对光怪陆离的现代生活,诗人似乎感到迷茫,他在《你知道怎么样》一首诗中,还提到了"在我这个地区到处都有少年犯罪"[③],又说:

我早就在这么折磨自己了,
我也不愿待在这个只有几个人的悲哀的俱乐部里,
我只是身在而心已经不在那里了。
俱乐部里其他的人都劝我不要再听那些电影内容的介绍,
那些商界的丑闻,那些股市行情,
还有那些亚洲也就是这个地球较差的那一半的事。
我们要有一个组织,在晚上当酒鬼们
把酒一瓶瓶地喝得精疲力尽的时候出现,
来对他们进行制裁……[④]

这种迷茫、无奈,因对现实的不满而产生的忧郁在许多诗人的作品中都可见

---

① 张振辉编译,《波兰现代诗歌选》,中国社会科学出版社,2015年,第345页。
② 同上,第347、348页。
③ 同上,第348页。
④ 同上,第349、350页。

到。诗人耶日·雅尔涅维奇也因为自己这一代人没有成就,不得不靠先辈的文化遗产作为"我们"的精神食粮而感到遗憾:"他说,你相不相信,我们都是一些爱吃死尸的人?"①那就只有享用死人留下来的东西了,这是多么无奈。

但除此以外,在这些青年诗人中,我们也可看到他们对生活、对大自然和对人性的赞美。诗人雅采克·德内尔(1980—　)2005年3月22日在从格但斯克到华沙的火车上曾经看到这样的景象:

无人问津的河面上筑起堤坝,架起了大桥。
为了防止水土流失,不管是南方和北方,
都划分了水域,铺设了排水管道。
一条条道路把城市连在一起,城市的人口也陡增无比。②

诗人不仅赞美现代化的水利工程和城市建设,而且也很热爱大自然的单纯,在他的一首田园诗中,甚至表现了他对近乎原始的农业生产极大的兴趣:

又是一个秋天,旅行的季节,
窗子外,牧场上,田埂旁,
水草丰茂,林子里有许多倒下的树,
他在农田里奔忙。
……
那制帽下面显露的干瘦的面孔
就像成熟得很晚的草莓。他知道:
世界是一座坚固的磨坊,不能把什么都弄得那么散乱。
手里拿着铁锹和耙子,只能刨平它的表面,
而无法深挖,但要深挖到地里。③

当他知道一株樱桃树的树枝被砍下来后,他就为它鸣不平,说"这是对这株树恩将仇报,它结了那么多的果实,它让人踩踏,任凭小伙子采摘。"在《幸福》一诗中,诗人还揭示了一个女人对她丈夫坚贞的爱:

这么多年,这么多书信,这么多的亲热,
她熟悉他的衬衫,皮鞋的号码和帽子的大小。
她从来不窥探别的男人,

---

① 张振辉编译,《波兰现代诗歌选》,中国社会科学出版社,2015年,第272页。
② 同上,第328页。
③ 同上,第330、331页。

也不用别人的用语和那些亲热的名字。①

就是她丈夫患了心脏病或肾癌躺在床上,她也认为"他躺在床上一点也不比别的男人差"。博赫丹·皮亚塞茨基(1980—　)在《记忆》一诗中,也生动地写出了他曾遇到的一个生性质朴和善良的女人,她很坦诚地对诗人说:

你知道,我生孩子违背了母亲
和家庭其他成员的意愿。因为我没奶喂,
儿子骨头里缺钙,将来走不了路。
我找过城里的医生,
但是公共汽车票价太贵,医生们都很少出诊,
我的丈夫又没有工作,
家里人没有要我生孩子。②

诗人听了后非常感动,说:

她不要钱,只想和我谈话。
我的行囊里有一台美伦达照相机,
这个老式的相机比可以喝一年的牛奶都有用。
我给她照了相,她很激动,非常感谢我。
我想,我这辈子都不会忘记。③

女诗人阿利齐娅·马赞—马祖尔凯维奇(1972—　)在《土地之歌》中,满怀激情地写道:

天主啊!给夏天祝福吧!
要给蜜蜂算算,
有多少产蜜的日子?有多少花粉?
数不清的谷粒把稻穗都压弯了,
椴树的枝头绽开了香气扑鼻的鲜花,
它是缓解疾病痛苦的良药。
还要加固榛树的树干,
以防雷电的袭击。

---

① 张振辉编译,《波兰现代诗歌选》,中国社会科学出版社,2015年,第325、326页。
② 同上,第316页。
③ 同上,第316页。

给秋天祝福吧！这是丰收的季节。
当果实夜晚在枝头下垂的时候，
你可不能让它坠落，因为它还没有成熟。
对你未曾见过的一切都要给予赏赐，
不管是人们，还是獾、蜗牛和蝾螈，
因为他(它)们都是你的儿子，
他(它)们无家可归。

首先是要给寒冷的冬天祝福，
每当拂晓来向你叩门的时候，
就有千万只小鸟拍着翅膀
叽叽喳喳地叫了起来，
这是一片鸟的天空。

还要
向春天祝福，
春天是万物复苏的季节。①

她看见了冬天的白雪，便产生了美好的联想：

啊，雪，孩子们最爱它，
它能遮住所有的龌龊，它会掩饰大地的苍老。
让大地重显它的孩童的容貌，
向群星重放绚丽的光彩。
啊！是的，大地，大地换新颜，
它从不伪装，它是和平公爵的家园。②

　　女诗人由衷地赞美给人类带来了幸福和美好生活的土地，叫人们关爱土地，和在土地上生长出来的一切，但她更爱珍珠明亮的色彩，因为它

在天堂居民的眼中，
永远不会变得苍白。
但我以为，朋友！

---

① 张振辉编译，《波兰现代诗歌选》，中国社会科学出版社，2015年，第299、300页。
② 同上，第298页。

> 珍珠还有更多的含义
> 它不同于那个世界按价格计算的一切，
> 它的价值对某些人说，是个不解之谜，
> 珍珠的光彩，大海、微笑和心灵的光彩，
> 有了珍珠的光彩，就听不到市井的喧嚣，
> 有了珍珠的光彩，人们的嘴边
> 再也没有苦痛留下的痕迹，
> 也不会显露出贪得无厌的欲念。①

要使这个世界再也没有苦痛，没有虚伪和贪得无厌，像珍珠和土地那样纯真，为追求美好的理想，奉献自己的一切，它将永远放射着绚丽的光彩，而不会变得苍老。这就是诗人们的梦想。像这样优美动人，充满了人性美和自然美的诗作还可以列举很多，这一届地铁里的波兰诗和像阿利齐娅·马赞—马祖尔凯维奇这样的青年诗人的作品是波兰现代诗的一个新的艺术宝库，为世界诗坛增添了新的色彩。

波兰因为在1981年12月13日实行军管后，还有很多持不同政见的波兰文化人到国外去了，希望在国外寻得政治避难的身份。1982年后团结工会的活动家们被释放，波兰又掀起了一股出国的浪潮，1989年波兰社会和政治发生巨变及此后于2004年加入欧盟，使波兰人出国有了更加方便的条件，因此又有许多波兰人大都是出于经济和生活原因到国外去了。在他们中，便产生了这一时期的移民文学。但是这种移民文学的作者去到国外的情况是不一样的，他们有的是去国外长期定居，成了外国的波兰侨民，有的去国外住了一段时期又回到波兰，有的则是经常往返于波兰国内外，因此他们对他们去的那个或者那些国家的文化和人们的生活习惯能否接受或者适应的情况也不一样，而这一切都会很自然地反映在他们的作品中。有的作者认为，世界上没有纯粹的民族文化，在一种民族文化形成的过程中，必然受到异域文化的影响，而它的不断发展，也会对异域文化产生影响，因此不同民族的文化如有差异，也非固定不变，而是互动的，这些作者都是一些跨文化主义者，他们在国外能够接受异域文化，适应那里的生活环境，接受那里的生活习惯，和人们交流经验，转换自己的身份，和他们所见到的一切互相融合。但是有的作者认为波兰的文化和西方国家相比，发展落后，低下，因此他们在国外总感到低人一等，在一些当代的评论家看来，这是受了后殖民主义的思想影响。有的波兰文学评论家还认为，前文提到的著名荒诞派小说作家维托尔德·贡布罗维奇由于长期侨居国外，他的大部分作品都是在国外写的，他的文学创作对波兰这一时期的移民文学也产生过很大的影响。因为维托尔德·贡布罗维奇常对波兰的

---

① 张振辉编译，《波兰现代诗歌选》，中国社会科学出版社，2015年，第297页。

民族文化采取批判的态度,移民文学这种贬低波兰文化的倾向和贡布罗维奇的观点是一脉相承的。但这时期,也有一些作家来到外国,看到这是一个完全陌生的世界,对它十分抵触。他们的作品中充满了对于这个世界的敌对情绪,他们总是认为他们的民族文化和精神世界要高人一等,因此他们即使在国外,也要保持自己原有的文化品质和习俗。

第四节
雅罗斯瓦夫·伊瓦什凯维奇

战后的小说创作出现了空前繁荣的局面。社会多次重大的变革和各种政治因素的影响,不能不反映在文学,特别是小说中。这一时期的小说无论在思想内容还是艺术形式上都出现了极其复杂的情况,作品数量之多,是过去任何一个时期都不能相比的。同时也出现了一批很有成就的作家,其中最著名的是雅罗斯瓦夫·伊瓦什凯维奇和雷沙尔德·卡普希钦斯基。

雅罗斯瓦夫·伊瓦什凯维奇(1894—1980)无论从他一生文学创作类型、规模还是从他的作品的艺术质量来看,在波兰战后的作家中都是首屈一指的。伊瓦什凯维奇出生于乌克兰基辅附近的卡尔尼克村一个小贵族家庭,1912年中学毕业后,在基辅大学攻读法律,并对文学产生兴趣,尤其爱读英国唯美派诗人王尔德和作家切斯特顿以及波兰和西欧象征派诗人的作品。他1915年发表处女作《莉莉丝》,1918年大学毕业后参加了波兰第三军团,后随团到华沙,在杜维姆主办的《为了科学和艺术》上发表诗作,1919—1920年在《喷泉》双月刊编辑部工作,出版了第一部诗集《八行诗集》,随后参加了斯卡曼德尔诗社,成为诗社五位主要成员之一,1920—1924年先后担任过《华沙信使报》和《文学新闻》的编辑,1927—1932年在波兰外交部新闻艺术宣传部担任领导,曾多次去德国、法国、意大利、奥地利、瑞士和西班牙进行考察。1928年后他定居华沙近郊的斯塔维斯克村,德国法西斯占领波兰期间,参加了秘密的文化宣传活动,他家也成了一些爱国作家经常聚会和藏身之地。他于1945—1949年和1959—1980年曾长期担任波兰作家协会主席,《文学生活》、《文学新闻》周刊和《创作》月刊主编,是战后文学界的主要领导人之一。此外,他还是一位著名的社会活动家,于1952年当选波兰议会议员,翌年又当选波兰保卫和平委员会主席,由于他在国际保卫和平运动中的突出贡献,于1969年被世界和平委员会授予约里奥—居里金质奖章,1970年又获列宁和平奖。

伊瓦什凯维奇一生创作时间很长,作品有诗歌、小说、戏剧、散文、回忆录及音乐家传记等，可以说文学领域的各种体裁几乎无不涉猎。他早期写诗，除了《八行诗集》外，战前诗集还有《酒神》(1922)、《白昼和黑夜集》(1929)、《回到欧洲》(1931)、《1932年的夏天》(1933)和《另一种生活》(1938)等。虽然他早年参加斯卡曼德尔诗社，但他的作品风格和别的诗人却不相同，它们从不接触波兰20世纪20—30年代的阶级矛盾和政治斗争，主要反映人的复杂内心世界，有的描写个人在生存环境中的孤独感，有的感叹生老病死的不可避免，有的表现对时光易逝、未来莫测的惆怅或对世界面临灾变的恐惧，有的是他在欧洲旅游的各种观感、对自然美和艺术的赞美以及揭露社会的野蛮和罪恶等等。

伊瓦什凯维奇有一部分作品受法国象征派和俄国高峰派的影响，热衷于幻想的描写，显出半明半暗的色调，另一部分讲究辞藻的运用，力求表现诗歌的形式美。这是伊瓦凯维奇早期诗歌的主要特征。如在写于1923年、后收进了《回到欧洲》的《欧洲》一诗中，他幻想了一个远方的安乐世界，诗中写道：

我们这里太拥挤，
但在我们的小说中，
却响起了塔上的钟声。
我们在窗子外面，
看见了远处的高乌里扎卡尔山峰。
……
我们的船停在一个小岛的岸边，
随从们都向我行鞠躬礼。
岛上的孟加拉人在哼着小调，
一些印第安部落的首领
叫人们唱了一夜的歌。①

在《天空里传来了远方的歌声》这首诗中，可以看到诗人在景物描写中的微妙手法：

天空里传来了远方的歌声，
这世界像玻璃一样的透明。
飞来的燕子画出了一行八字形的乐谱。
欢乐的啼鸣好似西班牙牧童的笛声。
一朵朵云霞兴高采烈地飞舞，
然后飞向远方，飞往天际。

---

① 雅罗斯瓦夫·伊瓦什凯维奇，《诗歌》，第1卷，读者出版社，华沙，1977年，第249、250页。

沉落的太阳给蓝天画出了一道道彩虹,
早春的微风在枝头散发着扑鼻的芳香,
紫罗兰的黄昏终于降临,
给大地带来了一阵阵寒气。
茫茫夜色就像汪洋大海,漫无边际,
草丛里的甲虫低吟浅唱,
唱出了一首谐趣的歌,一首欢乐的歌。
这是大海,这是春天,
这是夜晚,这是夜色笼罩的死亡。①

诗人通过景物的变幻,营造一种欢乐的气氛。他几乎调动了一切艺术手段,各种音响和色彩的调配使读者感到身临其境,丰富的艺术想象表现了诗的魅力。燕子从远方飞来,发出了像牧童吹笛似的啼鸣,把读者带到了田园诗的境界。红日西沉,云霞飞舞,天空里闪着一道道彩虹,展现出大自然壮丽的景色。夜幕降临之后,甲虫低吟浅唱,又给人一种温馨和谐的感觉。诗人在这里着墨不多,但他所描写的形象却是那么绚丽多姿,显示了他的艺术功力。在《重访少时喜爱的地方》一诗中,又可看到诗人对故土的无限热爱,作者写他年少时最喜爱的地方永远不会忘记,现在又重访这个地方,看见这里大自然的景物已有了许多变化,感到十分亲切,因为"这绿装赛似我曾喜爱的地方,愿风儿轻轻地吹在我身上,我想的是未来的时光"②。

潮湿,阴冷,梅雨纷纷,
天鹅在水上游弋,飘来了朵朵白云。
黄昏时刻,我又来到了这片故土,
难道是它唤起了我心中的激动?

我见到这潺潺的流水,没有悲哀,也没有忧愁,
儿时和童友在这里欢聚,
现在生长着绿色的森林,
在田园,有阡陌,排排枞树高耸入云。

一栋栋农舍紧贴着地面,一株株橡树为它遮阴。
花园变成了林地,水中长满芦苇,

---

① 雅罗斯瓦夫·伊瓦什凯维奇,《诗歌》,第1卷,读者出版社,华沙,1977年,第329页。
② 张振辉编译,《波兰现代诗歌选》,中国社会科学出版社,2015年,第35页。

以往宽阔的大道,如今湿漉的牧场,
到处充溢着宁静,一片灰色的宁静。

明净的小河仿佛套上了一个玻璃罩,
可是天空依然是那个天空,
白云依旧是那片白云,
牲畜在牧场上吃草,禽鸟在田野哀鸣。

时光流逝,岁月如梭,
我挡不住东流水,
就让它永远流去,永远,永远,
旧世界已灭亡,新的时代已经来临。

这里开垦的荒地我未曾见过,
今日睹那沉睡着的枞木林穿上了绿装,
这绿装赛似我曾喜爱的地方,
愿风儿轻轻地吹在我身上,我想的是未来的时光。①

——《重访少时喜爱的地方》(1933)

战后,伊瓦什凯维奇的第一部诗集《奥林匹克颂》(1946)和当时许多作家一样,描写波兰爱国者和人民为争取民族独立和世界和平而进行的伟大斗争。此后,诗人笔耕不辍,直到逝世前,还出版了不少的诗集,其中主要的有:《秋天的辫子及其他的诗》(1954)、《阴暗的小道》(1957)、《明天收割节》(1963)、《一整年》(1966)、《意大利歌手》(1974)、《气象图》(1977)和《黄昏的音乐》(1980)等。这些作品较之他战前的诗歌更贴近生活,其中一部分歌颂波兰民族独立和复兴以及战后国家建设的成就;另一部分更富于哲理内涵,热衷于对英雄和背叛、荣誉和耻辱、欢乐和痛苦、生与死这些永恒问题的哲理思考。诗人晚年的诗歌在语言上很少修饰,但包含着深刻的内涵,表现了他对人生的依恋,和早期诗风相比,有很大的变化。

伊瓦什凯维奇的主要成就是小说,他的作品很多,主要的有短篇《会计的儿子希拉内》(1923)、《月亮东升》(1925)、《红盾牌》(1934)、《布温托米什的耶稣受难记》(1938)、《腾飞》(1957)、《查露吉》(1974)、短篇小说集《桦树林》(1933)、《新爱情和其他的小说》(1946)、《1918—1953年的中短篇小说集》(1954)、《菖蒲》(1960)、《关于狗、猫和魔鬼》(1968)、中篇小说《老砖窑》(1946)、《卢蒂尼亚河上的

---

① 张振辉编译,《波兰现代诗歌选》,中国社会科学出版社,2015年,第34、35页。

磨坊》(1946)、《天使嬷嬷约安娜》(1946)和长篇小说《名望和光荣》(1956、1958、1962)等。他战前的作品题材广泛,有的以他少年时期在乌克兰的生活为背景,描写当地的风土人情、民族矛盾和他的孤独感;有的再现波兰古代帝王为捍卫波兰民族独立而进行的斗争;有的和他后期的诗歌一样,以宏观的视角探讨人生的奥秘。中篇小说《老砖窑》、《卢蒂尼亚河上的磨坊》和《天使嬷嬷约安娜》是伊瓦什凯维奇战后初期创作的重要作品。《老砖窑》写一个出身贫寒的青年瓦采克,在德国盖世太保面前,为了掩护爱国者和反法西斯战士出逃,甘愿献出了生命。《卢蒂尼亚河上的磨坊》塑造了一个大义灭亲的爱国者形象。故事说的是流经大波兰伊镇的卢蒂尼亚河畔的一座山下有一栋石头房子,这里住着一个叫弗兰齐舍克·杜尔乔克的老磨坊工人和他的妻子埃尔日别塔。他们在附近的林子里有一个磨坊,是从村里的地主那里租来的。老两口早先有个女儿叫约阿霞。后来约阿霞出嫁,跟着丈夫去了法国,在那里生了两个儿子,大儿子叫雅罗格涅夫,小的叫马雷希。后来约阿霞夫妇死了,法国驻波兰的一个领事好不容易在杜尔乔克的隐居所找到了他们,给他们从法国送来了他们的这两个外孙。当时雅罗格涅夫11岁,马雷希才4岁。1939年德国法西斯占领波兰后,一些德国人来到了这里。可是雅罗格涅夫知道德国人占领波兰后,变得奴性十足,他在学校里只学德文,不学波兰文。他对他的外公说,因为"德国人打败了波兰人","波兰文已经不用学了。"①后来他还去参加一个叫希特勒青年团的法西斯组织的集会。当德国人在伊镇的一个广场上焚烧波兰人的天主教堂里的神幡时,他也跟着德国人一起烧。他平日总把自己当成是德国人,不承认他有外公和外婆。他对人说,老磨工夫妇抚养了他,但跟他没有血缘关系,他恨他们,因为他们是波兰人。他认为自己如果吹嘘对元首希特勒的爱,表白对亲人的恨,他就可以得到奖赏,为了对法西斯表示忠诚,他六亲不认。尽管有一次他从一株树上摔下来受了伤,他的外婆细心地照料他,给他讲他父母小时候的故事,说他父亲是波兰人,他自己也是波兰人,但他恶性不改,又接连给德国人告密,让德国人把村里的牧师和护林员热希亚克抓走了,还把一个村姑波尔卡毒打了一顿。他外公看到这个外孙已无可救药,便把他捆绑起来,吊死在林子里一棵树上。这是一出十分感人的悲剧,因为杜尔乔克夫妇不仅过早地失去了女儿,而且他们的另一个外孙马雷希一次在卢蒂尼亚河涨水淹了他们的磨坊时,跟他们一起排除水患,反被河水冲走了。此后杜尔乔克一家,就只剩下这一对老年夫妇,孤寂地活在这个悲凉的人世上。

《天使嬷嬷约安娜》的故事发生在17世纪波兰某修道院。这里的教规规定修女不能吃肉,否则就会受到魔鬼的引诱。以院长约安娜为首的修女们因为吃肉违反了教规,都中了邪,神甫苏伦等被派去"驱邪"。可是苏伦见到约安娜后却爱上了她,为了救她,他甚至主动"中邪",替她受苦,使她得到解救。小说中有人问道:

---

① 《世界反法西斯文学书系》,波兰卷,重庆出版社,1992年,第160页。

"如果世界是上帝创造的,那为什么会有那么多的死亡、疾病和战争？为什么到处都在迫害犹太人？"[①]在作者看来,代表宗教最高权威的上帝既然连法西斯分子发动战争、屠杀无辜的罪恶都制止不了,又谈什么禁欲主义？他的教规中那不许吃肉的规定岂不是虚伪的？

伊瓦什凯维奇战后发表的短篇小说以《查露吉》和《腾飞》这两篇影响最大。前者的故事发生在19世纪乌克兰某地的一个波兰贵族庄园,波兰爱国者要发动一场反俄民族起义,可是一个信东正教的乌克兰民族主义分子混在他们中间充当沙皇奸细,将他们的行动计划报告给沙俄驻军司令官,使起义遭到了失败。作者真实地反映了当时属于波兰的乌克兰地区错综复杂的民族矛盾。《腾飞》是针对法国存在主义作家加缪的小说《堕落》而创作的。作者在小说题目的下面就标出了它是"献给阿·加缪"的,他的意图是要对一些道德问题表示和加缪不同的看法。《堕落》中的主人公是个律师,他在一天夜里,遇到一个姑娘从桥上跳进塞纳河自尽,他本来可以去救这个姑娘,但他却下不了这个决心,所以他后来一直受到良心上的责备,把自己的懦怯看成是人的本性。《腾飞》的主人公则是一个在第二次世界大战中,曾在德国法西斯铁蹄下挣扎的十岁孩子。他的父亲参加过反法西斯战斗,后来牺牲了；他的哥哥也在法西斯集中营里被杀害了；他自己也亲眼见过德国宪兵把他们抓来的两个犹太姑娘剥光衣服后杀害；他在被屠杀的犹太人的尸体中寻找过金牙齿。1944年华沙起义失败后,他还见到了法西斯匪徒在波兰各地到处烧杀抢劫,他们彻底毁灭了这座城市。出于对法西斯的家仇国恨,他自觉地帮助波兰工人党领导的游击队运送过弹药,在反法西斯战斗中得到了锻炼。当他知道他的一个朋友当了德国法西斯的奸细后,他同样出于对这个民族叛徒的愤恨,把他杀了。他读过加缪的《堕落》,但不同意加缪的主人公克拉芒斯的处世态度。他是一个爱国者,为拯救祖国建立了功勋,对人民有强烈的责任感,和消极颓废、永远陷入良心自责的克拉芒斯大不相同。

长篇小说《名望与光荣》是伊瓦什凯维奇的代表作,也是战后小说中规模最大、成就最高的作品。早在战前,伊瓦什凯维奇就开始了它的酝酿和构思,但一直到20世纪50年代才完成了这部小说的创作。小说共分三卷,先后于1956年、1958年和1962年出版,反映了第一次世界大战、俄国革命、两次世界大战之间、德国法西斯侵占波兰、华沙起义,一直到波兰战后初期几乎半个世纪的历史画面,可以说是继莱蒙特的《农民》和东布罗夫斯卡的《黑夜与白昼》之后,波兰文学又一部史诗作品。小说主要写工厂主的妻子帕乌琳娜·希莱尔太太、女庄园主爱韦琳娜·罗伊斯卡太太和伯爵雅罗什·梅申斯基为代表的三个家庭的生活经历,反映了他们那个时代的社会面貌。故事开始于1914年夏,希莱尔太太和儿子作曲家

[①] 雅罗斯瓦夫·伊瓦什凯维奇,《桦树林和其他已拍成电影的短篇小说》,读者出版社,华沙,1987年,第164页。

埃德加尔、女儿歌唱家爱尔日别塔住在敖德萨的一幢别墅里。希莱尔太太的女友罗伊斯卡太太和儿子尤齐奥、外甥女奥拉,还有尤齐奥的家庭教师斯彼哈瓦以及好友雅努什常来这里聚会。他们和邻居俄国青年沃洛佳姐弟常有接触,雅努什对沃洛佳的姐姐阿丽亚德娜一见钟情,斯彼哈瓦和奥拉、约齐奥和爱尔日别塔相互之间也产生了恋情。

俄国革命爆发后,雅努什的贵族姐夫被杀,家园被毁,姐姐玛莉亚·比林斯卡带着出生不久的婴儿阿罗同雅努什一起从乌克兰农村逃到敖德萨。敖德萨解放后,雅努什和沃洛佳姐弟虽然参加了革命活动,但对革命缺乏认识,和约齐奥一起参加了波兰军队,和德国人作战,约齐奥在一次战斗中不幸阵亡。1918年波兰独立后,雅努什回到波兰。阿丽亚德娜脱离了革命,和一个白俄军官逃到国外。但雅努什却一直迷恋着阿丽亚德娜,他打听到阿丽亚德娜在巴黎,便立即去找她,这时阿丽亚德娜思想消沉,拒绝雅努什的爱。她后来又被白俄军官抛弃,她感到自己背叛了祖国和革命而十分内疚,进了修道院,最后在痛苦和绝望中自杀。雅努什后来和一个破产庄园主的女儿佐菲结了婚,但妻子生下女儿后又不幸死去。他为了摆脱孤独和绝望,开始去波兰和欧洲各地旅游,还和姐姐玛莉亚·比林斯卡一起到过西班牙,那时正值西班牙爆发反佛朗哥独裁统治的内战,他目睹了"血腥的事件,成批地枪决人、监狱"①和法西斯集中营,遇见了一个秘密革命组织的成员约瑟·A。约瑟是西班牙的巴斯克族人,他向雅努什控诉西班牙人对这个种族的残酷压迫,表示要为巴斯克人的民族独立而斗争。约瑟是一个革命战士,也是一位诗人,曾把古希腊索福克勒斯的悲剧《安提戈涅》翻成巴斯克文,雅努什对他十分敬仰。斯彼哈瓦在第一次世界大战爆发时曾参加毕苏茨基领导的"波兰兵团",波兰独立后又当上了外交部的高级官员。他后来抛弃了敦厚善良的奥拉,爱上了孤傲的玛莉亚,但他出身低贱,始终未能和玛莉亚结婚。奥拉后来嫁给了面包师戈翁贝克,生了三个孩子。

雅努什家老仆的儿子雅内克是共产党员,1939年德国法西斯侵占波兰后,他和他的同志趁战乱之机从监狱逃了出来,准备和德国法西斯战斗,没想到很快就中弹受伤,被救到雅努什居住的普斯泰翁基的小农庄后身亡。雅努什面对残酷的现实,在一些革命青年的影响下投入了祖国的救亡运动。有一次,他奉游击队的命令去通知两个偶然降落在波兰土地上的英国飞行员,让他们赶快逃走。在完成任务回到家后,他就被前来搜查的德国士兵杀害了。斯彼哈瓦参加了国家军,在华沙从事地下工作。奥拉在战乱中和丈夫戈翁贝克失散,丈夫后来到了巴西,她的三个孩子都在战争中牺牲了。奥拉得知戈翁贝克在巴西后,给他写信详述了全家苦难的经历,戈翁贝克在极度悲哀中投海自杀。只有玛莉亚战争期间在国外,她儿子阿罗参加过国家军在国外战斗,直到1947年才回到波兰。他回国后只见

---

① 雅·伊瓦什凯维奇,《名望和光荣》中,易丽君、裴远颖译,外国文学出版社,1986年,第761页。

到奥拉和在他祖母安娜家当过总管的舒什凯维奇。奥拉思念死去的子女,精神上很痛苦,但舒什凯维奇告诉她,在波兰,"一个崭新的时代开始了","这是真正的解放。"①

小说在反映各种人物和家庭的不同经历的同时,真实地展现了那个时代的面貌,揭示了这些人物在历史巨变中的各种心态。例如舒什凯维奇,他是安娜一家忠实的仆人,也是一个搞证券交易的能手。早在第一次世界大战前,他就买了一些证券和股票,大战爆发后,他怕这些证券股票贬值,把它们全部换成了黄金带到莫斯科,存放在一家外国的信贷银行里,却没想到那里的革命政府连外国的资本也没收,舒什凯维奇因此损失了一大笔钱。可战后他又积攒了一些钱,这一次他不仅为自己,也为雅努什和安娜收集了一些证券,可是1930年席卷欧洲和波兰的经济危机又使他的证券利率大大降低,连他自己都搞不清楚这是什么原因。可见社会的大动乱对于像舒什凯维奇这样一个精明能干的经营者来说,有时也是猝不及防和难以应付的。第二次世界大战爆发后,小说虽然没有直接描写德国法西斯大规模进攻波兰的战争场面,但是通过爱韦琳娜·罗伊斯卡一家在普斯泰翁基和附近一带的见闻,从侧面真实地反映了法西斯在1939年9月对波兰来势凶猛的袭击,而波兰从上到下由于没有防备以致造成大溃败的情景。奥拉的大儿子安特克在去普斯泰翁基的途中听到有人说:"所有的人都从华沙逃走了","成群结队的难民沿着索哈切夫公路逃命,大车、大炮、残缺不全的小汽车和步行的人流挤得水泄不通。"罗伊斯卡在普斯泰翁基的别墅院子里也挤满了从华沙等地来的难民和伤兵。一些地方可以听到隆隆炮声,看到德国飞机扔下的炸弹。奥拉的小儿子安德热伊质问曾在外交部任职的斯彼哈瓦:"他们为什么不把真实情况告诉我们?为什么让我们赤手空拳面对敌人?"②罗伊斯卡一家始终听不到华沙的广播,后来他们从白俄罗斯的广播中,听到波兰政府和军队的首领都逃到国外去了。在这种情况下,通往华沙的公路上虽然还有小股波兰军队在阻击敌人,但整体败局已经无法挽回。德军侵占波兰后,到处烧杀抢劫,给波兰人带来了空前的灾难。奥拉在去索哈切夫的途中遇到了一个农妇向她哭诉:"我们整个村子都化成灰烬了。""所有的粮仓全都烧光了,""所有的年轻人都牺牲了。"③这就是1939年9月波兰的惨状。

但作家也看到,波兰国家的领导者虽然逃走了,爱国的人民却没有屈服。安特克和安德热伊参加了国家军的抵抗运动,安特克在战斗中牺牲了。安德热伊和波兰工人党领导的人民近卫军并肩战斗,当他发现自己的表舅瓦莱雷克投靠德国

---

① 雅·伊瓦什凯维奇,《名望和光荣》中,易丽君、裴远颖译,外国文学出版社,1986年,第1565、1566页。
② 同上,第1069、1084、1092页。
③ 雅·伊瓦什凯维奇,《名望和光荣》下,易丽君、裴远颖译,外国文学出版社,1986年,第1180、1181页。

人充当敌人的暗探后,便大义灭亲,将他处死,后来他自己也在华沙起义的战斗中殉难。利莱克出生于一个泥瓦匠家庭,法西斯侵占波兰后,他父亲被抓到德国去做苦工,他参加了波兰工人党领导的反法西斯斗争,在华沙开了一个地下印刷厂,进行反法西斯和波兰民族解放斗争的宣传活动。他对未来充满了希望,认为只要人民团结起来,就一定能赶走纳粹侵略者。后来他的印刷厂被敌人发现,他自己也被敌人杀害了。

小说贯穿了爱国主义的思想主题,尤其是在描写德国法西斯侵略波兰和人民反侵略斗争的有关章节中,反映了人民群众对侵略者的深仇大恨和不畏强暴、敢于战斗的精神。许多年轻的游击战士尽管持不同政治观点,但都是波兰爱国者的杰出代表。因为他们知道,这里的"问题已不在于只是要消灭一个国家,而是要消灭一个民族,这就是德国人的目标"。① 他们在法西斯占领下极其险恶的环境中,在敌我力量悬殊的情况下,团结一致,坚持斗争,付出了流血牺牲的代价,为波兰民族解放事业作出了不朽的贡献。

小说真实反映了波兰近半个世纪的时代面貌,也成功地塑造了一系列个性鲜明的人物形象,其中突出的有雅努什、埃德加尔、斯彼哈瓦、奥拉和戈翁贝克等。雅努什是一位有才华的诗人,他既写诗又懂得音乐;他为人正直,同情革命;他敬仰约瑟因为这个巴斯克人不仅为自己民族的解放而战斗,而且为普及人类优秀的文化遗产做出了贡献。但雅努什却感到自己缺乏约瑟的那种勇气和热情,永远不相信自己能够创造什么,在残酷的斗争现实面前他总是一个旁观者。他有时觉得在这个世界上连自己的位置都找不到,无论在什么地方都有一种孤独和寂寞的感觉。他很害怕自己会变成一个"历史的匆匆过客",实际上,他的一生除了永远伴随着孤独和痛苦之外,几乎一事无成。直到德国法西斯侵占波兰后,因为受到了年轻的爱国志士和革命者的斗争精神的鼓舞,他才认识到了"生的价值",他说:"他浪费了许多年华,而今要开始一种新的生活了。"② 他终于变得坚强起来,面对德国士兵的威胁,丝毫也不害怕。敌人要枪杀他的时候,他甚至不顾一切地从地上拾起一本过去沃洛佳送给他的列宁论托尔斯泰的小册子,以免被敌人损坏,这表现了他对革命的同情。雅努什虽然在孤独和茫然中耗费了大半生,但生命的最后时刻却闪出了耀眼的光辉。如他在 1943 年 10 月写给阿罗的信中,就深刻地指出"三个强国"③也曾经用三种不同的方式推行过同化波兰的政策,结果都是枉费心机,用霸道、野蛮、残忍又愚蠢的方式推行的种族灭绝政策同样也会竹篮打水一场空。④

埃德加尔是一位著名的作曲家,毕生致力于音乐创作,写了大量作品。他平

---

① 雅·伊瓦什凯维奇,《名望和光荣》下,易丽君、裴远颖译,外国文学出版社,1986 年,第 1213 页。
② 同上,第 1444 页。
③ 指沙俄、普鲁士和奥地利在 1795 至 1918 年间曾瓜分和占领波兰。
④ 雅·伊瓦什凯维奇,《名望和光荣》下,易丽君、裴远颖译,外国文学出版社,1986 年,第 1574 页。

日爱读歌德名著《浮士德》，在主人公那"自强不息"的精神感召下，把音乐看成是造福于人类的崇高事业。正如他自己所说："双目失明的浮士德号召死灵们去做他用以造福于人类的事，从此他的事业便千年万载永远不会从大地上消失。"他的作品之所以受到欢迎，正如雅努什所指出的，是因为它们"完全是从我们民族精神的深处产生出来的"，"同我们周围的一切，同我们在这儿生活的环境融为一体了"。① 但埃德加尔并不以此满足，他有时感到名不副实，常常反躬自问，自己的作品到底有没有价值？它们能够流芳百世还是过眼烟云？这种强烈的责任感反给他增添了烦恼，最后甚至使他在劳累和忧郁中死去。

斯彼哈瓦出生于一个贫苦农民的家庭，小时干过农活。最初他只不过是罗伊斯卡家的一个家庭教师，因为参加了"波兰兵团"为波兰国家独立而战，所以波兰独立后很快就当上了外交部的高级官员。斯彼哈瓦和雅努什不同，他有坚强的毅力和进取精神，讲究实际，敢作敢为，不像雅努什那样优柔寡断，但他并不投机取巧。在法西斯侵占波兰后，他又参加了国家军，继续为祖国独立而战。当他听到奥拉的儿子安德热伊因为德国人打败波兰军队而伤心痛哭的时候，更是感慨万分：一是责怪自己对奥拉负心；二是看到奥拉有那些懂得爱国的孩子在她身边一定很幸福，又为自己失去了她而十分遗憾。斯彼哈瓦也很清楚，他是在为一个和他命运休戚相关的资产阶级独立国家而战斗，但他对那些和自己政治观点不同的爱国志士依然很敬仰，如工人党员利莱克牺牲后，他觉得"自己有责任对他表示这最后的敬意，就如同对每个战士一样"。②

奥拉是个心地善良但意志很坚强的女子。在德国法西斯占领波兰的艰难的岁月里，她和丈夫失散之后，一个人带着三个孩子，饱经战乱的痛苦，可从来没有表现过悲观和沮丧的情绪。她对丈夫和孩子的感情很深，几个孩子相继死去引发了她无限的哀思，她很希望丈夫能够回来，和她一道去给孩子扫墓。这个孤苦伶仃的女人晚年由于失去所有的亲人陷入了极大的痛苦。

小说《名望与光荣》就像《农民》和《黑夜与白昼》一样，是一部反映广阔的社会背景、塑造了众多性格鲜明人物形象的巨著。如果说后两部作品是从正面揭示那个时代错综复杂的阶级矛盾和民族矛盾，塑造了一系列典型人物，并力求真实反映波兰社会全貌的话，那么《名望与光荣》则更多的是通过各种人物坎坷曲折的生活经历，从侧面反映他们所处的那个时代，并且以回忆、梦幻和意识流等手法展示他们在社会事变中的不同心态，因此这是一部综合了现实主义和现代主义各种表现手法的成功之作，使波兰长篇史诗创作在艺术上向前迈进了一大步。

在伊瓦什凯维奇的戏剧创作中，《诺昂之夏》(1936)、《假面舞会》(1938)和《天体演化学》(1966)占有重要地位。《诺昂之夏》是一出三幕话剧，写肖邦住在乔

---

① 本段引文均引自雅·伊瓦什凯维奇，《名望和光荣》中，易丽君、裴远颖译，外国文学出版社，1986年，第945、946、955、956、958页。

② 同上，第1347页。

治·桑的宅邸诺昂山庄最后一段时期的生活感受。这位伟大的波兰音乐家和法国著名女作家本是一对好友和情人，关系破裂后，肖邦和乔治·桑一家处得很不融洽，他只好整天待在房间里埋头作曲，可是他的那些为祖国沦亡而悲愤的乐曲并不能为乔治·桑所理解，这使得她对他的钢琴声产生了厌烦。剧作者对男女主人公的不同个性作了生动的描写，指出这一对昔日的情侣正是由于他们民族的命运和他们所接受的文化传统的不同而产生分歧，从而导致了他们的分手。

《假面舞会》写俄国大诗人普希金住在沙皇尼古拉一世皇宫里的一段经历。普希金十分厌恶社交舞会和荣誉，可是他妻子娜塔丽亚却醉心于上流社会的骄奢淫逸，和荷兰王国驻沙皇宫廷公使海克伦的儿子丹特斯有私情，沙皇也向她求爱。普希金对此极为痛恨，他对沙皇说，你打败了波兰还不够，还把我抓到你的皇宫，要让我为你大唱赞歌，可是俄国不是你的，是几千万人的。后来，普希金在大臣拉祖莫夫举行的舞会上遇见了丹特斯，他当即扯下了丹特斯的阿波罗面具，打了他一记耳光。丹特斯要和普希金决斗，在决斗中普希金被打死，沙皇命令马上把普希金入殓，不举行葬礼，路上不许护送，如果有人问给谁送葬，就回答说是个叛逆者。剧本揭露了沙皇宫廷的腐朽黑暗，赞颂了诗人蔑视宫廷和威武不屈的崇高气节与品德。

《天体演化学》写一个诗人为了使自己挚爱的朋友保持青春容貌，永远不老，竟将他毒死，但他此后一直受良心的责备。当他知道死者是他同父异母的兄弟后，再也承受不了内心的折磨，便服毒自杀了。作者要说的是任何人都得对自己的行为负责，犯了罪是逃脱不了应得的惩罚的。

第五节
雷沙尔德·卡普希钦斯基

雷沙尔德·卡普希钦斯基(1932—2007)出生于战前属于白俄罗斯的平斯克城附近一个乡村教师的家庭，1950 年开始在《今天和明天》杂志上发表诗作。1951 年中学毕业后，卡普希钦斯基考上华沙大学语言文学系，后又转入该校历史系，1956 年毕业后，便在华沙《青年旗帜报》当了一名记者，先在波兰国内进行采访，报道 20 世纪 50 年代波兰会主义建设的成就，他发表的《这也是新钢铁厂的情况》受到了表彰。1958 年，他在《政治》周刊担任编辑，从 1962 年开始，十几年内他出国采访过非洲、亚洲和拉丁美洲的许多国家和地区。卡普希钦斯基为什么对这些国家和地区感兴趣，并且要那么长时期不辞辛劳地去进行采访？他在他的报告文学《乱石集》中曾经很诚恳地表示：

我出生在波莱谢①,这是波兰也可以说是欧洲一个最贫穷的地方。我年幼时就被迫离开了我的家乡,之后有差不多40年的时间,我都无法回到我的波莱谢。可正是我对这个朴素的——今天我们说是——不发达的地区的思念,决定了我和世界的关系,因为我愿意到那些贫穷的国家去,那里有我的波莱谢有的东西。作为一个记者,我在选择去瑞士还是去刚果,去巴黎还是去摩加迪沙的时候没有犹豫,因为我去了刚果和摩加迪沙,那是我要去的地方,那里有我的课题。第二个原因是,我在华沙大学历史系毕业后,在我面前也有两个选择,是在一堆历史文档中继续我感兴趣的研究工作,还是去探讨历史形成的过程,了解我们在什么时候创造了历史,历史又在什么时候创造了我们。也是后者更吸引我,因为当时正是20世纪中期,在这个不平凡的特殊时期,诞生了第三世界。

由于他的这种思想和立场和他所认定的来到第三世界的使命,他来到这些国家和地区后,便以新闻报道和报告文学的形式,撰写和出版了一系列的作品,真实地反映了这些国家和地区的社会状况,深入分析了那里的社会矛盾产生的历史原因。如1967年出版的《吉尔吉斯斯坦下马》,反映了当时属于苏联的吉尔吉斯斯坦的社会状况的变化。《如果整个非洲》(1969)对非洲一些国家的社会、政治、文化和宗教信仰和人民的风俗习惯都作了全方位的报道。《卡尔·冯·斯帕蒂为什么会死亡》(1970)和《耶稣肩扛卡宾枪》(1975)写20世纪60年代拉丁美洲一些国家人民广泛开展的游击战争,反对那里的独裁统治,因为后者使人民陷入白色恐怖和极端的贫困。《生命中的另一天》(1976)反映了安哥拉的独立战争、葡萄牙在这个国家的殖民统治的结束以及这个国家随后爆发的内战。《足球战争》(1978)写洪都拉斯和萨尔瓦多因一次世界杯预赛中产生的矛盾而引起的一场战争,使数百人丧生。足球运动在拉丁美洲不仅是一项体育运动,而且也是那里最重要和影响最大的文化活动,一些运动员和球迷为了维护某种荣誉和利益,甚至不顾一切地采取极端的行动,不是自杀就是和对方进行打斗,挑起战争,这种疯狂的行动往往导致极为严重的后果,使人类从文明变为野蛮。《伊朗王中王》(1982)写1978年在伊朗爆发的伊斯兰革命,推翻了巴列维国王的统治。《帝国》(1993)写作者早期和在1989—1991苏联解体期间在这里的见闻,卡普希钦斯基当时到过苏联欧洲部分的一些地方,也到过西伯利亚和高加索,在途中他了解到1986年在乌克兰的切尔诺贝利核电站发生核泄漏,曾造成严重后果;也了解了苏联的政体全盛时期的状况和它后来的解体,尤其是苏联的解体,曾经引起他极大的关注。

卡普希钦斯基的另一部作品《太阳的阴影》(1998)反映了非洲一些国家军阀割据和不同种族之间的自相残杀,揭露了这个大陆上的愚昧和黑暗。他报道第三世界的作品也有许多描写了他去过的非洲的安哥拉、刚果、肯尼亚、南非和拉丁美

---

① 即白俄罗斯平斯克所在的地区。

洲的玻利维亚、尼加拉瓜、洪都拉斯、萨尔瓦多以及位于近东的巴勒斯坦当时蓬勃发展的反殖民主义的民族解放运动,较为真实和全面地反映了这些曾经遭受西方殖民统治的国家的独立运动取得胜利的状况。

卡普希钦斯基最重要的报告文学作品是他在1978年出版的《皇帝》和2004年出版的《与希罗多德一起旅行》。《皇帝》写埃塞俄比亚最后一个皇帝海尔·塞拉西一世(1892—1975)在埃塞俄比亚统治的衰落以及最后被推翻的历史。海尔·塞拉西出生于埃塞俄比亚哈拉尔省的王族家庭,原名塔法里·马康南。他早年由法国传教士授教,1906年入新式学校学习,当时就被任命为萨拉勒总督,1907年任锡达莫总督,1910年又任哈拉尔省总督,1916年发动宫廷政变,自立为埃塞俄比亚佐迪图女皇的摄政王和皇储。摄政期间,他曾去过许多国家访问和考察,革新内政,整顿军队,组织皇家警卫队,创办银行和学校,派遣留学生,聘用欧洲顾问和技师,引进技术,并不断增强他所掌握的权力。1930年女皇佐迪图死后,他加冕为帝,称塞拉西一世。他称帝后,次年就制定了埃塞俄比亚第一部宪法。1935年意大利军入侵埃塞俄比亚,他坚持抗战。后曾出走耶路撒冷,流亡英国,1940年在苏丹组织抵抗运动。1941年5月意军溃败后回国复位。① 1950年后,他开始了战后国家的重建,兴经济,办学校,废除了盛行千年的奴隶制,1971年10月访问过中国。塞拉西一世在1955年颁布的埃塞俄比亚新宪法中,强化了他的皇权地位,实行独裁统治。1960年以后,埃塞俄比亚的经济严重恶化,民怨沸腾。20世纪70年代初埃塞俄比亚爆发大灾荒,饿死了许多人,但塞拉西一世这时不仅没有采取解救措施,反而极力镇压人民的反抗。1974年,全国各阶层人民包括驻军都纷纷起义,成立了临时军政府,宣布永远废黜皇帝,结束埃塞俄比亚君主专制制度。卡普希钦斯基根据他当年在埃塞俄比亚的考察,对这段历史以及海尔·塞拉西的功过有较为全面的了解。他在《皇帝》一书中,以生动的文字介绍了这位20世纪在埃塞俄比亚甚至世界政坛上的显赫人物颇为传奇的一生,他说:

海尔·塞拉西以两种形象出现在大家面前。他的第一个形象是:国际知名人物——作为皇帝颇具有异国情调。但他首先是一位英勇的君主。他精力充沛,不知疲倦;思维敏捷,有深刻的洞察力;面对墨索里尼毫无畏惧,使埃塞俄比亚光复独立。他还恢复了皇权皇位。他致力于自己国家的发展,并在世界事务中起了很大的作用。他的第二个形象形成于国内少部分人渐渐开始对他的批评,那就是他不惜一切代价维护他的君主专制利益。他高于一切,他善于蛊惑人心;搞家长式统治;他用言语和手势掩盖了由他一手提拔和豢养的那些统治阶层精英们的贪污腐化和卑躬屈节。

---

① 《世界历史词典》,上海辞书出版社,1985年,第701页。

放纵那些权贵们在官中贪污受贿……是这个落后制度的庇护人,是他让数百万穷苦人忍饥受饿,遭受苦难。从这一天起,大学生们便开始奋起反抗……这种状况持续了 14 年,直至皇帝被废黜,这场冲突才结束。①

就第一方面来说,海尔·塞拉西首先是一个爱国者,20 世纪 30 年代意大利法西斯入侵埃塞俄比亚,他领导人民奋起抵抗,把侵略者赶出了自己的国土,维护了国家的独立。他作为埃塞俄比亚这个有千年帝制历史传统的皇帝,具有无上的权威。但在 20 世纪中叶,非洲和拉丁美洲一些殖民地国家在民族解放运动中宣布独立后,大都采取了民主和共和政体,埃塞俄比亚的帝制就显得落后于时代的发展了。海尔·塞拉西皇帝这时也"非常了解事态的进程和发展,因此他慷慨大度地要适应发展的形式,了解发展的优势",他和埃塞俄比亚当时"存在的野蛮、残忍、粗暴和黑暗现象作斗争","在他执政之初,就改变了国内盛行的奴隶买卖和奴隶制度,废除了多年来甚至仅仅因为犯了小罪就要剁手砍腿的刑罚。"此外他"还表现出了对改革的雄心壮志。希望在多年后,民众在吃饱喝足后高兴地欢呼"。由于他的改革是多方面的,他曾经常"召集各类人才,其中有规划者、经济学家、金融学家,与他们亲切交谈,向他们提出问题,对他们表示支持"。为了确保改革的实施,他还规定在中央和地方的国家机关里,都"有的人负责规划,有的负责建设、总之,大家开始认真地搞发展"。他还去各地亲自"参加各种开幕式和剪彩仪式。参加新桥建成的剪彩仪式,参加大楼竣工仪式,参加机场落成仪式,还以自己的名字给各种建筑楼房命名"。他尤其"关注新技术的发展和喜欢新鲜事物"。他"是为埃塞俄比亚引进汽车的第一人",并"把电灯引进了我国"。他还大力发展了埃塞俄比亚的文化、通讯和金融事业,"创办了印刷厂,出版发行了我国历史上第一份报刊……命令设立了我们国家的第一家银行并发行国家货币。"卡普希钦斯基认为,在他执政的初期,"他一直是改革和进步的拥护者。"②

但是海尔·塞拉西在他的晚年却失去了他早年改革的进取心,他这时利用他至高无上的权力,聚敛国家的财富,也促使了他身边的官僚显贵贪污腐败之风盛行,"官僚显贵们动用政府的钱建了皇宫,置了财产,出国旅游。皇帝聚敛的财富最多,他最富有。他的年纪越大,就变得越发贪婪,越发贪心不可收拾。"此外,由于海尔·塞拉西的专制独裁,官僚们为了维护自己的利益和地位,相互"之间的明争暗斗十分激烈而又十分危险。他们每天都生活在诚惶诚恐之中,唯恐因没及时向皇帝报告情况,而随时被罢黜丢官"。因此他们不得不竭尽全力地"取悦皇帝,因为皇帝是他们唯一的保护伞。但是他们也明白,皇帝可以用一个手势就结束他们的性命"。这样在宫中就"分成各种派别和集团,他们之间无时无刻不在互相倾

---

① 卡普希钦斯基,《皇帝》,乌兰译,新星出版社,2011 年,第 130、131 页。
② 本段引文出处同上,第 17、68、69、112、113 页。

轧、勾心斗角、互相贬低,这也正是我们仁慈的陛下希望看到的结果",因为他就是以此利用某一派别和集团为自己服务从而保证他的命令得以执行。除了宫廷内部的贪污腐败和勾心斗角之外,遇到灾荒,农田歉收,农民们还"要把自己全部的收成上缴给地主,为此他们才一无所有"。而这时,"运到埃塞俄比亚的外国援助的面粉和食用糖也根本没到贫穷饥饿的人手中……投机商把整个援助物品都囤积在自己的仓库里,抬高物价,中饱私囊。"①

1973年夏天,一位伦敦电视台的记者乔纳森·丁布尔比来埃塞俄比亚,本要拍摄赞美海尔·塞拉西的电影,但他却拍了"北方某省的大饥荒,片子显示数千人因饥饿而死亡,饿殍遍野……皇帝与官僚特权们举行盛大皇室宴会,大摆筵席……我们的飞机从欧洲运来香槟酒、鱼子酱,这个画面旁边则是遍地骨瘦如柴、忍饥挨饿死亡的人们的尸体……君主及仆人从端着的银盘子里拿鲜肉饲喂狗"。这个强烈的对比引起了埃塞俄比亚"广大农民、商人、底层职员、军警、学生,乃至"社会所有的阶层对整个社会现状极大的不满。他们发出公告,说"埃塞俄比亚一直停滞不前,……社会在任何一个角落,或任意一段时间内都没有丝毫的发展。这都是由于显贵们都被自我或裙带利益驱使,不为整个社会谋利造成的。埃塞俄比亚人民一直期盼着贫穷与社会倒退逐渐消退,然而不计其数的承诺却一个都没有兑现"。他们还指责皇帝只是"口头说发展,粉饰太平,但民众却依然挨饿……有人连鞋子都穿不上……只有一小部分人受教育,能读会写,大多数人都是文盲。国家无任何医疗条件,人只要有病就得眼巴巴地等死……处处是文盲和愚昧无知,生灵涂炭……国家到处都是剥削,平民走投无路,贫困潦倒,饥寒交迫",他们强烈"要求还土地于农民,取消一切特权,消除封建主义,实现社会民主"。②

在这种情况下,首先是农民起来造反,他们殴打征税者,绞杀警察,抓皇家亲属,严刑拷打,把他们分尸。而当"贸易部长宣布汽油涨价,出租汽车司机们立即开始罢工。第二天,教师们也开始罢工。同时上街的还有高中的学生,他们砸烂和烧毁了市区的公共汽车。"警察对他们进行镇压,开枪打死了学生。但军队首先是"空军开始暴动,飞机在城市上空盘旋,撒传单,威胁说要轰炸城市……第四师也开始起义,他们包围了首都,要求增加军饷,并要求法院审判各部部长和其他官僚权贵。"经过长时期的战斗,起义者最终取得了胜利。在1974年9月12日早上6点,军队的汽车开进了皇宫。三个军官来到了皇帝的办公室,其中一人对海尔·塞拉西宣读了废黜皇帝的命令:"尽管人民有良好的意愿信任皇帝,把这作为国家统一的象征,海尔·塞拉西却利用自己的威望、尊严和名誉盗用人民的财富为自己谋取私利,结果导致了国家的贫困和衰亡。考虑到他已是82岁的耄耋老人,不能再肩负管理国家的重担,所以自1974年9月12日起宣布废黜他的皇帝

---

① 本段引文均引自卡普希钦斯基,《皇帝》,乌兰译,新星出版社,2011年,第14、15、40、148、149、199页。
② 本段引文出处同上,第141、142、93、114、115页。

职位,由临时军事委员会接管国家的一切事宜!"①一位至高无上的君主从此结束了他的政治生命。

《与希罗多德一起旅行》写的是卡普希钦斯基 1956 年大学毕业后担任《青年旗帜报》的记者时,曾多次出差旅行采访。有几次他到了波兰和捷克斯洛伐克的边境上,想出境到那边去看一看,于是向报社总编提出了出国采访的请求,报社决定派他去印度采访。临行前,总编还送给了他一本古希腊历史学家希罗多德的著作《历史》,以使他旅途不感到寂寞。希罗多德(约公元前 484—约公元前 425)被古罗马作家西塞罗称为"历史之父",他也是一位著名的旅行家,一生中曾广游世界各地,东至两河流域下游,南达埃及,西抵意大利半岛南部及西西里,以及黑海沿岸,其间到处寻访古迹,搜罗各种奇闻逸事。希罗多德晚年潜心撰写《历史》(即《希腊波斯战争史》)一书。该书系西方第一部历史书,叙述西亚、北非及希腊诸地区之历史掌故、山川形势、民族习俗等,最后还写了公元前 478 年爆发的希腊和波斯战争,史料丰富,载录了古代世界 20 余国与地区的概况,如一部小型的百科全书。② 这本书后来一直伴随着卡普希钦斯基走遍了印度、中国和非洲大陆的许多国家,了解了这些国家的社会面貌,见证了这里所发生的各种政治事件。作者一开始就提到希罗多德的《历史》这本书因为描写了科斯林的暴君库普赛洛斯和他的儿子个佩利安多洛斯长达 30 多年的血腥统治,虽然早在 20 世纪 40 年代就被翻译成波兰文,但拖了许多年没有出版,原因是在 50 年代初斯大林逝世前,出版社怕因为它的出版而遭到政治迫害。在卡普希钦斯基看来,"在那个年代,有一种只能意会不能言传的东西一直困扰着人们的思想方法和思维方法,似乎每一个单词都影射着什么……字里行间都深藏着密码和诡诈的阴谋。"③这里说的科斯林暴君当然是影射斯大林,所以在斯大林于 1953 年逝世后,这本书的波兰文译本在 1954 年很快就出版了。卡普希钦斯基还说:后来苏联作家爱伦堡的作品《解冻》也出版了,由于有了一个较为宽松的政治气氛,便开始了一个"文学新世纪"。

卡普希钦斯基得到希罗多德的这本书后,他了解到"希罗多德的出行是有目的的旅行,是想通过这种方式,去了解世界及其民众。了解这一切,是为了今后能书写他们,记录他们……使希腊人和异邦人的那些值得赞叹的丰功伟绩不至失去光彩"。而且他这本书不仅是一部历史著作,它也具有报告文学的性质,因此卡普希钦斯基也像希罗多德一样,他去亚洲,首先是要去了解那里的历史传统和风土人情,把这些都记录下来,和他的读者分享,让他们永远铭记。于是他带着希罗多德的这本书,马上来到了印度的新德里,但他一开始就看到了这里的贫穷和落后,在一个小广场上,一大早就聚集了许多"佝偻着背、骨瘦如柴、一脸皱纹、满目沧桑、两腿细得像根硬硬的铁棍、青筋暴起的人力车夫"。他们见到外国来的这个

---

① 本段引文均引自卡普希钦斯基,《皇帝》,乌兰译,新星出版社,2011 年,第 155、156、200 页。
② 《世界历史词典》,上海辞书出版社,1985 年,第 325、326 页。
③ 卡普希钦斯基,《与希罗多德一起旅行》,乌兰译,人民文学出版社,2009 年,第 4 页。

"老爷",马上就围了上来,"苦苦哀求"要"我"坐他们的车,有时为了"我"能坐上他们的车,他们相互之间还打斗起来,然而他们这都是为了挣钱糊口,"我"虽然视他们为"同胞兄弟"和"亲朋骨肉"但"我"却没有坐他们的车,因为"我"不愿成为"榨取别人血汗的吸血鬼……为此我感到自豪"。当时埃及总统纳赛尔要将苏伊士运河收归国有,引起了英国和法国的武装干预,爆发了战争,运河被封锁。"我"回不去,只好继续留在印度,决定去各地旅游,这期间"我"也看到了通往恒河边的"道路十分狭窄,空气污浊、肮脏不堪,一路上到处是成群结队的乞丐,他们令人厌恶地挤进朝圣的队伍"。在一个火车站上,"殖民地时代的老式车厢颤抖得很厉害,晃得人东倒西歪,火车还发出隆隆的噪声。甚至还得淋着从窗外溅进来的雨水,因为窗户根本无法关上。""这里的人们一贫如洗,而这个数目又如此庞大。"这些穷人"瘦得皮包骨头,浑身湿透,却又任凭雨水浇打,一动不动……那是因为根本无法找到任何可以遮蔽身体的东西"。①

但卡普希钦斯基也了解到印度是一个有着悠久文明传统的国家,在它"四千年不间断的哲学存在和发展中,印度哲学逐步发展成一种无边无际的和无限的哲学体系……在物质需求和神秘主义现象之间的分水岭是不固定的,也是转瞬即变的,你中有我,我中有你……"印度的宗教如印度教"有着数不清的神、神话和信仰。有数百个形形色色的理论派别、学派和宗教流派,有数十种皈依方式,道德规范、净化方式和禁欲规定"。可是它当时和伊斯兰教的冲突"不仅导致了数十万人或者说数百万人在战争中丧生,还使数百万人沦为难民……在希尔达白火车站周围苟延残喘,最终饿死,病死"。卡普希钦斯基还提到了印度拉玛查拉卡的《瑜伽气功》,里面介绍了瑜伽健身的理论和锻炼呼吸的方法。他认为1913年诺贝尔奖获得者泰戈尔"与歌德、卢梭齐名",源于三千年前的《奥义书》则是一部印度哲学的韵文。卡普希钦斯基这时也想到了希罗多德,他不敢肯定希罗多德是否到过印度,但他从《历史》中了解到"当时的印度正是这个强大的帝国——波斯帝国的一个人口最稠密的省份之一。"总之,"印度幅员辽阔,各种差异明显;贫富差距悬殊,神秘莫测,不可思议,这一切曾经让我着迷,令我震颤。"②

1957年秋天,正当卡普希钦斯基专心致志于印度这个国家的"丰富内涵"的研究的时候,他又被《青年旗帜报》编辑部派遣去了中国。他在北京受到了《中国青年报》同行的友好接待,认为这体现了毛泽东百花齐放的政策,要和别人合作,互相交流经验。他说:"中国是个伟大的国家",他要去"参观和采访许多许多地方","搜集资料,撰写报道,发表文章,顺便好好学习中文",他还读过《毛泽东选集》中关于长征和抗日游击战争的论述。他读过《庄子》,认为"庄子崇尚道家,蔑视一切物欲",这和《圣经·旧约》中的《传道书》的思想观点一致。老子崇尚虚无

---

① 本段引文均引自卡普希钦斯基,《与希罗多德一起旅行》,乌兰译,人民文学出版社,2009年,第19、20、26、30、84页。

② 本段引文出处同上,第44、45、31、39、43页。

恬淡，清心寡欲，要远离众生，去做一个真正的遁世者。孔子则认为"人既然降生在这个社会，那么他们对这个社会就应该承担责任……要听从长官的意志，孝顺父母。换言之，就是尊敬长辈和恪守传统。要墨守成规，严格遵守一切道德规范以及现有的一切秩序，不要试图去改变这一切"。唐朝诗人"韩愈是儒教的支持者，他抵制和反对来自外域的印度宗教——佛教思想，他撰写了大量的批判佛教的文章和激扬的诗篇并编成书籍。这位癫狂的伟大诗人之举激怒了当时支持佛教的皇帝，皇帝先判处韩愈死刑，在众多大臣的请命之下，他作出改判的决定，把韩愈流放到今属中国的广东地区，当时那一带鳄鱼遍布"。卡普希钦斯基认为中国的长城"是无与伦比的，几乎是神话般、深不可测的一个创举。中国人用了两千多年的时间，时续时断地修筑长城。他们开始建造长城的时候，佛祖和希罗多德都还在世，他们建筑长城的进程中，在欧洲出现了达·芬奇，提香（意大利画家）和巴赫"这样的世界文化名人。长城也是"中国的纹章和盾牌，因为这个国家千余年来就是一个四处都建有围墙的国家"。长城"是精神的防护城墙……它是世界的奇迹之一。与此同时也暴露了人类的弱点，是人类畸形发展的佐证，是一个可怕的历史错误。这只能证明，生活在我们这个星球上的人类不能互相谅解，不会坐到一个圆桌旁共商怎样合理利用人类巨大的资源和智慧"。①

在卡普希钦斯基看来，中国人和印度人也有很大的不同，在印度，"虔诚的信徒们匆匆行走在每条大街小巷之中，朝圣的队伍纷纷涌进大大小小寺院和庙宇——在这神的所在地，成群结队的人们集结在神山脚下，在神河中沐浴净身，在神火燃烧的柴堆上举行天葬。然而中国人给我的印象却是，朴实谨慎，不露声色。他们没有闲暇进寺院寺庙，因为他们得诚恳地去实践毛主席的教导，他们要用严格恪守各种规定的行为代替拜神，要用生产队辛勤劳动代替朝圣。"他看到后来"毛泽东又宣布要开展一场新的运动，'百花齐放'的方针已经不再提了，他提出当前的主要任务是完成对知识分子的改造，指的是那些会读书会写文章的人（突然间这些人好像成了一种负担），要把他们下放到农村去，拿起锄头种地或者去开挖水渠（灌溉农田用的），以便他们能摒弃自由主义的思想，深入到无产阶级农民的实际生活之中去"。总之，中国的历史、文化之"深邃、厚重、丰富、复杂而又呈多样性"使这位波兰作家和记者深感，"即使我能弄懂一点皮毛，即使我可以做到一知半解，也需要耗费我毕生的精力。"②

卡普希钦斯基在去非洲旅游的一些国家里，看到埃及的男女是不平等的。"妇女永远不能担任男神或女神的祭司，但男子则可以担任。除非出于自愿，男子不承担扶养双亲的义务，但女子无论她们愿意还是不愿意，她们必须承担起扶养双亲的责任和义务。"在坦桑尼亚的首都达累斯萨拉姆他还看见了"不断有成千上

---

① 本段引文均引自卡普希钦斯基，《与希罗多德一起旅行》，乌兰译，人民文学出版社，2009年，第57、61、62、63、71、74页。

② 本段引文出处同上，第69、106、75页。

万的中国人来到这里,他们是一些参加修建坦桑尼亚—赞比亚铁路的建设者"这说明中国对于世界上的弱小民族的发展,是尽全力地予以帮扶的。他从希罗多德的著作中也了解到,埃及的历史比希腊早好几千年,希腊的诸神源于埃及,在希罗多德那个时代多种文化并存,它们之间有差异,有冲突,但也互相交流、借鉴和补充,而如今它们已互相融合了。波斯国王大流士和他的儿子克谢尔克谢斯征讨希腊最后失败,"他要称霸全世界和统治全人类的梦幻彻底破灭了。"[①]这里充分暴露了人类的野蛮和自相残杀。

但是卡普希钦斯基对当今世界总的形势的估计是乐观的,他认为:第一、第二次世界大战后我们生活在一个和平的环境中,虽然在一些国家和地区的内部还有冲突和战乱,但在全世界范围内,冷战时代已结束,有百分之九十九的居民享受着和平生活。如果哪个地区发生冲突,国际社会也尽力给予调停和制止,这是我们一个正确的选择。第二、专制主义和独裁已经成为过去,今天世界总的趋势是对民主的向往,但是真正的民主要建立在高度发展的文化水平上。第三、由于人类科学和技术的飞速发展,我们无法也不用想象人类将来在生理和思想精神上的发展会达到一个什么境界。

像卡普希钦斯基这样能够对当今世界形势作出正确的判断,并且创作和出版了一系列真实反映世界各国特别是亚洲和非洲一些发展中国家的历史和现状的报告文学作品,不仅在波兰文学史上是空前的,而且在世界各国的读者中都产生了广泛的影响,因此他曾多次获得诺贝尔文学奖的提名。此外,卡普希钦斯基一生所到过的世界各国的一些地方,特别是非洲和拉丁美洲的一些国家,20世纪中叶由于民族解放运动的兴起,正处于社会转型的时期。这些国家的政治斗争非常尖锐和复杂,卡普希钦斯基去那里旅游和采访,有时要冒着很多危险甚至生命危险,因此他所记录的这些信息也显得十分珍贵。

第六节
其他重要的作家

除了雅罗斯瓦夫·伊瓦什凯维奇和雷沙尔德·卡普希钦斯基外,其他重要的作家还有耶日·安杰耶夫斯基、塔杜施·博罗夫斯基、卡齐米日·布兰迪斯、伊戈尔·内维尔莱、博赫丹·切什科、罗曼·布拉特内、耶日·普特拉门特、沃伊切

[①] 以上引文均见卡普希钦斯基,《与希罗多德一起旅行》,乌兰译,人民文学出版社,2009年,第113、114、228、241页。

赫·茹克罗夫斯基、塔杜施·孔维茨基和斯坦尼斯瓦夫·莱姆等。

耶日·安杰耶夫斯基(1909—1983)生于华沙,1927—1931年在华沙大学波兰语言文学系学习。他20世纪30年代的作品有短篇小说集《必由之路》和长篇小说《心灵的和谐》(1938)。德国法西斯侵占波兰后,他参加了秘密宣传波兰文化的活动,战后初期住在克拉科夫,发表了中短篇小说集《黑夜》(1945)和长篇小说《灰烬与钻石》(1948)。1950—1952年安杰耶夫斯基任波兰作家协会中央理事会副主席,1952年后定居华沙,任《文化评论》周刊主编。此后的作品有短篇小说集《金色的狐狸》(1955)、《好似树林》(1959)、长篇小说《黑暗笼罩着大地》(1957)、《天堂大门》(1960)、《在山间跳跃行进》(1963)、《捣得稀巴烂》(1970)、文艺理论著作《党和作家的创作》(1952)和回忆录《赠给马尔钦的一本书》(1954)等。

安杰耶夫斯基20世纪30年代的作品大都从宏观的视角反映生与死以及罪恶和伦理道德这些永恒的问题。作者在揭露人世间各种罪恶现象的同时,要求人们通过宗教信仰来实现道德上的自我完善。《黑夜》是在纳粹法西斯占领波兰时期写的,主要描写法西斯匪徒屠杀无辜的滔天罪恶和被压迫者的反抗。如收在其中的中篇小说《苦难的一周》[①]写于1943年冬,华沙犹太区反法西斯起义失败不久。故事开始于战前,波兰建筑工程师马列茨基爱上波兰籍犹太姑娘伊莲娜。法西斯侵占波兰后,马列茨基害怕伊莲娜的犹太出身连累自己,便和她逐渐疏远,抛弃她后,和另外一个叫安娜的女子结了婚。1942年,法西斯颁布根绝犹太种族的法令,迫使华沙犹太人在1943年举行武装暴动。马列茨基遇到了伊莲娜,知道她父母都被法西斯匪徒杀害了,她自己处境也十分危险。出于对伊莲娜的同情,他把她藏在自己家里,后来因为害怕,又叫她到他女友费拉那里去藏身。可是费拉现在爱上了一个法西斯分子,马列茨基去找她时,在她家里遇上了两个法西斯匪徒,他们杀害了费拉,也把他枪杀了。这天下午,马列茨基住所楼底下一个流氓强奸伊莲娜未遂,安娜不问青红皂白,反把她拉到人群当中,骂她是婊子。小说没有交待伊莲娜以后的情况,既然她在人群中暴露了自己的犹太人身份,她的结局可想而知。小说没有从正面描写犹太人的反抗斗争,但它通过主要人物的对话,反映了法西斯疯狂镇压犹太人起义的经过。伊莲娜对马列茨基说:"那一天晚上,一个盖世太保的特警队来到最近的一座小城阿巴洛夫,便开始了对那里的犹太人的屠杀。""42年的夏天,德国人要消灭犹太区,便在全国的土地上,开始了对犹太人的大屠杀。"有的地方,法西斯匪徒还用煤气把犹太人集体杀害。安娜说,一个波兰人因为家里藏了一个犹太人,他全家五口都被杀害了。不论犹太人还是波兰人都生活在一个血腥恐怖的环境中,这对每个正直的人来说,都是一个严重的考验。被认为是"自由进步分子"的马列茨基虽然同情犹太姑娘的不幸,可是当他面临生

[①] 这个作品名称按原文直译为《伟大的一周》,但它反映的是第二次世界大战期间,波兰人民和犹太人在德国法西斯压迫下遭受的苦难,所以中文译者有时也把它翻译成《苦难的一周》。

死考验时,却不能牺牲自己去保护一个遭受迫害的无辜者。他的妻子安娜也对犹太人的"命运"表示过同情,认为"犹太人是世上所有的民族和部落中的遭遇最惨的",而且她的父亲也被德国人杀害了,但她又认为犹太人是反基督的,所以她说:"不管是谁,只要不是基督教徒,都会对犹太人这样惨绝人寰的不幸感到惊心动魄,表示极大的同情……要尽一切努力,为减轻他们的痛苦,去做点什么。"①她对伊莲娜的态度就是这样。马列茨基的弟弟尤列克不仅同情犹太人的不幸,而且采取了行动,当他知道犹太区爆发起义后,马上组织了一个50人的队伍,去支援犹太人的斗争。他认为犹太人的斗争就是自己的斗争,同样遭受德国法西斯奴役和压迫的波兰和犹太这两个民族的斗争目标是一致的。

《灰烬与钻石》是安杰耶夫斯基的主要作品,故事发生在1945年5月6—9日,省城奥斯特罗维茨从纳粹统治下刚刚获得解放,人民政权建立不久,社会矛盾尖锐复杂。战争期间伦敦流亡政府的国家军参加过反法西斯战斗,领导了华沙起义,可是战后一部分人不适应新的社会环境,而政府又要求他们登记入册,因此他们对新生政权产生了敌对情绪。原来的贵族和资产阶级也对新的社会制度表示怀疑和不信任。就连在战前一部分曾为人民波兰而奋斗的革命者中,也有人认为波兰有可能受到苏联的威胁,就像过去沙皇时代那样,因而为民族的前途担忧。波兰工人党奥斯特罗维茨省委书记斯泰凡·什楚卡是个正直的老共产党员,战时被关在法西斯集中营,他妻子在集中营被纳粹匪徒杀害。正当奥斯特罗维茨市民在街上听到德国法西斯宣布投降消息的时候,他乘车走过的一条道路上,突然发现两个工人党的活动家被杀害了。凶手马切克·赫乌米茨基是战后留下来的一批年轻的国家军分子组成的暗杀集团的成员,这个集团本来要谋杀省委书记什楚卡,因为这两个工人党活动家乘坐的车子和什楚卡的车子相像,被他们误杀。可是过了两天,什楚卡去送葬时,还是被跟踪他的赫乌米茨基在一个毕苏茨基的"波兰兵团"战士的坟墓前杀害了。什楚卡被害后,凶手随即被巡逻的民警打死。作者对这个暗杀集团并没有作简单化的描写。包括耶日·什列泰尔、安杰伊·科塞茨基和他的弟弟阿列克·科塞茨基、马切克·赫乌米茨基、马尔钦·博古茨基和雅努什·科托维奇等人在内的集团成员在法西斯占领时期有的参加过反法西斯抵抗运动,有的被关在集中营。赫乌米茨基不仅参加过反法西斯战斗,而且他父亲在战争一开始就被德国人杀害,母亲也战死在华沙起义中。他杀人带有一定的盲目性。一个集团成员对赫乌米茨基说,一个战士的职责就是服从命令,不管杀得对不对,重要的是服从。赫乌米茨基当时正在爱恋着莫诺波尔餐厅的女服务员克雷斯蒂娜,他一心想开始新的生活,当他被指派去枪杀什楚卡的时候,自己也不明白为什么要杀他,但他不得不这么去做。这说明他已身不由己,一个战时的英

---

① 本段引文的原文均引自耶日·安杰耶夫斯基,《好似树林——1933—1985年间的短篇小说》,国家出版机关,华沙,1959年,第230、269、277页。

雄,现在成了杀人犯。

作者是站在维护新生政权一边的。在他看来,除了战后初期的政治斗争可能危害新生政权的巩固之外,政府机关的官僚主义和其他腐败现象对于这个政权的巩固也是很不利的。例如书中所描写的一些达官贵人常在莫诺波尔餐厅举行酒会,相互之间收受贿赂、吹捧和拉拢关系,就是这种情况的突出表现。赫乌米茨基在杀害什楚卡前,在那个毕苏茨基的"波兰兵团"战士的坟墓上发现了刻在上面的一首波兰19世纪诗人齐普里扬·诺尔维德的诗,诗中问道:"大火焚烧过后留下了灰烬,是否也留下了光芒四射的钻石?"[①]小说的题目就是由此而来。它向读者提出一个问题:波兰爱国志士和革命者用鲜血换来了一个新的社会环境,其中什么是战火留下的灰烬?什么是钻石?这颗民族的钻石能否不被国内外敌对势力损坏而永远保持它的完美?小说深刻地揭露了波兰国内错综复杂的阶级矛盾,也预示了波兰战后发展的前景。早在20世纪50年代初它就被改编成电影搬上银幕,成为战后最受欢迎的影片之一,而小说也被公认为波兰战后现实主义经典作品之一。

在《党和作家的创作》这部著作中,安杰耶夫斯基充分表明了他当时拥护社会主义现实主义创作方法的态度。他认为,"我们的文学应当成为一种巨大的积极力量,促进资本主义社会基础向社会主义的转变。"[②]在他的理论中,甚至不乏从苏联搬来的教条。由此可见,他在《灰烬与钻石》中,虽已指出波兰可能受到国外势力,特别是苏联的干涉,但在1949年以后,他也不可能脱离当时的政治倾向和社会潮流,他的这部著作在波兰文艺界曾产生很大的影响。几年之后,由于波兰文艺界对社会主义文学理解比较广泛,并且有人表示反对社会主义现实主义的创作方法,安杰耶夫斯基在以后的创作中开拓了新的题材。如小说《金色的狐狸》写两个小兄弟。弟弟乌卡什对父母和哥哥格热什说,他家的柜子里有个金狐狸,他见到过它,和它说过话,很喜欢它,可是哥哥不相信。有一次,格热什的女友艾米尔卡来到他家,乌卡什便恶作剧地把她锁在柜子里,要让她看看里面的金狐狸。他父母便对他说,一个孩子有美好的幻想说明他很聪明,但一切要从实际出发。乌卡什听后打开柜门,发现里面什么也没有,这才恍然大悟,原来自己过去一直沉浸在幻想中。小说是从儿童的心理角度反映世界,带有天真烂漫的色彩。

1956年以后,安杰耶夫斯基和许多作家一样,在思想上产生了很大变化,他的后期作品大都侧重于揭露社会阴暗面。小说《黑暗笼罩着大地》和《天堂大门》写的都是历史题材,意在影射专制政体压制人们的独立思考,揭露宣扬"高尚思想道德"的虚伪性。长篇小说《申诉》创作于60年代中期,写一个精神病人,他总觉得自己犯了罪,被警方追捕而无处逃生。小说由于涉及了某些社会背景,因此在

[①] 转引自张振辉,《20世纪波兰文学史》,青岛出版社,1998年,第242页。
[②] 同上,第243页。

波兰被禁止出版,1968 年出版于巴黎。

《捣得稀巴烂》的故事发生在 1970 年 3 月和 4 月间,写一位著名演员在苹果园里举行婚礼,参加婚礼的有文艺界、科学界和政界的名流。这些人讲述自己的经历,发表对政局的看法。有的人战前和战争时期一直住在苏联,记得战争时期的卡廷事件,数万名波兰军官在苏联被无辜杀害;有的人谈到 1968 年华沙知识界如何抗议禁演《先人祭》,反对以反犹太复国主义为名的排犹斗争。在一些章节中,作者还脱离故事情节,以读书札记和日记的形式发表对过去和当前的政治形势以及文艺问题的看法。这部小说采取了小说加政论的形式,和马赫的《黑海滨的群山》有相似之处。该小说由于触及了波兰现实中一些比较尖锐的问题,最初在地下出版,1981 年在伦敦波兰侨民出版机构公开出版,并引起了强烈的反响。1982 年经作者同意作了一些删改,该作品才由波兰国家出版社公开出版。

塔杜施·博罗夫斯基(1922—1951)出生于乌克兰的日托米尔一个工人家庭,1933 年随父母从乌克兰迁居华沙,在这里上中学,由于家境贫寒,不得不一边学习,一边去富人家当家庭教师,以挣钱糊口。但他的贫寒出身和在苏联的一段经历,使他很早就接受了革命思想。1940 年他中学毕业后,在华沙布拉格区一个建筑公司里当过工人、仓库管理员和门卫。他利用下班空闲,在秘密开办的华沙大学波兰语言文学系深造,后来又和一些爱国志士创办的刊物《道路》取得联系,参加了在青年中宣传和普及波兰文化的工作。1943 年 2 月 24 日他被德国秘密警察逮捕,关在奥斯威辛集中营,由于当上了集中营的卫生员,才幸免于难。1944 年,他又被转移到了纳茨威勒集中营、道特梅尔根和达豪—阿拉赫集中营,1945 年 5 月初被美军解放,才获得了自由。随后他在慕尼黑城郊的弗赖曼参加了一个为救济从法西斯集中营获得自由的难民而设立的组织,帮助他们寻找失散的家属,直到 1946 年 6 月才回到波兰。他在华沙大学波兰语言文学系毕业后,曾先后在《青年世界》、《一代人》和《潮流》月刊做编辑工作,1949—1951 年间在柏林的国际报刊信息中心波兰局工作,1950 年参加过华沙《新文化》周刊的编辑工作。

博罗夫斯基早在占领时期就开始创作,最初写诗,处女作《不论何方的土地》于 1942 年发表在秘密刊物上,反映了战争时期一代人的苦难经历。诗人目睹成千上万的无辜者被刽子手屠杀,把他的愤怒和悲哀全倾诉在诗集《潮流的名字》(1945)中。

博罗夫斯基主要从事小说创作。他的小说充分揭露了战时纳粹法西斯集中营对各国人民的屠杀和残害。在 1948 年发表的两部短篇小说集《告别玛丽亚》和《石头世界》中,他因为对这一切有亲身经历,所以他对他在集中营所见到的一切的描写显得客观和真实,使读者感到身临其境,如在谈到德国法西斯最大的集中营奥斯威辛时,他说这里"把马厩变成了五百人住的舒适住宅"。"牢房狭小,低矮。昏暗中,这地窖墙上的湿气水珠发出闪光。""肮脏而扭曲的门上布满了用小刀刻出来的日期和名字",这说明那些被法西斯匪徒抓到这里来的人,一进到集中营就要登记他们的名字和他们进来的时间。他们想要逃跑是根本不可能的,因为"水沟那一边有警戒线,看守有权对人开枪射击。打死一个人放三天假,奖金五马克"。在战争期间,法西斯匪徒会不断地把那些犹太人、波兰人以及来自各国的反法西斯战士以及德军的俘虏甚至普通老百姓送到奥斯威辛,如在《女士们先生们,请进毒气室》这个短篇中,作者描写被法西斯匪徒抓获的受害者被用火车运往奥斯威辛集中营,而其中有不少人在前往集中营的途中,就已被折磨死了。作者在法西斯运囚徒的一些火车上,见到过许多囚徒的尸体。来到集中营后,一部分年轻人被强迫去服苦役,在营房里,"他们八九个人挤在一张三层木床上,赤裸着身子躺着,骨瘦如柴,散发出汗味和屎尿臭气,面颊深陷。"另一部分人被毒死在毒气室里,尸体放在焚尸炉里烧掉。"这样的输送一周又一周、一月又一月、一年又一年地延续着,到战争结束的时候,会有人计算一共焚烧了多少人的。四百五十万。这是战争中最血腥的战役。"作者还不无讽刺地说,这"是团结一致、同心协力的德国的最最伟大的胜利。一个帝国,一个民族,一个元首和四座焚尸炉。而且,在奥斯威辛,还要新建十六座,总体功率是每天焚烧五万人。集中营也正在扩建,通上高压电流的铁丝网非扩展到维斯瓦河不可,可以容纳三十万穿条带囚服的囚徒,可以冠以'囚徒城'的大名"。这里"既烧犹太人,也烧波兰人,还烧俄国人,大批的人会从东方、西方、大陆、海岛上源源不断地被输送到这里来"。此外还有一些人被送到德国去做苦工,他们重建了被战火毁掉的德国城市,耕耘了荒芜的土地,可是等到他们"被这种苦役折磨得筋疲力尽的时候,毒气室的大门就会向他们自动打开"。奥斯威辛集中营不仅"是战争的最血腥的战役,而且也是一个巨大的转运站,从被虐杀的牺牲品身上抢劫的物品被输送到了第三帝国",[①]其中包括受害者们的各种行李物品和纸币、黄金和手表等,这些东西在集中营里堆积如山,所以法西斯分子不仅在奥斯威辛屠杀了数以百万计的无辜的人们,而且他们的帝国也是在这些无辜者的血泪和尸骨上建立起来的。

除了《告别玛丽亚》和《石头世界》,还有一些作品也接触了集中营的题材,其中有的写于法西斯占领波兰时期,有的写于战后。作者对法西斯集中营的描绘,字里行间透出了他对那些灭绝人性的滔天罪恶的强烈义愤,但是他也看到,那些受难者在死亡面前的表现是不同的。如在小说《哈尔梅哲的一天》中,由于法西斯匪徒的压迫和残害,每个受难者都在为自己的生存而挣扎,集中营里最普遍的是饥饿。在饥饿的威胁下,甚至发生人吃人这种野蛮残忍的现象。还有一些卖身投靠法西斯的叛徒,他们向看守们献媚讨好,甚至出卖自己的妻儿和朋友,想从法西斯匪徒那里讨得一个监工的职务。只要当上了集中营的监工,就对自己过去的难友作威作福,变成法西斯的走狗。可是在《教授和学生们》中,主人公"我"回忆了

[①] 本段引文均引自塔杜施·博罗夫斯基,《石头世界》,杨德友译,花城出版社,2012年,第72、33、57、79、307页。

1940 年在秘密的华沙大学学习时的情形,大学里只有八个学生,两男六女。但学习的课程很多,有哲学、文学、逻辑、法律、社会学、建筑学和神学,学生们有时还和教授一起讨论托马斯主义和共产主义。这是他们同毁灭人类文明的法西斯进行斗争的一种形式,也是为了他们毕业后能够成为对祖国有用的人才。这说明他们坚信波兰一定能够战胜法西斯,获得自由解放。

博罗夫斯基的小说在反映集中营方面,在波兰战后的作品中是首屈一指的。可是他的作品发表后,却引起了不同的反响。波兰天主教会的读者指责他过于赤裸裸地暴露人的罪孽和丑恶,认为不符合宗教宽厚仁慈的精神。有的评论家认为他的小说充满了自然主义描写,在艺术上有不足之处。但著名诗人切斯瓦夫·米沃什却对博罗夫斯基的作品作了很高的评价:

> 我读了许多描写集中营的书,可是没有一本像贝塔①的短篇小说那么激动人心。……贝塔小说中的人是赤裸裸的,他们失去了良好的情感,这种良好的情感只有当文明习惯存在时才能存在。②

这就清楚地说明了博罗夫斯基小说的价值,它指出了 20 世纪人类一切罪恶的根源都来自野蛮残暴的法西斯主义。在博罗夫斯基看来,这种野蛮残酷的产生除了现实根源外,还有它的历史根源,在《告别玛丽亚》中的短篇《在我们的奥斯威辛》中,他将集中营比作古希腊罗马的奴隶制压迫,认为法西斯罪恶是古代奴隶社会罪恶的延伸,柏拉图的理想国"在说谎",这种说法当然不一定确切,但法西斯的凶残暴戾比古代奴隶主有过之而无不及。博罗夫斯基的小说除了揭露罪恶和背叛,在他的笔下,集中营里的人们还没有失去对美好事物的向往。如《在我们的奥斯威辛》的主人公说他将来回到自己的家乡,在书架上就会看他新出版的诗集,这是描写爱情的诗,这些诗是他被法西斯拘捕时写的,这是他的胜利。诗集如果出版了,是他战时最珍贵的纪念品。除了这些美好的向往,还有不少受难者在和刽子手们进行殊死的斗争。在《希灵之死》这个短篇中,一群裸身女人被法西斯看守赶去洗热水澡,士兵希灵走到一个女人跟前想侮辱她。她一怒之下,便在地上抓起一把沙子撒在他的眼睛里。希灵当即拔出手枪要打死她,结果反被她夺过手枪,打倒在地上。作者寥寥数笔,就刻画出一个机智勇敢、不畏强暴的英雄形象。另一次,犹太人为了不让法西斯党卫军枪杀他们,举行了大规模暴动,他们烧毁了焚尸炉,捣毁铁丝网,想要逃走,遭到了党卫军的血腥镇压,结果他们除了一人侥幸逃走外,其余的全都被杀害了。犹太人的斗争虽然失败,但他们在世界民族解放斗争史上谱写了一曲最悲壮的英雄赞歌,而法西斯灭绝人性的暴行将被永远钉

---

① 即塔杜施·博罗夫斯基。
② 转引自张振辉,《20 世纪波兰文学史》,青岛出版社,1998 年,第 246 页。

在历史的耻辱柱上。博罗夫斯基的小说在波兰战后文学中，以其独特的形式，最真实、最深刻地反映了波兰被法西斯占领时期的社会状况，尤其是集中营这种最具时代特征的现象，因此他的小说不仅是优秀的文学作品，也是一份珍贵的历史文献。

卡齐米日·布兰迪斯(1916—2000)生于罗兹，1934—1938年在华沙大学攻读法律，战争期间在华沙度过，1945—1950年在《熔炉》周刊担任编辑，后一直在《新文化》周刊编辑部工作。他是战后成长起来的著名作家，作品数量很多，曾经产生很大影响。1946年他在《熔炉》周刊工作时，就连续发表了两部长篇小说《不屈的城》和《木马》，从此登上文坛。《不屈的城》描写华沙被占领后长期坚持反法西斯斗争的英雄历史，各阶层的人们在这场维护民族独立的伟大斗争中，献出了宝贵的生命。《木马》中的情况正好相反，主人公"我"是一个青年知识分子，一个美学家，虽生活在被占领的环境中，却只关心自己的美好感情，从来不把民族的命运放在心上，直到最后也没有脱离个人的小圈子。这和那些为拯救祖国于危亡而英勇战斗的爱国者形成了鲜明的对比。

在20世纪40年代到50年代初，布兰迪斯发表了长篇小说四部曲《两次大战之间》，包括《参孙》(1948)、《安提戈涅》(1948)、《不设防的特洛伊》(1949)和《不死的人》(1951)。《参孙》写一个犹太青年知识分子雅库布·戈尔德，在20世纪30年代因为反抗种族歧视而杀了人，被投入监狱。他在监狱里结识了几个革命者，纳粹法西斯占领波兰后，他们一起参加了保卫华沙的战斗，最后英勇牺牲。《安提戈涅》的主人公克萨维雷·斯托莱伊是一个国际骗子，勾结法西斯做投机买卖，大发横财，成了暴发户。《不设防的特洛伊》中有两个人物，一个是斯托莱伊的儿子尤里安·沙尔莱，他在战争期间来到巴黎，表示站在伦敦流亡政府一边。另一个是《参孙》中戈尔德在监狱里认识的一个革命者华斯拉·潘克拉特，他在西班牙参加过反法西斯战争，决心为被压迫人民的自由解放而奋斗一生。《不死的人》中的主角托洛是斯托莱伊的小儿子，他走了一条和父兄不同的人生道路，占领时期参加国家军，和纳粹法西斯进行了英勇的战斗，战后又加入波兰工人党，在某党委会宣传部当了一名司机。波兰的铁路在战争年代遭到了严重的破坏，汽车成了国内最重要的交通运输工具。但各地土匪横行，甚至勾结国外的敌对势力制造恐怖袭击，破坏公路运输，托洛每完成一次运输任务都要冒生命危险，但他在艰难的环境中得到了锻炼，成了一名祖国人民的忠诚战士。小说《两次大战之间》揭露了20世纪30年代的社会黑暗，指出了在各种政治力量斗争的环境中，知识分子是没有中间道路可走的，他们只有投身到民族解放的伟大斗争中，才能实现人生的价值。

《公民们》(1954)是一部根据社会主义现实主义原则创作的长篇小说，但它在20世纪50年代初的同类作品中，是写得比较成功的。小说以1951—1952年的波兰社会主义经济和文化建设为背景，通过在华沙新布拉格区建筑工地、《人民之声》报社和一所中学发生的许多事件展开情节，揭露了各种错综复杂的社会矛盾，成功地塑造了一系列个性鲜明的人物形象,热情歌颂了国家干部的公而忘私和对人民事业极端负责的精神,以及青年和工人建设祖国的劳动热情。小说所反映的时代背景是和当时波兰统一工人党领导的波兰社会主义革命和建设以及国际上的政治斗争紧密联系在一起的。在20世纪40年代末和50年代初,波兰人民政权建立不久,它所领导的社会主义建设遭到一些公开和暗藏敌人的破坏,其中有战前资产阶级政权被推翻后留下来的敌对分子,还有外国的间谍,他们力量不可低估。与此同时,国际上的冷战形势、朝鲜和越南战争、全世界人民保卫和平的斗争以及苏联和中国的社会主义建设等,对波兰的发展方向也有很大的影响。所有这一切在小说中都有充分地表现。

  作者对波兰当时社会主义建设的形势并没有作简单化的估计。这里可以看到,除了国内政治上敌对分子的破坏之外,波兰统一工人党的官僚主义者和追求名利的市侩的危害也是很大的。此外党的干部和积极分子在工作中的经验不足以及物质条件的匮乏,也给社会主义建设造成了困难。正是由于情况的复杂,生活和工作在这个环境中的人们就必然充分地表现出他们各自不同的政治态度、思想面貌和个性特点,而这一切在小说中通过人物的行动和心理状态的变化多方面的描写展示出来的,这就避免了公式化和概念化的弊端。

  1956年前后,布兰迪斯和一些前一阶段拥护工人党的文艺政策的作家一样,在政治立场和思想观点上发生了很大的变化,这时期他出版了两部清算小说《保卫格列纳达》(1955)和《克鲁尔兄弟的母亲》(1957)。它们都是揭露前一时期波兰政局的所谓"歪曲和错误"的作品,尤其是《克鲁尔兄弟的母亲》出版后引起了很大的反响。它和《公民们》的思想倾向完全不同。《公民们》虽然指出了现实中的矛盾,但主要是歌颂现实的,而且它揭露矛盾是从维护波兰社会主义制度和社会主义建设利益出发的;可是《克鲁尔兄弟的母亲》中却充满了悲观失望的情调。小说所描写的女主人公乌齐亚·克鲁尔战前是一个洗衣妇,她丈夫因酗酒倒在街上,被汽车轧死了。乌齐亚一个人带着四个儿子泽龙、罗曼、克莱门斯和斯塔希谋生,家境十分贫苦。法西斯侵占波兰后,她大儿子被抓到德国去当苦工,三儿子克莱门斯在一个革命者的影响下,参加了波兰工人党及其领导的反法西斯抵抗运动,后来被盖世太保逮捕,关进了监狱。乌齐亚带着罗曼和斯塔希,靠在铁路旁做小买卖,苦苦熬过了艰难的岁月,终于迎来了民族解放的一天。

  波兰解放后,罗曼和泽龙在工厂当工人,罗曼在生产中创了新纪录,曾获得先进工作者的奖章。但这个家庭不仅没有享受到翻身解放的幸福,反而受到了残酷的迫害。罗曼在生产中创新纪录,提高了劳动生产率,但也增加了工人的劳动强度,结果被工人们痛打了一顿。克莱门斯一贯忠诚于党所领导的人民解放事业,占领时期曾为民族独立而战,可是战后却被诬陷参加了由盖世太保和伦敦流亡政府操纵的间谍组织,曾受命杀害一个波兰革命者,是党的叛徒,被关进了监狱。斯塔希在学校里读书,成绩很好,可是校领导却逼着他和哥哥克莱门斯划清界限,后来他因参加一次流氓活动,被送上了法庭。乌齐亚到处为儿子克莱门斯申诉冤情,还直接写信给总统,希望国家最高领导为她儿子伸张正义,但都没有结果。大儿子泽龙在工厂里收入微薄,对新社会有不满情绪,认为现实中的一切包括那些宣传鼓动,都是骗人的。还有一个大学生,因为指出了官方的宣传对马克思主义作了庸俗的理解,被视为反党、与政府为敌,被开除了学籍。

小说所描写的乌齐亚一家的不幸遭遇和他们所处的社会环境种种罪恶的表现都带有强烈的政治色彩,这实际上是一部代表反"社会主义现实主义"倾向的作品。但从此以后,布兰迪斯在创作中也就脱离了政治题材,开始了对一些富于普遍性的问题进行研究。如在1960年发表的短篇小说集《浪漫情调》中,有的表现法西斯占领波兰时期的恋爱和背叛,有的从历史角度出发,评审法西斯主义的罪恶,认为对它不宜做成单一的结论。像《致Z夫人的信》、《王牌》和《市场》等作品,在形式上则更趋向于散文化和政论化,代表了波兰战后小说形式的演变。《致Z夫人的信》以书信体写成,作者向他臆想中的Z夫人生动地描述了他在意大利、法国和奥地利的种种见闻,还和Z夫人进行讨论,发表了他对文学、对人和社会关系的看法,这实际上是一部掺杂着游记和政论等多种形式的作品。作者首先以加缪的小说《局外人》和《堕落》为例,说明人不可避免地要堕落和犯罪,这是出自他的本性,而不是由于社会原因,所以不能用法律来判决他犯的是什么罪。但这并不是说人和社会环境没有关系,相反的是,作者深知一个人不可能脱离社会,但他认为要和社会上一切妨碍个人自由发展的因素作斗争,对于善恶和功过,不可能有统一的看法,只有展开自由讨论才能得出比较正确的认识。除《致Z夫人的信》外,还有像《生活方式》和《两个很老的人》这样的作品,采取了半散文和半戏剧的形式,是作者对小说形式的一种创新。小说《邮政变奏曲》(1972)以书信体写成,提出了一个新观点,认为波兰历史上的民族悲剧产生于对崇高理想的追求,理想没有实现便产生了悲剧,这种理想是幼稚可笑的,这种悲剧也很可笑,有碍于民族智力的发展。作者对传统的爱国主义和人道主义思想也进行了讽刺,他的这种反传统的观点在读者中曾经引起争论。这部小说被认为是他后期的重要作品之一。

伊戈尔·内维尔莱(1903—1987)生于比亚韦斯托克省的比亚沃维扎,母亲是波兰人,父亲是一个俄国军官。第一次世界大战爆发后内维尔莱随父母迁居俄国,经历了俄国革命战争的年代。1920年他中学毕业后,在基辅大学攻读法律,曾参加俄国社会革命党,1924年回到波兰,1926年被聘任为雅努什·科尔恰克[①]的私人秘书和科尔恰克主办的专门收留犹太孤儿的孤儿院教师,1931—1939年主编过科尔恰克创办的儿童刊物《小观察》。

在德国法西斯占领波兰时期,内维尔莱在华沙开了一个木工作坊,1943年被盖世太保逮捕,多次被关在法西斯集中营里。他战后回到华沙,在波兰儿童之友

---

① 雅努什·科尔恰克(1878—1942),波兰作家和教育家。

工人协会工作,1948年出版了第一部小说《来自萨斯基大草原的少年》,成功地塑造了一个参加反法西斯战斗的少年英雄形象。1952年出版的小说《纤维工厂回忆录》是他早期最重要的作品。故事发生在1920—1936年,通过弗沃茨瓦维克县一个纤维工厂和附近农村的阶级斗争以及一些共产党员革命活动的描写,充分展现了20世纪20—30年代波兰和欧洲风云突变的时代面貌。小说大都以真人真事为基础,在这一点上和卢齐扬·鲁德尼茨基的《旧的和新的》有相似之处,它广泛地再现了20—30年代波兰无产阶级翻身解放的斗争,成了波兰文学史上记载20世纪波兰工人运动史的为数不多的杰作。

小说展现在读者面前的,首先是弗沃茨瓦维克包括纤维工厂在内的许多工厂的工人和近郊农民的贫困生活和被压迫的悲惨命运。在纤维工厂做工的都是厂方雇来的临时工,不仅工资很低,而且没有一个正式的住所,有的露宿街头,有的在工厂附近挖地洞,像野兽一样在洞里栖身。在经济危机到来的时候,各工厂"减缩编制",大批裁人,造成了庞大的失业队伍。流入城市的农民同样找不到工作。根据小说记载,弗沃茨瓦维克的居民当时只有56 000人,单失业者就超过了9 000人。30年代中期,德国希特勒法西斯上台,已对波兰和欧洲各国的安全造成严重威胁,欧洲各国的革命者号召各国人民团结起来,进行反法西斯斗争。在1918年波兰独立后成立的波兰共产主义工人党后在1925年改为波兰共产党,这时也号召波兰人民组成统一战线,反对萨纳奇亚政府的选举①,要求"和苏联、捷克和法国订互助的条约"②,反对波德联盟。③ 波兰各行各业的工人和失业者联合起来,在共产党组织的领导下,举行大规模的罢工和游行示威,要求厂方提高工资,反对降低包工价。他们派代表去和市长谈判,要求政府解决失业问题,可是当局却在各地逮捕了许多共产党员和左派人士,把他们关进监狱或处死,这引起了国外波兰侨民的义愤,向波兰驻该国使馆提出了抗议。希特勒1933年上台后,由于德国国会纵火案,德国共产党领袖台尔曼被捕。国际反法西斯战士季米特洛夫在莱比锡法庭上和法西斯匪帮进行正义斗争并取得胜利的消息④很快传到了弗沃茨瓦

---

① 指1935年9月,萨纳奇亚政府举行新的国民议会的选举,但因这次选举已被波兰资产阶级的各派所控制,所以遭到了波兰共产党、波兰社会党和农民党的抵制,当时参加选举的只有选民的百分之四十。
② 伊戈尔·内维尔莱,《纤维工厂回忆录》,读者出版社,华沙,1953年,第291页。
③ 希特勒见波兰和苏联关系有所改善,感到恼怒,但又无计可施,决定对波兰采取所谓"新的方针政策",他在1933年3月23日在国会上发表演说,表示愿意改善和邻国其中包括波兰的关系,但这只是一种权宜之计,也是一种欺骗手段,苏联政府当时已经看出希特勒的阴谋诡计,告诫波兰人不要上当。
④ 国会纵火案为20世纪30年代初德国法西斯阴谋陷害共产党人的案件。1933年2月27日夜,纳粹分子焚烧国会大厦。次日,纳粹党头目、普鲁士总理戈林发表公告,诬陷纵火事件是共产党发动武装起义的信号。纳粹政府通过紧急法令,取消结社和言论自由等宪法条文,取缔共产党和进步党派报刊,大肆逮捕共产党员。当时在德国的保加利亚共产党领袖季米特洛夫等人也被捕。此后德国共产党人台尔曼也被逮捕。1933年9月21日至次年12月,纳粹当局在莱比锡组织挑衅性审判。季米特洛夫在法庭上揭露了法西斯主义的反动本质和血腥罪行。在国际舆论的压力下,最后法庭不得不宣判他无罪。但台尔曼被捕后被关在德国魏玛的布痕瓦尔德集中营,1944年8月13日遇害。见《世界历史词典》,上海辞书出版社,1985年,第165、414页。

维克，给弗沃茨瓦维克的革命者和工人群众以很大的鼓舞。他们决定成立罢工委员会，以加强对罢工的领导，由过去单纯提出经济上的要求转为政治斗争，农民也成立了农民协会，在他们组织的游行示威中，喊出了"改革土地制度"、"政权归农民"的口号。

小说主人公什钦斯内出生于一个木工家庭，年少时全家住在俄国伏尔加河畔的辛比尔斯克城，后来全家迁回波兰，住在弗沃茨瓦维克近郊的瑞古采村。什钦斯内和他父亲在弗沃茨瓦维克的纤维工厂当工人，但他后来因为参加罢工被厂方解雇，于是来到华沙，希望得到长期住在这里的姨父母的帮助，可是狠心的姨父把他拒之门外。这时他幸好遇到了一个善良的工人巴布拉，巴布拉把他收留在自己家里，还帮他在木工厂找到了工作。什钦斯内从小就随父亲学会了精良的木工手艺，很受老板赏识，得到了优厚报酬。他看到老板殴打工人，就上前去阻拦，老板对他也没有办法。他因感到自己从小没有上过学，文化水平低，便利用空闲时间如饥似渴地阅读文艺书籍。后来他又转到一家修复古旧家具的店里干活，学会了细木工和雕刻，挣的钱也越来越多了。有了钱，他又进了一所补习学校，学到了数学知识。正当他要上大学时，他应征入伍了，在军队里表现出了出众的拼杀本领，受到长官的器重。服役期满后，他回到了弗沃茨瓦维克，先在一家疾病保险公司工作，后又转到纤维工厂，参加了厂里的一个革命组织，为解决那些被关在监狱里的革命者的子女生活困难做了许多工作。他还和女友玛嘉一起将一架印刷机转移到了安全地方，印刷了许多宣传品，动员工农群众参加革命斗争。小说是根据真人真事写成的，不仅摆脱了公式化和概念化的偏向，而且以它的真实性赢得了读者的喜爱和评论界的高度评价。

20世纪60年代以后，内维尔莱发表的长篇小说《林海》(1960)讲述一个青年猎手的故事。《活结》(1966)和《8月5日法庭里的对话》(1978)反映雅努什·科尔恰克的生平和事业。另外还有短篇小说集《在奥比瓦尔达那边，在第七条河那边》(1985)和自传体小说《诸神宴会上所留下的》(1985)等。长篇小说《诸神宴会上所留下的》写的是作家少年时期随母亲在俄国的一段生活。主人公"我"儿时住在华沙祖父母家，祖父和父亲相继死后，母亲嫁给了一个白俄军官，"我"后来随母亲迁到了白俄罗斯一个小城佩扎，住在继父家里。第一次世界大战爆发后，继父上前线打仗，母亲担起了全家生活的重担。"我"开始上中学，对文学产生了很大兴趣，写了不少诗歌。1917年2月沙皇政府被推翻后，"我"听说俄国成立了社会革命党领导的临时政府，要在俄国建立一个自由资产阶级国家。还听说高尔基在他办的《新生活报》上和《真理报》进行争论，他以人道主义者的名义，要求维护俄罗斯人的人权和自由，实际上，他是指责布尔什维克党领导的革命践踏了人权。不久布尔什维克党人和红军来到了佩扎，建立了人民教育委员会，"我"在和一些布尔什维克党党员的接触中，觉得他们和蔼可亲，给"我"留下了好印象。主人公"我"爱读达尔文和斯宾诺莎的著作，也读过马克思的著作。但"我"认为学校共青团组织向青少年灌输的是教条主义和宗派主义思想,他们对人类文化遗产采取虚无主义态度:例如他们在谈到普希金的《叶甫盖尼·奥涅金》时,说这部书写一个贵族公子不会劳动,只会社交和跳舞,在决斗中还打死朋友,毫无价值,而吉卜林也不过是一个给英帝国主义唱赞歌的作家等等。

中学毕业后,"我"从佩扎来到了乌干斯卡,在一所学校教书,又听说中国爆发了五四运动,那里需要革命思想。乌干斯卡人民委员会宣布国内战争结束,要在苏联建设共产主义,共产主义意味着物质和精神财富的增加,人人享有自由和平等的权力。可是乌干斯卡人民的生活并未得到改善,这一年干旱,城里闹饥荒,盗贼横行,社会秩序很乱。布尔什维克党内存在尖锐的矛盾和斗争,在列宁和托洛斯基的斗争中,斯大林站在列宁一边,被认为是列宁最忠实的学生,可"我"听说列宁在自己的遗嘱中又对斯大林表示不信任,在斗争中遭到失败的人大都进了监狱。"我"的一些同事认为,俄国经济和文化落后,在苏联不可能马上建成共产主义。可是"我"的思想和言论在学校被认为是资产阶级的挑衅,"我"的同事也有许多人被看成是资产阶级改良主义者。可见在俄国革命初期,不仅在布尔什维克党内而且在社会上都存在着尖锐的矛盾和斗争,这种矛盾出自于人们对革命的不同态度,对共产主义不同的看法。

内维尔莱一生的创作大都以波兰和俄国的无产阶级革命为题材,不仅歌颂了革命的胜利,也指出了革命者在思想和政治上犯过的种种错误,反映了革命道路的艰难曲折。

博赫丹·切什科(1923—1988)生于华沙一个知识分子家庭,1939 年 5 月中学毕业后,因家境贫寒就辍学了。德国法西斯占领波兰时期,他在华沙一家木工厂当学徒,和这个厂里的秘密爱国组织发生了联系。1942 年他参加波兰工人党领导的人民近卫军和华沙青年战斗联盟,此后,他作为青年战斗联盟的指导员和宣传员,参加了一系列反抗法西斯侵略压迫的武装斗争和宣传工作。华沙起义爆发后,他作为人民近卫军一个战斗力很强的突击营的战士,参加过华沙沃拉区和老城区的反法西斯战斗。起义失败后,切什科随大批居民逃离华沙,后又参加了波兰军第二军强渡尼斯河的战斗,曾在战斗中负伤。1945 年,他在琴斯托霍瓦又组织了一个青年战斗联盟,担任联盟公民民兵队的指挥官。这一年秋天,他去伦敦参加了世界民主联盟代表大会,冬天考入华沙国立美术学校学习,1947 年毕业后又在华沙美术学院继续深造。这期间,他曾担任华沙《直言》周刊的美术编辑,对文学也产生了很大的兴趣。早在华沙美术学校学习期间,切什科就开始了文学创作,曾在青年战斗联盟主办的刊物《青年的战斗》上发表过许多散文。1951 年,他在华沙美术学校毕业后,便把自己的主要精力转移到小说创作上,同时也撰写和发表了许多美术评论文章,1959 年,他还出版了一本关于美术的小说《色彩中的奇遇》。1954—1955 年间,他曾担任《人民论坛报》驻莫斯科记者,60 年代以后,一直在《文化评论》和《文化》周刊编辑部工作。切什科一生发表的作品有短篇小说集《教育的开始》(1949)、《珊瑚丛》(1954)、《非伤感主义教育》(1958)、《绣鹿的锦缎》(1961)、《刨花》(1971)、《教堂里的钟》(1975),长篇小说《一代人》(1951)、《悲歌》(1961)、《火灾》(1975)以及他任《人民论坛报》驻莫斯科记者时创作的报告文学集《苏联记事》(1956)等。

切什科的小说作品大都反映他在纳粹德国占领波兰时期和战后初期的社会见闻和他一生的战斗经历,因此具有自传的性质。如短篇小说《利己主义即逃跑》,写一个秘密爱国组织的成员因为经不起残酷斗争的考验,脱离了组织,躲在他的一个亲戚家里,但他后来感到悔恨,特别是当他知道他所在的秘密组织的成员全都牺牲后,更深感他的逃跑是对同志和祖国的背叛。小说对主人公的矛盾心理作了深入细致的描写。

《一代人》(1951)(中文版译作《人民近卫军》)是切什科 20 世纪 50 年代最重要的作品。小说主要描写波兰工人党领导的人民近卫军和青年战斗联盟在华沙进行反法西斯战斗的经过,其中许多场景都是作者本人的见证,因此具有很强的真实性。年轻的主人公斯大河、尤立克、格热希等都是工人出身的爱国者。当时华沙有一家由贝尔格三兄弟开的木工厂,规模很大,可是他们常常接受德国法西斯的订货,给德国军队制造行军的雪橇,给德国死伤士兵制造担架等,为德国法西斯的侵略战争效劳。斯大河和尤立克被介绍到这家工厂当了工人后,最初看到一些老工人工作态度十分认真,在这些老工人的影响下,他们自己也努力工作,因此受到老板的赏识和提拔。这期间,华沙在德国法西斯统治下,到处充满了恐怖的气氛,纳粹分子在城里不断搜捕波兰的爱国者和犹太人,把他们关进监狱或者送往法西斯集中营,其中大部分都被法西斯匪徒残酷地杀害。面对法西斯的种种暴行,华沙人民和他们进行了不屈不挠的斗争。在贝尔格木工厂里,也活动着波兰工人党领导的人民近卫军和青年战斗联盟的组织。斯大河和尤立克等因为和青年战斗联盟的成员共产党员罗达克、塞库瓦等接触很多,在他们的教育和引导下,阅读了《共产党宣言》,懂得了马克思关于剥削和剩余价值的理论,认识到了自己在贝尔格木工厂里遭受的残酷剥削。罗达克还告诉他们,贝尔格工厂的剥削制度受到德国法令的保护,他们和法西斯匪徒是一伙的,法西斯的末日马上就要来到了,"这些反人性的东西,必将会被迅速地消灭掉。"[①]

斯大河和尤立克后来也参加了人民近卫军和青年战斗联盟,他们经常听到监狱里杀害大批爱国者和共产党员的消息。青年战斗联盟不时举行集会,散发传单,出版《青年战斗报》、《自由论坛报》等,揭露侵略者反动凶恶的面目,号召人民团结起来,建立统一阵线,为祖国的独立和自由而战斗。最初,这两支队伍因为缺少武器,便不时向单个的德国士兵发动袭击,夺取他们的枪支和手榴弹。有了武器之后,他们决定以游击战灵活多变的方式打击法西斯侵略者,如放火烧毁德军

---

① 《世界反法西斯文学书系——波兰卷》,重庆出版社,1992 年,第 308 页。

的坦克、炸毁德军占领的桥梁等等。

后来,一个女战士哈里娜不幸被捕,遭到严刑拷打,但她至死也没有讲出近卫军战斗的情况,表现了一个爱国者坚贞不屈的伟大精神。市里"咖啡夜总会"①是一家专供德国人享用的高级妓院,一些党卫军军官常来这里寻欢作乐,人民近卫军战士等到这些军官来了之后,将手榴弹向他们扔去,把他们全都炸死。近卫军战士要让侵略者知道,"在这个世界上是没有他们的位置的。"②

人民近卫军和青年战斗联盟在战斗中取得了很大的胜利,他们的人数也增多了,他们的目标是"占领所有的森林、乡村和城镇,控制住所有的道路,用威猛的火墙封锁住德国的运输线"③,把法西斯匪徒全部消灭,在波兰建立一个人人享有自由平等、享有他们所需要的一切的社会,一个公平合理的社会。这部作品是战后初期唯一的一部反映人民近卫军坚持反法西斯战斗的作品,在读者中曾经产生很大的影响,20世纪50年代它还被改编成了电影,在波兰国内外很受欢迎。

1956年以后,切什科和别的作家不同的是,他没有接触过现实中的政治题材,而像他前期创作那样,仍以法西斯时期作为反映对象,但是由于波兰和西方现代派文艺思潮的影响,他这时期的创作不再歌颂反法西斯战斗中的英雄人物和英雄行为,而侧重于描写人们在战争中各种不同的表现以及战争在他们的心理上造成的影响。如在《漫溢的鲜血》中,作者描写在战场上有两种死亡:一个士兵准备参加一场战斗,战斗还没有开始,可能要等一个小时,也可能要等一天才开始。他害怕了,觉得这种等待对他来说是一种残酷的折磨,他忍受不了这种折磨,因此在战斗没有打响之前就自杀了,可是他的自杀却给他蒙上了耻辱。另一个士兵则不一样,一次他被派去侦察敌情,想到自己可能被敌人发现,终究免不了一死,与其耻辱地死,还不如光荣地死,那样在他死后还会受到世人的敬仰。遇到敌人后,他和敌人展开了激烈的战斗,最后英勇地牺牲了。作者在这里并不是把他作为一个英雄来描写的,只是认为他在考虑个人得失方面,比那个自杀的士兵要聪明一些。

长篇小说《悲歌》写1945年波兰打败德国法西斯的最后几个礼拜中,波兰人民军第一军某部的一次苦难的行军。小说中只有一些零散的战斗场面和军营生活的描写,没有贯穿始末的故事情节。这本来是一次走向胜利的行军,可是官兵们却充满了悲观情绪。他们并不知道这次行军的目的何在。由于行军途中生活极其艰苦,官兵们甚至为自己能否活到明天而担忧,可是他们又无法改变这种状况,只是一天天盲目地向前走去,心里什么也不想,休息的时候便酗酒和玩弄女人。极端无聊和濒于绝望的处境使所有的人都觉得人生在世毫无意义,在途中挖掘战壕也只是为了自己死后有个葬身之地。小说通过叙事、人物的对话和独白,对各种人物的病态心理作了细致入微的描写,在形式上则趋于散文化,和布兰迪

---

① 《世界反法西斯文学书系——波兰卷》,重庆出版社,1992年,第336页。
② 同上,第336页。
③ 同上,第339页。

斯的《致 Z 夫人的信》等作品有相似之处。小说发表后,由于评论界和读者对它的主题思想有不同的看法,曾经引起很大的争论。有的评论家认为,这部小说是对战争的控诉,战争不仅毁灭物质文明,给人类带来极大的灾难,而且给人们的心灵也造成了难以愈合的创伤。有的评论家则认为作者在宣扬"新和平主义",它和旧和平主义不同:旧和平主义宣扬战争的残酷和可怕,没有指出正义战争和非正义战争的区别,但它表现了人道主义观点;新和平主义则不一样,它要人们相信,不论战争还是人类所有其他活动都毫无意义,人连自己都不相信,更无法改变自己的命运。

在《论贼》这个短篇中,切什科对贼这个概念似乎有意发表了一种和一般人截然不同的看法。他在小说中写的是一个"正义"的贼,他进行盗窃是为了反抗非正义的社会,他要消灭这个社会中一切非正义的规章制度和法律,建立一个正义的社会,所以他在他的同伙中受到尊敬。后来,他虽因盗窃被捕入狱,但因为他是一个正义的贼,狱中的看守对他也很尊敬,认为他不需要思想改造,也不存在什么弃旧图新的问题,作者通过这种奇特的构思反映了他对现实的不满。

在《色彩的奇遇》这部作品中,切什科接触了他最熟悉的题材。早在华沙美术学院学习期间,他对波兰美术界的创作情况就有很多的了解。小说写的是一个画家巴尔特沃米叶伊的经历,他在一个小城绘画写生,他和一些朋友的交往以及他和一个姑娘恋爱的经过等等。此外,小说在人物的对话中还夹杂着一些议论的成分,表明他们对战后美术创作状况的看法。其中主要的一点是反对艺术从属于政治或者为某种社会利益服务,他们认为,艺术并不一定要反映某种思想观点,它也没有义务去宣传某种思想观点,如果强求艺术这么去做,就会使它失去自己的生命力。

收集在《绣鹿的锦缎》中的许多短篇也反映了战争时期的题材,这里对战争时期发生的一切提出了一种新的看法。如小说《一段生活》中的主人公认为 1939 年 9 月德国法西斯进攻波兰时波兰军队的抵抗是一种愚蠢的行动,白白地付出了牺牲,可当时不仅军队而且许多人都参加了这场反法西斯侵略的战争。《再过 3 小时 15 分钟就会死去》写一个士兵被无端指责要谋杀另一个士兵,作者认为这种不白之冤也是战争环境造成的。《雨中的谈话》写两个朋友出外打猎,迷了路,得不到救援,于是互相抱怨和吵闹起来,其中一个在怒气中把另一个打死了。

总的来说,切什科的后期创作扩大了题材的范围,但其中大部分作品仍然没有脱离战争时期的背景。作家从他早期歌颂英雄和理想转向了对人生意义的探讨,热衷于对一系列重大社会问题的研究,发表了自己的看法,可是他的看法带有悲观主义的情调。

罗曼·布拉特内(1921—)生于克拉科夫,1939 年中学毕业后来到华沙,曾短期应征入伍,去东方服役,后来和母亲一起住在华沙近郊的孔斯坦岑。他的母亲是一位音乐教师,父亲任波兰军骑兵第二团团长,在法西斯占领波兰时期,任国家军基埃尔策城防军的司令。1943年,他创办了秘密刊物《起重机》,在该刊发表了许多政论文章,1944年4月作为一名国家军战士参加华沙起义,失败后被纳粹匪徒逮捕,先后囚禁在拉姆斯多夫、桑德保斯泰尔和吕贝克集中营。1945年,他被盟军从集中营解救出来后去巴黎,后来在华沙政治学院深造。1946—1948年布拉特内先后担任《一代人》、《潮流》和《复兴》等刊物的编辑,1949年在什切青任波兰文学剧院院长,1950—1952年在《新文化》周刊编辑部工作,1963—1971年任《文化》周刊副主编。

布拉特内在法西斯占领波兰时期开始创作,最初写诗,1944年发表诗集《蔑视》,主要以作者亲身经历的反法西斯战争为题材,反映人民群众对法西斯的仇恨和对自由的向往,以及他们战胜法西斯的信心和决心,和当时出现的反法西斯战斗诗歌属于同一类型。20世纪40年代末他开始创作小说。第一部长篇小说《最后一步》(1955)以波兰战后初期的农村合作化为题材,主要反映农民对这个运动所表现的抵触情绪以及波兰社会各阶层的不同看法。小说明确指出农民刚刚从土地改革中获得土地,现在要他们把土地交出来归集体所有,这是违反他们意愿的,就像玛丽亚·东布罗夫斯卡同年发表的中篇小说《乡村婚礼》所写的一样。

长篇小说《科仑布们,20岁的一代》(1957)是布拉特内的代表作,以国家军的战斗经历为题材,是战后这类题材最有代表性的一部作品。它分三卷:第一卷《第一次死亡》,第二卷《第二次死亡》,第三卷《生活》。这里所说的20岁的一代,是1939年9月德国法西斯侵略波兰时刚满20岁、即波兰于1918年获得国家独立后出生的一代年轻人。他们在法西斯占领波兰时期大都参加了伦敦流亡政府领导的国家军的抵抗运动。在第一卷中,主人公科仑布、耶日、齐格蒙特、奥罗、阿瓦、罗伯尔特、贝希卡等都是国家军的青年军官或士兵,他们领导或参加了国家军的地下组织和游击队,为波兰民族的独立而战。有的办秘密报纸《真理和民族》,设秘密电台,揭露德国法西斯侵占波兰国土、屠杀波兰人和犹太人的罪行,宣传为民族独立而战的思想,在法西斯奴役的艰难岁月里保护波兰的文化遗产免遭破坏。耶日经常秘密阅读波兰现代诗歌和尼采的著作,认为尼采的超人哲学用在当前就是要求波兰各社会阶层团结起来,只有全民族的团结,才能形成不可战胜的"超人"力量,打败包括法西斯在内的一切强大的恶势力。

参加他们聚会的有从苏联卡廷来的波兰军官,一个军官说他看见有许多波兰人被俄国人杀害了。他们在秘密的宣传中,还提出了反对两个占领者即纳粹法西斯和俄国占领者的口号,要争取和动员所有的波兰人参加到他们领导的运动中来。华沙的秘密刊物除了《真理和民族》外,还有一个由波兰共产党人主办的刊物《道路》。《真理和民族》主办者希望和《道路》联合起来,在反对德国法西斯而又不受任何其他外国干涉的条件下,为实现波兰的"民族共产主义"而奋斗。

科仑布和耶日等领导的游击队的主要任务是破坏敌人的交通线。他们曾多次炸毁德国法西斯所控制的铁路和火车,夺得敌人的军火,打死法西斯高级军官,以他们机智勇敢的战斗,给敌人以沉重的打击。作品还生动地展示了游击队暗杀华沙地区党卫军头子库彻拉的场面。有一次,游击队员巴希卡不幸被捕,盖世太保对她严刑拷打,逼她招出游击队领导,但她坚贞不屈,表现了一个爱国者的崇高品德。

在第二卷中,作者反映了华沙起义从发动到最后失败的全过程。小说中的场面一方面是法西斯匪徒焚烧城市和街道,枪杀他们抓到的华沙市民和抵抗运动的参加者,居民在慌乱中逃跑。一方面是科仑布、耶日、齐格蒙特和奥罗等各领一支武装在大街或广场上,在房内或地下室,甚至在地下水道中和敌人浴血战斗,十分壮烈。他们在战斗的最初阶段消灭了许多敌人,夺取了敌军控制的电报大楼、切尔尼亚科夫斯基据点和敌人的坦克,取得了很大的胜利。他们像华沙起义爆发前那样,声称在打败法西斯后,不接受任何强加给波兰民族的东西,可是他们的力量和纳粹法西斯相比毕竟悬殊,只坚持了两个月,就弹尽粮绝,不得不求救于苏联红军。耶日告诉大家,罗科索夫斯基将军统帅的红军部队虽然已经到了华沙近郊,但受到德军阻击,没法支援华沙,科仑布等只好率领残部从华沙地下水道中逃跑。

第三卷写他们在苏军俘虏营的生活。俘虏没有吃的,整天挨饿。俘虏营的管理者把他们看成和德国人一样,对他们十分凶恶。后来科仑布、耶日、齐格蒙特和奥罗来到巴黎,和一些穷苦的波兰侨民住在一起。三个月后,耶日、齐格蒙特和奥罗回到波兰,科仑布不敢回国,在国外做投机买卖。当时波兰正在清查留在国内的国家军分子,耶日和奥罗向政府登记,后在《一代人之声》杂志当编辑,耶日在杂志上发表文章,宣传波兰和苏联的友好关系,通过电台讲述国内的民主和自由,号召流亡西方的国家军战士回国,但他却不被政府信任。齐格蒙特最初参加了人民军队剿灭土匪的战斗,政治上同样被歧视,后来他参加国家军的秘密组织,企图暗杀省长,但没有成功。耶日最后来到齐格蒙特的藏身之地找他,劝说他向政府坦白登记,结果被他的同伙杀害。作品充分反映了年轻一代的国家军战士坎坷而悲惨的人生经历。他们在法西斯占领波兰期间为了祖国的独立和敌人进行了英勇不屈的战斗,表现了高度的爱国主义精神。战后,他们本想逐渐适应新的社会环境,投入到祖国的建设事业中去,却遭到了不公正的对待,如耶日热情、敦厚、真诚而又深明大义,但他不仅不被政府信任,而且遭到他过去的国家军战友的敌视,落得悲惨的结局。作者通过以上几个人物的描写,对波兰战后复杂的社会矛盾及其产生的原因作了深刻的剖析,在他看来,所有这一切,归根结蒂,都是由于战后政府对国家军的普通军官和战士采取了错误的敌对态度。

布拉特内随后发表的作品如长篇小说《被折磨的幸存者》(1959)、《草稿》(1961)等也都接触到了国家军的题材,写的是一些在大战中幸存的国家军战士回到祖国后的陌生感受。小说《第二次生命》(1967)写一个波兰飞行员在英国参加反法西斯抵抗运动,战后回到波兰,却被当局当成是西方间谍而投入了监狱。小说《命运》(1973)的女主人公玛丽亚是一个精神病患者,通过她的各种痛苦和奇特的心理状态,暗示了她的病和波兰20世纪50年代初的政局有关。

国家军和20世纪50年代政治斗争的题材不仅反映在布拉特内50年代到70年代的作品中,而且在他80年代的创作中也有所表现,这种题材几乎贯穿了他的全部创作。1989年出版的小说《生存奇谈》就是很有代表性的,它由两个中篇组成,因为它们的内容相互之间有联系,也可以把它们看成一部作品。第一个中篇也叫《生存奇谈》,主人公"我"一开始就想起占领时期的几个朋友。一个叫安杰伊·贝兹林基,是位钢琴家,1939年波兰被德国法西斯占领后参加国家军,在华沙起义的战斗中被打断了一条胳膊,战后留在波兰,因为国家军的身份而被怀疑和伦敦流亡政府有联系,进行反对新生国家的活动,遭到了审查。另一个叫洛列克·瓦东斯基,战时也参加了国家军,战后不得不长期流亡国外,到过德国和意大利,后定居布拉格,成了一个电影导演。有时他也偷偷地回到波兰,但没有暴露身份。主人公"我"有一次和瓦东斯基在林中相遇,见他驾着一辆插着美国国旗的轿车驶过,感到很奇怪,于是上前询问,瓦东斯基说这是为了避免警察来找他的麻烦。可见像他这种身份的人从国外回来,只能冒充外国使馆官员或者外国人,才能避免监视。"我"在报刊上发表过许多文章,力图使人们改变对国家军的看法,公正地对待他们,可是有人却告密,说"我"也是国家军,还和插着美国国旗的轿车里的人说过话,于是"我"也被逮捕了。《生存奇谈》中的第二个中篇《丑恶的复活》写一个无辜的受害者。国家军战士齐格蒙特战后长期被关在监狱里,他老婆不得不和他离婚到国外去。后来齐格蒙特虽然获释,但从此失去了唯一的伴侣。如果说国家军问题在20世纪40—50年代的政治生活中很重要,那么在80年代就已经失去它的现实意义了。小说《生存奇谈》的结构形式独特,除了表现这一主题之外,在一些章节中还节外生枝地虚构了一些凶杀和盗窃案件的故事。这种结构形式和威廉·马赫的《黑海滨的群山》等作品的散文化和政论化倾向有所不同,是小说形式创新的一种尝试,可是这种创新使读者感到牵强附会。

耶日·普特拉门特(1910—1986)生于白俄罗斯的明斯克,1930—1934年就读于立陶宛维尔诺的斯泰凡·巴托雷大学波兰语言文学系,积极参加大学文艺活动,并和维尔诺一家颇有影响的文艺月刊《火炬》取得联系,在该刊发表诗歌作品。1935—1936年他在当地左派刊物《直言》和《卡片》担任编辑工作。1937年这两个杂志因被指控宣传共产主义,曾经引起一场著名的官司。战争初期他在利沃夫,1941年去莫斯科,1943年参加创建了波兰爱国者联盟和波兰第一军,后在以塔杜什·科希秋什科命名的第一师担任政治教官,是波兰工人党机关刊物《新视野》的编辑。德国法西斯1944年从苏联败退时,他随波兰第一军回到波兰,1944—1945年,在解放了的卢布林和克拉科夫创办了《共和国》和《波兰日报》,1945—1950年先后担任波兰驻瑞士公使、驻法国大使,及波兰驻联合国安理会巴尔干委员会代表,1950—1956年担任过波兰作家协会中央理事会总书记和副主席,1966—1971年在《文学月刊》编辑部工作,1972—1981年任《文学周刊》主编。

普特拉门特最初写诗，20世纪30年代发表诗集《昨天返回》(1935)和《林中的路》(1938)，带有先锋派的艺术特色，后又出版《战争和春天》(1944)，写他战争时期的经历。1946年出版的短篇小说集《神圣的子弹啊！》是他第一次创作小说，反映了经受战争灾难和法西斯恐怖的人们的心理状态。翌年他又发表长篇小说《现实》，真实地再现了《直言》和《卡片》两杂志于1937年被当局指控而引起的那场官司。由于作者本人也曾卷入，所以这是一部带有自传性质的小说。长篇小说《九月》(1952)以德国法西斯于1939年9月进攻波兰为背景，以全景式的描写手法反映了波兰统治阶级中的政治代表、军事要员、各社会阶层的代表以及普通百姓和士兵对法西斯的入侵和祖国沦亡所表现的不同情绪和心态，指出统治集团的轻敌和无能以及他们内部的互相倾轧，最终导致内政和外交的失败，在军事上没有足够的准备，这是造成九月失败的根本原因。作者以漫画式的讽刺笔调勾画了一系列统治集团的人物形象，表现了对他们的不满。在一些章节中还生动地展现了波兰突然卷入战火的可怕场面，描写普通士兵和老百姓为抵抗侵略者而进行的英勇壮烈的战斗。作者再现这一场悲剧时，心情是很沉痛的。没有一个作家能够像他那样，以全社会自上而下的各个层面为背景，去深入分析和研究九月失败的原因，并以生动笔触把它们勾画出来。

小说《十字路口》(1954)反映战后初期新生政权在卢布林地区剿灭土匪的经过，成功地塑造了一个为了保卫人民的胜利果实而不惜自我牺牲的英雄形象。

1956年以后，普特拉门特的小说转向反映党政领导阶层中的官僚主义和个人迷信，意在揭露社会中的弊端，以维护人民的民主和法制。如《信念不坚的人们》(1967)揭露战后政府机关中滥用职权，社会上违法乱纪，以及人与人之间互相猜疑等不良现象。《博乌登》(1969)写1943年和1944年春天一支共产党游击队在波兰东南边境上战斗的故事。队长罗曼·博乌登出身农民，虽然文化水平不高，也没有受过什么军事训练，但在指挥游击队和德寇的战斗中取得了一个又一个胜利，在战士中很快就树立了威信。后来他滋长了骄傲自满的情绪，对一切都盲目自信，事事独断专行，部下为了讨得他的欢心，甚至在他面前谎报军情，夸大胜利，从而使他对敌人丧失了警惕，结果在一次战斗中作了错误的判断和指挥，遭到了惨重的失败，他自己也丧了命。作者以此告诫党内要警惕个人迷信，它不仅扼杀民主，而且会破坏纪律和法制，造成十分严重的后果。

如果说《博乌登》是以一支共产党的游击队从胜利到失败的故事说明个人迷信的危害，那么长篇小说《年青的一代》(1963)就直接涉及波兰战后现实中的个人迷信和官僚主义了。主人公扬·波切伊是波兰某县城扎波热的人民委员会主席，他在战争年代和战后的国家建设中建立了功勋，但他居功自傲，独断专行，利用职权培植亲信，打击异己，逐步建立了他的"波切伊天下"，成了独霸一方的统治者。扬表面上反对个人迷信，自己却大搞个人迷信，例如他将他管辖的扎波热县的某些街道改名为波切伊街；为自己五十寿辰开庆祝大会，让政府官员和社会各界为他祝寿,为了扩大影响,还举行所谓"扎波热日"的庆祝活动,名义上是宣传城市的建设成就,实际上为自己树碑立传。他不仅为自己搞个人崇拜,而且要让他全家都享有盛誉。儿子列昂在华沙大学法律系毕业后,他就把他调到扎波热来担任县检察长的重要职务,以便把列昂培养成他的接班人。他的亲信在所有场合都把波切伊父子看成是扎波热的骄傲,他们所做的一切都是为了"波切伊天下"。

扬的家庭生活中也存在很大的纠纷。他续弦的妻子雅德维加的前夫特鲁什科夫斯基战前是他的同学。战争爆发后,特鲁什科夫斯基参加了国家军,和德国法西斯进行战斗,雅德维加这时嫁给了扬,扬战后当上扎波热人民委员会主席,便视特鲁什科夫斯基为仇敌,完全不顾他在反法西斯战斗中立下的功绩,以他参加过国家军为由,将他逮捕入狱,使他屈死狱中。扬为此感到心虚,一直秘而不宣,扎波热人都不知道,但在他家中,却引发了很大矛盾。首先是雅德维加的女儿卡米拉,她不仅极端仇恨继父扬,把他看成是杀害她生父的凶手,而且也痛恨自己的生母,认为她是一个趋炎附势、不守贞操的女人,因此常常对他们冷嘲热讽,肆意谩骂。此外,儿子列昂对他也不是唯命是从,在这件事上甚至完全站在他的对立面,要揭发他,这么一来,由他亲自封为检察长的儿子列昂反倒成了他的真正威胁。列昂对这件事原先不是很了解,但他是个正直的青年。作为检察长他办事认真,对特鲁什科夫斯基的案子做了长时期的周密调查,因为这个案子涉及他的父亲,如果要为特鲁什科夫斯基恢复名誉,他就必须大义灭亲,把他的父亲送上法庭。他父亲为此对他进行过威胁,继母雅德维加也向他哭诉,父亲的一些亲信三番五次劝阻他,但他为了维护法制,终于站稳了立场,朝着自己的目标坚定不移地走下去。他父亲的行为却和他形成了鲜明的对比。作者通过这两代人的对比,突出了小说的主题。然而列昂在调查和处理特鲁什科夫斯基的案子中,在思想上也不是没有反复和斗争。他原以为为特鲁什科夫斯基恢复名誉不会损害他的父亲,只要父亲把问题讲清楚,就可以去掉身上的污点,成为一个干净的人。可是他发现如果把事实真相全部揭露出来,就会使父亲身败名裂,使他长期经营的"波切伊天下"彻底垮台,这时他害怕了,担心在这件事上斗不过权势比他大的父亲。尽管如此,列昂在调查过程中,他的正义感一直是占上风的,在这些反复和斗争中,他的个性和复杂的心理状态就十分生动和真实地反映出来了。

除波切伊父子外,其他如萨夫科、赫利凯维奇的形象也很突出。萨夫科是一个主持公正的干部,一直支持列昂为特鲁什科夫斯基恢复名誉的努力。扬后来因为儿子揭露了他诬陷特鲁什科夫斯基并致使他屈死狱中的冤案而自杀。扬死后,萨夫科在人民委员会选举新领导人的大会上,受到了与会者的拥护,当选为新的人民委员会主席。赫利凯维奇是一个善于对上级逢迎讨好的干部,他处处看扬的脸色行事,但他没有害人之心,因此萨夫科最后对他的评价是"他很听话,有经验",可以留下。雅德维加的女儿卡米拉和她年轻的伙伴是波切伊最坚决的反对者,她们的行为表现得十分粗鲁、愚蠢,但她们的态度还是很诚恳的。

总的来说,小说通过扎波热县领导阶层中所出现的尖锐复杂的矛盾和斗争以及一系列典型人物的塑造,不仅深刻揭露了个人迷信、官僚主义和以权谋私的严重危害,而且指出了作为新生力量的年青一代可以担当起维护法制、伸张正义的神圣职责。尽管他们在某些方面还不成熟,但作者在他们的身上看到了克服现实弊端、使波兰社会走向兴旺的希望。像小说《年青的一代》能够如此深刻和真实地揭露社会中的阴暗面而又看到这个社会中依然存在光明的作品,在波兰战后的作品中是不多见的。

除了反腐败的作品外,普特拉门特在50年代和60年代还发表过一些心理小说和反映社会风俗的作品,如《野猪》(1964)和《密林》(1966)等。此外,他的一系列短篇小说集如《第十三个快乐的人》(1957)、《世外桃源》(1961)、《在三个大陆钓鱼》(1968)、《风景》(1968)和《鲦鱼芭蕾舞》(1974)等还歌颂了大自然的美和人们在体育活动中得到的乐趣。作者热爱大自然,认为在大自然中锻炼身体不仅增进健康,而且能够陶冶情操。他的作品有的侧重人物的心理描写,细致生动,有的展示社会变革中的矛盾,笔力雄健,颇有深度,在战后的文坛和读者中都有很大的影响。

沃伊切赫·茹克罗夫斯基(1916—2000)生于克拉科夫,曾在克拉科夫雅盖沃大学波兰语言文学系学习,参加过大学生的诗社和剧团。1934年茹克罗夫斯基在克拉科夫《青年人的熔炉》上发表处女作,1935—1936年间担任这个杂志的编辑。在1939年抵抗法西斯德国侵略的战争中,他作为波兰军队的一个炮兵军官参加了卢布林地区和鲁茹扎县附近纳尔维乡的保卫战。敌占时期他在克拉科夫担任过秘密刊物《文学月刊》的编辑,宣传和普及波兰文化。战后初期,他参加波兰人民军,为恢复卡托维兹和弗罗茨瓦夫地区的波兰作家协会分会做了许多工作,1945—1949年在《奥德河》周刊任编辑,1952年以后他就和华沙文艺刊物建立了经常性联系,先后在《地平线》和《新书》杂志任编辑。1953—1954年他以记者的身份去越南和老挝采访,1955年到过中国,1956—1959年任波兰驻印度大使馆文化参赞,1986年以后担任波兰作家协会主席。茹克罗夫斯基的第一部短篇小说集《颂歌》发表于1937年,作品大都取材于作者当时居住的克拉科夫城郊的居民生活,有不少是描写儿童的。

短篇小说集《来自沉默的国度》(1946)主要反映敌占时期人民遭受法西斯的蹂躏和屠杀以及他们的反抗斗争,每个短篇都从不同方面描写了动人的故事。例如《在雪的下面》写华沙近郊有一栋豪华别墅,别墅主人是一个医生,他隐藏了一家犹太人,后来被德国人发现,这家犹太人全部被杀了,只有一个犹太天主教徒早晨去教堂做弥撒,才幸免于难。后来德国警察又找到了那个犹太天主教徒,屋主一家出于对他的同情,决心保护他,于是奋不顾身地和敌人搏斗,终于将那个犹太人救了出来。作者揭露了法西斯匪徒凶恶残暴的本性,颂扬了波兰的普通人为伸张正义而不畏强暴的伟大精神。

长篇小说《天父的手》(1949)是茹克罗夫斯基早期的主要作品。作者设想克拉科夫近郊有一座城堡,居住着贵族出身的纳霍拉伊斯基一家人,他在战前是一位远近闻名的法官。他的妻子扬尼娜聪明能干,善于持家,乐于助人,20世纪30年代,她接待过波兰几乎所有阶层来这里政治避难的人。她常常利用城堡掩护参加抵抗运动的游击战士,因此很受人们的爱戴和尊敬,一些爱国者和革命者都把这里当成诺亚方舟。1945年1月的一天,波兰从德国法西斯的奴役下获得解放。城堡里聚集着不同民族和身份的人们,其中有附近的农民,小城的市民,还有德国人和参加战争的俄国人。赫罗巴切夫斯基神甫是在波兰东部边境上的教区燃起战火后逃到这里来的,一位参加过华沙起义的妇女认为她丈夫当了德国人的俘虏,不可能生还,便爱上了神甫,可是神甫恪守教规,不为所动。乌茨亚太太在战争中失去了孩子,在纳霍拉伊斯基主办的一个孤儿院里当保姆,孤儿院收养的都是父母在战争中牺牲或者被法西斯匪徒杀害的孩子。此外还有参加过华沙起义的国家军女战士和人民军战士,其中有的人相互爱恋,说明爱情能够克服不同政治观点造成的障碍。这些人全都目睹或经历过战争时期大屠杀,有些人不理解人类历史的发展为什么这样悲惨,产生了悲观失望的情绪。赫罗巴切夫斯基神甫对他们说,灾难谁都避免不了,但有一只天父的手,会把我们从那个战火和仇恨的黑暗世界引向未来,我们要相信这只神圣的手。在场的人听后,都觉得他们虽然属于不同的民族,出身也不同,但他们相互之间应当消除隔阂,团结起来,迎接和平美好的明天。小说发表后,在评论界曾经引起争论,有的说作者在宣扬宗教思想,有的认为这是一部革命作品。不管怎样,茹克罗夫斯基这个奇特而又富有深刻含义的构思,表明了他期盼着人类走向幸福的美好愿望。

小说《失败的日子》(1952)写九月失败,这同《天父的手》中反映人民从法西斯奴役下获得解放的心情形成了对比。这部小说具有自传性质。主人公诺沃萨德是个农民出身的知识分子,思想激进,大学毕业后进了军官学校,对20世纪30年代萨纳奇亚政府当局持敌对态度,在大战爆发前几天应征入伍,参加了1939年9月保卫祖国的战斗。小说和普特拉门特的《九月》的主题思想有所不同,《九月》把波兰1939年9月的失败归咎于战前政府所执行的错误的内外政策,《失败的日子》反映的是波兰军队中一部分军官的懦弱无能,面对敌人进攻,不会指挥部队进行抵抗,惊慌失措,临阵脱逃,有的甚至出卖祖国,投降敌人;而另一部分官兵虽然奋勇抗敌,但因敌我力量悬殊,逃脱不了失败的命运。小说真实地再现了败军和成千上万百姓大溃退的场景,敌机狂轰滥炸,慌乱的人群四处逃跑,比东布罗夫斯卡在《黑夜与白昼》中描写的卡利涅茨居民在第一次世界大战中的逃难迁徙的悲惨情景有过之而无不及。作为当时波兰军队一员的作者,目睹了这一切,他的心情是很沉痛的。

20世纪40和50年代,茹克罗夫斯基还发表了不少儿童文学作品,如短篇小说集《女儿》和《结婚蛋糕屑》等,充满了儿童的幻想,写得很幽默,有的带讽刺意味,是作者对他过去家庭生活的回忆。作者访问越南、老挝、印度和中国后,发表了短篇小说集《胆小的情人》(1964)、《幸运儿》(1967)和报告文学《没有墙的房子》(1954)、《和我的古鲁一道旅行》(1960)、《一百万头象的王国》(1961)等。这些作品有的反映了越南和老挝的民族解放运动以及这些国家内部各派政治力量之间的斗争,但大部分写的是这些国家的文化传统和风俗习惯,有的富于东方童话色彩。例如小说《胆小的情人》(1964)写一个爱啃书的老鼠从书中明白了做人的道理,终于变成了人。还有一些作品写人和魔法的关系,是魔法决定人的命运还是人能够战胜魔法,表现了作者对东方宗教信仰的看法。

长篇小说《接受战火洗礼的人们》(1961)是茹克罗夫斯基这一时期最重要的作品。主人公扬·科辛斯基战争时期是国家军战士,战后初期参加波兰人民军,是上尉军官,任卡托维兹公路运输营营长。他的任务是调运波兰人民军到这里来,消灭西里西亚残存的德国法西斯和土匪,但调运途中常常遭到土匪的袭击。一次,他被敌人的子弹打中而受伤,被送进医院。小说主要写他在医院昏迷后,在梦幻中对战时生活的回忆。战时他和许多国家军战友都参加过抵抗运动,原想在取得反法西斯战争胜利后建立一个战前那样的波兰,因此对战后新的社会环境感到不适应。扬·科辛斯基虽然参加了工作,但深深感到波兰战后初期各种敌对势力的存在和社会矛盾的复杂。

他伤好后,又担负着把波兰内地一部分居民迁移到西里西亚的任务。西里西亚有一部分领土战前曾长期被德国占领,德国被打败后,波兰收复了这片领土。但是在这片土地上,由于德国人的长期占领,波兰人也大都德意志化了,他们不仅讲德语,而且接受了德国人的宗教信仰,养成了德国人的生活习惯。面对这种情况,波兰内地的居民有的不愿意迁来,有的虽然来了,也遇到了许多难以克服的困难。扬·科辛斯基为动员内地居民做了许多工作。小说反映了新生政权的建立和国家建设过程中的重重困难,指出了这些困难有的出于历史原因,有的则是战后初期敌对势力的破坏而造成的。

长篇小说《石板》(1966)是茹克罗夫斯基的主要作品。故事发生在20世纪50年代的印度,主人公伊斯特万·泰列伊是一位诗人,又是匈牙利驻印度大使馆的外交官。他平时的外交活动和他的言谈不可避免地要涉及当时的国际形势,如发生在20世纪50年代中期埃及和英国、法国之间关于苏伊士运河的主权之争;阿尔及利亚的民族解放斗争和英国人企图推翻埃及总统纳赛尔等;而1956年的波匈事变的进程更是他们注目的焦点。匈牙利事变的消息传到了匈牙利驻印度使馆后,引起了很大的震动,印度的报纸不断转载事变的消息。伊斯特万知道这一切后,感到很痛苦,为祖国的前途担忧,也很想念远在布达佩斯的亲人。他本来认识驻印度的一个国际卫生组织的澳大利亚女医生,而且钟情于她,但是匈牙利事变发生后,伊斯特万因为急于回到布达佩斯,便毅然放弃了对这个女医生真挚的爱,回到自己的祖国。他想,不管世界上发生什么变化,只有祖国的独立不受侵犯，人民能够幸福地生活，这才是最重要的。《石板》在波兰战后的小说中，是唯一一部直接反映1956年波匈事变的作品，它的观点代表多数匈牙利人的看法。

塔杜施·孔维茨基(1926—2015)出生于立陶宛维尔诺郊区新列伊卡村，中学时代是在维尔诺度过的。1944—1945年他在维尔诺一带参加国家军游击队的战斗，战后曾就读于克拉科夫雅盖沃大学波兰语言文学系，并开始文学创作，20世纪40年代末和50年代先后担任过《复兴》、《新文化》等刊物的编辑。他的第一部小说《泥塘》创作于1948年，以他过去游击队的斗争生活为题材。《在建筑工地上》是一部社会主义现实主义类型的中篇小说，写1950年开始执行六年计划经济建设时期某铁路修建工地上的建设情况。建筑工人都来自农村，缺乏组织纪律性，有的还有偷窃恶习。统一工人党党员柏维乌对他们进行教育，让他们认识到过去的工厂是资本家的，资本家榨取工人血汗。现在工人成了国家的主人，也是工厂和铁路的主人。党领导下的计划经济是为了提高人民的生活水平，将波兰建设成一个工业化强国，所以工人要鼓足干劲，按期完成生产任务。小说是按照党政领导提出的政治宣传要求写的，它不论在情节的安排还是人物的塑造中，都不可避免地陷入公式化和概念化的偏向。

《政权》(1954)虽以波兰战后的国家建设为背景，但却突出了20世纪40年代末反对所谓"右倾民族主义"的斗争。那些不肯照搬苏联建设模式、坚持走波兰自己道路的"右倾民族主义分子"被写成和美国特务、土匪及其他破坏分子勾结在一起反对人民波兰的敌人，反对右倾民族主义就成了一场和敌人进行的生死搏斗。这不仅使作品在艺术失去了生命力，也歪曲了历史事实。

1956年以后，孔维茨基和许多作家一样，抛弃了社会主义现实主义的创作公式，走向了自由探索的道路，他以后的创作不再注重思想主题，而转向了小说形式的探索。1963年发表的长篇小说《当代圆梦书》就是一个突出的例子。这部作品再现了20世纪40年代和50年代一系列历史事件，描写了参与这些事件的各种人物，有三层结构。第一层写许多不同身份的人来到一个叫索瓦的谷地，其中有伯爵、教师、共产党员和铁路工人、参加过立陶宛游击战的战士，甚至还有痨病患者。由于每个人生活经历不同，他们都对自己的过去进行反思。可是这个谷地被森林环抱，与世隔绝，他们觉得这里会变成一个水库，有被水淹的危险。接着小说把故事发生的时间和地点转到德国法西斯占领时期的维尔诺，通过游击队员的回忆展示了各种战争场面，从而形成了小说的第二层结构，和第一层结构似乎没有必然联系。小说在战争环境的描写中，还穿插着一段主人公的恋爱故事。最后又回到了索瓦谷地，开始叙述他们的过去，这是小说的第三层结构。那个教师说他参加过日俄战争，后来到过德国，看到那里到处都是饥饿和贫困，第二次世界大战爆发后，为了逃避战争灾难，他又来到了西伯利亚。随后所有的人又从这个谷地走了出来，他们发现附近有1863年一月起义战士的坟墓，在坟墓近旁一条也叫索瓦的小河中还打捞到了起义战士的遗骨和战士戴过的十字架。在附近的铁路旁，他们又找到了另外一些坟墓,坟墓里埋葬着在反法西斯战争中战死的波兰游击队战士和苏联红军士兵。大家感叹不已,认为这个世界充满了灾难和不幸。作者为了创造复杂的结构形式,采取了回忆、倒叙和时空颠倒等一系列手法,使读者眼花缭乱,显然受了西方现代派小说形式的影响,也是波兰战后现代派小说的创新。小说出版后,曾经引起国内外的注目,被译成多种西方文字。

小说《耶稣升天节》(1967)的形式更为独特,主人公在华沙的一次工伤事故中受了伤,脑袋上有个窟窿,流血不止,从此失去记忆,连自己的名字都不知道。他一会儿像个活人,一会儿又是个可怕的鬼魂。小说没有更多的情节铺陈,侧重于梦幻和鬼魂的描写,让它们交替或者同时出现,是一种电影蒙太奇式的手法。小说《野兽、人和魔鬼》(1969)写一个聪明过人的儿童,他年纪虽小,但有很丰富的知识,是一个儿童哲学家,不过他遭受过许多痛苦的折磨,命运对他是不公平的,作品富于幻想性质。

小说《波兰综合体》(1977)的结构形式表现了散文化和政论化的特点,和威廉·马赫的《黑海滨的群山》以及卡齐米日·布兰迪斯的《致Z夫人的信》是同一类作品。小说由两部分情节组成。一部分以1863年1月在华沙爆发的抗俄民族起义为背景,写一支游击队在森林里战斗,打了许多胜仗。但后来了解到起义在全国范围内遭到了失败,起义的领导者特拉乌古特还对他们说,起义失败后他曾流亡国外,现在要去华沙重新担负起领导起义后建立的政权——民族政府的责任,要和波兰的爱国者站在一起,为争取波兰的独立和自由而战斗到底。另一部分回到了波兰现实,一些人在华沙一家首饰商店门前排队,天南地北地闲聊:有的谈论阿拉伯和以色列的战争;有的说巴勒斯坦劫机者向女人和孩子开枪;有的介绍一些国家发生地震和水灾的情况;还有意大利人戴铁帽环绕地球飞行的新闻等等,但他们更多的是抱怨波兰没有言论和出版自由。这两部分情节在小说中交替出现,相互之间没有联系,小说中带有散文和政论文的性质。

小说《博欣》(1987)和以上作品的艺术风格大不相同,是一部富于意识流描写的心理小说。女主人公海仑娜·孔维茨卡的原型是作者的祖母,但作者并没有见过她,是通过艺术想象塑造出来的。1875年秋,海仑娜和她父亲米哈乌住在维尔诺近郊博欣庄园里。有一天,海仑娜忽然想起一月起义前她父亲有过另外一块领地米沃维提,这是一个伯爵亚历山大赠送给他们的。起义失败后米沃维提被沙俄没收,一个立陶宛贵族科尔萨科夫为沙俄占领者效劳有功,沙俄把这块领地赐给了他,所以他一直被人们看成是卖国贼。海仑娜以前爱过一个叫彼得的青年,彼得在起义中牺牲后,她一直很怀念他,后来伯爵亚历山大向她求婚,她没有表示明确的态度。艾里亚斯是个28岁的犹太青年,参加过一月起义,被流放过。他曾在海仑娜家学习文化,给海仑娜讲他过去的战斗经历;他在白俄罗斯参加起义,受伤被俘后,被流放到了西伯利亚,回来后又去过法国,1887年参加巴黎公社的战斗,属巴黎公社主要领导人之一的波兰革命家符卢勃列夫斯基指挥的那个部队。

公社失败后,他逃到柏林,又去汉堡、美国和澳大利亚,最后回到欧洲。海仑娜敬重艾里亚斯的革命精神,但有个沙俄警官经常来她家,所以她不敢和艾里亚斯更多地谈这件事。

有一次,科尔萨科夫突然来到海仑娜家,为他过去对她家犯下的罪过请求宽恕,表示要在遗嘱中将米沃维提领地归还给海仑娜。海仑娜见他态度诚恳,以为他那颗心还是波兰人的,可是科尔萨科夫的表白是虚伪的。他在和她告别时,说什么"波兰人的命运就是要统统淹死在俄国的大海中","任何反抗都会导致灭亡。"①这时海仑娜突然想起了她的母亲,母亲是她出生的时候死去的。她来到父亲的房间,想找到一些母亲的遗物,可是没有找到,却意外地发现了父亲的笔记本,上面讲述了波兰亡国的原因和波兰民族的缺陷,他认为波兰亡国是因为大贵族的无政府主义和背叛。海仑娜很惦念艾里亚斯,谁知艾里亚斯已被警官朱加什维利抓走。后来,科尔萨科夫以他和警官的密切关系,将艾里亚斯救了出来,但海仑娜却始终没有见到艾里亚斯。

小说主要从两个方面来反映女主人公的心态,一方面是波兰民族解放运动的失败使她内心深处感到痛苦。作者并没有让她直接表露这种痛苦,而是通过她对艾里亚斯这位革命者和爱国者的敬爱将它折射出来,当艾里亚斯不在的时候,她总觉得缺少什么东西,她对他的这种敬爱又是由于她在他身上看到了波兰民族复兴的希望,但是这种希望最后破灭了。有一个场景是,当她在父亲的房间里看到那些笔记本后,一阵暴风雨把她吓坏了。这个时候,好久没有来到她家的艾里亚斯突然闯了进来,又对她滔滔不绝地讲述他的革命经历,可是这不仅没有给她带来安慰,反而使她更加害怕。因为这一切都象征着波兰民族解放斗争的失败,作者把女主人公的痛苦隐藏在她的内心深处,因此他的笔调显得深沉、含蓄。

第二方面是表现女主人公个人的不幸。母亲的死是她不幸的根源,她不清楚母亲是怎么死的,为此她对生活失去了信心,对爱情也表现出一种漠不关心的态度,不管什么人的求爱她都无动于衷。由于内心的痛苦,她还常常处于半梦幻和半清醒的状态,在这种情况下,她的意识或潜意识的流动表面上看是不受任何外来因素的干扰,表现得很杂乱,可实际上它们脱离不了外部的影响。这说明一种理性和另一种非理性的因素相互之间发生了冲突,有时又可以融为一体。作者以其独特的手法,将这些内部和外部因素既矛盾而又统一的情势真实地表现出来了。孔维茨基是波兰战后最热衷于小说形式的探索并且产生了广泛影响的一位作家。

他于1991年发表的《消遣读物》以团结工会时期为背景。小说中描写的人物有政府的高官和他们的情妇,他们思想保守,也有一些人想着如何改造波兰、改造世界。但与此同时,在许多地方,各种示威游行不断,各种组织不断出现,社会秩

---

① 塔杜施·孔维茨基,《博欣》,读者出版社,华沙,1987年,第162页。

序一片混乱。小说主人公冷静地观察这一切,他本来也想建立一个"谅解圣战"组织,希望社会秩序恢复正常,可他后来患上了一种意志消沉病,对任何事物都不关心。但即使这样,他也无法脱离他所面对的现实,因为这时一个美丽姑娘的神秘死亡,使他无端陷入了备受怀疑的境地。小说反映了作者对现实的不满。

斯坦尼斯瓦夫·莱姆(1921—2006)是波兰20世纪最著名的科学幻想小说作家,他的作品曾被译成多种外国文字,在国内外有广泛的影响。说起波兰科学幻想小说,其实早在20世纪初就已经出现,而且表现了富于现代性的幻想。如耶日·茹瓦夫斯基(1874—1915)的长篇小说《古老的土地》(1911)说的是马塔列特和罗达这两个人从地球上坐飞车,飞到了月亮上,他们看见这里没有人住,罗达便以为他们是这里最早的居民,这块土地是属于他们的。但马塔列特走在月亮表面的岩石上,却发现了这里有一个铁锹和一个金属的支架,又以为这里有人。后来他们在岩石缝里又发现了枯黄的小草,原来这里有植物生长。太阳下去后,月亮上很冷。他们两人看见地球在天上转动,非常想念地球。这时他们又见到有个地方有一堵墙,墙上有画,而且真的见到了这里有一个人,他叫尼阿拉迪洛卡。尼阿拉迪洛卡说他有个实验室,可以制造一种电流,破坏人体细胞,使他们感到很惊奇。不久后,马塔列特和罗达又从月亮回到了地球上。马塔列特在华沙遇见了一个叫雅采克的年轻人,他以前也到月亮上去过,他说因为他拯救了地球,才使它没有遭到毁灭,现在地球上的秩序很好,他要设计一种新的飞行器,再到月亮上去,去那里维护和平。小说表现了作者对新世界的幸福生活的向往。

莱姆作为波兰现代科学幻想小说的作家,是最具代表性的。莱姆生于利沃夫,1939年中学毕业后,曾在利沃夫的大学里专攻医学,1946—1948年间又在克拉科夫雅盖沃大学医学系继续深造,后定居在克拉科夫。他在大学学习期间,在报刊上发表过许多有关医学的论文,后对文学产生兴趣,开始创作散文、短篇小说和诗歌作品,1946年在卡托维兹的《新世界奇遇》杂志上发表了第一部长篇小说《火星来的人》。他一生发表的作品大都以科学幻想为题材,主要有长篇小说《宇航员》(1951)、《麦哲伦海峡的云》(1955)、《失去的时间》(1955)、《伊甸园》(1959)、《从星星归来》(1961)、《日光浴场》(1961)、《澡盆里找到的回忆录》(1961)、《索拉里斯星》(1961)、《先生的主张》(1968)、《感冒》(1976)和短篇小说集《星星日记》(1957)、《机器人的童话》(1964)、《控制机器》(1965)、《宇航员皮尔赫的故事》(1968)等。

《索拉里斯星》写一座远离地球的宇宙空间站,它位于一颗名为"索拉里斯"的行星的上空,空间站的任务是探测和研究这颗行星,作者通过各种奇思妙想,构筑了看似有科学依据的、神话般的世界:据说索拉里斯星的表面,是一片原生质的大海,几乎包裹了整个星球。主人公克里斯·凯尔文从地球来到索拉里斯星空间站,他在飞机上首先看见了索拉里斯星的表面许多离奇的景观,如这里有一大片花园,有树木、绿色的篱笆和小径,但那不是真正的花园,而是索拉里斯星的海中喷出物硬化后形成的景观。来到空间站后,他才知道索拉里斯海面上的花园原来都是一些"拟态群",这些"拟态群"被唤醒后,"到处如植物新芽绽放,瞬息间,一朵菜花状的膨胀物就从地面腾空而起,几乎完全脱离地面的束缚,然后迅速变白,只需几分钟,一朵足以乱真的积雨云团,就活灵活现地出现在人们面前。"海面上那些"'对称锥'的产生总是突如其来,是一种突然的爆发……镜面般的海水开始向上隆起一个硕大无比的水晶球,上面映射出整个天穹、太阳、云朵和地平线,各种景象光怪陆离,变化万千……那水晶球每时每刻都在变大,恍若另一颗星球从索拉里斯体内喷薄而出"。还有那"'翼脚龙'矫捷的身姿迎风翱翔,有时也能碰到正在随风消散的拟态群"。总之,这里"到处都在繁衍,到处都有雪崩般诞生的新胚胎,到处都在一刻不停息地塑造新形态,而这些新形态一旦被塑造出来,立刻又开始去塑造别的形态"。①

有人说,索拉里斯星绕着两颗恒星转,一颗红色,另一颗蓝色,围绕双恒星运行的行星不可能有生命,因为一对恒星相互旋转引力会不断发生变化,使行星的公转的轨道发生变化,行星上时而酷热、时而严寒,生命即使诞生,也无法生存。索拉里斯星因为被大海覆盖,海面只浮现一些巨石嶙峋、寸草不生的小岛。有人说那大海是有机物质,有人说是一些惰性化学物质构成的溶液。有人说那铺满整个索拉里斯星表面的智慧海洋是一个巨型大脑,它超越我们的文明数百万年。又有人说,它是海洋智慧的黄金时代消退之后出现的。总之,各种推测,各种说法,莫衷一是,这是一颗什么样的行星?为什么它绕着两颗恒星转?这颗行星和它表面的海洋是如何形成的?对科学家来说,这是一个永远也解不开的谜。

主人公凯尔文来到空间站后,发现这里也笼罩着怪异和恐怖的气氛,空间站的站长吉拜里已自杀。物理学家费赫纳在去探测索拉里斯星时,他的飞船舱里供氧设备遭到损坏,他在神志不清的状态下爬出了船舱,最终坠海,成为索拉里斯海的第一个殉难者。还有一个晚上,凯尔文的前女友哈瑞突然来造访他,可是哈瑞早在20年前就自杀身亡了,而且他还为她的自杀深感自责。可是他看到这个来造访他的哈瑞还像20年前那么美丽,那么这个哈瑞是谁呢?难道是哈瑞"复活"了,尽管主人公有种种疑惑,但他依然一如既往地爱她,她也爱他。有时他处于梦境,有时又在活生生的现实中,空间站里有人说他是爱自己的记忆,也就是爱过去的哈瑞,但他说自己是爱现在的她。作品通过一系列似是而非的描写,使读者始终不明白,这是一个什么爱情故事?

莱姆的科学幻想小说表现了极为丰富的艺术想象,而且是以现代科学知识为依据的。他认为,人类具有探讨星球乃至整个宇宙世界奥秘的智慧、勇气和能力,但是不管是宇宙空间,还是人世间,都有许多永远解不开的谜,因此人类在这方面

---

① 本段引文均引自斯坦尼斯瓦夫·莱姆,《索拉里斯星》,赵刚译,花城出版社,2014年,110、113、189、117页。

的探索，是没有尽头的。科学技术的进步，为人类创造了伟大的物质文明，但也可能给人类造成灾祸，这种灾祸有的可以避免，有的则是难以防止和避免的，因此人们在进行研究和探讨宇宙奥秘的时候，需时刻警惕自然灾祸或者人为灾祸的发生。例如在小说《宇航员》中，作者一开头就描写了一个可怕的自然现象：1908年6月30日早晨，在西伯利亚中部某地，居民们突然看见一个白色耀眼的球形物体从东南方天际向西北方向飞逝而去。当它飞过那里的时候，地面为之震动，一些房屋墙垣被震倒了，十分可怕。消息传出之后，苏联科学家认为这是一个大的流星陨落地面，会造成很大的灾难。因此他们决定，首先要找到这个流星陨落的地方，去进行科学考察，参加这项活动的除他们外还有一些外国的科学家。后来，他们在西伯利亚原始森林中某地发现了一大片树木倒在地上，有的科学家认为这就是流星陨落的地方，这片树林是在它下落时被冲倒的。有的科学家还说这是鲸鱼座星云中一颗星上的高等动物向地球发射来的飞船，飞船上一定有外星人，但它在降落时着了火，被烧毁了。还有一些科学家又提出了疑问：飞船如果被烧毁了，在森林里会留下它的残骸，那么这里为何什么也找不到呢？各种看法一时不能统一，一些问题也不能马上得到解决，可他们又想到未来，对未来充满了美好的幻想：如在2003年，人类会将地中海的水引进撒哈拉沙漠，变沙漠为绿洲；此外还要在地球的南北两极造两个太阳，使两极和全球的气候变暖；用二氧化碳和水制糖。

后来，科学家们在那片森林里找到了一轴带磁性的电线。他们将这轴电线用仪器测试便产生磁振，通过磁振所显示的数字他们又进一步发现这组数字代表一种文字。因此他们断定，这是外星人在他们的飞船着火的时候，有意抛向地面，向人类通报他们曾经来到地球的凭证。为了译释这种人们从来没有见过的文字，地球人又成立了一个国际翻译委员会。委员会由世界各国的著名科学家组成。这些科学家认为，外星和地球都是由同样的化学元素构成的，并且受到同一个太阳的照射，因而那里也会形成和地球同样的自然环境，在这种情况下，外星人创造的文字和地球上人类创造的文字肯定是差不多的。科学家们对这些文字进行认真的研究，终于认出了它们说的是地球上的情况，可见外星人对地球也很了解。他们知道地球上有氧气和氮气，有陆地和海洋，还有城市、铁路、码头和车站，城市里有住宅和人类使用的各种工具。科学家们认为外星人以前一定到过地球，并且在地球上拍摄了许多照片。电线上的文字还说明了飞船将要落地时被烧毁的经过，因此这轴电线又好像是一种用于保险的东西，通过它还可以查明飞船事故发生的原因。但是有的科学家认为外星人的到来对地球造成了威胁，他们来探测地球是要消灭地球上的人类，他们对地球有了全面的了解，回去后会准备向地球发动攻击。科学家们随后又谈起了离地球最近的金星，说金星上有云层，但云里没有水，它是由一些结晶体组成的。金星上的氧只有地球上的百分之五，那里昼夜温度相差90多度，只有机器人才能在那里工作。金星上有一种不同于人类的高等动物，他们会来侵犯我们的地球,要毁灭地球,由于这个原因,科学家们决定去那里探险。为了这次星际探险,需要研制性能良好的火箭。有的人说,中国人在13世纪就造成了火箭,他们的火箭当时以火药为动力,但是现代火箭以原子能为动力,用电脑操纵,才能飞向宇宙世界。火箭制成后,又造了飞船,科学家们在几千个参加星际旅行的年轻人中挑选了一个叫罗伯特·史密斯的年轻人作为驾驶这个飞船的宇航员,另外还有几位科学家和一个军官也将一同前往。飞船的舱里有沙发椅,坐在上面还要绑上带子,飞船升空后,科学家们看见的是中国大平原和太平洋,后来地球变成了一个明亮的大球。但飞船去金星要走34天,每天闲着无事使他们感到烦闷,于是他们在船舱里播放贝多芬的音乐,有的人谈起了他过去生活中的趣事。罗伯特是个登山运动员,他向大家兴致勃勃地讲述他过去登上珠穆朗玛峰的故事。过了几天,飞船飞到月亮附近,离月亮只有500公里,能够清楚地看见月亮上的山,太阳光照在上面,显得很明亮。由于月亮的引力比地球小,科学家们感到自己的体重比在地球上轻得多。经过30天的旅行,他们终于来到了金星的轨道上,但这里距金星还有1万9千公里。当飞船飞到距金星只有几百公里的地方时,他们发现这里有像地球上那样的气体云层,并且和飞船发生摩擦,发出刺耳的响声。他们通过仪器测试,了解到金星上的大气只有5%的氧和29%的二氧化碳,还有少量的水,它们的气压和地球上差不多,人类在这里可以生存。于是大家决定派罗伯特先在金星上着陆,寻找一个自然条件好一点的地方,再让飞船降落下来。

　　罗伯特随后坐在一个小型的飞行器里,很快就降落到了金星的陆地上。他在附近的平地上没有发现任何生物,只看见远处有一个黑色的湖,湖里闪着微微的水波,旁边好像还有一座玻璃小桥。罗伯特于是通过无线电和飞船联系,让它在湖边降落。飞船落地后,科学家们搬出了他们带来的摩托艇和直升飞机。两位科学家首先乘摩托艇去湖上巡游,测试湖水的化学成分和水的深度。其他的人都乘坐直升飞机飞上天空,以便从高处观看金星的地面,他们看见一些岩石缝隙里有水,有的山峰好像喷发过熔岩,像火山一样;有的地方温度很高,使人感到炎热;有的地方出现了大面积的磁铁矿,由于磁铁的吸引力,一些石头在不停地跳动;有的地方看起来像一座城市,那里有街道,有房屋,但科学家们始终没有发现活的生灵。后来根据他们在西伯利亚森林里找到的那轴带磁性的电线在仪器上的反应,推断这些磁场里一定有外星人居住,这些外星人也靠磁振表达语言和传递信息,他们的外貌和生活方式都和地球上的人不一样。

　　科学家们在金星上经过十几天的考察,对这里的自然条件和外星人的活动有了初步的了解,但他们对外星人是否会来侵犯地球,依然是存疑的。有的人认为,外星人到地球上来,也许是要往地球上移民,而不是要毁灭人类和人类创造的文明。那样的话,他们来了之后,是可以和我们和睦相处的,只是科学家们现在还没有弄清这些外星人心里想的是什么,他们有什么思想和习性,所以对他们暂时下不了结论。但他们这次到金星来探险和考察还是很有成效的,这说明20世纪人类科学技术的进步,在征服大自然和对宇宙奥秘的探索上前进了一大步。小说充满了乐观主义情调,对未来抱有无限的希望,反映了人类勇于开拓和进取的精神。

1956年以后,莱姆的创作题材趋于多样化,他除了依旧写科学幻想作品外,也接触到了现实生活中其他方面的题材。但是由于20世纪50年代末和60年代现代主义思潮的影响,他的创作思想较之过去也发生了很大的变化,例如小说《从星星归来》的发表就是一个证明。这部小说写一个宇航员贝尔格探测外星后,回到了地球上,他没有继续从事宇航活动,而决心致力于社会的改造,要在地球上建立一个正义美好的社会。他认为建立这个社会的先决条件是改变人类的罪恶本性,要改变人的本性就得实施教育制度和文艺宣传的改革,使它们成为宣传新的思想和道德观念的工具。人类如果接受了新的思想,有了新的道德观念,提高了自身的素质,就不会去侵犯别人。但贝尔格后来觉得这只不过是一种幻想,他既没有能力也没有勇气去实现它,因此他很快就陷入了悲观和失望。由于这种失望情绪的产生,他不仅感到这个罪恶的世界无法改变,而且认为他过去去外星的探险也是徒劳无益的。

小说《感冒》写的也是现实题材,从它的题目便可知道它写的是一个病态的现实。小说以第一人称"我"的自述展开故事情节,揭露了现代社会中的种种罪恶现象。主人公"我"是一个美国年轻的天文学家,但他并没有研究天文,他从美国专程来到意大利的那不勒斯,后又去罗马和巴黎,是为了调查那里发生的凶杀和自杀案件。据主人公"我"了解,有个瑞典登山运动员来到那不勒斯是为了和妻子办离婚手续。他把行李放在他乘坐的一辆轿车里,然后爬上一座高楼,不幸从楼上掉下来摔死了。那不勒斯警方认为是自杀,然而他自杀的原因始终没有弄清楚。这样的疑案在罗马和巴黎也发生过:据说有个叫奥斯本的美国人从那不勒斯来到罗马,他在离开他住的一家旅店时,丢失了随身携带的一些行李物件,后来他租了一辆轿车开到城外,不知为什么出了事故,车毁人亡。"我"在巴黎的一个图书馆里,还听说有个美国人在河里游泳淹死了。在这之前,巴黎警方在他住过的一家旅馆里因为发现了他留下的一支钢笔枪,正要抓他,可有人说他要这支钢笔枪不是为了杀人,而是为了防身。还有一个美国记者,在世界各地做过许多新闻报道,前不久来到了那不勒斯,他打听到英国国会出了丑闻,要去那里进行采访,但他在伦敦下飞机后,不知为何在飞机场的厕所里自杀了。那不勒斯警方知道后,没有去伦敦调查,但在他在那不勒斯住过的一家旅馆的一间客房里发现了他的血迹,因此警方认为,他在那不勒斯就要自杀,要不就是有人谋害过他。

主人公"我"了解到这些疑案的详情后,对它们作过长时间深入的调查,并且采用了最先进的科技手段,但对其中任何一个案件的性质和它发生的原因"我"都没有调查清楚。后来"我"终于认识到,不管是他杀还是自杀在所有的地方都是普遍存在的,在人类社会的发展的过程中,这是一种普遍的带规律性的现象,因此没有必要去进行具体的调查,这些现象的复杂情况也调查不清楚。小说情节曲折生动,引人入胜,给读者展示了一幅现代资本主义社会的真实图景。

莱姆的短篇小说也有不少科学幻想题材的作品,但和他的长篇小说有所不同,它们很少描写星际旅行和宇宙探险的故事,而是热衷于探讨机器人和电脑这些 20 世纪最先进的科技成果的奥秘。他这时期的科学幻想小说也不像他 50 年代初的作品那样,反映出乐观主义的情调。他认为,20 世纪科学技术的高度发展不仅没有造福于人,反而给人们造成了思想上的困惑或者变态心理反应,有时甚至给人们带来严重的灾祸,因此他对现代科技文明的进步产生了怀疑,如收在《控制机器》中的《痛打一顿》和《特鲁尔的机器》这两个短篇就是这种情况的反映。

《痛打一顿》写一位机器人设计师特鲁尔设计制造了一台如意机器,送给了他的一个同事和朋友克拉保丘什。这台机器虽不说什么都会干,但"可以干许多事情"。克拉保丘什于是要它把它的制造者特鲁尔一模一样地造出来。如意机器听后,它的肚皮上马上开了一扇门,里面真的出来了一个特鲁尔。克拉保丘什见到后,便把这个特鲁尔带进了一个地下室里,用棍子狠狠地打他,说这是要"快活快活",还要把这个特鲁尔当成给他脱鞋的奴仆。但这个特鲁尔却说他不是机器造出来的,而是真正的特鲁尔,他造好这台机器后,就藏在里面,然后打着送礼的幌子,钻到克拉保丘什家里来,要看他在干什么。机器里的螺丝钉、油漆、钻头等都是他早就放在里面的,而不是这台机器造的。克拉保丘什听后生气地说,如果是这样,那他这个朋友就骗了他,因此他又狠揍了特鲁尔一顿,一直到他累了之后要去休息,特鲁尔才逃出了地下室,回到了自己家里。

第二天,克拉保丘什又去拜访特鲁尔。特鲁尔对他说:"你让机器制造我,制造我本人,然后,你又施诡计,把我本人的替身带到地下室,在那里,你特别凶狠地揍了他一顿!在对我进行了如此的侮辱之后,在如此感谢送了你漂亮的礼物的人之后,你却像没事一样,你还敢到这儿来!"克拉保丘什听后马上声明,那台机器里出来的特鲁尔是真正的特鲁尔的一个复制品,这个复制品编了一套谎话,损害了他的朋友特鲁尔的名誉,所以他才揍它。特鲁尔说,他的机器挨了克拉保丘什的揍,本来要对克拉保丘什进行报复,但念及他和克拉保丘什的交情,把这台机器拆成了小件,使他它对克拉保丘什没有威胁了。小说描写主人公在和机器人的接触中产生的种种变态心理,显然是对人类科技文明高度发展的讽刺。

《特鲁尔的机器》中,主人公也是特鲁尔和克拉保丘什这两位机器人设计者和制造者。特鲁尔设计制造了一个机器人,可是这个机器人不听他的话。特鲁尔问他:"2 加 2 得几?"它回答说:"得 7。"他以为机器人坏了,便和克拉保丘什进行修理,但修来修去它还是说 2 加 2 等于 7,特鲁尔因此生气地踢了它几脚。机器人也气愤地表示:"你侮辱了我 4 次、5 次、6 次和 8 次,……我再也不计算了,我拒绝回答任何数字计算题。"特鲁尔一听,又踢了它一脚。机器人便迈步向特鲁尔和克拉保丘什走了过来,吓得他们连忙逃跑。后来他们来到了一座城市,便马上钻进市政厅大厦的地下室里躲藏起来。但机器人也追上来了,它要求市长把他们两人交出来,否则它就要把这座城市夷为平地。市长没有听它的话,把他们放了。机器人一怒之下,在城里肆无忌惮地进行破坏,捣毁了许多房屋,把居民们埋藏在废墟下,然后又奋力追赶特鲁尔和克拉保丘什,还和他们进行对话。由于特鲁尔坚持2加2等于4是真理,机器人把他们关在一个山洞里,但因为它碰到了洞口边的岩壁,结果造成剧烈的山崩,它自己也被岩石砸坏了。特鲁尔说这是它的可耻下场,但机器人最后仍固执地说了一句"2加2等于7",①说完它就变成了一堆废铁。小说情节曲折,一环紧扣一环,动人心魄,反映人类虽然创造了高度的科技文明,可是这种文明成果反给人类带来了灾难。

第七节
切斯瓦夫·米沃什

战后的诗歌和小说不同,它出现了好几代诗人,如果从斯塔夫算起,一直到新浪潮派就有四代,而且每一代都产生了新的流派及其代表诗人,其中影响最大的是这一时期获贝尔文学奖的两位诗人切斯瓦夫·米沃什和维斯瓦娃·希姆博尔斯卡。

切斯瓦夫·米沃什(1911—2004)是波兰战后最著名的诗人。他因为"在自己的全部作品中,深刻地揭示了人在充满着剧烈矛盾的世界上所遇到的威胁,表现了"人道主义的态度和艺术特点"②,于1980年获诺贝尔文学奖。他是继显克维奇、莱蒙特之后,波兰第三位诺贝尔文学奖的获得者,也是第一位获得这个荣誉的波兰诗人。米沃什生于立陶宛维尔诺附近的谢泰伊涅,童年是在第一次世界大战中度过的,随当时在军队服役的父亲到过俄国,战后才回到立陶宛。他1929年考入了维尔诺的斯泰凡·巴托雷大学,先后主攻法律和经济学。当时,该校一部分左派师生传播马克思主义,米沃什在他们的影响下,专心致志地读过一些马列著作。他最感兴趣的是文学,1930年在大学的刊物上开始发表诗作,并和作家耶日·普特拉门特等一起建立了一个文学团体"火炬",还以这个名称创办了一个刊物。1933年,他出版了第一部诗作《关于凝冻时代的长诗》,1936年又出版了诗集《三个冬天》。米沃什这时期的诗歌,表现了他的灾变派的思想倾向,如在《铁饼》一诗中,他已预示了战争的来临:

---

① 《痛打一顿》和《特鲁尔的机器》两个短篇的引文具体见《波兰现代短篇小说集》,亦波译,易丽君校,中国广播电视出版社,1985年,第354、356、364、366、368、370页。
② 张振辉编译,《波兰现代诗歌选》,中国社会科学出版社,2015年,第111页。

也许在几年后瓦斯将燃遍绿色的田野,
也许在几年后要烧毁莱茵河到伏尔加河边所有的城市。

由于他的政治观点趋向于左派,受到了当局的监视,后来他不得不离开维尔诺来到华沙,此后便一直在华沙波兰广播电台文艺部工作。但他并不十分关心波兰和国际事务,而把主要精力用在对波兰 19 世纪和 20 世纪民族解放运动的历史及 19 世纪浪漫主义文学的研究上。1939 年德国法西斯侵占波兰后,米沃什在华沙积极参加波兰语言和文化的秘密宣传活动,1940 年出版了《诗集》,1942 年在收集整理波兰各地出现的反映反法西斯抵抗运动诗歌的基础上,编了一本《独立之歌》。在腥风血雨的华沙,他目睹成千上万的同胞和犹太人被法西斯分子杀害,其中有不少是和他结交甚笃的波兰作家和艺术家,他自己也曾几次遇险。与此同时,他也看到了许多热血青年拿起武器,和法西斯侵略者进行不屈不挠的斗争。他认为,不管法西斯匪徒如何凶暴,"在波兰,现在和将来都不会有人怀疑我们最后会打败希特勒。"

战后初期,米沃什的第一部诗集《解救》(1945)收集了他战前发表的一部分诗歌和在占领时期发表的诗歌。此后他一直在波兰的外交部门工作,曾担任波兰驻美使馆和驻法使馆的文化参赞。后来因为对波兰的社会状况产生不满,特别是他不同意波兰党政领导 1949 年要求作家接受社会主义现实主义创作方法,认为这束缚了作家的思想和创作的自由,从 1951 年米沃什开始留居国外,先在巴黎呆了 10 年,和一些波兰侨民创办了一个文学研究机构和一个出版社,还编辑出版了一个文学杂志《文化》。他个人发表的作品有政论集《被禁锢的头脑》(1953),诗集《白昼之光》(1953)、《诗论》(1957) 和小说《权利的攫取》(1953)、《伊斯塞谷》(1955)等。1960 年,米沃什从巴黎迁居美国,后一直在美国伯克利的加利福尼亚大学斯拉夫语言文学系任教,同时发表了大量诗歌作品,如诗集《波别尔王和其他的诗》(1962)、《中了魔的古乔》(1965)、《没有名字的城市》(1969)、《太阳从何方升起,在何方下落》(1974)等。此外他还将他的部分诗歌翻成了英文,于 1973 年出版了他的英语版《诗歌集》。

他的政论集《被禁锢的头脑》因为反对波兰当局提出的社会主义现实主义创作方法和苏联对波兰的控制,是他在巴黎撰写和出版的。他自己也知道,像他这样政治倾向的书当时在波兰国内,是不能出版的,因此他在这部作品中,也详尽地论述了波兰当时的书报检查制度的实质,以及这种制度造成的危害:

里尔克①的诗歌也许非常好,但如果说这些诗歌好,那就意味着,在他所处的时代,必定存在着某些因素,使这些诗歌能如此出色。他所写的内省诗,是不可能

---

① 莱纳·马利亚·里尔克(1875—1926),奥地利诗人。

出现在人民民主国家的——这并不是因为出版有困难,而是因为在这些国家,作者写作冲动的源泉就已浑浊不清了,根本缺乏能孕育出这类诗歌的客观条件。其实,上面提到的那类知识分子,他们内心深处也不愿作品写成之后藏在抽屉中不能发表。因此,屈服于书报检查制度和服从出版委员会所提出的各种要求时,也只能暗中咒骂而内心绝望,与此同时,他们未经"审核"的文学作品的价值也滋生出深深的疑虑。再者,得到"出版许可"也并不意味着出版家认可作品的艺术价值,当然也不能期待自己的作品必能受到大众的欢迎。"出版许可"仅仅意味着,作品符合主流教条,也就是说这本书的作者与那个唯一的、富有成效的潮流保持着良好的关系。之所以说富有成效,是因为这一潮流以科学的精确性反映社会现实的变革。辩证唯物主义(根据斯大林的理解)既能反映变革,同时也能指导这种变革,在其指导下所形成的社会、政治环境里,人们除了适应"需要",就再也不会写作,也不再擅长于思考了。①

这里说的"变革"虽然是"以科学的精确性反映社会现实的变革",但在米沃什看来,斯大林的变革就是加强苏联"帝国"的专制和对波兰的控制,波兰人没有言论自由,所以他反对。

米沃什获诺贝尔文学奖,主要是因为他在诗歌创作中取得的成就。他战前发表的诗歌一部分歌颂他的故乡立陶宛:故乡的人,故乡的土地和春天,这里的一切都是那么质朴和可爱,没有受到过现代文明的污染:

铁犁在田里耕耘,
村子里的野鸽发出咕咕的叫声,
羊儿在山间奔跑,欢乐地歌唱,
园子里百花盛开,春意盎然,
孩子们踢着球儿,三三两两在牧场上跳舞,
女人在溪头洗衣,还要去水里捞取月亮。②

这是多么生气勃勃的欢乐景象:天真活泼的孩子,鸟语花香,春色满园,可是这一切都成了过去。诗人每想到他的童年生活,想到他童年时生活的那个美好的天地,便不由得感慨万千,"那是很久以前,而今——那野兔和挥手的人都不在世了。"诗人感到时代变了,在法西斯恐怖笼罩着欧洲的20世纪30年代,战争就要爆发,人类面临灾祸,世界将要遭到毁灭,这便成了他30年代创作的另一部分诗歌的主题。这个主题和他对田园牧歌式的童年生活的回忆迥然不同,但和诗人面

---

① 切斯瓦夫·米沃什,《被禁锢的头脑》,乌兰、易丽君译,广西师范大学出版社,2014年,第17、18页。
② 张振辉编译,《波兰现代诗歌选》,中国社会科学出版社,2015年,第112页。

临的现实有着密切的关系。《书》这首诗虽然是1934年在维尔诺发表的,但他已预感到战争灾祸的来临:

> 在一个失眠的充满了愁怨的夜晚,
> 我起身望着窗外,
> 在蓝色的夜空,
> 突然闪出了一道信号,
> 一大群飞船从天外飞来,
> 我照着镜子,
> 看见额头上有一个疮疤,
> 原来我是一个犯人。
> 我不相信世界永久不变,
> 急风暴雨的时代,
> 灾祸已经来临。①

米沃什被认为是20世纪30年代灾变派诗人的代表之一。反映这一主题的文学作品早在20世纪初的"青年波兰"时期就已经产生,在20年代和30年代更是大为发展。这一主题不仅表现在诗歌中,也表现在以韦特凯维奇为代表的荒诞派戏剧中,但是米沃什诗歌中的灾变主题以30年代欧洲法西斯主义的兴起为背景,这方面和韦特凯维奇有所不同。他把历史看成是一场大灾祸,现有世界将走向灭亡。德国法西斯占领期间,米沃什一直住在华沙,因为目睹和亲身感受这个残酷的现实,在自己的诗歌中经常表露出对法西斯侵略者的仇恨和复仇的决心,如他在1944年发表的《可怜的诗人》中写道:

> 留给我的只是一个冷嘲热讽的希望,
> 因为我一睁眼就看见火光,
> 就看见大屠杀和背信弃义,
> 就看见吹牛者的可耻的面孔。②

看到首都华沙在1944年起义中被德国法西斯的战火烧毁,他的心情十分痛苦:

> 沉默的首都啊,你是多么凄凉!

---

① 《波兰诗歌选集——中世纪到当代》,沙拉出版社,华沙,2001年,第461页。
② 切斯瓦夫·米沃什,《诗歌》,文学研究所,巴黎,1981年,第105页。

梦中的摇篮啊,你是多么凄凉!
塔顶在燃烧,漫天烟火,
风儿淅沥,吹拂着一幅幅古画。①

那么这场悲剧是怎么发生的呢?他在《被禁锢的头脑》中,也很真实地反映了波兰在这次起义中所面临极其险恶的形势,和波兰必然遭到失败的原因:

众所周知,是伦敦流亡政府下令举行华沙起义,那时,苏联红军已经接近首都华沙,并在华沙郊外和正在撤退的德国人作战。处于地下抵抗的人们情绪激昂。地下军队想要投入战斗。这场起义的目的是要驱逐德国人和占领这座城市,以便以一个已经运转的波兰政府来迎接红军的到来。起义开始后,问题就很清楚了:驻扎在河对岸的红军按兵不动,无意过来援助起义,那时再慎重考虑为时已晚;因此,悲剧按照永恒不变的规律发生了。这是一只苍蝇反抗两个巨人的搏斗。一个巨人在河对岸等着另一个巨人去杀死苍蝇。结果是,苍蝇在自卫,但它的战士所拥有的常规武器只是手枪、手榴弹和燃烧瓶。整整两个月内,一个巨人每隔几分钟就派来自己的轰炸机低飞到城市五百米的上空投下炸弹,还用坦克和重炮来支援他们自己的军队。最终,苍蝇被一个巨人除掉了,不久之后,这个巨人又被另一个更有耐心的巨人除掉了。②

事实上,华沙起义的组织者出于以上政治原因,事先也没有把他们要发动这次起义的信息告诉当时已经抵达维斯瓦河畔的由康·罗科索夫斯基指挥的苏联红军白俄罗斯第一方面军。另外,在起义爆发期间,这支苏联红军的先头部队在维斯瓦河中游一带作战,德军在华沙北部那累夫河和维斯瓦河会合处进行垂死抵抗,苏军的进攻在华沙东部的拉杰敏和伏沃敏也被阻挡。后来苏军虽然解放了维斯瓦河东岸的布拉格区,但是在渡维斯瓦河的战斗中一度遭到失败,所以未能迅速地进入华沙市内支援起义。

米沃什虽然面对严酷的现实,千千万万的无辜者死在法西斯刽子手的屠刀下,人类文明的成就被毁灭,爱国者像中世纪的乔丹诺·布鲁诺③那样,惨遭火刑,但他看见世界上美好的东西依然存在,大自然的美景、青春的活力是任何强大的恶势力都消灭不了的。因此他也认为,人类虽然遭受战争的灾难,它像只涅槃中的凤凰,会在火中再生。在法西斯占领波兰期间发表《牧歌》一诗中,读

---

① 张振辉编译,《波兰现代诗歌选》,中国社会科学出版社,2015年,第115页。
② 见切斯瓦夫·米沃什,《被禁锢的头脑》,乌兰、易丽君译,广西师范大学出版社,2014年,第109、110页。
③ 乔丹诺·布鲁诺(1548—1600),意大利著名思想家,他因为继哥白尼之后,彻底推翻天主教会奉为经典的地球中心说,被罗马教会处以火刑。

者似乎又可看到诗人对童年生活的美好回忆,这和他眼前的现实形成了鲜明的对比:

> 翠绿的群山向大河奔去,
> 只有牧童在这里欢乐歌舞。
> 玫瑰花儿绽开了金色的花瓣,
> 给这颗童心带来欢娱。
>
> 花园,我美丽的花园!
> 你走遍天涯也找不到这样的花园,
> 也找不到这样清澈、活泼的流水,
> 也找不到这样的春天和夏天。
>
> 这里茂密的青草在向你频频点头,
> 当苹果滚落在草地上时,
> 你会将你的目光跟踪它,
> 你会用你的脸庞亲昵它。
>
> 花园,我美丽的花园!
> 你走遍天涯也找不到这样的花园,
> 也找不到这样清澈、活泼的流水,
> 也找不到这样的春天和夏天。①

像这样充满了欢乐情趣而又自然流畅的抒情诗即使在他早期的作品中也不多见,可见诗人在当时最险恶的环境中,依然保持了高度的乐观精神,这是因为他坚信人民一定能够战胜法西斯,重建自己的家园。

米沃什战后初期的作品大都是对法西斯战争罪恶的控诉,但对当时波兰被斯大林的苏联控制表示不满,所以他也写过一些批判现实的诗,如"我们的时代是死亡/我们听到的是恶人的喧嚣"。1951 年留居法国后,他在国外创作和发表的诗歌中,一部分作品反映了他侨居国外感到欢乐的情趣。如在法国阿尔萨斯地区的密特伯格海姆,他写的《密特伯格海姆》一诗中,他写道:

> 让我逗留在这儿,密特伯格海姆,
> 我知道我会。它们陪伴着我,

---

① 张振辉编译,《波兰现代诗歌选》,中国社会科学出版社,2015 年,第 117 页。

秋天，木头车轮，挂在屋檐下的
烟叶。这里，所有地方
都是我的家园，无论我转到哪里，
在哪种语言中，我都会听到
孩子们的歌声，情人们的交谈。
比谁都快乐，我收到了
一个目光，一个微笑，一颗星，在膝盖
发皱的丝衣。恬静，观看。
我在白昼柔和的光线中上山，
越过河流，城市，道路，人类的习俗。①

另一部分作品依然寄托了他对故乡立陶宛和死难友人的怀念。诗集《白昼之光》是对他青年时代的回忆，有对1894—1914年间克拉科夫艺坛的综述，也反映了两次世界大战之间华沙人的生活状况，说明了波兰现代诗歌继承了波兰浪漫主义和启蒙运动诗歌的传统。有的诗歌还表现了他对他诗友的由衷的赞美，例如他昔日结交甚笃的著名诗人和剧作家塔杜施·鲁热维奇，因其作品在国外很受欢迎，米沃什为他的这位同胞感到由衷的高兴，便写下了一首《致诗人塔杜施·鲁热维奇》。在这首诗中，他构想了一个世界的大空间。通过许多现象的比喻，展现出一个又一个生动活泼、富于幻想的场景，不仅表现了人们对主人公的赞美，也反映了作者为他的民族有这样一位受到外国读者喜爱的诗人而感到骄傲：

当诗人走进这座花园，
喇叭笛子都为他奏起欢乐的歌，
四十条蓝色的河大浪翻滚，
蚕儿为他吐出一缕缕细丝，
织成了绚丽多姿的巢穴，
还有那苍蝇的翅膀，蝶儿的小嘴，
要为他建起一座高楼大厦。
郊野的黑夜也渐渐明亮，
喇叭笛子喜乐无比，
虽然它们被藏在草地上的茶壶里，
只等有人过来吹奏一番，
这声声乐调，将美妙非凡。②

---

① 《切·米沃什诗选》，张曙光译，河北教育出版社，2002年，第85页。
② 切斯瓦夫·米沃什，《诗歌》，文学研究所，巴黎，1981年，第184页。

对社会中的丑恶现象,米沃什深恶痛绝,而且认为它们在任何社会中都消失不了,所以他在揭露和讽刺这些现象的时候,都从宏观世界的角度出发,而不联系事情发生的时间和地点:

你侮辱了一个老实人,
你嘲笑他的屈辱和苦痛,
在他身边有一群小丑,
有意混淆是非和美丑。①

对权势者阿谀奉承,希望从中得到某种好处,这是一种庸俗而又虚伪的表现。有的人道貌岸然、灵魂深处却十分丑恶,就像诗人在《农民国王》中所说的那样:

嗡嗡叫声常伴我耳际,有人手舞足蹈,
一句话本可直说,却非得拐弯抹角,不吐真言,
表面上道貌岸然,嘴里却谎话连篇,
本来是满头疮疤,还说像蝴蝶般俊美。

我整天瞅着他们,就像把他们当成疯人,
但我闭上眼皮,佯装熟睡,佯装什么也没有看见,
他的言谈举止,已永远记在我心间,
因为这世界就是这样,另一样的我未曾见过。②

米沃什在国外也写过许多政治讽刺诗,它们总的特点是写得既具体,又不具体:

在暴君统治下不自由,在共和统治下不自在,
我渴望自由,愿贪污腐化绝迹,
我要在我心中建立一座永久的城市。③

他反对暴君的统治,痛恨社会中的腐败,但他认为这是一种历史的必然,暴君之所以能够统治世界,是因为他们"从历史的逻辑中获得了权利",而这种"历史逻辑"却是无法改变的,因此强权和对强权的顶礼膜拜是从历史上继承下来的。可是由于强权的统治,生活在这个环境中的个人就失去了自由,成为"历史和生物本能的看不见的力量的俘虏",同时也会产生像虚伪、欺骗、空谈、浮华以及吵吵闹闹

---

① 张振辉编译,《波兰现代诗歌选》,中国社会科学出版,2015年,第120页。
② 同上,第123页。
③ 切斯瓦夫·米沃什,《诗歌》,文学研究所,巴黎,1981年,第284、285页。

这一类的丑恶现象。诗人痛恨这些丑恶现象,为人类的命运和前途担忧。他的作品中表现了对在强权统治下被侮辱和被损害的人们的同情,但是他也相信人类的智慧和坚贞不屈的精神一定能够战胜邪恶,伸张正义。他说他的诗"在一个黑暗世界表现了对和平和正义的向往","他接受过祖国的馈赠,但祖国的湖泊和河流属于人民。"他郑重地宣布他的《誓言》:

> 人的智慧尽善尽美,不可征服,
> 无论是叫它坐牢,将它流放,还是把书都烧光,
> 都不能使它屈服。
> 它用语言表现了包罗万象的思想,
> 它拉着我们的手,
> 叫我们用大写写下两个词:真理和正义,
> 叫我们用小写写下两个词:谎言和屈辱,
> 它告诉我们,什么应当促成,什么应当去做。
> 绝望的敌人,希望的朋友,
> 它既不知道犹太人和希腊人有什么不同,
> 也不承认奴隶和主人有什么区别。
> 它在政府机关里把公共财富给我们分享,
> 它郑重宣布义正词严和无耻谩骂有天渊之别,
> 又说这理直气壮和无理取闹乃泾渭分明,
> 它告诉我们,所有的一切在阳光下将日新月异。①

但在1971年创作的《礼物》一诗中,他又表现了另一种心态:

> 今天是多么幸福,
> 我在花园里干活,晨雾早已消散。
> 蜂鸟飞到了忍冬花上,
> 世间没有我想要的东西,
> 也不知道有什么人值得我妒忌。
> 有过的厄运,我都忘到一边。
> 我不羞于想到,我过去怎样,
> 现在还是这样。我不感到有什么痛苦,
> 我昂首直背,唯见那湛蓝的大海和海上的白帆。②

---

① 张振辉编译,《波兰现代诗歌选》,中国社会科学出版社,2015年,第125页。
② 同上,第128页。

诗人好像这辈子历尽沧桑后,现在感到心境平和、安详、从容,也很自足,他还能够"昂首直背",望着那漫无边际的大海和海上的点点白帆,这里是不是寄托了他美好的向往？因为诗人强烈地渴望着一个正义和民主的社会。他长期旅居国外,在个人生活中也有丰富的感受。他热爱大自然,就是在国外,他也常到大自然中去寻找欢乐,有时甚至感到他和大自然合二为一了。如在《草地》一诗中,他写道:

割草之前,这是一片丰腴的草地,在河岸上,
在六月骄阳的照耀下,仿佛白璧无瑕的最美好的一天。
我一辈子都在寻找这片草地,我找到了它,和它相识了,
那里花草繁茂,过去就是一个孩子也很熟悉。
我半睁着眼,也看到了那里的闪光,
但是我一闻到那里的芳香,就什么也不知道了,
我突然感到,我消失了①,我流下了幸福的眼泪。②

伯克利　1992年

可他经常感到的是在异邦格格不入:

我并没有选择加利福尼亚,
我总是感到屈辱,
我失掉了一个故乡,一个故国,
我整个一生都在异族中流浪。
今天我对一切都表示怀疑,
我虚度了一生。③

这种异乡的哀怨,实际上是对他"自我流放"的自责,而这种自责又是和他游子在外的思乡之情分不开的。他愈是思乡就愈是自责,最后,他觉得只有他还没有忘记的波兰母语才给他带来了一点安慰:

我忠实的母语,
我要为你效劳,每天晚上,
我要在你跟前摆上一盘颜料,
将我记得的白桦树、螳螂、灰雀,
都画在你身上,

---

① 指"我"已经融入了大自然,和草地合二为一了。
② 张振辉编译,《波兰现代诗歌选》,中国社会科学出版社,2015年,第132页。
③ 同上,第299页。

> 这已经很多年了,
> 你就是我的祖国,因为我没有祖国。
> 你会在我和善良人之间,
> 建一座友谊的桥梁。①

在波兰遭受沙皇和普鲁士占领者压迫的那些年代,波兰人被禁止讲波兰话,他们为了拯救母语,和占领者进行了不屈不挠的斗争。米沃什热爱他的民族语言,把它看成世界上最美好的东西,他要用这种美好的东西,去结交所有"善良的人"。他深感只有母语才能使他永远不忘祖国的文化传统,使他在生活中不感到孤独和寂寞,使他不断地获得新的创作灵感。其实他早就坦诚地说过:

> 在我看来,生命中最宝贵的事物莫如祖国的语言文字,和用祖国的语言文字来工作。唯有在祖国,我的作品才能印出来给大家看,而祖国却正在这东方帝国的疆界之内。我殚思竭虑,设法在自己那小范围里保全思想上的自由,而且费尽心机,务求所作所为都能促致这个目标实现。我毅然到国外去做外交官,因为这样一来,直接加在我身上的压力可以减轻,同时在付印的作品中,我可以比国内的同行作家更大胆、更有勇气一些。我不愿意成为一个流浪者,就此一下子与祖国断绝关系,变成局外人。可是到后来还是不得不承认自己失败了。②

他还曾坦率地说:

> "解冻"之后,随着哥穆尔卡的归来,他意欲相信,建立一个社会主义波兰是可能的。1959 年,在巴黎,他跟我直率地长谈了六个小时,试图劝我回去,但我是个怀疑主义者。③

米沃什在国外,大部分诗歌都是用波兰语写的。他的诗歌继承了传统现实主义的创作风格,但他认为传统现实主义"是不够用的",现代诗歌在继承传统的基础上,必须吸取新的营养,加以发展。诗人既不把现实看得一团漆黑,也不认为它充满了光明。但他认为只有以正义的观点,才能反映现实的真实面貌。人世间存在各种矛盾:现实和理想的矛盾,生与死的矛盾,精神与肉体的矛盾,真理与谬误的矛盾,善良与罪恶的矛盾。诗人从不回避这些矛盾,总是以冷静的态度去探讨生活的意义,不断追求人生的真谛,透过光怪陆离的现实认识生活的本质。他的诗歌寓于幽默和激情,表现了丰富的想象,同时也蕴含着深刻的哲理。他的幽默

---

① 张振辉编译,《波兰现代诗歌选》,中国社会科学出版,2015 年,第 126 页。
② 切斯瓦夫·米沃什,《被禁锢的头脑》,乌兰、易丽君译,广西师范大学出版社,2014 年,第 26 页。
③ 《米沃什词典》,西川、北塔译,广西师范大学出版社,2014 年,第 428 页。

包含着对现实的批判,在这种批判中表现了他的热情,他对美好事物的向往和对理想的追求,虽然"他在自己的全部作品中,深刻地揭示了人在充满着剧烈矛盾的世界上所遇到的威胁",但也表现了可贵的"人道主义的态度和艺术特点"①,所以哲理和激情乃是他诗歌的两个主要特点。正如瑞典文学院的代表发表的授奖词中所说:"一种难以平息的热情绝不让他安于无能为力,安于语言幻想的游戏的癖好,安于麻木不仁。"②这种"难以平息的热情"就是出自于他对生活的热爱。在形式上,米沃什不追求严格的韵律,但他善于运用典故、神话、传说作为事物的比喻,他的诗歌既继承了传统,又在传统的基础上有了很大的发展。

米沃什在1980年获诺贝尔文学奖后,由于波兰党政机关对他的态度有了改变,1981年他曾短期地回到波兰国内,见到他的作品在波兰开始得到出版。后在1989年,克拉科夫雅盖沃大学又授予他荣誉博士称号,翌年他还加入了波兰作家协会。1992年,他也到过他的故乡立陶宛,他曾经非常感慨地说:

1992年,我在阔别五十二年之后重返维尔诺,曾经行走在那些街道上的人,我一个也没碰上。他们要么被杀害,要么被流放,要么已移民他乡。但我发现德莱马还活着,便决定去拜访他。我得到他一个地址,在文学巷。竟然就是我曾经走过的大门,门后是我居住过的地方,现在门洞大敞:有厚重金属装饰的老门已经不见了!(被偷了?)上楼,朝右转?要知道,就在那里,在1936年,我曾向一位老太太租过一个房间。老太太栖身在她自己的套间里,屋子被搁物架和小雕像占满。后来我才知道,德莱马曾在这幢公寓楼住过许多年。最终,我得到了他的新地址。③

为此他当时还写了一组诗:《立陶宛 五十二年后》,在其中《庄园》这一首诗中,他想到了维尔诺过去是怎么样的,而现在又发生了多大的变化:

没有房屋,只有这公园,虽然老树已经被砍掉,
一丛灌木遮盖了从前小径的痕迹,
谷仓被拆除,白色,像城堡一样的,
有着几架藏储过冬苹果的地窖。
同样的变化很久以前在那条坡道上,
我记得转弯的地方但认不出那条河。
它的颜色像浅红的汽油,
没有灯芯草和睡莲的叶子。
菩提树小巷,曾被蜜蜂喜爱,不见了

---

① 张振辉编译,《波兰现代诗歌选》,中国社会科学出版社,2015年,第111页。
② 转引自切斯瓦夫·米沃什,《拆散的笔记本》,绿原译,漓江出版社,1989年,第214页。
③ 《米沃什词典》,西川、北塔译,广西师范大学出版社,2014年,第153、154页。

还有果园,黄蜂和大黄蜂采蜜的王国。
消失了,毁坏成蓟和荨麻。
这个地方和我,虽然离得很远,
却年复一年,同时失掉叶子。
被雪覆盖着,变得苍白。
我们再次聚集在共同的老年。①

1993年,他决定从此永远回归他在国外一直怀念的祖国波兰,并且定居在克拉科夫,直到他去世。米沃什晚年,更趋向于宗教信仰,但他并不是把宗教看成是一种神秘主义的说教,也没有想要脱离尘世,进入神秘的天堂,而是认为宗教能给人以爱和怜悯,使人脱离罪恶,走向光明,他在他去世那年出版的《第二空间——米沃什诗选》中再一次想到了罪恶和高尚,他认为人类罪恶和苦难都是自己造成的,因此对此自己应负有责任:

有可能他沉思过恶,即,沉思过由人强加给人的苦难。
沉思过我们因此也对之负有责任的恶,沉思过在
如此这般的世界里我们的义务为何的问题。

他曾经表示,

当我最终准备向虚无低头,
将尘世的生活称作一个恶魔的杂耍。

诗人好像对于这个罪恶的尘世采取了一种玩世不恭的态度,但他相信宗教的精神和力量可以给他带来安慰:

我尊重宗教,因为在这个痛苦的地球上,
它乃是一首送葬的、抚慰人心的歌。

他还说:

我的一生都在努力回答这么个问题:恶从何来?
如果上帝在天上,
在我们身边,

---

① 《切·米沃什诗选》,张曙光译,河北教育出版社,2002年,第275页。

人们不可能受这么多痛苦。

同时他也认为一个人也可以不受命运的摆布：

想一想，那些人们以为发生了的事
什么也没有在你身上发生，
你可以完全不同，
你是你自己，
不被命运的精确所捕捉，

使自己变得高尚：

他的行为本可以受到
被认为是高尚、崇高的动机的指引。
通过变得接近于天使而赢得尊敬。①

在米沃什的小说中，最有代表性的是《伊斯塞谷》。这是一部以他童年时代在故乡立陶宛的生活为题材的作品。主人公托马斯出生于维尔诺城郊伊斯塞谷一个美丽的农村吉涅。这里长年与外界隔绝，一切都呈原始状态，有许多在别的地方找不到的珍奇动植物，村民也保存了许多古老民俗，他们之间互敬互爱，和睦相处，从来没有你争我夺、尔虞我诈的现象。在作者看来，这是一个没有受到过尘世污染的大自然的美好环境，一个世外桃源。托马斯幼小的时候，父亲就离开了他，是祖父母把他抚养大的。祖父母平日最爱给他讲各种有趣的故事，祖母告诉他，她父亲是个乐善好施的医生，给穷人的孩子看病从不要钱。祖父对他说，山村以前有许多熊，熊和人一样聪明，从不伤人，大家都把它们养在家里，替主人干活，和主人一起吃饭，很懂规矩。犹太人和希腊人是平等的，没有奴隶主和奴隶之分，基督徒卖掉自己的财产，把钱分给穷人。托马斯在祖父母的教育下，从小就热爱故乡，他最喜爱的是动植物，常常一个人跑到野外，尽情观赏那五颜六色的花草，有时摘下一朵芍药花，拿到教堂去，当人们在做祈祷的时候，他闻着花香，甚至忘了做祷告。有时他在村里蹲在一株大树旁，细心观察一些小动物的活动。祖父有一次把他带到亲戚布科夫斯基家，那里有一个农场，养了许多鸭子。主人很好客，看到他们来了之后，便把他们领到池塘边去看鸭子戏水。布科夫斯基是一位动物学专家，他见托马斯喜爱动物，便常常给他讲授有关珍奇动物的知识，带他去野外打

---

① 以上引文均见《第二空间——米沃什诗选》，周伟驰译，花城出版社，2015年，第24、37、36、34、28、29页。

鸟,因此托马斯的童年生活是十分美好的。米沃什在接受诺贝尔奖时发表的一篇演说中说过,

> 我出生在一个自然条件合乎人性的小国家,不同的语言和宗教相处几百年之久,是有幸的。我说的是立陶宛,一个富于神话和诗的国度。我的家庭从16世纪就已经讲波兰语,正如许多家庭在芬兰讲瑞典语,在爱尔兰讲英语一样,所以我是一个波兰诗人,不是一个立陶宛诗人。但是,立陶宛的景物,也许还有它的精神,从来没有遗弃过我。[①]

从小说对托马斯的刻画中,依稀看到作者的身影。在米沃什看来,美好的人性只有在不受尘世污染的纯洁的大自然环境中才能产生。他的人道主义思想精神不仅在诗歌中,而且主要在小说中得到了最充分的表现。

第八节
维斯瓦娃·希姆博尔斯卡

维斯瓦娃·希姆博尔斯卡(1923—2012)也是波兰战后最著名的诗人,她由于在诗歌创作中所取得的成就,于1996年获诺贝尔文学奖,她是继米沃什之后第二位获此荣誉的波兰诗人,也是继显克维奇、莱蒙特和米沃什之后波兰第四位诺贝尔文学奖的获得者。希姆博尔斯卡生于波兹南省库尔尼克县的布宁村,八岁时随父母迁居克拉科夫,战争时期在一所秘密开办的中学毕业后,当过一段时期的铁路职员,1945—1948年在克拉科夫雅盖沃大学攻读社会学和波兰语言文学,还学过哲学、自然科学和艺术史。1953—1981年她一直在克拉科夫《文学生活》编辑部工作,主持该刊文学部,并长期为该刊"课外读物"栏撰写随笔,后来她把这些文章编辑成书,分别于1973年、1981年和1992年出版。

在文学创作方面,维斯瓦娃·希姆博尔斯卡最初写过短篇小说,但没有发表。她的处女诗作《我寻找词汇》发表在《克拉科夫日报》1945年3月14日的"战斗"副刊上,从此便以诗歌为主要创作形式。她一生出版的诗集有《我们为此而活着》(1952)、《给自己提出的问题》(1954)、《呼唤雪人》(1957)、《盐》(1962)、《一百种乐趣》(1967)、《各种情况》(1972)、《大数字》(1976)、《桥上的人们》(1986)、《结束和开始》(1993)、《一瞬间》(2002)、《冒号》(2005)、《这里》(2009)等。她的早期诗歌

[①] 转引自切斯瓦夫·米沃什,《拆散的笔记本》,绿原译,漓江出版社,1989年,第221页。

大都以战争和波兰战后的和平建设为题材,反映了世界大战给人类带来的灾难,对一些战争罪犯和法西斯刽子手战后没有受到应有的惩罚表示愤怒。但她也看到了战后现实充满了希望,为祖国从法西斯主义的奴役下获得解放而感到无比欣慰。

希姆博尔斯卡是一位富于哲理的诗人。1956年以后对波兰政局的变化虽曾表示关心,但她更多的是把创作的着眼点投向世界从古到今的发展乃至宇宙间所出现的各种自然现象,从而大大拓展了诗歌的题材,创作了一系列新的篇章。她年轻时就对哲学和自然科学感兴趣,在大学学习期间也丰富了这方面的知识。因此,她的诗歌通过对大自然和人类历史的研究,不仅提出了一系列深刻的哲理观点,而且以丰富的艺术想象,创作了一幅又一幅新奇、美妙、包罗万象的宇宙和社会生活图景,形成了独特的创作风格。正如瑞典皇家文学院在授予她诺贝尔奖时说:"维斯瓦娃·希姆博尔斯卡从事诗歌创作,她的诗歌以精确的讽喻揭示了人类现实若干方面的历史背景和生态规律。"[1]希姆博尔斯卡面对大千世界,首先提了一个问题:

为什么到今天就这么一个世界,
而没有任何别的世界?
在这个世上有那么多变幻莫测的细节。[2]

——《疏忽大意》

根据她对世界和宇宙的观察,她认为:

最高的山峰并不比
最深的峡谷离天空更近。
任何地方都不会比别的地方拥有更多的天。

天空是无所不包的,

天空是一个空间,是一堆碎屑,
它乱不成形,它重岩叠嶂,
它在宇宙中游弋,它到处飞翔。
它不时吹起一阵阵微风,不时闪着亮光。
它无处不在,
它甚至在皮肤下的黑暗中。

---

[1] 张振辉译,《诗人与世界:维斯瓦娃·希姆博尔斯卡诗文选》,中央编译出版社,2003年,第1、2页。
[2] 维斯瓦娃·希姆博尔斯卡,《冒号》,克拉科夫,2006年,第33页。

因此，

> 如果考虑到宇宙是一个整体，
> 天地之分并不是正确的分法。①

——《天空》

但是，宇宙和世界从古到今都在进化和不断地发展。人们通过考古发现，当然可以了解大自然过去存在的状况，但是考古发现只能给我们提供零散的知识，因此艺术家要发挥想象，以填补考古发现的不足，把各种自然现象联系起来，给人们提供关于世界较为全面的知识。诗人有时想到人类进化史上的"北京猿人"，想到两栖动物恐龙，甚至想到传说中的"雪人"。② 人类在进化的基础上创造了一个文明世界，而动物则不可能。

> 在这方面，我们的境遇要好得多，
> 地球是我们的，
> 生活很美好。③

——《恐龙骸骨》

当然，文明并不仅仅表现于对土地的利用，农业在人类创造物质文明的过程中尚属早期阶段，只有近代工业文明和科学技术的进步才标志这种文明已经发展到了它的高级阶段。

> 我们认识了宇宙空间，
> 从地球到星星，
> ……
> 喷气式飞机在嘲笑我们，
> 这是一个静寂的空隙，
> 在飞行速度和音速之间，
> 创造了一个世界纪录。④

——《致友人》

人类因为超越动物而获得长足进步，使动物世界处于人类的统治之下，在诗

---

① 张振辉译，《诗人与世界：维斯瓦娃·希姆博尔斯卡诗文选》，中央编译出版社，2003年，第245、246页。
② 转引自张振辉，《20世纪波兰文学史》，青岛出版社，1998年，第306、307页。
③ 张振辉译，《诗人与世界：维斯瓦娃·希姆博尔斯卡诗文选》，中央编译出版社，2003年，第149页。
④ 同上，第30页。

人看来,这是一种生存竞争。这种竞争虽不一定导致某种动物族类的灭亡,但人类可以利用动物来满足自己的各种需求,使动物完全失去自由。例如人们在娱乐中,迫使动物模仿自己的动作如跳舞、骑自行车等,将动物"人化",实际上是让动物听凭人的摆布,以动物的牺牲为代价。

但诗人也认为人世的事物纷纭复杂,在生活中存在许多不可解决的矛盾,也有各种可供选择的条件,因此事物的产生和结果就必然存在多种而不是单一的可能性。这种多种可能性乃世界存在的必然和发展的规律,事物不仅是多样的,而且它们之间也是相对而存在的。例如:

海参在遇到天敌时会把自己分成两半,
一半让天敌吃掉,
另一半逃走。①

——《自断》

鸷鸟丝毫也不认为自己应当受到惩罚,
黑色猎豹也不会有良心上的责备,
比拉鱼从不怀疑自己的举动,
响尾蛇对它的一切都很欣赏。

胡狼不知道什么叫自我批评,
蝗虫、鳄鱼、毛毛虫和蚊蝇都自得其乐。

鲸鱼的心脏有百斤重,
和它的身躯相比又微不足道。②

——《在评价自己时颂扬恶》

人类社会则更集中地表现在道德观念的变换上,这种变换不仅涉及人与人之间的关系,而且和政治斗争有着密切的关系:

狂暴伸出了温柔的胳膊,
牺牲者欢欢喜喜地瞅着刽子手的眼睛,
造反者毫无怨恨地从暴君身边走过。③

——《看戏的与印象》

---

① 张振辉译,《诗人与世界:维斯瓦娃·希姆博尔斯卡诗文选》,中央编译出版社,2003年,第158、159页。
② 同上,第199页。
③ 同上,第137页。

这里说的是人性和政治斗争的性质可以向它们的反面转化,这种转化虽然不一定合理,但它表现了作者的辩证观点。在《恢复名誉》一诗中,诗人通过对1956年波匈事变的回忆,指出人们对于历史事件的评价也不是永远不变的:

死者延续至今的永垂不朽
是因为记忆为他们付出了代价。
不稳定的货币价值,
谁都会有一天失去他的永垂不朽。①

诗人面对纷纭复杂的社会事务,有时能够得出一个明辨是非的结论,比如她对"仇恨"这种既表现了人性而又具社会意义的感情,以辩证的观点作了颇为精到的分析:

仇恨本来并不很坏,
它最初代表过正义。②

——《仇恨》

她还认为:"我们这里不只会产生罪恶,也不是对所有的言论都要判处死刑。"③但是这种一分为二的辩证观点并不表现在她所有的诗歌作品中,因为诗人并不是对所有的事物都有那么明确的是非观念。在瑞典诺贝尔奖委员会宣布她获诺贝尔文学奖后,波兰《选举报》记者来采访她时,她对记者说:

我们身上只有少数几个信息接收器,只有几种直观的感觉,我们不大善于区分什么重要什么不重要……我们对我们生活的这个世界确实很不了解,我们一直在黑暗中摸索,不知道一切都意味着什么。④

希姆博尔斯卡的哲理诗除一部分表现了对于现实社会的看法之外,大部分作品的描写和叙事都是超时空的。她认为她所见到的这些事物和现象存在于宇宙天地、存在于整个世界的发展过程中,她对世界的看法既具体又抽象。为了形象地表达她的哲理思想和对世界的看法,她在诗中采取了多种艺术手法,主要的有怪诞、幽默和讽刺等,她在和《选举报》记者的谈话中说她的"创作还出自于对事物

---

① 张振辉译,《诗人与世界:维斯瓦娃·希姆博尔斯卡诗文选》,中央编译出版社,2003年,第28页。
② 同上,第252页。
③ 转引自张振辉,《20世纪波兰文学史》,青岛出版社,1998年,第309页。
④ 同上,第309页。

的惊奇感"①,她的怪诞、幽默和讽刺的描写就是出自于她看了某场电影、戏剧表演,或者其他生活场面所产生的惊奇感和奇特的想象,但诗人并不是单纯为了追求这种艺术效果,而是通过这种描写突出作品的主题。

在形式上,希姆博尔斯卡的诗歌大都采用抒情主人公独白、对话、问话,甚至发表讲话等易于为读者所接受的形式。她诗中的对话除了人和人的对话外,还有人和动物、和石头的对话。在发表讲话时,就用"敬爱的弟兄们!""亲爱的朋友们!""仁慈的公民们!"甚至"亲爱的同志们!"等称呼作为诗中每一段的第一句。她的诗歌由于手法和形式新颖的多样化,被称为复调诗。诗人通过独白、对话和问话,用通俗的语言或口语反映深刻的哲理,这是希姆博尔斯卡诗歌创作的一个突出特点。她的哲理思想包含着相对主义、辩证法和不可知论,因而也充满了内在矛盾,这正是出于她"不大善于区分什么重要什么不重要"②的原因,正如诗人在斯德哥尔摩接受诺贝尔奖后在题为"诗人和世界"的报告中所说:"灵感,它究竟是什么?回答将是不断出现的'我不知道'。"③但是她对这个"不知道"却"评价很高",因为它"给我们开拓了新的生活领域,给我们这个微不足道的地球扩大了存在的范围。"④所以说,诗人思想上所包含的各种因素相互之间虽然存在着矛盾,但它们不仅没有妨碍,而且还促使诗人在不断的探索中去认识世界和它的发展规律,并以各种独特的艺术形式和手法表现在诗歌作品中,在国内外产生了巨大的影响。

希姆博尔斯卡在《文学生活》"课外读物"栏写的随笔,大都是她阅读波兰出版的一些新书后的心得体会,其中也可看到诗人独到的见地。例如朝鲜 18 世纪末的古典名著《春香传》在 1970 年被译成了波兰文出版。希姆博尔斯卡读后,首先介绍了这部小说的内容:女主人公春香是个退妓⑤的女儿,才 16 岁,有"倾国倾城"的美貌。有个贵族公子爱上了她,但她由于出身卑微,不能成为这个公子正式的妻子。后来这个贵公子要去京城应试,希望在仕途上飞黄腾达,春香虽苦苦哀求也未能同往,但她决心对她的心上人坚贞不贰。后来有个大官要霸占她,她宁愿身陷牢笼,披枷带锁,遭受非人的鞭打,也决不屈从。后来这个贵族公子应试成功,封了官,回来后把春香从牢狱里救了出来,让她成了他的合法妻子。

这里所说的贵公子是朝鲜南原府使李翰林的儿子李梦龙。他是一个追求自由生活和个性解放的贵族公子。他爱上春香后,曾在春香家里和她结了婚。后来他父亲被调任进京,他因父命,不敢把春香带走。李翰林走后,新到任的南原府使卞学道是个贪赃枉法,无恶不作的官僚。他要让春香做他的妾,春香不从,因此遭

---

① 转引自张振辉,《20 世纪波兰文学史》,青岛出版社,1998 年,第 309 页。
② 同上,第 310 页。
③ 张振辉译,《诗人与世界:维斯瓦娃·希姆博尔斯卡诗文选》,中央编译出版社,2003 年,第 8 页。
④ 转引自张振辉,《20 世纪波兰文学史》,青岛出版社,1998 年,第 310 页。
⑤ 退出了户籍的官府歌女。

到严刑拷打。春香这时表现了极大的勇气,当众揭发了卞学道的罪行,但卞学道把她监禁在狱中。李梦龙随父进京后,努力读书,考中了文科状元,被朝廷任命为全罗御使(巡按)。当他察访到南原府后,了解到了春香被卞学道囚禁,在他做寿的那天要处死她。李梦龙便在卞学道做寿的那天,潜入他的府中,将他抓捕,卞学道被革除了府使的职务,春香随李梦龙进京,做了御使夫人,从此夫妻恩爱,白头偕老。希姆博尔斯卡说这部作品

  被认为是朝鲜古典文学的瑰宝。有些人欣赏作品高超的绘画技巧,有些人爱看那轻松的爱情场面,有些人为伟大的感情的表现而激动不已,还有一些人认为作品的重点是对社会的批判和对妇女命运的同情。①

  诗人的评价无疑是正确的。
  生活在公元前6世纪的古希腊诗人泰奥克雷特善于写牧歌和田园诗,他的作品由著名作家和文学评论家阿尔杜尔·桑达乌埃尔于1973年翻成波兰文出版。希姆博尔斯卡读后,在她的《牧歌》一文中,说

  泰奥克雷特被认为是古希腊最后一位伟大诗人。他的田园牧歌——虽然不是他第一个写这样的诗歌——成了后世,甚至非常遥远的后世模仿的样板和永远可以继承的不朽杰作。没有泰奥克雷特的牧童就不会有维吉尔的牧童,没有维吉尔的牧童就没有文艺复兴诗中的牧童和洛可可感伤主义②者的牧童。……在泰奥克雷特的时代,住在喧嚣城市里的人们向往和大自然协调一致的平凡生活,牧童这种不很现实的形象便成了田园生活的化身……泰奥克雷特的牧童呼吸的的确是牧场上的馥香的空气,诗人用最现实的花草为他编织了花环。泰奥克雷特的风景画不是出自毫不动情的观察,我们感觉到它的存在,看见它呈现一片绿色,听到那里草木颤动的沙沙声响和虫鸟飞过的吱吱叫声,毫不间歇。③

  《一八三二至一八六零年的华沙文艺沙龙》是海仑娜·米哈沃夫斯卡于1974年出版的一部著作。希姆博尔斯卡读后,认为书中所说的那个时候贵族沙龙显得高雅,因为主人不用去管宴会的事,有仆人去上菜和收拾餐具,但主人离不开宾客,要在他们中不断引出新的话题,保持节奏、机敏和幽默,还要读一些新出版的书,在钢琴上演奏玛祖卡舞曲。可是今天的宴会,"宾客们在离去的时候吃饱了肚

---

① 张振辉译,《诗人与世界:维斯瓦娃·希姆博尔斯卡诗文选》,中央编译出版社,2003年,第308页。
② 19世纪流传于西方的一种文学艺术流派,热衷于描写普通人,重视表现他们的感情。
③ 张振辉译,《诗人与世界:维斯瓦娃·希姆博尔斯卡诗文选》,中央编译出版社,2003年,第323、324页。

子，他们的灵魂却依然饿得慌。"①

《哑剧史，即魔幻的宫殿》一书出版于1975年。希姆博尔斯卡读后甚至感到

> 哑剧和人类一样的古老，甚至比人类更古老，因为它涉及动物世界，它的历史可以从任何一个时代开始，它产生于原始的宗教仪式和舞蹈，出自于古希腊的戏剧或古罗马的杂技等等……哑剧作为一种戏剧表演的形式已经多次出现在地球上各个不同的地方。由于它接连不断地出现，它不论在什么地方都没有消失过。②

第九节
其他重要的诗人

除了切斯瓦夫·米沃什和维斯瓦娃·希姆博尔斯卡，战后其他重要的诗人有孔斯坦丁·高乌钦斯基、密奇斯瓦夫·雅斯特隆、亚当·瓦日克、兹比格涅夫·赫贝特、耶日·哈拉塞姆维奇、爱尔内斯特·布雷尔、米隆·比亚沃谢夫斯基和斯坦尼斯瓦夫·格罗霍维亚克和亚当·扎加耶夫斯基等。

孔斯坦丁·伊尔德丰斯·高乌钦斯基(1905—1953)是一位在创作中跨越了两个时期的诗人。他出生于华沙一个铁路工人家庭，1923年在华沙大学攻读古希腊罗马文学和英国文学，1926—1928年在波兰军队服役，1931—1933年作为波兰驻德国大使馆的文化代表，访问过德国及其邻国的许多地方，1934年去立陶宛的维尔诺，翌年回到华沙。他1939年9月参加反法西斯卫国战争，同年11月被俘，此后被囚禁在德国法西斯俘虏营达六年之久。波兰解放后，他曾先后侨居巴黎、布鲁塞尔和罗马，1946年3月回到波兰，先住在克拉科夫和什切青，1948年后定居华沙。

高乌钦斯基于1923年发表处女作，1928年以后便专门从事诗歌创作。他在华沙和维尔诺期间曾先后在斯卡曼德尔诗社创办的《华沙理发师》周刊和维尔诺的《从桥那边直走来》周刊上发表诗歌。战后初期，他又和克拉科夫的《横切面》、《普世周刊》和《复兴》等刊物建立了经常性的联系。他一生发表的作品主要有诗集《小巷来的风》(1923)、《人民的娱乐》(1932)、《诗歌作品》(1937)、《魔幻的马车》(1948)、《结婚戒指》(1949)、《抒情诗集》(1952)和长诗《世界末日，神圣伊尔德丰

---

① 张振辉译，《诗人与世界：维斯瓦娃·希姆博尔斯卡诗文选》，中央编译出版社，2003年，第329页。
② 同上，第333页。

斯的幻觉,即对宇宙的讽刺》(1928)、《莎洛门家的舞会》(1931)、《尼俄柏》(1950)、《维特·斯特俄什》(1951)等。

高乌钦斯基的早期作品曾受到20世纪初和20年代流行的灾变派思潮的影响,但他把世界的灾变直接和无产阶级革命斗争联系起来,明确指出了它和阶级斗争的关系。在《世界末日,神圣伊尔德丰斯的幻觉,即对宇宙的讽刺》这首诗中,他借意大利博洛尼亚科学院一位天文学家之口向大家宣布,再过一个小时,世界末日(也可能是整个宇宙的末日)就要来到了。正如诗的题目中所说,这是诗人自己的一种幻觉,但是在这种幻觉中,他又清楚地看到到处都是"抹不掉的谎言和耻辱,这是世界的末日,人群为可怜的土地而哭泣,军队开进了城里,人们高喊:我们不愿意死!我们抗议!"无产阶级的游行队伍步伐整齐,社会主义者举起了标语,还有共产党员参加,他们见到"远方的太阳已经熄灭,星星就像无花果一样全都坠落下来",但是"他们不愿看到世界末日的来到",在他们的游行队伍中有他们的"决心、抗议和革命的宣言"①。诗人以各种富于幻想的描写反映了现实的危机和黑暗,和20世纪20年代末30年代初资本主义社会的经济和政治危机不无关系。

20世纪30年代,诗人接触的题材更加广泛,除了写政治讽刺诗外,还创作爱情诗,反映宗教题材和自己生活经历的诗,主要收集在《诗歌作品》这个集子中。他的政治讽刺诗和《世界末日,神圣伊尔德丰斯的幻觉,即对宇宙的讽刺》不同,它们不是从宏观世界的角度出发,而是直接针对波兰30年代的社会现实,如《中学读本中的冬天》这首诗写某地一所中学由于办学条件差,政府不给帮助,孩子们在冬天只好坐在教室里挨冻,诗的结尾写道:

你看!华沙有一位部长先生,
花白头发,多么可爱,
他从窗外把目光投了进来,
要送给你们冬天的冰雪,
送给你们冬天的所有方便。②

这首诗提到的事情不大,但它触及了一个统治阶级中的高级官僚,实不多见。在同年发表的《鲭鱼罐头》中,诗人进入了一个荒诞的幻想,叙说波兰古代国王矮子弗瓦迪斯瓦夫(1260—1333,1306—1333年在位)一天来到《天语》日报编辑部对主编说:"我在山洞里住了很久,今天到这里来,要在波兰建立正常的秩序。"主编问他:"你要改变错误的制度吗?它在十年前就是这样了。鲜血流出来,又干涸

---

① 本段引文均引自孔斯坦丁·伊尔德丰斯·高乌钦斯基,《诗歌》,读者出版社,华沙,1956年,第608、613、617、620、621页。
② 同上,第129、130页。

了。编辑部里的眼泪浸在桌布上,你不是要见到波兰吗?这就是波兰。"国王看到这样,表示"我只好再回到山洞里去"。整个作品实际上是两个主人公的对话,每次对话都掺杂着一句"鲭鱼罐头,鲭鱼罐头"[1]作者以鲭鱼罐头为诗的题目,并且将这个词组嵌入诗中,似要表现某种幽默情调,但是这种幽默恰恰反映了他对波兰 20 世纪 20—30 年代浸透着血和泪的现实的强烈不满。

  高乌钦斯基不仅对黑暗现实不满,他个人生活中也有许多痛苦感受。在《孔斯坦丁·伊尔德丰斯·高乌钦斯基的一生》中,他介绍了自己和父亲一生的经历,当他们旅居国外时,"思念就把我们推向波兰",可是当他回到波兰后,宪兵又把他抓到了军队里,扼杀了他心中纯洁的诗歌,他感到他无论在什么地方,都只能过流浪者的生活,他永远是一个小丑,在这块土地上也只能当一个小丑,"他要痛哭一场",[2]诗人坦诚地表述了他内心的痛苦。他的爱情诗大都是为妻子而写的。他和妻子娜塔丽亚·阿瓦沃芙娜于 1930 年结婚,当时他没有固定的职业,为谋生而四处奔走,在忙乱中没有履行结婚手续,也没有经过双方家长的同意,就连一个简单的仪式都没有举行,被亲友看成是典型的吉普赛式的结婚。但是这次结婚却给他留下了很深的印象,在他后来创作的许多诗歌中都可看到妻子的形象,表达了诗人对她的真挚爱情。例如《你好,玛多娜》(1929)是他和娜塔丽亚结婚以前写的,诗中把他所爱的人比作圣母玛丽亚和缪斯,把自己说成是一个浪子,只有报刊的编辑和骑着高头大马的警察认识他,他希望他所爱的人不要厌弃他献给她的花篮。诗中反映了他服兵役期满后的苦闷心情。《一个戒指的历史》(1945)也是一首爱情诗,通过一些日常生活的细节来表现男女主人公相互之间的爱慕。诗中动作的描写甚于感情的抒发,两人同行在一条街上,男主人公对女主人公说:

> 你来到这座城市以前,
> 我不知道你在哪里。
> 你是否知道我丢失了你的戒指?
> 但我找到了这只戒指,
> 我把它带在身边。[3]

  这时天下雨了,他把戒指拿出来给她看,还对她作各种解释,后来他们来到一座教堂前,便亲吻起来,诗中明白如画的语言表现了作者一贯的诗风。他战前发表的宗教题材的诗也是这样,善于生动地描写各种宗教仪式,细致而又逼真地勾画出神坛和偶像的形体、布道牧师的服装,以及教堂内外五彩缤纷的装饰,把这些

---

[1] 本段引文均引自孔斯坦丁·伊尔德丰斯·高乌钦斯基,《诗歌》,读者出版社,华沙,1956 年,第 120、121 页。
[2] 转引自张振辉,《20 世纪波兰文学史》,青岛出版社,1998 年,第 287 页。
[3] 同上,第 288 页。

都看成是生活习俗的表现,是人们日常生活不可缺少的一部分,他的宗教诗并没有表现什么宗教感情,而是展现出一幅幅风俗画。

战后初期,高乌钦斯基侨居国外,看到许多他不满意的现象,感到十分苦闷,希望尽早回国。1946年初他在巴黎创作的《巴黎不成功的斋戒记录》中就流露出这种情绪:

整天躲在一间阴暗的房子里,
离市场很近,令人烦闷,
一些惊慌失措的过路人
有时来问我,明天怎么办?

一个侏儒在河边出售各种乐谱,
不时抬起头来惊慌地望着青天。
在万头攒动的人群中只有两张脸,
骗子的脸和被惩罚者的脸。①

在这个环境中他确实不知道该怎么办,这是十字路口,城市笼罩着沉重的云雾。他自己在生活上也遇到了困难,虽然在一个大公司供职,但他只是一个小小的职员,他感到压抑,可又离不开这个公司,要是不在这里干活,就要挨饿。因此他总觉得他在"提着一口绝望的大箱"②。他对资本主义的生存竞争和失业的痛苦有亲身的体会,急切想要回到波兰,离开使他感到绝望的这个环境。这时他想到了波兰的国旗,他认为波兰国旗无论在什么地方,它的红白两色永远不会改变,他虽然流亡在外,也永远忘不了它:

有一面旗,在什么地方?在图卜鲁格,
还有一面,在什么地方?在纳尔维克,
第三面旗,在蒙特卡西诺③。

每一面都像一道彩虹,
都有白的和红的两种颜色④。

---

① 《波兰诗歌选集——中世纪到当代》,沙拉出版社,华沙,2001年,第436页。
② 转引自张振辉,《20世纪波兰文学史》,青岛出版社,1998年,第289页。
③ 蒙特卡西诺山,从意大利那不勒斯到罗马延伸的一条山脉。在第二次世界大战期间,德国法西斯曾在这里建立一道防线,盟军在1944年1—4月期间,对它久攻不破。5月11—18日,波兰军队付出了很大的代价,终于把它攻下。
④ 波兰的国旗呈红白两色。

红得像一杯葡萄酒，
白得像一场雪崩。
白和红。

人们夜里虽然把它们都卷了起来，
但一面旗给另一面赋予了勇敢精神，
它对它说，你不用担心。

另一面回答说，你让我有了魔法，
就是地狱里的魔鬼也不能把我撕毁。

你不怕武力的威胁和金钱的收买，
永远保持高洁的品德，
你任何时候都不是单纯的白，
也不是单纯的红。

你有白和红两种颜色，
就像一道彩虹。

红得像一杯葡萄酒，
白得像一场雪崩。
我最亲密和我最爱的
白和红。

当两面旗帜相互交谈的时候，
却被机关枪的子弹射中，
于是给它们的白和红都穿了个孔。

但它们叫道：不要哭！
即便我们成了块破布，
也改变不了我们的颜色，
我们永远是白色和红色，
神圣的旗帜，疯狂的旗帜，
在图卜鲁克，在摩尔曼斯克①。

---

① 地名，在俄国。

即便我们的命运像吉普赛人那样，
我们也会保持白色和红色，
永远不会失去白色和红色。①

——《旗之歌》

　　回到波兰后，高乌钦斯基激情饱满，笔耕不辍，在40年代末和50年代初创作了不少佳作。长诗《尼俄柏》是一部反映德国法西斯统治的作品，借用古希腊女神尼俄柏的七个儿子和七个女儿被阿波罗和阿耳忒弥斯射死的故事，影射法西斯匪徒屠杀无辜和毁灭人类文明的罪恶。诗中写穆罕默德二世的军队开进城堡，把尼俄柏的神像打翻在地，砍断了它的头。后来它幸好被一位诗人收藏起来，带到了佛罗伦萨。尼俄柏和她的子女终于复活，高声歌唱，嘲笑敌人的炸弹和子弹，这说明正义是不可战胜的，今天的和平生活是用他们的鲜血换来的。整个作品充满了神话和幻想的色彩，给读者以强烈的时代感。

　　诗人回到波兰后，看到全体人民都在积极参加和平建设，热情很高，感到十分欣慰。他写了一些反映波兰战后迅速恢复和发展的作品。他在创作中，往往把他在国外的生活和回到波兰后所见到的美好光景联系起来，加以对比，表现了他对祖国的热爱。

　　诗人正是出于真挚的爱国热情，看到波兰战后社会生活中出现了一些不良现象时，便感到痛心疾首。他的一些讽刺诗主要针对国家机关中的官僚主义、舆论宣传中的简单化和公式化以及社会上的市侩庸俗作风等等。尤其是他创作的一组小型的讽刺诗剧《绿色的鹅》，切中时弊，曾经引起很大的反响。

　　高乌钦斯基的作品不论战前还是战后都密切联系生活，有强烈的时代感。在《安德尔森之死》和《为哈拉斯逝世而作》等作品中都明确地指出了诗歌是为人民的。他的作品不仅真实地反映了他一生的坎坷经历，也充分表现了他希望祖国富强、人民幸福的美好心愿。他的诗歌形式多样，有的采用日常生活用语，通俗易懂，有的借历史或神话典故，比喻他对现实生活的看法，有的把幻想、讽刺和怪诞融合在现实的描写中，有丰富的艺术想象和抒情特色。

　　密奇斯瓦夫·雅斯特隆（1903—1983）也是一位以自己的创作跨越两个时期的人。他生于今乌克兰捷尔诺波尔市近郊的科罗洛夫卡村，1923—1929年先后在克拉科夫雅盖沃大学波兰和德国语言文学系及哲学系学习，1924年开始在一些报刊上发表诗歌，后来一直和《斯卡曼德尔》杂志保持联系。法西斯侵占波兰后，他最初住在利沃夫，1941年来到华沙，参加波兰语言和文化的秘密宣传和教育工作，1945—1949年担任《熔炉》周刊副主编，20世纪70年代初曾在华沙大学讲授波兰现代诗歌的发展。

---

① 张振辉编译，《波兰现代诗歌选》，中国社会科学出版社，2015年，第86、87、88页。

雅斯特隆是一位独具特色的现代诗人。他在几十年的创作生涯中，发表了大量富于哲理的诗作，这是他诗歌创作中的主要成就。早在战前他就集中精力开始对存在进行思考，但他思考的并不是人和世界存在的本身，而是这种存在在他思想和感情上引起的反应。在他的诗歌中常常流露出光阴易逝、记忆不能长久的感叹，一切事物在他看来只不过是过眼烟云，瞬息即逝，并无长久或者永远存在的价值。这也许还包括诗人对过去美好事物的回忆，但这种美好的事物已经一去不复返，因此常常引发他的思念。诗人从怀念过去到从哲理上把人生概括为过眼烟云，毫无存在价值的东西，这是一种悲观主义的存在观。

1939年以后，诗人面对祖国被占领的严酷现实，已经不可能停留在抽象的哲理思辨上。他的诗歌转向了以被占领的波兰现实为题材。他在华沙秘密从事爱国活动的内容之一就是创作诗歌，这些诗歌主要揭露集中营中法西斯分子屠杀无辜的罪恶，反映法西斯统治的恐怖给普通人在心理上造成的压抑和痛苦，歌颂了爱国者反抗法西斯侵略和压迫的斗争。

在《写给空间》中，诗人把自己在战争年代遭受的痛苦坦诚地告诉读者，表示他并没有失去对生活的信念，依然相信美好的未来，相信波兰一定能够获得自由和解放。1942年的诗集《警戒时间》真实地反映了他在华沙耳闻目睹的一切：

车厢里那健康的人体被盖上三个印章，要拿去屠宰，这是一种规定。我在什么地方？我的耳朵听得见，我的眼睛没有闭上，我看见了死亡。①

他认为被压迫的人民只有通过战斗消灭法西斯才能获得自由，这就是当时"应当做的事"。1946年出版的《人的事》这个集子收集了不少描写爱国者反抗法西斯奴役的作品。在《去希腊》中，他一开始就提出：

人的事，为自由而斗争，
今天又做起来，
父亲给儿子留下的只有一双手，
儿子把这双手高高举起，
就像两把明晃晃的利剑。②

战后雅斯特隆的诗歌创作题材更加广泛。诗集《丰收的一年》(1950)和《土地的颜色》(1951)主要反映战后国家建设取得的成就。20世纪50年代中期，由于

---

① 扬·什恰维伊编，《1939—1945年波兰地下斗争诗歌选集》，"共同的事业"——教育出版社，华沙，1957年，第263页。

② 密奇斯瓦夫·雅斯特隆，《诗集》，国家出版机关，华沙，1956年，第239页。

文艺界的思想转变,雅斯特隆要求对任何事物都要进行独立思考,说真话。他在诗集《诗和真理》(1955)和《热灰烬》(1956)中表示,诗歌创作如果要保持个性,就必须说真话,要善于独立思考才能说真话,反映真实情况。此后诗人改变了战争年代和战后初期密切关心现实和反映现实的态度,回到了20世纪30年代热衷的哲理思考上去,如作品《起源》(1959)、《比生活更大》(1960)、《音调》(1962)、《白天》(1967)、《记忆的标志》(1969)、《鸟》(1973)、《旋转舞台》(1977)和《亮点》(1980)等诗集大都表现了对人生和人在大自然和社会中的存在状况的思考。诗人认为,一个人的认识和记忆是有局限的,他的一切都不能不从属于自然和历史发展的规律,因此他生活在这个世界上,永远处于被统治地位,发挥不了他的主动性和积极性。和自然相比,人生微不足道,死亡也并不可怕,生和死不过是大自然的一种变化,大自然变化无穷,这是它的永恒规律。人在大自然中的存在既然那么短暂,就要在生活中寻找乐趣,例如去森林里散步会闻到花香,遇到暴风雨,可以从中享受到无穷的乐趣。但要看到生和死的变化是不可抗拒的,在短暂的人生过去之后,对死的来到就会处之泰然。诗人在晚年,回想那过去的年代,有那么多的灾祸和痛苦的发生不可理解,但他觉得他对这个世界问心无愧:

历史的年表,
记载了那大火和灰烬的年代。
谁都不知道
那些被判了死刑的人,
在死的时候有什么感觉。

我们都死过,但又新生了,
对这个世界,我们问心无愧,
可是在我们面前,却出现了一张不友善的面孔,
在年轻时读过的书中,
我见到了一株橄榄树。

我们见到的是,
一个人真的连一分钟都活不下去,
这个世界好像被封闭了,没有出路,
就像水在破烂的水管中流不出去一样。

被逮捕的要吞下他们像钻石一样的真理,
但他们都和他们的真理一起死了;
一些人虽然获救,却在践踏死者的遗嘱,

以为这样他们就有了希望,
卑鄙堕落成了未来的时尚。①

——《大火和灰烬》

诗人也觉得他自己不能孤独地生活,要对别人尤其是对那些不幸的人表示关心。他一生反对暴虐,为自由而斗争,同时也不断地探索人生的意义,寻找光明和正义,他的诗歌忠实地记载了他的人生足迹。

亚当·瓦日克(1905—1982)生于华沙,年轻时曾在华沙大学攻读数学,后参加佩伊佩尔和普日博希领导的先锋派运动,当过《新艺术作品选》杂志的编辑。法西斯侵占波兰后,1939—1941年他住在乌克兰的利沃夫,后又到过俄罗斯的萨拉托夫和古比雪夫等地,先后在波兰爱国者和共产党员领导的《新视野》杂志和萨拉托夫和古比雪夫的广播电台文艺部当过编辑。波兰第一军在苏联成立后,他作为一名军官在军中担任组织和领导戏剧演出的工作。1944年波兰第一军配合苏联红军解放波兰,他随军回到波兰,1946—1949年参加《熔炉》周刊的编辑工作,1950—1954年在华沙出任《创作》周刊主编,1952年访问中国。瓦日克战前是波兰先锋派的代表诗人之一,但他的创作手法和普日博希有很大的不同。普日博希热衷于运用象征和比喻来表达某种意向,瓦日克从来不用象征,他很重视细节真实,但他诗中的细节是不连贯的,有时呈跳跃状,或者表现为一种巧合。诗人惯于作自由联想,有很大的随意性,可以看到西方超现实主义诗歌对他的影响。瓦日克一生出版的作品有诗集《信号旗》(1924)、《眼睛和嘴》(1926)、《手榴弹之心》(1943)、《车厢》(1963)和长诗《写给成年人的长诗》(1955)、《迷宫》(1961),短篇小说集《穿栗色衣服的人》(1930),长篇小说《穿灰衣的人》(1930)、《灯塔照亮了卡尔波夫》(1933)、《家庭的神话》(1938)和随笔集《朝着人道主义的方向》(1949)等。他早期发表的诗集《信号旗》和《眼睛和嘴》中,《银版照相》一诗写道:

华沙到处一片欢腾,
夜晚是树枝摇曳的倩影。
燕子在你的袖子里砌窝。
你妹妹在整理袜带。
学生把积攒的钱存放在哪里?
又把爆竹藏在哪里?
你看见门上的钢盔没有?
啤酒厂里神秘的大火已经熄灭,

---

① 张振辉编译,《波兰现代诗歌选》,中国社会科学出版社,2015年,第82、83页。

理发师身穿雨衣从大门里出来。①

这里每句诗写的对象都很具体,但相互之间却没有任何联系,充分表现了这种自由联想的随意性。《大西洋1924》则不同,诗中描写的主体是"我们"和"你",在"我们"和"你"所接触的事物中有着某种巧合,它们之间表面上毫无关系,但存在着某种内在的联系:

我们相遇在橡胶树林中,
我们相遇在山里的城市,
明天,
我们醒来时全身会变换颜色,
大地在等待我们,你看,
这是绿色的潘帕斯草,
这是白茫茫的阿拉斯加。②

1940年以后,瓦日克参加了波兰共产党人领导的反法西斯和恢复国家独立的斗争,他的诗歌从过去先锋派的形式主义倾向转向联系他的实际斗争生活,诗集《手榴弹之心》就是他在波兰第一军中参加解放祖国战斗的写照。他怀念那些在波兰和世界各地反法西斯战斗中牺牲的同胞,是他们为保卫祖国建立了不朽的功勋,他们没有白白牺牲。他和战友决心为牺牲的烈士报仇、为被杀害的无辜者报仇,拿起武器,参加战斗,谋求解放:

牺牲者面对着鲜血染红的华沙的城墙,
问道:
您将怎么为我报仇?
我们的回答是:
以血还血。

当敌人侵犯我们的土地时,
当敌人侮辱妇女、屠杀儿童时,
您将采取什么行动?
我们的回答是:
以剑还剑。

---

① 亚当·瓦日克,《诗歌和长诗》,国家出版机关,华沙,1957年,第37页。
② 同上,第26页。

如果敌人亵渎我们的语言,
您将采取什么行动?
您对他们怎么回答?
我们的回答是:
手榴弹。

这不生不死的状态,
难道还能继续维持?
是等待灭亡,还是谋求解放?
我们的回答是:
兄弟,拿起武器!①

——《回答》

战后,诗人为自己的祖国获得独立而感到欣慰,发表了一系列诗歌作品,主要反映劳动人民医治战争创伤和投身于祖国建设的热情:

我的被烧毁的城市,
被车轮轧倒的城市
被马车撕碎的城市

我的城市今天
盖起了漂亮的高楼,
高楼之间有许多公园。

你是我的城市,
眼泪变成了欢乐,
呻吟变成了花岗岩。②

——《华沙,和平的眼睛》

在我国解放战争期间,瓦日克也写诗,表示了对我们的斗争的支持,如在《中国的战争》一首中,他写道:

战争,冬天的战争,

---

① 张振辉编译,《波兰现代诗歌选》,中国社会科学出版社,2015年,第90、91页。
② 亚当·瓦日克,《诗歌和长诗》,国家出版机关,华沙,1957年出版,第120页。

这里是人民的军队,
他们在雪地里宿营,
从冰冻的大河上走过,
来到了北京。

战争,冬天的战争,
正义的战争,
在像碧玉样的芳草丛中爆发,
鸟儿在那里歌唱。①

在诗人看来,中国的解放战争因为是"正义的战争",它不仅不显得可怕,而且表现了一种像碧玉一样的美,因为它取得了胜利,连鸟儿也在那里歌唱。

诗人访问中国期间,在北京和我国南方许多地方进行参观和访问,把那许多美好的见闻写在作品中。如在治理淮河的工地上,他看见民工身着蓝色的短衫,肩挑着一筐筐泥土,修堤筑坝,要挡住"吃人的河水"。他看见了人民军队中的女兵:

我看见了身着淡黄色军装的女骑士,
她们都有一双灵巧的手,
肩上扛着沉重的机关枪,
跋山涉水,从北到南。②

——《我看见了中国》

瓦日克从他早期的先锋派转向了对人民解放事业的关心,他十分崇敬巴维尔·艾吕雅这位对他的创作有过影响的法国超现实主义诗人。艾吕雅像瓦日克一样,在第二次世界大战时期曾投身于反法西斯抵抗运动,并且创作了许多反映被压迫人民解放斗争的诗篇。艾吕雅于1952年逝世后,瓦日克在一篇《纪念巴维尔·艾吕雅》的诗中,对这法国诗人战斗的一生作了很高的评价:

你是战斗的法兰西,
你是燃烧的智慧,
你激发了罢工者的愤怒,
……

---

① 亚当·瓦日克,《诗歌和长诗》,国家出版机关,华沙,1957年出版,第115页。
② 同上,第135页。

你的歌是友谊的臂膀，
你的歌是痛苦的玫瑰，
它把鲜血洒在希腊，
洒在西班牙，
洒在朝鲜。①

20世纪50年代初，瓦日克不仅是一位新生活的赞颂者，而且也是一个社会主义现实主义文艺方针的积极宣传者，他的宣传在文艺界曾经产生广泛的影响。可是在50年代中期波兰政局发生变化之后，他的政治态度和文艺观点也发生了很大的变化。他的《写给成年人的长诗》和《批评写给成年人的长诗》这两个作品由于发表在1956年之前，又集中地反映了他的这种变化，所以在政界、文艺界和社会上都引起了很大的反响。诗人不再像过去那样歌颂波兰战后的建设成就，而开始对社会中的各种弊端进行尖锐的讽刺。在诗人看来，这些年在波兰的社会生活中，由于欺骗成风，"小伙子们不得不欺骗，姑娘们不得不欺骗"②，根本没有是非标准。这是因为人们在某些情况下不得不撒谎，撒谎多了，当然也就失去了是非标准。诗人不满现实中的官僚主义、教条主义和对什么都贴上政治标签的做法。他说他自己也犯过教条主义，他在《批评写给成年人的长诗》中，表示希望人们帮他"脱下身上的教条主义的破衣烂衫，给他穿上一件普通的大衣。"③他把过去发表的赞颂祖国建设的作品都看成是写给未成年孩子的，也就是说没有成熟的作品，此后他就再也不接触现实和政治方面的题材了。

兹比格涅夫·赫贝特(1924—1998)是波兰战后"当代派"诗歌创作的代表之一。他生于利沃夫，占领时期在利沃夫上秘密中学，1943年在秘密开办的大学攻读波兰语言文学，同时参加国家军的抵抗运动。1944年他来到克拉科夫，1950年以后定居华沙，曾先后在克拉科夫雅盖沃大学、贸易大学、美术学院和托伦哥白尼大学深造，并以经济学家的身份供职于一些经贸部门。1965—1968年他在《诗歌》月刊担任编辑，曾多次出访欧美各国，在国外讲授波兰和西欧文学。

赫贝特于1948年开始发表诗歌作品，1956年出版第一部诗集《光弦》，汇集了他过去创作的、零散发表在报刊上的作品。此后的诗集有《赫尔墨斯、狗和星星》(1957)、《客体研究》(1961)、《题词》(1969)、《科吉托先生》(1974)、《来自被围困的城市的报告和其他的诗》(1983)、《离别的悲歌》(1990)、《罗维戈》(1992)、《八十九首诗》(1998)、《暴风雨的尾声》(1998)。此外还发表过《戏剧集》(1970)、游记《花园里的野蛮人》(1962)、《带马嚼子的静物画》(1992)和《海上迷宫》(2000)等。

---

① 亚当·瓦日克，《诗歌和长诗》，国家出版机关，华沙，1957年，第137、138页。
② 《从斯塔夫到沃亚切克，1939—1985年的波兰诗歌选集》，第1集，罗兹出版社，罗兹，1988年，第317页。
③ 亚当·瓦日克，《诗歌和长诗》，国家出版机关，华沙，1957年，第153页。

赫贝特年轻时就对西欧的历史和文化传统,特别是古希腊罗马的文化有很大的兴趣。他的诗歌创作常常借用古代历史、神话、古典文学和艺术来研究人类存在的意义,以古代历史和文学中的各种典故和寓言故事比喻或暗示当代文明的发展,使他成了波兰战后新古典主义的代表诗人。他早期的诗歌以战争时期为背景,既不写游击队的反法西斯战斗,也没有反映人民在侵略者压迫下的悲惨命运。他热衷于爱情主题,认为只有在战争年代才能看出一个人对爱情是否忠贞。在《犹豫不决的尼刻》中,诗人借古希腊神话中胜利女神尼刻的形象,描绘一个少女对一个就要去参加战争的青年的爱。女主人公尼刻既是神又具有凡人的思想感情,她看到自己的心上人坐在战车上,这一去一定会战死疆场,因此要上前去吻他的额头,但又怕他认出她后反而临阵逃走。经过一番犹豫,她还是回到了她自己的神位上。赫贝特后期作品的题材更加广泛,涉及文明世界的各个方面。如古代的战争,在《为什么是古典作家》中,他谈到了在公元前 424 年,斯巴达将领布拉西达斯进攻马其顿斯特里蒙河上的一座古希腊城市安菲波列斯,希腊军统帅修希底德援助不力,而被流放:

一

在关于伯罗奔尼撒战争的第四部书中,
修希底德讲述了他那次失败的远征。

统帅们冗长的演说,
战争带来疫病的流行,
数不清的阴谋诡计
以及各种外交努力,和这些相比,
这次远征就像森林里的一片针叶,
不过是历史长河中的一个插曲。

由于修希底德的援军没有及时赶到,
安菲波列斯的雅典移民区
被布拉西达斯占领,
修希底德因此被判处终生流放,
永远离开了他的故乡。
各个时代的流放者们都很清楚
修希底德为这些付出了多大的代价

二

参加过这次战争的将军们

如果遇到这种情况,
就会表示哀怨,
他们会对他们的后代,
盛赞他们的英雄行为,
说自己是无罪的。

他们还会斥责他们的下属,
咒骂那些有妒忌心的同僚
和那一阵阵吹来的不怀好意的风。

可是修希底德只说,
那是一个冬天,
他有七艘战船,
本来走得很快。①

但战争是残酷的,不论古代还是今天都一样。谁如果没有正确的战略和战术,或者失去有利于自己的战机,就必然遭到失败。

科吉托先生是诗人笔下一个虚构的人物,诗人以他的名字为题目创作了很多诗,表现了他对人类社会的看法。例如他在《科吉托先生论斯宾诺莎的诱惑》一诗中,提到了文艺复兴时期荷兰的哲学家斯宾诺莎,他先世为犹太人,因反对犹太教教义而被开除教籍,生活艰苦,后被迫以磨制光学镜片为生。赫贝特赞同他的人文主义观点,他借这位哲学家和上帝一次开玩笑式的谈话,对他的遭遇也表示同情。

巴鲁赫②,你说得很对,
我很赞赏你那几何图形一样
准确的拉丁文,
我很同意你那明确据理的推论。

斯宾诺莎又说,
我们还是来谈一些正经的大事吧!

上帝说:

---

① 张振辉编译,《波兰现代诗歌选》,中国社会科学出版社,2015年,第198、199页。
② 斯宾诺莎的全名是巴鲁赫·斯宾诺莎(1632—1677),荷兰唯物主义哲学家。

你看你那双手,
都已经残废,在不停地颤抖。

黑暗中你损坏了你的眼睛,
你穿得很破,
吃得也很差。

你就买栋新的房子吧!
但不要怪罪日内瓦的镜子,
只让人看到事物的表面。

也不要怪罪藏在头发里的花朵
和醉汉的歌谣,
但要像你的同行笛卡尔①那样,
多多关心自己的收入。
像伊拉斯谟②那样,
表现得更加机灵。③

他的这类作品还涉及压迫和反抗的题材,诗人希望人们能够团结一致,为争取自由而斗争,一个艺术作品也要

发挥历史的想象,
表现了团结的愿望。
这是在自由空气中的团结,
丰富多彩的戏剧插曲,
高尚的艺术品位,
专制主义一定失败。④

——《科吉托先生的表演》

诗人不仅要求自由的生活,而且要求一个自由创作的环境。他在散文诗《科吉托先生关于地狱想了什么?》中说:"贝尔泽布普拥护艺术,保证艺术家的平静生

---

① 笛卡尔(1596—1650),法国哲学家、自然科学家,被认为是解析几何学的奠基人,主张彻底抛弃教会经院哲学的偏见。
② 伊拉斯谟(1469—1536),荷兰人文主义学者。
③ 张振辉编译,《波兰现代诗歌选》,中国社会科学出版社,2015年,第203、204页。
④ 《从斯塔夫到沃亚切克,1939—1985年的波兰诗歌选集》,第2集,罗兹出版社,罗兹,1988年,第107页。

活,尽善尽美的给养和脱离地狱的绝望孤独。"①

在《阿波罗和玛耳绪阿斯》中,他借古希腊神话中的太阳神阿波罗和河神玛耳绪阿斯的故事,表现了他支持一切新艺术的成长。根据希腊神话,玛耳绪阿斯拾到了智慧女神雅典娜扔掉的长笛,要和阿波罗进行吹笛比赛,由于阿波罗的权势,玛耳绪阿斯是一定要被判定输的。阿波罗对玛耳绪阿斯的行为十分恼怒,剥了他的皮。赫贝特把这个故事改了一下,诗中主要写的是玛耳绪阿斯被剥皮时发出一声吼叫所造成的后果:

他②想,玛耳绪阿斯的吼叫会不会生出新的枝芽?
用我们的话说,具体的艺术枝芽。
在他脚前突然掉下一只僵死的夜莺,
他回头一看,
玛耳绪阿斯绑在上面的那株树已变得苍白。③

诗人认为,代表新生艺术的玛耳绪阿斯是不会死的,他的诞生和成长虽然受到摧残,但最后会取得胜利。《王宫对面的一座山》也是诗人参观古希腊这座王宫后,发表了他自己的感想:

弥诺斯④王宫对面的那座山,
就像古希腊的一个剧院。
这里上演悲剧的舞台
背靠着一面陡峭的山坡。
一排排座位旁边,
有许多香馥馥的小草和美丽的橄榄枝。
观众面对着废墟,
发出一阵阵掌声。

人的命运本来和大自然无关,
说小草嘲笑灾祸的发生
不过是一种想象,
一种令人厌烦和值得怀疑的想象。

---

① 《从斯塔夫到沃亚切克,1939—1985年的波兰诗歌选集》,第2集,罗兹出版社,罗兹,1988年,第110页。
② 指阿波罗。
③ 《从斯塔夫到沃亚切克,1939—1985年的波兰诗歌选集》,第2集,罗兹出版社,罗兹,1988年,第99页。
④ 弥诺斯,古希腊神话中克里特国王,宙斯和欧罗巴的儿子。

> 另外还有一个特殊情况：
> 两条平行线永远不会交叉，
> 这就是我的真话。①

作为新古典主义的代表诗人赫贝特几乎在所有的作品中都借用了古典文学，主要是古希腊历史和神话中的人物和故事。他作品中反映的世界毁灭的思想和波兰战前以及西方现代主义哲学和文艺思潮有着密切的联系。但他认为新生的艺术是扼杀不了的，他要求社会给文学和艺术创造自由发展的条件。他在继承古代文化的基础上，走出了一条联系现实的创作道路。此外他也创作过反映现实生活题材的作品，同样生动和优美。如在他笔下的《铁路上的景致》：

> 长在铁枝桠上的信号灯的红色和绿色的果实正在成熟，
> 月台上是那么寂静，还有小木箱中空中花园②的小模型相伴，
> 可是金莲花和走失了的蜜蜂都不重要，
> 当圆形的挂钟的指针指着12点31分的时候，
> 便有一只黑色的怪物从白茫茫的气雾中，
> 哧哧叫着走过来了，它将吞噬一切。③

在赫贝特的散文作品中，最著名的是他的《花园里的野蛮人》、《带马嚼子的静物画》和《海上迷宫》。《花园里的野蛮人》是他1958—1960年间在法国南部和意大利一些地区和城市旅游期间写的一部报告文学集。赫贝特这些作品所接触的有关欧洲古代艺术的面很广，从人类史前的洞窟里的壁画、中世纪基督教主教堂的建造和罗马天主教会对异教的镇压，到法国和意大利文艺复兴时期的绘画艺术均有涉及，作了既广泛而又生动的介绍。他用《花园里的野蛮人》这个名称，说明了他在看到这些人类最优秀的文化遗产后，盛赞它们的博大精深，感到自己像是走进了一个美丽的大花园里，他在这里反倒成了一个"野蛮人"，对周围的一切几乎一无所知。同时他也认为，他的祖国波兰也没有像法国和意大利这么深厚的文化传统，这当然是他的谦虚。实际上，波兰在她的历史上也出现过像哥白尼、肖邦、密茨凯维奇和居里夫人这样曾经影响整个时代发展的科学和文化巨人，是值得这个民族骄傲的。而赫贝特自己，也一直对艺术特别是欧洲各国的古代艺术很感兴趣，并进行过长时期的研究，所以著名诗人切斯瓦夫·米沃什说他"永远是一个艺术史学家"。

---

① 张振辉编译，《波兰现代诗歌选》，中国社会科学出版社，2015年，第196、197页。
② 亦称悬苑，新巴比伦时代的名园，据说是新巴比伦王尼布甲尼撒二世（约前605—前562年在位）为取悦米提亚王妃所建。古希腊人誉之为世界七大奇观之一。
③ 张振辉编译，《波兰现代诗歌选》，中国社会科学出版社，2015年，第196、197页。

在《花园里的野蛮人》开头的《拉斯科》这一篇中,赫贝特介绍的拉斯科是位于法国多尔多涅省蒙蒂尼亚克镇附近韦泽尔河谷的一个保存了大量人类史前留下的壁画的洞窟。这个洞窟是 1940 年被发现的。赫贝特认为,这些壁画是欧洲旧石器时代晚期称为"法兰西—坎塔布连的文明"成就的一个突出的表现,也是迄今已发现的最杰出的人类史前艺术之一,它是"一种在生存竞争中新获胜的智人在法国的南方和西班牙的北方的土地上"①创造的。这个洞窟的壁画上描绘的公牛、野牛和马等的彩色图像都达到很高的艺术水平。有的幻想中的动物图像表现了史前人类的"图腾崇拜",它们所表现的各种姿态以及它们周围所出现的各种记号都是寓意深长的。此外这里

还有一幅称为中国马的画像乃是这里最漂亮的动物画之一,这不仅是旧石器时代的艺术品,而且可以代表所有的时代。这个名称并不是说这里画的是一匹中国品种的马,而是拉斯科的这位绘画大师要以他的精湛的技艺表示对中国骏马的敬意。②

赫贝特认为:

这里所有的描绘——各种绘制品——和这幅杰作相比,都是黯然失色的。它是那么浑然一体,光彩照人,只有诗和童话才有这种光芒四射的创造力量……拉斯科洞窟不是普通人居住的地方,它是一块圣地,是我们的祖先的一座西斯廷的地下教堂。③

《在多尔人那里》主要介绍帕埃斯图姆保存至今的古希腊神庙。帕埃斯图姆在意大利的南部,公元前 3 世纪曾是古希腊的殖民地,后来又被古罗马占领。保存至今的古希腊神庙中最著名的是巴齐利卡神庙、得墨忒耳神庙和赫拉神庙。赫贝特认为,它们代表古希腊陶立克的建筑艺术发展的三个时期,"巴齐利卡是古代的艺术,得墨忒耳属于过渡时期,赫拉则是陶立克式建筑艺术成熟时期的杰作。"它们属于这里"最重要和最有研究价值的古希腊的建筑群"。《阿尔勒》中记述的阿尔勒是坐落在法国南部普罗旺斯地区罗纳河流域平原上的一个小城。它在公元 12 世纪以前曾是这个地区的首府,古罗马时代是它最繁荣的时期,那时候,"全世界的产品都可以很容易地拿到这里来进行交换",这座城市也"是按照古罗马的规模设计建成的"。④

---

① 兹比格涅夫·赫贝特,《花园里的野蛮人》,张振辉译,花城出版社,2014 年,第 4 页。
② 同上,第 6 页。
③ 同上,第 4、6 页。
④ 本段引文出处同上,第 29、41、46 页。

《锡耶纳》说的是锡耶纳这座意大利古城,在中世纪和文艺复兴时期出现了许多著名的画家,他们的绘画艺术达到了很高的水平,并且形成了锡耶纳画派,影响深远。赫贝特在他的这篇文章中,提到了杜乔、乔托、西蒙·马提尼、平图里乔、萨塞塔和贝卡富米这些画家的名字,并对他们作品的内容和艺术风格进行了分析,作出了评价。

《主教堂的石头》详细介绍了欧洲一些国家和城市中世纪基督教主教堂修建的情况。因为欧洲各国人民自古以来,大都信仰基督教,在中世纪和文艺复兴时期,这里许多国家和重要的城市都曾掀起一股修建它们的主教堂也就是最重要的教堂的高潮。参加修建的除了教会、国王和政府部门之外,也有社会慈善机构和普通的基督教徒。在主教堂的建筑工地上,还有许多人自愿报名来参加劳动,有许多热心公益事业的人甚至跑到很远的地方和国家去筹集资金,有钱出钱,有力出力,这是一项全民参加的宗教活动。由于工程浩大,有的教堂的修建延续了几十年。它们都是用石料修建的,表现了罗马式和哥特式的建筑风格,几百年后,至今完好无损,成为世界文明的见证。

《基督教阿尔比派、宗教裁判官和游吟诗人》是讲中世纪天主教会和他们认定的"异教"阿尔比派的斗争。阿尔比派本是基督教中的一个派别,它所倡导的教义和天主教的教义有所不同,它"很明确地宣扬二元论,认为在宇宙间,有两种强大的力量在起作用:善与恶,世界是魔鬼造的(否认《圣经·旧约》上关于世界是上帝创造的说法),要对躯体和物质进行严厉的惩罚,要求教徒严格保持禁欲主义",要"全身心地投入到了慈善事业中,特别是要救助病人。"阿尔比派因为它的教义反映了人道主义和民主思想,公元11—12世纪在法国南方,特别是在表现了自由、平等和民主精神的图卢兹城一带,发展迅速。而这些地方的天主教会贪污腐败盛行,已不得人心,所以阿尔比派在社会各界有很高的威望。可是法国、西班牙和罗马的天主教会感觉受到了它的威胁,便和各国拥护天主教的执政者一起,曾多次派遣十字军对他们进行残酷镇压,或者成立宗教裁判所对他们严刑审讯,最后终于将这个"为创建人类新的精神面貌上,本来可以作出更大的贡献"的教派彻底消灭了。所以赫贝特认为,那是一个"罪恶统治了世界","充满了暴力、战争频发和大变动的时代。"①

《回忆瓦卢瓦》是赫贝特参观巴黎和巴黎附近"属于最古老的法兰西"②的一些小城写下的观感,他介绍了这些地方的历史、城市面貌,风土人情和名胜古迹,特别是这些地方绘画艺术以及教堂和公园建造的情况。作者在参观一些主教堂时,还提出了一个重要的观点:

---

① 本段引文均引自兹比格涅夫·赫贝特,《花园里的野蛮人》,张振辉译,花城出版社,2014年,第146、147、151页。

② 同上,第235页。

有些哥特式建筑物的诞生是和卡佩王朝的君主们要扩大他们的统治范围联系在一起的,北方的精神要和南方的精神进行斗争,这反映在十字军对阿尔比派的血腥镇压中。毫无疑问,新的风格符合新的精神状态,和那种只看到了自己,处于心无旁骛的状态的罗马式的教堂相反,哥特式的建筑物总是充满了动感,而且显现出一种很狂暴的势态,因而大放光彩,体现了"神的本质",起了决定的作用。①

这种狂暴的势态显然是统治者发动侵略战争和镇压"异教"的需要。

《带马嚼子的静物画》是赫贝特对荷兰历史、地理、经济、政治、文化、习俗,尤其是美术创作的研究。荷兰于 1463 年建国,又称尼德兰,16 世纪曾受西班牙统治,1566—1568 年进行资产阶级革命,1579 年它的北部七个省获得独立,联合后建成共和国,而南部弗兰德斯(亦称弗兰芒)地区仍在西班牙统治下。17 世纪以后,北方地区的美术形成了独立的荷兰民族美术。这时期,荷兰绘画所取得的巨大成就对西方美术的发展产生了深远的影响。它的绘画首先摆脱了对宫廷贵族和天主教的依附,开始为新兴市民阶级服务,市民用绘画装饰家庭,艺术的商品化促使艺术走向社会,使绘画题材更加广泛,反映世俗生活。赫贝特在这部作品中介绍了荷兰 17 世纪绘画繁荣的景象、决定市场价格的各种因素、画家和他们的画作的不同特色。诗人认为:生命是躯壳的囚徒,人是生活的囚徒,他向往的是自己的行为不受别人左右的"无因人生"。

《海上迷宫》中收集了七篇散文,主要写作者去地中海希腊的克里特岛和雅典等希腊城市旅游,参观这些地方名胜古迹的感受,诗人因对这些地方的历史、民俗、宗教、文化和艺术有深入的研究,所以他在这部散文集中,对以上方面发表了许多独到的见解。如他来到克里特岛上,看到这里已经成了废墟的古希腊建筑群,如台阶、房间、走廊、平台、院落等,就像一座迷宫一样让人觉得广阔无边,因此这是一座海上迷宫。据考证,这里早在公元前 3 千年,就有了陶器制造,岛上港口城市伊拉克利翁的博物馆陈列各种陶器、泥塑、青铜小雕像、壁画、印章、宝石饰品。壁画的独到之处表现在

用一个简单的轮廓就能捕捉处于运动中的形体,其轻松自如的程度令人叹服……来自圣地特里亚达的石棺毫无疑问就是这样一件伟大的杰作……它详细刻画了葬礼的过程,以美术的方式记载了古代习俗,因此有着重要的史料价值。画上任何一个人物形象都不是装饰性的,而是在整个仪式中"扮演"某种角色。②

---

① 本段引文均引自兹比格涅夫·赫贝特,《花园里的野蛮人》,张振辉译,花城出版社,2014 年,第 245 页。
② 兹比格涅夫·赫贝特,《海上迷宫》,赵刚译,花城出版社,2014 年,第 5、15、17 页。

在克里特岛，

无论是建筑材料的种类，还是为数众多的绘画，都无法将其一切解释清楚……这是动态而多变的建筑，是蔑规威严的建筑。此外还要加上空前的舒适度，卫生间和引水系统这些三千年后在意大利和法国的城堡里都还难得一觅的设施，在这里都已出现。应该说，这里不是威权和杀戮之所，而是无害的谋划与真爱之地。①

但克里特岛如此灿烂的米诺斯文明后来中断了，赫贝特说，这可能是亚该亚人的入侵造成的破坏，也可能是地震、洪水或火灾毁灭了它，考古学家对这有不同的看法。诗人在参观希腊其他城市时，还谈到了希腊的宗教，因为它吸收了克里特、亚洲和埃及的宗教因素，也融合了地中海古老农耕崇拜的传统，希腊人善于将建筑变成风景，神殿就像丛林一样，剧院让人想起险峻的山谷。"在人类历史开始之前，希腊曾是一片动物资源非常丰富的土地"②，因此希腊雕塑中经常展现的狮子形象并非仅凭想象。雅典卫城包括帕提农神庙、厄瑞克忒翁神庙和胜利女神雅典娜神庙等一系列宏伟的建筑，是古希腊政治家伯里克利（约公元前495—前429）统治时期建造的，为此成千上万的奴隶参与了修建工作，它的设计师都是雅典天才的建筑师，还有自由民参加，"耗费了希腊城邦国家的大部分联盟财政"，但它在数千年的历史长河中，"始终具有防卫堡垒和信仰圣地的双重特点"，后来雅典遭到罗马的攻击，也是卫城的抵抗最顽强。公元前86年5月，卫城陷落，"大批雅典最优秀的公民以身殉国，而载满艺术珍品和珍贵手稿的船只则驶向了新的世界之都"③——罗马。公元4世纪，雅典又被纳入了拜占庭统治。《海上迷宫》中的散文写的也并不都是古代的希腊，例如其中《关于伊特鲁里亚人》和《拉丁语课》就记述了古罗马的起源和罗马对欧洲大陆的征服，以及古罗马的真正的创立者伊特鲁里人的宗教、语言、文字和艺术等。

赫贝特的这些散文不仅让读者广泛地了解西方一些国家古代和中世纪灿烂的文化和艺术以及它们产生的社会背景，而且具有鲜明的艺术特色，著名诗人亚当·扎加耶夫斯基曾经指出：

赫贝特关于艺术的随笔，具有明显的抒情特征。在他的这些随笔中，我们会发现那使他的诗歌增光溢彩的抒情性——抒情绝对是其诗歌不可分割的一部分，使其融合成为一个整体。在这些随笔中，抒情却承担了一个附加的功能；它带着

---

① 兹比格涅夫·赫贝特，《海上迷宫》，赵刚译，花城出版社，2014年，第40页。
② 同上，第69页。
③ 同上，第110页。

亲切的感情,想要弄清,你是不是能在多德雷赫特、阿尔勒①、希腊住下来。②

耶日·布罗纽西茨·哈拉塞姆维奇(1933—1999)生于卢布林省普瓦维县,童年和青少年时期家境贫寒,1953年毕业于克拉科夫省里曼诺瓦县林业技术学校,后在莫西拉一带林区工作。1956年他发表第一部诗集《奇迹》,1957—1963年曾先后在莫西拉和克拉科夫领导成立了莫西茨和巴尔巴鲁斯文学社。

哈拉塞姆维奇的早期诗集如《奇迹》(1956)和《回到温和的国度》(1957)大都描写他在林区工作时目睹的自然风光:绚丽多彩的自然景色,刻在树上的圣像,乡村的小教堂。诗人常常以民间传说和童话的形式展现一个小动物世界,赋予它们以人的灵性:

> 森林里是玻璃世界银白耀眼,
> 羽色绚丽的山雀被雪映照得分外娇艳,
> 犹如五彩缤纷的饰物
> 把节日的圣诞树装点。
>
> 风儿把杉树轻轻地摇,
> 树枝像一把把绿色的扇子
> 悬空倒吊。
> 山雀抖动着斑斓的羽毛
> 在枝头蹦跳,
> 像一群愉快的画家
> 叽叽嘎嘎地说笑。③

诗歌展现出了一片林中美丽的冬景,诗人这时想到了圣诞节已经来到,他和林中的山雀一样,沉浸在欢乐中,他像孩子一样在森林的某个角落,看见

> 一只野兔在训斥另一只野兔,
> 因为它用两个爪子捋着胡须,
> 野兔社会对这坏习惯不能忍受。④

——《山雀》

---

① 多德雷赫特,荷兰西南部港口城市;阿尔勒,法国东南部,近罗纳河口。这些地方分别出现在赫贝特的《带马嚼子的静物画》和《花园里的野蛮人》中。
② 亚当·扎加耶夫斯基,《捍卫热情》,李以亮译,花城出版社,2015年,第92页。
③ 《波兰二十世纪诗选》,易丽君译,上海译文出版社,1992年,第191页。
④ 同上,第192页。

接着他便以童话中说书人的口气对爱娃说："我真想把这些森林的趣事对你说说。"①诗人把想象、写实和童话的意境融合在一起，生动地表现了对大自然的热爱和审美情趣。但他并不总是沉浸在大自然的欢乐气氛中，在稍后发表的《忧郁塔》（1958）这个集子中，就流露出了一种感伤的情调。有的诗篇主要描写梦幻和潜意识，展现一幅又一幅凶恶可怕的景象，有超现实主义诗歌的特色，和他前期的风格迥然不同。

在《接受副本》（1958）、《森林的建设》（1965）和《波兰的圣母们》（1969）这些诗集中，哈拉塞姆维奇把视线转向了他曾长期居住的克拉科夫城郊的生活环境，有时对社会下层的流氓无产者不无讽刺：

今天，流氓受到了天使般的接待，
没有光荣神圣的历史，
却要喝香馥馥的燕米粥。②

——《天使》

咖啡馆、酒吧间和其他娱乐场所都是诗人经常出入的地方，他的生活就像一位流浪艺人，人们曾称他为茨冈诗人。由于接触的社会面广，他的诗歌体裁十分丰富，他不仅写抒情诗、讽刺诗，也写富于幽默情趣的诗。从20世纪60年代开始，他又转向创作历史题材的诗。在《诗选》（1967）、《波兰的圣母们》（1969）、《巴洛克的时代》（1975）和《带着鹰打猎》（1977）等集子中，他颂扬波兰过去许多著名的国王和爱国的统治者在反抗异族侵略、保卫祖国的战斗中建立的丰功伟绩，或者领导人民在建设祖国中创下的伟业，再现了波兰人民过去反抗外来侵略者的许多战争场面，继承了数世纪来波兰爱国主义的文学传统。如《斯托切克之战》以1830年十一月起义为背景，着意描写一次取得胜利的战斗：起义军的刺刀像一把把神剑砍断了沙俄军队的炮口，把敌人全都赶进了冰窟窿。敌人的那个指挥官盖伊斯马尔将军被吓得翻身落马，"一条狗命就像嘴里吐出来的泡沫那样消失不见"，于是数以千计的俄国士兵和他们的火炮马上成了起义军的俘虏和战利品。在起义军方面，除了一匹马的尾巴掉了一根毛外，全体官兵没有一个人受伤。整个作品充满了讽刺、夸张和富于幽默情趣的描写，表现了对敌人的蔑视，赞颂了起义军和爱国者的英雄气概。

《沃伊切赫·科萨克③，奥尔辛卡之战④》一诗也以十一月起义为题材，颂扬了起义战士一往无前、势不可挡的气势，因为有祖国人民作为他们的后盾，他们能够

---

① 《波兰二十世纪诗选》，易丽君译，上海译文出版社，1992年，第192页。
② 转引自张振辉《20世纪波兰文学史》，青岛出版社，1998年，第315页。
③ 沃伊切赫·霍拉齐·科萨克（1856—1942），波兰画家，画过许多拿破仑战争和波兰1830年十一月起义战斗场面的画。
④ 奥尔辛卡·格罗霍夫斯卡为华沙的一个城区，1830年11月在华沙爆发的抗俄民族起义中，波兰起义军和沙俄占领军在这里打过一仗。

战胜一切顽敌：

  团队每前进一步
    就像森林里升起了一团焰火，
    战士们勇往直前，信心百倍，
    在胜利中夺得的草原被鲜血染红了。
    这是近卫军的队伍，有他们的誓言。

  机关枪响了，不可抵挡。
  近卫军战士胸怀英雄主义的大志，
  在雪地里行走，打上了坚实的绑腿，
  他们在战场上，喊出了
    "为了我们和你们的自由"的口号，

  这口号就像战鼓雷鸣，
  战士们前进的步伐不可阻挡。

  被硝烟熏黑的双腿虽然伤痕累累，
  在蓝军装中却蕴藏着美丽的神话。

  同志，你不用当心！
  我们的身后有强大的祖国，
  她的面孔虽然被熏黑了，
  可她胸中自有百万雄兵。

  ……

  皮耶特卡和涅戈齐的炮兵连开火了，
  沙皇的士兵后退了，
  请给我一杆枪，我要用它对准敌人的心脏。

  战士们发出的誓言就像战鼓雷鸣一样，
  在战地里的烟火中，
  他们前进的步伐不可阻挡。[①]

[①] 张振辉编译，《波兰现代诗歌选》，中国社会科学出版社，2015年，第216、217页。

爱尔内斯特·布雷尔(1935—　)生于华沙,中学毕业后,曾就读于华沙大学波兰语言文学系。从1954年开始,布雷尔先后任《直言》周刊、《青年旗帜报》、《当代》和《文学月刊》的编辑,波兰室内电影集团和华沙波兰剧院文学部主任以及"希列霞"电影集团的艺术总监。1975—1978年布雷尔任伦敦波兰文化研究所所长,后任波兰驻爱尔兰大使。

布雷尔的作品包括诗歌、小说和电影文学剧本等,其中以诗歌为主。现已发表的诗集有《一个疯人的除夕》(1958)、《公牛的自画像》(1960)、《被遮住的面孔》(1963)、《实用艺术》(1966)、《马佐夫舍》(1967)、《贝壳》(1968)、《道一声你好的讽刺诗》(1969)、《笔记》(1970)、《苦艾》(1973)、《小动物》(1975)、《一颗蓝色的星》(1976)、《这条河》(1977)、《波兰的一年》(1978)、《谁沉醉于欢乐》(1980)、《有时我遇到了自己》(1981)、《油烟》(1982)、《空寂无人的夜晚》(1983)、《圣诞节斋戒》(1986)、《信鸽》(1986)、《诗歌——战斗中的团结工会》(1987)、《瀑布里的一滴水》(1995)、《神秘的酒杯》(2000)、《明山,琴斯托霍瓦》(2001)、《瓶子里的一封信》(2004)、《在她微笑的彩虹上》(2007)和《金龟子》(2009)等,此外他还出版了大量的小说和电影文学剧本。

布雷尔诗歌的取材和他这一代别的诗人有所不同,他热衷于波兰历史和民族风情的研究,在一些作品中,对波兰传统风俗习惯的好坏作出评价,同时指出波兰在欧洲的历史地位。有的诗歌取材于波兰19世纪民族解放运动和以民族解放斗争为题材的浪漫主义文学,对浪漫主义诗歌一味歌颂失败和流血牺牲的倾向进行了讽刺。诗人认为,评价历史事件要有清醒的头脑,要从实际出发,如在《波兰的一课——斯沃瓦茨基》一诗中,他写道:

第一批战船已经沉落江底,
风的翅膀把它们遮盖,
船上的桨叶都紧贴在一栋房子上,
这是一位木匠建造的房子,
可是沉船却要重新开往战场,
开往腐尸的战场。
这时突然来了许多教师,
他们一个个潜入江中,
要打捞起沉船的残骸,
因为他们相信,
那里可以找到祖国的珠宝。
木匠把珠宝——祖国镶嵌在沉船上,
可是它已经失去光彩,
就像腐烂的沉船一样,

它浑身颤抖不停,
因为它已病入膏肓;
它在等待人们的拯救,
希望在沙皇的寝宫里。①

诗人把祖国比作沉入江底的战船。它曾经战斗过,但它被敌人击沉了,在水中腐烂,失去了光彩,把它打捞起来也没有用。《旅行》写的也是波兰过去亡国的悲剧,作者认为,这种悲剧外国人是理解不了的,他们就像来到波兰的旅游者一样,对波兰不可能有深入的了解:

我们每个家庭都有人被判处死刑,
可是谁被绞死,谁被枪杀,
却没有载入旅游指南。

一次不愉快的旅行,
他们看到的不是古罗马圆战场,
而是被打碎的碗盏,
被烧毁的木屋
和被污染的墙壁。

金钱、五颜六色的封面,
幽默逗趣的影院
和枯燥无味的笔记本,
自有佛罗伦萨的行家
给它们制作甜美的羹汤,
让它们品尝鲜美的肉味。②

在《莫拉茨明达》这首诗中,诗人表达了这样的一个观点:沦亡的祖国不仅无法拯救,而且将要被人遗忘,一切神圣美好的东西都将变得毫无价值。诗中悲观主义的情调显然是和19世纪浪漫主义文学崇尚战斗的英雄主义和乐观主义精神背道而驰的:

我在那里喝葡萄酒,

---

① 《从斯塔夫到沃亚切克,1939—1985年的波兰诗歌选集》,第2集,罗兹出版社,罗兹,1988年,第314页。
② 同上,第315页。

看到我的祖国已经死去，
那里神圣美好的一切
都已变得平庸凡俗，毫无生气。
大风不能把它们托起，
大地在不停地颤抖。
人种志学有什么用？
把它搁置一旁不予理睬。
在词典里的语言
就像枯黄了的树叶一样
它还有什么意思？①

可是有的诗人却要美化历史，把过去的失败和罪恶说成是正义的化身：

他给历史学家雕出了一副高贵的面孔，
这是一副未曾有过的面孔，
一个罪犯
在阴暗的岁月里
找到了正义。②

——《这个……》

在布雷尔看来，不仅历史中看不到希望，而且现实中也没有希望，那么上帝会把人民引向何方？

她想，在这条道路上，
人民能否躲避瀑布洪流的袭击，
如果语言、种族都已经灭亡，
习俗都已经改变，
那么谁也不知道，
上帝会把他们引向何方？

她两眼瞅着一群年轻人，
眼泪流在她的脸上，
就像那里留下了创伤。

---

① 《从斯塔夫到沃亚切克，1939—1985 年的波兰诗歌选集》，第 2 集，罗兹出版社，罗兹，1988 年，第 319 页。
② 同上，第 321 页。

她两眼瞅着一群年轻人，
誓言是那么虚假，
可是她在想，
在这条大道上，
人民有没有迈步前进的力量？①

——《关于婚礼的讹传》

诗人虽然在历史上看不到光明和希望，但是他在波兰民间的风俗习惯和民间文学中，却发现了值得称道的东西。比如他在诗歌中常常赞颂农民的智慧和勇敢，乡下人说话粗俗，但比贵族老爷那种矫揉造作的"高贵"使人感到亲切。亚当·密茨凯维奇的长诗《康拉德·华伦洛德》描写一位古代英雄如何机智勇敢地打入敌人内部，在取得敌人的信任后，便以各种计谋，使敌人在战争中贻误战机，遭到失败。布雷尔认为波兰农民也具有华伦洛德的机智和勇敢，他把这种机智和勇敢称之为"农民的华伦洛德主义"。由于对民间文学的兴趣，诗人也热衷于童话故事的叙说。这些童话故事取材于民间口头文学，经过他的加工，具有鲜明的艺术特色：

祭司和小丑同住在一栋房子里，
祭司住楼上，小丑住楼下，
两人各自从他们的主人那里
领取一样的酬劳。
进餐时祭司为小丑祝福，
可小丑却嘲笑祭司笨拙，
两个人都以为自己最聪明，
能够获得真理的种子，
要经受苦难才能获得安宁，
获得王位。
如果是一个聪明的国王，
他就知道，
祭司是预言家，
小丑是幽默家。②

通过对历史和民俗的考察，布雷尔最终得出了一个结论：波兰19世纪民族

---

① 《从斯塔夫到沃亚切克，1939—1985年的波兰诗歌选集》，第2集，罗兹出版社，罗兹，1988年，第326页。

② 同上，第317页。

解放斗争的理想不过是一种幻想,它实现不了,也毫无价值;只有民间的风俗习惯才是值得称道的,因为波兰农民最讲究实际。布雷尔以民俗为题材的诗具有口语化和通俗易懂的特点。

米隆·比亚沃谢夫斯基(1922—1983)是战后先锋派的代表诗人之一。他生于华沙,占领时期曾在地下的华沙大学攻读波兰语言文学,1944年华沙起义失败后,被法西斯分子送到德国进行强制劳动,战后回到波兰,1946—1951年担任报刊记者,并在大学继续深造。他1947年发表处女作《起义的耶稣》,1955年和几个朋友创办了一个实验剧院,上演波兰现代戏剧,在社会上很受欢迎。他的诗集主要有《物的周转》(1956)、《奇异的账目》(1959)、《错误的激动》(1961)、《有过,有过》(1965)、《不再纠缠》(1978)和《啊哟》(1983)等。

比亚沃谢夫斯基的早期诗歌写的都是古旧破损的房屋和家具、破衣烂衫、旧器皿、垃圾堆、自由市场上的廉价次货、肮脏破败的城郊和乞丐歌谣中的下流社会等等。诗人热衷于表现被人们视为下等文明的世界,着意回避审美家们通常看成是美好的东西,但他所指的美与丑并不具有精神和道德的含义,也不带有感情色彩。他的作品有时对一些静物如火、桌椅、柜子、地板、窗帘等作纯客观的描写,和一般的抒情诗或哲理诗有很大的不同。这个特点在《锦缎的歌谣》中可见一斑:

少女睡在一畦菜地上,
蜷缩着两只生得很长的腿,
用胳膊肘支着下巴,
从旁边看她很漂亮,
从背后看她很摩登。①

又如《对桌上羊雕像的审查》:

华沙布拉加的幻想啊!
你有一对亚述②羊的犄角,
还有一只油上了红漆的脚,
啊!市场!市场!市场!
啊!绵羊!绵羊!绵羊!③

诗人写的都是华沙城郊的生活场景:郊区菜农的女儿睡在菜地里的姿态,他从桌子上的羊雕像想到了城郊的自由市场和市场上出售的绵羊。他也创作过许

---

① 米隆·比亚沃谢夫斯基,《诗歌选》,国家出版机关,华沙,2003年,第43页。
② 古代东方一个奴隶制国家。
③ 《从斯塔夫到沃亚切克,1939—1985年的波兰诗歌选集》,第2集,罗兹出版社,罗兹,1988年,第23页。

多针对某种社会现象的讽刺诗,如他晚年发表的《蛾巢》一诗写他在家里储藏了一些食品,出门休假回来看时,发现里面生了一大群飞蛾。诗歌揭露了市场上出售某些不合格的商品,损害了消费者的利益,但他的讽刺并不十分强烈,而带有某种幽默情趣。这种幽默情趣有时又是通过一些怪诞的描写表现出来的,如《进发》中诗人写道:

先是在长长的睡梦中
我听见
电梯上下匆匆
我起床,出门
傍晚我按电钮
全然不管用
电梯仍在大逞凶
我朝里边一望
有人困在其中
原来是电梯发了疯
劫持了十层的妇女
上下不停飞奔。①

这样的作品实际上都是作者对他所处环境中的某些现象的不满情绪的宣泄,也多少表现了他那愤世嫉俗的人生观,但诗人有时候却自我感觉良好,有的诗甚至表现了一种乐观主义的情调,这些作品中的幽默运用得朴素自然,充满了生活趣味。如在《快乐的自画像》一首中:

意识是快乐的舞蹈。
我的意识在跳舞,
在颤动的灯光前跳舞,
在墙的外皮前跳舞,
在有许多白菜的
副食品商店的门前跳舞,
在正在说话的朋友
的嘴巴前跳舞,
在自己的一只
没有想到会出现

---

① 易丽君译,《波兰20世纪诗选》,上海译文出版社,1992年,第153页。

的手前跳舞，
在一幅现实的巨雕前跳舞。
我的意识在最华美和气派的
游艺会上跳舞，
还有最神圣的祈祷在为它伴舞。

我舞起来，
每跳一圈
都走向了天堂，
在那里我什么也感觉不到，
开始怎么样，
后来还是这样。
可是那里的快乐却无法形容，
我现在这样，
以后将永远这样，
这就是一切。①

此外他的诗中也有一些城市里的娱乐场景的描写，同样给读者一种轻松愉快的感觉，如在《带圣母像的旋转木马》中：

你们都来坐坐这些
有圣母像的旋转马车吧！
每辆都由六匹木马拉着，
六匹木马！
马群正欲奋蹄前行，
可它们站在
车前却好像
昏昏欲睡了。
这里每辆车
都涂上了火红的颜色，
是用橡树木做的，
里面挂着圣母像。
马群开始奋蹄前行，
周围可以听到

---

① 张振辉编译，《波兰现代诗歌选》，中国社会科学出版社，2015年，第175、176页。

留声机和唱片
播放的音乐。
每匹马的身上
都披着漂亮的垂饰。
它们这时
便摇头摆尾地
跳起了英格兰土风舞。
马车都成双成对地
排在一起。
圣母像和圣母
总是那个样子,
一点也没有变。①

比亚沃谢夫斯基在诗歌创作上的革新实验和波兰战前的先锋派诗歌以及 21 世纪初西方未来派诗歌不无联系,不过他的革新较之后者走得更远。这表现在他的实验诗歌在主题构思、用词组句和形式的建构等方面随心所欲,但在这种结构上具有很大随意性的作品中,有的也表现了某种特定的含义。例如《无精打采的主教高兴了》就带有强烈的讽刺意味,主要针对 20 世纪 50 年代官方那些空洞无物的宣传:

我为你高兴,
你是天空,你是万花筒,
你有那么多的人造星星,
你像装圣餐的碗盏那么明亮。②

万花筒似乎什么都能看见,但那全都是虚假的,因为在作者看来,那些空洞无物的宣传和万花筒一样,表面上总是涂上一层神圣的光彩,但并没有反映生活的真实。

除了主题构思的随意性外,诗人有时还特意运用一些不合语法的病句、错句、错词,把某些词句毫无意义地加以重复,或者将一些在字母的组合上大致相同或者经过他的改组后大致相同的词汇编排在一起,似要表达某种意思。这种经过改组的词汇实际上是他创造的新词,虽是没有得到大众认可的错词,但从它们的拼写来看,又好像有某种意思,这叫作从"物的周转"走向"词汇的周转",再从"词汇的周转"又回到"物的周转"。例如收在《有过,有过》这个集子中的《没有声音的错

---

① 张振辉编译,《波兰现代诗歌选》,中国社会科学出版社,2015 年,第 172、173 页。
② 《波兰诗歌选集——中世纪到当代》,沙拉出版社,华沙,2001 年,第 555 页。

误的舞蹈》这一首诗歌的题目就说明了某种错误,诗中重复出现的"幽默"(humor)和"喧闹"(rumor),"安静"(spokój)和"不安"(niepokój),"百万"(miliony)和作者创造的一个似要表现模仿意思的新词 malpiliony,在波兰文中的拼法都很相似。把这些词排在一起表面上看也很整齐,但它们要表达的意思却是通过暗示和引申表达出来的,而且这种引申可以是多种多样的,如跳舞有动有静,可以以各种滑稽动作来表现舞者的高兴,或者以喧闹来解除舞者的焦虑和烦恼。但是千百万人赶不上文明前进的步伐,只能进行模仿,而不能走在文明的前头,就像跳舞一样,永远是一种模仿,而不会有所创新。除此以外,读者还可做出别的引申,做出新的解释。因此,比亚沃谢夫斯基的诗歌创作的革新实验表面上看似乎是一种文字游戏,但它并不是单纯的文字游戏。他在词汇和句型的新的排列组合中,不仅创造了新的诗歌创作形式,也反映了深层的思想内涵。对它们的内涵,读者可以做出各种不同的解释。

比亚沃谢夫斯基也写过散文作品,如《康斯坦钦》(1991)是他 1975 年 2—3 月间因心脏病在华沙郊区的康斯坦钦疗养中心疗养时写下的日记。诗人对他所见到的人和物都抱有友好的态度,特别是对那些弱者。他可以嘲弄自己的缺点、弱点、恐惧,但是他从不展现别人的无助,痛苦和虚弱。他对他所观察的世界表示理解和同情。

斯坦尼斯瓦夫·格罗霍维亚克(1934—1976)也是一位在 20 世纪 50 年代初崭露头角的诗人,而且是一位以写丑陋和病态事物而著称的"丑陋派"诗人。他出生于大波兰莱什诺市一个知识分子家庭,第二次世界大战期间在华沙度过童年,1951 年开始在波兹南大学波兰语言文学系学习,不久后转到弗罗茨瓦夫大学,毕业后曾在华沙许多报刊和出版社担任编辑。

格罗霍维亚克 1956 年发表第一部诗集《骑士的歌谣》,在诗坛上引起了很大的争论。因为他反映了大量的丑陋、残缺、肉体腐烂和死亡等人们难以接受的事物,不仅同浪漫主义和现实主义诗歌的传统大相径庭,而且也遭到了一些 30 年代先锋派老诗人如尤利扬·普日博希的反对。但是格罗霍维亚克在他的《出殡小步舞曲》(1958)、《脱衣睡觉》(1959)、《醋果》(1963)、《不曾有过的夏天》(1969)等诗集中,却一直坚持这个方向,从而形成了他的丑陋派风格。不过在波兰文学史上,描写丑陋并不是从他开始的,他的诗歌和波兰 17 世纪巴洛克诗歌崇尚丑陋不和谐的倾向,以及战前诗人列希米扬和法国诗人波德莱尔的象征主义诗歌都有密切的联系,在某些方面还受到过他们的影响。在《炼狱》一诗中他写道:

我爱写丑陋,
它在血液循环中,
如果用话语把它表达出来,
会使人感到痛苦。

丑陋表现的形式最多,
它是一团黑色的烟雾,
它是太平间里的墙壁,
它像神像一样的冰冷,
它散发着耗子身上的臭气。

但世上的人都洗净了身子,
他们来到一个地方,
狗也不会向他们狂吠
不管是白天,
还是在夜里。①

丑陋表现在过去是"自相残杀",因为

在那个世界,
国王之间也自相残杀,
这是一具尸体,
一个非同寻常的
国王的个性。②

——《哈姆莱特》

人世间虽然有丑陋,但也有"洗净了的身子",有少女的纯真:

我在克鲁普尼契拉街一间小房子里,
见到一个少女在一大堆书中,
她不漂亮,但很美丽;
她不温柔,但很感伤。

她身穿一件英格兰式的裙衣,
这是一件冬天穿的裙衣,
也包住了她的手和防寒的手套。
她学过哲学,
她在这间阴暗的房子里活动,

---

① 《从斯塔夫到沃亚切克,1939—1985 年的波兰诗歌选集》,第 2 集,罗兹出版社,罗兹,1988 年,第 257、258 页。
② 同上,第 258 页。

像在鸟窝里一样。

她要她的朋友
长时间地不要对她说话,
也不要对她笑,她最害怕笑。
她要说的话就是苦艾和马林果有什么味道,
但她心里很明白。①

——《哈尔什卡》

格罗霍维亚克的诗歌手法和比亚沃谢夫斯基有相同之处,这就是自由联想的随意性,但是前者的自由联想之间又具有某种联系。如《祈祷》中,作者在每句诗中的开头都点出一个"圣母",可是每个"圣母"的出身、相貌和行动却各不相同,她的不同完全是随意的:

天使的圣母,
蜘蛛的圣母,
一个举止端庄的夫人学不到风帆,
教堂里带着耳环的钟。
圣母有一张蜡黄的面孔,
圣母头上长着鹰的羽毛,
殖民的圣母。②

接着出现了眼泪,眼泪的形态和"活动"表明诗人的想象十分奇特:

星球上的眼泪和眼泪化石
流在独木舟上,
吹到海防舰上,
还有飞翔的荷兰国,
在炮架上做出一个骄傲的姿态。③

诗人有时还采用两个不同形象的对照来说明即便美好的事物,也伴随着丑恶:

为一对恋人效劳,

---

① 张振辉编译,《波兰现代诗歌选》,中国社会科学出版社,2015 年,第 221 页。
② 《波兰诗歌选集——从中世纪到当代》,沙拉出版社,华沙,2001 年,第 575 页。
③ 同上,第 575 页。

就是为两个死人效劳,
恋人的房间,
总是被恐怖包围。①

总的来说,格罗霍维亚克的前段诗歌大都揭露社会的丑恶和不幸,有时表现了奇特的想象;后期诗歌则趋于哲理化,虽仍描写丑恶,但侧重于对丑恶现象的产生进行哲理思考,形式上朴实无华。

亚当·扎加耶夫斯基(1945—)是战后新浪潮派影响最大的代表诗人。他出生于乌克兰的利沃夫,在波兰卡托维兹省格利维策县度过了童年,20 世纪 60 年代曾在克拉科夫雅盖沃大学攻读哲学,后在《文学练习本》杂志担任编辑。80 年代初扎加耶夫斯基去了法国,定居在巴黎,还曾一度旅居北美,他的主要作品有诗集《公报》(1972)、《肉店》(1975)、《信》(1978)、《信,赞美众多》(1982)、《吉利沃夫》(1985)、《麻布》(1990)、《野樱桃》(1992)、《炽热的土地》(1994)和小说《温暖和寒冷》(1975)和《细线条》(1983)等。扎加耶夫斯基认为,一个诗人首先要懂得生活,但对生活的选择要持谨慎的态度,要和生活保持一定的距离:既要看到生活的丰富多彩,又要看到生活令人怀疑的一面。如在《果实,致切斯瓦夫·米沃什》一诗中,他写道:

生活不可捉摸,只有在回忆中,
或者当它不存在的时候,
才露出脸面。
午后的时间不可捉摸,
饱含着水分、发出沙沙声响的树叶不可捉摸,
成熟的果实不可捉摸。
女人身上的绫罗绸缎不可捉摸,
虽然她们走在这条街的另一边。
孩子们的叫喊声不可捉摸,
虽然他们刚从学校里回来。
圆形的苹果不可捉摸。
树冠在空气的热浪中抖动,
耸立在地平线尽头的高山不可捉摸,
天上的彩虹不可捉摸,
一朵朵白云在天空中飞翔,

---

① 《从斯塔夫到沃亚切克,1939—1985 年的波兰诗歌选集》,第 2 集,罗兹出版社,罗兹,1988 年,第 259 页。

午后宝贵的时间不可捉摸。
我的生活,我的自由的生活不可捉摸。

诗人这里列举了他所见到的日常生活和大自然空间的许多场景,但其中的奥妙对他来说,似乎都"不可捉摸"。此外在一个人的情感世界里也有很多疑问,好像弄不明白:

但是,如果上帝不存在,没有什么力量
焊接起彼此拒斥的元素,
那么,语词到底是什么,它们
内在的光又来自哪里?

欢乐又来自哪里,虚无
去到哪里?宽恕何在?①

——《与弗里德利希·尼采谈话》

在 20 世纪 50 年代,扎加耶夫斯基尚年轻,对波兰当时政局的变化,不会有很深的感受,但是随着后来波兰社会动乱的加剧,他和许多别的知识分子一样,也成了波兰持不同政见者。他后来在国外出版的一部散文随笔集《捍卫热情》中,也提到了尼采,认为对于一个专制主义的国家政权要像尼采那样,保持自己在精神上的独立自主,他说:

尼采对由俾斯麦团结起来的德国国家力量的嘲弄所体现出来的一个知识分子的精神自治。我喜欢这一点,有两个原因:第一,我当然被他对国家的嘲笑态度迷住,因为我生活在一个极权统治下,在赫鲁晓夫—勃列日涅夫—哥穆尔卡式的制度下,我就是那样做的。第二,我在试图从某种主义的意识形态和管理的束缚中解放出来的巧妙行动中,不自觉地寻找着盟友。②

诗人的这个盟友就是尼采。

其实在扎加耶夫斯基看来,所谓事物的好与坏并没有一个绝对的标准,就看我们怎么去看它。就是诗歌也与怀疑是共存的,

它们共存,就像橡树与常春藤、狗与猫。但是,它们的关系既不和谐也不对

---

① 《无止境:扎加耶夫斯基诗选》,李以亮译,花城出版社,2005 年,第 198 页。
② 亚当·扎加耶夫斯基,《捍卫热情》,李以亮译,花城出版社,2015 年,第 46 页。

称。诗歌之需要怀疑,远多于怀疑需要诗歌。通过怀疑,诗歌剔除掉修辞的不诚、废话、谎言、年轻人的喋喋不休、空洞的(不实的)激情膨胀。如果脱离了怀疑严厉的目光,诗歌——尤其是在我们黑暗的日子——可能很容易蜕化为多愁善感的低吟浅唱,得意洋洋却毫无思想的歌曲、对大地上的所有形式的无意义的赞美。①

所以诗人要问:

你是否能告诉他任何事情都是
相对的取决于你怎么看待它
没有人知道它究竟怎样
你是否能认出它②

——《总是正确的人是什么样子》

但诗人也看到,在这个世界上,确实有

太多的死亡,
太多的阴影。

一个人的灵魂是那么

贫血,虚弱,像一个孩子
疑心着神秘的伤害
……
但是我们依然不断听到你疲倦的声音
——在回声里,在抱怨里,在我们收到的
安提戈涅来自希腊沙漠的信件里。③

——《灵魂》

在他读到一首中国的诗时,也产生了一种世上空虚和凄凉的感觉:

我读一首中国诗,
它是在一千年前写的。
作者写的是雨,

---

① 亚当·扎加耶夫斯基,《捍卫热情》,李以亮译,花城出版社,2015年,第125页。
② 《无止境:扎加耶夫斯基诗选》,李以亮译,花城出版社,2005年,第95页。
③ 同上,第5页。

这雨在一只小船的竹篷上下了一夜。
作者写的是平静，
他的心上终于获得了平静。
十一月，雾蒙蒙的天，
黄昏像铅一样地凝重，
这难道是一种巧合？
有个人还活在世上，
这难道是一个偶然？
诗人们总是把成就和奖励看得很重，
可是一个又一个的秋天过后，
那些骄傲的大树被剥掉了树叶，
它们还能留下什么？
恐怕只有在没有欢乐也没有悲哀的
诗中留下一点儿细微的雨滴声了。
只有洁净是看不见的，
夜晚、光亮和阴影在考察秘密，
把我们都忘了。①

——《一首中国诗》

但我们却不能因此悲观和逃避这个世界，要珍惜生命，要珍惜爱，这首先是广大读者对一个诗人的要求：

写写生命吧，
写写普通的日子，
写写对秩序的热望。
……
写写爱吧，
写写悠长的夜晚，
黎明，
树木，
写写对于光明
无止境的耐心。②

——《读者来信》

---

① 汪剑钊主编，《最新外国优秀诗歌》，春风文艺出版社，2002年，第110、111页。
② 《无止境：扎加耶夫斯基诗选》，李以亮译，花城出版社，2005年，第301、302页。

而且生活中除了痛苦、烦恼和"不可捉摸"外,也有光明和富于创造的力量,这就是火,火既能烧毁世上的一切,但它又可以给人类创造丰富的物质财富和精神文明:

> 笛卡尔的火,帕斯卡①的火,
> 灰烬和火,
> 夜晚点起了看不见的篝火。
> 这火不会破坏,却能创造,
> 它要恢复大火在五洲四海焚烧的一切:
> 亚历山大的图书馆,
> 罗马人的信仰,
> 新西兰小姑娘的呻吟。
> 它就像蒙古人的军队一样,
> 摧毁了木头和石头城池,
> 然后盖起轻便的房屋和看不见的宫殿。
> 它命令笛卡尔推翻旧的哲学,
> 创立新的哲学。
> 它会变成一把燃烧的树枝,
> 它要唤醒帕斯卡,
> 它要把大钟敲响,
> 然后用勤勉把它熔化。
> 你们见过它是怎么读书的吗?
> 它读了一页又一页,
> 读得很慢,
> 像刚学拼音那样。
> 火,这是赫拉克利特②的火,
> 一团永不熄灭的火。③
>
> ——《火,火》

此外,诗人因长期侨居国外,他的诗作也流露出他在国外的孤独感,表现了对祖国的思念:

---

① 帕斯卡(1623—1662),法国数学家和哲学家。
② 赫拉克利特(公元前540—前480),古希腊哲学家,曾提出宇宙论,认为火是一个有秩序的宇宙的基本物质要素。
③ 张振辉编译,《波兰现代诗歌选》,中国社会科学出版社,2015年,第248、249页。

在外国的城里有人所不知的欢乐,
有通过新的视角才能见到的冷若冰霜的幸福。
阳光在黄色的墙壁上像蜘蛛一样爬了上来,
可是这栋房子却不属于我,
不论房子,还是市政厅、法院和监狱
都不属于我。
大海的咸水流过城市,淹没了地窖和凉台,

午后市场上的苹果堆成了一座座金字塔,
一些疯人用外国的语言在不停地吵闹,
连我对这都忍受不了。
一个姑娘在咖啡馆里感到孤独和绝望,
就像博物馆里的一块麻布。
一面面大旗随风飘荡,
就像在我熟悉的地方。
被褥、幻想和无家可归的疯狂想象
都有铅一般的重量。①

——《在外国的城里,致兹比格涅夫·赫贝特》

同时他也看到了巴黎像他一样的侨民生活的艰难:

昨天在巴黎,我看到好几百游客,
疲倦、挨着冻。他们正像你们,
无处安顿,不停地绕圈。

你们也许曾以为,生是易事。
一切所需不过是:一把土、船、巢、监狱,
一点儿空气,几滴血,和憧憬。

你们是我的先生,
逝去者,
别忘记我。②

——《你们是我沉默的伴侣》

---

① 张振辉编译,《波兰现代诗歌选》,中国社会科学出版社,2015年,第251页。
② 孚夫译,见《世界文学》,2004年第1期,第280页。

诗人相信诗歌具有强大的生命力,是任何"妄自尊大"的恶势力所摧毁不了的:

这力量
在树干上
和植物的液汁中跳动,
在亲吻和渴望中悄悄地躲藏。
虽然它已躲藏起来,
但有时又露出了身影。

这力量
在拿破仑的梦中妄自尊大,
它命令他去征服俄国的冰雪,
可冰雪在诗中却坚不可摧。①

——《力量》

但诗人相信诗的力量,因为人的思想、情感和力量都充分地表现在诗中,那么作为一个正直的诗人,就应当用诗去鞭挞世上的罪恶,弘扬一切善良和美好的东西:

那搏动在粗树枝
和植物液汁里的
力量
也居留在诗歌里
但它是宁静的

那盘旋在亲吻
和渴望里的
力量
也存在于诗歌里
虽然它是寂静的

那生长在拿破仑的
梦里并告诉他去征服俄国的冰雪的

---

① 汪剑钊主编,《最新外国优秀诗歌》,春风文艺出版社,2002年,第108页。

力量
也在诗歌里
但它是非常平静的。①

——《力量》

因此在诗人看来,诗歌要

勇敢地关注我们世界变化的表面,它寻找关于我们自身的真理,它不知疲倦地执行对现实这一没有尽头的走廊进行勘察的任务,它反对谎言。诗歌必须为历史守望………一首诗的每一行,给世界一份建立在更早的沉思之上的裁定。每一行都隐藏着柬埔寨和奥斯威辛集中营的苦难(我知道这听起来似乎言过其实,但愿是那样)。每一行也包含着一个春天的日子的快乐。悲剧和欢乐碰撞在每一行之中。②

第十节
戏　剧

波兰战后的戏剧创作在整体上没有出现像诗歌和小说那么繁荣的局面,但也有一些影响很大的剧作家,除了前面提到的克鲁奇科夫斯基和沙尼亚夫斯基外,耶日·扎维伊斯基同样占有很重要的地位。然而这一时期在剧坛最引人注目的是 1956 年以后的荒诞派戏剧,这一戏剧流派的出现曾经受到 20 世纪 50 年代初西方荒诞派戏剧的影响。1956 年后的波兰文坛大量接触西方现代派文学,一些作家和诗人在创作领域里热衷于探索新的形式,表现新的内容,形成了一些新的流派。荒诞派戏剧就是在这股潮流的影响下产生的。如果把本卷第二章第四节中提到的战前荒诞派戏剧包括在内,那么 1956 年以后的荒诞派戏剧在波兰文坛上并不是什么新的流派,确切地说,它是 20 世纪这一流派的继续。它继承和发扬了 20 世纪 20—30 年代荒诞派戏剧的民族传统,两者都植根于波兰社会生活的土壤中,从内容到形式都富有波兰民族的特色。如果将这一流派的产生定在 20 世纪 20 年代,那么它的产生比起 20 世纪 40 年代末 50 年代初才出现的西方荒诞派戏剧要早得多,而且延续的时间也长得多,可见这一流派是波兰 20 世纪影响最大

---

① 《无止境:扎加耶夫斯基诗选》,李以亮译,花城出版社,2005 年,第 147 页。
② 亚当·扎加耶夫斯基,《捍卫热情》,李以亮译,花城出版社,2015 年,第 114 页。

的主要流派之一。战后荒诞派戏剧的代表作家是塔杜施·鲁热维奇和斯瓦沃米尔·姆罗热克。

耶日·扎维伊斯基(1902—1969)是波兰战后一位具有代表性的天主教会的剧作家。他年轻时就热爱戏剧,1926年毕业于克拉科夫戏剧学校,后当过演员,1929—1931年侨居法国期间,曾在一个波兰戏剧爱好者剧团里担任艺术指导,回国后又先后或同时担任过《人民戏剧》杂志的编委、华沙阿泰内乌姆剧院文学部主任和戏剧研究所所长。在德国法西斯占领波兰时期,他参加了波兰爱国者成立的秘密戏剧委员会,为宣传波兰民族戏剧做了许多工作,战后他曾长时期担任全波兰天主教知识分子俱乐部主任和天主教的《普世周刊》的编委。

扎维伊斯基一生发表的剧作很多,主要的有《马斯瓦夫》(1942)、《拯救雅库布》(1947)、《高墙》(1956)、《玛丽亚·多米尼卡的面罩》(1957)、《沙漠上的旋风》(1959)、《和莎洛梅阿告别》(1962)和《我们去找舅舅》(1967)等。这些作品有的表现了宗教人道主义观点,但是也有不少远远超出了宗教题材的范围,涉及波兰历史和现代生活的各个方面,在社会上有很大的影响。

《马斯瓦夫》是扎维伊斯基在法西斯占领波兰时期创作的。剧本以1034年波兰建国后第一个王朝梅什科二世国王统治时期为背景。当时波兰的大贵族和地方势力各自霸占一方,国家处于分裂状态。梅什科二世为了国家统一所付出的努力以失败告终。他死之后,他的一个宫廷侍从马斯瓦夫占领了马佐夫舍地区,成了那里独霸一方的统治者。梅什科二世的儿子卡齐米日被大贵族赶出了国外,但他后来在德意志帝国的支持下又回到了波兰,并且打败了马斯瓦夫,终于实现了国家的统一。扎维伊斯基将这一史实作了一些更改。在他的剧本中,马斯瓦夫不是一个封建割据者,而是一位爱国者。他决心继承梅什科二世统一国家的事业,依靠遭受压迫的农民,和大贵族割据势力进行斗争,建立一个各社会阶层享有平等权利、没有剥削和压迫的统一的国家,同时联合和波兰邻近的其他斯拉夫民族,以防备德意志帝国对波兰的入侵。

可这时候,卡齐米日回到了波兰。他回国后,受到了波兰社会各阶层的拥护,但和马斯瓦夫发生了矛盾和冲突。后来,卡齐米日为了国家的和平统一,终于和马斯瓦夫缔结了和约。剧作者通过对这两个爱国者形象的塑造,说明了在纳粹法西斯占领时期,波兰人民必须团结一致,才能打败侵略者,恢复国家的独立。

《拯救雅库布》也以法西斯占领时期为题材,但它是通过几个人对过去的回忆表现出来的。主人公雅库布原是波兰反法西斯游击队中的一位英雄,他在战斗中机智勇敢,曾多次成功地破坏敌人的交通线,并以巧计使敌人中了他的埋伏,给侵略者以沉重的打击,因此受到了战友们的赞扬。一次,雅库布为掩护妻子约安娜和女儿莫尼卡而被法西斯匪徒逮捕,关进了集中营。在集中营里他受到种种酷刑,最后供出了一个战友克日什托夫的名字,为此他在战后一直感到内疚,觉得对不起战友。但克日什托夫没有记恨于他,而且对他进行劝慰,使他的心情恢复了平静。剧本侧重于人物心理状态的描写，并且提出了人在不同环境中的存在状况以及如何进行正确选择的问题，就像克鲁奇科夫斯基战后发表的一些剧本那样。作者认为，当一个人在某种特殊的环境中作了错误选择的时候，应当以正确的态度对待他，使他的心灵得到拯救，而不应当歧视他或者对他进行报复。

《高墙》写的是一个爱情故事：乌茨亚和路德维克战前是一对情侣，但乌茨亚的家庭后来濒于破产。乌茨亚一家曾经得到一个年轻人博格丹的帮助，乌茨亚的父母为了感谢他，便劝说乌茨亚嫁给了他。纳粹法西斯侵占波兰后，路德维克和他认识的一个女游击队员乌尔舒娜结了婚。后来路德维克被关进了集中营，乌尔舒娜也被法西斯宪警逮捕入狱，遭受了痛苦的折磨。战后路德维克成了一位著名的外科医生，他和妻子恢复了平静的生活。可是有一天，乌茨亚突然带着她生病的儿子卡米尔来找路德维克，请他给儿子进行了手术治疗。她告诉路德维克，她的丈夫战争刚结束就死了，现在她只有一个儿子，请他不要拒绝给她的儿子治病。但是乌茨亚来找路德维克并不单纯是为了她儿子的病，而是要向路德维克表示她直到现在还深深地爱着他，因此她的到来给乌尔舒娜带来了极大的痛苦。尽管路德维克一再拒绝给乌茨亚的儿子动手术，但路德维克的母亲对乌茨亚母子表示同情，并对儿子进行劝说。乌尔舒娜感到孤独和不幸，她最后自杀了。剧作家意在通过社会和家庭关系的变化和男女主人公在法西斯占领波兰时期的遭遇来说明这个悲剧发生的原因。

《沙漠上的旋风》以20世纪50年代阿尔及利亚人民反对法国殖民主义压迫、争取民族独立的斗争为背景。故事发生在阿尔邦的一座监狱里，这里关了几个阿尔及利亚民族独立运动的游击战士和一些曾经保护和隐藏过他们的法国天主教会的男女修士，他们都被判处了死刑，但他们深信自己的事业和行动是正义的。几个阿尔及利亚游击战士表示，虽然他们就要死去，但未来属于他们的民族，他们的后代会开始一种新的生活。法国教会的修士保护阿尔及利亚游击战士是出于基督的仁爱精神，他们认为殖民主义压迫是罪恶，基督为了使人类从罪恶中得到拯救，甘愿钉死在十字架上，因此他们为保卫这些自由战士、铲除殖民主义罪恶就是牺牲自己的生命也在所不惜。监狱里的审判官指责他们违反了法兰西的法律，背叛了法兰西，他们说他们遵守的是福音的法律、良心和正义的法律，只有福音的法律才能拯救这个罪恶的世界。如果说背叛，为自由和正义而斗争就是对不合理的社会秩序的背叛，基督要在人间建立自由的天堂。剧本充分反映了扎维伊斯基作为一个教会作家的基督精神。

《和莎洛梅阿告别》的情节很简单：几个占领时期的反法西斯游击战士来到一个林中哨所里，一同回忆他们过去的战斗生活。哨所近旁还安葬着他们在战争中牺牲了的指挥官维托尔德上校。过了一会，又来了一位将军希拉内，带着他的妻子埃提塔和他过去指挥战斗的女联络员列纳塔。于是他们谈起了希拉内将军和维托尔德上校当时指挥的两支军队的战斗经历。这两支军队虽然都是为了莎洛梅阿也就是他们民族的自由而战斗,但他们采取的战术是不同的。维托尔德上校主张和法西斯侵略军打阵地战,结果因为敌我力量悬殊,遭到了失败,他自己也在战斗中牺牲了。希拉内将军坚持和敌人打游击战,取得了胜利,他没有战死,今天当上了英国一家运输公司的老板。但大家认为,不管他们中的人已经死去还是活到了现在,也不管他们当年是以什么方式打击敌人,他们都为波兰民族的解放事业作出了贡献。

《我们去找舅舅》描写战前一个破旧废弃了的小工厂里住着一对夫妇。他们是从城里搬来的,想到这里找到一个僻静的地方安身,但他们仍可听到远处城市的喧嚣,丈夫克列门斯感到害怕。这时突然来了一对年轻夫妇,还随身携带着一个大箱子,他们一见克列门斯便叫他舅舅,可是克列门斯夫妇却不承认是他们的亲戚,于是他们又从箱子里拿出一些信件和照片,以证明他们之间的舅甥关系。他们还说自己从来就把舅舅看成是他们的理想和他们前进道路上的一面旗帜。在占领时期,他们为了舅舅参加过游击队的战斗,战后又和新的统治者进行了斗争,还被关进了监狱。可是他们现在一看这个舅舅却不是他们想象的那么美好:他犯过罪,蹲过两次监狱,现在见到什么都很害怕。那么这究竟是不是他们的舅舅呢?他们是不是找错了人?剧本所表现的主题和法国荒诞派剧作家贝克特的《等待戈多》很相似。在作者看来,男女主人公一生都在寻求理想,为实现理想而奋斗,但是这种理想究竟是什么?剧中没有作出明确的回答,主人公始终没有找到它,这便给读者或观众留下了思考的余地。

塔杜施·鲁热维奇(1921—2014)是战后一位影响很大的剧作家,又是诗人和小说家。他生于罗兹省腊多姆斯科县,占领时期进了一个士官学校秘密开办的学习班,毕业后参加过国家军游击队的战斗,此后在克拉科夫雅盖沃大学攻读艺术史。1949年以后他曾长期居住在卡托维兹省的格利维策县,1968年以后定居弗罗茨瓦夫。鲁热维奇在中学读书时就开始发表诗作,战争期间发表过反映游击队战斗生活的诗集和短篇小说集《林中回声》,1945—1946年的诗歌都发表在《复兴》周刊和《创作》月刊上。1947年出版的诗集《不安》和翌年出版的《一只红手套》是他早期具有代表性的作品,以后的诗集有《五首长诗》(1950)、《正在来临的时代》(1951)、《诗和画》(1952)、《平原》(1954)、《银穗》(1955)、《微笑》(1955)、《公开的长诗》(1956)、《形式》(1958)、《和公爵对话》(1960)、《无名氏的声音》(1961)、《绿色的玫瑰》(1961)、《面孔》(1964)、《第三副面孔》(1968)、《方向》(1969)和《小精灵》(1977)等。

鲁热维奇的早期诗歌主要写他战争时期的感受。面对法西斯的血腥屠杀,一些人英勇地战斗,一些人成了法西斯屠刀下的牺牲品,还有一些人成了叛徒卖国贼。

由于战争给一些知识分子的心灵造成了创伤,他在战后初期有过浓郁的悲观情绪,怀疑一切。可是当他想到人民从法西斯的奴役下终于获得了解放,就感到欣慰。在《她看到了太阳》一诗中,他回忆起有一次见到了一个刚刚从华沙犹太区获得解放的犹太女孩,他不仅为她的得救而由衷地高兴,而且还觉得阳光和欢乐也驱散了他眼前的阴影。战后波兰社会秩序得到恢复,建设取得成就,使他看到祖国走向繁荣的景象,他的悲观情绪也随之逐渐消失。他在20世纪50年代初发表的诗集《正在来临的时代》这个题目就说明他正怀着激动的心情迎接一个新时代的到来,这个集子中的《诺言》一诗说:"我给你们画了一幅新的图画,一幅生机勃勃、充满了热情的图画。"[①]还有在1955年发表的诗歌集《银穗》中的《我站在一座山的斜坡上》一诗中,他站在一个山坡上,也很欣喜地看见下面波兰的城乡,也是一片工农业劳动生产的热潮:

我站在一座山的斜坡上,
我的脚旁是一片广阔的谷地。

就像在阳光温暖的向日葵上,
有许多小小的房子,工厂的烟囱,
马、拖拉机,火车和小汽车。
田野里的人们看起来像麦粒,
道路上的人们看起来像蚂蚁。

我带着轻缓的微笑
静静地观察着这个
小小的天地里的各种活动。[②]

1956年以后,由于波兰政局的变化和新的文艺思潮的出现,鲁热维奇和其他一些诗人和作家一样,在思想上也产生了很大的变化。在诗歌创作中,他不再接触波兰现实的题材,而转入了对世界文明的哲理思考,因此他的创作也扩大了空间。首先,他认为人类因为创造了文明,才使自己脱离了动物世界。人类虽然脱离了动物世界,但和动物仍有某些相同之处。比如说,人类生活在这个世界上,和动物一样自由,对世界不承担责任。在《把重担卸下》一诗中,他说:

他来到了你们跟前
说:
你们对世界和

[①] 张振辉译,《塔杜施·鲁热维奇诗选》上,河北教育出版社,2006年,第141页。
[②] 同上,第337页。

世界末日的来到
都没有责任，
你们肩膀上的重物
已经卸下，
你们跟小鸟和孩子一样，
尽情地玩耍吧！①

可是世界文明存在深刻的危机，一切有深刻内涵和富于诗意的东西都不复存在了：

维特卡齐②，
形而上学死去后，
他走向了虚无。

乐观主义者以各种形式
用沙子写诗。③

诗人在思想上是矛盾的，他看到了这个世界的平庸和空虚，想要摆脱强有力的束缚，去争取自由，但是他又觉得自己做不到这一点，因此他有时候就产生了一种茫然不知所措的情绪，甚至连自己写诗都不知要表达什么：

我的诗
什么也没有诉说，
什么也没有解释，
什么也没有表达。
它不是一个完整的体系，
它没有表示任何希望，
也没有创造新的规律。④

——《寻根》

鲁热维奇虽然表现出一种茫然和悲观的情绪，认为世界文明存在危机，但他

---

① 张振辉译，《塔杜施·鲁热维奇诗选》下，河北教育出版社，2006年，第481页。
② 即剧作家斯坦尼斯瓦夫·伊格纳齐·维特凯维奇。
③ 转引自张振辉，《20世纪波兰文学史》，青岛出版社，1998年，第334页。
④ 《从斯塔夫到沃亚切克，1939—1985年的波兰诗歌选集》，第1集，罗兹出版社，罗兹，1988年，第628页。

的诗歌创作的风格是朴实无华的,正如著名诗人亚当·扎加耶夫斯基所说:

> 塔杜施·鲁热维奇作为诗人,他并非来自集中营,而是来自慷慨地隐藏了二战时期游击队员的森林,他起的作用,相当于使波兰诗歌发生一种转向。他剔除了诗歌里繁复的句法、它天鹅绒似的微笑以及巴洛克式的修辞堆砌,而代之以表达的极端的质朴无华。①

作为一个剧作家,鲁热维奇很善于创作富于哲理的剧作,并以荒诞的形式表现出来,反映了他对人生、对世界和对艺术的看法,而且他的这些看法比在诗歌中表现得更为具体和深刻。鲁热维奇从20世纪60年代初开始发表剧本,一生创作的剧本有:《卡片集》(1960)、《拉奥孔组雕》(1962)、《见证人,我们的小稳定》(1964)、《老妇人孵子》(1969)、《干净夫妻》(1975)和《饥饿者的离去》(1976)等。《拉奥孔组雕》是一幕讽刺喜剧,主要针对波兰出现的各种文艺流派,以丑化了的形象讽刺这些流派倡导者思想肤浅、才能低下,却爱以满口新词表现自己的标新立异,装扮成有学问的新绅士。《见证人,我们的小稳定》是一出讽刺剧,针对20世纪50年代末和60年代初这个特定历史时期一部分人的处世态度。1956年以后,波兰的社会秩序一段时期内曾经处于稳定状态,西方各种流派被介绍到波兰,在学术思想上形成了一种自由讨论的局面,但是社会矛盾并没有消除。剧本讽刺的对象是那些对波兰现实毫不关心的人,他们的生活目的是为了图财和享乐,在作者看来,这是一些庸俗的市侩,无益于社会。

《老妇人孵子》是一出两幕讽刺剧,表现世界面临危机的重大主题,与20世纪20年代的维特凯维奇以及30年代的贡布罗维奇的荒诞派戏剧的同类主题有联系,只是该剧反映的是战后环境污染给人类造成的危害,这种描写在波兰20世纪戏剧创作中还是第一次。剧情在一家咖啡店展开,一个老妇人"孵"出了一男二女,但她发现这里的玻璃器皿很脏,窗子也没有打开,便要问个究竟。堂倌说,江、河、湖、海都被污染了,城里不供水,器皿没法洗。窗子不打开,是怕小偷进来。天气太热怎么办?打开室内的电扇,又怕尘土刮起来,使顾客感到窒息。最后店主没有别的办法,不得不下决心打开窗子,结果大批垃圾从天而降,堂倌们乱成一团,不管怎么卖力,也阻挡不住这股猛然袭来的垃圾洪流,不到片刻,咖啡店就堆满了垃圾,臭不可闻,顾客们只好全都坐在垃圾堆上。过了一会,咖啡店外突然出现海滩和射击场。一支小小的乐队一边奏乐,一边走近咖啡店,对店主说:国王和王后将大驾光临,要他们接驾。这时咖啡店外的海滩和射击场也变成了垃圾堆,最后所有的人都不见了,只剩下老妇人一个人在清扫垃圾。

这个剧本情节荒诞,一些场景使观众毛骨悚然。对它的寓意也可以作各种解

---

① 亚当·扎加耶夫斯基,《捍卫热情》,李以亮译,花城出版社,2015年,第23页。

释,例如:一、老妇人象征繁殖人类的母亲,但生态环境的污染不仅可以消灭人类,也会消灭大自然本身;二、垃圾的泛滥不仅污染了环境,也象征着人类历史和文化垃圾的积淀,这种积淀已经造成可怕的后果,如此等等。

《卡片集》是鲁热维奇影响最大的代表作。和《老妇人孵子》相比,它也许能引起读者和观众更多的思考。在演出过程中,只有一个简单的布景,即一间摆设旧家具的房间,里面不断出入着不同身份的人。他们进来后,便和房间的主人谈论往事。剧作者没有交代房主的姓名,房主在其他人的眼中也不断变换着自己的年龄、身份和职业。幕始终不降,这实际上是一出独幕剧。幕起时,房主躺在一张旧床上,首先进来的是他的父母,父亲责备他以前偷吃家里的糖果和香肠,还企图谋杀祖母,现在他才知道这是他的罪过。母亲说他那时才七岁,不可能想到要杀人。接着他的情人奥尔加进来,责怪他说:"你说我们将有一栋带果园的漂亮房子,我们将生育儿女,可是你撒了谎,你骗了我。"①过了一会儿他舅舅也进来了,问他离家已经25年,怎么不回去? 可是他对这一切都没有反应。一个女秘书叫他经理先生,因为他是一家歌剧院的经理。当谈到我们的时代是信息时代时,他却转移话题,说他儿时曾有志当一名消防队员,可以冒着生命危险,冲入大火救出他认识的姑娘,大家都会称颂他的勇敢。一个记者采访他时问道:"你知道如果爆发氢弹战争人类会不会灭亡?""为了制止战争你将采取什么行动?"他对这些问题只有一个回答:"我不知道。"在全剧的演出过程中,房主一直躺在床上,对一切都漠不关心。剧作者摘取了主人公生活中的一些片段,通过他所遇到的这些人的平平常常的对话,企图表现这一代人的思想、个性和经历,但这些片段既不连贯,又很杂乱,需要读者和观众给予整理和补充,使之成为一个整体。作者在说明这出戏的布景和人物要求时,一开始就指出:"地点只有一处,布景只有一套……不同身份的人或快或慢地在开着的门里走来走去。有时可以听到说话的声音,他们停住脚步,阅报,看起来,好像有条街从主人公的房里通过。"②既然舞台是大白天里的一条街,那么除演员之外,观众也可以自由参与表演。这么一来,主人公和他这一代人即广大观众的经历就都可以包括进去。作者一些别出心裁的构思、设计、安排,和传统现实主义戏剧有很大的不同。

剧本《饥饿者的离去》是鲁热维奇受卡夫卡短篇小说《饥饿的艺术家》的启发而创作的。卡夫卡描写社会异化如何使一个艺术家的执着追求变成了怪癖,最后落得个悲惨结局。鲁热维奇的主人公也是一个有成就的艺术家,他的经理要把他关在一个笼子里做饥饿表演。他同意进铁笼,但不是为了表演,他说他"关在这个笼子里,是要让别人看到他这样,想到自己遭受的苦难。"③他要逃避这个使人们遭受苦难的世界,认为只有关在笼子里才能获得自由。他把铁笼看成是艺术家的

---

① 塔杜施·鲁热维奇,《戏剧集》,第1卷,文学出版社,克拉科夫,1988年,第75页。
② 同上,第69、70页。
③ 塔杜施·鲁热维奇,《戏剧集》,第2卷,文学出版社,克拉科夫,1988年,第296页。

避难所。作者在这里仿效卡夫卡的艺术构思,但他写的主人公是一个企图逃避黑暗世界压迫的艺术家,和卡夫卡的异化悲剧及理想破灭的主题是不同的。

鲁热维奇的小说创作开始于 20 世纪 50 年代中期,有短篇小说集《落叶》(1955)、《中断的考试》(1960)、《参观博物馆》(1966)和中篇小说《我的女儿》(1968)等,主要反映游击队的战斗生活、战争对人们思想的影响以及 20 世纪 50 年代和 60 年代现实生活的题材。《博物馆巡礼》是小说集《参观博物馆》中具有代表性的一篇,写一群穿着时髦的男女参观法西斯集中营的情景。作品通过实物的描写,揭露了法西斯屠杀无辜的种种罪行:绞刑架、毒气室、焚尸炉、拿活人做试验,将残疾人活活烧死等,但是这些参观者有的却在一边嬉笑逗乐,对刽子手的罪行和同胞的不幸和苦难无动于衷,他们来参观是为了好奇,寻找低级趣味。作者在这里提出了一个严肃的问题:如何教育年轻的一代,使他们懂得祖国曾经有过苦难的历史,今天的和平生活来之不易。中篇小说《我的女儿》以 1956 年后的波兰现实为背景,也提出了一个症结性的问题,曾引起很大的反响。上面提到,鲁热维奇不仅看到了波兰战后国家建设的迅速发展,也目睹了 1956 年以后由于政局动荡所造成的思想混乱,一部分人对祖国和民族传统采取虚无主义的态度,丧失了道德价值的观念,一味追求奢侈享乐。小说《我的女儿》即以此为背景。主人公是一个小职员,以第一人称"我"或第三人称亨雷克的名字出现。他是一个爱国者,经历过战争和集中营的年代,对法西斯暴行有切肤之痛。他有一个美丽可爱的小女儿米雷奇卡,小时候受到他无微不至的关怀和教育,上大学后却被一些流氓欺骗和玩弄,从此堕落下去。有一次在圣诞节之际,米雷奇卡打电话给父亲,谎称她有病不能回家。父亲带着节日的晚餐赶到华沙,四处打听,终于找到了她的住所,可是万万没有想到女儿发生了变化,他诅咒女儿堕入那个"虚伪的世界",那里全都是"明星照片、愚蠢的小调、人造光和假画面","一切都是假的。"他作为一个爱国者,看到年轻的一代忘了自己的国家民族、走向堕落犯罪的道路而感到痛心,他责问他们:"祖国在你们心目中有没有地位?"①他觉得不仅失去了可爱的女儿,他的祖国也失去了年轻的一代。

斯瓦沃米尔·姆罗热克(1930—2013)是一位国内外知名的作家和战后荒诞派戏剧的代表。他生于克拉科夫省博任齐纳镇,1950 年发表报告文学《年轻的城市》,从此登上文坛,曾在格但斯克大学生比姆—博姆实验剧院担任编剧,1950—1954 年在克拉科夫《波兰日报》任编辑,1956—1957 年曾先后主编《从头到尾》和《波兰报》的讽刺栏目"进步分子",1957—1959 年任克拉科夫《文学生活》周刊主编,后定居巴黎。

姆罗热克一生发表的主要剧作有《探戈舞》(1954)、《警察》(1958)、《彼得·奥海伊的烦恼》(1959)、《在公海上》(1961)、《中尉之死》(1963)和《侨民们》(1974)

---

① 以上转引自张振辉,《20 世纪波兰文学史》,青岛出版社,1998 年,第 338 页。

等。在这些作品中,他通过许多新奇的构思揭露了战后波兰现实的弊端,也触及了战后人们所普遍关注的人生、道德以及由于科学技术的发展而引起的困惑等。它们反映的社会面比鲁热维奇的剧作更加广泛,在挖掘人生的意义和对历史的思考上有了纵深的发展。

如三幕话剧《警察》以某警察局为背景,写狱中最后一个囚犯由于忏悔自己反对国王、阴谋炸死一位将军的罪过而获释。在获释前,他将他曾企图用来炸死将军的那枚炸弹留在警察局,以示他和过去的罪过决裂。此后国内秩序恢复正常,警察局没事干了。可是警察局长认为,警察局的存在就是要抓罪犯,他叫一个警察在外面喊了两句反对国王的口号,然后把他当作罪犯逮捕。这时将军在他的副官陪同下来到警察局,警察局长发现这个副官就是刚才获释的囚犯,副官也承认自己过去的身份,他还建议被捕的警察将他留在警察局的那枚炸弹向将军扔去,以证明他犯了罪,警察当真照办,但将军早已逃走。警察局长便要逮捕副官,副官对他说,你当初为何放了我?你没有尽职,我要抓你。这时将军进来,警察局长又责备将军不该在敌人面前暴露自己的身份,要逮捕他,于是大家互相逮捕,警察局便有事干了。这个荒诞故事的意图在于影射波兰20世纪50年代社会的政治局面,一位评论家在分析这个作品时指出,一方面"用臆造的事件和问题、虚构的'阶级敌人'以及杜撰的证据来代替实际的反对者",另一方面,"打着'无冲突'的幌子,掩饰现实中存在的官僚主义和个人迷信,以达到维护官僚主义的目的"。①

《彼得·奥海伊的烦恼》说的也是一个荒诞的故事。主人公彼得·奥海伊家的浴室里有一只老虎,一位科学家来到他家,要对老虎进行考察,说它是进化来的。外交部也派来二等秘书,他对奥海伊说:"一位远方异国的国王会来访问我们的国家,他已表示要来你家捕捉老虎,你要做好接待的准备。"奥海伊问:"我病了怎么办?"二秘说:"我会和卫生部联系,如果你是个艺术家,我就报告文化部。"这时奥海伊家又出现了一个教师,说要带学生来实习,二秘要求学生给国王献花。国王来了,还带来一个杂技团,在奥海伊家浴室挂的高秋千上表演杂技。可是国王不高兴,说他没有抓到老虎。二秘认为现在得让奥海伊一人去浴室抓老虎,这可以考验奥海伊的爱国立场,科学家也说一人进了浴室便于观察老虎坐在澡盆里的反应,杂技团长还认为这个行动很艺术。奥海伊听后说:"今天,政治、艺术、教育和科学都到我家来了,成了我家的主人。"②作者以一系列富于象征的描写,揭露僵化和荒诞如何强加于人,而科学、教育和艺术又往往被胡乱地搅在一起,造成畸形发展,使人们感到困惑。

《在公海上》是一出道德剧,写三个驾着木排在海上遇难的人生死关头的表现。作者没有交待他们的姓名和身份,只说他们的个子大小不同。可是他们带来

---

① 柳鸣九主编,《西方文艺思潮论丛,二十世纪文学中的荒诞》,湖南教育出版社,1993年,第260页。
② 本段引文均引自斯瓦沃米尔·姆罗热克,《戏剧作品》,文学出版社,克拉科夫,1963年,第58、59、63页。

的食物都吃光了,大家商定与其都饿肚子,不如吃掉他们中的一个。那么吃谁呢?三个人各持己见,争吵不休。这时其中个子大的便向大家讲述人人都要发扬自我牺牲的精神,小个子突然有所领悟,表示愿作自我牺牲,让人吃掉,连他的精神也让人吃掉。剧本讽刺的矛头直指社会上那些表面上说得好听但灵魂丑恶的人,以及那种虚伪的自我牺牲的宣传,这种情况在生活中是常见的。

《中尉之死》写某陆军中尉奥尔森跟随一位将军参加战斗,因炸毁敌人碉堡而立了大功。一位随军诗人以为他牺牲了,便写了一首歌颂他光荣殉国的诗。诗发表后,奥尔森名扬全国,可战争结束后,他突然回来了,将军认为他投降了敌人,是卖国贼。奥尔森也责备诗人不该把他写成一个死人,要求恢复作为一个活着的英雄的真实面貌。诗人说,人民要求英雄牺牲,我把中尉埋葬,是为了祖国人民。将军最后表示,照诗人的说法,奥尔森应当死,我也应当死,我们大家都要死。因为在一些人看来,如要成为英雄模范,就非死不可,社会舆论对他们的赞誉都在他们死后,那么所有活着的英雄就得被人怀疑、排斥而无立足之地。这是一种不健康的民族心理,危害很大,尤其是在战争年代,一些人当了俘虏,受尽了敌人的虐待和折磨,回到祖国又被人歧视,可他们是无辜的,社会的悲剧给他们造成了终生不幸。

三幕剧《探戈舞》是一出道德剧。启幕后,台上的布景是一个堆满了旧物的房间,戏剧演员斯托米尔和他儿子、大学哲学系学生阿尔杜尔讨论社会秩序的问题,认为现在一切传统习俗和道德规范都打破了,人们是自由的,因此没有什么要反对。斯托米尔要进行戏剧表演形式的实验,让亚当和夏娃两个玩偶登台表演,在他们对话时台上的灯光突然熄灭,然后发出一声轰隆巨响,使观众大吃一惊,过后却没有留下什么印象,说明这种标新立异的实验观众并不欣赏。可这时候,斯托米尔的妻子艾列奥诺娜却在家里和一个流氓埃德克发生不正当的关系,斯托米尔不仅不反对,而且认为这是一种新时代的作风。只有阿尔杜尔对社会上的堕落腐化不满,要求恢复传统的道德秩序,如他爱上了表妹阿娜,希望到教堂去举行合乎礼俗的婚礼,得到父母的祝福。可是阿娜是一个庸俗的女子,她和阿尔杜尔结婚只不过为了表示一下她遵守道德习俗,实际上,她背着阿尔杜尔也和埃德克发生不正当的关系。阿尔杜尔知道后要对埃德克进行报复,结果反被杀害。剧本以埃德克和阿尔杜尔的舅舅艾乌盖纽斯跳一曲探戈舞结束。作者借此说明,由于传统道德规范被打破,像埃德克这样的流氓在一个知识分子的家庭里便可为所欲为,一切恢复道德的努力都将注定失败。剧中一些描写富于象征意义,艾乌盖纽斯是一个趋炎附势的小人,艾列奥诺娜、埃德克和他凑在一起终日打扑克,只知道贪图享乐,对周围事物毫不关心。此外,斯托米尔房里一开始就放着他父亲死后的棺材,他母亲又伏在棺材上死去,这使全剧笼罩着悲哀的气氛。埃德克和艾乌盖纽斯在一起跳舞象征着小人得势,善良的阿尔杜尔为了维护道德而被害,说明照亮现实的最后一线光明熄灭了。剧作者没有说明故事发生的时间和地点,他是从客观角度来揭露和分析这些道德问题的。

《侨民们》是姆罗热克在国外创作的。故事发生在巴黎一家住户的地下室,这里住着两个侨民,一个是知识分子 AA,另一个是来自一个小城的工人。这个工人由于生活贫困,出国挣钱,原只想靠自己的劳动辛辛苦苦把钱挣够后,回到国内买一栋房子,安度晚年。可后来他却不以此满足,拼命地干,总想把钱挣得越多越好,结果劳累过度,病倒住院。这时他感到后悔莫及,怀着失望的心情开始酗酒,将挣得的钱全都撕毁。和他同住的 AA 对他的经历十分了解,准备要以他的经历为蓝本写一本社会学著作,把他当成一个"典型的奴隶"[1]。剧本比较真实地反映了波兰侨民的生活状况,曾受到国内外读者的欢迎。

姆罗热克是波兰 20 世纪荒诞派戏剧最后一位著名剧作家,比他以前的任何一位荒诞派剧作家涉及的现实题材都更加广泛,有的作品如《探戈舞》和《侨民们》等一直受到波兰国内外的高度评价,至今依然是波兰剧院的保留节目。姆罗热克除创作剧本之外,还写过许多讽刺小说,大都是一些短篇,收在《画中的波兰》(1957)、《象》(1957)、《阿托米策的婚礼》(1959)、《雨》(1962)、《透过眼镜》(1968)、《两封信和其他小说》(1970)、《两封信》(1974)、《猎狐》(1977)、《夏日》(1984)、《画像》(1987)、《克里米亚之爱》(1993)等集子中。这些作品和他的戏剧一样,主要以夸张的形式揭露和讽刺现实生活中的不良现象。从表面上看,作者所描写的人和事似乎不可能存在,可是透过表面,就可看到其中深刻的意蕴,令人回味。如《孩子们》这一篇,写一个冬天里几个孩子在市政广场上玩雪球,把一个雪球堆放在另一个上面,没想到区合作社主任突然前来指责他们的父亲,说孩子们这么做,是要说明这个区合作社里,一个窃贼坐在另一个窃贼的头上,这是对国营合作社的污蔑。接着市人民委员会主席又来责备孩子们不该把雪人堆在他办公室窗下,说这是对政府的"敌对活动"。这些指责真是叫人啼笑皆非,可是天真的孩子们听了后都吓得直哭,父亲虽然感到委屈,也不得不把他们重罚了一顿。《鼓手的遭遇》描写军队里一名鼓手,他日以继夜不停地敲鼓,不知疲劳,说这是"为国争光"。当将军要他晚上别敲时,他说:"晚上只是对敌人而言,……明天属于我们!""我们每前进一步,都伴随着不停的胜利鼓声",因此他要把鼓"一直敲到死"[2]。但是这位鼓手因为暴露了军队的目标,被逮捕了。作者意在讽刺那些自以为政治觉悟很高但遇事不从实际出发的人。

这类政治性的讽刺还表现在《青年时代的回忆》这个短篇中。主人公"我"回想自己过去还是一个农业技术员的时候,有一次被派到 D 县去丈量土地,路上遇到一个在国内外颇有名气的诗人,诗人要和他一同去那里举办文学晚会,向听众朗诵一首"不仅能唤起渴望,同时又能使人振奋的诗:《庄严的鞭笞》"。他们来到

---

[1] 斯瓦沃米尔·姆罗热克,《戏剧集》,第 3 卷,诺伊·苏·布兰克文学出版社,华沙,1997 年,第 236 页。

[2] 本段引文转引自张振辉,《20 世纪波兰文学史》,青岛出版社,1998 年,第 342 页。

D县的一个农场,晚会将在这里的文娱室举行。诗人的朗诵果然打动了"人们的心灵",一个农场会计师首先站起来承认他过去伪造了平衡表,贪污了公款。接着农场副主席说是他指使会计师干的,他也有罪。随后听众越来越激动,一个个倒在地上,有的承认偷了庄稼,有的承认偷了鸡、狗、鹅、牛、马、粮食、门闩等等。可是"农场几位最有势力的要人"不仅什么也没有承认,而且都聚在一起,好像在商量对付这位诗人的办法。突然间,诗人被一个厚麻袋罩住了头,文娱室的灯火熄灭了,朗诵会就此结束。三天后,有人发现诗人被捆绑在树上呻吟,幸好一个过路的神甫救了他,从此他再也不写这类诗了。作者意在说明,在过去那些年代,一个正直、有才华和受到人民拥护的诗人如果揭露了现实的阴暗面,说了真话,他会有怎样的下场。《我想当一匹马》这个短篇的想象更为奇特:主人公"渴望当一匹马",以为这样他就可以在房管局得到一所现代化大住宅。如果他去参加文艺晚会,即便朗诵得再蹩脚,人们也会称赞他:"这匹马真聪明"、"太棒了"、"上天堂的时候我就会长翅膀。……天马行空!对一个人来说有什么比这更美的事呢?"① 作品的意图是讽刺那些极端愚蠢而又异想天开地要使自己处处高人一等的小人,作者只用了600多个字,就把主人公那爱虚荣而又愚蠢和近乎变态的心理刻画得淋漓尽致。

鲁热维奇和姆罗热克不仅是波兰战后荒诞派戏剧的代表,也是战后最有成就的讽刺文学家。从他们作品针砭时弊、富于哲理的深刻内涵和所运用的各种荒诞手法来看,他们既继承了战前韦特凯维奇、贡布罗维奇、舒尔茨创作的艺术传统,又在这个基础上有了很大的创新和发展,包括戏剧和小说在内的波兰20世纪荒诞派文学成了波兰20世纪讽刺文学的主要表现形式。

除以上外,20世纪60年代到80年代的剧坛上也出现了一大批年轻的剧作家,其中重要的有雅努什·格沃瓦茨基、伊列内乌什·伊列登斯基和赫尔莫特·卡伊扎尔和兹吉斯瓦夫·斯科弗罗翁斯基等。他们的创作题材十分广泛,格沃瓦茨基认为20世纪50年代末许多人一味追求物质享受,丧失了道德责任感,在他的作品中对这些人进行了讽刺。伊列登斯基50年代末开始创作,最初写小说,后来发表剧本,他这时期的剧作充满了残杀和恐怖的描写。《陷入地狱》(1964)以法西斯集中营象征整个恐怖世界。剧本《别了,犹大!》(1965)写一个暗藏的间谍集团,当局悬赏要捉拿它的头子。该集团的成员怀疑他们中有个叫犹大的会出卖他们,便对他进行审查,结果证实怀疑毫无根据,但他们还是把他杀了,作者似要说明犹大背叛耶稣是蒙冤的。赫尔莫特·卡伊扎尔的剧作有的反映对故乡的思念和对童年的回忆,梦境和现实交织在一起,有超现实主义戏剧的艺术特色;有的表达其对社会文明发展的看法,认为文明的进步会对个人产生压力,扼杀人的个性,使人变成木偶。

---

① 本段引文转引自张振辉,《20世纪波兰文学史》,青岛出版社,1998年,第343页。

兹吉斯瓦夫·斯科弗罗翁斯基(1909—1969)大器晚成,发表作品时间很晚,剧本大都以他个人战前和战争时期的生活经历为题材。他最有名的一个剧本《大师》(1964)写在德国法西斯占领波兰时期,一个导演和演员在秘密地讨论如何演莎士比亚的名剧《麦克佩斯》,导演说麦克佩斯因为前王邓肯不让他继承王位,想把邓肯杀死,但他又有各种顾虑,犹豫不决,是他的妻子极力促使,用计将邓肯杀死,从而篡夺了王位。因此导演认为剧中要着力表现麦克佩斯从矛盾到最后下定决心的心理转变的过程。导演还表示,波兰取得反法西斯战争胜利后,他一定要在华沙、罗兹和克拉科夫等地演这出戏,因为到那个时候,演戏不再是为了少数人,而是要让所有的老百姓都能够看到,受到他们的欢迎。他作为一个艺人的愿望也才够够实现。他认为战后波兰虽有贫困,但一个人、一个艺术家的权利会得到保证。可是就在这个时候,一些法西斯的宪警突然冲了进来,将在这里参加讨论的人全都杀害。作品揭露了法西斯匪徒的残暴和他们想要毁灭人类先进文明的图谋。

这些剧作家创作题材广泛,都有自己的艺术特色,但他们的作品并没有更多地反映这时期的波兰现实,而观众爱看的是那些能够更紧密联系现实生活并且时刻揭露现实弊端的戏剧,如20世纪50年代的《急诊值班》那样的作品。

塔杜施·康托尔(1915—1990)既是剧作家,又是导演、舞台设计家、演员和戏剧理论家,坚持戏剧创作的独特性,拒绝文学的主导,他一生追求"艺术的真实",在不断的自我否定中去认识戏剧的本质。他的戏剧创作和演出风格怪诞,具有强烈的实验性质,曾经历所谓"地下戏剧"、"非定型戏剧"、"无形式戏剧"、"零戏剧"、"不可能戏剧"、"偶发戏剧"和"死亡戏剧"等重要阶段。在德国法西斯占领波兰期间,他曾进行地下艺术创作,并于1942年组建"地下独立剧团",上演了《俄尔普斯》和《奥德修斯返回》等"地下戏剧"风格的作品。他的"无形式戏剧"结构涣散,试图将戏剧简化为最本质的因素,突出戏剧现实和人造现实的冲突。他的偶发事件的剧本《信》和《海景的偶发事件》等彻底抛弃了戏剧舞台,也抛弃了与观众保持特定关系的空间限定。1975年,康托尔发表了他的《死亡戏剧宣言》,他最重要的戏剧作品《死亡班级》、《维洛波莱,维洛波莱》、《我一去不回》和《今天我生日》表现了他的死亡美学与表演形式。《死亡班级》蕴含了丰富的死亡符号与历史隐喻,从"死亡"中复活又走向死亡。康托尔说他的剧作选择的是"堕落的现实"的题材,因为他是犹太人,父亲又惨死于奥斯威辛集中营,他的民族在第二次世界大战中遭受法西斯的残酷迫害,所以他总是以死亡寄寓他的追思,他一生的艺术创作逆主流而行,具有独特的戏剧美学观。[①]

耶日·格罗托夫斯基(1933—1999)是波兰这一时期著名的戏剧改革家,他先后担任过克拉科夫老剧院、波兹南剧院和奥波尔"十三排剧院"(后改为"戏剧实验

[①] 以上关于康托尔的介绍引自黄莎莉的《塔德乌什·康托尔的死亡戏剧》一文,见《文艺报》,2015年11月5日第4版。"塔德乌什"一般译为"塔杜施"。

所")的导演。他曾提出一套所谓"质朴戏剧"的理论,认为戏剧表演的好坏不在于化妆、服装、布景、灯光和音响效果,而主要看演员的表演、演员和观众能否在情感上进行直接的交流,一个剧本的演出成功与否全看演员的表演,因此他要求演员要有高超表演技艺。他在他的"戏剧实验所"里曾制订一套演员的训练方法,使演员在与观众的直接交流和接触中完成他们的戏剧动作,为此他也对一些演员进行过严格的训练。他导演的戏剧没有固定的舞台和豪华的布景,观众的座位也不固定,同时取消了舞台和观众席的界限,根据剧情的要求来安排和设置,使观众置身于整个演出活动中。这是他对传统戏剧表演模式所进行的大胆改革,为了他的戏剧改革,他对俄国的斯坦尼斯瓦夫斯基、德国的布莱希特的戏剧体系以及中国的京剧、印度的古典民间戏剧等都进行过深入的研究,用以完善他的戏剧表演的理论体系。

21世纪初,雅罗斯瓦夫·希维尔什奇是较有影响的剧作家,他的剧本《赫尔韦尔之夜》(2000)、《厌氧微生物》(2000)、《恩塔尔泰特·孔斯特》(2001)和《实验标本》(2001)等大都反映人们之间的矛盾、冲突和互不理解,他的这些作品展现了许多孤独和痛苦、残酷和可怕的场面,表明了他所见到的是一个病态的社会。米哈乌·瓦尔恰克、保罗·尤列克、克日什托夫·鲁多夫斯基、马列克·科汗、彼得·齐涅维奇、马尔塔·格热霍维亚克等的剧作主要反映一些大城市中年轻人的生活状况,他们的家庭生活,以及人与人之间的关系。

第十一节
理论与批评

波兰战后有影响的文艺理论和文学评论家为数众多,在文学评论和文学史研究方面最有成就的是卡齐米日·维卡(1910—1975)。维卡曾任克拉科夫雅盖沃大学教授、《创作》月刊主编、波兰作协中央执行委员会委员和波兰科学院文学研究所所长等领导职务,一生著述甚丰。他的第一部评论著作《小说的界线》(1948)主要论述波兰战后初期的文学,对现实主义的理解较为广泛,认为现实主义需要继承和发展。他在评论作家和作品时,不仅指出他们的思想艺术特点和价值,也指出其发展的方向。这部著作于1974年重版,补充了对后来出现的新作品和新流派的评论。1959年的诗歌评论集《想象的事物》集中论述了战后一些代表性诗人的创作思想和艺术风格,指出了他们和古典诗歌的继承关系和艺术上的独创性。维卡的文学评论既重视文学的社会功能和认识价值,强调作家的社会责任感,又不忽视对不同表现手法和艺术风格的研究。他反对对文学现象简单化、公式化和教条化的理解。他除了评论波兰当代文学外,在文学研究上也很有成就,其中以 19 世纪浪漫主义文学和"青年波兰"时期文学为研究重点,这方面的主要著作有《齐普里扬·诺尔维德,诗人和艺术大师》(1948)、《〈婚礼〉中的奇谈和真理》(1950)、《历史小说家斯泰凡·热罗姆斯基》(1951)、两卷集《塔杜施先生——长诗分析和文本研究》(1955—1963)、两卷集《青年波兰》(1977)和《莱蒙特,逃到生活中去》(1979)等。维卡对波兰文学的研究精深独到,一系列观点在波兰文艺界得到普遍认同,被认为是经典性的。他和他的一些学生、也是著名文学评论家的耶日·克维亚特科夫斯基(1927—1986)和弗沃基米耶日·马琼格(1925—2012)等被称为"维卡学派"。

阿尔杜尔·桑达乌埃尔(1913—1989)不仅是一位作家,也是一位著名文学评论家,他不仅重视文学的社会功能,也强调文学的审美价值;认为艺术风格最充分地表现了作家的个性,一个有才能的作家往往是在艺术形式的不断创新中表现他的个性。在战后初期讨论现实主义问题时,他在《复兴》周刊上发表了一系列文章,指出现实主义文学要真实反映时代的面貌,不能简单地当成为政治服务的工具。他的文学论文集《没有降低税率》(1959)对荒诞派作家贡布罗维奇、舒尔茨及其他现代作家进行了深入的研究。《四代诗人》(1977)涉及从斯塔夫开始直到新浪潮派的 20 世纪几乎所有重要诗人的著作,至今被认为是研究波兰 20 世纪诗歌最权威的著作。

扬·科特(1914—2001)是波兰战后著名的文学评论家,他出生于一个已经波兰化的犹太家庭,1932—1936 年间在华沙大学学过法律,在 20 世纪 30 年代参加过波兰共产党人领导的群众游行示威的活动。1939 年 1 月德国法西斯进攻波兰,科特参加过反法西斯的抵抗运动。后来他住在华沙,隐瞒了自己的犹太出身。科特 1943 年参加波兰工人党,1944 年又参加了波兰工人党领导的人民军的反法西斯战斗,并为一个叫《青年民主》的秘密的反法西斯杂志担任编辑工作。战后他是《熔炉》周刊的创始人之一,1948 年参加了建立波兰科学院文学研究所的工作,成为波兰统一工人党党员。在 20 世纪 50 年代,他和宗教界和文艺界反社会主义的倾向进行过斗争。科特也是作为波兰统一工人党这一时期提出的社会主义现实主义著名的理论家,他坚持马克思主义文艺观点,以高尔基的创作和匈牙利马克思主义者卢卡奇的思想为典范,对社会主义现实主义进行过宣传。但后因波兰国内政界和文艺界斗争复杂,他于 1957 年退出了波兰统一工人党,并参加过波兰一些作家一次签名,表示反对当时的书刊检查制度。

后来他曾任弗罗茨瓦夫大学和华沙大学的教授,对伊格纳齐·克拉西茨基、斯坦尼斯瓦夫·特雷姆贝茨基、齐格蒙特·克拉辛斯基、波列斯瓦夫·普鲁斯、斯坦尼斯瓦夫·维特凯维奇等波兰的经典作家以及莎士比亚、巴尔扎克、斯丹达尔、狄更斯和托尔斯泰等进行过研究。1966 年科特去了美国,曾在耶鲁大学和加利福尼亚大学伯克利分校任教,在西方和美国的杂志《新的共和国》、《纽约观察》上发表文章,对法国剧作家莫里哀和尤内斯库的戏剧、日本戏剧和格罗托夫斯基的戏剧理论进行过研究。科特晚年曾和波兰的《普世周刊》、《文学笔记本》、《对话》和《创作》月刊取得联系,在这些刊物上发表过作品和文学评论文学。他一生发表的论文影响较大的有《神话和现实主义》、《经典作家的学派》、《波兰启蒙运动文学永恒的价值》、《论波列斯瓦夫·普鲁斯的〈玩偶〉》、《关于古希腊悲剧的随笔》、《关于莎士比亚的随笔》、《现代的莎士比亚》、《维克多·雨果,一个战斗的作家》等。

斯泰凡·茹尔凯夫斯基(1911—1991)是战后初期现实主义和社会主义现实主义文学最积极的宣传者,他力图在波兰建立以马克思主义文艺观为指导的新文学和新文化,20世纪50年代初期先后发表《新老文艺学》(1950)、《波兰文学研究:成绩、状况和需要》(1951)和《1944—1954年波兰文学研究的发展》(1955)等著作,以马克思主义观点对波兰19世纪和20世纪初、两次世界大战之间直到战后初期文学的各种流派作了全面的分析和评价,极力推崇社会主义现实主义文学。他在阐述马克思主义文艺观时,既反对庸俗社会学,又反对形式主义和各种唯美主义。他在评论波兰文学遗产时,有时把阶级斗争理论绝对化,认定一切不以阶级观点为出发点的文艺理论都是资产阶级文艺理论而加以否定,这显然受了苏联教条主义文艺理论的影响。1956年以后,他的文艺观点有所改变,虽仍倡导社会主义现实主义创作方法,但认为它应当现代化,要采用新的表现手法,充分反映现实的矛盾;他认为,文学作品总是在一定历史条件下产生的,它的价值就表现在对历史的发展起了什么作用。社会主义的文艺科学要综合现代人文科学如社会学、类型学、结构学和符号学等学科所取得的成就,全方位地研究社会主义文学。

以上这些文学评论家以理性主义或马克思主义观点对波兰古代和现代文学中的各个时期、流派、作家和作品等进行了长时期的系统深入的研究和分析,他们发表的许多文学史、作家评传、作品研究和文学批评的论著,为波兰文学的历史和现状的研究作出了重大的贡献。这一时期在文艺理论研究方面最著名的是亨利克·马尔凯维奇和罗曼·英加登。亨利克·马尔凯维奇是波兰战后马克思主义文学理论研究的主要代表,在波兰国内外享有广泛的声誉。罗曼·英加登早在战前就开始发表著作,提出了一整套现象学派美学的理论,在波兰和世界各国产生了很大的影响,他是20世纪西方享有盛誉的哲学家和美学家,西方现象派美学的主要代表。

亨利克·马尔凯维奇(1922—2013)是波兰著名的马克思主义文学理论家和文学研究家,是一位受到波兰人民十分敬仰的大学者。1984年出版的《波兰文学百科向导》在有关他的条目中,说

> 他对文学的一些基本问题:它所反映的对象,它的形式和内容,它的创作和研究的方法等,都进行了深入的研究,特别重视运用马克思主义的观点。[①]

[①] 尤利扬·克日让诺夫斯基主编,《波兰文学百科向导》,第1卷,国家科学出版社,华沙,1984年,第640页。

马尔凯维奇于2013年10月31日在克拉科夫逝世后,克拉科夫雅盖沃大学波兰语言文学系主任和教务委员会在互联网上发表声明说:

> 由于亨利克·马尔凯维奇教授的逝世,我们失去了一位最杰出的波兰文化代表,伟大的学者、大师、道德模范和好人。

亨利克·马尔凯维奇1922年11月16日生于克拉科夫。第二次世界大战期间,他随父亲去过乌克兰的利沃夫,后又去了苏联的斯维尔德洛夫斯克州,在那里当了一个林业工人,最后他来到了乌兹别克斯坦,给这里的波兰侨民当过家庭教师。马尔凯维奇1946年回国,1946—1950间曾在克拉科夫雅盖沃大学波兰语言文学系学习,从1949年开始,便在波兰科学院文学研究所从事科研工作。1956年以后,他是雅盖沃大学的教授,担任过该校波兰文学教研室主任。在1977—1984年间,他作为波兰科学院的院士,曾任波兰科学院文学研究所所长,并兼任"克拉科夫工人论坛"的《劳动之声》以及《文学生活》周刊和《文学回忆录》季刊的编辑和主编。他一生发表的文学理论著作有数十种,重要的有《马克思主义文学理论》(1953)、《传统和修正》(1957)、《侧面和接近》(1967)、《新的侧面和接近》(1974)、《侧面和接近,旧的和新的》(1976)、《波兰文学研究的理论》(1960)、《文学理论问题》(1967)、《现代文学研究的方法问题》(1973)、《国外现代文学研究理论》(1970—1976)、《波兰文学科学,发展概况》(1981)等。在波兰文学研究方面,他侧重于19世纪下半叶和20世纪初的批判现实主义文学的研究,一生出版过论波兰著名批判现实主义作家波列斯瓦夫·普鲁斯和斯泰凡·热罗姆斯基等的著作多种,在波兰国内外产生了广泛的影响。

马尔凯维奇属于传统的马克思主义文学理论家,他对历史和现实生活的一切评价坚持辩证唯物主义和历史唯物主义观点,而且他对这种观点的运用总是和波兰文学史上一些有代表性的作家的创作联系在一起,因此具有鲜明的民族特色。他在《马克思主义文学理论》中谈到文学作为社会上层建筑的性质时首先指出:一个社会的上层建筑和意识形态如政治、法律、宗教、哲学、伦理学、心理学、文学和艺术等都完全依从于社会的物质生活,决定于社会生产力和生产关系的发展。这些学科有的具有对客观世界的认识和评价的性质,有的则表现了一种伦理道德的规范,它们所包含的思想内容和它们的社会职能是随着时代的发展而变的,文学创作作为一种社会的意识形态也是社会生活的反映。这种反映不仅表现在对人的物质和精神生活的认识上,而且它的内容和发展的方向都完全依从于社会的物质和精神生活的变化。科学包括自然科学和社会科学,也反映社会的物质和精神生活的内容,反映自然和社会发展的规律,但它是用论据和逻辑推理来诉说它们对这一切的观点。文学则是以形象来表现对于事物的认识和评价。作家在塑造人物形象时,要对生活的素材进行选择,去掉生活中偶然的和非本质的东西,反映某些带本质和普遍性的现象,像高尔基说的那样:"艺术就是进行典型化的艺术,就是说,选取最有普遍意义的、最有人性的东西,以之构造某种令人信服的,不可摇撼的东西。"要通过想象和运用比喻和富于感情和个性色彩的语言,塑造在活动中的人物形象以及他和别人的关系,表现他们的某种生活状态、心理状态和他们的个性。

马尔凯维奇认为,文学作为一种社会的意识形态,在阶级社会中有不同的阶级性,文学是不同阶级的人创造的,他们在社会生产过程中所处的地位不同,但阶级属性并不等于阶级出身,文学的阶级性主要看它的作品中表现的是维护哪个社会阶级利益的思想和政治立场。有的作家出身劳动人民,表现劳动人民的生活和思想感情,维护劳动人民的利益,如波兰两次世界大战之间的无产阶级革命文学的代表作家弗瓦迪瓦夫·布罗涅夫斯基,他出生于一个职员的家庭,他的诗歌表现了强烈的革命战斗精神,受到爱国者、革命者和人民群众的喜爱,在20世纪30年代工人和人民群众举行的游行和集会上常被朗诵,极大地鼓舞了人民去和反动统治者进行斗争。列昂·克鲁奇科夫斯基出生于一个装订工人家庭,他的作品充分表现了对被压迫的人民的热爱和同情,反映了劳动人民对民主自由和幸福生活的向往,对提高人民群众的思想觉悟、推动波兰20世纪30年代无产阶级革命运动的发展,也产生了积极影响。但是一个人的世界观也不一定和他出身的那个阶级的思想立场完全一致,贵族出身的积极浪漫主义诗人亚当·密茨凯维奇在他的文学作品和革命斗争的实践中,都充分表现了他的爱国主义和革命民主主义的思想和政治立场,成为波兰最伟大的爱国主义诗人。

文学作品既可以写现实题材,也可以写历史题材,写历史题材可以是作者单纯对他所写的那段历史的认识和评价,也可以以历史题材借题发挥,反映他面临的现实问题。如密茨凯维奇的长诗《康拉德·华伦洛德》和《格拉任娜》、斯泰凡·热罗姆斯基的《统领的骄傲》都是波兰在沙俄占领者统治下,遭受民族压迫的社会环境中,通过作者虚构的历史人物,在波兰民族解放斗争中所表现的爱国主义、机智勇敢和不怕牺牲的思想精神,来鼓励波兰人民去和压迫者进行坚决的斗争。波兰著名作家,1905年诺贝尔文学奖获得者亨利克·显克维奇的历史小说三部曲和《十字军骑士》则不仅以塑造具有爱国主义思想精神的英雄人物,而且以波兰人民过去在反侵略和民族压迫的战争的伟大胜利,来鼓舞波兰人民的斗志,以夺取他所面临的19世纪下半叶波兰现实中反民族压迫的战斗的胜利。

马尔凯维奇认为,在文学创作的各种流派中,只有现实主义文学能够反映社会的本质,塑造社会的典型,真实反映人类社会发展的规律。自然主义也描写社会生活,但它反映的是生活中非本质的、偶然的现象,所以它所描写的图像就不典型,也不真实。象征主义文学往往用假定、联想的记号而不用形象来表现作品的思想倾向,象征主义文学作品也有某种认识价值,但它的思想倾向往往难以捉摸。表现主义则往往随心所欲改变现实的面貌,使世界变形。在资本主义社会中产生的"为艺术而艺术",是因为作家和现实有矛盾,正如普列汉诺夫所说:"凡是在艺术家和他们周围的社会环境之间存在着不协调的地方,就会产生为艺术而艺术的倾向。"但持这种观点的作家又不愿看到有一种力量在和这个现实进行斗争,也不愿和它站在一起。为艺术而艺术的作家的作品表面上看,是为了创造某种独特的形式,实际是为了表现作家的自我。

马尔凯维奇在谈到如何对文学作品进行评价问题时,认为评价文学作品有两个标准,一是看它的认识价值、思想倾向和它所起的教育作用;二是看它的审美价值。作品思想倾向的好坏要看它在历史发展中所起的作用。马尔凯维奇高度评价波兰文艺复兴时期著名诗人扬·科哈诺夫斯基的作品,认为他真实反映了人的本性,和一切扼杀人性的宗教唯心主义作斗争,表现了文艺复兴时期先进的人文主义思想。马尔凯维奇对波兰启蒙运动时期诗人伊格纳齐·克拉西茨基的讽刺作品也很重视,因为它揭露了封建贵族的腐朽没落,反映了比封建主义先进的资产阶级民主思想。

作品的审美价值主要表现在形象的塑造和语言的运用上,而人物即艺术形象的塑造又是和作品所表现的思想倾向分不开的,作家要塑造具有典型性而又有鲜明个性的人物,例如批判现实主义作家波列斯瓦夫·普鲁斯的小说《玩偶》中的主人公斯坦尼斯瓦夫·沃库尔斯基,他发展资本主义经济的能力远胜于旧的封建贵族;但他又不得不事事依靠当时比他社会地位高的封建贵族,他关心波兰社会下层劳动人民的疾苦,一心想为社会谋福利,是一个人道主义者,表现在这方面的思想和个性都非常鲜明和突出。普鲁斯要把他塑造成一个改造社会的理想人物,同时他也是一个波兰新兴资产阶级的典型。

文学作品要表现它的民族性,因为民族性可以表现作品在艺术上的创新。如密茨凯维奇的长篇叙事诗《塔杜施先生》生动地反映了波兰贵族和民间许多传统的生活习俗,普鲁斯的《玩偶》对华沙面貌的真实描写都具鲜明的波兰民族特色,因而使它们成了波兰文学史上不朽的文学经典。"青年波兰"时期的诗人卡齐米日·普热尔瓦·泰特马耶尔的短篇小说集《重岩叠嶂的波德哈莱》用波兰波德哈莱地区山民的方言写成,同样具有鲜明的民族甚至地方特色。

马尔凯维奇同样非常推崇俄国18—20世纪的现实主义文学,他认为,俄国数世纪来,由于沙皇和封建主义的专制,下层劳动人民遭受残酷的阶级压迫,所以这里的人民解放和民主革命运动的发展甚于西欧,这也决定了俄国的进步文学具有革命民主主义的传统。早在18世纪,爱国主义、民主主义和人道主义在俄罗斯的诗歌中就有充分的表现,在19世纪,又产生了以涅克拉索夫和萨尔蒂科夫—谢德林为代表的革命现实主义文学,他们对沙俄社会黑暗的批判和反映劳动人民的疾苦,远比当时西欧各国的文学更加强烈。亚历山大·绥拉菲莫维奇的小说《铁流》创造了一个战胜了强敌的英雄群体的形象。肖洛霍夫的《静静的顿河》在广阔的背景上,深刻地展示了俄国20世纪20年代社会大变革的面貌,表现了革命的正义性和人民群众的伟大力量。这些作品都是享誉世界的现实主义杰作。

罗曼·英加登(1893—1970)生于克拉科夫,早年就读于利沃夫大学,1912年留学德国,先后进入哥丁根大学和弗莱堡大学,师从德国哲学家埃德蒙德·胡塞尔,研究过现象学哲学。他1939—1941年在利沃夫大学讲授文学理论,德国法西斯占领时期又在波兰爱国者秘密开办的大学里任教,1946—1952年在克拉科夫雅盖沃大学讲授哲学,后被认为宣传唯心主义哲学而调任研究工作,1957年后恢复了在该校的教学工作。1945年他当选为波兰科学院院士,1947—1955年任克拉科夫哲学协会会员,还担任过波兰科学院主办的《经典哲学家图书馆》和《哲学季刊》主编。英加登作为胡塞尔的学生,批判地继承和发展了老师的现象主义哲学,成为所谓"第二现象派"的创始人。他在哲学和美学方面研究范围很广,包括价值论、伦理学、认识论和本体论等,在文艺方面涉及文学、电影、绘画、建筑和音乐等领域。他在哲学方面的主要著作是1947—1948年出版的三大卷《关于世界存在的争论》。在美学方面的著作有《柏格森论直觉和理智》(1918)、《论文学作品》(1931)、《对文学的艺术作品的认识》(1937)、《文学哲学随笔》(1947)、《艺术本体论研究》(1962)、《体验、艺术作品和价值》(1969)等。此外,他还有一部分美学论著收集在三大卷的《美学研究》中,分别于1957、1958和1970年出版。英加登的老师胡塞尔认为,现象学是一门"精确科学",对事物的认识应当客观地回到认识过程的起点,不受任何概念前提的干扰,忠实地反映事物。英加登很欣赏他的这个观点,对胡塞尔提出的"现象学还原"理论作了精深的研究,认为胡塞尔的意向性理论是论述意识和被意识的客体之间的关系,在意识主体和被意识的客体之间有一种意向性的关系结构,这种意向性关系结构形成了主客体之间的媒介,正是这种意向性才使"意识的本质和对象的本质呈现出来"。但他并不同意胡塞尔关于"存在的悬搁",即把客观世界抛在一边不予考虑的观点,认为这实际上否认了客观世界的存在。他认为文学是一种不依赖于认识主体而独立存在的客体。他反对从作者的心理出发去研究作品,认为"不管是哪一种情况,要把文学作品与作者一大堆心理体验等同起来的尝试,都是十分荒谬的"。他还说:"只有两个基本的客体领域存在的前提,即物理物质的东西和心理的个体以及它们的体验和状态,文学作品中的再现客体不属于这些领域中的任何一个虽然上述观点要把文学作品当成是所谓'想象的客体'或'幻想的客体'——它们和主体的体验是绝对不一样的。"①

但是英加登也不否认作者的思想观点、生活体验以及作者的个性和作品的联系,他认为:所有这一切都将或多或少地反映在他的作品中,

> 作者的体验在创作一部作品时所起的作用并不是这部现成的作品的一部分,

---

① 本节引文若未另外注明,均见罗曼·英加登,《论文学作品》,张振辉译,河南大学出版社,2008年。

但它跟它的作者的生活和个性之间可能有一些——不能否认——不同类型的紧密联系,特别是它的产生可能是以作者很明确的体验为条件的。作品总的构建和它的产生可能是以作者很明确的体验为条件的。作品的总的构建和它的各种属性的形成也可能有赖于它的作者的心理属性和才能,决定于他的思想的类型和智慧。在这种情况下,作品也可能或者明显或者不明显地带有作者个性的痕迹。

因此,英加登认为,文学作品"既不是严格意义上的观念的客体,也不是实在的客体",而是"一个意向的客体,因为观念的客体一般来说是不可改变的,而实在客体是客观和能够独立地存在的"。但意向客体的存在决定于意识行动,它是一种决定于意识行动的存在,完全在意识主体控制范围之内的东西。这样就把被认识的对象——文学作品和意识的主体——作者连在一起了,文学作品作为"主体行动的产物"表现了主体的意向,因此也有赖于主体,它不能独立地存在,它也不能像研究实在客体的科学著作那样,对客观事物作出实在的判断。用英加登的话说,它对它所再现的客体只能作出一种"拟判断",也就是虚拟的判断,这是英加登一个颇为独到的见解。

但英加登把他理论研究的重点放在作品的自身上,在这方面,他的研究是很有成果的,这表现在他建立了一整套文艺本体论的美学体系。在《论文学作品》中,他对他的美学体系作了精深的阐述,认为文学作品的艺术结构可分为四个层次,这就是:

1. 字音和建立在字音基础上的更高级的语音造体层次。2. 不同等级的意义单元或整体的层次。3. 不同类型图示的观相、观相的连续或系列观相的层次。4. 文学作品中再现客体和它们的命运层次。

这里每个层次在整个作品的构建中的作用都是不一样的,"但文学作品并不是一种由一系列的因素偶然拼凑起来的松散的结合体,而是一个有机的整体。其统一性就是它的每个层次的属性的表现"。

在这四层次中,语音造体的层次属于文学作品的外壳,"只有通过这个外壳,才能进入到作品里面",而"在这层外壳里面,文学作品所有其他的层次就找到了它们在外面的一个支点,或者一个外部的表现"。英加登认为,在一种语言中,每个语词的发音,都是"在各种各样实在的和文化条件的影响下,通过一定的时期才得以形成的,它在历史的过程中会发生各种各样的变异,到一定的时候才固定下来",它是一个民族经过较长的历史时期形成的,它作为一种人们之间"互相沟通的工具",是社会的产物。

语词发音的主要功能在于确定单个的语词和它的更高级的语句的发音的意义,在文学作品中,也是为了表现意义所要表现的一切,所以字音和它的更高级的语音造体都是意义的载体。"这种音调和说话的人的心理状况有直接的联系,它是这种心理状况的外化或者——像通常所说的那样——'表现'。"英加登认为,不同等级的意义单元或整体的层次在文学作品中是最重要的层次,因为它"形成了整个作品的结构的框架","它要求并确认所有其他的层次存在的基础都建立在这个层次上,而且它们的内容也有赖于这个层次的属性。"很显然,在一个文学作品中,如果没有意义层次,也就是说它的文本中的所有的语词和语句都没有意义,那也就不是什么语词和语句了。在这种情况下,不仅它的语音造体的层次,而且其他要靠意义表现出来的层次也都不存在了,作为层次结构的这个作品的本身当然也不存在。

英加登认为,图式观相在文学作品中是一个特殊的层次,它的"第一个和最重要的功能表现在它能使再现客体以作品的本身事先确定的方式明见地展现出来"。"可以说,一部和这同一部作品是在不同的和不断变化的'观相'中出现的。"英加登这里说的观相就是文学作品中塑造的形象,既有人的形象,也有物的形象,还有人所处和物所在的周围环境的形象。如果一部作品中没有观相,其中的再现客体就只有通过在阅读时空洞的假想来认定了,这里的再现客体也就成了一些空洞的假想或者纯"概念的"图式了。另一方面,文学作品中的图式观相一般是以作了展示准备的形式出现的。它既然是图式的,其中就允许有"空白"和"未确定的位置的存在";既然它们只是作了展示的准备,那么就有待读者在阅读时对它们进行具体化和补充。所以英加登认为:一个文学作品的产生是一定要面对广大读者的,它为此也做好了准备,它虽被作者创作出来,它的创作过程并没有完,一直要到受众完成了它的具体化之后,也就是说这些"未确定的位置"在受众的具体化中,不断地得到了填充,从而显示了它的社会效果之后,这才完成了它的创作。但是文学作品图式观相中的这种"未确定的位置"是不能完全消除的,它是永远也填充不完的,因为对同一部作品不同的受众可以有完全不同的具体化,他们不管是以阅读还是视听的方式来接受或者欣赏这个文学作品的时候,都会对它产生不同的认识和看法。这种看法有可能是对的,也可能不对,还有可能是创造性的,这决定于受众的思想观点、文化程度、他所处的历史时代和社会环境,他的审美情趣和他在对这个文学作品具体化时的精神状态的不同。就是同一个受众对同一个作品在不同情况下的具体化,也就是对这个作品的认识和看法,也可能是不一样的。此外,对一个文学作品具体化的方式也有不同,如果是读者对作品采取阅读的方式,那只是这个读者对它的具体化;如果是朗诵一个文学作品,或者一个剧本的上演,那么就有朗诵者或者演员以及听众对它们的双重的具体化。此外,"我们在阅读一部文学作品的时候,在一个语词的意义中",还"会产生各种不同的'意义的联想'。这种联想能够促使一个我们以后称之为'文学作品的具体化'的整体的形成,它因为取决于读者,取决于具体的阅读一作品的环境,所以是多变的,也是各种各样的"。在这些具体化中,都可能有创造性的因素。因此在英加登看来,不管是什么文学作品的创作,都是由作家和它的受众共同完成的,而且一个文学作品的创作严格地说,也只是一个作家和受众共同创作的过程,很难说它的创作就已经完成或者了结,而不需要再具体化了。如果是这样,或者通过一段时期,受众对它不感兴趣,也没有人对它进行具体化,它也就被遗忘了,这就说明它是一部平庸的作品。

英加登认为:

由于每个层次的素材和功能不同,这就使得一部文学作品的整体不是单一类型的质的造体,就其本质来说,具有复调的性质。这就是说,每个层次在这个整体中都以自己独特的方式显现出来,并把自己某种特殊的东西赋予整体的总性质,而且不破坏这个整个的事实上的统一。

文学作品中各个层次互相配合,便形成了所谓的"复调和声",在复调和声中,"审美价值质就成了五颜六色的光线,照亮了再现客体,通过我们的审美思考去体验它,使我们感到被一种特殊的气氛所笼罩,使我们陶醉、欣喜若狂。读者的这种激动和振奋的根源就是体验到了复调价值质的一种主体的对应物,它们大都是属于客体的东西,是文学的艺术作品的层次价值的体现",也是作品最终审美价值所在。这特别表现在受众对一部伟大的作品特别是经典作品的具体化上,如果他对这部作品有正确的认识,那么它的"复调和声"中的"审美价值质"就会充分地表现出来,如果他对它的认识不正确,那么这种"审美价值质"在他那里就表现不出来。因此对一部伟大的文学作品,不仅不同的受众有不同的具体化,而且在不同的时代和不同的社会环境中,对它也不断地会有各种不同的或者富于创新的具体化,这样它的图式观相中不确定的位置好像永远也填充不完,它在具体化中得以实现的审美价值也就是它的认识价值和艺术价值是永在的,它将流传千古而不被人遗忘,例如莎士比亚的作品,人们对它们的认识的过程在各个时代几乎没有穷尽。

英加登认为,文学作品作为"纯意向性的客体",它的"意向性的对应物"有一种富于魅力的多义性,"它在某种程度上就是语句和意义的对应物所表现的那种'闪闪烁烁'和'或隐或现'的审美特性所带来的愉悦性。"文学作品语句中这种"闪闪烁烁"和"或隐或现"的多义性显然是存在的,它有时甚至引起长时期激烈的争论,这也最充分地表现在一些伟大作家的名著中,从而也表现了这些作品永远不会消失的认识价值和艺术魅力。

但是文学作品性质最突出的表现是它的"形而上学质",这种"形而上学质"表现为"崇高(某种牺牲的)或者卑鄙(某种背叛的),悲剧性(某种失败的)或者可怕(某种命运的),震撼人心,不可理解或者神秘的东西,恶魔般(某种行动或者某个人的),神圣(某种生活的)或者和它相反的东西,罪恶或凶恶(例如某种复仇的),神魂颠倒(最高级的喜悦)或安静(最后的平静)等等",英加登认为这些东西的显现是"再现的客体的情景的最重要的功能",因为只有"在这种情况发生的时候,文学作品才能够最深刻地打动我们。文学的艺术作品只有在形而上学的性质的显示中,才达到了它的顶点"。它的展现与作品中的层次的活动有关,"为了它们的展现,除了客体层次的活动之外,还要有语言发音造体层次、意义单元和观相层次的参与,这些层次的参与,首先就会使得再现世界非常好地显现出来。有了这些层次的参与,再现世界也就得以构建,在我们面前会呈现出一个活生生的形体。到那个时候,相关的形而上学质也就被揭示出来了。"但它也"只有在通过具体化的观相所真正明见展示的客体的情境中,也就是在阅读作品的具体化中,才能充分地显现出来"。这样"形而上学质的具体化便获得了特殊的审美价值"。英加登认为:"不论显现的形而上学质还是上面提到的在对文学作品具体化中显现这种质的方法,都具有某种审美的价值。"但是读者在对文学作品的具体化中所获得的审美经验有着不同的种类,它的构成"取决于艺术作品的类型,取决于主体的审美体验,如他在审美中的心理感受和他对于美的'感受能力',取决于他的思想感情和理智的类型,还有他的审美和一般的文化修养等等。"[①]这说明,所有这一切都决定了一个读者在阅读或者观赏了一部作品后,对它能有什么样的审美感受,能够做出什么样的评价。

英加登认为,文学作品的艺术价值和审美价值是不同的,前者是文学作品本身的属性,例如语言,文学作品是由语词和语句构成的,这些语句在作品的价值论上称为"中性骨架",它们所表达的意思是否明白易懂,它们所造就的语言和描绘的画面是否优美,就代表了作品的艺术价值。因此英加登认为,作品的艺术价值主要表现在艺术技巧,特别是语言技巧的应用上,它表现了作者的艺术功力,所以是客观中性的。而审美价值乃是读者在对文学作品的具体化中表现的一种审美的感受。也就是说,艺术价值存在于作品的本身,而审美价值存在于读者对作品的审美的具体化中。作品的审美价值虽然不同于艺术价值,但它又是和后者分不开的,因为作品在语言的运用和艺术形象的塑造上所表现的艺术技巧的高低,对读者的审美具体化是有影响的。

英加登在他的著作中以现象学的观点方法研究文艺作品,对它的语言、结构、审美价值和历史价值以及它和读者的关系,都作了细致深入的研究,并且提出一系列独到的见解,为丰富文学美学作出了重大的贡献,对西方结构主义美学和接受美学产生过很大的影响,这一切为世界所公认。他是波兰20世纪最具有个性而且影响最大的文艺理论家之一。

---

① 罗曼·英加登,《美学研究》,第一卷,国家研究出版社,华沙,1966年,第155页。

后记

我与波兰文学相伴的一生

我年轻时就喜爱学习外语,记得1949年前我读初中,上的是湖南省衡阳市的一个英语教学较好的教会学校。之后我来到了我的家乡湖南长沙市,又考进了一所原先由美国人办的教会学校雅礼中学,后来这所学校改为湖南省立第五中学,改革开放以后,它又恢复了原先的校名。我于1953年在这里毕业后,便考进了我最喜爱的南开大学外语系俄罗斯语言文学专业学习,到第二年秋天,我经南开大学外语系选派,通过留学生考试和体检,被国内的高等教育部留学生管理司录取,去波兰继续深造。我当时对于被分配去波兰学习是很满意的,一是我知道波兰曾长时期被异族侵占,有民族解放斗争的光荣传统;二是波兰历史上无论在科学还是文化的发展上,都书写过灿烂的篇章,为人类的进步作出了伟大的贡献,很值得我们学习和研究。这一年9月,我和当时一起被选送去波兰留学的同学们来到华沙后,在波兰方面给我们专派的教授和助教精心指导下,经过一年的波兰语学习,便进了华沙大学波兰语言文学系,在这里学了五年。我们不仅熟练地掌握了波兰语,而且对波兰一千年的历史和文学有了一个初步的了解,并且借此机会,我在华沙也收集到了大量的波兰历史、文学史著作和文学作品,准备以后对它们进行进一步的译介和研究。记得当时我写的毕业论文是关于波兰20世纪被认为是"波兰人的良心"的著名现实主义作家斯泰凡·热罗姆斯基的创作。1960年6月我在华沙大学波兰语言文学系毕业后,带着我收集到的这些有关波兰历史、文学的资料回到了北京。这一年11月,我就很高兴地被分配在中国科学院哲学社会科学部(现为中国社会科学院)文学研究所,1964年转入当年成立的外国文学研究所,从事波兰文学的研究和翻译工作。

但是在20世纪60年代,由于众所周知的原因,我和其他在文学研究所以及后来的外国文字研究所研究东欧各国文学的同事一样,根本无法开展自己的研究工作,只能做一些波兰文学的动态报道,即便想写一些研究文章,由于"极左思潮"的干扰,也难以对外国作家作出客观的评价。再加上知识分子的劳动下放和后来的"文化大革命",10多年的光阴全都虚度了,有道是"莫是长安行乐处,空令岁月易蹉跎"。1972年6月,我从中国科学院哲学社会科学部在河南息县的五七干校回京后,虽然最初一段时间仍要去当时北京的工厂参加生产劳动,但已逐步开始了我的波兰文学的研究工作,这几年我读了不少波兰文学作品的原著。改革开放后,特别是1979年中国社会科学院成立后,我所在的外国文学研究所为该院所属,使我有了今后做研究工作的单位和组织的保证,社会上的思想解放也为我们译介和研究外国文学创造了从未有过的大好局面。我当时憋足了一股劲,定要把过去失去的大好时光找回来。经过几十年的不懈努力,我不仅撰写和出版了一系列波兰作家的传记,发表了大量有关波兰文学的论文,而且翻译出版了包括波兰小说、诗歌、戏剧、散文、书信文学理论和波兰汉学等方面的大量的著作,因而几次荣获波兰方面的各种奖项,包括总统授予的波兰共和国骑士十字勋章,在国内也受到了广泛的好评。

20世纪90年代初,中国社会科学院外国文学研究所计划编写一套"20世纪外国国别文学史丛书",将《20世纪波兰文学史》也列入其中,由我负责编写。我当时感到资料来源是没有问题的,因为除了我20世纪50年代在波兰学习时收集到的许多波兰文学作品的原著外,1989年,我还应波兰密茨凯维奇研究所的邀请,去华沙访问了10个月,又收集了大量有关波兰文学的最新资料,所以在这方面,已经作了充分的准备。我在写作《20世纪波兰文学史》的过程中,还曾几次去国内各地参加有关西方20世纪文学流派的讨论会,对西方各国20世纪现代派文学有了一些了解,还应约写了几篇关于波兰各种现代文学流派的论文,收在这些讨论会后编的论文集中。而这一时期我除了继续阅读了大量波兰文学作品原著的文本之外,也正好翻译出版了一系列波兰文学的经典,这也为我撰写《20世纪波兰文学史》起了很大的促进作用。经过几年的努力,我的30万字的《20世纪波兰文学史》在1998年,作为"20世纪外国国别文学史丛书"中的一种,和这套丛书一起,终于由青岛出版社出版了。这套丛书出版后,在读者中引起了很好的反响,并于2000年获中国社会科学院第三届优秀科研成果奖。

正是在撰写和出版《20世纪波兰文学史》获得成功的鼓舞下,我决心写一本能够全面介绍波兰千年文学创作发展的《波兰文学史》,并在2004年列为我当时主要的科学研究课题。此后我又曾几次应波兰图书协会的邀请,去克拉科夫参加了在那里举行的世界各国波兰文学翻译家大会,并且在2009年11月,也应这个协会的邀请,和老伴一起去克拉科夫访问了一个月。利用这几次去波兰的机会,我又收集了许多有关波兰文学最新出版的图书和资料,这样就为我撰写这部《波兰文学史》提供了很大的方便。但是在后来的几年中,由于各方面的需要,我在翻译波兰文学作品和撰写波兰作家的传记中,又不得不花了很多时间,但值得庆幸的是,这部断断续续地花了十几年时间和精力的文学史学术专著今天终于完成了。我认为,它的完成可以分两个阶段,第一个阶段就是在上面提到的20世纪90年代撰写了《20世纪波兰文学史》,第二个阶段除了撰写波兰从开国到19世纪的文学史外,也对我原来的《20世纪波兰文学史》进行了大量的修改和补充,除了补充我至今收集和阅读的有关资料外,又增加了21世纪波兰文学创作发展的新内容,所以这是一部从波兰古代一直到今天的文学发展状况进行全面介绍的专著。从内容看,这部文学史也是厚今薄古的,因为它有关20世纪文学的论述就占了全书的一半,这是因为波兰20世纪至今发生了多次巨大的社会变革,反映在文学创作中和整个意识形态中的情况,都非常复杂,有许多经验教训值得我们借鉴,所以我把这部著作分为上下卷出版,上卷论述从波兰于10世纪开国到19世纪的文学发展概况,下卷介绍波兰20世纪至今文学的发展,这样脉络比较清晰。我在撰写这部文学史的过程中,除了自己长期努力外,老伴王现修帮我抄写或电脑输入有关资料,也费了不少时间和精力。我虽年事已高,但今后研究、译介波兰文学的工作还很多,希望还能为此尽我的绵薄之力,以丰富我们国家的文化宝库,增进中波两国的文化交流和传统友谊。

张振辉

2017年7月22日